저녁의 게임

책임 편집 심진경

서강대학교 영어영문학과를 졸업하고, 같은 학교 국어국문학과에서 박사학위를 받았다. 지은 책으로『여성, 문학을 가로지르다』『떠도는 목소리들』『여성과 문학의 탄생』『문학을 부수는 문학들』(공저) 등이, 옮긴 책으로『근대성의 젠더』(공역)가 있다. 서강대학교, 서울예술대학 등에서 강의한다.

문지작가선 6 | 중단편선
저녁의 게임

초판 1쇄 발행 2020년 2월 14일
초판 2쇄 발행 2021년 6월 2일
지은이 오정희
책임 편집 심진경
펴낸이 이광호
주간 이근혜
편집 이민희 최지인 조은혜 박선우
펴낸곳 ㈜**문학과지성사**
등록번호 제1993 – 000098호
주소 04034 서울 마포구 잔다리로7길 18 (서교동 377-20)
전화 02)338-7224
팩스 02)323-4180(편집) 02)338-7221(영업)
전자우편 moonji@moonji.com
홈페이지 www.moonji.com

ⓒ 오정희, 2020. Printed in Seoul, Korea

ISBN 978-89-320-3607-6 03810

이 책은 대한민국예술원의 2019년 예술창작활동 지원을 받아 제작했습니다.

이 도서의 국립중앙도서관 출판예정도서목록(CIP)은 서지정보유통지원시스템 홈페이지
(http://seoji.nl.go.kr)와 국가자료공동목록시스템(http://www.nl.go.kr/kolisnet)에서
이용하실 수 있습니다. (CIP제어번호: CIP2020002394)

저녁의 게임

문지작가선6

오정희 중단편선

문학과지성사

차
례

완구점 여인

태양이 마지막 자기의 빛을 거둬들이는 시각이었다. 어둠은 소리 없이 밀려와 창가를 적시고 있었다. 어둠이 빛을 싸안고 안개처럼 자욱이 내려덮일 때의 교실은 무덤 속을 연상시키기도 한다. 낡은 커튼으로 배어든 약한 빛 속에서 머무르던 갖가지 숨결과 대화는 어둠이 깃들이는 것과 동시에 죽어버리는 것이다. 소리를 지르면 그대로 터엉 울려올 듯 공허해지는 것이다. 가로와 세로로 각각 여덟 개씩의 책상들. 나는 갑자기 모든 것이 죽음처럼 사라져가는 어두운 교실 안에서 그것들이 서서히 살아나고 있음을 느낀다. 자로 잰 듯이 반듯하게 놓인 그들의 질서가 두려워진다. 정확하게 열린 두 개씩의 서랍들은 시커멓게 입을 벌려 어둠을 빨아들이고 있다. 나는 그것들을 노려보면서 언제나처럼 진기한 보물이 가득 들어찬 동굴 속을 보는 듯한 기대와 공포를 느낀다. 그리고 이곳 교실에는 아무도 없다는 사실이, 예순넷의 책상들이 모두 나의 차지라는 사실이 가슴을 떨리게 한다. 이제 시작할까. 나는 소리를 내서 말해본다. 아무런 대꾸도 있을 리 없다. 다만 내가 뱉어놓은 여섯 개의 음절이 어둠에 먹혀감을 느꼈을 뿐이다. 창가에 놓인 책상 서랍부터 휘젓기 시작했다. 방석이 집히는 곳도, 필통이 집히는 곳도 있다. 필통을 열어 안의 것을 가방에 넣었다. 덧신이 집히는 곳도 있다. 신고 있던 덧신을 멀리 벗어 던지고 서랍 속의 덧신을 신었다. 조금 작은 듯했다. 뒤축을 꺾었다. 아직 새것인 듯 빳빳한 감촉이 기분 좋았다. 코를 풀어버린 휴지만 가득한 곳도 있다. 도시락이 만져진다. 뚜껑을 열었다. 먹다 남긴 부분이 톱날처럼 선명하게 뵌다. 비릿한 냄새와 달짝지근한 맛이 구토를 일으킬 듯했다. 밥도 더럽게 먹었군, 중얼거려본다. 그리고 귀를 기울였다. 몇 개의 동굴을 거쳐오듯 공허한 나의 목소리는 전혀 타인의 음성으로 들렸다. 나는 갑자기 이야기가 하고 싶어졌다. 사람들이 모두 돌아가버린 어두운 교실에서 눈뜨는 나의 세계와 저녁마다의 이러한 작업으로 나는 오뚜이를 사 모은다는 이야기를, 그리고 그 장난감 가게의 두 다리를 못 쓰는 여인의 이야기를 하고 싶었다. 유리창이 덜컹거렸다. 바람이 부는 모양이다. 손에 집히는 것이 별로 없었다. 조바심이 났다. 그리고 지루해졌다. 하나 아직도 다섯 줄이나 남아 있는 책상들을 그대로 두고 갈 수는 없다. 다음 책상으로 손을 넣으려다 나는 마룻바닥에 주저앉아버렸다. 복도로 슬리퍼 끄는 소리가 요란했다. 서너 명은 될 것이다. 어제도 그저께도 그들은 항상 떠들며 지나갔다. 한 번도 내가 있는 교실 문을 열어본 적은 없었다. 그러나 나는 견딜 수 없이 심장이 뛰었고, 갑자기 그들이 문을 열어젖히며 내 이름을 부를 것 같은, 또한 그들은 모든 것을 낱낱이 알고 있으면서도 모른 체하고 그맘때만 소리를 내며 지나는 것이라는 생각을 하곤 했다. 문득 나는 어둠 속에서 살피고 있는 날카로운 두 눈을 느꼈다. 누가 있니? 오히려 대답이 있기를 바라는 마음으로 나는 말했다. 이런 따위의 공포는 견딜 수 없다. 물론 대답은 없었다. 다시 서랍들을 뒤졌다. 문득 긴장을 느꼈다. 매끄럽고 납작하게 만져지는 것은 지갑일 것이다. 나의 손은 서랍 속에서 잠시 망설이고 있었다. 분명히 지갑이라고 생각한 경우에도 안경집이었거나 전차표 두어 장 정도 들어 있는 비닐 지갑이어서 실망한 때도 여러 번이었던 것이다. 다시 그것을 더듬어 안경집도 아니고 빈 비닐 지갑도 아니라는 것을 확인하고서야 꺼냈다. 지퍼를 열자 동전이 우르르 쏟아졌다. 동전이 마룻바닥에 떨어지는 소리가 요란스럽게, 끊임없이 울리고 있는 듯 생각되었다. 다시 다른 책상으로 옮겼다. 이마에는 진득한 땀이 만져졌다.

서랍 속에서 나의 손은 거의 기대도 없이 허둥거리고 있었다. 아까의 지갑에 이미 만족해버려 그것에 몰두하고 있었다. 교실은 완전히 어두워졌다. 잉크병과 그 밖의 잡다한 물건들로 채워진 가방이 한결 묵직했다. 거울 앞으로 다가갔다. 검게 번들거리는 거울 면에 나의 몸이 비쳐 있고 그 뒤로 가직하게 교실 전체가 담겨 있었다. 내 손이 한 번씩 거쳐간 책상들은 완전히 먼저의 질서를 잃고 있었다. 나는 꽤 오래 거울 속의 교실을 들여다보았다. 창문이 몹시 덜컹거렸다. 거울 앞을 떠나 복도로 나왔다.

인조 대리석의 복도는 구석방에서 새어 나오는 불빛으로 번들거렸다. 하늘이 새까맣다. 불빛에 검게 아른거리는 복도는 먼지 하나 없이 청결해 보여서 위축감을 느꼈다. 무거운 가방을 멀찌감치 내동댕이치고 그 위에서 뒹굴고 싶다는 생각을 했다. 뻣뻣한 스커트를 허리께까지 훌쩍 걷어 올리고 그대로 선 채 오줌을 누고 싶다는 충동을 느꼈다. 침을 뱉었다. 입안에는 끈적한 타액이 괴고 있었다. 나는 그것을 자꾸 뱉어냈다. 타액이 인조 대리석에 달라붙는 소리가 묘하게도 일정하다. 가득한 침이 마르자 입에서는 냄새가 나는 듯했다. 긴 낮잠을 자고 난 여름날 문득 느끼는 냄새였다. 이어서 귀에서도 소리가 나고 있었다. 그 소리는 목줄을 타고 올라가서 지잉지잉 울리고 나는 자꾸 오른쪽 귀가 비대해져감을 느끼지 않을 수 없었다. 확대된 귀에 유리창이 덜컹거리는 소리는, 콘크리트 교사 전체가 술렁술렁 흔들리고 마침내는 우룽우룽 울부짖고 있는 듯 들렸다. 나는 한 손으로 오른쪽 귀를 감싸 쥐고 입을 벌려 숨을 내쉬며 가만히 서 있었다. 숨이 가빠왔다. 하나 입을 다물 수가 없었다. 구역질이 날 듯해서 입안의 냄새를 도저히 들여 마실 수가 없었기 때문이다.

거리는 비에 젖어 흐득흐득 흐느끼고 있었다. 불빛이 환한 완구점 진열장에는 빨간 플라스틱 오뚝이들이 밖을 향해 서 있었다. 그리고 휠체어에 앉은 여인은 말끔히 씻긴 듯한 표정으로 빗물이 뿌려지는 거리를 내다보고 있었다. 햇빛이 밝은 날, 그녀의 모습은 괴괴한 느낌을 주곤 하지만 지금의 그녀는 청결감마저 풍기고 있었다. 갖가지 장난감들이 빈틈없이 채워진 가게 안에서 여인은 한 개의 커다란 인형처럼 보이기도 한다. 여인은 언제부터인가 입기 시작한 앞이 막힌 잿빛 스웨터를 입었고 그녀의 아주 빈약한 가슴이 나타나는 부분에는 모슬렘 여인이 새겨진 펜던트를 정물처럼 붙이고 있었다.

내가 가방으로 유리문을 밀치고 들어서면 여인은, 무얼 찾으세요,라고 물을 것이다. 내가 이곳을 찾기 시작한 때부터 지금까지 한 번도 어김없이 빨간 플라스틱 오뚝이를 사 갔다는 걸 알면서도. 아니, 그녀는 전혀 기억하지 못할 것이다. 레인코트를 입은 남자와 여자가 유리문을 밀치고 들어섰다. 여인은 그림자처럼 소리 없이 물러났다. 나는 그 남자와 여자에 대해서 심한 질투를 느꼈다. 여인이 빙긋이 웃었다. 그럴 때의 그녀는 열일곱 살이나 열여덟 살에서 이십 년쯤 거르고 갑자기 마흔 살이 되어버린 듯한 얼굴이 된다. 여인이 갖는 표정과 몸짓 하나하나는 나에게 이미 친숙한 것이었고 말할 수 없이 그리운 것이기도 했다. 지나가는 사람들의 몸이 부딪쳐왔다. 그들은 완구점 진열장 유리에 매달려 안을 들여다보는 나를 흘끔거리며 지나갔다. 나는 완구점 앞을 떠났다. 전류처럼 온몸을 돌고 있는 질투와, 다시 스멀스멀 열려오는 관능에의 혐오를 견디기 어려웠기 때문이다. 비로소 목덜미에 와 닿는 빗방울을 의식했다. 조그만 사내애가 우산을 사라고 외쳤다. 노란색을 골라 들었다. 비를 흠뻑 먹어 모포처럼 툭툭해진 스커트가 종아리를 스칠 적마다 닿는 부분이 쓰라렸다. 건너편의 약방을 발견하자 종아리가 참을 수 없이 아파왔다. 어디에건 다리의 통증을 호소하고 싶다. 약방으로 들어가서 반창고를 샀다. 높다란 빌딩 아래 비가 들이치지 않는 곳에서 스커트를 걷어 올리고 넓적한 반창고를 종아리에 붙였다. 가뿐해지는 기분이었다. 이대로 무거워진 몸에 반창고를 더덕더덕 붙이고 싶다. 그래서 몸의 마디마디에 가래처럼 걸쩍하게 괸 혐오를 털어버리고 싶다. 완구점의 여인이 보고 싶다. 내가 찾아갔던 그녀의 방, 자잘한 꽃무늬가 찍힌 커튼과 창백한 불빛과 무엇보다도 여윈 그녀가 보고 싶다. 그러나 나는 그녀를 찾아갈 수 없다. 그날 밤 어둠 속에서 감각한 그녀의 체온과 뭉텅 잘린 두 다리와 또 나의 행위는 한갓 춘화처럼 생생하게 남아 있었다.

그날 나는 아주 우연히 어머니를 보았다. 어머니는 장바구니를 들고 길가 양장점 쇼윈도를 기웃거리면서 걷고 있었다. 어머니를 처음 보았을 때 나는 그저 어리둥절한 기분이었다. 그러나 곧 따라 걷기 시작했다. 어머니는 걸음이 무척 느렸다. 내가 등 뒤에 바짝 따라 걷고 있어도 전혀 모르는 기색이었다. 나는 걸음을 멈추었다. 곧 어머니와는 거리가 생겼다. 다시 바짝 붙어 섰다. 그래도 어머니는 모르고 있었다. 나는 어머니와의 넓어졌다 좁아졌다 하는 거리에 재미를 느꼈다. 길을 건넜다. 그러곤 길 맞은편에서 어머니를 따라 걸었다. 어머니는 아이를 낳을 때가 가까운 모양이었다. 배가 한껏 부풀어 있었다. 눈 가장자리에 안경을 낀 듯 시커멓게 기미가 덮여 있었다.

그것은 낯익은 모습이었다. 어머니는 내가 어릴 적 가정부에서부터 나의 어머니의 자리로 옮겨 앉은 후 계속해서 아이를 낳고 있었던 것이다. 어머니는 그렇게 천천히 걷고 있으면서도 가끔 우두커니 서서 쉬다가 다시 걷곤 했다. 어머니가 그녀의 여섯 살짜리 계집아이를 끌고 집을 나간 지 몇 해가 되었을까, 삼 년인지 사 년인지 기억이 아리송했다. 그건 아무래도 좋았다. 여전히 어머니는 아이 낳기를 계속하고 있는 모양이다. 어머니가 우뚝 섰다. 어머니의 머리 위에는 아르바이트 홀의 간판이 크게 붙어 있었다. 어머니는 마침내 치맛자락을 감싸 쥐고 화살표가 그려진 골목 안으로 들어갔다. 나는 급히 길을 건넜다. 어머니는 보이지 않았다. 골목을 두어 번 더 꺾고서야 아르바이트 홀이 나타났다. 금방 만화 속에서 뛰어나온 듯한 차림새의 소년이 입구를 가로막아 서서 학생은 못 들어간다는 걸 모르고 있느냐고 말했다. 급히 찾을 사람이 있어요,라고 나는 대꾸했다. 그러자 나는 정말 어머니를 찾아내서 꼭 전해야 할 말이 있는 것처럼 생각되었다. 소년은 난처한 듯 두 팔을 벌리며 어깨를 으쓱했다. 좋습니다. 그러한 그의 몸짓은 차림새만큼이나 어울리지 않아 보였다. 홀 안은 무척 어두웠다. 아직 시간이 이른지, 넓은 홀 안에는 선풍기 돌아가는 소리가 요란스럽고 간간이 수군거리는 음성들이 들렸다. 차츰 어둠이 눈에 익자 어머니를 이내 찾아낼 수 있었다. 어머니는 어느새 선글라스를 쓰고 있었다. 천장에 매달린 대형 선풍기는 시익시익 바람 소리를 그치지 않고 그 바람은 어머니의 머리카락을 날렸다. 짧은 머리칼들이 곤두서고 검은 안경을 쓴 어머니는 곡마단의 한 멤버처럼 보였다. 차츰 사람들이 들어찼다. 선풍기 바람이 후텁지근하게 느껴졌다. 남자들은 남자들끼리, 여자들은 여자들끼리 한군데로 몰렸다. 밴드가 연주를 시작했다. 꾸물꾸물 사람들이 움직이기 시작하고 남자들은 여자들의 자리로 와서 손을 내밀었다. 무대 중앙에서 뚱뚱한 여자가 낮은 음성으로 노래를 불렀다. 나는 어머니를 보았다. 어머니는 아직 자리에 남아 있는 다른 여자들처럼 초조해 보였다. 춤을 추는 사람들에게로 고개를 돌리고 어깨로 가쁘게 숨을 쉬었다. 배가 부른 것이 완연히 눈에 띄었다. 나는 어머니에게 연민을 느꼈다. 빨간 잠옷을 입고 아침마다 변소에서 한 시간쯤 보내던 여자, 나에게 냉혹하리만큼 무관심을 가장하던 여자와는 전혀 이질적으로 느꼈다. 가수는 여전히 마이크를 쥐고 흐느끼듯 노래를 계속했다. 사람들은 흐느적흐느적 돌아갔다. 조명이 붉게 푸르게 자주 바뀌었다.

나는 꽤 오래전에 어머니와 어머니의 아이들을 죽이기 위해 칼을 간다든가, 집에 불을 지른다거나 하는 종류의 꿈을 매일 밤 꾸던 생각을 했다. 나를 항상 공포와 죄의식 속에 몰아넣는 어머니의 은밀한 눈짓에 견딜 수가 없었기 때문에 밤마다 나는 어머니를 죽이는 꿈을 꾸었던 것 같다. 마침내 가수가 마이크 앞을 떠나고 한 곡이 끝났다. 춤을 추던 남자와 여자 들은 허리를 굽히고 헤어져서 자리로 돌아갔다. 손바닥에 밴 땀을 그대로 선 채 선풍기에 들이대고 말리기도 했다. 다시 음악이 시작되었다. 나는 초조해졌다. 어머니는 춤을 한 번도 못 추어보고 돌아가게 될지도 모른다. 그러나 어머니는 남자와 함께 홀 중앙으로 걸어 들어가고 있었다. 남자는 어머니의 등에 손을 돌려 대고 있었다. 어머니의 빳빳한 나일론 치마가 바람에 날렸다. 밴드는 「푸른 다뉴브강」을 연주하고 어머니는 이내 헐떡거리기 시작했다. 어머니를 거북스럽게 부둥켜안고 있는 남자는 잘못 짚었군, 하는 투의 후회를 할 것이다. 아기의 태동이 남자에게 전달될지도 모른다. 그러면 남자는 흠칫 놀랄 것이다. 어서 곡이 끝나기를, 그리하여 이 배가 부르고 검은 안경을 쓴 여자에게서 놓여나기를 안타깝게 기다리고 있을 것이다.

　나는 울고 싶어졌다. 어머니가 빙글빙글 돌아갈 때마다 나일론 치마 밑으로 버선이 장화처럼 드러나 보였다. 나는 뛰어 들어가 정신없이 돌아가는 어머니와 거북스럽게 껴안고 있는 남자 사이를 떼어놓고 어머니를 끌고 나와 소리를 지르며 울고 싶었다. 나의 몸속에서 핏줄처럼 돌고 있는, 때로는 나를 버티는 힘이 되어주기도 하던 어머니를 향한 증오가 끈적끈적하게 풀림을 느꼈다. 몸도 느실느실 맥이 풀렸다. 홀이 파하자 어머니는 무거운 몸을 일으켜 바삐 사라졌다. 나는 완구점을 찾아갔다. 그때까지 불을 환하게 밝히고 거리를 내다보던 여인은 나를 잠자코 맞아주었다. 밤늦게 찾아온 나를 보고도 조그만 표정의 흔들림도 없는 여인에게 나는 당황했다. 날, 아시지요? 목소리가 높아졌다. 여인이 띌 듯 말 듯 입가에 웃음을 띠었다. 그러나 여인의 표정은 나를 알 것도 같고 모를 것도 같다는 애매한 것이었다. 시간이 너무 늦어서 집까지 갈 수가 없다고, 이곳에서 재워

줄 수 없겠느냐고 말했다. 여인이 비로소 빙긋이 웃었다. 나는 마음이 놓였다. 뭘, 좀 먹겠어요?라고 여인이 물었다. 나는 고개를 저었다. 빨리 쉬고 싶을 뿐이었다. 여인이 계집아이를 불러서 가게를 닫으라고 이르고 휠체어의 바퀴를 굴리면서 안으로 들어갔다. 여인이 마치 나를 맞기 위해 텅 빈 거리에 불을 요란스레 밝혀놓고 있었으리라는 생각이 문득 들었다. 도와줘요, 여인이 나에게 손을 내밀었다. 나는 여인이 휠체어에서 내리는 것을, 자리에 눕는 것을 도와주었다. 그리고 여인이 시키는 대로 그녀의 곁에 나란히 누웠다. 여인이 갑자기 내 쪽으로 돌아누웠다. 그러곤 자기의 팔을 나의 목에 둘렀다. 어느새 여인과 나는 서로를 부둥켜안은 채 팔의 힘을 바짝바짝 조이고 있었다.

그러곤 누가 먼저랄 것도 없이 입술을 맞대었다. 차지도 덥지도 않은, 그저 미적지근한 감촉이었다. 여인이 몹시 허덕거렸다. 나의 목을 끌어안으며 중얼거렸다. 아기를 낳은 적도 있어. 돈을 많이 벌어서 층계가 없는 집을 짓고 사는 게 소원이었는데. 나는 움직이지 않는 것들 틈에서 살아. 스스로 움직이는 건 아무것도 없어. 여인은 자꾸 내게 밀착되어왔다.

나는 어둠 속에서 이불이 버석거리는 소리와 내 몸속에서 물살처럼 화안히 열리는 관능의 움직임을 듣고 있었다.

여인과 나는 서로의 가슴을 밀착시켜서 팔딱거리는 심장의 고동을 또렷이 느꼈다. 여인은 아주 성숙한 자세로 나의 팔 가득히 안겨 있었다.

내가 눈을 떴을 때, 방 안은 아직 어둡고 새벽 종소리가 들렸다. 나는 종소리를 헤었다. 열번째 종소리에 일어나리라. 그러나 나는 열번째의 종소리가 들릴 때 일어나는 대신 손바닥으로 얼굴을 가렸다. 여인도 깨어 있을 것이다. 등을 대고 누운 여인은 조금도 움직이지 않았다. 숨소리도 전혀 없었다. 나는 손바닥 안에서 눈을 감아버렸다. 종소리가 여전히 들렸다. 허물처럼 내던져진 속옷을 보는 것이 부끄러웠다.

새벽빛이 가시고 방 안이 환히 밝아올 즈음 나는 일어났다. 주섬주섬 옷을 입으며 심한 수치를 느꼈다. 흐트러진 머리칼을 손가락으로 쓸며 방문을 나설 때 여인이 비로소 나를 바라보았다. 여인의 얼굴이 말라붙은 눈물 자국으로 번들거렸다. 그 후 나는 여인이 접하고 있는 모든 것에 질투를 느꼈다. 그러나 그녀를 찾아갈 수 없었다. 그날 밤의 모든 행위가 저주처럼 생생히 요악한 빛을 뿜고 있었기 때문이다. 매일 밤, 완구점의 유리를 통해 여인을 보는 것이 고작이었고 때때로 나는 여인의 꿈을 꾸었다. 발가벗은 그녀를 팔 가득히 안고 있는 꿈이었다. 그러나 깨고 난 다음 다시금 고개 드는 관능과 혐오는 견디기 어려운 것이었다.

똑같은 모양과 표정을 지닌 백 개의 오뚝이가 책상 위에 정돈되어 있다. 손으로 밀어버려도 떼굴떼굴 구르다가는 다시 서버린다. 나는 하나씩 짚어가며 세어본다. 틀림없이 백 개였다. 내가 여인을 찾아갔던 날 이후로 한 개도 더 늘지 않았다. 나는 지금쯤도 휠체어에 앉아서 거리를 내다보고 있을 여인을 생각했다. 오뚝이를 하나씩 방바닥에 굴려본다. 빨간 점들이 방 안 가득 뿌려진다. 백 개의 오뚝이들, 그들은 사랑스러운 나의 분신과도 같은 것이었다. 그들은 완전히 소외된 세계에서 나와 더불어 있었다. 하늘이 팽팽하게 부풀어 있었고 태양은 곧 쪼개질 듯 하얗게 빛나고 있던 날, 심한 현기증으로 비틀거리던 내가 무심코 들여다본 것이 진열장이 온통 오뚝이로 채워진 그 장난감 가게였다.

그리고 그 오뚝이들 너머로 휠체어에 앉은 여인이 보였다. 인형처럼 앉아 있는 여인을 보고 나는 잠시 정신이 혼란해짐을 느꼈었다. 현기증 탓만도 아니었다. 햇빛이 쏟아지는 베란다와, 침침한 팔조 다다미방과, 역시 휠체어의 바퀴를 굴리고 있는 사내아이와 벽에 가득한 그림들이 필름처럼 스쳐갔다. 그러나 내가 다시 눈을 비비며 유리문을 밀었을 때 나는 가게 구석에 세워진 두 개의 목발과 여인을 보았고 가득 들어찬 울긋불긋한 장난감들이, 여인이 빚어내는 공기 속에서 괴괴하게 살아 있음을 보았다. 여인은 사십도 채 못 닿았을 나이에 얼굴에는 거뭇거뭇 검버섯이 피어 있었다. 나는 잠시 가게 문턱에 서 있었다. 여인이 무얼 찾느냐고 물었다. 나는 오뚝이를 가리켰다. 특별히 오뚝이를 사려고 작정했던 것은 아니었다. 다만 진열대를 가득 채운 오뚝이에 시선이 머문 때문이었다. 여인이 순이야, 순이야,라고 안에 대고 소리쳤다. 나는 급히 뛰어나온 계집애에게서 빨간 플라스틱 오뚝이를 받아 들었다. 그날 밤, 나는 죽은 동생의 꿈을 꾸었고 그 후 밤마다 완구점에 들러 오뚝이들을 사 모았다. 그것은 마치 춥고 황량한 나의 내부에 한 개씩 한 개씩 차례로 등불을 밝히는 작업과도 같은 의미를 가지고 있었다. 때때로 나는 나의 속에서 끊임없이 지어지는 고치를 감각했다. 그것들은 혹처럼 무겁게 가슴속에 자리하고 있어, 동그란 오뚝이를 손에 쥘 때 오뚝이의 빨간 막과 그 단단한 고치가 부딪치는 소리를 느낄 수 있었다. 두 다리를 못 쓰는 여인과 갖가지 장난감들이 빚어내는 괴괴한 흔들림 속에서 위축되기 쉬운 나의 감정들은 위안을 받는 것이다. 여인은 나에게 모든 것을 생각나게 해주었다. 우리가 세 들어 살고 있던 일본식 집 이층을, 휠체어에 앉아 있던 동생을, 가슴이 두껍고 목소리가 걱실걱실하던 가정부를, 아니 나의 어머니를 생각나게 했다. 햇빛이 별나게도 잘 드는 베란다 말고는 멋없이 크기만 한 다다미방들은 어둡고 침침했다. 퀴퀴한 곰팡이 냄새가 나는 오시이레와 군데군데 음이 나지 않는 피아노가 유일한 나의 놀이터였고 또 방의 가구였다. 상아를 입힌 건반이 노랗게 찌든 낡은 피아노가 언제부터 우리의 것이었는지는 모른다. 까만 칠이 많이 벗겨진 커다란 피아노는 벽의 돌출된 부분으로 버티고 있을 뿐이었다. 소아마비를 앓아 하루의 대부분을 휠체어에서 보내는 동생은 손이 닿는 높이의 흰 벽에 종일 그림을 그렸다. 이층에서 보이는 전도관 흰 건물의 종각과 머리를 곱슬곱슬 지져 붙인 가정부 등, 눈에 보이는 모든 것은 그의 손으로 벽화가 되었다. 더 그릴 것이 없자 동생은 옷을 벗고 자기의 몸 부분 부분을 세밀히 그렸다. 동생은 나의 옷도 벗을 것을 강요했다. 그래서 벽에는 각각 다른 형태의 남자와 여자가 가장 순수한 상태로 그려졌다. 오래지 않아 벽은 모두 띠를 두른 듯 일정한 높이의 그림으로 가득 차버렸다. 가정부는 그것을 보고 킬킬거렸다. 투박한 손바닥으로 쓸어보기도 했다. 동생은 그녀에게 마구 떼를 썼다. 아줌마도 그릴 테야. 아줌마도 벗어. 가정부는 흉물스럽게 웃으며 동생의 머리를 툭툭 건드렸다. 그날 하루 종일 동생은 아줌마도 그리겠다고, 아줌마도 벗으라고 울었다. 그러던 동생이 어느 날 갑자기 죽어버렸다. 학교에서 돌아온 내가 막 이층 계단을 밟았을 때, 이층에서 기다리던 동생은 그림이 잔뜩 그려진 도화지를 쳐들며 큰 소리로 나를 불렀다.

누나야, 누나야. 곧 나는 휠체어의 바퀴를 움켜쥔 채 계단을 굴러떨어지는 동생을 보았다. 그리고 여러 곳에서 울리는 날카로운 비명을 들었다. 시멘트 바닥에 내동댕이쳐 동생의 머리는 피투성이였고 얼굴은 퍼렇게 부풀어 올랐다.

부서진 휠체어 조각이 흐트러져 있었다. 나는 동생이 손에 움켜쥔 도화지를 빼냈다. 한 귀퉁이가 찢어졌다. 숨이 껵껵 막혔다. 사람들이 달려와 동생을 안고 갈 때까지도 나는 부서진 휠체어를 보듬으며 도화지를 들여다보고 있었다. 붉은 크레용으로 꽃이 그려져 있었다. 맨드라미인 듯도 했다. 동생이 꽃을 그린 것을 보는 건 처음이었다. 우리가 살고 있는 이층에서는 꽃을 볼 수가 없었기 때문이다. 뒷면에는 벌거벗은 여자가 그려져 있었다. 나에게는 그 여자가 가정부라고 생각되었다. 조금도 닮지 않았으나 머리를 곱슬곱슬하게 지져 붙이고 또 엄청나게 커다란 젖을 가지고 있는 사람은 우리 식구 중에 그녀밖에는 없기 때문이었다.

그 후로 가정부와 나만의 단조로운 날들이 시작되었다. 그러나 항상 동생이 그린, 벽에 가득한 그림들에서는 낮달처럼 창백한 그 애의 환상이 넘실거렸고 그림들을 보면서 나는 가슴이 무너지는 듯한 슬픔을 느꼈다. 동생이 죽자 언제나 우리와는 떨어져 살던 아버지가 돌아왔다. 그리고 꽤 오랫동안 나와 함께 이층 셋집에 머물러 있었다. 아버지는 머물러 있는 동안 언제나 다정했다.

저녁마다 배들이 정박해 있는 부두로 데리고 나갔고, 바다낚시에 한몫 끼워주었다. 때문에 언제나 저녁 찬은 석유내 나는 망둥이조림이었다. 그러나 어느 날 아침 잠자리에서 깨어났을 때 모든 것은 변해 있었다. 가정부가 아버지의 방에서 부스스한 머리를 매만지며 나오고 학교 갈 시간이 되어도 그녀는 머리를 빗겨주지도 밥을 주지도 않았다.

나는 머리를 까치둥지처럼 헝클린 채 눈물을 좍좍 쏟으며 학교에 갔다. 죽은 동생 생각이 났다. 아버지는 그날 밤 우리가 살던 이층을 떠났다.

그러나 사태는 소리 없이 변해가고 있었다. 아버지는 더욱 빈번히 집에 돌아왔고 그때마다 가정부는 잠자리를 아버지 방으로 옮겼다. 그녀는 서서히 나의 어머니의 위치로 변해갔다. 그녀는 적어도 내가 생각하기에는 쉴 새 없이 아이를 낳았다. 아이들이 우는 소리가 그치지 않고 단조로운 집 안 공기를 흔들어놓왔다. 집 안 어디서나 걱실걱실한 그녀의 음성이 들려왔다. 아이들은 돌이 지나 아우를 볼 때쯤이면 설사를 하다 죽기도 했다. 무턱대고 나에게 잘해주기만 하던, 그래서 촌스러운 모양으로 자모회에도 참석하던 그녀는 점차 냉혹해져갔다. 연필과 공책이 필요하다고 해도 그녀는 내가 군것질이나 하고 다니는 것 같은 얼굴로 질책을 했다. 나는 때때로 동무들의 연필이나 크레용을 몰래 집어왔다. 아이들은 나와 함께 앉기를 싫어했고 선생님은 아무 말 없이 내 가방을 거꾸로 들고 샅샅이 털어보곤 했다. 나는 분필 토막을 주머니에 넣고 변소에 들어가, 선생님 나쁜년, 엄마 나쁜년,이라고 오래오래 낙서를 했다.

나는 자꾸 딱딱한 껍데기 속으로 위축되어갔고, 그럴수록 어머니에 대한 증오는 맹렬히 커져갔다. 죽은 동생은 더욱 생생히 기억 속에서 되살아났다. 어머니는 동생이 그린 그림을 모조리 지워버렸다. 내가 동생을 느낄 수 있는, 끝없는 애정으로 대하던 그림들이 하나씩 지워질 때 나는 물걸레를 손에 든 어머니에게 매달렸다. 어머니는 나를 밀치며 무관심하게 대꾸했다. 그 애는 너 때문에 죽은 거야, 그날 네가 학교에서 조금만 일찍 왔거나 늦게 왔어도 잘 놀던 애가 죽었겠니? 어머니와 나는 무섭게 냉담해져갔다. 그러나 내 속에 자리 잡은 끈질긴 증오와 대결 의식과 피해 의식은 온 신경을 팽팽히 긴장시키고, 그녀에게 향하는 증오가 생활의 유일한 원동력인 것처럼 생각되기도 했다.

나는 여인에게 편지를 썼다. 어제도 나는 당신의 꿈을 꾸었습니다. 매일 밤 나는 발가벗은 당신의 꿈을 꿉니다. 그리고 부끄러움을 견디지 못해 괴로워합니다. 언젠가 당신을 찾아갔던 날, 기억하시는지요? 그렇다면 잊어주십시오, 잊어주십시오, 그래서 다시금 당신의 세계에 나를 맞아주십시오. 소리를 내어 읽어보았다. 다소 연극적이었으나 감동을 느꼈다.

완구점은 며칠째 내부 수리 중이라는 쪽지를 달고 문이 닫혀 있었다. 나는 거의 미칠 듯한 기분이었다. 여인을 만나는 것은 고사하고 매일 밤 유리문 밖에서 여인을 들여다보던 일도 허용되지 않는 것이다. 여인에게 쓴 편지는 손때가 까맣게 올랐고 접은 자리는 헤실헤실 보풀이 일고 있었다.

완구점이 있던 자리에 다방이 생겼다. 굳게 닫혀 있던 문이 열리고 축제처럼 흥청거렸다. 나는 다방으로 들어갔다. 화환들이 늘어선 문을 지나면 다시 불빛이 환한 완구점이 나타나고 가득한 장난감들과 여인이 나를 맞아줄 듯했다. 그대를 사랑해, 그대를 사랑. 스피커는 요란스럽게 울부짖었다. 어서 오세요, 카운터에서 손톱을 다듬고 있던 여인이 화사하게 웃었다. 다방 안을 둘러보았다. 완구점의 모습은 찾아볼 수 없었다. 그러나 붉고 푸른 색등이 실내를 밝히고 있고, 열대어들이 끊임없이 물방울을 만드는 커다란 어항이 있고, 사랑을 하는 남자와 여자가 자리를 채우고 있어도 나는 항상 여인이 있던 자리를, 목발이 있던 자리를, 저마다 살아 있던 장난감들이 놓였던 자리를 또렷이 알 수 있었다. 다방을 나왔다. 스피커는 여전히 지잉지잉 울고 있다. 그대를 사랑해, 그대를 사랑해. 나는 여인을 생각했다.

　지금쯤 휠체어의 바퀴를 굴리며 자기의 세계를 찾고 있을 여인과 그 뒤를 따라서 매끈한 장난감 자동차들은 달리고, 오뚝이들은 데굴데굴 구르며, 인형들은 두 다리로 꼿꼿이 따라 걷고 있으리라. 그들은 나에게서 손이 닿지 않는 이방으로 멀어져 있었다. 나는 잠시 해방감을 느꼈다. 그리고 끝없이 고독하게 느껴졌다. 나는 다시 딱딱한 껍데기 속에서 죽은 동생의 환상과 어머니에 대한 증오와 단 첨가된 춘화와도 같은 여인과의 정사를 안고 달팽이처럼 한껏 움츠리며 살아갈 것이다. 여전히 나를 기다리고 있을 오뚝이들을 없애버려야겠다고 생각했다. 그것은 나에게 있어서 상실을 의미하는 것은 아니라고 생각했다. 그래서도 안 될 것이었다. 그러나 그런 생각 역시 나에게 아무런 위안도 주지 못했다. 다리가 맥없이 후들거렸다. 하늘에는 별이 없었다. 가슴은 금방 버석버석 소리를 내며 부서져버릴 듯 건조해져 있었다.

(1968)

번제燔祭

바다는 거대한 한 마리의 뱀처럼 비스듬히 누워, 수천, 수만의 은빛 비늘을 번쩍이고 있었다. 그리고 몸을 비비적거리며 뒤챌 때마다 흰 배를 드러내어 그 위로 햇빛은 버석거리며 부서져 내렸다.

간단없이 밀려오는 파도에 먹혀 톱날같이 들쭉날쭉한 해변을 걸으며 어머니는 자주 쥐고 있던 내 손을 놓고 머리칼을 쓸어 올렸다. 머리칼을 긁어 올리는 어머니의 여윈 손은 종내 슬며시 목덜미로 흘러내리고 그러한 동작은 거의 무의식적인 듯했으나 그네의 창백하고 섬세해 뵈는 목덜미처럼 여간 우아한 것이 아니어서 나는 가쁘게 숨을 몰아쉬며 따라가는 중에도 매양 감탄을 하곤 했다.

나는 자주 걸음을 멈춰 고무신의 모래를 터는 시늉으로 허리를 굽혔다. 치마 앞자락이 들리도록 불룩한 배가 어머니의 눈에 뜨일 게 두려웠던 것이다.

바다는 진통하듯 일정한 간격으로 몸을 뒤틀고 흰 거품을 토해, 나는 자칫 파도에 쓸려버릴까 봐 조바심을 쳤다. 파도는 눈이 닿지 않는 먼 곳에서부터 슬금슬금 기어오다가 알지 못할 순간에 해변을 덮치곤 했다. 나는 밀려오는 물굽이를 바라보며 이제나저제나 눈어림을 하여 재빨리 치마를 걷어 올리는 것이지만 그것은 언제나 내가 예상한 순간보다 빨리 달려들어 치맛단을 온통 적셔버리는 것이었다.

어머니는 매우 나직하고 빠른 음성으로 이야기하고 있었다. 이야기라기보다는 오히려 지저귐이라고나 해야 할 정도여서 나는 말의 내용을 알아들을 수 없었다. 어쩌면 어머니의 어린 시절, 외조모와 외조부에 관한 이야기인 게라고 막연히 짐작했을 뿐이었다. 어머니는 가끔 이야기를 중단하고 목젖이 울리듯 낮은 소리로 웃었다. 또는 나를 돌아보며 그렇지 않니,라고 동의를 구하기도 했다.

나는 허겁지겁 치마를 잡아당겨 발등을 가리며 허리를 둥글게 구부렸다. 아니, 애야. 어머니가 눈을 크게 뜨고 나를 바라보았다. 나는 어머니의 눈길을 피해 더욱 허리를 굽혀 치마로 발등을 감쌌다. 어머니의, 나를 부둥켜안으려는 급한 몸짓과 놀란 듯 치켜뜬 눈이 내게 다가오는 것을 피해 한 걸음 물러나는 순간 나는 흰 이를 드러내며 나를 덮치는 파도를 보았다. 나는 아앗 소리를 치며 그러나 묘한 안도감으로, 끌어당기는 물살의 이해할 수 없는 힘에 나를 맡겨버렸다.

삽시간에 어머니와 나 사이에 한 자만큼의 거리가 생겼다. 되돌아가려고 해도 파도는 나를 다시 떠밀어버렸다.

아직 물이 찬데. 어머니는 내가 헤엄이라도 치려는 줄 아는지 사뭇 걱정스러운 음성으로 소리쳤다. 나는 버둥거렸다. 그러나 덫은 단단했다. 그 사나운 발톱으로 나를 옭은 채 놓아주지 않았다. 어머니, 내가 보여요? 그럼, 보이고말고, 어서 돌아오너라. 나는 열심히 자맥질을 했으나 그것은 점차 어려워졌다. 뱃속의 아이가 목에 매달린 돌멩이처럼 걷잡을 수 없는 중량감으로 끌어내리고 있었다.

어서 돌아오너라. 어머니는 소리쳤다. 멀리서 손짓하는 어머니는 꽃처럼 보였다.

해변에는 파도가 가화假花처럼 펄럭이고 아이는 내 목을 감은 팔에 힘을 주며 외쳤다. 날 살려줘. 날 살려줘. 나는 의연히 내 목에 지렁이처럼 얽힌 아이의 두 팔을 잡아떼었다. 그러곤 곧 뒤돌아 이젠 새털처럼 가벼워진 몸으로 어머니를 향해 헤엄쳤다.

아침은 늘 수돗물 소리로 시작된다. 이른 새벽, 수압이 높은 물줄기가 양철 바께쓰에 기세 좋게 쏟아지다가 이윽고 철철 넘치는 충일의 소리, 서둘러대는 청소부들의 기척에 나는 눈을 뜬다. 아직 잠에서 덜 깬 몸에는 지난밤 꿈의 흔적이 미열처럼 흐릿하게 남아 있고 나는 여태껏 아이의 손이 엉겨 있는 듯 답답한 목줄기를 손톱자국이 나게끔 긁었다.

얇은 고무 밑창이 시멘트 바닥과 철버덕철버덕 닿는 소리, 때로는 질질 끌리는 슬리퍼 소리가 복도에 울리기 시작해서 이 분이나 삼 분쯤 후 병실 문을 열고 나타난 의사의 손에는 천 시시들이 링거 병이 들려 있다. 역시 평상시대로 의사는 내 가슴을 풀어 겨드랑이 깊숙이 체온계를 꽂고 비어 있는 링거 병을 새로 가져온 것과 바꿔 매달아놓는다. 그동안 의사는 한마디의 말도 하지 않고 나도 창에 눈길을 고정시킨 채 한 번도 의사 쪽을 바라보지 않는다. 그러나 나는 방 안에서 진행되고 있는 일을 낱낱이 알고 있다.

언젠가 내가 의사에게 창살을 뽑아주세요,라고 말했을 때 한참 후에 들려온 그의 대답은 그게 무슨 상관입니까,라는 것이었다. 그의 어조는 체온계를 눈높이까지 들어 올리며 삼십칠 도 오 부로군,이라고 중얼거릴 때와 다름없이 피로하게 들렸다. 조금치의 냉소도 들어 있지 않았다. 그 뒤 줄곧 나는 의사에게 말을 건넨다는 것에 터부를 느끼고 있었다. 딱히 그 창살이 견딜 수 없었던 것은 아니었다. 다만 몹시 이야기를 하고 싶었던 것이다. 아침이나 저녁 무렵이면 조금씩 쉬어버려, 부드러운 알토로 변하는 내 목소리가 이 지하의 방에 타인의 음성처럼 울리는 것을 듣고 싶었을 뿐이었다. 그러나 거울을 보고 이야기하듯 혼자 떠들어댄다는 따위의 용렬한 치희稚戲는 내 자신이 용납할 수 없었다.

각본은 밤새도록 궁리되고 준비된 것이었다.

저 창살 좀 뽑아주세요.

바람이 몹시 불고 있는데요?

눈이 열두 조각 나는 것 같아요.

아마 그러실 테지요.

그뿐인 줄 아세요? 햇볕도 열두 조각, 지나가는 사람들 다리도 열두 조각. 내 눈이 초파리나 잠자리 눈인 줄 아시나 봐.

창살을 뽑으면 어쩌게요?

곧장 날아가버리겠어요.

오호라, 그러나 너무 높이 올라가지는 마세요. 날개가 녹아버릴지 모르니까요. 그럼 떨어져버린답니다.

마침내 나는 내 부드러운 알토로 그를 매혹시켜 하루에 몇 사람씩 창밖을 지나다니는가, 어제는 몇 사람이 지나갔고 오늘은 틀림없이 몇 사람이 지나갈 것이고 또 내일은 얼마만큼의 사람들이 지나갈 것인가를 점치면, 침대 밑에 숨겨놓은 비밀 노트를 알 리 없는 의사는 나의 예언이 적중한 데 놀랄 것이다. 그다음 날이면 나는 그의 사육 방법에 대해 진지하게 토론을 하게 될 것이고 아마 그는 나에 대해 우선은 강한 호기심을 가질 것이며 다음엔 나를 인정하게 되고 마침내는 사랑하게 될 것이다.

그러나 로맨스는 끝장이었다. 나는 어떠한 방향으로 뻗어나갈지 예측할 수 없는 로맨스에 흥미를 잃었다. 나의 로맨스도 그에겐 한갓 광기로밖에는 받아들여지지 않는 것이다. 그 일이 있은 후 나는 창 앞을 지나가는 그의 높은 웃음소리를 듣고 아주 어리둥절했던 것을 기억한다. 이곳 병실의, 창틀을 경계로 지상과 지하로 나누어진 구조 때문에 창가에 바짝 붙여놓은 침대에 누워서는 지나가는 사람들의 전신을 본다는 일이 불가능하다. 그러나 웃음소리의 주인이 의사라는 것은 그날 아침 눈어거

봐둔 가운 밑의, 회색 줄이 잘게 그어진 검정 바지와 흰 면양말로 알 수 있었다. 의사는 발목이 유난히 가는 여자와 나란히 걷고 있었다. 두 사람이 팔짱을 끼었는지는 알 수 없었다.

의사는 겨드랑이에서 체온계를 뽑았다.

의사는 실내에서 생활하는 사람들이 대개 그러하듯 투명하고 노란 피부를 지니고 있었다. 나는 종종 우연히 던져지듯 침대 모서리에 놓이는 의사의, 정맥이 나무줄기처럼 싱싱하게 뻗어 있는 손을 물어뜯고 싶다는 사나운 충동에 사로잡히곤 했다. 그때마다 그의 깨끗한 손등 위에 씨앗처럼 촘촘히 박히는 잇자국을 본 듯하여 눈이 부시지만 실제로 나는 그의 손을 물어뜯은 적은 없었다. 창밖으로 눈을 돌리거나 시트를 움켜쥐는 것으로 대신하는 것이었다.

나는 의사의 존재에 대해 거의 두려움을 갖고 있었다. 그에게서 전해지는 분위기는 늘 건조한 바람으로 환치되고 그가 나간 뒤면 나는 입에 가득한 먼지를 헹구어내듯 침을 뱉았다. 그래도 입안은 깔깔하기만 했다.

의사는 아침마다 링거 병을 갈아 끼우고 내 팔에 금속의 바늘을 연결하여 나의 행동반경을 정해줌으로써 그의 위력을 시위했다. 그는 의사이고 나는 그의 뜻에 의해서만 넓힐 수 있는 현실적인 영역에 나의 사고思考도 순응한다는 것으로 그의 지배를 받아들였다. 그는 내게 음식과 약물을 제공하고 나는 그것을 취함으로 그에 의해 사육당하고 있음을 인정하지 않으면 안 되었다. 나는 결코 그에 의해서 행해지는 모든 의식의 어느 한 가지를 거부한다든가 하는 것으로 그에게 반역하지 않았으며 기꺼이 식물적인 상태에 머물러 있었다. 이러한 관계가 언제부터 이루어진 것인지 기억이 확실치 않다. 나는 이곳에 있는 것에 대해 하등의 의문도 가지지 않았다. 의문을 갖는다는 일은 내게 부과된 의무가 아니었다.

체온계와 빈 링거 병을 가지고 나가려던 의사가 나를 힐끔 돌아보았다.

오늘 내방객이 있을 것입니다.

나는 이내 말뜻을 알아듣지 못해 빤히 의사를 바라보았다. 의사는 잠시 머뭇거리더니 귀찮다는 듯 머리를 흔들며 나가버렸다.

의사가 나가고 나서야 비로소 그가 말한 것을 되새긴 나는 가슴이 뛰었다.

나는 꽤 오랫동안 풀어헤친 가슴팍을 여밀 생각을 하지 않았다. 의사의 말에 흥분하고 있음에 틀림없었다. 내가 이곳에 들어온 후 나를 찾아온 사람이란 전혀 없었던 것이다. 나를 찾아온 가장 확실한 것은 내가 최근의 수술 이후 갑자기 늙기 시작했다는 사실이었다. 노쇠 현상은 전에 없이, 한 번도 본 적이 없는 태내胎內에서 살해된 아이의 모습을 애써 생각해낸다거나 그 아이에 대해 느끼는 모호한 애정 따위로 나타났다.

나는 아무것도 할 수 없었다. 기다린다는 것 외에 내게 허용된 것은 아무것도 없었다. 왜 의사는 오전이거나 오후, 오후라면 몇 시경이라고 명시하지 않고 막연히 오늘이라고만 이야기한 것일까. 불행히도 내가 나른한 낮잠에 빠져 있을 때 그 낯선 방문객이 살그머니 문을 열어보고 다시 나가버리는 일이 생기지 말라는 법은 없지 않은가. 누군가를 기다린다는 것에, 늙기 시작한 것을 자각한 여자의 경우 설렘과 기대는 배가하는 것이다. 그것은 모험이었다. 기다린다는 상황하에서, 그 오색의 프리즘 뒤에서 사물은 흡사 처녀지처럼 찬연하게 펼쳐지는 것이다. 그러나 기대는 왜 항상 배반당하는가. 기대는 왜 늘 첩자처럼 그 안에 배반을 준비하고 있는 것일까.

햇빛이 안 드는 오전 내내 하릴없이 나는 자주 손을 씻었다. 이즈음 내게 생긴 새로운 버릇은 쉴 새 없이 손을 씻는 것이었다. 죽어버린 아이가 생각날 때, 의사의 완고하고 건조한 눈이 떠오를 때, 또한 어젯밤처럼 꿈속에서 어머니를 보았을 때 나는 씻고 씻고 또 씻었다. 진한 알칼리성의 비누가 피부의 기름기를 다 말려버릴 때야 씻기를 멈추었다. 기름기가 없어져 허옇게 비듬이 돋아 시트 위에 나란히 놓인 손은 미라처럼 보였다.

밖은 안개가 걷히고 있었다. 사월은 안개가 짙다. 그리고 이곳 그늘진 녘에 꽤 오래 차갑고 축축하게 머물러 끈질기게 신경통을 유발시켰다. 저만치 안개가 걷히는 곳의 메마른 나무줄기 위에는 물오르는 연한 잎들이 햇빛에 반짝이고 밤새 자리를 옮겨가며 울던 새는 젖은 날개를 털고 있을 것이다. 나는 막연한, 그러나 목이 타는 듯 절박한 기다림으로 늙은 나무의 다시는 싹이 틀 것 같지 않은 메마른 둥걸을 바라보았다.

창은 내게 움직이는 한 틀의 그림이다. 창에는 세로로 박힌 창살이 다섯, 중간을 가로지른 창살이 한 개 있어 창을 열두 조각으로 나누고 있다. 지면과 같은 높이에서 시작하는 창은 내게 늘 일정한 풍경 즉 지나가는 사람들의 다리만을, 그 위에 높직이 얹혀 육중하게 흔들리는 엉덩이밖에는 보여주지 않는다. 때문에 나의 매일매일은 지나가는 사람들의 다리 수를 헤는 것으로 시종했다. 단조롭고 따분한 노릇이었으나 늘 잇새에 끼여 근질거리는 권태를 삼키듯 반복되는 이러한 일과에서 나는 하나의 사실을 발견하고 몹시 놀랐기도 했다. 즉 내 비밀한 노트의 기록에 의하면 매일 거의 같은 수의 사람들이 지나다닌다는 것, 그리고 지나다니는 남자와 여자의 비율이 거의 같다는 것이었다. 이곳은 천주교 계통에서 경영하는 자선 병원이고 따라서 안식일에는 진료하지 않는다. 그렇다고 오가는 사람들이 현저히 줄어드는 것은 아니다. 오히려 안식일보다는 비 오는 날에 숫자가 줄어드는 편이다. 병원을 찾는 일도 들놀이처럼 화창한 날씨를 필요로 하는 모양이었다.

때로 한 무리의 사람이 지나갈 때, 혹은 비라도 퍼부어 여자들의 모양 좋은 다리가 뱀처럼 무늬를 만들 때, 나는 다리 수를 아홉이나 열하나, 열셋으로 헤아리는 수가 있다. 그러나 독각귀 獨脚鬼란 도깨비를 이름이 아니던가, 소리 내어 웃는 것으로 나는 곧 나의 실수를 정정한다. 빈번하게 일어나는 일 중의 하나지만 잠을 잘 수 없는 밤이면 나는 ♀과 ♂으로 새카맣게 기재된 노트를 펼쳐 하나하나를 손으로 짚어 통계 숫자를 확인하며 이상한 기쁨에 잠기곤 한다.

이전에 나는 외계에 대해, 내가 죽은 후에도 그들은 여전히 살아 움직이고 햇빛은 곳곳에 만연해 있으리라는 것에 대해 심한 질투를 느꼈었다. 그러나 비밀 노트에 숫자를 기록하기 시작한 후로 꿈과 욕망과 좌절 속에 죽어간 모든 사람처럼 나도 죽으리라는 것이, 이루어질 수 있는 완벽한 소멸이 나를 기쁘게 했다. 그것이 내가 느끼고 있던 괴로움에서 나를 해방시켰던 것이다.

내 속에서 한 마리 벌레처럼 꿈틀거리는 성性도, 색정도, 간단없이 찾아와 축축이 가슴을 적시는 사랑도 언젠가는 끝나리라. 이윽고 나는 새처럼 가벼워져서 내가 태어난 어둡고 신비한 그늘 숨어 하나의 새로운 싹으로 다시 트게 되리라.

의사는 나를 사랑하고 있지 않다. 오히려 링거 병을 갈아 끼우는 그의 푸른 손길은 질책과 증오를 숨기지 않았다. 그에게 창살 뽑아주기를 제의한 이후 나는 그에 대한 로맨틱한 공상을 버렸다. 밤의 잠자리를 어지럽히는, 의사에 대한 꿈보다는 더욱 뚜렷이 귓전에서 밤새가 울었다. 할 수만 있다면 의사는 서너 개의 굵은 쇠창살을 더 박아놓는 데 주저하지 않을 것이다.

햇빛은 소나기처럼 쏟아지며 유리의 투명한 막을 찢고 잘게 부서져 창틀의 각진 곳에서 튀어 오르고 다시 둥근 탁자로 미끄러지며 이윽고 흘러내린다. 빛은 직진하는 것이 아니다. 눈을 가늘게 뜨면 흡사 메피스토펠레스처럼 수많은 나선의 고리를 만들며 끊임없이 내닫는 빛의 통과를, 그 자디잔 파장을 엿볼 수 있다.

원형의 탁자 위에 있는 서너 알의 사과와 과반을 가로질러 놓인 과도에 머물던 햇빛이 불현듯 야기시킨 권태가 과도의 무딘 날에서 일곱 가지 빛깔로 번득이던 것을, 그것에서 느껴지던 살의를 설명해다오.

습기가 말끔히 걷힌 한낮, 어디선가 분수의 물방울 듣는 소리에 섞여 가끔씩 남녀 혼성의 밝은 웃음소리가 자지러지고 불가시不可視의 현상처럼, 혹은 정오에 내려앉은 까마귀처럼 나타난 수녀들이 검은 옷 아래 흔들리는 로사리오의 잘랑거림으로 창 앞을 지나갔다.

침대 머리에 매달린 천 시시 링거 병이 삼분의 일쯤 비어 있고 나는 내 팔에 꽂힌 금속의 바늘과 과도의 무딘 날에서 번득이는 살의를 감지하여 칼날이 물체에 파고들어 묵직한 니켈제의 자루를 통해 손에 느껴지는 살아 있는 것의 꿈틀거림, 지방질의 두꺼운 켜에서 전해지던 눅눅함이 주는 거의 관능적인 쾌락을 감득하고 몸서리를 쳤다.

창틀에는 먹다 남긴 한 조각의 비프스테이크가 축축이 썩어가고 있었다. 살모넬라, 살모넬라의 원무. 나는 부패되어가는 한 점의 고깃덩어리를, 살아 있는 것, 생명 있는 물체에 대한 본능적인 혐오와 반감으로 집요하게 관찰했다. 팔뚝에는 자디잔 소름이 돋아 있었다.

시간은 햇볕 속에서 분해되어 완벽하게 용해되고, 이러한 오후에 너는 내게 왔다. 막막한 기다림이 거의 예감으로 변질되어가는 어느 순간에 문득 나타난 너에게 내가 '너'라는 지칭 이외에 어떻게 달리 부를 수가 있을 것인가.

문이 잠겨 있지 않았던가, 두어 빈의 나지막한 노크 소리에
이어 문이 열리고 노란 수선화 다발을 든 채 어색하고 뻣뻣한
자세로 서 있는 너는 내게 빈민가의 저녁과 난간이 부서져 나간
가파른 목제 계단 위의 하마하마 굴러떨어질 듯한 절망감이 주
던 색채, 유년의 색채를, 그 계단 그늘에 도사린 검푸른빛의 음
모가 비수처럼 준비된 것을 보여주었다.

나는 너를 맞아 네게 가까이 갈 수 없었다. 들어온. 나는 가능
한 대로 윗몸을 일으키는 시늉과 눈과 입을 찡긋거리는 것으로
환영을 표시했다. 거듭 말하지만 의사는 내게 링거 병과 튜브로
연결된 금속의 바늘을 팔뚝에 꽂아놓음으로써 내가 누워 있는
이상의, 종일 드러누워 창살이 굵게 박힌 창 너머를 바라보는
것 외에는 허락하지 않았던 것이다.

너는 태엽이 잔뜩 감긴 자동인형처럼 곧바로 걸어 들어와 방
의 한구석에 가서 섰다. 그러한 기계적인 몸놀림에도 불구하고
너는 흡사 비상하려는 노란 새처럼 보였다. 아마 네가 들고 있
는 수선화의 샛노란 빛깔, 부자연스럽도록 생생한 빛깔 때문이
었을 것이다.

나는 네 팔에 걸린 노란 수선화 다발이, 눈부신 꽃의 무리가
시사하는 바를 알지 못했다. 그러나 너는 머지않아 누군가의 명
령에 의해 그곳에 못 박혀질 것을 마침내 한 개의 번쩍이는 거
울처럼 나를 응시하리라는 것을 알고 있었다. 나는 늘 링거 바
늘을 꽂고 누워, 너는 잘 재단된 네 윗저고리에 나란히 달린 여

덟 개의 쇠단추처럼 고정되어 쇠단추 이상의 능력을 갖지 못할 것이다. 그러나 우리가 한 걸음도 다가설 수 없다는 데 대해 부끄러워할 수치심 정도는 있어야 했다.

망자亡者를 위해서 기도하라. 죽은 자를 위해서 기도하라.

공설운동장의 확성기에서 울려오듯 둥글게 퍼져 윤곽을 잡을 수 없는 소리가 밤의 뭉글뭉글한 질감 속에서 들려오고 있다. 나는 밤이 주는 그 기이하고 생소한 느낌 속에서 퍼뜩 눈을 떴다.

밤에 눈을 뜨는 일은 흔히 있었다. 특히 비 오는 밤, 젖은 아스팔트 길을 서둘러 올라오는 구급차 타이어의 점착성 있는 마찰음과 창살을 부조처럼 벽면에 남기며 사라지는 불빛은 어떤 꿈속에서도 나를 추방했고 때로 산원産院에서 들려오는, 길고 긴 진통 끝에 태어나는 아이의 울음소리는 어쩌면 예감처럼, 계시처럼 번득이며 와 닿아 나는 짐짓 엎드려 흐느끼는 시늉을 하곤 했다.

태어나지 않은 자를 위해 기도하라. 나는 공포가 주는, 목구멍이 막히는 듯한 징그러움에 숨을 쉬기가 어려웠다. 방 한구석에서 너의 푸른빛 의안義眼이 흡사 고양이의 눈알처럼 파랗게 불꽃을 달고 타오르고 있었다. 그리고 너는 부동의 자세로 가끔 생각난 듯 외마디 소리를 질러대고 있었다. 소리는 어둡고 음산한 방에 쓸쓸히 울려 퍼지고 시멘트 벽에 부딪혀 윙윙거렸다.

나는 소년 사무엘처럼 차디찬 바닥에 내려앉아 무릎을 꿇고자 했다. 너의 외마디 비명은 반복되었다.

아이야, 내게 안기렴.

나는 너를 향해 두 손을 내밀었다. 비로소 낮의 내방자가 내게 무엇이었는가를 확연히 알 수 있었다.

너는 다가오지 않았다. 내게 가까이 올 의사가 조금도 없는 듯했다. 실제로 내 손이 닿을 만치 가까이 오면 나는 너를 교살했을는지 모른다.

나는 침대에서 무릎을 꿇었다. 그것은 한갓 희화였다. 그럼에도 불구하고 나는 무릎을 꺾어 가지런히 모은 발뒤꿈치에 힘을 주었다. 침대 스프링이 불안하게 흔들렸다. 나는 기다렸다. 그러나 역시 나는 알고 있었다. 나는 이미 태어난 그대로 순결무구한 소년 사무엘이 아니다. 밤새도록 무릎을 꿇고 앉아 있어도 내게 들리는 것은 막막한 어둠이 밀려오는 쓸쓸한 소리뿐임을 알고 있었다.

너는 더 이상 외치지 않았다. 경적을 죽인 구급차의 헤드라이트가 비칠 때마다 벽면 높이 걸린 동정녀의 수그린 목덜미가 드러났다.

불빛이 지난 뒤면 방은 한결 어두워졌다. 그리고 어둠 속에서 너는 다시 외치기 시작했다. 나는 선명히 귓전에서 부유하는 네 소리가 견딜 수 없었다. 베개 밑에 손을 넣어 초 토막을 찾아냈다. 성냥을 그어대자 불꽃이 시시 소리를 내며 타올라 주위를 밝혔다. 그것은 네 소리가 울릴 적마다 놀란 듯, 바람기도 없는데 펄렁거렸다. 때문에 나는 때때로 두 손을 오그려 불이 꺼지지 않도록 보호하지 않으면 안 되었다.

불빛은 통로였다. 그 빛이 미치는 곳, 광륜光輪처럼 흐릿하게 떠도는 어디쯤에서인가 존재하리라던 세계는 끝없이 아득한데 기억이 흡사 한 마리의 작은 새로 날개를 퍼득이며 날아오르고 있었다.

더 세게 당겨봐. 옳지, 팔을 구부려. 눈을 똑바로 뜨고 과녁을 바라봐야 해. 어머니가 돌아가고 꽤 여러 해가 지난 후 나는 그와 함께 옛 왕궁 뒤편 활터에 간 적이 있었다.

유혹하듯 귓부리에서 속삭이는 그의 음성에 따라 팔을 구부려 힘 있게 시위를 당겼으나 화살은 번번이 빗나가곤 했다. 영 없어지지 않을 듯 든든하게 여겨진 열 개의 화살이 손 사이에서 너무도 쉽게 빠져나갔다. 화살이 하나씩 줄어감에 따라 느껴지던 뜻하지 않은 낭패감과 배반감에 나는 점차 초조해졌다. 그러나 초조하기는 외려 지켜보는 그의 편이 더한 듯했다.

다시 해봐, 정신을 차려서.

그가 종내 퉁명스럽게 소리치며 내 손에 화살을 쥐여주었다. 그의 손에는 이제 단 두 개의 화살이 남아 있었다. 나는 주저하며 다시 과녁을 겨냥했다. 그의 절박한 태도에 차츰 무릎에서 맥이 풀려가고 있었다.

나는 아랫입술을 깨물고 활이 휘도록 팽팽히 잡아당겼다. 바늘 끝처럼 아득하던 중심원이 점점 확대되고 둥글게 구부린 팔 너며 화살은 바람을 가르는 날카로운 소리로 날아갔다.

눈을 감아.

그가 외쳤다. 화살이 날아가 꽂히는 순간 나는 현기증으로 쓰러질 듯했다. 너무도 눈이 긴장해 있던 탓인지 수많은 동그라미가 물결무늬로 퍼지면서 불현듯 나를 향해 밀려오는 수천의 물굽이, 은빛 비늘을 보았다. 순간 내 속에서 자라고 있는 온갖 것이 꿈틀대며 웅웅대는 벌들의 날갯짓처럼 한 떼의 소음으로 호응하는 소리를 들었다. 그것은 나를 걷잡을 수 없는 어지럼증과 혼미 속에 밀어 넣어 그때 나는 어머니와 나를 갈라놓았던 번쩍이는 비늘들을 감지했던 것이다. 나는 맥없이 활을 내려놓았다. 비로소 과녁에 정확히 꽂혀 부르르 떨고 있는 화살이 눈에 들어왔다.

근사한데. 그가 감탄하는 빛을 감추지 않으며 남아 있는 단하나의 화살을 내 손에 건넸다. 싫어. 나는 고개를 저었다.

아주 정통으로 맞혀버리는 거야.

그가 의아한 듯 나를 바라보았다. 나는 거듭 뿌리쳤다.

그의 어깨 너머 바다가 역시 한 마리 뱀으로 비비적거리고 있었다.

그가 시무룩한 낯으로 어깨를 돌려 내 시선을 따라 옛 성벽이 끝난 데를 더듬었다.

우리가 그곳에서 내려온 것은 날이 꽤 어두워서였다. 캄캄한 산길을 내려오면서 우리는 한마디의 말도 나누지 않았다. 그는 발에 차이는 돌멩이들을 사납게 차버리는 것으로 그의 노여움을 표시하고 있었다. 나는 이러한 상태가 견딜 수 없이 거북했으나 어떻게 그를 납득시킬 수 있단 말인가. 어릴 적의 기억, 익사溺死의 공포로 비롯되는 바다의 이야기를 어떻게 할 수 있단 말인가.

산길을 내려와 시가지로 빠지는 길목에 조그만 교회가 있었다. 나는 다분히 고의적인 침묵을 피하기 위해 그에게서 떨어져 교회의 게시판 앞에 섰다.

불과 나무는 있거니와 번제할 어린양은 어디 있나이까. 아브라함이 가로되 아들아 번제할 어린양은 하느님이 자기를 위하여 친히 준비하시리라.

나는 소리 내어 거듭 읽었다. 오늘의 설교 제목인 모양이었다.

어머니의 생존 시에도 그러했지만 어머니가 타계한 후로 내머릿속을 끈질기게 지배한 것은 구약의 몇몇 이야기였다. 특히 아브라함이 그의 아들 이삭을 그의 신에게 바치고자 아침 일찍 모리아로 간 이야기는 늘 막연한 절망감으로 나를 감동시키곤 했다. 나는 거의 샤먼적인, 푸르게 날을 세워 야합의 기회를 노리는 자신의 센티멘털리즘을 용서할 수 없었지만 때때로 자정이 가까운 시각의 텅 빈 차창에 타인의 것처럼 비치는 창백한 낯을 바라볼 때, 혹은 그의 하숙방으로 들어서는 어두운 골목에서 어쩔 수 없이 길들지 않은 한 마리의 작은 짐승을 자각할 때 나는 그러한 이야기들을 생각해내곤 했다. 그러나 나의 샤먼은 어느 이방의 신에게 제사하는가. 신은, 특히 유대의 종족신, 질투심이 많고 노여움이 많은 늙은 영감의 설화는 어머니와 나 사이에 개재介在하여 쉴 새 없이 번득이던 절망감으로 한 개의 알 이래의 일체의 생성을 비난하였다.

피카소가 시를 썼어. 파블로 피카소가. 몌리더라, 미리로써 노래 부르는 모든 새를 모가지를 비틀어 죽이고 싶다던가?

문득 내 곁에 다가온 그가 게시판을 짚으며 허청허청 웃었다. 술에 취했을 턱이 없는데도 그는 자꾸 헤프게 웃었고 나도 어느새 그를 따라 웃고 있었다. 왜 그는 문득 번제라는 그 가슴 써늘한 설교 제목에 파블로 피카소가 연상된 것일까. 그러나 그런 종류의 엉뚱한 상관관계는 어디서나 이루어지는 것이다. 가령 전쟁이라는 단어가 느닷없이 꽃의 이미지로 비약한다거나 하는 따위가 그러했다. 아마 모든 종류의 전쟁이 의미하는 비속한 로맨스 때문에 이러한 은유도 생겨날 수 있을 것이다. 전쟁, 매음녀, 꽃, 그리고 번제, 파블로 피카소.

우리는 십자형의 아크릴 등 아래에서 꽤나 오래 머물러 있었다. 교회에서는 울부짖는 소리가 들리고 우리는 그들이 흘리고 있는 눈물로 씻겨진 듯한 감을 아주 어색한 느낌으로 받아들이고 있었다. 그것은 지극히 감각적인 것이고 거의 성적性的인 것이었다. 속죄하는 한 무리의 사람 틈에서 떨어져 나와 홀로 있다는, 혹은 연대감의 상실 등의 통속적인 개념이 우리를 달짝지근한 서러움으로 밀착시키고 나는 그의 팔에 허리를 감겨 거리로 나왔다. 우리는 걸었다. 그가 근무하는 의과대학 건물을 서너 차례나 지나치고 불이 드문드문 켜진 창으로 비치는, 그의 동료임에 틀림없을 젊은 남자들의 어릿거리는 모습을 보면 예외 없이 걸음을 멈춰 오래 그곳을 올려다보았다.

우리가 거리를 배회하는 동안 갑자기 밤이 깊어졌고 우리는 당황했다. 문득 우리 앞에 드러난, 네온이 꺼지고 문이 닫힌 거리는 퍽 낯설게 보여졌다.

그는 길목의, 마악 문을 닫으려는 담배 가게의 유리문을 꽝꽝 두들겨 담배를 사서 한 개비를 빼어 물었다. 계속 거리를 걸으며 성냥을 찾던 그가 내 허리에 감긴 팔을 풀며 사나운 눈길로 나를 바라보았다. 우리는 이미 담배 가게에서 퍽 멀리 와 있고, 다시 되돌아가서 닫힌 가게의 문을 두들길 용기는 그에게도 내게도 없었다.

통금이 임박한 거리에서 달려가는 사람들을 가로막으며 그는 사뭇 시비조로 떠들었다. 불 좀 빌립시다. 불 좀 빌립시다. 그러나 누구 하나 그를 위해 걸음을 멈추는 사람은 없었다. 다섯번, 여섯번째의 사람이 그냥 지나치자 길 가운데서 두 팔을 벌리고 어쩔 줄 모르던 그가 갑자기 나를 가로수에 밀어붙였다. 그러곤 사나운 손짓으로 내 머리칼을 잡아 낚아 자기 쪽으로 향하게 했다.

그의 흰 노타이셔츠 위로 수은등에 비친 플라타너스 이파리들이 묻어 흔들리고 있었다. 나는 그 이파리들을 세며 기다렸다. 그의 동작은 준비된 것인 듯했다. 그의 억센 주먹이 내 뺨으로 날아드는 순간 나는 가지가 휘도록 달린 숱한 이파리들이 우수수 떨어져 내리는 듯한 느낌에 어지러웠다. 이어 어깨로, 등으로 그의 주먹이 날아들었다. 내가 비틀거리면 그는 머리채를 휘감아 바로 세우고 천천히 음미하듯 때렸다.

순경의 호각 소리가 들리자 그는 나를 후미진 골목으로 끌고 들어갔다. 우리는 밤새도록 싸웠다. 둘 중 하나가 죽지 않으면 끝나지 않을 듯한 싸움이었다.

그는 내가 빠져 있는 바다에서, 늙은 영감의 손아귀에서 나를 빼내려는 기사처럼 용감하게 두들겨대고 나는 날이 밝을 무렵에는 거의 혼수상태에 빠져 그의 지껄이는 소리를 환청처럼 들었다.

우리가 결합하는 데 그렇게 많은 단서와 왜곡이 필요했던 것이냐. 우리는 한 쌍의 새처럼, 들짐승처럼 그렇게 교접할 수는 없는 것이냐. 우리는 이미 신의 자식도, 광대도 아니다. 나뭇잎을 엮어 행악을 가리고 서로의 어깨를 의지하여 어디건 떠나야 했던 마르고 보기 흉한 두 개의 다리들을 인정해주자꾸나. 그는 이런 따위 연극조의 이야기들을 밤새도록 주절거렸다.

우리의 이러한 싸움은 더욱 격렬해지고 빈도는 잦아졌다. 그리고 내 앞에는 가직하게 어릴 적의 바다, 모래톱에 밀리는, 은빛 수천수만의 비늘을 번쩍이며 뒤채는 거대한 한 마리의 뱀이 있어 나는 헤엄치고자 헤엄치고자 버둥거렸다. 그것은 어머니에게로 되돌아가고자 하는 내 나름의 노력이었다. 어머니와 관련된 최초의 가장 뚜렷한 기억은 익사의 공포에서 비롯됐다. 유년 시절 어머니와 갔던 바다에서 물에 빠졌을 때 나는 물속에서 허우적거리며 이젠 다시 어머니에게로 갈 수 없다는, 그녀의 자궁에서 떨어져 나온 이래 가장 확실히 분리되었음을 막연한 느낌으로 자각하여 얼마나 외로웠던가. 어머니와 나를 갈라놓았던 수천수만의 물결, 인처럼 묻어나던 번득거림은 결코 이해할 수 없었으나 절대적인 힘으로 나를 떠밀어 내가 물에서 어머니의 손으로 끌어올려진 후에도 언제나 존재하고 있었다.

어머니가 손에 십자가를 쥐고 타계했을 때 오히려 어느 때보다도 나는 그녀와 굳게 결합되어 있었다. 살아 있는 자와 죽은 자 사이에서만 존재할 수 있는 절대적인 친화력이 생겨 있었다. 어머니와 나 사이에 개재하여 번득이던 물결을 한걸음에 뛰어넘어 단지 한 개의 알로 환원되어 그녀의 자궁에 부착된 듯 편안한 느낌 속에서 나는 다시는 떠나지 말자 떠나지 말자 다짐하고 있었다.

그러나 밤마다 거듭되는 그와의 끈질긴 싸움 끝에 어느 날 문득 최초로 잉태의 기미를 손끝으로 느꼈을 때 나는 다시 한번 어머니에게서 완벽하게 떨어져 나온 격렬한 충격을 맛보아야 했다. 나는 내 속에 또 다른 하나의 알을 기르고 있다는 사실을 인정할 수 없었다.

나는 결심했다. 아이를 죽여버리기로 작정한 순간 나는 이미 두 손에 피를 잔뜩 묻힌 듯 섬뜩한 느낌이 들었고, 피를 흘리며 죽어가는 어린양의 모습을 본 듯하였다. 나는 그 일을 조용히 은밀하게 해치울 수 있었다. 그것은 너무도 쉽게 치러진 것이어서 오히려 어머니가 이러한 것을 제물로서 기뻐하고 있는 게 아닌가 의아할 정도였다.

에테르로 마취당해 수술대로 옮겨지며 어머니, 내가 어떻게 자식을 낳아요,라고 떠들어대는 내 목소리를 뚜렷이 의식했다. 어린양을 잡아 그 피를 문설주에 바르고…… 나는 엄청난 작위에, 전혀 비극적일 수 없는 자신에 절망을 느꼈다. 우리는 이미 신의 자식이 아니다…… 아이가 살해되고 있는 동안 나는 줄곧 그의 말을 되뇌고 있었다.

그날 밤 나는 그에게 꽤나 감상적인 글귀를 써 보냄으로 어머니와의 완전한 결별을 시도했다. 내게 있어 가장 소중한 것은 항상 네 몫이었고 나는 옛 여인들처럼 믿음 깊고 정절 깊은 네 아내가 되는 것을 소원하였다…… 내 무릎에 네 흰머리를 누이고, 그렇게 참다랗게 늙어가는 것 외에 내가 어떤 것을 원하겠느냐. 이러한 짐짓 지어낸 듯한 고어 투의 편지는 조금도 사태를 완화시키지 못했다. 내 눈앞에는 늘 번득이는 바다가 있어 나는 밤마다 배태되는 아이들을 차례로 살해했던 것이다. 그러나 묵은 상처에서 흘러내리는 순도 높은 핏속에서 아이들은 끊임없이 태어나고 느닷없이 나를 찾아와 부르짖었다.

태어나지 않은 자를 위해 기도하라. 나는 너의 새된 목소리에 귀를 막았다. 죽은 자를 위해서 기도하라. 네 목소리는 여전히 물을 차고 나는 새처럼 날렵하고 거의 경쾌하게 들렸다. 너는 쉬지 않고 반복적으로 외쳤다. 내 가슴은, 나란히 걸려 일제히 울리는 열두 개의 징처럼 응답하고 너는 열세번째의 아이처럼 사랑스럽게, 사악하게 소리쳤다. 나는 네 목소리를 들으며 내가 죽은 후에 너는 노란 수선화 다발을 들고 또다시 순례의 길을 떠날지 모른다는 것에 견딜 수 없는 질투를 느꼈다.

이리 온. 나는 네게 두 팔을 내밀었다. 그러나 너는 역시 부동의 자세로 버티어 선 채 파랗게 타오르는 의안으로 나를 바라보며 외치기를 계속할 뿐이었다.

너는 이제 나와 함께 있다. 볕이 방 안 깊숙이까지 들어오는 오후, 너의 밝은 금발은 네게 후광을 만들고 벽면 높이 검은 틀에 끼워진 동정녀 주변에는 흡사 그림자처럼 서너 명의 아이가 몽롱히 떠돌고 나는 어디로 가던 것이었을까, 도무지 기억할 수 없는 길을 헤매곤 하지만 햇살이 엷어질수록 이런 광경은 사라지고 방 한구석에서 나를 바라보고 있는 너를 발견하여 비로소 마음이 편안해지는 것이다. 나는 너를 팔에 안고 젖을 먹이고 싶지만 의사는 언제나 그건 부활절날 유년부 아이들이 가져온 인형이에요,라고 퉁명스럽게 말하며 내게 수유授乳의 기쁨을 허락하지 않는다.

그렇다면 나일론제의, 탯줄보다도 질기고 강인한 줄을 열두 어 발 정도 사다 주세요. 나는 의사를 볼 적마다 부탁을 하지만 의사는 다음 날 아침이면 말끔히 잊어버린 낯으로 나타나는 것이다. 나는 이러한 의사의 소행을 오래 나무라고 있을 시간이 없다. 네가 내게 찾아온 이후 나는 꽤 바빠진 셈이다. 너는 투정 부리듯 내게 이야기를 조르고 나는 내가 알고 있는 단 한 가지의 동화를 네가 지루해할 때까지 되풀이해야 하는 것이다.

하느님의 동산에는 아직 태어나지 않은 아이들의 혼이 꽃으로 가득 피어 있단다. 그 한 송이 한 송이의 꽃들이 머지않아 지상에 태어날 아이들의 영혼이지. 그런데 심술궂고 늙은 마녀가 때때로 몰래 숨어 들어가 꽃송이를 잘라 치마폭에 감춰 사라지곤 한다나. 그럼 시든 꽃들은 다시는 생명을 받지 못하게 되는 거야.

내 꽃도 거기 있니……

너는 몇 번이고 되풀이한 질문을 다시 내게 던진다. 나는 번번이 말을 멈추고 생각한다. 네 꽃은 어디 있을까.

내 꽃은 여기 있어. 늘 내가 가지고 다니니까 마녀가 훔쳐갈순 없어. 너는 네 팔에 걸린 바구니의 노란 수선화 다발을 들어보인다. 노란 수선화는 이미 먼지가 쌓여 시들고 색깔은 바래거의 추악하게 변해 있었다.

참 이상하게도 나는 네가 온 날 이후 어머니의 꿈을 꾸지 않는다. 그러나 아주 드물지만 눈이 부시게 햇빛이 쏟아지는 오후, 한 다스도 넘을 듯한 어린아이들이 방 안 가득 다글다글 뒤끓고 나는 어디론가 농밀한 시간 속을 자꾸자꾸 걸어가노라면 언제나 꿈속에서 어머니와 더불어 나타나던 바다가 앞을 가로막는 것이었다. 의사는 내게 수면제를 먹이고 창의 커튼을 닫아주며 단순히 햇볕 때문이라고 말하지만 의사의 지시대로 침대에 누워 눈을 감아도 눈앞에는 오래도록 출렁이는 바다 건너 한 마리의 어린양이 피를 흘리며 죽어가는 것이 남아 있어 나는 자꾸손을 씻는 것이었다.

(1971)

52

저녁의 게임

꼭 내장까지 들여다보이는 것 같잖아. 밥물이 끓어 넘친 자국을 처음에는 젖은 행주로, 다음에는 마른 행주로 꼼꼼히 문지르며 나는 새삼 마루와 부엌을 훤히 튼, 소위 입식 구조라는 것을 원망하는 시늉으로 등을 보이는 불안을 무마하려 애썼다. 그래도 가스레인지 주변의, 점점이 뿌려진 몇 점의 얼룩은 여전히 희미한 자국으로 남았다. 아마 지난겨울 아버지가 약을 끓이다가 부주의로 흘린 자국일 것이다. 승검초의 뿌리와 비단개구리, 검은콩과 두꺼비 기름을 넣고 불 위에 얹어 갈색의 거품이 끓어오를 즈음 꿀을 넣고 천천히 휘저어 검은 묵처럼 만든 그것을 겨우내 장복하며 아버지는, 피가 맑아지고 변비가 없어진단다라고 말했었다. 내의 바람으로 군용 항고에 콜타르처럼 꺼멓게 엉기는 액체를 긴 나무젓가락으로 휘젓고 있는 아버지는 영락없이 중세의 연금술사였다.

약을 달이는 내내 누릿하고 매움한 냄새는 집 안 곳곳에 스며

들고 비단개구리의 살과 뼈는 독한 연기로 피어올라 마침내 낙진처럼 무겁고 끈끈하게 내려앉았다. 나는 빈혈증과 구역질로 헐떡이며 건성의 피부에 더럽게 피어나는 버짐과 잔주름으로 거울 앞에 매달렸다. 얼룩은 변질된 스테인리스로 기억보다 독하고 오래 남아 있을 것이다.

모든 것은 어제와 다름없이 잘되었다. 부엌 선반의 시계는 다섯 시 반을 가리키고 밥은 한참 뜸이 들어가는 중이고 노릇노릇 구워진 생선에서는 비늘 타는 연기가 희미하게 피어올랐다.

서향의 창으로 비껴든 햇빛은 젖은 도마의 잘게 파인 홈마다 낀 찌끼를 뒤져내고 칼빛을 죽이며 개수대의 물에 굴절되어 물속의 뿌연 앙금을 떠올렸다.

가로로 길게 낸 부엌 창을 통해, 사역을 마치고 빈터를 가로질러 돌아가는 소년원생들의 행렬이 보이는 것도 여느 날과 다름없었다.

칠팔십 명 정도는 좋이 될 그들은 한결같이 바랜 듯한 회색 작업복에 같은 색 모자를 쓰고 있었는데 수의라는 이쪽의 선입견이 작용한 탓일까, 아니면 빈터에 흐름 직한 바람을 짐작한 탓일까, 나는 그들을 볼 때마다 늘상 헐겁게 걸친 작업복 아래 소름이 돋은 깔깔한 맨살을 만지는 듯한 쓸쓸함을 느끼곤 했다. 귀가 맞지 않게 잘라진 낡은 천 조각처럼 펄럭이며 느리게 움직이는 그 행렬은 거대한 수레바퀴가 느리고 둔중하게 굴러가는 모습이나 어쩌면 길고 긴 라단조의 휘파람 소리 같기도 했다.

행렬의 앞과 뒤에는 각각 한 걸음 정도 떨어져 감시원인 듯

한, 점퍼 차림의 사내가 호위하고 있었다.

그들을 가까이에서 본 적이 없다면 나는 부근 어딘가에 아마 군인들의 막사가 있는 모양이라고 무심히 보아 넘길 뿐 낮고 음울한 휘파람 소리나 인과因果의 보이지 않는 손에 의해 한없이 돌아가는 지옥의 연자맷돌 따위 어린아이와 같은 공상으로 하염없이 바라보는 일 따위는 없었을 것이다.

언젠가 나는 개를 끌고 저녁 산책에 나갔다가 그들을 처음 만났다. 문득 멀지 않은 야산을 끼고 돌아앉은 소년원을 떠올리며, 아, 뜻 모를 탄성으로 고개를 주억거리다가 본능적인 수치심으로 개 줄을 팽팽히 끌어당기며 외면을 했다. 행렬의 가운데에서 깜짝 놀랄 만큼 앳된 얼굴이 나를 바라보고 있었다. 나이를 짐작할 수 없는 소년의 눈빛은 선연하도록 맑았다. 단지 제복에서 문득 느껴지는 청신함 때문이었을까, 둥근 볼에 떠오른 차가운 핏기에서 불현듯 자각된 자신의 노추老醜에 대한 의식 때문이었을까.

소년은 곧 한 떼의 무리로 뒤섞여 내 곁을 지나쳤다. 나는 그 애의 얼굴을 전혀 떠올릴 수가 없었다. 만약 그들 전체를 한 줄로 세워놓고 살핀대도 나는 그 애를 찾아낼 수 없을 것이다. 그런데도 선연하도록 맑은 눈빛은 하나의 느낌으로 남아 매일 그 시간이면 부엌 창문을 통해, 그 애가 있음 직한 위치를 어림해 보는 헛된 노력을 하는 것이었다.

그들이 들판을 거의 다 지날 무렵 무리의 중간쯤에서 조그만 동요가 생겼다. 한 소년이 벗겨진 신발을 고쳐 신기 위해 엎느린 것이다. 소년의 뒤로 갑자기 행렬이 주춤하고 곧 뒤에서 따라가던 점퍼 차림의 사내가 다가갔다. 나는 무언가 반짝이는 것을 그 소년이 집어 올려 소매 속에 재빨리 집어넣었다고 생각했다. 아니면 신발 속에 감추었을지도. 소년은 사내가 다가가자 허리를 펴고 손바닥을 털었다. 그들은 더 무어라고 이야기를 하고 있었으나 이곳에서는 마치 수화를 하고 있는 듯 보였다.

사내는 다시금 제자리로 돌아가고 그들은 잠시 벌어졌던 거리를 메우느라 조금 빠르게 움직였다. 역시 아무것도 아니었을 것이다. 햇빛이 스러진 들판에 반짝거릴 무엇이 있을 것인가.

들판이 끝나는 산등성이, 드문드문 이미 공사가 반쯤 되었거나 추위가 오기 전 마지막 손길을 서두르는 집들이 서 있던 택지를 끼고 그들은 시계에서 사라졌다. 길고 긴 휘파람 소리도, 둔중한 수레바퀴도 사라졌다.

나는 개수대 마개를 뽑았다. 부글부글 거품을 만들며 소용돌이쳐 순식간에 빠져나가는 물을 만족스럽게 바라보았다. 그렇다, 막힌 구멍은 낮에 수선공이 와서 뚫었다. 개수대 구멍에서는 물이 빠지지 않아 늘 썩은 냄새가 났었다. 깔때기 모양의 압축기로 몇 번 펌프질을 하자 끌어 올려진 것은 섬유질만 남은 야채 줄기와 뒤엉킨 머리칼 뭉치였다. 어느새 등 뒤에 다가온 아버지는 거 봐라 하는 표정으로 그것을 오랫동안 바라보았다.

여섯 시가 되어가고 있다. 부엌의 한쪽 벽에 붙여놓은 식탁에 습관적으로 세 벌의 수저를 놓다가 깜짝 놀라 한 벌을 다시 수저통에 넣었다. 수선을 떨 건 없어, 오빠는 오늘도 돌아오지 않으리라는 사실을 확실히 알면서도 손은 관성의 법칙을 이행한 것뿐이니까.

"얘야, 까치가 어느 쪽을 보고 우니?"

아버지의 물음에 나는 소년원생들이 사라진 빈터의 키 높은 포플러를 올려다보았다. 누릿누릿 물들기 시작한 이파리 사이, 나무의 우듬지 끝에서 까치가 울고 있었다.

"렌즈를 빼버렸어요."

나는 그릇 소리를 내며 대답했다. 콘택트렌즈가 없으면 장님이나 다를 바 없다는 것을 알면서도 아버지는 고집스럽게 되풀이했다.

"까치가 우는 쪽으로 침을 뱉어라. 저녁 까치는 재수가 없단다."

"잘 안 보인다니까요."

"렌즈를 어쨌니, 또 잃어버렸구나. 그러길래 안 쓸 때는 꼭 물에 담가두랬잖니?"

렌즈를 빼버렸다는 것은 거짓말이다. 동공에 정확히 부착된 렌즈를 통해 나는 우듬지 끝에 앉아 이편을 보고 우는 까치의, 기름이 묻은 듯 검게 빛나는 깃털이며 강철처럼 단단해 뵈는 날개를 터는 모습까지 확연히 보고 있는 것이다.

나는 햇빛이 물러가 어둑신한 마루의 의자에 등을 파묻고 앉아 있는 아버지를 잠깐 눈살을 찌푸려 바라보다가 선반에 올려놓은 녹음기의 작동 스위치를 눌렀다. 낮에 들었던 코다이의 관현악 서주부가 귀에서 뱅뱅 돌았다. 스륵스륵 테이프 돌아가는 소리가 느리고 약하게 들려왔다. 녹음이 안 된 걸까 의아해하는데 느닷없이 연주가 시작되었다.

아마 희망 음악 시간이었나 보았다. 라디오에서 귀에 익은 곡이 나오자 나는 갑자기 그것을 녹음해볼 생각이 났다. 녹음기는 구형 소니였는데 오빠의 것이었다. 오랫동안 사용하지 않고 처박아둔 그것을 찾아내어 먼지를 털고 서랍을 뒤져 빈 테이프를 찾아 걸었을 때는 이미 서주부가 끝났을 때였다. 오래된 음반인지 원음보다 잡음이 더 많았다. 중간에 끄지 않은 건 순전히 귀찮기 때문이었다.

십 분쯤 듣다가 스위치를 눌러 끄고 나는 조금 딱딱한 음성을 만들어 말했다.

"저녁 준비 됐어요."

귀를 후비던 새끼손가락의 손톱을 엄지손가락과 맞부딪쳐 탁탁 털고 난 뒤 의자에서 힘겹게 몸을 일으키는 아버지의 모습은 기척만으로도 알 수 있었다.

화장실에서 쏴아 물 트는 소리, 물이 내려가는 소리를 한 겹 벽 너머로 들으며 나는 말끔히 닦인 식탁을 다시 행주로 문질렀다.

"수건 있니?"

아버지가 물이 뚝뚝 떨어지는 손을 획획 뿌리며 부엌으로 들어왔다.

"목욕탕에 있는 걸 쓰시지 그래요."

"더럽고 축축하더라."

그건 거짓말이다. 낮에 개수대를 뚫은 수선공이 쓴 수건을 분명히 새 수건으로 바꿔 걸었다.

까치는 여전히 포플러 꼭대기에서 울어대고 있었다.

아버지는 종내 그 소리가 마음에 걸리는지 창으로 눈길을 주며 "아무래도 부엌이 잘못 앉았어. 저녁 해가 드는 게 좋지 않아"라고 혼잣말처럼 중얼거렸다.

아버지는 이태 전 위장을 반나마 잘라낸 뒤로 식사 시간이 길어졌다. 나는 되도록 느릿느릿 먹기에 신경을 써도 언제나 아버지가 식사를 반도 하기 전에 숟가락을 놓게 되었다.

햇빛은 점점 물러가 어느새 문께에 한 줄기 엷은 금으로 남았다. 그것마저 곧 스미듯 사라져버리고 말 것이다.

음식을 씹을 때마다 완강히 드러나는 턱뼈와 무력하게 늘어진 목덜미의 주름이 눅눅하게 그늘 속에 잠기는 것을 나는 왠지 안타까운 마음으로 바라보았다.

가을 해는 짧아 저무는가 싶으면 이내 어둠이 온다.

"불을 켤까요?"

나는 가시 바른 생선을 아버지 앞에 밀어놓으며 물었다.

"국이 식었어."

나는 가스를 틀어 국냄비를 얹었다. 새파란 불꽃으로 타오르는 가스불은 늘 마법의 불을 연상시킨다.

아버지의 얼굴은 어둠 때문에 좀 침통해 보였고 끝이 조금 처진 콧날은 더욱 길게 늘어져 보였다. 내 얼굴도 역시 그렇게 보일 것이라는 것이 나를 까닭 없이 초조하게 만들었다.

덥힌 국냄비를 식탁에 놓고 나는 우정 그러하듯 조용히 일어나 녹음기의 스위치를 눌렀다. 첼로와 바이올린의 다투듯 소란스런 선율에 아버지는 잠깐 고개를 들었다. 안단테의 삼 악장이 시작되었다. 아버지는 다시 새김질을 하듯 천천히 씹고 조금씩 국을 떠 마셨다.

음악이 끝나고 빈 테이프가 돌아갔다. 한 시간용의 테이프는 곧 끊기고 멈춤 스위치가 올라갈 것이다.

"물을 다오."

식사를 마친 아버지가 트림을 하며 컵을 내밀었다.

컵에 물을 따르다가 나는 흠칫 손을 멈추었고 아버지는 반사적으로 몸을 돌려 마루를 바라보았다.

인기척도 없이 누군가 성큼 부엌 안으로 들어섰다. 탁하게 갈앉은, 지독한 끽연으로 쉬고 갈라진 목소리……

……이렇다 할 취미나 재미와는 담을 쌓고 살아온 그의 유일한 도락은 권총에 있었다. 만물이 잠들기를 기다려 벌거벗고 오연발의 총알이 장전된 총을 귀 밑에 들이대는 것은 단순히 절대적 긴박감과 자유를 사랑했기 때문이다. 아니 자유가 아니라 유희일 것이다. 방아쇠에 손가락을 걸고 혹 누군가 불시에 문을 연다면, 혹 어디선가 엿보는 눈을 발견한다면, 혹 뜻하지 않게 등허리 부근을 모기에게 물린다면 자신의 의사와는 관계없이 거의 반사적인 행동으로 방아쇠를 당겨버릴지도 모른다는 데 생각이 이르면 머리의 혈관은 수만 볼트의 전류로 충전되고……

방문객은 갑자기 사라졌다. 아버지와 나는 동시에 삼 인용 식탁의 비어 있는 자리를 바라보았다. 빈 테이프는 다시금 스륵스륵 돌아갔다. 나는 컵에 마저 물을 따랐다.

그것이 오빠의 목소리라는 것을 깨닫는 데는 조금 시간이 걸렸다.

재생되는 소리는 다 그런 걸까. 오빠의 목소리는 마치 망자의 혼백처럼 먼 곳에서부터, 그러나 이상한 절박감으로 우리에게 찾아왔다.

오빠는 종종 자신이 쓴 글을 녹음해서 들어보는 버릇이 있었다. 그러나 뒤처리는 항상 깨끗했기에 미처 지우지 못하고 남긴 부분이 있으리라는 생각은 할 수 없었다.

"불을 켤까요?"

스륵스륵 돌아가던 테이프가 다 감기고 털거덕 멈춤 스위치가 튕겨 오르자 나는 갑작스런 어둠에 눈을 껌벅이며 한결 조심스러운 어투로 아버지에게 물었다.

불을 켜자 남포 모양의 갓을 씌운 전등 빛으로 식탁은 느닷없이 튀어 오르고 냉장고, 그릇장, 갈포를 바른 벽은 마치 암전된 무대의 소도구들처럼 갓 그늘 뒤로 사라졌다.

아버지는 물로 우우 입가심을 한 뒤 방에 들어가 화투를 들고 나왔다. 그러고는 내가 식탁을 치우는 동안을 참지 못해 탁탁 신경질적으로 화투를 치기 시작했다.

둥근 불빛 아래 부얼부얼한 털 스웨터에 싸인 두툼한 어깨가 벽에 거대한 그림자를 만들었다.

"다 저물었는데 뭘 하러 재수패는 떼어요?"

와락와락 그릇을 씻으며 나는 물었다.

"저물었대도 끝난 건 아니잖느냐."

끝나지 않다니요! 무엇이요! 속으로 반문하면서도 예사로운 말투에서 예사롭지 않은 암시를 캐내려는 이쪽의 과민성이 우스워졌다.

씻은 그릇을 찬장에 넣고 앞치마를 벗으며 돌아서자 아버지는 늘어놓았던 화투패를 모았다.

"뭐가 떨어졌어요?"

"손님이야."

아버지는 심드렁하게 내뱉었다.

"과일을 깎을까요?"

"커피를 마시겠어."

아버지의 치켜뜬 눈에서 조바심이 번뜩였다. 어서 내가 앉기를 바라는 것이다. 나는 찻물을 불에 얹고 마주 앉았다.

"너부텀 하랴?"

"어딜요, 선先을 봐야죠."

나는 아버지가 쌓아놓은 화투를 듬뿍 떼었다. 매화 다섯 끗이 나왔다. 아버지가 흑싸리 껍질을 들어 보이며 내게 화투를 밀어놓았다. 두껍게 부풀어 오른 마흔여덟 장의 화투는 한 손 가득 잡혔다. 낡을 대로 낡아 처음의 그 차르륵 쏟아지는 신선한 감촉은 없이 눅눅하고 끈끈하게 손바닥에 달라붙었다.

"고루 쳐야 한다. 재수를 봤으니 한 덩어리로 뭉쳐 있을 게야…… 그만 쳐, 너무 치면 도로 제자리로 가버린다니깐."

나는 우선 아버지와 내 앞에 한 장씩 차례로 나눠놓는 것으로
쓸데없는 껍데기가 겹쳐 들어올 것을 겁내는 아버지의 조바심
을 풀었다.

"물이 끓는다."

아버지는 자신의 몫인 열 장이 다 모일 때까지 뒤집힌 채로의
화투에 손을 대지 않는다.

주전자 주둥이로 쉭쉭 물이 넘쳤다.

나는 화투장을 놓고 준비해둔 두 개의 찻잔에 물을 부었다.
스푼으로 젓는 동안 아버지는 뒤집힌 내 패를 훔쳐보고 있을 것
이다.

"내겐 사카린을 넣어라."

"알고 있어요."

아버지는 그러한 주의를 주지 않더라도 내가 설탕을 넣지 않
으리라는 것을 물론 알고 있다. 단지 내 것을 훔쳐보는 손의 움
직임을 은폐하려는 시늉일 뿐이었다.

아버지는 인슐린을 주사해야 하는 중증의 당뇨병 환자이다.
고유의 처방으로 비약秘藥을 장복해도 아침마다 변기에는 누렇
게 거품 이는 당질糖質의 소변이 괴어 있었고 아버지는 그곳에
우울한 얼굴로 검사용 테이프의 끝을 담그곤 했다.

찻잔을 들고 식탁에 돌아와 내 몫의 화투를 거둬 쥐는 것을
보고야 아버지는 자신의 것을 모아 쥐고 낡은 부채를 펴듯 조심
스럽게 한 장씩 펴나갔다. 아버지의 입가로 만족한 웃음이 지나
갔다. 식탁에는 여덟 장의 화투가 현란하게 깔려 있다.

"낙양은 꽃밭이로고. 밭이 암만 걸어도 뿌릴 씨가 없으니 어쩐다?"

아버지가 곁눈질로 내 패를 흘깃거렸다. 나도 화투장을 움켜쥔 채 단단히 진을 친 아버지의 것을 넘겨다보았다. 굳이 넘겨다볼 것까지도 없었다. 뒷면만을 보아도 무슨 패인지 환하게 알 수 있는 것이다. 아버지도 역시 마찬가지일 것이다. 가로로 비스듬히 금이 가 있는 것은 난초 다섯 끗, 왼쪽 귀퉁이가 둥글게 닳은 것은 목단 껍질, 오른쪽 모서리가 갈라진 것은 멧돼지가 그려진 붉은 싸리 열 끗이다. 뒤집어 들고 있는 것보다 그림이 그려진 앞면을 서로 상대방에게 보이는 것이 속임수가 가능할 만큼 아버지와 나는 화투장의 뒷면에 익숙해져 있는 것이다.

"단, 약, 칠띠, 사광 모두 보기다."

"물론이죠."

청띠를 두른 목단 다섯 끗도 단풍 열 끗도 쥐고 있는 아버지의 눈이 머물고 있는 것은 깔려 있는 팔공산 스무 끗이다. 그리고 얌전히 엎어져 들춰줄 것을 기다리는 것은 역시 공산 껍질이다. 댓바람에 스무 끗을 내놓고 껍질을 뒤집어 맞춰 쓸어가기가 민망해서 음흉을 부리고 있는 것이다. 아버지는 늘 그랬다. 한참 궁리 끝에 정말 이렇게 팔 수밖에 없다는 듯 억울한 얼굴로 공산 스무 끗을 내놓고 뒷장을 맞춰 쓸어갔다.

"벌써 스무 끗이네. 아버진 배짱이 좋으셔, 사광을 하실래요?"

나는 염치를 배짱으로 바꿔 말했다. 아버지가 어린아이처럼 입을 벌리고 천진하게 웃었다.

나는 풀썩 던지듯 붉은 싸리 다섯 끗을 먹었다.

"칠띠를 하겠구나."

"이제 하난걸요. 어디 맘대로 되나요. 든 게 없다구요."

하지만 단풍을 깨뜨리고 아버지가 들고 있는 목단 청띠를 내놓게 해야지, 그런 대로 삼약을 깨든가 아니면 해야 한다는 계산으로 머릿속은 바빴다

"천 끗 내기를 하랴?"

"좋지요."

가을이 깊어지고 밤이 길어지면 천 끗 내기 정도로야 어림도 없을 것이다.

머리 위에서 자박자박 발소리가 들려왔다. 이어 칭얼대는 아이의 울음소리와 그것을 달래는 여자의 웅얼거리듯 낮은 자장가 소리가 들려왔다.

창은 먹지를 댄 듯 새카맣고 불빛 아래 아버지와 나는 어둠속으로 한없이 가라앉고 있다는 느낌이 들었다. 우리는 마치 먼 옛날부터 이렇게 식탁을 마주하고 앉아 화투놀이를 해왔던 것 같다. 그 이전의 기억은 마치 유년 시절의 꿈처럼 현실과 공상이 뒤섞여 멀고 아리송했다. 패가 막히거나 제대로 풀리지 않으면 일단 변소를 다녀오는 노름꾼의 풍속대로 오빠는 자기의 패를 점쳐보기 위해 슬그머니 자리를 뜬 것이 아닐까.

"밤에 우는 건 나뻐, 애들이 극성을 떨면 꼭 집안에 좋지 않은 일이 생기거든."

"저도 몹시 울었다면서요?"

수국 껍질을 모아들이며 나는 아버지의 말을 받았다.

잘 자라, 내 아기 밤새 편히 쉬고 아침이 창 앞에 다가올 때까지.

"네 어민 목청이 좋았었지."

그건 사실이었다. 유치원 보모였다는 어머니는 퍽 많은 노래를 알고 있었고 목소리가 고왔던 만큼 노래 부르기를 즐겨했다.

자장자장 우리 아가, 금자둥이 은자둥이 구슬 같은 눈을 감고 별빛 같은 눈을 감고 꿈나라로 가거라.

"네 차례다."

아버지도 역시 노랫소리에 귀를 기울이고 있었던 듯 문득 짜증스럽게 말했다. 지붕 위에서 여자는 결코 서두르는 법 없이 메트로놈의 움직임처럼 정확하게 베란다의 한쪽 난간에서 다른 한쪽 난간 사이를 오가고 있었다.

넉 달 전인가 새로 이층에 세를 든 그 여자를 본 것은 손가락으로 꼽을 수 있을 정도였다. 이층으로 올라가는 계단은 바깥쪽으로 나 있고 또 세입자는 샛문을 이용하게 되어 있기 때문에 부딪칠 일이 거의 없었던 것이다. 그러나 잠투정이 심한 아이는 초저녁부터 울어대기 시작하고 우리가 화투를 치고 있는 동안 밤이 깊을 때까지 그 여자는 낮고 단조로운 노래로 우는 아이를 달래며 이층의 베란다, 우리들의 머리 위에서 발소리를 내는 것이었다.

손안에 남은 석 장의 화투를 차례로 더듬다가 아버지가 들고 있는 홀 끗짜리 오동을 흘겨보며 오동 열 끗을 팽개치듯 내놓았다. 기다렸다는 듯 얼른 그것을 가져가며 아버지는 희희낙락 엉구렁을 떨었다.

"첫 끗발이 개 끗발이라더니……"

"첫술에 배부를까요."

"불빛이 흐리구나, 트랜스를 써야 할까 부다."

"시력이 나빠지신 탓일 거예요."

아버지와 나는 낡고 너덜너덜해진 각본으로 끊임없이 연극을 하고 있었다.

"여태 뭘 하고 있었담. 밑천은커녕 약값도 못 대겠어."

나는 팔을 뻗어 아버지가 벌어놓은 끗수를 헤아렸다. 아버지가 질겁을 하며 손을 치웠다.

"끝나기도 전에 남의 밥을 보는 법이 어디 있니. 나도 한 게 아무것도 없다."

"파장인데 어때요. 난 손 털었어요."

마지막 패를 내밀자 아버지는 사쿠라 열 끗을 호기롭게 던지며 판을 쓸었다.

"손에 든 게 없으면 선도 말짱 헛거라니까요. 뒷장도 어쩌면 이렇게 안 맞을까."

나는 종이에 끗수를 적어 넣고 화투장을 모아 아버지 앞에 밀어놓았다. 아버지가 화투를 섞는 동안 마루에 놓인 텔레비전을 틀었다. 화면은 연기가 낀 듯 흐릿하고 분주히 움직이는 사람들의 모습이 그림자처럼 잠깐 머뭇거리다가 사라졌다.

"전압이 낮아서 제대로 나오지 않는 거야. 대체 또 무슨 일이 일어났다는 거냐."

"영아원에 불이 났대요, 어린애들이 죽었다는군요."

"죽일 놈들, 오래 사는 게 욕이야."

아버지의 목소리에 생기가 돌았다.

"그게 어디 우리 탓인가요?"

나는 아버지의 목소리를 억누르듯 이 사이로 낮게 말했다. 정말 그게 우리 탓인가. 아가 아가 우리 아가 금자둥아, 은자둥아. 어머니는 꽃핀을 꽂고 노래를 불렀다. 네 엄마에게 다산은 무리였어. 아주 조그만 여자였거든.

"보세요, 화투가 끼였잖아요?"

비닐막이 반 넘게 갈라진 틈에 긴 또 하나의 화투장을 가리키며 나는 조금 날카롭게 말했다.

"너무 오래 썼거든. 새걸로 바꿔야겠어."

아버지가 화투를 빼내며 히죽 웃었다. 동자혼童子魂이 씐 거라더군. 말도 안 되는 소리예요. 그 엉터리 기도원에 두는 게 아니었어요. 전도사도 박수도 아닌 사내는 어머니를 복숭아 가지로 후려쳤다. 살려줘, 아가 날 살려줘, 집에 돌아와서도 어머니는 복숭아 가지의 공포에서 헤어나지 못했다.

네 아버지의 생활이 문란해서 그런 거야. 머리통이 물주머니처럼 무르고 크게 부풀어 오른 갓난아기를 가리키며 어머니는 조숙한 중학생이었던 오빠에게 노래하듯 말했다. 책가방의 끈이 끊어져 통통 골이 나서 집에 돌아왔을 때 어머니는 햇빛이 드는 창가에 거울을 놓고 앉아 머리를 빗고 있었다. 아기는? 내가 묻자 어머니는 고드름처럼 차가운 손가락을 목덜미에 얹으며 말했다. 인형을 사줄게.

병원에서 호송차가 왔을 때 어머니는 식탁 아래로 기어들었다. 아가, 난 싫어. 무서워, 날 데려가지 못하게 해줘. 호송인들에게 반짝 들려 나가며 내가 안 보일 때까지 고개를 비틀어 돌아보면서 소리쳤다. 왜 웃어, 왜 웃어. 심한 짓을 했다고 생각지 않으세요? 모르는 소리야. 달리 무슨 수가 있었겠니. 넌 아직 어렸고 또 무슨 일을 저지를지 몰랐어. 갓난애도 그렇게 없애지 않았니? 넌 마치 네 엄마가 그렇게 된 게 모두 내 탓이라는 투로구나. 잘 보살펴드릴 수도 있었어요. 외려 네 엄마에겐 그곳이 편한 곳이야. 친구들도 있고. 가족이란 생각하듯 그렇게 대단한 건 아니야. 너부터도 내심 네 엄마를 가까이서 보지 않아도 된다는 걸 다행스럽게 생각하고 있지 않니? 그전에 번번이 네 혼담이 깨지던 것도 어미 탓이라고 원망했을걸. 나는 이마를 찡그렸다. 아버지는 화투장 뒷면에 가로질린 금을 손톱으로 긁어 지우려는 헛된 노력을 하고 있었다.

"어서 나누세요."

"그러자꾸나."

아버지가 한 장씩 화투를 나누었다.

그럴 기미는 너를 낳을 때부터 보였지. 온전했던 건 네 오빠 때뿐이었어.

"뭐 좀 할 만하니?"

비 스무 끗을 젖혀 맞추며 아버지가 나를 건너다보았다.

"고름이 살 되겠어요?"

송학을 집어 오며 나는 문득 귀를 기울였다. 들판 건너에서 휘파람 소리가 들리는 듯했다. 어쩌면 바람결에 묻어오는 마른 꽃냄새가 코끝에서 감지되는 듯도 했다. 그럴 리가 없어. 나는 고개를 가로저었다.

"왜, 영 신통치가 않니?"

"천만에요."

그 애가 휘파람 소리로 나를 찾아오던 것이 십 년 전의 일인 가 아니면 그보다 더 오랜 꿈속의 일인가. 늦은 밤 들판을 가로 질러오는 휘파람 소리에 문을 열고 나가면 그 애는 마른 꽃냄 새를 풍기며 서 있었다. 그 애가 오지 않게 되면서부터 나는 종 종 자운영이 핀 논둑길을 열아홉 살 그 애와 나란히 걷는 꿈을 꾸었다. 대개 잠옷 차림에 머리에는 붉은 리본을 묶고 있었는데 늘 바람이 불고 어디선가 흐릿한 꽃냄새가 풍겼다. 신발을 벗은 맨발바닥 아래에서 부드러운 흙이 갯지렁이처럼 미끄럽게 꿈틀 거렸다. 종달새 소리가 자욱이 눈 위로 덮이어 그 애는 눈을 껌 벅이며 내게 말했다. 리본이 안 어울려요. 그래, 나는 붉은 리본 을 달기에는 너무 나이를 먹었어. 어른이 되어서도 머리카락을 붉은 리본으로 묶는 것은 미치광이나 창부뿐이지. 나는 아버지 의 손가락 사이에서 팔랑개비처럼 돌아가는 사쿠라를 보았다.

"굳은자를 가져가는 거야."

"그렇게 사정없이 몰아가면 전 뭘 먹으란 말예요?"

오빠는 어딜 가 있을까요. 그 녀석 얘기는 꺼내지도 마라. 아버지는 버럭 화를 내었다. 그 녀석이 생기기 전까지는 모든 것이 순조로웠어. 아버지는 둘이서 하는 화투놀이가 셋이서 하는 것보다 재미가 덜하다는 것 때문에 오빠의 부재를 노여워하는 걸까. 더러운 게임이야. 오빠가 어느 날 갑자기 식탁을 떨치고 일어나 팽팽하게 당겨진 줄의 한끝을 놓아버렸을 때 삼각의 구도는 깨지고 아버지와 나는 균형을 잃은 힘의 반동으로 형편없이 비틀거렸다.

나도 오빠처럼 훌쩍 나가버릴 수가 있을까. 침몰하는 선체에서 구명조끼를 입고 필사적으로 탈출하듯 그렇게 달아나버릴 수 있을까. 나는 매조를 먹을까 칠띠를 깨뜨릴까 하는 궁리로 긴장되어 있는 아버지의 얼굴을 새삼스럽게 바라보았다. 좁고 긴 얼굴, 매처럼 구부러진 코끝은 볼의 살이 빠짐에 따라 더욱 길게 늘어져 보였다. 아가, 날 데려가다오. 여긴 무섭고 쓸쓸하단다. 그러나 어디나 마찬가지예요. 화투는 아버지의 손에서 내 손으로 옮겨왔다.

"개 발에 땀날 때가 있구나."

거푸 두 판을 이기자 아버지는 심술 난 얼굴로 야비하게 이죽거렸다.

나는 되도록 화투장에 눅눅히 배어 있는 온기를 의식지 않으려고 빨리빨리 손을 놀렸다. 아버지의 손은 늘 땀으로 질척거렸다.

마지막 패인 국진 껍데기를 맥없이 내던지자 아버지는 호기롭게 화투장을 그러모았다.

"옛다, 사광이다. 넌 뭘 하고 있었니."

나는 종이에 아버지의 득점을, 그 무의미한 숫자를 기입했다. 텔레비전에서 「10시 행복의 쇼」 프로그램이 시작되었다. 아버지의 끗수가 천을 넘자 나는 화투판을 거두었다.

"약을 잡수셔야죠."

나는 탁자 모서리를 잡고 비틀거렸다.

"왜 그러니?"

화투장을 놓은 아버지는 한층 더 늙고 음울해 보였다.

"좀 어지러워서 그래요."

먼 데서 휘파람 소리가 들렸다. 싸르륵싸르륵 머릿속의 혈관이 텅텅 비어가는 듯한, 악성 빈혈의 한 증상이라는 환청은 늘 휘파람 소리였다.

"어느 몹쓸 놈이 밤중에 휘파람을 부나. 망할 세상이야. 어서 집들이 들어서야지. 온갖 뜨내기 불량배들이 득시글거리니……"

아버지의 손이 버릇처럼 화투에 가닿았다. 그러다가 문득 손에 가닿는 내 눈길을 의식하며 슬그머니 움츠려 주머니에서 종잇조각을 내놓았다.

"이걸 봐라, 벌써 며칠째나 편지함에 있던 거다. 제 날짜에 안 내면 괜한 돈을 더 물게 된다는 걸 알잖니. 일이란 그때그때 처리해야 뒤탈이 없는 거야. 웬 전기세가 이렇게 많이 나왔는지 모르겠다. 전기는 쓰기에 따라 얼마든지 절약할 수 있어."

아버지는 언젠가 전기세 가산료를 물었던 것을 또 들추어내는 것이다.

"냉장고는 벌써부터 안 돌리잖아요."

괜한 짓이다, 생각하면서도 나는 화가 나서 조금 떨리는 목소리로 대꾸했다.

전기세 고지서가 며칠째 우편함에서 자고 있었다는 건 아버지의 억지다. 아버지는 최소한 하루에 열 번쯤은 우편함을 열어보는 것이었다. 한 달에 한 번씩 날아오는 전기나 수도세 고지서 외에는 결코 어떠한 편지도 담아본 적이 없는, 늘 배고픈 듯 텅텅 입을 벌리고 있는 우편함 앞에서 공연한 손짓으로 서성이는 아버지를 나는 공범끼리의 적의와 친밀감으로, 그리고 언제든 준비되어 있는 배반감으로 몰래 지켜보지 않았던가.

아버지는 고지서를 식탁의 모서리에 던져놓고 당당히 화투를 잡았다. 그러고는 피라미드형으로 늘어놓기 시작했다. 나는 맞은편에 턱을 받치고 앉아 늘어놓는 화투장을 하나씩 젖혀가는 아버지의 손을 바라보았다. 아버지는 화투 하나를 가지고 혼자서 할 수 있는 온갖 게임을 다 알고 있었다.

"뭐가 떨어졌어요?"

"님이 떨어지고 산보가 떨어졌다."

아버지가 문득 다정하게, 그러나 음침하게 빛나는 눈으로 나를 바라보았다.

"아직도 어지럽니? 피곤해 뵈는구나. 들어가 자거라."

빈 들을 질러 오는 휘파람 소리는 어둠을 뚫고 더욱 명료하게 들려왔다. 아무래도 화투를 새걸로 한 벌 장만해야지, 패를 알고 하는 게임은 재미가 없어.

자박자박 여자의 발소리는 머리 위에서 잠시 머물다가 멀어져갔다.

"밤새 업고 재울 모양이군. 버릇이 고약하게 들었어."

나는 커다랗게 하품을 하며 눈을 비볐다.

"먼저 들어가겠어요. 약은 여기 있으니 드시고 너무 늦게 계시지 마세요. 문단속은 제가 할게요."

나는 쿵쿵 발소리를 내며 화장실로 들어갔다. 물을 세차게 틀어 오래오래 손을 씻었다. 그러고는 아버지가 뒤를 돌아보거나 하는 일이 결코 없으리라는 것을 알면서도 부엌에서 내비치는 불빛을 피해 발소리를 죽이며 벽에 몸을 붙이고 걸었다.

현관문은 소리 없이 열렸다. 몇 개의 디딤돌을 하나씩 건너뛰며 대문을 나왔다. 아직도 자장가를 웅얼거리며 이층의 베란다에서 서성거릴 여자의 눈길이 어디쯤 가 있을까에 조바심을 치며 담을 끼고 걸었다.

들판이 끝나는 곳, 밋밋한 언덕배기의 주택 공사장에서는 밤일을 하는지 군데군데 화톳불이 타오르고 있었다. 겨울이 오기 전 마쳐야 할 공사를 서두르고 있는 걸까.

나는 화톳불과 쓸쓸하게 매달린 알전구의 불빛을 되도록 멀찌감치 피해가며 걸음을 재촉했다.

반쯤 지어진 집의 곁, 머리 높이까지 쌓인 시멘트 벽돌과 모래 더미 사이에 그는 서 있었다.

"기다리고 있었지. 좀 늦었군."

먼발치에서부터 나를 보고 있었던 듯 그는 쳐다보지도 않고 발부리로 모래 더미를 쑤셔대며 말했다.

"어제와 마찬가진걸."

나는 마치 베일 속에서 말하듯 낮게 소곤거렸다.

"올 것 같아 일부러 일을 일찍 끝냈지."

그의 목소리에는 술기가 묻어 있었다. 이슬이 내리는 걸까. 이내 축축한 한기가 배어들었다. 그가 잠시 어찌해야 좋을지 모르는 듯 손을 잡았다. 손의 안쪽 마디마다 박인 굳은살이 쇳조각처럼 딱딱했다. 크고 단단한 손이었다. 낮이라면 아마 대단히 더럽고 거칠게 보이는 손일 것이다.

"여긴 춥다구. 집이 비어 있어. 야방은 한참 술집에서 노닥거리는 중이야."

술기에도 불구하고 흥분 때문인지 그는 떨고 있었다.

그의 손바닥에는 축축이 땀이 차기 시작했다. 나는 손을 잡힌 채 깨진 시멘트 벽돌과 각목 토막들을 밟으며 집으로 들어갔다. 제기랄, 그는 상스럽게 내뱉었다.

"뭐가?"

"배선 공사가 안 됐어."

그러나 안은 두 벽에 반 넘게 차지한, 틀만 짜 넣은 창문과 뚫린 지붕으로 그닥 어둡지 않았다. 그가 대팻밥과 각목 토막들을 발로 지익지익 밀어 치워 자리를 내었다.

딱딱한 손이 스웨터 소매로 파고들었다. 그는 떨고 있었다. 그리고 그 흥분을 부끄러워하듯 몹시 성급하게 서둘렀다. 두 개째의 스웨터 단추를 벗기는 데 실패하자 그는 거칠게 스웨터를 목까지 걸어 올렸다. 나는 숨을 죽이고 있었지만 다리 안쪽에 오스스 소름이 돋았다. 겨드랑이까지 드러난 맨살에 시멘트 바닥이 아프도록 차가워 등을 움츠렸다. 그가 작업복 윗도리를 벗어 등에 받쳤다. 뚫린 하늘에서 크고 맑은 별들이 눈 위로 내려앉았다. 밤의 어둠 속에서는 늘 마른 꽃냄새가 났다. 안드로메다, 오리온, 카시오페아, 큰 곰…… 너는 무슨 별자리니, 전갈좌. 당신은 벽이 두껍고 조그만 창문이 있는 주택을 갖게 되며 카섹스를 즐깁니다. 수줍고 내성적이나 항상 로맨틱한 사랑을 꿈꿉니다. 꽃이 안 어울려요. 그래 꽃을 꽂기에는 너무 늦었어. 미친 여자나 창부가 아니면 머리에 꽃을 꽂지 않지.

"날이 추워지는군. 더 추워지면 한데서는 안 돼. 공사가 끝나려면 보름은 더 있어야 해. 하지만 뭐 그때까진 그닥 춥지 않겠지."

그가 으레 그래야 할 것처럼 내 머리칼을 만지작거리며 말했다.

"추운 건 싫어."

나는 킥킥 웃었다.

"다른 건 좋고? 당신 바람난 과부 아냐?"

그도 키들키들 웃었다.

멀리서부터 여럿이 어울려 되는대로 불러대는 노랫소리가 들려왔다.

"이제들 오는군."

그가 일어나 등에 받쳤던 윗도리를 탁탁 털어 걸쳤다.

"내일 또 오겠어?"

시멘트 벽돌과 모래 더미 사이에 서서 그가 물었다.

"돈이 좀 있으면 줘."

그가 멈칫했다. 나는 내처 말했다.

"몸이 좋지 않아서 약을 먹어야 돼. 많이 달라곤 안 해."

그가 이 사이로 찌익 침을 뱉으며 낮게, 빌어먹을이라고 중얼
거렸다.

"첨부터 순순히 굴더라니, 세금 안 내는 장사니 좀 싸겠지."

그가 부시럭대며 담배를 꺼내 입에 물고 불을 붙이는 시늉으
로 성냥을 그어 길게 오른 불꽃을 내 얼굴 가까이 대었다. 나는
불꽃을 보며 길게 입을 벌려 웃어 보였다.

"제기랄, 철 지난 장사로군. 오늘은 없어. 모레가 간조니 생각
있으면 그때 와."

그는 몹시 기분이 상한 듯 함부로 침을 뱉었다. 나는 걸음을
빨리했다. 술 취한 한 떼의 노무자들이 어깨를 부딪치며 엇비껴
지나갔다.

대문은 열린 채였다. 이층의 여자는 여태껏 칭얼대는 아이에
게 자장가를 웅얼거리며 베란다에서 서성이고 있었다. 살그머
니 현관문을 열고 들어서며 나는 몸에 밴 찬 공기를 손바닥으로
훑었다. 아버지는 여전히 식탁에 앉아서 재수패를 떼고 있었다.

"뭐가 떨어졌어요?"

"님이다. 어서 자거라."

아버지는 돌아보지 않고 투덕투덕 화투를 쳤다.

방에 들어와 전기 스위치를 올리고 나는 잠시 어쩔 줄을 몰라
멍청히 전등을 올려다보았다. 무추룸히 섰다가 하릴없이 책상

서랍을 열었다.

아가, 날 데려가줘, 여긴 무섭고 쓸쓸하단다. 어머니는 막 글을 배우기 시작한 아이들처럼 크고 비뚤비뚤한 글씨로 비명을 질렀다. 그리고 여백마다 동체는 없이 공처럼 둥근 머리와 나뭇가지같이 뻗은 팔다리로 물구나무선 사람들을 그려 넣었다. 나는 종이 뭉치를 코에 대고 그 흐릿하게 피어나는 마른 꽃냄새를 들이마셨다. 장식 없는 펜던트의 뚜껑을 열면 희끗희끗한 잿빛 머리털에서도 역시 마른 꽃냄새가 풍기었다. 우리가 도착하자 기다렸다는 듯 관 뚜껑에 못질이 시작되었다. 시취를 풍기기 시작한 어머니에게서는 역시 연기처럼 매움한 꽃냄새가 났다. 뙤년들보다 더 더러웠지. 죽자고 목욕을 안 해도 향수는 꼭 뿌리곤 했어. 워낙 사치하고 허영심이 많았거든. 훗날 아버지는 말했다. 그렇다면 살비듬 내와 뒤섞인 향수 냄새일까.

나는 찬 방바닥에 몸을 뉘었다. 아버지가 아직 방에 들어가는 기척이 없다는 걸 떠올리며 나는 빈집에서처럼 스커트를 끌어 올리고 스웨터도 겨드랑이까지 걷어 올렸다. 자박자박 여전히 아이를 재우는 여자의 발소리가 머리 위에서 들려왔다. 금자둥아 은자둥아 세상에서 귀한 아기. 나는 누운 채 손을 뻗어 스위치를 내렸다. 방은 조용한 어둠 속에 가라앉기 시작했다. 이윽고 집 전체가 수렁 같은 어둠 속으로 삐그덕거리며 서서히 잠겨들었다. 여자는 침몰하는 배의 마스트에 꽂힌, 구조를 청하는 낡은 헝겊 쪼가리처럼 밤새 헛되고 헛되이 펄럭일 것이다. 나는 내리누르는 수압으로 자신이 산산이 해체되어가는 절박감에 입

을 벌리고 가쁜 숨을 내쉬며 문득 사내의 성냥 불빛에서처럼 입
을 길게 벌리고 희미하게 웃어 보였다.

(1979)

저 언덕

"행복해지기 위해서는 욕망을 줄여야 한다." 수도를 틀어 흰 세면기에 쏟아지는 물줄기를 바라보며 원단은 중얼거렸다. 흔히 하는 말로, 자족할 줄 알아야 한다거니 분수를 알아야 한다거니 하는, 더 이상 솟구칠 능력과 열정이 없는 패배자의 체념을 미화시킨 진부한 말이라 여기면서도 방금 아무렇게나 들춰본 책의 한 구절이 입안에서 연신 맴돌았다. 그 구절이 눈에 들어온 것은, 그 아래 그어진 밑줄 때문이었다.

프랑스 철학자의 단상집을 화장실에 비치해놓은 것은 원단 자신이었지만 그녀에게는 책에 밑줄 치는 습관이 없었다. 남편 승재가 한 것이리라.

변비증이 있어 화장실에서 오래 시간을 보내는 승재를 위해 원단은 화장실 선반 위, 쉽게 손 닿는 곳에 트랜지스터라디오나 가볍게 읽을 수 있는 수필집, 메모지 따위를 놓아두곤 했다.

아침 화장실에서 아무렇게나 펴서 읽은 한 구절이 암시처럼 하루 종일 의식에 걸려 있거나 잗다란 일상적 행위들을 판단하고 지배할 때가 많다. 마치 우연히 귓가를 스친 유행가 기락과 노랫말에 하루의 정서가 지배당하듯.

이를테면 "전날 한 일에서 자기 자신의 의지의 자국들을 보는 사람은 행복하다"라는 글귀를 읽고 난 뒤면 실제로 엊그제 힘들여 손수 페인트칠한 담장의 서툰, 고르지 못하고 흉하게 얼룩진 붓 자국이 노고와 의지의 표현인 듯 장하고 당당히 생각되었다. 또한 "상상하는 사고事故가 거의 언제나 실지 사고에서 오는 고통보다 더 고약하기 마련이다"라는 글귀는 그녀에게 있어서 거의 습관화된, 삶의 의외성에 대한 불안 즉 뜻하지 않은 재난이나 미열처럼 떠나지 않는 불행의 예감 따위에서 보호하고 위안을 준다. 언제나 최악의 사태, 경우를 상상하여 실컷 시달림을 받고 난 뒤면 현실은 틀림없이 그보다 나았고, 견딜 만한 것이 되더라는 처방전을 그녀는 익히 알고 있었다. 그러나 삶이 어찌한 구절, 한 줄의 경구에 순종하여 다스려질 수 있는 것이리오.

손을 다 닦고 난 뒤에도 선 채로 후르륵후르륵 책장을 넘기던 원단은 그예 책을 들고 마루로 나왔다. 처음 눈에 띈 "행복"이란 단어가 그녀를 잡고 놓지 않았던 것이다. 하나도 새삼스러울 것 없는 그 단어가 흥미와 호기심을 불러일으켰다는 것은 아마도 은연중 승재의 내면적 움직임을 엿보고자 하는 욕구가 작용했기 때문이리라.

줄을 긋는다는 것은 공감을 했다거나 잊어버리지 않기 위해, 또는 받아들인다는 확실한 의사 표시, 교감 행위가 아닐 것인가.

── 정념은 병보다도 견디기 힘들다.

── 현학자는 위험에서 겁을 끌어내고 격정파는 겁에서 위험을 끌어낸다.

── 매듭을 풀라, 해방하라, 그리고 겁내지 말라. 자유로운 사람은 무장하지 않는 법이다.

── 사람이 행복해지거나 불행해지는 모티프란 사실은 대단한 게 아니다. 그것은 우리 몸과 그 기능에 달려 있다. 더없이 튼튼한 인체도 날마다 긴장과 이완이 되풀이되는데 그것은 식사나 걷기, 주의력, 독서, 날씨에 따라 영향받는 것이다.

책장을 넘겨 밑줄 그어진 곳을 찾아 읽으며 원단은 승재의 마음을 지나간 무늬나 박힌 옹이 자국들을 볼 수 있을 것 같았다. 남의 일기장을 훔쳐보거나 잠긴 서랍을 몰래 열어보는 듯한 은밀한 가책.

평소 좀체 내심을 말하거나 유별난 감정을 드러내는 법이 없는 승재이기에 더욱 그러한 느낌이 드는 것인지도 몰랐다.

부부란, 아니 애정이나 이해 따위로 서로 간에 긴밀히 얽혀 있는 관계에 있어서 모든 언어는 저 조지 오웰식의 이중사고적 속성을 지니고 있는 것이 아닐까. 행복은 불행으로, 희망은 절망으로, 자유는 억압으로 읽히는 것. 그것은 인간은 절대적으로 정직한 존재일 수 없다거나 인간끼리의 완전한 합일이란 불가능한 것이라는 슬픈 인식에서 비롯된 것일 수도 있을 게다.

실제로 원단은 "욕망을 줄여야 한다"는 소박한 견해에의 공감에서 승재 자신의 통제할 수 없어 고통이 되는 강한 욕밍을 볼 수 있고 "염세적인 것은 다 가짜다"라는 낙천주의자의 강변에서, 그곳에 밑줄 그은 승재의 짙은 염세를 읽었다.

책을 덮으며 원단은 문득 조물주가 인간에게 말할 수 있는 능력을 준 것이야말로 가장 큰 은총이 아닐까 생각했다. 말로 표현함으로써 말로 되어지지 않는 부분들을 보호하는 것. 누구에게나 드러내고 싶지 않은 비밀의 장소를 내면에 가질 수 있게 한 것.

어느 누구라도 땅을 딛고 사는 사람이라면 때때로 '용기'를 필요로 하는 좌절이, '자유와 해방'을 갈망하는 억압이, '행복'에 대한 갈구로서의 불행감이 없을 리 없겠건만 승재에게서 그것을 발견했다는 것은 어쩐지 좀 엉뚱하고 생뚱스러웠다.

지방 도시의 평범한 중학교 수학 교사의 삶을 불평 없이 살아가는 그는 원단이 알기로 낙천가이고 방탄벽처럼 안전했다. 그러나 원단은 문득 그에 대해 안다고 할 수 있는 부분들이 어느 정도일까 생각했다. 언제나 보여주는 쪽의 얼굴만을 보고 있지 않은가. 그와 함께 나누는 것과 나누지 않는 것. 함께 휴가 계획을 짜고, 보너스를 타면 그것의 쓰임에 대해 의견을 나누고, 생활의 자잘한 기쁨과 걱정을 나누고, 서로에 대한 역정을, 생활의 권태를 교묘히 감추는 방법을 나누고…… 그러나 저문 날 문득 휘장처럼 드리워지는 정체 모를 우수와, 바람에 나부끼는 포플러 잎새같이 향방 없이 떨어대며 스쳐가는 사념들에 대해 말하거나 나누어 갖기를 요구하지 않는다.

해가 지고 있다. 잡초 하나 없이 고르게 깎인(책 구절대로라면 전날 자신의 의지의 흔적, 즉 원단은 어제 종일 반역처럼 돋아나는 잡초를 뽑고 손가위로 일일이 잔디를 깎느라 고된 하루를 보내었던 것이다) 잔디가 어두운 녹빛으로 물들고, 담장을 따라 가꾼 화단의 꽃들이 이파리를 닫으며 빛을 가라앉히고 있었다.

간짓대를 세워 버틴 빨랫줄에는 승재의 남방이며 속옷, 수방이의 손바닥만 한 옷가지들이 앙증맞게 색색으로 걸려 있었다. 빨래를 이슬 맞히면 옷 임자의 신세가 고단해진다고 했던가. 원단은 마당으로 내려가 빨래를 걷다 말고 습관처럼 마주 뵈는 산언덕에 시선을 주었다. 이 소도시를 둘러싼 산의 서쪽 줄기 중에 솟은 언덕으로 해 질 녘 가장 밝게 빛나는 곳이다. 지난해 봄 승재의 퇴근 시간을 기다려, 백일이 된 수방이를 안고 함께 집을 보러 왔을 때 복덕방 영감의 뒤를 따라 낡은 철문을 밀고 들어서며 처음 마주친 것이 저 산언덕이었다. 무엇에 들린다, 씐다는 말로 실제의 것을 과장하거나 왜곡하는 것을 표현하기도 하지만 그때의 원단이 그랬다. 넘어가는 햇빛을 받아 온통 금빛으로 불타며 그 언덕이 좁은 마당 안으로 다가오던 것이었다. 원단은 피돌기가 멈추는 듯한 전율을 느끼며 훅 숨을 들이쉬었다. 집이 너무 낡고 택시도 올라오지 않을 비탈길인 게 흠이라고 승재가 동의를 구할 때야 비로소 그 이상한 사로잡힘에서 헤어날 수 있었다. 그것은 일순간의 환각이었던가. 그 언덕은 여전히 밝은 금빛을 받은 채, 그러나 저 멀리 멀어져 있었다.

값이 헐하다는 것 외엔 승재의 지적대로 낡고 흠이 많은 집이었지만 원단이 망설임 없이 이 집을 사자고 우겨댄 것은 첫날

다가들던 저 언덕의 충격 때문이었다.

산은 이 집의 지대가 높아 맞바로 바라다 보인달 뿐 생각처럼 가까운 거리에 있는 것이 아니었다. 집과 산 사이에는 몇 개로 구획되어진 동洞과 국민학교, 꽤 넓은 공단 지대의 회색 기둥들이 솟아 있었다. 산에 오르기 위해서는 내려다보이는 찻길을 건너서도 이제껏 가보지 못한 구불구불하고 좁은, 낯선 골목들을 수없이 지나쳐야 할 것이다. 하지만 원단은 이 집에 이사 오고 거의 일 년 반이 되어가는 이제까지 그 언덕에 올라가본 적이 없었다. 아이들 적에 부르던 노래, '저 산 너머 하늘 아래 그 누가 사나/나도 어서 저 산을 넘고 싶구나'라던 노랫말이 간직한 우수 어린 동경을 아끼기 때문일까.

마당에 탁자를 놓아야지 하는 생각을 해본 것은 순전히 해 질 녘의 산언덕을 좀더 오래 바라보기 위해서였다.

바라보는 산은 그저 무심하고 평화로웠다. 연하고 밝은 햇살이 짙은 금빛으로 사위며 숲은 검은 형체로 잦아들었다.

집 안에서부터 찌르는 듯한 울음소리가 들려왔다.

원단은 빨래를 한 아름 걷어 안고 허둥지둥 뛰어갔다. 오후 늦게 낮잠이 들었던 수방이가 이제야 깨어나 마루로 뒤뚱뒤뚱 걸어 나오며 울음소리를 높였다.

"우리 수방이, 이제 일어났니?"

연신 볼에 입을 맞추며 수선스레 오줌을 뉘는 엄마를 모른 체 수방이는 눈을 질끈 감고 울음을 멈추지 않았다.

잠에서 깨어나 어둡고 휑하니 빈 집에 놀라기도 했으리라. 잠에서 깨어날 때 우는 것은 수방이의 습관이기도 했다. 왜 아이들은 울면서 잠에서 깨어나는 걸까. 빛 가운데로 깨어남에 어떤 공포가 있는 것일까. 비단 잠에서 깨어날 때뿐 아니라 종종 수방이는 해 저물녘이면 까닭없이 울음보를 터뜨렸다. 아무리 달래고 야단을 쳐도 속에 괸 울음을 다 풀어놓고 제풀에 기진할 때까지 그치지 않았다.

오래 간호원 생활을 한 이웃집 여자는 산통이라고, 배 속에 가스가 차기 때문에 통증이 올 수가 있다고 대수롭지 않게 말했지만 원단은 그 원망 가득한, 찌르는 듯 통절한 울음을 의학적 동인動因으로 설명하는 그의 말에 쉽게 수긍할 수 없었다.

두 살짜리 아이의 검질기고 끈덕진 긴 울음은 어미인 원단 자신을 비롯한 모든 관계에 대한 거부, '여기가 어디야 여기가 어디야' 혹은 '아니야, 아니야'라는 강한 부정과 안타까운 헤매임처럼 들리고 어쩌면 아이가 낯선 세상에 놀라 이 세상에 오기 전의 그 어떤 곳으로 돌아가고자 하는 헛된 원망願望처럼 들리기도 했다. 아이의 울음에는 아마도 영원히 표현되지 못할 안타까움, 갈망, 두려움이 들어 있어 원단은 아이와 함께 미망 속에 던져진 듯한 절망감을 느꼈다.

우는 아이의 눈에 비치는 세상은 어떤 것일까. 기실 아이가 우는 시간은 그리 긴 동안이 아닐 것이다. 자신의 못 견뎌 하는 마음이 울음을 영원처럼 느끼게 했을 것이다.

"울지 말아, 수방이는 예쁜 아기지. 엄마가 이렇게 안고 있는데 뭐가 무서워. 자꾸 울면 엄마 속상해. 바보 온달이한테 시집

보낼 테야."

제풀에 지칠 때까지는 소용없다는 깃을 알면서도 원단은 수
방이를 꼭 끌어안고 흔들며 달랬다. 산언덕의 밝은 금빛은 사라
졌다. 검푸른 하늘에 연짓빛 노을이 빛을 더해가고 있는 중이었
다. 엄마의 존재를 요구하지도 의식하지도 않고 마냥 울어대는
아이 곁에서 원단은 망연히 참담한 심사로 벌겋게 퍼져가는 낙
조를 바라보았다. 언젠가 다니러 왔던 언니는 수방이의 우는 것
을 보고는 "내림울음"이라고 단호하게 말하며 고개를 내저었
다. 하긴 원단 자신도 어릴 때 낮잠에서 깨어나면 마치 가위눌
림과도 같은 낯섦과 외로움에 몹시 울어댄 기억이 있었다. 함께
살았던 할머니는 계집애가 꼭 저물녘에 사위스럽게 울어댄다
고, 얼굴에 설움이 끼어 어미를 일찍 잃을 상이라고 질색을 하
며 쥐어박곤 했다.

원단이 수방이의 울음에 과민해져 있는 것은 어머니를 일찍
잃을 거라던 할머니의 예언적 말, 어머니의 죽음과 자신의 울음
의 상관성 때문일까.

어머니는 원단이 아홉 살, 언니가 열네 살이었던 해 첫돌도
채 안 된 갓난아기 윤식이를 두고 세상을 떠났다. 돌연한 죽음,
심장마비였다. 산후가 좋지 않았고 워낙 심장이 약했었다고도
했다. 외가 쪽 친척들 사이에서는 자살일 거라는 말들도 쉬쉬
나돌았다.

벌써 이십 년 세월 저쪽의 일들이 생생히 떠올랐다. 그리고
오랜 세월이 지난 후까지 끈질기게 귓전에 맴돌던, 절망적인 아

기의 울음소리. 무언가 종잡을 수 없는, 가위눌림과도 같은 악몽에서 깨어난 것은 숨넘어갈 듯한 아기의 울음 때문이었다. 몇 시나 되었을까, 방은 불이 환히 켜진 채 어머니는 풀어헤친 앞가슴에 매달린 윤식이가 젖꼭지를 물어 당기며 연신 까르륵 까르륵 울어대는데도 정신없이 깊은 잠에 빠져 있었다. 어머니의 옆, 아버지의 이부자리는 비어 있었다. 아버지를 기다리다가 그대로 잠이 든 모양이었다. 원단은 선잠 깬 눈을 비비며 몸을 일으켜 어머니의 잠든 몸을 흔들었다.

"엄마, 윤식이가 울어, 배고픈가 봐."

그러나 입천장이 시커멓게 드러나도록 입을 벌리고 반쯤 눈을 내리뜬 어머니는 종내 깨어나지 않았다. 윤식이 매달려 빨아대는 가슴께만 온기가 남아 있을 뿐 손발은 차갑게 식어 있었다. 난생처음 맞닥뜨린 주검의 느낌이 어떠했는지 어머니의 손에서 느껴지던, 세상의 그 어느 것과도 비견될 수 없는 차가움의 감각이 어떠했는지는 기억에 남아 있지 않다. 훗날 원단은 머릿속이 온통 하얗게 비워지는 텅 빈 공백 상태가 충격의 완화 장치, 방어 본능으로 작용할 수도 있다는 것을 알게 되었다. 그러나 끔찍하고 참담했던 시절에서 멀리 벗어나도 좋으리라던 '어른'이 된 지금에도 원단은 종종 그때의 꿈을 꾼다. 눈 뜨고 움직이며 현실에서 꾸는 꿈. 수방이를 안고 젖을 먹일 때 원단은 자주, 식어가는 어머니 가슴에 매달려 젖을 빨던 동생, 윤식이의 모습을 지우느라 눈을 감고 고개를 세차게 흔들곤 했다. 까닭 모를 수방이의 울음에 그날 윤식이의 울음소리가 연상되어 눈앞이 아뜩해지는 것도 어쩔 수 없는 일이었다.

승재가 돌아온 것은 아홉 시가 다 되어서였다. 연락 없이 귀가가 늦는 일은 좀체 없던 터였다.

"웬일로 늦었어요? 저녁식사는요?"

양복을 받아 걸며 원단이 잇달아 물었다. 그에게서 술기가 훅 끼쳤다.

"먹었어."

짤막하게 대꾸하고 승재는 반갑다고 매달리는 수방이를 번쩍 안아 올렸다.

"아이구, 우리 공주님, 아직 안 잤나? 오늘도 잘 놀았어? 밥 많이 먹고?"

승재의 얼굴이 함박웃음이 되어 눈은 감길 듯 가늘어지고 입은 한껏 벌어졌다. "세상에 이런 신기한 조홧속이 어디 있겠나"라고 수방이를 볼 때마다 내뱉는 그의 탄성은 결코 과장이 아니다. 어쨌든 그는 마흔 살이 다 되어 늦장가를 들고 첫아기를 본 아비인 것이다. 수방이는 꽃씨가 터지듯 밝고 환한 소리로 웃어대며 승재의 머리칼을 잡아당겼다.

'공주는 무슨 공주. 울보 떼쟁이지.'

원단은 속수무책으로 울어대는 수방에게 바보 온달이한테 시집보내겠다고 을러대던 일을 떠올리며 픽 웃었다. 아이의 얼굴에서 눈물 자국은 흔적 없이 지워지고, 승재에게 역시 '용기'와 '행복'과 '정념'에 밑줄을 그어야 하는 비장함은 어디에서도 찾아볼 수 없었다. 어린 자식 어르는 나이 든 아비의 애틋한 부정

父情이 있을 뿐이다.

승재가 욕실에서 손발을 씻는 동안 원단은 꿀물을 만들었다.

승재가 꿀물을 한 모금 마시고는 문득 생각난 듯 말했다.

"장인이 오셨더군."

원단은 저도 모르게 움찔 몸을 떨었다. 승재는 예사로운 말투였지만 원단으로서는 방심하고 있다가 허를 찔린 격이었다.

'아버지가? 왜 당신을 찾아가요?'라는 물음이 목구멍으로 치받는 것을 삼키며 원단은 묵묵히 방걸레질을 했다.

"화천 부근 산으로 돌을 보러 다니신다던가. 학교로 찾아오신 걸 수업이 연달아 있어 빠져나갈 수 있어야지. 잠깐 뵙기만 하고, 집에 가 계시랬더니 퇴근 무렵 다시 전화를 하셨어. 학교 앞 다방에서 그때까지 기다리신 거야. 저녁 잡숫고 막차로 서울로 올라가셨어. 집엔 전화하지 않으셨던가?"

"아뇨."

원단이 뱉어내듯 짤막하게 대꾸했다.

"삼 년 만에 뵙는 건가. 그러니까 그때, 결혼식에서 당신을 인계받고는 처음이지 아마. 못 알아볼 뻔했어. 많이 노쇠하셨더구먼."

승재는 돌처럼 차갑게 굳어진 아내의 얼굴을 흘깃흘깃 살피며 뜸뜸이 말을 이었다.

"당신네 부녀 지간은 참 이해할 수가 없어. 한사코 아버지를 안 보려는 당신이나 여기까지 와서도 딸네 집을 모른 체 지나쳐 버리는 장인이나……"

그는 아내의 입을 통해 장인에 대한 이야기를 들은 적이 없었다. 무능하고 허황하여 평생 가족을 제대로 돌보지 못하고 고생시켰으리라는 것 역시 그 나름대로의 추리에 지나지 않았다. 6·25 동란이 끝날 무렵 상이군인으로 제대하여 원호대상자가 되었다는 말은 얼핏 처형으로부터 들은 적이 있었다. 그의 기억이 정확하다면 이제껏 그는 장인을 세 번 정도 만난 셈이었다. 신혼여행을 다녀와 신림동 언덕바지의 처가에 들렀을 때, 온 방안에 털실을 널어놓고 도급받은 스웨터 뜨기를 하고 있던 아내의 서모는 당황한 기색을 감추지 못했다. 장인은 집에 없었다. 이발을 하러 나갔다는 것이다. 녹의홍상의 아내는 마지못해 앉는 것인지 절을 하는 것인지 애매하게 허리를 굽히는 시늉을 했고 아내의 서모는 비스듬히 돌아앉아 그의 절을 받았다. 형식적인 아내의 태도가, 그리고 사위와의, 고작 십 년 정도의 나이 차이가 절 받는 일을 면구스럽게 만들었던 것 같았다.

그 어색하고 쓸쓸했던 저녁, 장모는 음식 솜씨가 없었다. 반찬가게에서 급히 사온 듯 화학 조미료 맛이 닝닝한 몇 가지 조림과 무침 반찬, 뭇국으로 저녁을 먹고 치울 때까지, 동네 이발소에 갔다던 장인은 돌아오지 않았다. 대신 뒤늦게 찾아온 처형이, 새사위 오는 걸 알면서 어떻게 이렇게 준비가 없느냐고 투덜대며 서모에게 핀잔을 주었다.

그는 아내의 말을 따라 격식 차릴 것 없이 곧바로 춘천으로 내려가는 게 나을 뻔했다는 생각을 했다. 서모를 맞은 지 꽤 여러 해 된다는데 아내와 처형은 '어머니'라는 호칭을 교묘히 피해가며 서모를 불렀다.

그날 밤, 춘천으로 돌아오는 마지막 시외버스에서 아내는 그의 어깨에 기대며 새삼스럽게 말했었다. "내겐 친정이 없어요. 당신도 처가가 있거니 생각지 말아요."

승재는 그 말을, 사위의 도리를 굳이 찾지 않아도 된다는 말로 받아들였다. 또한 그와, 새 가정에 완전히 닻을 내리겠노라는 선언쯤으로 들리기도 했다. 아내의, 장인에 대한 냉담함이 그에게 심각하거나 위험한 문제가 될 수 없었다. 다만 천륜이라 이르는 부모 자식 간의 관계가 껄끄러운 것이 보기 민망하고 딱하기는 했다. 그러나 세상에는 '출가외인'이라는 편리한 말도 있는 것이다. 그는 자신이 굳이 아내와 장인 사이의 화해자, 중개자의 입장에 서야 할 필요성을 느끼지 못했다. 그것은 그가 알 수도, 관여할 수도 없는 '그들의 역사'였다. 일생 무능함이나 가정에 대한 불성실함 때문에 말년에 이르러 가족에게서 소외당하고 미움받는 늙은이들의 이야기는 어디에나 흔히 널려 있는 것이다.

점심시간이 끝나고 막 오 교시 수업이 시작될 즈음, 수위실로부터 구내전화를 통해 들려온 장인의 음성을 듣고 승재는 어느 정도 의아함과 당혹감을 숨길 수 없었다.

"장 서방인가? 날세. 신림동."

낮고 뻑뻑한 목소리는 생소했다. 자신을 '장 서방'이라는 호칭으로 부담 없이 부를 수 있는 사람이란 장인 외에 달리 없을 터인데, 더욱이 신림동이라고까지 밝혔어도 쉽게 그를 떠올리지 못했다는 것은 그가 승재의 관심권에서 까맣게 멀었다는 표시였다.

오후 수업이 잇달아 있어 장인을 교무실로 들어와 기다리라고 할 형편이 못 되었다. 우선 인사부터 차리느라 운동장을 가로질러 교문 곁 수위실로 갔을 때 장인은 넥타이를 꽉 조여맨 양복 차림으로 따가운 초가을 볕을 받으며 꼿꼿이 서 있었다. 게다가 그 새까만 빛깔의 선글라스라니. 승재는 장인에게 집 전화번호를 적어주고, 집으로 가는 약도를 그려주며 들어가 계시라고 거듭 말했는데도 그는 전화도 한 통화 하지 않았던가 보았다.

"우리 그동안 딸 낳고 집 사고 잘 살고 있다고 한바탕 자랑을 했지……"

"잘하셨어요."

원단이 빈정대듯 툭 내뱉고는 수방이의 옷을 벗겨 잠옷으로 갈아입혔다. 열 시가 지났는데도, 낮잠이 길었던 탓일까 졸음기 하나 없이 초롱초롱한 수방의 눈을 들여다보며 원단은 치밀어 오르는 격정을 누르듯 가만히 한숨을 내쉬었다.

뭔가 찜찜하고 어수선하게 얼크러진 기분으로 하루, 이틀을 보낸 원단은 제풀에 못 이겨 사흘째 되는 날 그예 서울로 전화를 걸었다. 같은 서울 안에 살고 있으니 언니는 그래도 아버지에 대해 알고 있겠거니 하는 생각에서였다.

아버지가 춘천에 나타나 남편을 만나고 돌아갔다는 것이 종내 어떤 큰 시작의 조짐인 듯 불안한 예감에서 벗어날 수 없었던 탓이었다. "이제 와서 내게 무얼 요구할 수 있겠어"라고 매몰차게 혼잣말을 내뱉다가도 기실 자신이 두려워하는 건 아버지의, 이편에 대한 요구가 아니라 아버지라는 그 존재 자체라는 것을 깨닫곤 후르르 가슴이 떨리곤 했다.

아버지가 다시금 자신의 삶의 영역에 기웃거리게 되었다는 것이 단순히 두렵다거나 싫다는 감정적 거부감을 넘어서서 그 어떤 예상치 않은, 좋지 않은 일의 전조前兆처럼 생각되는 것이었다.

전화는 계속 통화 중이었다. 십 분마다 시계를 보고 번호판을 눌러 서너 번 만에 신호가 떨어졌다.

"늬가 웬일이니? 목소리도 잊어버리겠구나."

"웬 통화가 그리 길우?"

"애들 학교 보내놓고 집안 치우고 차 한잔 마시려는데 긴치도 않은 전화가 왔지 뭐냐. 식구들 다 잘 있지? 수방이 잘 크고?"

"서울은 별일 없어?"

대뜸 아버지의 일을 묻기가 거북해서 원단이 말을 에둘렀다.

"별일은 무슨. 그런데 웬일이니?"

좀체 전화를 하지 않는 원단인지라 언니는 용건이 궁금한가 보았다.

원단은 며칠 전 아버지가 춘천에 내려와, 학교에서 장 서방만 만나고 가셨는데 근래 아버지를 만난 적이 있는가고 물었다. 아버지가 간간 언니에게 들러 용돈을 얻어가거나 신림동의 서모가 언니에게 전화를 걸어 하소연도 한다는 것을 알고 있었기 때문이었다.

"노인네도 참. 뭐 하러 거긴 갔을까. 하긴 워낙 별난 양반이니. 신경 쓸 것 없어. 그러나저러나 한번 오려무나. 얼굴 잊어버리겠다. 형제가 많길 하니, 단 자매뿐인걸."

언니의 끝말은 조금 처연하게 들렸다. 모처럼 마음을 내어 전화를 걸었지만 전화를 걸기 전과 달라진 것은 없었다.

내가 왜 이렇게 허둥대나. 전화벨 소리, 대문 밖의 인기척에 공연히 후두둑 가슴이 뛰는 자신이 한편으로는 어처구니가 없었다. 냉정히 생각해보면 아버지는 이제 자신에게 직접적으로 위해를 끼칠 능력을 잃은 지 이미 오래인 사람이 아닌가. 그가 얼마든지 불성실하고 무책임할 수 있었던 가정, 가족의 울타리에서 자신은 확실하게 떨어져 나오지 않았던가. 아니 그 이전부터 아버지는 그녀의 의식에서 '존재하지 않는 사람' '어두운 망령'에 지나지 않았던가.

원단이 아버지를 마지막으로 본 것은 자신의 결혼식장에서였다. 아버지의 팔을 잡고 식장에 들어갈 것이 끔찍했던 원단은 자신이 행사공포증이 있노라고, 혼인신고를 하고 간단히 여행을 다녀오는 것으로 결혼식을 대신하자고 말했으나 승재는 "도둑 결혼인가, 과부 결혼인가. 남의 눈을 피할 이유가 뭐 있어?"라고 농담으로 받았다.

"그렇다면 함께 식장에 입장하는 걸로 해요. 아버지 팔에 이끌려 들어가서 남편 손에 넘겨지는 건 내 자신이 물건 같다는 생각도 들고, 삼종지도三從之道나 가부장적인 낡은 관습의 유물이라는 생각도 들고……"

"사납기가 암펌 같군. 나는 나를 향해 걸어오는 신부를 맞기 위해 사십 년을 기다렸는데 그 기회를 빼앗겠다는 말인가. 남들 다 하는 대로 별나지 않게 평범한 게 좋은 거요. 우리가 함께 살 날들이 중요하지 결혼 예식의 형식이 무어 그리 중요하겠소. 그리고 아버지가 딸의 팔을 잡고 신랑에게까지 데려다주는 것도 그게 어찌 남성 지배 이데올로기의 표상이기만 하겠소. 부녀 지간의 석별의 정으로 아름답게 볼 수도 있는 일이 아니오?"

그의 표현은 온건하고 부드러웠지만 의식 속에서의 인습의 벽은 의외로 완강했다. 원단의 주장을 나어린 신부의 응석쯤으로 받아들이려는 태도였다. 원단이 더 이상 버티지 못하고 관습을 저주하면서도 그의 의견에 따라 '남들 하는 대로' '양가 어른들의 축복을 받으며' 장바닥 같은 예식장에서 아버지의 팔을 잡고 들어가 예식을 올린 것은 늦장가를 드는 그의 면구스러움, 부끄러움 따위를 감지했기 때문이었다.

그날 원단은 웨딩드레스 앞자락을 밟으며 고꾸라질 듯 성큼성큼 걸었고 아버지는 결혼행진곡의 느린 박자와 성급한 원단의 발에 맞추느라 몹시 애를 썼다. 걸어가는 동안 내내 잡고 있던 팔을 통해 미미한 떨림이 전해지던 것도, 승재에게 가까이 가서 마치 뿌리치듯 손을 빼내어 돌아서 마주 선 순간 이상하게 경직되던 아버지의 얼굴도 기억하고 있었다.

근 열 시가 다 되어 늦은 아침을 먹고 설거지를 하는데 연거푸 대문 초인종 소리가 울렸다. 누굴까. 올 사람이 없는데? 생각하며 급히 나가던 원단은 낮은 담장 안으로 기웃이 들이미는 얼굴을 보고 어머, 환성을 지르면서 빗장을 열었다. 뜻밖에도 미옥이 찾아온 것이었다. 게다가 큰 키를 구부정히 굽히고 따라 들어서는 것은 성진이었다.

"웬일이니, 연락도 없이 이렇게……"

"답답해서 바람이나 쐬자고 나오다가 이왕이면 네 얼굴도 보자고 이쪽으로 방향을 틀었지 뭐."

원단의 부산스러운 인사에 비해 미옥의 응대는 대범했다. 근일 년 만의 만남이었다.

"이젠 애기 엄마 틀이 잡혀가요. 보기 나쁘지 않은데요?"

성진이 들고 온 포도와 복숭아가 든 봉지를 건네며 싱긋 웃었다.

"성진 씨, 이리 와서 좀 씻어요. 춘천 물이 역시 차고 깨끗하구나. 네가 전에 그랬지. 여기 물은 그냥 받아 마셔도 된다고."

어느새 마당 귀퉁이, 등나무를 올려 그늘을 만든 수돗가에서 한바탕 시원스레 세수를 하고 난 미옥이 성진을 불렀다.

"덥지. 우선 마루로 올라앉아. 뭘 마실래? 찬 거? 더운 거? 도대체 무슨 바람이 불어 여기까지 온 거야?"

세수수건과 로션병을 건네주며 원단이 새삼스레 물었다.

"바람은 무슨 바람. 두문동杜門洞 처자를 내가 찾아 나서야지. 너야 생전 날 보러 서울엘 오겠니? 봄은 첫사랑 치르는 소녀의 가슴앓이이고 가을은 노처녀 속병 드는 쓰라림이라고 하지 않아? 오면서 보니까 산이랑 강물 빛이 벌써 가을이더라. 그 뭐라던가 그럴듯한 문자가 있는데…… 맞아, 산자수명山紫水明. 글자 그대로야."

미옥은 로션을 대충 문지르고는 마루 끝에 앉아 낯선 손에 대해 탐색하는 눈길로 말끄러미 바라보는 수방이를 번쩍 안고 맴돌았다.

미옥은 일 년 전 만났을 때와 거의 변함이 없었다. 청바지와 낡은 티셔츠, 짧게 커트한 머리며 운동화 차림은 예나 지금이나 다를 바 없었다. 다만 말갛게 씻긴 얼굴 광대뼈 부근에 엷게 깔린 기미와 눈가의 잔주름들이 원단의 마음을 잠깐 서글프게 했다.

과일을 씻고 찻물을 가스 불에 얹은 원단은 늘 쓰던 찻잔들을 꺼내 쟁반에 놓다가 다시 집어넣었다. 굳이 의자를 놓고 올라가 수납장 맨 위 칸의 아직 상자 속에 든 채로인 새 유리그릇과 찻잔들을 꺼냈다. 비교적 비싸고 고급스러운 것이어서 쓰기 조심스럽다는 이유로 꺼내지 않고 아끼던 그릇들이었다. 차 준비를 하는 동안 퍼뜩 그녀의 마음을 스쳐간 어떤 느낌 — 언젠가 이와 같은 상황이 있었더랬다는 친숙한 — 이 새 그릇을 꺼내는 행동과 연관되어 있다는 것을, 또한 처음 문을 들어서는 성진을 보았을 때 반가움에 앞서던 당황감의 이유를 뒤늦게 깨닫고 원단은 부끄러움을 느꼈다.

어느 해 늦여름의 한낮,

오늘처럼 과일을 사들고 느닷없이 미옥과 성진이 필준의 자취방을 찾아왔었다. 전날 밤을 그 방에서 지냈던 원단은 필준의 윗도리를 헐렁하게 걸친 채로 몹시 민망해하며 싸구려 플라스틱 컵에 커피를 부어 내었다. 그 일을 기억하고 있을 그들에게 자신은 현재의 생활을 반듯하게 당당하게 보이고자 허세를 부

저 언덕   103

리며 안간힘을 쓰고 있는 것이다.

"참 수방이 아빠는 안 계시니?"

원단이 찻상을 들고 마루로 나오자 미옥이 그제야 생각난 듯 물었다. 장식장 위의 결혼식 사진이며 수방의 첫돌 사진들을 둘러보던 성진이 엉거주춤 자리에 앉았다.

"낚시 갔어. 낚시꾼이야."

새벽, 날 새기 전 승재는 낚시 도구를 챙겨 집을 나갔다. 별다른 일이 없는 한 일요일의 낚시는 그의 관행이었다.

이웃이나, 어쩌다 만나게 되는 그의 동료 교사 부인들은 "젊은 새댁이 일요 과부 노릇하느라 불만이 많겠다"라고 짐짓 혀를 차는 시늉을 하지만 그것은 원단이 관여할 수 없는 그만의 영역이었다. 그녀가 때때로 혼자 울 수 있는 장소, 자신만이 소유하는 내면의 공간을 필요로 하듯.

"이렇게 한적하게 지방에 뚝 떨어져 와 사는 맛이 어때요?"

차를 마시며 오랜만의 해후에 알맞은 말을 내내 찾다가 가장 무난한 물음을 찾아낸 표정으로 성진이 말했다.

"서울에 사는 사람들은 서울을 떠나면 꼭 유배당한 듯 소외감을 느낀다지만 이런 소도시에 사는 재미는 아마 모를 거예요."

역시 무난하고 무해한 대답을 하며 원단은 성진과 자신이 어색함을 감추기 위해 과장되고 수선스러운 연기를 하고 있다는 느낌에서 벗어나기 어려웠다. 필준의 친구로서, 원단과의 지난 날들을 잘 알고 있는 그로서는 지금의 상황이 낯설고 쉽게 받아들여지지 않을 수도 있을 것이다.

"연구회 일은 잘 되어가? 춘천에도 일 때문에 온 건 아냐?"

성진이 메고 온 작은 여행용 가방에 눈길을 주며 원단이 미옥에게 말했다. 훌쩍 바람 쐬러 나왔다는 말과는 달리 그들에게서 은연중에 풍기는 행려의 냄새, 후줄근한 옷차림과 더러워진 신발이 내보이는 먼 길의 흔적 따위가 그런 물음을 던지게 한 것이리라. 미옥과 성진은 학교를 졸업한 이래 함께 민속 문화를 소개, 보급하는 문화운동 단체의 일을 하고 있었다. 탈춤과 사물놀이 등의 강습 회원들을 모집한다는 그 연구회의 공고 기사를 신문에서 읽은 적도 있고, 지방 공연 소식을 본 적도 있었다. 그럴 때마다 원단은 미옥과 성진의 모습을 떠올리고 와락 반가움과 동시에 그들과 같이 지냈던 시절이 벌써 되돌이킬 수 없는 아득한 옛일인 듯 일말의 쓸쓸한 심정이 되곤 했다. 강가에 앉아 흐르는 물을 다만 바라보는 자의 마음이 그러하리라. 물은 저희들끼리 몸 부딪치고 때로는 곤두박질치고 거센 소용돌이에 휘말려들기도 하면서 흐르고 흘러 먼바다와 만나리라. 어딘가로 아마도 자신도 확연히 알지 못할 어딘가로 도달하기 위해, 다만 그 의지로 흐르는 것이리라.

"성경 말씀대로 '때가 악하니라'야. 뭘 어찌해야 좋을지……"

성진이 잔뜩 이마를 찌푸리고 내뱉는 미옥의 말을 자르며 자리에서 일어났다.

"저 자전거, 수방이 거죠? 망가졌나요?"

앞바퀴가 빠진 채 담장에 비스듬히 기대 서 있는 세발자전거를 가리키며 하는 말이었다.

"아이들 물건을 어찌 그렇게 부실하게 만드는지 몰라요. 산지 보름도 안 되었는데 바퀴가 빠졌어요. 아직 탈 때가 안 되었는데 급한 마음에 너무 일찍 사준 게 잘못인가 봐요."

원단은 이제사 겨우 넘어지지 않고 걸을 수 있는 수방의 자전거를 사서 끌고 오던 날 의기양양하던 승재의 모습을 떠올리며 후후 웃었다. 페달을 돌리지 못하는 수방이를 태우고 하루에도 몇 차례씩 동네를 돌아야 하는 건 원단의 몫이었다.

원단에게서 연장통을 건네받은 성진이 마당으로 내려가 자전거를 살피기 시작했다. 아장아장 따라간 수방이 성진의 곁에 쪼그리고 앉아 뭘 참견하는 시늉으로 열심히 함께 자전거를 들여다보았다. 초록빛 잔디가 깔린 작은 마당에 햇빛이 가득하고, 얼핏 부녀지간처럼 자연스럽게 머리를 맞대고 망가진 자전거를 고치는 모습은 어떤 단서를 붙이지 않아도 충분한 '평화로운 모습'이었고 삶의 꾸밈 없이 자연스러운 풍경이었다. 그녀 자신 문득문득 '이것으로 족하지 않은가'라고 허심하게 받아들이게 되는. 우리네 삶이 더 이상 무엇을 약속할 수 있단 말인가.

"너는 예쁘게만 살려고 하는 것 같애. 예전의 너는 그렇지 않았는데……" 아득한 눈길로 햇살 부신 마당 풍경을 바라보는 원단의 마음을 읽듯 미옥이 불쑥 내뱉었다. 원단이 입고 있는 예쁜 꽃무늬 홈드레스, 예쁜 그릇들로 격식 차린 상, 먼지 하나 없이 청결하고 정돈된 집안 등, 그녀가 '예쁘게'라고 말할 소지는 충분히 있었다. 게다가 그 말 속에 담긴 소시민적인 안락함과 위선 — 그네들이 한때 매도해 마지않았던 — 에 대한 비아

냥거림을 넉넉히 헤아릴 수 있을 만큼 그네들은 서로를 잘 알았다. 그러나 이것이 원단으로서는 필사적인 복원의 노력임을 알지 못하리라. 단지 '예쁘게'로서가 아닌, 반듯하고 단정하게 살고자 하는 것. 그것이 헝클어지고 찢긴 지난날에의 치유와 보상의 욕구라는 것을.

"쓸고, 닦고, 울보 아이 기르고, 남편 기다리고…… 등등의 일이 예전에 상상하던 것만큼 끔찍하진 않아. 넌 성진 씨와 언제까지 이런 상태로 지낼 거니?"

원단이 씁쓸히 웃으며 되물었다.

"결혼하면 다 똑같은 말을 해. 간신히 난파선에서 구조된 사람들이 아직 남아 있는 사람들을 향해 하듯 쓸데없이 오지랖 넓게 걱정하고 수선을 떨어. 결혼이 과연 그렇게 안전한 닻이 되는 건가?"

캠퍼스 커플로 출발한 미옥과 성진이 동거 생활로 들어간 것은 오 년 전부터였다. 그 이전 그들은 이미 대학의 민속연구 서클의 회원이었고 군대 마치고 복학한 성진은 서클의 리더 격이었다. 동거 생활에 들어가기 위한 언약식에서, 역시 연애 중이던 원단과 필준이 증인이 되었다. 서로 나눈 십팔금 반지와 한 잔의 포도주, 축제의 놀이마당과 사물놀이, 동숭동 대학로의 배회와 최루탄 가스, 아바와 존 덴버의 노래, 정신적 자립과 창조적 생활을 위해 필히 연수입 오백 파운드와 열쇠를 채울 수 있는 '나만의 방'이 필요하다는 버지니아 울프의 주장, 바슐라르의 '존재의 책상' 등등이 그들이 공유했던 시간과 공간이었다.

젊음이 축제인가, 추억이 화려한 것인가. 어질머리처럼 열병처럼 이십대를 보내고 자신은 미옥의 말대로라면, 안전한 배에 옮겨 탄 것처럼 서른 살이 되었다. 나이 먹는다는 일. 더 이상 모험을 하거나 도피하지 않아도 된다는 속삭임에 동의하며. 아버지에 대한 피해 의식에서도, 절망적인 연애에서도 서른 살은 구원이 되리라는.

"남편과 아이가 내 존재를 정당화시킬 수 있느냐고 말하고 싶은 거지?"

대꾸 없이 얇은 입술을 일그러뜨리며 웃던 미옥이 장식장 아랫단에 꽂힌 음반들을 뒤척이다가 반색을 하고 한 장을 뽑아 들었다.

"이걸, 네가 갖고 있었구나."

재클린 뒤프레의 첼로 연주 음반이었다. 오케스트라 지휘자인 다니엘 바렌보임의 아내로, 천재적인 재능과 미모로 세계 무대에서 각광받던 첼리스트. 음반 케이스에 젊디젊은 동양풍의 분위기를 풍기는 그녀의 모습이 박혀 있었다. 미구에 닥쳐올 비극과 불행의 징조는 어디에도 나타나 있지 않았다. 연주가로서의 명성이 절정에 달했을 때 그녀에게는 신경이 마비되는 퇴행성 질환이 찾아왔다. 우울하고 음산한 눈빛으로 피아노 건반을 하나씩 서툴게 눌러대며 죽어버린 신경들을 되살리려 절망적인 노력을 하던 말년의 모습. 그녀가 죽었다는 짤막한 외신 기사가 나온 날 필준은 원단과 함께 레코드 가게에 들어가 그녀가 연주한 드보르자크의 첼로 협주곡을 샀다. 그리고는 미옥과 성진이 살고 있던 아파트를 찾아가 소주를 마시며 밤새 되풀이하여 그 음반을 들었다. 비운의 예술가, 저주받은 재능에 대한 그들 나름의 추모 의식이었다.

필준과 헤어지고 난 뒤 원단은 주변에서 그의 흔적을 모조리 없애려고 애를 썼다. 그러나 어쩐지 그 음반만은 없앨 수가 없었다. 끝내 처리하지 못하고 지니고 있으면서도 막상 그것을 틀어본 적은 한 번도 없었다.

"사실은 부탁이 있어서 왔어. 단도직입적으로 말할게. 빙빙 말을 돌리면 더 어려워지니까."

미옥이 빤히 원단을 바라보며 입을 열었다.

"뭐가 그렇게 어려운 부탁이야?"

"우리가 지금 난처한 입장이야. 일주일 전에 연구소가 쑥밭이 돼버렸어. 불시에 들이닥쳐서 공연 준비 자료 다 압수당하고…… 실무자들은 조사한다고 불려 다니고 그래. 별일이야 한 게 없으니 겁 안 나지만 때가 어수선하니까 피해 있으라고 연락이 왔어. 한 사나흘이면 이럭저럭 해결이 날 거야."

감정이 담기지 않은 담담한 미옥의 말을 들으며 원단의 입가에서 웃음이 지워졌다. 듣는 사이 압수, 수색, 체포 등등의 활자들이 반사적으로 잇달아 떠올랐다. 연이어 수배, 은닉 등의 단어들도.

"아무 일도 아닌 걸 가지고 괜스레 지나치게 신경과민들이 되어서……"

미옥의 탐색하는 듯한 눈길이 허둥대는 원단의 시선을 잡고 놓지 않았다. 그녀의 시선이 촘촘한 철사그물이 되어 자신의 얼굴을 옥죄는 듯 얼굴 근육이 뻣뻣이 굳어졌다. 원단이 손바닥으로 세게 얼굴을 문지르며 빠르게 말했다. 마치 준비해둔 내용처럼 미처 생각지 못했던 말들이 내뱉어졌다.

"여긴 네가 생각하는 것처럼 호젓한 곳이 아니야. 너와 성진 씨가 단순히 여행길이라면야 얼마든지 함께 지낼 수 있지만 그런 사정이라면 곤란해. 수방이 아빠는 교육공무원 신분이고, 평범하고 좋은 사람이지만 또한 통상적으로 평범하고 좋은 사람들의 한계가 있어. 그러나 무엇보다도 나 자신이 그런 용기가 없어. 용기라기보다 신념이라고 말해야 할 거야. 미안해. 너는 날더러 예전과 달라졌다고 말하지만 꼭 그런 것만은 아냐. 삶은 선택할 수 있는 것이 아니라 주어지는 것이라는 생각, 내게 가장 확실하게 주어진 것들을 보듬고 지켜가야 한다는 생각이 강해져. 너무 현실에 안주하는 것일까?"

"아, 그만해, 한 사흘 묵게 해줄 수 없다는 말을 하기 위해 그렇게 오래 힘들여 말해야 해?"

미옥이 원단의 어깨를 쥐고 흔들며 거리낌 없이 환히 웃었다.

성진은 어느새 바퀴 빠진 자전거를 말짱히 고쳐놓고 연장통 안의 왁스까지 찾아내어 닦아 새것처럼 반짝반짝 윤을 내놓았다. 어느새 "아찌, 아찌"라고 부르며 따르는 수방이를 태우고 마당을 두어 바퀴 돌고 난 성진이 땀을 닦으며 햇살이 넘치듯 하얗게 흐르는 산언덕을 가리켰다.

"이곳이 아주 명당 터 같습니다. 원단 씨 집터 고른 것을 보니 풍수에 식견이 있는 것 같은데요?"

"풍수지리라면 좌청룡 우백호, 배산임수 같은 용어밖에 몰라요. 그러긴 해도 저 산이 좋아 이 집으로 오게 된 건 사실이에요. 이 집에선 어디서나 저 산이 보여요."

성진과 원단이 주고받는 말에, 마당으로 나온 미옥이 눈을 가늘게 뜨고 원단이 가리키는 손을 따라 산언덕을 바라보았다.

"햇빛이 그쪽에만 모여 있는 것처럼 이상하게 환하고 고즈넉하네. 별로 먼 것 같지도 않은데 우리 같이 올라가볼까."

미옥이 당장 신발 끈을 맬 듯한 기세로 말했다

"막상 가보면 뭐 여느 산과 다를 게 있겠니? 난 오히려 멀리서 바라보면서 저것이 궁극적인 평화의 모습이 아닐까, 피안의 세계가 아닐까 하는 생각이나 하지. 어쩌면 소망의 본질 같은 것 말야."

"언덕을 바라본다는 것과 그곳을 향해 걸어간다는 것과는 본질적으로 차이가 있어. 바라보는 것만으로는 그것이 내게로 가까이 오질 않아. 너는 소망이라고 말하지만 나는 차라리 소명이라고 말하겠어. 그곳으로 스스로 걸어 들어가지 않으면 풀도, 나무도 그곳에 깃든 짐승들도 어떻게 뒤엉키고 비비대며 살아가는지, 척박한 땅 속에 어떻게 깊이 뿌리를 뻗는지 이해할 도리가 없지. 이해가 없으면 사랑도 거짓이야. 세상을 창밖 풍경을 보듯 바라만 본다면……"

미옥의 말이 마디마다 편안치 않은 가시처럼 원단의 마음을 찌르는 듯했다.

원단의 거절에 대한 뒤늦은 대꾸일까.

그들은 해 질 무렵, 원단이 서둘러 지어준 저녁밥을 믹고 떠났다. 서울행 열차 시간을 자세히 일러주는 원단에게(그것 외에 달리 무슨 일을 해줄 수 있었을까) 손을 흔들어 보이며 미옥은 밑도 끝도 없이 "우리에겐 세월을 앞당겨 지레 늙어버릴 자유도 권리도 없다"라고 탄식처럼 내뱉었다.

시장에 나갔던 길에, 꽃과 작은 화분 따위를 파는 노점 꽃수레에서 붉게 익은 꽈리 다발을 발견한 원단은 어머, 탄성을 지르며 멈춰 섰다. 긴 대궁에 줄줄이 환하게 달린 꽈리의 붉은빛이 가을밤의 호롱불처럼 따뜻하고 정다웠다. 이제사 계절 없이 꽃피울 수 있는 시절이 되었다지만 햇빛과 바람과 비와 서리로 꽃피우고 열매 맺으며 섭리에 따라 시드는 제철의 향기와 아름다움에 비하랴 싶었다.

어린 시절, 몇 해 동안 얹혀살았던 외갓집의 장독대 한 켠에 화단이 있었다. 언니와 원단은 동네 아이의 집에서 꽈리와 봉숭아 모종을 얻어와 화단에 심었다. 이슬비를 맞으며, 뿌리를 보이면 죽는다는 말에 따라 모종의 흙 묻은 뿌리를 양손에 꼭 모두어 쥐고 누구의 눈에라도 띌세라 외진 길로 달음박질쳐서 돌아와 도둑처럼 몰래 심었다. 뿌리가 공기에 닿아 수분이 마르거나 상하면 안 된다는 것을 말 그대로 사람의 눈에 띄면 부정을 탄다는, 다분히 비의祕儀적인 것으로 받아들였던 것이다. 길게 뻗어 자란 줄기의 겨드랑이마다 밥티같이 작고 흰 꽃이 진 자리에 연둣빛 봉긋한 봉지가 달리기 시작하여 붉게 물들어가면 보이지 않는 속의 열매는 얼마나 큰 비밀이었던가. 봉지를 터뜨리면 호롱불의 심지처럼 틀림없이 빨갛고 단단히 익은 열매가 있으리라는 것을 알면서도 매양 조바심과 기대로 가슴이 두근거리지 않았던가.

언니는 꽈리를 잘 불었다. 그 가으내 학교에서 돌아오면 윤식이를 업고 마당가에서 꽈르륵꽈르륵 꽈리를 불었다. 유년기의 기억 중 가장 밝은 색채로 남아 있는 장면이었다.

아버지가 갚을 길 없는 노름빚을 지고 달아난 후 어머니는 원단이 자매를 이끌고 그때까지 살던 공주를 떠나 평택의 친정으로 들어갔다. 성미가 결곡하고 칼칼했던 것으로 기억되는 어머니로서는 힘든 걸음이었을 것이었다. 끝내 확인할 수 없는 얘기가 되고 말았지만, 아버지가 막판에는 일 잘하고 건강한 마누라까지 걸고 노름을 했다고 해서 노름패들로부터 적지아니 시달림을 당한 탓인지, 단지 호구지책을 위해서였는지는 모를 일이었다. 단지 초라한 세간살이들을 꾸리며 "서방이 아니라 웬수다. 어떻게 인두껍을 쓰고서 그럴 수가 있겠나. 정말 이젠 남부끄러워서……" 따위 한탄을 하며 눈물을 훔치던, 아직 팽팽하게 젊었던 어머니의 모습이 기억에 남아 있다. 어머니의 말을 곧이곧대로 알아들은 언니는 그때 "아버지가 외갓집으로 찾아오면 어쩌지? 아버지가 찾을 수 없는 데로 더 멀리 가버리자"라고 걱정 가득한 빛으로 말했었다. 어린 나이였지만 아버지에 대해 특별히 정겨운 느낌이 없기는 원단두 마찬가지였다. 아버지는 읍내가 짜하도록 소문난 노름꾼이었다. 절룩발이, 왼손잡이 홍 상사. 그것은 전쟁에서 입은 총상으로 보일 듯 말 듯 다리를 저는 데다 화투장이나 마작 쪽을 왼손으로 귀신처럼 다루는 아버지를 부르는 말이었다. 일 년에 반 이상은 외지로 떠돌아다니고 어쩌다 집에 돌아올 때도 노름과 술에 빠져 살았다. 살림을 꾸려가는 것은 어머니의 몫이었다. 어머니는 잔치와 제사에 쓰이는 유과와 과즐, 강정 따위를 만들어 시장 안의 가게에 물건을 대었다. 집 안에는 언제나 물엿과 기름기가 끈끈하게 배어 있었다. 아침부터 밤까지 어머니는 기름걸레 꼴이 되어 일손을 놓지 않았다. 벽지와 가구, 문고리, 마룻바닥 어디에서나 끈끈하고 미끄러운 기름기가 묻어났다. 기름 냄새가 역겹다고, 읍내 술집에 박혀 사는 아버지를 향해 사람들은 "홍 상사가 저렇게 위인이 허랑방탕해도 마누라가 붙어 있는 걸 보면 노름 말고도 다른 힘이 좋은가베. 마누라만 아는 힘 말여" 낄낄대곤 했다.

동네 아이들은 달고 고소한 과자를 실컷 먹을 수 있으리라고 부러워했지만 원단은 언제나 머리칼과 옷에 배어 있는 냄새가, 상이군인, 노름꾼 홍 상사가 부끄럽기만 했다.

평택의 외갓집 뒷방에 짐을 푼 어머니가 읍내의 식당에 일을 나가던 이태 만에 아버지가 찾아왔다. 원단이 국민학교에 입학하던 해였다. 느닷없이 아버지가 찾아왔을 때의 상황이 어떠했는지는 기억에 없다. 양복을 빼어입고 몰라보게 멋쟁이가 된 아버지가 사 들고 온 새 책가방을 보았을 때의 기쁨만 생생하게 남아 있다.

아버지가 돌아오자 어머니의 치마 속 배가 불러오고, 이북에서 빨갱이들이 대통령을 죽이러 왔다는, 이른바 '김신조 사건'으로 나라 안이 발칵 뒤집혔던 겨울에 윤식이 태어났다. 뒤늦게 아들을 보았다는 인사를 받을 겨를도 없이 아버지는 그 겨울 내내 밖으로만 나돌았다. 아버지가 '전우'라고 부르는 '참전 동지' 그룹의, 손목이 없거나 다리 하나가 잘린 사람들이 뻔질나게 집을 찾아오기도 했다. 목이 쉬고 눈에 핏발이 서서 밤늦게 돌아오는 아버지는 대개 술에 취해 있었으며 여느 때와 달리 생기와 고양된 감정으로 한껏 기분이 고조되어 있게 마련이었다.

　"원단이, 늬네 아버지 목청 한번 크더라."

　"전쟁 때 훈장도 여럿 탔다더니 아닌 게 아니라 기세가 호랑이더군." "엊그제는 가두시위를 벌이더니만 오늘은 미군 부대 앞에서 데모를 했어. 내일은 역전에서 한바탕 할 거라더군." 동네 사람들의 말로 가족들은 아버지가 참전 동지들과 함께 '김일성 괴뢰집단 타도' 데모를 하러 다니는 줄 알았다. 어느 날 해 지기 전 술기운 없이 들어온 아버지의 손에는, 그들에게는 좀처럼 맛볼 기회가 없는 케이크 상자가 들려 있었다. 원단이와 언니가 달려들어 상자를 풀기도 전 햇아기 윤식이를 끼고 누워 있던 어머니가 비명을 지르며 일어났다. 아버지의 오른손 검지손가락에 두껍게 둘린 붕대를 흠씬 적신 핏자욱 때문이었다.

　"나라를 위해 싸우다 목숨 바친 전우들을 생각하면 이까짓 거야…… 내 피 몇 방울 흘려서 빨갱이들을 박살낼 수 있다면 손가락 열 개인들 못 자르겠어?"

아버지는 짐짓 비장한 표정을 지으며 눈에 빛을 뿜었다.

"아이고, 이 정신 나간 양반아, 그래, 혈서를 썼단 말이요? 손가락 자를 각오로 독하게 살아볼 생각을 하시오."

어머니는 부르르 진저리를 치며 악을 써댔다. 케이크 상자를 열던 원단과 언니는 멈칫 물러났다. 흰 크림이 씌워지고, 그 윗면에 분홍빛과 연둣빛의 꽃 모양으로 장식을 한 둥근 케이크가 빵집의 진열장 속에 있을 때와 마찬가지로 호사스럽고 화려한데 ─ 시내의 빵집을 지나칠 때마다 원단은 진열장 앞에 멈춰서서 그 이국풍의 모양과 빛깔과 장식에 흘려 자신이 맛보지 못했던 온갖 달고 부드럽고 향기로운 감각들을 상상해 보곤 했었다 ─ 어머니의 비통한 소리에 그제야 아버지의 피절임이 된 손을 보는 순간 그것은 갑자기 자신들의 현실을 깨닫게 해주는 생뚱스럽고 사악한 '어떤 존재'로 비쳐졌다. 그것은 이미 맛을 즐기고 배를 불릴 선한 음식이 아니었다. 그네들 삶의 누추함과 가난과 속임수 따위를 잔혹하게 드러내는 장치였다.

다음 날 아침의 신문에는 비열한 암살 음모를 꾸민 김일성 집단을 성토하는 시민궐기대회에서 "암살자, 살인마 김일성을 타도하자"라는 내용의 혈서를 쓴 '호국참전용사' 여섯 명에 대한 기사와 사진이 났다. 아버지와 그들 가족은 한동안 야유인지 칭찬인지 분간하기 애매한 인사를 받았다.

"원단이 아버지께선 6·25 동란 때 북괴군과 맞서 용감히 싸우시다 부상을 입으신 분이란다. 너희들은 그런 분들의 고마움을 알아야 한다."

겨울방학을 끝내고 개학한 첫날, 담임선생님의 말에 반 아이들은 박수를 쳤고 원단은 까닭 모를 부끄러움으로 와락 울음을 터뜨렸다.

봄이 되기 전 아버지는 평택역의 역무원으로 취직이 되었고 가족들은 외갓집을 떠나 시내에 셋방을 얻어 나갔다.

동네 사람들이 뒷전에서 호박이 넝쿨째 떨어졌느니, 손가락 깨물어 얻은 자리니 하며 시샘의 말을 수근대었어도 어머니는 이제사 아버지가 어엿한 직장인으로 출퇴근하게 된 기쁨을 감추지 않았다.

"애비가 이제야 정신을 차리나 보다. 바라던 아들도 낳고 취직도 되었으니 앞날이 괜찮을 게다. 하긴 정신 날 때도 됐지. 애비 나이 마흔이 넘지 않았느냐. 곧 옛말하며 살 날이 올 게다."

이삿짐을 꾸려주며, 그리고 새 집으로까지 따라와 아궁이에 불을 들이며 외할머니는 축수하듯 뇌이고 또 뇌이곤 했다.

꽈리 한 다발과, 빨갛게 익은 열매를 조롱조롱 달고 있는 아가위 팥배나무 가지를 아울러 사드니 한 발 앞서 가을을 담뿍 맞아들인 기분이었다. 햇빛 잘 드는 창가에 걸어두면 한결 운치 있고 풍성한 가을 분위기를 즐길 수 있으리라 싶었다. 걷는 일에 금방 지치고 싫증을 내는 수방이는 오랜만에 나온 거리 구경에 정신이 팔려 여느 때처럼 업어달라고 칭얼대지 않았다. 수방이의 손에 꽈리를 한 가지 들려주고 원단은 긴한 볼일도 없이 느긋하게 거리를 돌아다녔다. 커튼 집에 들어가 검정과 흰색이 굵은 선으로 대담하게 엇갈린 커튼지를 한동안 매만지기도 히고, 수제품 고급 가구점을 기웃거리고, 서점에 들어가 인테리어 잡지들을 홀홀 들춰보기도 했다. 그러면서 원단은 이러한 자신의 행동, 욕망들이 지난번 미옥이 내뱉었던 "넌 예쁘게만 살려고 해"라던 근거인가를 생각하며 쓴웃음을 지었다. 그녀는 아마 모를 것이다. 원단 자신 그토록 지키려 애쓰는 것이 단지 '예쁨'이나 '장식성'이 아닌 규범이고, 그것이 약속하는 작은 울타리 안의 햇볕과 안전이라는 것을. 저녁이 되면 햇빛은 스러지게 마련이고 거친 짐승은 울타리를 부수고 뛰어넘는다고, 또한 울타리라는 환상은 생각처럼 견고한 것이 못 되고 네가 바라보는 햇빛이란 기실 입김처럼 미약하고 순간적인 온기일 뿐이라고 얄팍한 입술을 일그러뜨리며 대꾸하는 미옥의 목소리가 들리는 듯했다.

"이 애가 딸이냐?"

안경을 벗어 눈가를 문지르고, 안경알을 찬찬히 닦아 다시 낀 아버지가 부신 듯 눈을 가늘게 뜨고 수방이를 바라보며 물었다. 닫힌 대문 앞에 기대놓은 '종합선물세트'의 울긋불긋한 포장지가 흘끗 눈에 들어왔다.

"언제 오셨어요? 장 서방 만나셨어요?"

원단이 굳은 혀를 풀듯 가까스로 내뱉었다. 자신의 얼굴 역시 그처럼 뻣뻣이 굳어 있으리라. 그러나 마음은 처음 문 앞에서 아버지와 마주쳤을 때보다 많이 평정을 되찾고 있었다. 기습을 당했다는 곤혹감은 컸지만 승재로부터 아버지의 출현을 들었던 이래 여러 날 사로잡혀 있던 불안과 피해의식에 비하면 막상 실체와 맞닥뜨린 지금의 덤덤한 심사가 기이할 지경이었다. 시간의 완화 작용인가. 어쩌면 자신은 아버지와의 이러한 대면의 시간에 대비하여 연습해온 것인지도 몰랐다. 무심결인 듯 보일 작은 동작 하나하나까지, 예사롭게 내뱉는 말의 쉼표와 마침표까지.

"한 시간가량 되었나…… 먼젓번 장 서방이 약도를 그려준 게 있어서 곧바로 찾아왔지."

아버지가 짐짓 팔목을 쳐들어 시계를 보며 느릿느릿 말했다. 흰 머리를 빈틈없이 넘겨 빗어 터럭 하나 흘러내리지 않은 이마는 검붉게 그을려 있었지만 좁은 얼굴, 날카로운 매부리코, 무겁게 늘어진 눈꺼풀 아래 눈빛은 날카롭고 불안정하여 어딘가 맹금류를 연상시키는 모습이었다.

원단은 열쇠를 찾아 대문에 꽂고 천천히 돌렸다. 꽈리 묶음을 땅에 내려놓고, 한사코 치맛자락을 잡고 놓지 않는 수방이를 한 팔에 들어 안고 대문을 여는 동작이 숱한 연습 끝에 실수 없이 해내게 된 연기와 같았다.

"들어가시죠."

종합선물세트를 들고 엉거주춤 고개를 숙여 쪽문을 들어서며 아버지는 "마당을 잘 가꾸었구나"라고 말하고 이어 "이렇게 집을 비워두고 다녀도 괜찮으냐"라고 덧붙였다. 집 안에서는 나갈 때 켜둔 라디오에서 귀에 익숙하나 곡목은 떠올릴 수 없는 바이올린 곡이 흐르고 있었다. 원단은 마루 끝에 수방이를 내려놓고 라디오를 껐다. 아버지는 양복저고리를 벗어 의자 위에 걸쳐놓고는 마루 끝에 앉아 하품을 하는 수방이에게 선물꾸러미를 풀어 보이며 말했다.

"이 애가 꼭 너 어릴 때와 닮았구나. 이름은 뭐라고 지었느냐. 애야, 내가 니 할애비다. 알겠니?"

"아직 점심 전이시지요? 점심상 차릴 테니 좀 쉬세요."

천연덕스럽게 아버지의 역할, 할아버지의 몫을 차지하려는 듯한 말투가 역겨워 원단은 아버지의 말을 잘랐다.

"나 예서 좀 묵어 갈라네."

저녁 식탁에서 아버지가 선언하듯 말했다. 요즘에도 화천에 돌을 보러 다니시느냐는 승재의 물음에 대한 대답이었다. '선언하듯' 할 수밖에 없었던 것은 그만큼 아버지에게도 힘든 말이었기 때문이라고 해석되어지면서도 원단은 입에 넣은 밥 덩어리가 그대로 목에 콱 걸리는 느낌이었다. 해가 지기 전 서둘러 저녁을 짓고, 승재에게 전화를 걸어 아버지가 오셨으니 일찍 들어오라고, 들으란 듯 수선을 떤 것 모두 아버지에게 오래 머무를 구실을 주지 않기 위한 것이 아니었던가. "골치 아픈 일이 많아서 말야. 여긴 공기도 좋고 참 깨끗하구먼. 늙으면 세상잡사에서 조금은 멀찍이 물러나는 게 심신에 좋지."

"아무렴요. 얼마든지 오래 계세요. 아닌 게 아니라 식구가 단출해서 호젓하기도 하던 터이고, 방도 넉넉하니까요."

승재가 짐짓 크게 고개를 끄덕였다. 그렇다면 먼젓번에 승재의 학교로 찾아갔던 것은 탐색전이었던가. 밥맛을 잃은 원단이 밥그릇과 수저를 들고 일어났다. 개수대의 물을 트는데 한결 자신감을 찾은 아버지의 목소리가 우렁우렁 들려왔다.

"멋모르고 날뛰다가 이번에 뜨거운 꼴 당했지. 아무리 순수한 열정이니 참교육의 의지이니 하고 내세워도 결국 빨갱이들의 전략에 놀아나는 거야. 속고 있는 거라구. 교육의 목적을 통일에 두고 있는 것부터가 수상하잖나 말야, 자네는 거기 가입하지 않았겠지?"

"가입은 안 했지만 그들의 주장에 상당한 타당성이 있다고 믿는 쪽입니다. 그들의 과격한 행동에 대해 선생답지 않다느니 하며 비난하기 전에 왜 그런 운동이 일어나게 되었는지, 분출할 수밖에 없이 누적된 교육계의 모순과 잘못에 대한 깊은 반성과 성찰이 문교 당국자나 일선 교사, 학부모 모두에게 있어야겠지요. 현장 교사로서 이대로는 안 된다, 개혁이 있어야겠다는 필요성은 절실합니다."

"명분은 세우기에 달렸네. 교육이 제대로 서려면 우선 전쟁이 어떤 건지 빨갱이들이 어떤 건지를 가르쳐야 한다구. 자넨 전전 세대인가 전후 세대인가?"

"세 살 때 전쟁이 났으니 전쟁을 겪은 세대라고 하겠지요. 전쟁은 분명 악이고 비극입니다. 그러나 그 악의 구조와 동인을 분석하고 이해하지 않으면 영원히 극복되지 못하지요. 좀더 발전적인 시각으로 과거와 미래를 바라보아야 한다고 생각합니다."

"나는 전쟁 때 총을 들고 나가 싸웠네. 아무튼 세상 망가져가는 꼴이라니. 선생이라는 자자들이 떼로 나서서 주먹질을 해대질 않나, 철없는 아이들을 무기 삼아 선동질이나 하고……"

"문약文弱이란 말이 있지요. 선생들처럼 말을 좋아하고 폭력을 겁내는 부류도 드물지요. 아무리 온건하게 말로, 대화로 풀어가려 해도 상대방이 귀 막고 눈감고 몽둥이질을 해대면 다른 방법이 없지 않습니까? 허허, 아버님 저 역시 학교 다닐 때는 아버님 세대나 그들이 일군 세상에 대해 주먹질을 해댔었지요. 이젠 안전히 금 안으로 들어와 저들을 향해 자조 어린 충고나 하는 저도 기회주의자라든가 보수 안일파로 지탄받는 입장입니다. 하긴 보수주의란 게 결국 변화를 받아들일 능력이 없는 자의 방어막 같은 게 아닐까요?"

승재는 더 이상 대화를 이끌어갈 흥미를 잃은 듯 너털웃음으로 얼버무렸다. 아버지는 텔레비전의 아홉 시 뉴스를 보고 난 다음 방으로 들어갔다. 책장과 책상을 들여놓고 그들 부부가 조금은 멋쩍어하며 '존재의 방'이라고 부르는 서재였다. 언젠가 훗날 자유롭고 한가한 시간이 주어지면 그 방에 틀어박혀 쉽고도 명쾌한 수학 이론서를 쓰겠노라는 꿈을 승재는 갖고 있었다.

방바닥을 닦고, 이부자리를 안고 들어가 자리를 보며 원단은 자신이 마치 모르는 남자의 잠자리를 펴는 듯한 거북스러움과 수치심을 느꼈다. 구부린 등 너머 지켜보는 아버지의 눈길을 의식했기 때문일 것이었다.

이불을 깔아놓고 나오며 달리 필요한 게 없느냐고 묻던 원단의 눈길이 와이셔츠 단추를 푸는 아버지의 손에 멈추었다가 재빨리 비껴갔다. 오른손 검지와 장지와 무명지가 단지斷指의 흔적으로 모조리 첫마디에서 비틀려 구부러져 있었다.

바람도 없는데 마당 귀퉁이 대추나무에서 이따금씩 툭, 툭 소리를 내며 대추가 떨어졌다. 안방과 아버지가 있는 서재의 불이 꺼진 지 오래였다. 한바탕 큰일을 치르고 난 듯 몸은 기진맥진 녹초가 되어 있는데 신경만이 팽팽히 날을 세워 원단은 잠을 이룰 수 없었다. 어둠 속에서 눈을 번히 뜨고 몸을 뒤치던 원단은 찌륵찌륵 풀벌레 우는 소리에 이끌리듯 마루로 나왔다. 마루의 유리문을 열고 문턱에 걸터앉았다. 적막하게 깊어가는 가을밤의 스산함이 서러움으로 걷잡을 수 없이 밀려들었다. 삶이 쓸쓸한 것일까. 인간이 슬픈 것일까. 아버지에 대한 막무가내한 적개심이 조금도 덜해지는 것은 아니면서도 그 모든 관계와 감정들이 얼마나 덧없는 것이냐는 생각이 문득 스쳐갔다. 거북스럽게 와이셔츠 단추를 풀던 아버지의 구부러진 손끝 마디가 떠오르자, 구름이 비를 부르듯 필연적으로 따라오게 마련인 연상작용을 물리치느라 눈을 감고 고개를 세게 흔들었다.

화면 가득 클로즈업되어 다가들던 아버지의 얼굴, '나라사랑동지회'의 푯대. "살인 집단 소련의 만행을 규탄한다." 아버지의 갈갈이 쉬어터진 목소리는 극장 안을 우렁우렁 울리고 삽시간에 사라졌다. 아버지는 잇달아 한껏 고양된 감정과 격정의 정점에서 즉흥적인 몸짓으로 손가락을 자르고 흰 광목천에 피를 흩뿌렸다. 관객석의 여기저기서 얕은 비명 소리, 더러는 킥킥 웃는 소리도 들렸다.

얼어붙은 듯 화면에 눈을 붙박고 있는 원단의 팔을 툭툭 치며 옆자리의 필준은 말했다. 아직까지 저런 야만적인 방법이 통용되다니. 마치 사교의 광신자 같잖아. 소련군에 의한 KAL기 격추 사건이 있고 난 다음의 일로, 그들은 그날 마지막회 영화를 보기 위해 극장에 들어왔던 길이었다. 영화를 시작하기 전 상영되는 뉴스 화면에서 아버지를, 아버지의 혈서 쓰는 장면을 만나게 된 것은 전혀 뜻밖이었다.

원단은 그즈음 아버지의 생활을 거의 모르고 있었다. 학비와 용돈을 위해서 그리고 하루 빨리 집을 떠날 작정으로 이른바 '몰래바이트'를 두 그룹 맡아 힘겹게 뛰고 있었고, 또한 민속연구회 일은 원단의 생활에서 꽤 많은 비중을 차지하던 터여서 의식적으로라도 집안 문제에 등 돌리고 있었다. 밤늦게 들어가 겨우 잠만 자고 일찍 빠져나가는 원단에게 서모의 귀띔도 없었다. 하긴 아버지가 무명지에 피 묻은 붕대를 감고 들어왔다 한들 우둔한 서모로서는 그 전말을 상상할 수 없었을 것이었다. 두 시간 가까이 영화가 상영되는 동안 내내 원단은 단지 어둠 속이어서 얼굴을 감출 수 있다는 사실만을 다행스러워하며 처참한 연민과 수치심, 배반감과 피투성이가 되도록 싸워야 했다. 왜? 왜? 아버지는 그러한 자해 행위로밖에 자신의 삶을, 삶의 근거를 증명해 보일 수 없는 것일까. 물론 그때가 처음은 아니었다. 김신조 사건 이후 여러 해가 지나 1974년의 대통령 부인 저격 사건 때에도 아버지는 궐기대회에서 구호를 외치며 손가락을 잘라 혈서를 썼었다. 손가락 하나에 얼마를 받았느냐는 노골적인 야유가 뒤따랐으나 아버지는 '애국 충정의 표시'일 뿐이라며 당당히 맞섰다. 그때는 남다른 행동을 하는 아버지가 어릿광대처럼 부끄럽고 딱하고 싫다는 생각뿐이었다. 그러나 영화관의 객석에 필준과 나란히 앉아 본 화면 속의 아버지는 원단에게 충격이나 부끄러움이라고 간단히 말해버릴 수 없는 깊은 상처를 주었다. 자신의 위상에 대한 객관적 인식이었을까.

또한 얼마쯤 불안하고 감미로운 그들의 연애, 당연히 함께 바라보아야 한다는 '내일'에의 소망이나 희망 따위의 속임수, 허구성의 가면을 여지없이 벗겨버리는.

그날 밤 원단은 집에 들어가지 않았다. 세상에서 가장 외로운 연인들이 되어 함께 밤을 지낼 수 있는 방을 찾아 배회했다. 자신이 의지할 가장 확실한 마지막 보루가 남자라고 믿는 여자들, 자신의 몸을 내어 한 남자를 잡으려던 여자에 지나지 않았던 것일까. 그러나 물에 빠진 사람이 한 가닥 지푸라기에라도 매달리듯 당시의 자신에게 달리 무슨 방법을 생각할 수 있겠는가. 또한 자신을 깨뜨리고 또 한 번 태질쳐버리는 것 역시 아버지에 대한, 세상에 대한 복수의 방법이 아니었던가.

안개가 짙었다. 한 걸음씩 틀림없이 땅을 내딛는데도 길은 보이지 않고 축축하고 불결한 안개만이 미망迷妄처럼 다가들 뿐이었다. 이른 등굣길의 학생들, 일터를 찾아가는 사람들의 모습이 안개 속에 몽롱한 윤곽으로 드러났다가 잠겨들었다.

안개 속에서 사람들은 저마다 고립된 섬처럼 흐르고 있었다.

자신의 모습 또한 그러하리라.

큰길 초입의 슈퍼마켓을 끼고 왼쪽으로 난 골목으로 꺾어져 비탈길을 오르면 딸의 집 견고한 철대문 앞에 서게 되리라는 것을 알면서도 그는 잠시 걸음을 멈추고 가야 할 길을 잃은 듯 망연한 표정으로 주위를 둘러보기도 했다.

가을이 깊어가면서 안개는 점차 짙어졌다. 딸의 집에서 처음 맞았던 새벽, 잠을 깨어 창문을 열었을 때 미명未明의 천지를 뒤덮어버린, 그리고 방 안으로 뭉클뭉클 밀려들던 안개에 얼마나 당황했던가.

"세상에, 이 안개 좀 봐. 지독하기도 해라. 마스크를 하고 가요. 되도록 숨을 들이쉬지 말아요. 안개가 기관지에 그렇게 나쁜 거라는데……"

딸이 아침마다 출근하는 사위의 등에 대고 하는 말로 보아 안개란 이 도시의 사람들에게 친숙하고 일상적인 것이리라 짐작되었다. 그가 사흘 전 처음 산책을 나갔다가 돌아왔을 때 마침 대문을 나서던 사위는 그에게 봄이나 가을의 짙고 축축한 안개는 특히 노인네들에게 좋지 않다는 말로 새벽 산책을 만류했었다. 그러나 근래 들어 부쩍 새벽잠이 없어진 그가 동트기 전 눈을 뜨면서부터 종래 다시 잠들 수 없는 아침에 이르기까지의 시간을 무엇으로 보낼 것인가. 시간을 견딜 수 없는 것이 아니라 종작없이 어지러운 공상들을 견디기 힘든 것이다.

대문은 빗장이 잠겨 있지 않았다. 사위가 출근을 한 것이리라. 대개 사위와 엇갈려 들어오는 그를 의식한 딸은 문을 잠그지 않았다.

그는 곧장 부엌으로 들어갔다. 냉장고에서 찬 보리차 병을 꺼내 한 컵 가득 따라 마셨다.

사위가 물린 식탁을 치우던 딸이 흘끗 눈을 들어 그를 보며 이제 돌아오세요,라고 심상히 말했다.

"안개가…… 대단하더구나."

"댐이 많아서 그래요."

"어젯밤에 수방이가 보채는 것 같더니, 어디 아픈 게 아니냐?"

"환절기라 감기 기운이 있나 봐요."

"병원엘 데려가봐라. 감기라고 무심히 넘기다가……"

그릇들을 비워 개수대에 넣으며 대답하던 딸의 입가로 엷게 웃음기가 떠오르는 것을 보자 그는 웃음의 뜻을 정확히 헤아리지 못하면서도 말을 더 잇지 못했다. 딸의 웃음 띤 얼굴이 살얼음 낀 듯 차갑고 냉랭하게 보여졌던 탓이었다. 새삼스레 자상한 할아버지 역할을 하려 들지 말아요,라든가 그건 아버지의 배역에는 없는 대사예요,라는 뜻으로 뒤늦게 해석되어졌다.

그는 무안 타는 아이처럼 잠시 눈 둘 바를 몰라 하다가 큼큼 헛기침 소리를 내며 방으로 돌아왔다. 어느새 방 안은 깨끗이 치워져 있었다. 그가 개켜놓은 이부자리, 베개는 벌써 안방으로 옮겨가고 휴지통도 말끔히 비우고 방 걸레질까지 한 흔적이 있었다. 열흘 가까이 산 방이지만 방은 늘 생소했다. 그가 이 방에 살고 있다는 표시는 비닐 덮개로 씌운 양복걸이에 걸린 그의 양복 한 벌과 책상 위에 놓인 안경뿐이었다. 그의 흔적이란 머리카락

하나도 남아 있지 않았다. 방뿐이 아니었다. 세수를 마치고 나면 주방에 식탁이 차려져 있고 그가 식사를 할 동안 딸은 방금 그가 사용한 화장실 청소를 하고 수건을 새것으로 바꿔 걸었다.

처음 그는 그러한 딸의 행동이 필시 그에 대한 어려움 탓이거나 불편함을 덜어주려는 배려에서 비롯된 것이라고 생각했었다. 그래서 이불이야 아침마다 번거롭게 옮길 게 아니라 방에 그대로 두어도 괜찮지 않느냐, 자신은 하나도 거슬리지 않는다, 또한 아침에는 밥맛이 그닥 없으니 꼬박꼬박 시간 맞춰 상을 차리지 않아도 된다고 말했다. 그때 딸은 모든 것을 있던 자리에 두는 것이 좋다고, 자기는 습관이 깨뜨려지는 것이 싫다고 대꾸했었다.

쓸고 닦고 씻는, 거의 필사적으로 보이는 딸의 노력은 어쩌면 그의 자리를, 체취를 순간순간 지우려는 거부의 몸짓이 아닐까, 뒤미처 든 그런 생각에 그는 가슴이 서늘해지지 않았던가.

딸이 무언중에 강요하는 —— 정갈하고 서비스가 좋은 여관에 임시 머무는 듯한 —— 느낌 때문에 아직껏 그는 자신이 이곳에 오게 된 연유며 사정 따위를 말할 수 없는 것이리라. 몸담아 있을 곳이 없어서 달리 방도가 생길 때까지 의탁하지 않을 도리가 없겠노라는 말을 하게 될 때 딸의 반응을 도저히 예상할 수가 없었다. 이 집에 온 이래 그에 대한 딸의 태도는 한결같이 공손하고 자로 잰 듯 절도가 있었다.

기실 그의 감정들은 딸에 대해 거의 알지 못한다는 데서 비롯되는 것인지도 몰랐다.

금광에 미쳐 봄과 여름, 가을을 소백산 속에서 보내고 형편없이 피폐해진 몰골로 돌아왔을 때 아내는 만삭의 몸이 되어 있었다. 섣달 그믐밤 갑작스러운 산통을 일으킨 아내는 날이 밝을 무렵 예정보다 앞당겨 몸을 풀었다. 설날 새벽, 도울 손을 얻을 길이 막막하여 핏덩이를 받는 일은 그의 몫일 수밖에 없었다. 아내의 몸에서 빠져나와 버둥대던 아이를 처음 받아 안았을 때의 놀라움이라니. 자식이라거나 아비라거나 하는 관계들이 차라리 너절하게 생각되리만치, 어떤 논리적인 설명도 불가능한 생생한 생명감이었다.

다만 당황하고 허둥대기만 할 뿐인 그에 비해 깃광목처럼 튼튼한 시골 여자였던 아내는 침착하고 노련했다. 한 차례 출산을 경험했던 탓만은 아닌, 자식을 낳는 어미의 본능이었을 것이다.

아내는 아이의 배꼽에서부터 반 뼘쯤 남기고 실로 탯줄을 묶었다. 손가락 두 마디 정도 사이를 두어 또 한 차례 단단히 묶은 다음 그 중간을 이빨로 물어 끊었다. 탯줄을 끊은 아이를 포대기에 싸놓은 다음 비로소 그를 보며, 뒤꼍의 정한 자리를 찾아 태반胎盤을 태워야 한다고 말했다.

해산 후의 피빨래들과 함께 그것을 들고 방을 나올 때 그는 툇마루에 서서 문득 눈을 감았다. 전날 내린 눈 위에 반사된 아침 햇빛이 눈부셨던 것이다. 감은 눈에도 햇살은 사라지지 않고 비쳐들었다. 눈자위에 어리는 밝은 빛의 뜨거움에도 불구하고 핏줄 속에 얼음이 낀 한기가 들었다. 날씨가 워낙 찬 탓이라고 생각한 그는 다시 방에 들어가 두꺼운 점피를 걸치고 나왔으나 한기는 조금도 덜해지지 않았다.

　마루 끝에서 바라보던 눈부심, 이상한 떨림은 그가 땅 위의 눈을 걷어내고 숯불을 피워 태반을 태우는 동안 내내 그를 사로잡고 놓지 않았다. 맑고 차가운 대기, 정월 초하룻날 솟아오르는 해의 눈부심. 느닷없는 한기와 쉽게 설명되지 않는 긴장감 따위가, 정결한 불을 피우는 자신의 행위를 제의처럼 느끼게 했다. 피와 점액질의 액체로 미끈거리는 그것을 태우기엔 강한 불이 필요했다. 숯을 더 얹어 불땀을 살리고 밝은 선홍빛으로 타오르는 불꽃을 지켜보며 그는 불가해한 고양감에 젖어들었다. 참으로 오랜만에 소망이라든가 희망이라든가 하는 말들을 떠올려보기도 하고 서른넷이라는 자신의 나이를 새삼 돌이켜보기도 했다.

　아이 이름을 지었어. 원단元旦이라고 부릅시다. 그가 아내에게 말했을 때 아내는 까짓 계집애를 뭘, 하고 시답잖게 대답했다. 첫딸에 이어 또 딸을 낳은 것이 종내 면목 없고 실망스럽다는 투였다. 모든 것의 시작이고 근본이라는 뜻이요, 정월 초하룻날 아침에 태어난다는 것은 그만한 의미가 있는 거요, 그는 말했었다.

　그러나 그것 역시 한때의 감상이었던가. 자식을 갖게 된 아비의 어설픈 흉내 냄에 지나지 않았던 것일까. 자식이 희망이고 꿈이며 내일이 될 수 있는 사람들은 아무리 지난한 현실에 몸담고 있다 하더라도 그 꿈만으로 충분히 보상받고 축복받은 삶이 아닐 것인가.

　그는 전쟁을 겪었던 스물다섯 살의 나이에 인생에 대한 꿈과 환상을 버렸다. 인생의 의미에 대한 물음을 버렸다. 전쟁은 그의 개인적 삶에 있어서도 역시 철저한 상실과 파괴를 뜻하는 것이었다. 수복 후 북진北進 길에 찾은 고향은 융단폭격을 당해 온전한 형태를 지닌 것은 아무것도 남아 있지 않았다. 뒤숭숭하고 불안한 세월을 피해 잠시 떠나 있으라고 그를 서둘러 남쪽으로 내려보냈던 부모도 물론 없었다. 천석꾼 지주였던 그들이 전쟁 직전 처형당했으리라고 짐작되는 소문만을 한 조각 얻어들었을 뿐이었다. 그가 태어나고 자랐던, 그리고 불과 삼 년 전에 떠나온 고향의 폐허를 망연히 바라보며 그는 고향과 과거, 그리고 추억이 소멸되는 두려움에 몸을 떨었다. 전쟁 중에 그가 치른 수많은 전투와 죽음들. 그가 군대에서 제대하게 된 것은 화천 지구 전투에서 입은 총상 때문이었다.

다섯 차례의 공방전 끝에 탈환한 고지에서 보내던 첫날 밤 그들 사십 명의 소대원은 적의 기습을 받았다. 박격포탄의 섬광과 폭음 속에서 그가 본 것은 처참하게 찢긴 채 살아 있는 몸뚱아리들과 무언가를 향해 부르짖는 듯 크게 열린 눈과 입들이었다. 하룻밤 내내 계속된 전투가 끝난 새벽, 그는 비로소 그가 속한 소대의 소대원 전원이 전멸했음을 알았다. 발목에 총상을 입고 참호 속에서 기어 나온 그가 유일한 생존자였다. 일제 말 학병으로 끌려가 사이판섬으로 향하던 중 미군의 포격으로 박살이 난 군함에서 유일하게 살아남았다던, 그래서 스스로 불사신이라고 칭하던 소위는 눈을 부릅뜬 채 죽어 있었다. 포탄이 떨어지기 직전 그에게 수통을 달라고 손을 내밀었던 옆자리의 이 중사는 두 팔이 날아간 모양으로 엎어져 있었다. 사람늘은 유일하게 살아남은 그를 향해 기적이라거나 행운이라거나 명줄이 하늘에 닿았다고 말했으나 그는 그에게만 부여된 '삶에의 귀환'의 의미를 곰곰 새길 여유가 없었다. 삶과 죽음을 동시에 바라본 자의 충격, 언제든 한 발 앞에 심연이 도사리고 있다는 공포에서 헤어날 수 없었다. 땅이 갈라져 지상의 모든 것을 삼켜버리는 지진처럼, 존재하는 것들이 일거에 무너지고 깜쪽같이 사라질 수 있다는 낯설고 기이한 체험이었다. 밑 모를 어둠으로 소용돌이치는 심연 앞에서 살고 있음, 살아가고자 하는 노력은 얼마나 허망하고 부질없어 보였던가. 일생 그가 도박과 여자와 금광의 미혹에서 헤어날 수 없었던 것은 그것의 의외성, 배반의 성질 때문이 아니었던가. 생의 의외성, 복병에 대한 나름대로의 대응 방법이 아니었던가. 여자들이 그를 속이고, 배반하고 떠났을 때에도, 노다지를 얻으리라던 금맥에서 종내 썩은 모래만을 긁어냈을 때에도, 노름에서 암수暗數에 걸려 빈털터리가 되었을 때에도 그는 오히려 운명이나 세상 따위 거대한 대상에게 한바탕 속임수를 부린 듯한 이상한 쾌감을 느끼곤 했었다. 그는 평생 제 집을 지니지 않았고 재산을 쌓을 노력도 하지 않았다. 소망과 희망을 갖지 않은 것. 그것은 죽음을 체험한, 아니 오히려 삶의 비밀을 꿰뚫어본 자에게 부여된 면죄부일까, 혹은 저주? 자신에게 이미 삶의 의무 따위란 없다고 다짐하면서도 그는 가정을 가졌고, 그의 의사와는 관계없이 자식들을 낳았다. 딸의 죽은 어미도 그랬지만 그 후 여러 차례 바뀌들인 여자들은 한결같이 그에게, 당신은 꼭 오늘만 살고 죽을 사람같이 굴어. 뭘 믿

고 당신한테 기대겠어요,라며 미련 없이 떠나갔다. 또한 그가 절
름거리면서 살아가는 세상에서 때때로 필요로 했던 자신의 존
재 증명. KAL기 격추 사건의 궐기대회에서 혈서를 쓴 그를 향
해 딸은 비열한 자해 행위라는 말로 맹비난을 했다. 제발, 제발
그 미친 짓을 그만두세요. 어릿광대의 환상에서 벗어나세요. 이
건 끔찍한 희극이에요. 참을 수가 없다구요. 아버지 혼자만 전쟁
을 겪었나요? 혼자만 상이군인이 되었느냐구요. 그런 식으로 보
상받으려 하지 말아요,라고 울부짖었다. 딸은 그의 행위가 단지
저급한 영웅 심리, 혹은 불구자로서, 이 사회의 어느 계층에도
속하지 못하고 뜨내기로 살아가는 소외감 때문이라고 생각하
는 듯했다. 그는 쓸쓸한 표정으로 딸에게 네가 뭘 안다구, 멋대
로 지껄이지 마라,라고 맞고함을 지르는 수밖에 없었다. 축제의
놀이마당처럼 갖가지 플래카드를 앞세우고 운집한 군중들 앞에
서 입을 크게 벌려 목청껏 부르짖을 때 내부로부터 맹렬히 불타
오르던 적개심, 손가락을 잘라 혈서를 쓸 때의 차가운 긴장감에
이어 온몸의 혈관이 만개한 꽃처럼 열락에 떠는 기이한 황홀감
을, 비로소 내가, 여기 살아 있다는 느낌들을 설명할 수 없는 것
이 안타까웠다. 어쩌면 그것은 당최 설명될 수 없는 성질의 것
인지도 몰랐다. 심연을 모르는 사람에게 그것을 건너뛰는 법, 그
것으로부터 달아나는 법에 대해, 그들이 딛고 있는 일상적이고
예사로운 삶의 켜란 얼마나 위태롭게 얇은 것인지에 대해 말한
다는 것은 무용한 노력이리라.

　그는 가끔 자신도 이해할 수 없는 불가해한 충동에 이끌려 국

립묘지에 가거나 화천의 옛 전장을 찾아가곤 했다.

화천 연봉고지 전사자 묘역에 이르러 묘비에 적힌 기억나는 이름들을 하나씩 짚어 읽으며 소주를 한 모금씩 마시다 보면 혼곤한 취기 속에 한 소년이 청년으로, 장년으로, 늙은이로 변모해가는 세월이 보였다. 김수웅, 박병길, 진형태…… 그들은 죽어 묘비로 남고 자신은 그해 여름의 스물다섯 살에서 사십 년 가까이 더 살고 있다는 사실이 기이하게 생각되었다.

지난번 춘천에 내려와 사위를 만났을 때, 화천에 돌산을 보러 갔었다고, 곧 채석 허가를 받을 것이라고 말한 것은 순간적으로 둘러댄 거짓말이었다. 연봉고지를 찾아갔었던 것이다.

그들이 죽어갔던 연봉고지는 저절로 자란 잡초와 갈참나무 숲으로 전장의 흔적을 감추고 다만 화강암의 높은 전적비만이 무심히 시간의 켜를 입으며 서 있었다. 그는 주머니에 넣고 간 두 홉짜리 소주병을 따서 반쯤 땅에 뿌리고 나머지를 찔끔찔끔 마시며 고지를 한 바퀴 돌았다. 그리고는 더위와 급작스레 오르는 취기에 전적비 아래 잡풀 더미에 몸을 눕히고 혼곤히 잠에 빠져들었다. 새벽 일찍 집을 떠난 터라 몹시 고단하기도 했다. 한 시간이나 지나 그를 잠에서 깨운 것은 갈참나무 숲을 가득 채운 바람 소리였다. 무엇인가 부르짖듯 응답하듯 사납게 웅웅대는 바람 속에서 그는 육신이 풍화되어 뼈만 남아 누워 있는 듯한 환각에 빠졌다. 이미 죽은 자들의 이름을 미친 듯 불러대고 있던 자신의 목소리, 그 새벽의 고요함, 유일하게 살아남았다는 사실을 알았을 때의 고독감이 생생하게 되살아났다. 죽은 자의 음성, 죽은 자의 자리. 그는 바람 소리가 되어 그를 휘감는 망령들에게서 도망치듯 고지를 달려 내려왔다. 결국 그가 만나게 되는 것은 세상에 홀로 남겨진 듯한 무서운 고립감과 고독감뿐이라는 것을 알면서도 발작적으로 그를 이끄는 충동의 정체는 무엇이었을까.

한낮이 되어서야 안개는 걷혔다. 딸은 아직 축축이 젖어 있는 마당에서 긴 장대로 대추나무의 익은 열매를 털고 있었다. 수방이는 작은 소쿠리를 들고 후두둑 떨어지는 대추를 주워 담았다. 군살이 없이 허리가 단단하고 다리가 긴 딸의 몸매는 아직 아이를 낳은 티가 없었다. 사람은 죽는다고 그냥 없어지는 게 아니구나. 그는 문득 생각했다. 딸에게서, 오래전에 죽은 그 애 어미의 모습이 보이는 까닭이었다. 어릴 때 어미를 잃었음에도 딸은 제 어미가 감정을 억누를 때 항용 짓곤 하던, 쉴 새 없이 눈을 깜박거리거나 아랫입술을 당겨 빠는 버릇까지 닮아 있었다.

딸은 수방이에게서 소쿠리를 받아 수돗가에서 대추를 씻었다. 그리고는 넓은 접시를 받쳐 소쿠리째 그의 앞에 놓았다.

"잡숴보세요. 맛이 들었어요."

대추는 알이 굵고 달았다. 딸은 마루 끝에, 그와 비스듬히 비껴 앉아 우드득우드득 대추를 씹었다. 휘엿한 눈길이 담장 너머 먼 산으로 가 있어 무엇을 생각하는지 그로서는 알 수 없었다. 딸과 함께 살고 있으면서도 도시 파악이 안 되는 느낌, 그것은 비단 마주 앉은 지금에사 새삼스러운 것은 아니었다. 딸이 태어나던 날의 장면이 그리도 선명한 데 비해 정작 그녀에 대해 남아 있는 기억이란 보잘것없었다. 낳아 있던 시간의 짧음, 관계의 엷음을 뜻하는 것이리라. 예닐곱 살 무렵이었던가, 어느 해 질 무렵 툇마루에 걸터앉아 하염없이 목놓아 울던 모습, 생모가 세상을 버린 뒤 줄곧 아이의 얼굴에 깃들던 애늙은이처럼 닳아진 표정, 동생을 업고 서성이며 손바닥에 적힌 수학 공식이나 역사 연대기를 외우던 장면들이 토막토막 바랜 사진처럼 남아 있었다. 그중 가장 선명한 것은 딸이 중학교에 들어갔을 즈음의 여름날 아침이었다. 그때 아이들의 서모로 그와 함께 살았던 여자는 건넌방을 비워 새를 키웠다. 창이 있는 부분만 빼놓고는 벽마다 빙 둘러 바닥에서 천장까지 잉꼬, 문조, 카나리아, 십자매 따위의 새장을 달아 올렸다. 가정 부업으로 새 기르기가 유행하던 때였다. 방 두 칸짜리 셋집이어서 그와 여자는 안방을 쓰고 아이들은 마루를 쓰는 옹색하고 불편한 생활이었으나 생계를 위해서라는 여자의 뜻을 만류할 처지가 아니었다.

이른 아침 변소에 가려고 방을 나온 그는 닫힌 건넌방 문 안쪽에서 들려오는 높고 새된 목소리에 의아해서 방문을 열었다. 동향의 창으로 쏟아져 들어오는 햇살만큼이나 분분이 날리는 새털과 잠에서 깨어난 새들의 날카로운 지저귐, 부산히 날개 치는 소리 속에서, 역시 잠자리에서 빠져나온 그대로의 속옷 바람인 딸이 서 있었다. 높고 빠른 어조로 무엇인가 쉴 새 없이 새들을 향해 지껄이고 있었다. ……해골 속에서 혼이 빠져나가 어디론가 가는 거래…… 딸은 그가 부르는 소리도 듣지 못하는 것 같았다. 러닝셔츠 위로 도독하게 젖가슴이 드러나는 딸의 모습을 보며 그는 딸이 더 이상 어린애가 아니라는 것, 얼마나 외로워하고 있는가에 가슴 아픈 충격을 느꼈었다.

그의 눈이 가닿을 때마다 딸은 전혀 예상하지 못했던 모습으로 변해 있었다. 어느 날부터인가 그와 눈 마주치기를 피하고 비스듬히 비껴 서서 눈을 내리깐 채 학교에 내야 할 공납금과 필요한 참고서에 대해 짧게 말하였다. 언제부터인가 그는 운동화를 빨거나 교복을 다리는 뒷모습밖에 달리 딸을 보는 일이 드물게 되었다. 드디어 성장한 딸은 어느 날 그에게 웃자란 쑥대처럼 머리를 흔들며 대들었다. 아버지만 전쟁을 겪었나요? 손가락 잘라 혈서 쓰는 것이 애국충정이라구요? 이젠 아무도 그따위 저급한 수에 속아넘어가지 않아요. 자신과 남을 속이려 하지 마세요. 지긋지긋해요.

"신림동 집에 일이 생겼다면서요?"

먼산바라기를 하고 있던 딸이 문득 입을 열었다. 우물거려 씨를 뱉어내던 그가 움찔 놀라 눈길을 마주치지 않는 딸의 얼굴을 바라보았다. 딸은 진작 알고 있었단 말인가.

"글쎄, 그게 참 해괴하고 기가 막혀서…… 내 진즉 얘기한다고 하면서 그만……"

"언니가 전화를 했었어요. 여기 와 계시느냐고. 굼벵이도 구르는 재주는 있다더니 그 우둔한 여자가 그런 짓을 할 줄 누가 알았겠느냐고요."

의당 쓴웃음을 짓거나 언성을 높여야 할 대목인데도 딸의 얼굴에는 별다른 표정이 떠오르지 않았다. 딸이 무언중에 그의 대답을 요구하고 있었으나 그는 갑자기 머릿속이 텅 비어버린 듯 아무런 할 말도 찾지 못했다. 어쨌거나 여섯 해를 같이 산 여자가 그렇게 떠날 수 있다는 것은 전혀 생각지 못했던 일이었다. 게다가 그가 집을 비운 틈에 전셋돈까지 빼어 자취를 감추다니 평생을 무너지려는 지붕 밑에 든 듯 "어찌 될 줄 모르는 내일을 믿고 무엇을 경영하랴"라는 생각으로 살아온 그로서도 기습을 당했다는 낭패감을 감당키 어려웠다. 하긴 몇 차례 그 여자는 그럴 가능성을 비치긴 했었다. 그가 그것을 암시로 받아들이지 못했던 것이다. "아들이 들어오라고 해요. 여자가 생겼는데 식도 올리기 전에 아이가 들어섰다나. 말로야 이제 자기도 벌이가 있으니 어머니를 모시겠다는 거지만 젊은 애들 속셈이야 뻔하지 뭐겠수. 며느리가 직장을 계속 다니려면 아이 봐주고 살림해 줄 사람이 필요해서겠지요 뭘." "사람이 늙으면 병들 일이나 죽을 일에 대비해서 기댈 데가 필요한데 자식들이 도와달라 사정할 땐 몰라라 하다가 늙고 병들어 기어들면 천덕꾸러기 되기 십상이지."

그는 그런 말들을 평범하고 온전한 가정을 꾸리며 살지 못했던 여자의 한탄이나 푸념 또는 그 여자를 끝까지 책임지겠다는 다짐을 그로부터 받아내기 위한 것쯤으로 대수롭지 않게 생각했었다.

화천에서 춘천을 거쳐 밤늦게 돌아왔던 날 초라한 가재도구들을 셋방에 그대로 남겨둔 채 여자는 떠나고 없었다. 이튿날,

빨리 방을 비워달라는 주인집의 독촉에서 그는 여자가 전셋돈을 이미 빼냈음을, 그것이 그 여자의 아들로부터 돌아오라는 제의를 받은 후부터 계획된 거라는 것을 알았다.

"아버지와 저는 오래전부터 서로 상관하지 않고 살아왔어요."

여전히 그를 보지 않고 시선을 멀리 둔 채 말머리를 꺼낸 딸은 잠시 사이를 두었다가 말을 이었다.

"……제가 알고 싶은 건, 앞으로 어떡하실 계획인가 하는 것이지요."

아버지를 일생 이끌어왔던 것은 오로지 순간순간의 충동과 쾌락뿐이었겠지요. 어렵고 귀찮고 싫은 일은 모조리 도리머리질로 회피하고 건너뛰면서……라는 말을 목 안으로 삼키며 원단은 비낀 눈길로 아버지를 바라보았다.

원단은 아버지가 집으로 들이닥친 지 사나흘 만에 언니로부터 서모가 전셋돈을 빼어 자취를 감추었다는 것, 아버지가 오갈 데 없어 언니의 집을 찾아왔더라는 얘기를 전화를 통해 들었다.

"굼벵이도 구르는 재주는 있다더니 그 여자가 그럴 줄 누가 알았니. 집주인한테 사정해서 며칠은 지냈는데 집을 비우라는 성화에 더 견딜 도리가 없다고 그러시더라. 사정은 딱하지만 나역시 시부모 모시고 사는 터이니 어쩔 도리가 없잖니. 그렇다고 세 얻을 목돈이 있는 것도 아니고. 당분간 춘천 너희 집에 가 계시는 게 어떠냐고 말씀드렸다. 아버지 짐은 아직 우리 집에 있어. 네 마음은 알지만 어쩌겠니. 장 서방 볼 낯이 없다만 당분간 모시고 있으면서 방법을 서로 생각해보자꾸나. 그 양반 성질에 한군데 진득이 오래 계실 것 같지도 않지만……"

"그렇다고 이제 와서 칫솔 하나 안 갖고 불시에 들이닥치면 난 어쩌란 말야. 난 아버지를 모실 생각도 없고, 그럴 처지도 안 돼."

꼭 그래야 한다고 생각지는 않으면서도 마루 건너 닫힌 방문 안쪽에 있는 아버지가 의식되어 원단은 한껏 목소리를 낮추어 언니에게 항의했다. 서로 생각해보자는 결론으로 유야무야 전화를 끊었으나 대책이 설 리 없었다. 승재에게 자초지종을 얘기하고 의논할 성질의 일도 아니었다. 자존심 때문이라고만은 말할 수 없었다. 승재와의 결혼, 한 지붕 아래, 공인되고 공유하는 생활에서 아버지는 '합의'되지 않은 조항이었다. 또한 원단으로서도 아버지의 존재란 닫아버린 과거의 문 안쪽에서 망령처럼 어른대는 그림자에 지나지 않았었다. 그러나 느닷없이 승재의 학교로 찾아왔던 이래 아버지는 간단없이 굳게 닫은 문을 비집고 나와 원단의 의식을 어지럽게 뒤흔들어놓곤 했다. 그리고 끝내 자신의 집 문을 밀고 들어선 것이다. 방법을 생각해보자던 언니는 그 이후 한 번도 전화를 하지 않았다. 아버지를 모셔 가겠다든가 방을 구했다든가 하는 말을 할 형편이 못 되는 탓이리라 짐작하면서도 원단은 짐짓, 모두들 제 발등에 불똥이 튈까봐 전전긍긍 몸을 사린다고 비틀린 심사로 원망했다.

가족이란 무엇일까. 함께 공유한 경험, 기억, 시간의 끈끈한 결속력에 비해 천륜이라 손쉽게 일컫는 핏줄이란 얼마나 모호하고 추상적인 것일까. 언니는 조금 처연히 "세상에서 단 둘뿐인 우리 자매"라고 말하지만 그네들이 함께 지낸 세월이란 '가족이라는 이름의 환상'을 깨뜨리려는 싸움이었을 뿐인지도 몰랐다. 그들 자매는 오로지 민들레 갓털처럼 훌훌히 뒤돌아보지 않고 가족을, 가정을 떠날 날만을 기다렸다. '가족이라는 관계의 환멸' 운운하면서도 막상 가정을 꾸미고 자식을 낳게 되자 주위에 철옹성을 쌓고 마치 새끼 품은 짐승처럼 항상 경계의 눈빛을 번득거리고 있지 않은가. 이 거칠고 험한 세상에서 안전한 피신처는 오직 가정뿐이라는 듯, 또한 황폐하고 외로웠던 날들을 보상받을 수 있는 유일한 장소인 듯.

"앞으로의 계획이라기보다…… 내게도 생각이 있긴 하지만 내일 일도 모르는 게 사람 아니냐."

어느새 원단의 마음을 읽어버린 듯. 무춤이 대추 열매만 우득우득 씹던 아버지가 난감한 표정으로 입을 열었다.

"하긴 아버지가 언제 인생 설계를 하고 사셨던가요?"

원단이 눈길을 돌리며 피식 웃었다. 아버지는 지상에 도래할 낙원을 믿지도 않으면서, 공중 나는 새도, 들에 핀 백합화도 아니면서 '내일'에의 대비 없이, 몸을 누일 집을 마련함 없이 살아왔다. '내가 허깨비하고 사나, 귀신하고 사나,' 푸념하던 여자들은 견디지 못하고 아버지의 곁을 떠났다.

대낮부터 벌겋게 술에 취해 있던 아버지, 노름꾼들이 진을 치던 컴컴한 골방에 배인 술냄새와 댓진내, 그들이 피로를 풀고 기운을 돋우기 위해 먹고 버린 날달걀 껍질, 그리고 패가 풀리지 않는 노름꾼들이 무시로 오줌을 누어대던 방문 밖 담장에 늘 고여 있던 고약한 지린내. 개평이나 거스름 푼돈 얻는 재미를 들인 원단은 때없이 골방 쪽을 기웃거리며 술과 담배, 드링크를 사 오는 따위의 심부름을 했다. 어느 날 소주를 사러 가던 원단은 학교에서 돌아오던 언니와 골목에서 마주쳤다. 방문 밖에서 주운, 양끝에 젓가락으로 조그맣게 구멍을 뚫었을 뿐인데 속이 말끔히 비고 둥그런 껍질만 온전히 남은 달걀이 신기해서 구멍에 대고 후후 바람을 넣으며 가는 원단을 보자, 언니는 책가방을 내려놓고 원단의 머리채를 휘감아 흔들었다. 이 바보 같은 기집애. 그 더러운 짓 좀 하지 마라. 창피한 줄도 모르고…… 왜 골방 앞에서 알찐대냔 말야. 차라리 죽어버려. 머리를 끄들고 뺨을 후려치며 언니는 앙다문 잇새로 신음처럼 토막토막 내뱉었다. 중학생이었던 언니는 원단의 기대에 들뜬 표정과 걸음걸이로, 노름꾼들의 심부름을 가는 것을 알아차렸던 것이다. 입술이 터지고 두 뺨이 얼얼하게 부풀어 오르도록 매를 맞은 원단은 그 후 다시는 개평이나 잔돈푼을 받지 않았다. 개평을 얻는 것은 아버지 같은 사람이나 하는 짓이고, 그들의 심부름을 하는 것은 먹고 버린 찌꺼기를 핥는 것처럼 더럽고, 자신의 소중한 것을 팔아버리는 것과 같이 나쁜 짓이라는 뜻의 말을 언니는 쉬지 않고 퍼부어대었던 것이다. 언니의 말이 옳았다. 아버지는 자신의 인생을 마치 노름판의 개평처럼 써버리지 않았던가.

원단의 입가로 번진 웃음을 공감으로 받아들였는지 아버지는 한결 수월해진 어조로 말을 이었다.

"느이들한테 짐이 되고 싶은 생각은 없다. 남 보기엔 어떨지 몰라도 나는 이날 이때껏 남에게 도움은 못 되었어도 해는 끼치지 않고 살아왔다……"

아아 이 뻔뻔스러움을 어떻게 당한담. 원단은 어처구니가 없어 아버지를 뻔히 바라보았다. 아버지는 진심으로 그렇게 생각하고 있는 걸까. 아버지와 마주 앉아 더 이야기를 이어간다 해도 '나름대로 생각이 있다느니, 자식들에게 폐를 끼칠 생각은 없다느니' 하는 따위 이상의 말은 나올 수 없으리라. 원단은 아버지와 대좌해서 어쩔 작정인가를 단단히 캐물을 결심에 어렵사리 입을 떼었건만 싸움을 시작하기 전부터 전의戰意를 잃은 듯한 이상한 무력감을 느끼며 자리를 털고 일어났다. 아버지는 돋보기를 끼고 아침 내내 읽었을 조간신문을 또다시 끌어당겨 펼쳤다.

바구니 속의 빨랫거리들 중 아버지의 것들을 따로 골라내어 세탁기에 넣으며 원단은 진저리를 쳤다. 아버지가 온 이후 하루하루 날짜를 세며 살아가고 있는 듯한 자신의 꼴이라니. 집 안 어디서나 거미줄처럼 보이지 않는 끈으로 옥죄어드는 아버지의 존재를 못 견뎌 갈팡질팡하는데 정작 아버지는 바위처럼 미동도 하지 않는다. 아침 산책과 식사, 낮잠, 신문 읽기, 텔레비전 뉴스가 끝나는 열 시 가까운 시각에 방으로 들어가는 아버지의 일과는 집 안을 꽉 채우며 일상의 리듬을 여지없이 압도했다. 가을이 깊어지면서 더 이상 돋아나지 않는 마당의 잡초를 일없이 뽑아내고, 수방이의 자전거를 끌어주며 마당을 서성이고, 눈에 들어오지 않는 책장을 뒤적이다가 얼결에 뒤돌아보면 언제나 아버지의 끈끈한 시선이 있었다. 이즈음 들어 원단은 승재의 태도도 여간 신경 쓰이지 않았다. 별다른 내색은 없었으나 그 역시 아버지의 존재를 의식하는 것이 역력했다. 하루 종일 수업에 지쳐, 입도 떼기 싫은 상태로 돌아오는 그에게 아버지와의 대화는 부담스러울 터였다. 식탁 머리에서 한잔의 술을 반주로 끝없이 이어지는 아버지의 장광설. 종일을 무료히 되풀이해서 뒤적였던 신문 기사들이 장광설의 서두가 되었지만 귀결되는 것은 언제나 전쟁 전의 세상과 떠나온 고향 이야기, 그리고 전쟁 후의 못쓰게 되어버린 세상과 사람들에 대한 개탄이었다. 전쟁이란 아버지에게 있어서 인생의 분기점이었을 뿐 아니라 그 후로도 이제껏 세상과 삶을 재는 유일한 자[尺]였던 것일까. 전쟁의 상처를 입기 전의 아름답고 흠 없던 시절만을 간직하려는 허황한 자기 최면일까. 아버지의 자리는 잉크 자욱 번지듯 알게 모르게 점차 넓어지고 잘 짜인 구도로 안전하게 균형을 이루던 그네 가족의 일상은 흔들리기 시작했다. 애초 그네들의 무대에 아버지란 배역은 없었던 것이다.

승재는 저녁 식사 후의 휴식 —— 거실 소파에 길게 누워 한껏 방만하고 게으를 수 있는 —— 을 잃었다. 신경 쓸 것 없다고 번번이 원단이 말해도 승재에게 있어 아버지란 예의 바르고 정중하게 대해야 할 손님일 터였다. 무엇보다 안된 것은 승재가 자신의 방을 빼앗긴 일이었다. '존재의 방'이라 명명했듯 그 방은 벽으로 둘러싸인 실제적인 공간 이상의 의미를 갖고 있었다.

책을 읽고, 내일의 수업 준비를 하거나 더 먼 미래의 계획을 세우거나 — 그것이 설혹 막연하고 무위한 공상에 지나지 않는다 하더라도 — 때로 아무런 일도, 생각도 하지 않는 멍한 상태로 책상 앞에 앉아 불길하게 찾아드는 중년의 우울과 불안, 실의 따위를 다스리고 자신을 충전시키는 공간이었다.

세탁기의 물이 차올라 맹렬히 비누 거품을 피워 올리는 것을 보며 원단은 "언제까지 이럴 순 없어, 대책이 필요한 건 내 쪽이야"라고 다짐하듯 웅얼거렸다. 일간 서울에 가서 언니를 만나야 하리라. 내게 무슨 책임이 있단 말인가. "왜 그렇게 아버지를 힘들어하지?" 물과 기름처럼 겉도는 부녀 사이를 딱해하며 오히려 승재가 물었었다. 덧붙여 아버지가 까다로우신가, 시중을 많이 들게 하시나라고 덧붙였다. 당신은 상관할 거 없어요. 원단은 조금 사나운 어조로 대꾸했었다. 외출에서 돌아올 때마다 현관의 신발장부터 열어 아버지의 신발이 없기를 바라고 확인하려는 자신의 행위, 혹은 심리를 그는 이해할 수 없을 것이었다. 며칠 전의 기억은 돌이켜 생각하기도 끔찍했다. 수방이가 잠깐 낮잠이 든 사이에 근처 시장엘 다녀왔다. 한 시간이 채 못 되어 돌아왔을 때 집안은 텅 비어 있었다. 밑도 끝도 없이 떠오른 생각 — 아버지가 아이를 데리고 어디론가 가버렸으리라는 — 에 휘둘려 원단은 수방이를 숨 가쁘게 불러 찾으며 기척이 없는 아버지의 방문을 열어, 여전히 걸려 있는 양복을 확인하고 신발장에 구두가 있는 것을 확인했다. 집 안팎을 돌고 담장 너머 이웃집 여자를 소리쳐 불러, 혹시 수방이를 못 보았는가 물었다. 머릿속으로는 미아 신고니 유괴 사건이니 하는 단어들이 종작없이 떠올랐다. 수방이의 손을 잡고 막 떠나려는 기차에 발을 올려놓는 아버지의 모습이 눈에 보이는 듯했다. 비탈길의 오른쪽 왼쪽으로 미로처럼 뚫린 골목들을 기웃거리며 동동걸음을 칠 즈음 예감은 확신으로 바뀌었다. 무책임하고 충동적인 아버지로서는 능히 할 수 있는 일이었다. 비탈길의 중턱에서, 큰길로부터 과자 봉지를 든 수방이와 아버지가 슬리퍼를 끌며 마냥 한가로운 걸음으로 올라오는 것을 보았을 때 원단은 차라리 그것이 환각처럼 보였다.

"글쎄 잠에서 깨어 어미를 찾고 울어대길래 네가 오나 보려고 큰길에 나갔었지 뭐냐."

아버지는 얼굴이 하얗게 질리고 숨이 턱에 닿도록 헐떡거리는 원단을 의아하게 바라보며 말했다. 원단은 다짜고짜 수방이의 엉덩이를 후려치며 소리 질렀다.

"어미가 달아났다든? 그 사이를 못 참고 난리를 피우니?"

아무런 근거 없이, 아버지가 아이를 데리고 가버렸을 것이라는 생각부터 떠올랐다는 것이 원단 자신에게도 충격이었다.

"저 산 이름이 뭐냐? 저렇게 생긴 봉우리들은 흔히 시루봉이라고 부른다는데 예서는 뭐라 하는지……"

탈수시킨 빨래를 바구니에 넣어 마당으로 나오자 수방이와 함께 떨어진 대추를 줍고 있던 아버지가 허리를 펴며 맞은편 산을 가리켰다. 안개 걷혀 형체를 드러낸 산은 아버지의 손끝에 딸려오듯 가깝게 다가들었다.

"그저 산줄기 중의 하나겠지요. 이름 붙일 만큼 우뚝하거나 큰 산도 아니잖아요?"

산언덕을 바라볼 때마다 젖어들게 마련인 가슴 저릿한 향수와 빤히 바라뵈면서도 영원히 다다르지 못할 것 같은, 아니 다다르기를 지레 포기한 자의 패배감, 고독감 따위를 누르며 원단은 예사롭게 대꾸했다. 바야흐로 불붙어오르듯 짙게 물들어 다가드는 저 산언덕은 자신에게 있어서 동경일까, 선망일까. 아니면 가졌다는 것을 알기도 전에 잃어버린, 또한 그 잃음이 무엇인지조차 알지 못한다는 안타까움일까.

"단풍이 한창이구나. 산이 앉은 자리도 편안하고, 모양새도 잘생겼어. 잎 지기 전에 한번 가보고 싶구나."

아버지가 무연한 눈길을 산에서 떼지 않으며 말했다.

"웬 꿈을 그렇게 요란히 꾸어?"

승재가 어깨를 흔드는 서슬에 원단이 잠에서 깨었다. 천장이 내려앉을 듯 캄캄한 어둠 속이었다.

"호랑이한테 물려가는 꿈을 꾸었어? 애들처럼 엄마를 부르면서 울어대더라구. 난 수방이가 깬 줄 알았지."

승재가 이불깃을 다독여 눌러주며 다시 말했다. 잠에 취해 웅얼대는 목소리였다. 승재의 말이 아니더라도 원단은 귓가에 흥건히 젖은 눈물로 자신이 꿈속에서 몹시 울었음을 알았다. 부스스 일어나 곁에서 잠든 수방이의 이불을 살펴주곤 다시 반듯이 누웠다.

"엄마 꿈을 꾸었나 봐."

원단이 변명하듯 말하고 눈물을 닦았다. 어둠 속에 울리는 목소리엔 아직도 흐느낌이 들어 있었다. 꿈속에서의 막막한 절망감이 뻐근한 가슴의 동통으로 남아 있는데 꿈의 어느 장면에서도 울었던 기억은 없었다. 생시에서 그랬던 것처럼 한 토막의 통곡, 한 방울의 눈물조차 비어져 나오지 않는 황량하고 참담한 절망감만이 생생했다. 어머니의 꿈을 꾸었노라는 것은 거짓말이었다.

꿈에, 오래전에 죽은 동생 윤식이를 보았다. 옛사람들은, 꿈이란 잠든 육신에서 빠져나간 넋의 나들이라고 하고, 지금 사람들은 잠재의식의 표출, 원망願望의 한 형태라고 한다지만 꿈을 깨고 난 뒤 꿈의 질서와 의미를 해석해보려는 시도는 무위한 노력인지도 몰랐다.

윤식이는 꿈속에서도 불량한 더벅머리 소년으로, 마루 끝에 앉아 기타 줄을 튕기고 있었다. 오동나무의 넓적한 이파리들과 음습한 그늘이 하냥 우울하고 암담한 풍경으로 얼핏 비치던 것으로 보아 성북동 축대 아래 셋집인 듯싶었다.

"얘야, 이젠 정신 차릴 때도 되지 않았니. 늬 또래 아이들은 모두 학교엘 다니는데…… 이제라도 늦지 않았으니 학원에 등록해서 검정고시 준비를 해야지. 맨날 기타나 치고 불량배들과 어울려 다닐 거냐."

원단은 돌아앉은 윤식이를 향해 수도 없이 읊어대었던 말을 되풀이하고 있었다.

"내게 상관하지 말아, 누나. 난 벌써 인생 금 간 놈이야. 짧고 굵게 내 멋대로 살다 죽을 거야."

윤식은 등 돌린 채 변성기의, 덜 파인 목소리로 퉁명스럽게 대꾸했다. 장면은 바뀌어 윤식은 볕바른 야산 언덕에 앉아 있었다. 간 곳을 몰라 몹시 안타깝고 암담한 심사로 헤매던 원단이 비로소 윤식이를 찾아내어 몹시 나무라자 윤식이는 태연한 낯으로 엄마를 기다리고 있다고 말했다.

"엄마는 벌써 오래전에 죽고 없다."

슬픔과 고통으로 목이 메어 띄엄띄엄 내뱉는데 천연덕스럽게 고개를 내젓는 것은 어느새 윤식이가 아닌 필준이었다. 평범한 야산 기슭이라고 보았던 곳도 마지막으로 필준을 찾아가 만났던 고시원의 뒷산이었다.

"시험에 패스하는 것이 가장 크고 중요한 과제야."

필준이 수레국화 꽃잎을 하나씩 따서 흩뜨리며 냉담한 얼굴로 말했다.

"기다릴 수 있어. 몇 년이라도. 이 말을 하려고 어제 밤차로 옥포에서 올라온 거야."

원단이 필사적으로 그의 눈길을 잡으려 애썼다. 그가 슬픈 눈길을 돌렸다.

"나는 주변을 정리하고 당분간 공부에만 몰두하고 싶어. 이해해줘. 부모님이 내게 고시 공부를 원했을 때 난 그게 단지 부모님의 욕망일 뿐이라고 반발했는데 결국은 이 사회에서 확실한 신분으로 능력을 발휘하고 성공적인 삶을 살고자 하는 나 자신의 욕망과 어긋나지 않는다는 것을 알았어."

"왜? 왜? 내가 싫어졌어? 가난하고 보잘것없는 집안의 딸이라는 게 앞으로 얼마든지 출세할 네 신분에 걸맞지 않는다고 생각한 거야?"

간신히 내뱉는 목소리는 메마르고 삭막하게 갈라져 나왔다. 산골짜기를 훑어내리는 황량한 바람처럼 자신의 가슴에서 거칠고 찬 바람이 일고 있었다.

꿈의 내용은 더 이상 생각나지 않았다. 지나간 일들을 덧없는 꿈속에서 다시금 돌아보았다는 것이 자신을 소리 내어 울게 한 것일까. 그들에 대한 아픔과 원망이 아직껏 상처로서 살아 있다는 뜻일까. 원단은 어두운 천장을 바라보며 찬바람을 잠재우듯 가만가만 가슴을 문질렀다.

죽은 어머니의 품속에서 울어대던 윤식이는 끝내 허기진 배와 차가운 젖꼭지의 기억에서 자유로울 수 없었던 것이었을까. 두 누이의 맹목적인 비호를 울타리 삼아 그 안에서 폭군처럼 자라던 윤식이는 중학교 2학년 때 퇴학을 당했다. 상습적인 가출과 본드 흡입, 폭력 서클에 가입해 있다는 것이 퇴학의 이유가 되었다. 비열하고 저급한 인간으로 자라가는 윤식이를 다시금 품 안으로 끌어들이기엔 머리가 굵어져 있어 두 누이는 암담한 심사로 바라보며 설득력 없는, 피차에 지긋지긋한 잔소리만을 늘어놓는 수밖에 없었다. 한나절 내내 아버지에게 가죽 허리띠로 매조짐을 당한 윤식이는 그 후 줄곧 밖으로만 나돌았다. 어쩌다 집에 돌아와 며칠씩 지낼 때도 서모나 아버지는 그 애의

나날이 사납고 불량해지는 눈빛을 피하느라 급급하지 않았던
가. "인생 금 간 놈" "불을 확 싸지를 테다"라는 것이 그 애가 자
신과 세상에 대해 내뱉는 가장 확실한 말이었다. 윤식이는 간혹
두 누이를 찾아왔다.

"제 매형 주머니에까지 손을 대니 우선 남편 보기 부끄러워
죽겠어."

그즈음 신접살림을 차린 언니는 손버릇 나쁜 동생을 남편의
눈에서 감추기에 급급했다. 대학 졸업 후 남쪽 끝 옥포의 중학
교에서 교사 생활을 시작한 원단의 하숙방에 나타난 윤식은 사
나흘 머물다가는 트랜지스터라디오나 카메라, 비상금으로 책
갈피에 넣어둔 돈 따위를 용케 뒤져내어 소리 없이 사라지곤 했
었다.

윤식이는 학교에서 퇴학당한 지 이태 후 평택 교외의 공동묘
지, 어머니의 무덤 앞에서 시체로 발견되었다. 그 애의 발밑에
는 공업용 본드 튜브와 비닐봉지, 소주병 따위가 어지러이 흩어
져 있었다. 원단은 꿈의 장면과 뒤섞여 집요하게 파고드는 윤식
과 필준의 환영을 물리치고자 어둠 속에서 머리를 흔들었다. 그
래도 꽃잎을 하나씩 뜯어버리던 필준의 신경질적인 손짓과 결
별을 선언하던 목소리는 지워지지 않았다. 그와 함께 지낸 낯선
여관방에서의 새벽마다 가슴을 꽉 메어오던 막막함과 불안. 무
심히 걷던 길모퉁이나 수챗구멍 앞에 쭈그리고 앉아 으윽으윽
토해내던 절망적인 헛구역질. 뒷거리 산부인과 간판을 찾던 참
담한 걸음과 공포들. 이명자, 김정숙, 배진희 등…… 여관의 숙

박부와 산부인과 진료청구서에 되는대로 적어 넣었던 가명들. 산부인과를 찾는 젊은 여자들의 용건이란 물을 필요소차 없다는 듯한 간호원의 태도에 그동안의 망설임과 절망감이 오히려 우스워질 지경이었다. 혈압과 맥박을 재고 수술대에 누우면 벌거벗겨진 하반신의 맨살이 찬 고무 시트의 감촉에 진저리를 치며 소름을 뿜었다. 수태하는 여자의 운명에 대한 저주, 수치심 따위는 맨살을 드러낸 동물적인 공포에 압도되었다.

배 위에 커튼이 쳐지고 팔에 마취 주사가 꽂히면서 셋을 채 세지 못하고 의식이 잦아들었다. "어떤 아가씨인가"라거나 기구를 제대로 갖춰 준비해놓지 않았다고 짜증스럽게 말하는, 나이와 용모를 짐작할 수 없이 사무적인 의사의 목소리가 아슴아슴 들리기도 했다. 간호원의 부축으로 수술대에서 내려올 때 의사의 모습은 보이지 않았다. 벽시계는 오 분 남짓 지나 있고 칸막이가 된 옆방에서는 딸그락딸그락 금속 기구들이 부딪히는 소리, 의식 없는 상태에서 토해내는 여자의 신음 소리 따위들이 들려오곤 했다. "보름 동안 목욕, 동침하지 말아요"라는 주의와 함께 항생제가 든 약봉지를 받아 들고 어두운 밤거리로 나올 때 불 밝힌 세상은 얼마나 현란하게 보였던가. 자신은 방금 없애버린 것이 자궁 속의 핏덩어리가 아닌 한 쌍의 더듬이인 양 그 현란하고 은성한 불빛 속에서 방향 감각을 상실한 채 미아처럼 떠돌지 않았던가.

쿨룩쿨룩, 아버지의 기침 소리가 마루를 건너 들려왔다.

원단이 돌아누우며 승재의 몸을 끌어안았다.

"잠이 안 와서 그래? 추워?"

승재가 잠결의 습관적인 몸짓으로 원단의 어깨를 마주 안았다. 그의 가슴에 얼굴을 묻고 심장의 박동을 들으며 원단은 서러움처럼 따뜻이 발끝부터 적셔오는 욕정을 느꼈다. 쿨룩쿨룩, 아버지의 기침 소리는 간헐적으로 이어졌다.

대문은 잠겨 있지 않았다. 마당으로 들어서자 비긋이 열린 현관문 틈으로 어지러이 널린 신발들이 보였다.

"하룻밤 사이 쌀 백 섬이 왔다 갔다 했었거든. 집 한 채 날리는 건 드문 일이 아니었지. 중국 사람들은 추석이나 정월 명절에 보름씩 놀아. 가게 문들을 처닫고 마작을 하는 거지. 명절이 지나 가게 문을 열 때면 쥔 얼굴이 바뀌어 있어. 노름으로 가게가 남의 손에 넘어가버린 거야. 핫핫핫."

호탕한 웃음소리는 아버지의 것이었다. 왁자한 웃음소리와 클클한 농지거리를 내뱉는 낯선 목소리들이 이어 들렸다.

전혀 예상치 못했던 상황이었다. 원단은 현관문 손잡이를 잡고 잠시 안의 기척을 살피다가 들어섰다. 수방이를 안고 마루로 올라서는 원단을 보자 아버지는 말을 뚝 끊고 엉거주춤 일어서려는 몸짓을 했다. 술기로 불콰해진 얼굴에 당황하는 빛이 역력했다.

늙어서 비슷하게 추레해 보이는 노인들 대여섯 명이 화투장이 널린 방석을 가운데 두고 둘러앉아 있었다. 그들은 덩달아 말을 끊고 면구스러운 낯으로 두릿두릿 원단을 바라보았다. 원단의 눈길이 빠르게, 널린 화투장과 소주병, 깍두기가 담긴 보시기 따위를 한차례 훑었다. 자욱한 담배 연기와 댓진내, 충혈된 눈과 불결한 열기 따위는 원단에게 결코 낯선 것이 아니었다.

"이제 오느냐? 일은 다 잘 보고?"

"네, 생각보다 일찍 끝났어요."

"동네 어르신네들이다. 인사드려라. 경로당이 춥길래 이리로 모셨지."

원단의 기분을 알아차린 아버지가 어느 결에 당황한 기색을 지우고 호기롭게 말했다.

원단이 노인들에게 목례를 해 보이고는 안방으로 들어갔다.

"내 딸이라우. 사위는 중학교 훈장 노릇을 하고……"

"자부가 아니라 따님이시구랴."

등 뒤로 아버지와 노인들이 주고받는 말소리가 들렸다.

화장대 거울에 비치는 자신의 얼굴 관자놀이에 터질 듯 정맥이 부풀어 오른 것이 보였다. 수방이는 전에 없이 사람들로 북적거리는 것에 호기심을 느껴서인지 방문을 빼꼼히 열고 마루를 내다보고 있었다.

"내 자식이라 하는 말이 아니라 딸 내외가 속이 무던하고 깊어서……"

이컨더러 들으라는 듯 한층 높아진 아버지의 목소리는 차라리 안간힘처럼 들리기도 했다. 누군가 문틈으로 수방이의 손을 잡아당겨 쥐포 한 조각을 쥐여주었다. 원단이 수방이를 끌어들이고 문을 닫았다. 문소리가 컸던가, 마루의 기척들이 일순 잠잠히 가라앉았다. 관자놀이의 핏줄이 툭툭 튀는 소리가 원단 자신의 귀에 이명처럼 울렸다. 단순히 불쾌감이라고 말하기는 어려웠다. 손쓸 새 없이 빠르게 잠식해 들어오는 전염병 균을 속수무책으로 바라보는 불안감과 무력한 분노가 핏줄을 팽팽히 긴장시키고 있었다.

노인네들은 곧 돌아갔다. 마루의 발자국 소리, 현관에서 신을 찾아 신는 소리, 문 여닫기는 소리들이 완전히 사라진 뒤에야 원단은 마루로 나왔다. 화투판을 걷던 아버지는 원단의 눈에서 감추려는 듯 재빨리 소주병과 잔들을 챙겨 부엌으로 들어갔다.

개수대에는 라면 찌꺼기가 지저분하게 남아 있는 냄비며 그릇들이 차 있었다.

"말이 좋아 경로당이지, 원 헛간만도 못해. 난로도 아직 놓지 않았으니 추워 견딜 수 있어야지."

아버지는 기습을 당했다고 생각하는 게 틀림없었다. 원단이 아침에 집을 나서며 아버지에게, 저녁때나 되어야 돌아올 거라고 말했던 것이다.

아버지의 체류가 생각보다 길어지자 승재는 매일매일을 무료히 집에서 지내느니 경로당에 나가 동네 노인들과 사귀어보는 게 어떠냐고 권했다. 아버지는 처음에는 별반 내켜 하지 않는 듯했으나 이즈음 들어 그곳으로 발길이 잦아지던 터였다. 그러나 동네 노인들을 집으로 불러들여 화투판을 벌인 것은 전에 없던 일이었다. 아, 싫다. 정말 싫다라는 감정이 목까지 차올라 원단이 고개를 세게 내저었다.

"지난날 아버지의 그런 생활이 다른 가족들을 얼마나 고통스럽게 만들었고 상처를 주었는지 아신다면…… 저는 끔찍했던 과거의 생활들을 수방이에게 물려주고 싶지 않아요. 그런 생활과 아버지 같은 사람이 있다는 것을 알게 하고 싶지 않아요. 비 오는 날 마른 땅 골라 딛듯 세상을 그렇게 살아갈 수야 없겠지요. 그리고 자식은 부모를 선택해서 태어날 수는 없는 것이지만 자라나는 동안 내내, 지금까지도 노름쟁이, 바람잡이 아버지란 존재는 제게 부끄럽고 참혹한 멍에였어요. 장 서방이나 수방이에게 아버지에 대한 도리나 관계 운운 하는 것은 아무런 의미 없는 일이에요. 제가 아버지로 인해 태어났고 또 굳이 천륜이라고 강조하는 핏줄로 얽혀 있다손 치더라도 말예요."

개수대를 등지고 서서 아버지를 똑바로 쏘아보며 원단이 잇달아 퍼부어대었다.

"나 화투장 손에서 놓은 지 오래되었다. 너도 알지 않느냐. 그저 심심풀이로 장난삼아 동네 늙은이들과 한번……"

아버지가 애써 웃을싸한 표정으로 웅얼거렸으나 얼굴은 어색하게 일그러지고 경직되었다. 불콰하던 술기도 걷혀 검누른 빛의 살색을 드러낸 채 한 생애를 줄곧 궁색한 변명의 말만을 웅얼대는 탈처럼 보였다. 그 탈을 향해 날카롭게 꽂히는 자신의 한마디 한마디에 원단은 잔인한 쾌감과 전율을 느꼈다.

"……평생을 어떻게 그렇게 살 수 있었을까요? 그 허장성세, 근거 없는 허무주의, 불성실한 삶……, 아버지는 자신의 삶에 대해 단 한 번이라도 깊게 성찰해본 적이 있나요? 평생을 허깨비에 휘둘려서……"

"내가 지금 처지가 곤고해서 네게 잠시 기식을 하고 있다만 그런 식으로 말하지 마라. 건방지고 못 배워먹은 것 같으니라구. 느이들은 모른다. 그 고약한 세월들에 얼마나 빼앗기고 망가져왔는지…… 대체 무얼 할 수 있었더란 말이냐."

아버지가 언성을 높였다. 손이 알아보게끔 부들부들 떨리고 있었다.

"허울 좋게 시대니 세월이니 하는 말들로 아버지 자신을 속이려 들지 마세요. 언제나 구실과 변명뿐이었어요. 어머니가 돌아가시던 날 밤, 그리고 윤식이의 죽음을 잊어버리진 않으셨겠지요. 그때의 아버지의 모습, 그것이 아버지의 숨길 수 없는 진면목이에요. 어머니가 돌아가신 이후, 내겐 아버지가 없거니 하는 마음으로 살았어요. 그 편이 훨씬 견디기 나았으니까요. 아버지로 인해 내가 태어났다는 사실을 저주하고 하루바삐 풀려나기만을 바라며 살았어요."

그랬었다. 어머니가 죽던 날 밤 울어대는 윤식이를 둘러업은 언니는 캄캄한 밤길로 원단의 등을 밀어 내보냈다.

역 사무실에 가서 아버지를 불러와야 한다는 것이었다. 아버지는 야간 근무라거나 하는 이유로 집에 돌아오지 않는 날이 많았다. 어머니는 종종 저녁 무렵 원단을 아버지에게로 보내곤 했었다. 어머니가 아프다거나 집에 급한 일이 생겼다거나 손님이 찾아오셨다는 등 어린 원단의 소견에도 빤한 거짓말을 일러주며, 꼭 지키고 섰다가 아버지를 데려오라는 명이었다. 그 무렵 아버지에게는 따로 살림을 차린 여자가 있었던 듯했다. 어머니는 시앗에게 가는 남편의 발길을 돌리기 위해, 바람처럼 잡을 수 없는 남편을 잡으려는 안간힘으로 어린 딸을 밤길로 내보내었던 것이다. 원단이, "엄마가 아파요" 혹은 "집에 손님이 찾아오셨어요" 하는 말을 입안에 꼭꼭 담고 아버지를 찾아갔을 때 야간 근무를 해야 한다던 아버지는 이미 퇴근하고 없는 경우가 대부분이었다. 간혹 역 사무실에서 동료 역무원들과 화투판을 벌이거나 술을 마실 때도 있었다. 문간에 선 채 머뭇대는 원단이 입을 열기 전 아버지가 먼저 흘깃 바라보면서 "누가 아프다더냐" "집에 불이 났다고 하더냐"라고 말하곤 했다. "내 곧 뒤따라가마" 그러고는 과자 봉지 따위를 들려주며 원단을 되돌려보내기도 했었다.

인적 없는 깜깜한 길을 덜미를 잡는 무섬증에 울면서 뛰어가던 밤, 아버지는 그곳에 없었다. "늬 아버지는 버얼써 작은집에 가셨다"라고 빙글빙글 웃던 아버지의 동료는 어머니가 죽었다는 원단의 말을 듣자 원단을 데리고 역 뒷골목, 좁고 누추한 길목을 몇 구비 돌아 어느 집 앞으로 갔다. 낡은 판자문을 여러 차례 흔들고 소리친 후에야 방에 불이 켜지고 웬 여자가 속치마 위에 잠바를 걸치며 나왔다. 흐린 빛 속에서도 원단은 그것이 낯익은 아버지의 옷임을 알아보았다. "이 밤중에 대체 누구야" 걸걸하게 쉰 목소리로 짜증스럽게 말하며 여자가 문을 열었다.

"홍 상사 있지요? 집에 큰일이 생긴 모양이우. 딸아이가 부르러 왔어요. 어서 깨워요." 원단을 데리고 간 역원이 말했다.

"어이구, 오지랖도 넓어라. 어쩌자구 예까지 데려왔어? 큰 마나님한테 머리끄뎅이 잡혀 끌려다니는 꼴 보려구? 어디 보자아, 네가 큰딸이냐 작은딸이냐."

어머니보다도 나이 들어 보이는 여자는 짐짓 눈살을 찌푸려 원단의 얼굴을 찬찬히 들여다보더니 안에 대고 소리쳤다.

"이봐요, 옷 입고 나와봐요. 당신 딸이 찾아왔어."

바지를 꿰어입고 부스스한 얼굴로 잠자리에서 빠져나온 아버지는 어머니가 죽었다는 말을 듣자 거의 반사적인 몸짓으로 팔목을 들어올려 시계를 보았다. 그리고는 누구에게랄 것도 없이 오늘이 며칠인가를 물었다. 딱히 날짜와 시간을 알기 위해서라기보다는 달리 취할 행동을 몰랐기 때문이었을 것이다.

"이런 멍청이같이. 날짜는 물어 뭘 해요. 빨리 가보라구요."

여자가 걸치고 있던 잠바를 벗어 아버지에게 건네며 등을 밀었다. 아버지가 원단의 손을 쥐고 빠른 걸음으로 골목을 빠져나왔다. 아버지에게 잡힌 손에 곧 축축히 땀이 찼다. 아버지는 원단에게 아무것도 묻지 않았다. 차갑게 이우는 달빛 아래 아버지의 그림자가 춤추듯 우쭐우쭐 흔들렸다. 아버지는 평소보다 더욱 한 발을 심하게 절며 허청허청 걸었다. 아버지의 손안에서 끈끈히 땀이 찬 손을 빼내며 원단은 달아나듯 앞장서서 뛰었다. 아버지가 곧 큰 걸음으로 따라와 다시 손을 잡았다. 원단이 몸부림을 치고 손을 비틀어 빼며 비명처럼 잇달아 울부짖었다.

엄마가 죽었어. 윤식이가 막 울어. 윤식이도 죽으려고 해.

"그럴 수밖에 없었다거나, 이해해달라거나 하는 말은 더 이상 하지 마세요. 이제껏 아버지의 자식이라는 걸 얼마나 억울해 하고 부끄러워해왔는지…… 백번 물러서서 생각해도 아버지를 이해할 수 없어요. 아니 이해하려는 노력조차 무의미하다는 생각이 들어요."

"난 누구에게도 해를 끼칠 생각은 없었다. 평생 내 한 몸 건사하기도 힘들었어. 모든 잘못되어진 것들이 다 내 탓이라고만은 하지 마라."

"아버지와 저는 같은 뿌리에서 돋아난 두 개의 가지와 같아요. 근거 모를 허무 의식이 아버지를 무책임하고 충동적인 삶으로 몰아갔듯 저에게는 그렇게 지악스럽게 땅바닥을 기어가게끔 만들었어요. 아버지의 삶이 달랐다면 저는 지금과는 달리 세상을 보고 살아갈 수 있었겠지요. 아버지의 허황한 삶을 보아왔기에 저는 손가락에 거머쥔 것 하나라도 놓칠까 봐, 빼앗길까 봐 전전긍긍하면서 자린고비가 되어 추하게, 보잘것없이 작고 천하게……"

원단이 그예 치밀어 오르는 격정을 이기지 못하고 울음을 터뜨렸다. 나뒹구는 술잔과 화투장들, 아버지의 존재, 아버지의 자리가 아무리 발버둥 쳐도 벗어날 길 없는 자신의 족쇄, 원천적인 모습이라는 절망감 때문이었다.

무슨 말인가 할 듯 입가를 실룩이며 공허한 눈길로 원단을 바라보던 아버지가 방으로 들어갔다.

엄마의 울음이 불안하여 치맛자락을 잡고 기색을 살피는 수방이를 달래고 원단은 집 안을 치우기 시작했다. 마루문을 활짝 열어 담배 연기와 술냄새를 뽑고, 노인네들이 다녀간 흔적을 치웠다. 곧 승재가 돌아오리라는 것, 그가 오기 전 이 흉한 작태의 흔적을 없애야 했다. 몇 개의 다른 얼굴을 갖는 것, 그것을 위선이나 부정직이라고 생각지 않았다. 불우했던 성장 과정에서 익힌 자기방어, 살아남기 위해 익힌 몸짓이었다.

　해야 해야 나오너라.

　구름 속을 나오너라

　앞뒷문 열어놓고

　물 떠먹고 나오너라

　제금 장구 둘러치고

　구름 속을 나오너라.

선창 밖으로 튀어 오르는 물보라를 바라보며 수방이는 내내 쟁쟁한 목소리로 노래를 불렀다. 혀 짧은 소리로 분명치 않은 발음이었지만 이곳까지 오는 동안 원단이 가르쳐준 노래를 용케도 외워 한 구절도 틀림없이 불러대었다. 잔뜩 흐린 날씨가 제 딴에도 몹시 답답했던가 하늘을 올려다보며 해를 부르는 수방이를 새삼 신기한 눈길로 뒤쫓으며 원단이 말했다.

"머리가 좋은가 봐요. 총기가 대단해요."

"바야흐로 천재성을 발휘할 시기지. 어느 아이들이나 한때 갖게 되는, 그래서 부모를 착각과 환상 속에 빠져들게 하는 일시적 천재성 말야."

승재가 빙긋이 웃으며 대꾸했다.

이미 겨울의 문턱이었다. 찬비 끝에 급격히 기온이 내려가고, 수일 내로 첫눈이 오리라는 기상대 발표가 있었다. 흐린 하늘이 눈썹 위까지 두텁게 내려와 있었다. 바다처럼 너른 댐의 물빛이 한결 깊이 가라앉아 헐벗은 산의 자태를 웅숭깊게 품었다.

주말 오후여서인지, 배에는 선객이 많았다. 울긋불긋한 등산복에 커다란 배낭을 멘 젊은이들도 여럿 눈에 띄었다. 떠남에 대한 기대와 들뜸으로 그들의 얼굴과 몸짓은 한결같이 싱싱하고 활기차 보였다. 새벽 일찍 춘천에 들어와 야채와 민물고기 따위를 넘기고 돌아가는 장사치인 듯싶은, 전대를 찬 아낙네들이 의자 등받이에 기대어 꾸벅꾸벅 졸았다.

춘천 근교로 짧은 주말여행을 다녀오는 게 어떻겠느냐고 제안한 것은 승재였다. 아버지와 심하게 다툰 후 원단이 그 전말을 자초지종 말하지 않았음에도 승재는 집 안의 가라앉은 분위기, 부자연스러운 침묵이 일종의 소강상태임을 감지했던 듯싶었다. 아버지의 태도에 눈에 띄는 변화는 없었다. 식사 때 승재에게 늘 어놓는 장광설이 줄고 방에 들어가 기척 없이 지내는 시간이 길어졌을 뿐이었다. 극력 원단과 눈길 마주치기를 피한다는 것은 원단 자신만이 느낄 수 있는 것이었다. 아침에 출근하던 승재가 마침 산책에서 돌아온 아버지에게 일요일에 낚시를 가십시다라고 넌지시 권했을 때 아버지는 강바람이 차지 않겠느냐고 고개를 내저었다. 출근한 지 한 시간쯤 지나 승재는 집으로 전화를 걸었다. 가을 연휴도 그냥 넘겨버렸으니 겨울이 오기 전 가까운 곳에 가서 하룻밤 지내고 오는 게 좋겠다고, 퇴근 후에 곧 떠날 수 있도록 준비하라는 것이었다. 토요일이라 오전 근무뿐이었다. 승재의 제안이 단순히 바늘 끝처럼 신경이 날카로워져 있는 아내에 대한 배려일 뿐만 아니라 그 자신 역시 집 밖의 잠이 절실할 만큼, 집 안을 꽉 채운 아버지의 자리, 아버지의 존재를 버겁게 느끼고 있는 것이나 아니었을까. 승재의 심중을 나름대로 추측해보며 원단은 짐을 꾸렸다. 집을 나서며 다녀오겠노라고, 식사 준비는 되어 있으니 찾아 잡수시라고 말하자 아버지는 슬몃 원단의 눈길을 피해 하늘을 올려다보며 "눈이 올 것 같구나. 수방이 옷을 든든히 입혀야 되겠다"라고 심상히 대꾸했다.

얕은 잠 속에서 밤 내내 계곡의 물소리와 바람 소리 그리고 쟁그랑쟁그랑 맑게 울리는 풍경 소리를 들었다. 원단은 귀에 선 그 소리를 쫓다가 그들이 묵는 민박집 처마에 매단 풍경을 보았던 기억을 떠올리며 다시 아슴푸레 잠에 빠져들었다.

검푸른 여명이 방 안을 채울 무렵 원단은 잠에서 깨어났다. 방은 따뜻하고, 창호지를 바른 들창문으로 새파랗게 날 선 새벽빛이 비쳐들고 있었다. 낯선 잠자리에 늦도록 뒤척이던 승재는 수방이를 안고 곤히 잠들어 있었다.

원단은 그들의 잠을 깨우지 않도록 가만히 방을 빠져나왔다.

"새벽같이 일어나셨구려. 어린애까지 있길래 방에 불을 넉넉히 넣었지만, 혹시 춥지는 않으시었수?"

마당에서 쌀을 씻던 늙수그레한 아낙네가 사람 좋은 웃음을 띠며 말을 건넸다.

"아주 따뜻하게 잘 잤어요. 공기가 정말 좋군요. 이 위쪽으로 절이 있다던데 멀지 않은가요?"

"바로 이 뒤로 돌아 한 이십 분 올라가면 된다우. 절이야 뭐 쬐그맣지. 엄청 오래되었다고는 해도……"

밤새 쓸쓸히 귓가를 어지럽히던 바람은 잦아들고 풍경이 이따금 생각난 듯 쟁강거렸다. 원단은 민박집을 나와 산길로 접어들었다. 어제저녁 승재로부터 부근에 천년 고찰이 있다는 얘기를 듣고 올라가보리라 작정했었던 것이다.

헐벗은 나무 사이로 푸르른 빛들이 어리고 있었지만 산길은 아직 어두웠다.

아낙네의 말대로 절의 규모는 작고 형편없이 퇴락한 모습이었다. 마당을 쓸고 있던 동승이 원단을 보고 잠깐 합장을 해 보이고는 비질을 계속했다.

원단은 익숙지 않은 몸짓으로 얼결에 두 손을 모으고 허리를 굽혔다. 마당 한 귀퉁이에 삼층 석탑이 서 있고 그 주위를 빨간 등산복을 입은 남자가 합장을 한 채 돌고 있었다. 무슨 기원이 그리도 간절한 것일까. 몽롱하게 마취되어 사는 듯, 미망 속에서 헤매듯이 뭔가 안타까움과 불안에서 헤어나지 못하는 나날들. 자신이 그러하듯 그 역시 백 년 미망 속에서 솟구쳐 오르게 할 한 줄기 청정한 바람을 안고 남보다 앞서 이곳에 오른 것일까. 원단은 그대로 선 채 쉬임없이 탑을 돌고 있는 남자를 눈으로 쫓았다. 바라보는 동안 그 남자의 모습은 승재의 모습으로, 수방이의 모습으로, 절름거리는 아버지의 뒷모습으로, 고시원 뒷산에서 등을 보이며 내려가던 필준의 모습으로, 이상한 착시 현상을 일으키며 비쳐 들었다. 원단은 세차게 고개를 흔들며 자꾸 흐려오는 눈을 비볐다.

저녁 무렵 그들이 돌아왔을 때 집은 비어 있었다. 앞장서서 대문을 들어선 수방이가 '하찌, 하찌' 하며 할아버지를 찾았으나 안에서는 아무런 기척이 없었다. 순간적으로 가슴이 섬뜩 내려앉는 느낌에 원단은 우선 신발장부터 열어보았다. 아버지가 신던 슬리퍼는 단정히 현관에 놓여 있는데 신발장 안의 검정 구두는 보이지 않았다.

"잠깐 외출하신 게지."

승재가 먼저 마루를 올라서서 서재의 문을 열었다. 늘 벽에 걸려 있던 양복이 없었다. 원단이 승재의 등 뒤에서 휑하니 비인 벽을 망연히 바라보았다. 집안은 원단이 치워놓고 나간 그대로 손끝 하나 스친 표시가 없었다. 주방 식탁에도 식사를 한 흔적이 없었다.

"아버지가 가셨나 봐요."

서재 한쪽에 반듯이 개어놓은, 그동안 아버지가 입고 있었던 승재의 추리닝이며 양말 따위들을 보며 원단이 나지막이 말했다.

"아무리 성격이 별난 양반이라도 그렇게 가버리실 리가 없어. 곧 돌아오시겠지."

승재가 혀를 차며 고개를 갸웃했다.

"아버지는 워낙 그런 사람이라니까요."

달리 할 말을 찾지 못해 원단이 되풀이 말했다. 아버지가 떠나기를 바랐고 기다렸으면서도, 또한 어디까지나 아버지의 존재란 청하지 않은 객에 지나지 않는다고 생각해왔으면서도 가슴에 횅하니 바람이 스쳐가는 서늘한 느낌을 자신도 이해하기 어려웠다.

"안경이 그냥 있구먼. 무던히도 선글라스를 좋아하시더니 어쩌자고 두고 가셨을까."

승재가 책상 한 귀퉁이에 놓인 선글라스를 집어 들고 마루로 나왔다.

마루 끝에 앉아 있던 원단이 그것을 받아들었다. 먼지 하나 없이 깨끗한 선글라스를 눈에 대고 남편과 아이를, 저무는 빛 속에 잠긴 집들과 그 너머 더 멀리 헐벗은 산언덕을 바라보았다. 아버지의 눈이 되어 세상과 세월들을 바라보았다. 검은 유리알을 통해 적나라하게 살을 드러낸 언덕은 더욱 멀고 그 어느 골쯤에인가 절룩거리며 허위허위 올라가는 아버지의 모습이 보이는 듯했다.

(1989)

얼굴

연은 바람의 흐름을 타고 너울대다가 방향을 바꾸어 하늘 높이 솟구쳐 올랐다. 줄이 끊어질 듯 팽팽히 당겨졌다. 멀리 간 연을 불러오려고 힘껏 얼레를 돌렸지만 줄은 감기지 않았다. 오히려 작은 그의 몸을 무서운 기세로 끌어당겼다. 그는 까마득히 솟구쳐 올라 멀어져가는 연을 따라 뛰었다. 연을 잃어버리고 싶지 않았다.

삼촌이 마술을 부렸음에 틀림없다. 용의 입에 여의주를 그려넣으며 삼촌은 말했다.

"이 연은 세상 끝까지 갈 것이다. 훨훨 날아서. 나도 그렇게 살 것이다."

삼촌은 손재주가 좋았다. 보는 것, 만지는 것마다 똑같이 만들어내는 재주가 용해 붓과 칼을 입안에 든 혓바닥처럼 자유자재로 부린다는 소문이 높았다. 청룡과 황룡이 그려진 용연을 가진 아이는 동네에서 그 자신뿐이었다. 할아버지의 서출인 삼촌을 두고 일가친척들은, 태생이 비천해서 잡기에 능하다고 뒷소리들을 했다.

바람 소리 사나운 벌판을 지나고 낮은 둔덕을 넘었다. 바람에 등 떠밀려 발이 땅에 닿지 않게 달리면서 그는 얼어붙은 무논의 한가운데 처박혀 있거나 너덜너덜 찢어지고 더럽혀져 앙상한 나뭇가지에 걸려 있는 연들을 보았다.

아이들은 어느 곳에서건 자기의 연을 틀림없이 알아보게 마련이지만 줄을 끊고 날아간 연에 마음 두는 일은 없었다. 훨훨 날아가는 연을 따라 마을을 벗어나는 일도 하지 않았다. 줄 끊겨 날아가는 연을 따라가다 보면 길을 잃기 십상이었다. 아무리 정성을 들이고 공들여 만든 것이라 해도 줄이 끊기면 그만이었다. 바람 탄 연이 되돌아오는 일은 없다는 것을, 힘이 다할 때까지 바람을 타다가 종내는 처참히 찢겨 한살이를 마친다는 것을 누가 일러주지 않아도 알았다. 어쩌다 잃어버린 연을 발견해도 그것은 이미 자신이 띄워 올렸을 때의 그것은 아니라는 것도 알았다.

얼마나 달렸을까. 하늘만 보고 달리다가 멈춰 섰을 때 그는 자신이 거대한 붉은 거울의 한가운데 있음을 알았다.

단단하게 얼어붙은 저수지는 저녁 햇살을 받아 거울처럼 빛나고 있었다. 이미 산 그림자가 검게 내려앉은 산도, 저 멀리 주황빛 노을 속에 잠긴 동네도 낯설었다.

그가 우두망찰해 있는 사이 얼레의 줄이 스르르 풀리고 연은 까마득한 점으로 시야에서 사라졌다. 그때 그는 얼음 밑의 얼굴을 보았다. 투명한 얼음 아래에서 검고 긴 머리칼을 올올이 푼 흰 얼굴이 그를 보고 있었다. 무엇인가 말하려는 듯, 어쩌면 자신이 만난 낯선 세계에 대한 끔찍한 공포로 얼어붙어버린 듯 눈과 입이 한껏 둥그렇게 열려 있었다.

저물도록 돌아올 줄 모르는 아이들을 부르는 목소리들이 빈 들 건너 저편에서 바람을 타고 아스라이 들려왔다.

아내가 그를 흔들어 깨웠다. 아내는 그에게 바짝 몸을 굽혀 그의 어깨를 안아 올리는 중이었다. 커다랗게 다가온, 오십 년을 알아온 얼굴을 그는 겁에 질려 바라보았다.

"또 무슨 꿈을 꾸셨수?"

그의 놀람에 아내는 커다랗게, 심상히 말했다. 아내의 목소리에는 거센 바람 소리, 목쉰 거위 울음이 섞여 있다. 오래전 성대를 다친 이후 아내는 말수가 줄었지만 그가 말을 하지 못하게 되면서부터 점차 마음 놓고 큰소리로 떠들어대었다. 그녀의 귀가 어두워지고 있다는 뜻인지도 몰랐다.

아내의 입냄새와 가쁜 숨소리에 그는 비로소 안도했다.

아, 꿈을 꾸었구나.

갈수록 잦아지는, 잠과 꿈과 기억의 틈서리에 스며드는 불온한 그 무엇들을 그는 단지 꿈이라고 생각하려 했다. 먼 하늘로 가뭇없이 사라지던 연이, 얼음 밑의 흰 얼굴이 피뜩 떠올랐다.

그날 그 낯선 동네에서 어떻게 집을 찾아왔는지 알 수 없었다. 어쩐 일인가 그때부터 봄이 되고 여름이 다 갈 때까지 말문이 막혀버렸다는 것만이 기억에 남아 있다.

그를 안아 올리는 아내의 몸짓이 아아 힘들다라고 말하고 있었다.

몸은 나날이 대꼬치처럼 말라가는데 갈수록 왜 그렇게 무거워지는지 그 조홧속을 알 수 없다고 아내는 투덜대지만 그것이 그녀 자신의 비대해지는 몸 탓이라는 것을 모른다. 그를 일으켜 앉히거나 돌아눕힐 때마다 그의 몸에 왈칵 실리는 아내의 무게에 그 또한 힘들지 않았던가.

창을 통해 보이는 하늘에는 비행운이 하얗게 그어져 있다. 꿈속에서 들었던 바람 소리란 실은 비행기 지나는 소리였을까.

공항이 가까운 탓에 그의 집은 하루 종일 비행기 소리가 들렸다. 이륙이나 착륙을 위해 한껏 고도를 낮춘 비행기들이 괴조처럼 지붕 위를 스쳐갔다.

아내는 비행기 소리 때문에 집이 흔들리고 균열이 간다고, 자꾸 주저앉는 것 같다고 말했다. 그때마다 그는 집이 낡아가는 것은, 우리가 늙어가고 있기 때문이라고 속으로 대꾸하곤 했다. 옆집을 헐 때 보니, 망치질 몇 번에 지붕이 그대로 내려앉더라고, 아무리 그래도 사람이 몇십 년 몸담아 살아온 곳인데 그렇게 맥이 없을 수가 있겠느냐고, 그게 다 비행기 소리에 멍들고 삭아서 그렇다는 아내의 말도 맞을 것이다.

하늘에 길을 내듯 날카롭고 뚜렷하던 비행운은 그가 바라보는 사이 시나브로 엷게 퍼지고 스러졌다.

남향집인 탓에 가을로 접어들면서 햇빛은 하루가 다르게 길고 깊숙이 방 안으로 들어온다.

아내는 힘들게 그를 벽에 기대 앉히고 양옆에 두툼한 방석을 괴어준 다음 창문을 열었다.

"웬 냄새가⋯⋯ 고약하게 썩는 냄새가 나요. 그럴 일이 없는데⋯⋯ 당신은 모르시겠수? 하긴 방 안에만 있는 양반이니 코가 마비되었을 수도 있겠죠."

아내가 냄새 타령을 하는 것은 벌써 여러 날 전부터였다. 창을 통해 신선한 바깥공기가 들어오는 순간이면 그 역시 방 안을 채우고 있는 수상쩍게 쉬지근하고 퀴퀴한 냄새를 맡았다. 사놓고 잊어버린 생선이나 고기가 부엌 구석에서 썩고 있을지도 모르고 아내가 미처 처리하지 못한 군것질거리들이 집 안 곳곳에서 맹렬하게 곰팡이를 피우는 것일지도 몰랐다.

아내는 항상 먹어대고, 무엇이든 자주 잊어버린다. 늘 다니는 동네 시장통에서 집으로 오는 길을 잃어 서너 시간을 헤맨 적도 있었다. 방 안에는 먹다 남긴 과일이나 과자 부스러기가 잊힌 채 널려 있다. 깊은 밤 흐린 형광등 불빛 속에서 튀긴 강냉이를 와삭와삭 먹어대거나 날무 따위를 벗겨 먹는 데 열중한 둥글게 살진 몸은 고독해 보였다.

부엌과 천장, 벽 틈에서 유난히 쥐들이 끓는 것은 아내의 말처럼 단지 집이 퇴락해가기 때문만은 아닐 것이다. 집 안이 점점 더러운 쓰레기통이 되어가기 때문이고 그것은 아내의 왕성한 식욕과 건망증 때문일 것이다.

아내가 약을 내밀었다. 그는 몸 안으로 들어가 피돌기를 다스리고 장운동을 장악할 작고 흰 알약들을 암호를 보듯 물끄러미 바라보았다. 아내가 채근하는 손짓으로 약을 입안에 넣고 물컵을 입에 대주었다. 입가로 물이 흘러내리고 옷섶을 적셨다. 오른쪽이 완전히 마비된 그의 몸은 한쪽으로 잔뜩 기울인 물그릇 같다.

그를 다시 자리에 눕히고 아내는 외출 차비를 했다.

어제저녁 전화를 받고 난 후부터 아내는 내내 정신이 나가 있었다.

"죽었다던 사람이…… 글쎄, 경자 언니 기억하시우? 얼굴이 검어서 구롬보라고 하잖았어요. 그 언니 전화예요. 살아 있대요. 어떻게 전화번호를 알았는지…… 며느리라는 사람이 전화를 했어요. 그 언니가 눈이 멀어서 바깥출입을 못 한답디다. 언니가 내 목소리를 듣더니 막 울어요. 죽기 전에 한번 만나재요. 다들 경자 언니는 예전에 죽었다고 알고 있는데, 꼭 귀신에 홀린 것 같아."

아내와 처녀 적 수양 형제를 맺고 전쟁이 날 무렵까지도 이틀 사흘돌이로 그의 집을 드나들던 경자를 그가 왜 모르겠는가. 그 역시 경자가 피난 시절 부산의 국제시장에서 구호물자 장사를 하다가 시장의 큰 화재로 죽었다고 알고 있었다. 젊은 시절의 경자는 검은 얼굴에 눈썹이 짙고 뼈대가 굵어 어딘가 서반아 여자를 연상케 하는 용모였다. 아내의 팔뚝 안쪽에는 그녀와 수양 형제의 징표로 새긴 먹물 자국이 선명히 남아 있다.

아내는 그녀를 만나러 가려는 것이다. 경자와 함께 사는 며느리라는 여자로부터 가는 길을 세심히 받아 적었다.

아내의 외출은 드문 일이다. 한 달에 한 번 소학교 동창 모임이 있었지만 그것이 끝난 것은 여러 해 전이었다. 더러 죽고, 병들어 누워 나오는 사람들이 몇 안 되었기 때문이라고, 언짢은 소식을 듣기에는 너무 늦었다는 것이 해산의 변이었다. 서로 연락을 주고받는 일도 극히 드물었다. 아내는 가끔, 예전에 알던 사람들의 이야기를 하다가는 한숨을 쉬며 "아마 죽었을 거야"라고 말끝을 맺곤 했다.

아내는 옷장 문을 활짝 열었다. 희미한 나프탈렌 냄새와 뒤섞인 묵은 옷냄새가 났다.

"이 구닥다리 옷들을 다 어쩐담?"

옷가지들을 뒤적이던 아내가 양복을 꺼내 들고 그에게로 돌아섰다.

아내의 손에 들린 자신의 옷을 보는 순간 엄습한 느닷없는 감정에 그는 순간 당황했다. 마지막으로 입었던 그의 기억을 고스란히 간직한 채 오랜 시간 저 홀로 천천히 삭고 낡아가는 옷들.

의식지 못하는 오랜 습관이 만들어낸 형태. 둥글게 구부러진 팔굽이라든가 튀어나온 무릎, 마지막으로 입었던 때의 구김과 희미한 얼룩도 있을 것이다. 그는 주체할 길 없는 슬픔을 느꼈다. 무엇이든 버리는 일이 없는 아내이기에 신발장 안에도 역시 자신의 신발들이 들어 있을 것이다. 걸음걸이의 버릇에 따라 안쪽으로 심하게 닳은 굽 때문에 기우뚱한 모양으로.

아내는 옷장 문을 열어둔 채로 잠시 바깥을 내다보았다. 입고 갈 옷을 생각하며 날씨를 가늠하는 것이리라. 아내의 어깨 너머로 그는 하늘을 반나마 가리고 서 있는 마당 귀퉁이의 나무를 보았다. 초록빛이 스러져가는 나뭇잎들이 잔잔한 것으로 보아 바깥은 맑은 가을날일 것이다.

아내는 언젠가 결혼식에서 입었던 연둣빛 한복을 꺼내어 몸에 대어보다가는 한숨을 쉬며 다시 보자기에 싸서 옷장 안에 넣었다. 검정 바지와 갈색 재킷을 꺼냈다가 집어넣고는 회색 긴 주름치마와 자줏빛 블라우스, 흰 스웨터를 꺼내어 옷을 갈아입기 시작했다.

아내는 입고 있던 허드레 치마와 팬티를 벗었다. 새 팬티와 반내복을 입고 흰 면양말을 신었다. 그는 아무도 없는 빈방에서처럼 스스럼없는 아내의 몸을 보았다. 된 밀가루 반죽처럼 어깨로부터 무겁게 흘러내린 살이 기이하게 굵은 허리와 엉덩이를 지나 용암이 흘러내린 흔적처럼 겹겹이 다리 위로 늘어져 있다. 오십 년에 걸친 일상적인 노동과 생산, 태어나면서부터 이제까지 쉬지 않고 진행되어 온 것들이 충실히 각인한 세월의 흔적이다.

옷을 갈아입던 아내가 몸을 돌려 열린 문 쪽을 바라보며 쉿, 위협적인 소리를 내었다. 옷장 문에 달린 거울에 비죽이 방 안을 들여다보고 있는 개의 모습이 비쳤다. 거울을 통해 제 모습이 보인다는 것을 알 리 없는 개는 후다닥 달아났지만 곧 다시 방문 쪽으로 다가왔다. 아내는 개를 향해 발을 구르고 욕설을 퍼부었다. 개가 꼬리를 사리고 문 뒤로 사라졌다.

부옇게 먼지 앉은 마루에 개 발자국이 어지럽게 찍혀 있었다. 굼뜬 손길로 잘 매어지지 않는 블라우스의 리본과 씨름하느라 아내는 더 이상 개의 기척을 알아차리지 못하지만 그는 개가 삼분의 일쯤 열린 문 뒤에 숨어 문짝과 벽의 빈 틈새로 안을 엿보고 있다는 것을 안다.

그는 손을 들어 방문 밖의 개를 가리킨다. 온 힘을 다해 아내에게 말한다.

"개, 가, 문, 뒤, 에, 있, 다, 구."

으어어 하는 어눌한 비명에 돌아본 아내는 투정 부리는 아이를 달래듯 그에게 말한다.

"죽었던 사람이 살아 왔는데 어찌 모른 척하우. 곧 돌아올게요."

언젠가 텔레비전의 묘기 쇼에서 한 손으로 땅을 짚고 온몸을 공중에 띄워 돌리는 묘기를 본 적이 있었다. 그 남자는 마치 한 손으로 지구를 돌리고 있는 것처럼 보였다. 그러나 그의 몸에서 유일하게 살아 있는 한 손은 무언가 채워지지 않는 욕구와 격분으로 헛되이 내두르거나 티브이 리모컨의 숫자판을 누르거나 대소변을 본 뒤 아내를 부르기 위해 종을 흔들 수 있을 뿐이다. 처음 아내가 그의 손에 작은 종을 쥐여주며, 일이 있으면 종을 흔들어 부르라고 했을 때 그는 그것으로 아내의 이마를 후려쳐 피를 내었다. 기저귀를 채우는 아내에게 그가 방금 눈 배설물이 담긴 변기를 집어 던지기도 했었다. 자신이 더 이상 말할 수도 움직일 수도 없다는 사실을 인정해야만 하는 인생에 대한 무력한 분노, 배신감 때문이었을까……

며칠 전 아내는 뭔가 쉬쉬하는 표정으로 그에게 개가 들어왔노라고 말했다.

"요 앞 시장에 잠깐 갔다 오느라고 대문을 잠그지 않았는데 그새 웬 개가 한 마리 떠억 들어와 있더라구요. 온몸이 시커먼 게 고개를 들고 뻔히 쳐다보는데 왠지 가슴이 섬뜩합디다. 내쫓고 나서 대문을 잠갔는데 한참 후에 이젠 갔겠거니 하고 내다보니 그때까지 꿈쩍도 않고 앉아 있다가 제집처럼 들어오대요. 무슨 징조인지 몰라. 집에 들어온 목숨은 내모는 것이 아니라는데…… 갈 때가 되면 또 제 갈 데로 가겠지요."

아내가 개를 받아들인 것은 미신적인 두려움 때문만은 아닐 것이다.

그는 아내가 검둥이라 이름 지어 개를 부르는 소리, 말 건네는 소리를 종종 들었다. 개를 상대로, 밥을 먹으라거나 신발을 물어뜯지 말라거나 혹은 다리가 아프고 허리가 아프고 정신도 다 빠졌으니 이만 죽을 때가 되었나 보다 따위의 혼잣말 같은 푸념을 늘어놓는 아내의 목소리에는 들척지근한 응석기까지 묻어 있었다. 그러나 엊그제 아내는 아무래도 내보내야겠다고, 검둥이가 현관 앞 땅을 파고 간혹 흉한 울음소리를 내기도 한다고 어둡고 불길한 표정을 지었다. 기르던 개가 땅을 파거나 울면 초상이 날 전조라는 통설을 그 역시 모르지 않았다.

옷을 다 갈아입은 아내는 화장대 앞에 앉아 머리를 빗고 얼굴에 엷게 분과 립스틱을 발랐다. 늙을수록 치장을 해야 한다는 것이 아내의 지론이었다.

분단장으로 주름살과 검버섯이 한결 가려진 아내의 얼굴을 보자 젊은 시절, 남들에게서 부부로 불릴 때 맛보았던 감정이 문득 되살아났다. 이 사람과 평생을 같이 살아야 하는 거라는, 그렇게 정해져버렸다는 기이하고 쓸쓸했던 감정들. 그것은 행, 불행이나 실망의 감정과는 관계없는 것이었다. 상대가 다른 누구였더라도 마찬가지였을 것이다. 그것은 되돌아나갈 수 없는 길에 이미 깊숙이 들어섰다는, 아직 살아보지 않은 인생에의 좌절이나 환멸 같은 것이 아니었을까.

"심심하면 테레비를 보고 계시우. 해 지기 전에 돌아올 거예요."

아내는 그의 손이 닿는 곳에 티브이 리모컨을 놓아주고 나갔다. 방문을 조금 열어두는 것도 잊지 않았다. 아내는 그가 어둠과 닫힌 문에 대한 두려움을 갖고 있다는 것을 알고 있었다.

그의 눈이 방문을 나서는 아내의 짧게 자른 흰머리, 회색 치마와 흰 스웨터 차림의 뒷모습을 따라갔다. 그는 그러한 아내의 모습이 그의 눈 안에 내내 남아 있으리라는 것을 알았다. 아무렇지도 않은, 조금도 특별할 것 없이 평범하고 범상한 어떤 모습, 어떤 소리, 냄새 들이 내도록 잊히지 않을 거라는 예감을 갖게 하는 순간이 있는 법이다.

그는 아내의 키가 기억 속에서보다 훨씬 작은 데 놀란다.

"이 못된 개새끼. 또 땅을 파고 있구나."

아내의 고함과 함께 옆구리를 차인 듯 자지러지는 개의 비명이 들렸다.

현관문 잠기는 소리와 마당을 건너가는 빗소리, 이어 내문 닫

히는 소리가 들렸다. 아내의 기척을 쫓아가는 그의 귀에 대문 닫
히는 거센 금속성의 소리가 울리는 순간 그의 내부의 무엇인가
도 덜컥 잠기는 듯했다.

"가지 말아."

그가 온 힘을 다해 부르짖는 말들은 목구멍에서 빠져나오기
전 자모음이 제멋대로 헝클어지고 부서져버렸다.

그의 이불 위에까지 뻗어 있던 햇빛은 이제 조금 짧아져 화장
대 거울 윗부분에 부옇게 머물러 있다. 방의 윗목에 있는, 아내
가 벗어놓은 옷가지와 때없이 베고 눕던 베개의 움푹 파인 머릿
자국을 보면서 휑해진 그의 눈길이 덜 닫힌 옷장 문에 물려 비
죽이 나와 있는 푸른빛 옷자락과 세 시 반을 가리키는 벽시계,
그 옆에 걸린 산수화 족자를 차례로 더듬었다.

달밤인가 눈길인가, 검은 숲이 한쪽에 있고 흰 길이 뻗어 있
다. 윗부분으로 갈수록 아스라이 좁아지는 먼 길을 괴나리봇짐
을 진 두 사람의 나그네가 걸어가고 있다.

이십여 년 전 직장을 나온 그가 동료들과 작은 사무실을 차
렸을 때 장애인 재활협회에서 나왔다는 사람으로부터 반강제
로 샀던 그림이었다. 농인의 그림이라고 했다. 시원하게 쏟아지
는 폭포의 그림도, 만고풍상에 굳건하리라는 세한도도 있었지
만 특별히 그 그림을 골랐던 것은 그림을 에워싼 적막감이 마음
을 사로잡았기 때문이었다. 세상의 소리가 들리지 않는 침묵의
세계에 사는 사람이 그린 것이라는 점도 흥미를 갖게 했을 것이

다. 그림 속의 나그네들은 어디로 가고 있는 것일까.

할아버지가 죽었어도 상복을 입지 못한 삼촌은 단옷날 마을에 들어온 탈춤패를 따라 집을 나갔다. 일가붙이나 동네 사람들 중 누구도 이후 삼촌을 보았거나 소식을 듣지 못했다. 이 세상 사람이 아닌 지 오래일 것이다.

자박자박 발소리가 들리고 검은 개가 열려 있는 방문 안으로 얼굴을 들이밀었다. 멈칫대며 살피는 기색이더니 자신 있는 걸음으로 썩 들어섰다. 손을 내저어 쫓는 그를 멀뚱히 바라보았다. 아내는 마루의 분합문 닫는 것을 잊은 모양이었다. 개가 마당으로 통하는 분합문의 낮은 턱을 넘기는 어렵지 않을 것이다.

개는 마음 놓고 방 안을 어슬렁거렸다. 낯선 냄새를 찾아 구석구석을 살피고 아내의 옷가지에 코를 박고 킁킁거렸다.

아내는 지금쯤 전철을 타고 가는 중일까. 전철을 두 번 갈아타고 또 마을버스로 한 정거장만 가면 경자 언니가 사는 아파트라고, 집 찾기는 쉬울 거라고 아내는 말했다.

사십 년 만에, 죽었다던 눈먼 수양 언니를 만나기 위해 회색 치마에 흰 스웨터를 차려입고 집 떠난 늙은 아내는 그의 기억 속의 길, 오래된 동네의 골목과 세탁소와 정육점과 미장원, 술 취해 돌아오던 늦은 밤이면 늘상 간장약이나 드링크류를 사던 약국 앞을 지나쳤을 것이다. 약국 안에서 조그만 청거북 새끼들을 손등에 올려놓고 놀면서 "엄마, 왜 날 낳았지?"라고 물어대던, 입술이 새파란 어린 계집애는 이제 제법 처녀티가 날 것이다. 그 애의 엄마인 젊은 약사는 시름없이 말했었다. 심장이 나빠서 학교에도 못 보내요. 청색증이에요.

그는 그 애에게 밤거리에서 싸구려 곰 인형을 사다 주었고 다음번에는 딸아이가 어릴 때 갖고 놀던 인형 집을 갖다 주겠다고 약속했으나 그 약속은 지켜지지 않았다. 인형 집을 갖다 주기 전 어느 날 아침 이를 닦다가 그의 뇌혈관이 터져버렸다.

창가로 조금씩 밀려가는 햇살이 엷어지고 있었다. 시계 소리가 점점 명료하고 무거워진다. 조용하다. 잠깐 또 잠이 들었나 보다. 무언가 집요하게 긁어대는 소리, 성마르게 바장이는 소리에 눈을 떴다. 개가 옷장 주변을 맴돌다가 옷장 밑에 머리를 들이밀며 발톱을 세워 맹렬히 방바닥을 긁어대고 있었다. 옷장과 벽 사이의 좁은 틈에 몸을 밀어 넣으려 비비적대기도 했다. 뭔가 꺼내려고 필사적으로 애쓰는 모습이었다.

바람이 부는가. 정물처럼 고요하던 나뭇잎들이 흔들리고 있다. 저물녘이면 집을 짓지 않는 새들이 수런수런 깃들이고 날 밝을 무렵 무성한 이파리들을 뒤집으며 까맣게 날아오르는 나무였다. 도둑고양이들은 밤마다 나뭇가지를 타고 올라가 잠든 새들을 잡아먹었다. 새들이 날아들기엔 아직 이른 시각이었다. 그가 몸이 성했을 때, 이른 아침 이슬에 옷자락을 적시며 뜰을 손보기도 하던 시절, 밤새 비바람 지나간 나무 밑에서 상한 열매처럼 떨어진 새의 주검을 주워 뽑아낸 잡초 더미 속에 던져넣기도 했었다.

드디어 벽과 장롱 사이의 좁은 틈으로 들어가는 데 성공한 개는 곧 다시 희뿌연 먼지를 뒤집어쓰고 나왔다. 입에 무언가 물려 있었다. 돌돌 말린 채 처박혀 있던 양말짝 따위겠거니 하면서도 그는 눈을 가늘게 뜨고 그것을 바라보았다.

방의 한가운데에서 그것을 뱉어낸 개는 세심히 냄새를 맡다가 다시 입에 물고 공놀이하듯 휙 집어던졌다. 모둠발로 뛰어가 저만치 방바닥에 떨어진 것을 물고 흔들고 던지고…… 딴에는 꽤나 노련한 놀이 기술이었다. 그것이 바로 그의 얼굴 옆에 떨어졌을 때 그는 으윽 비명을 질렀다.

쥐였다. 죽은 지 오래지 않은 듯 완전히 굳지 않은 몸이 방바닥에 패대기쳐질 때마다 둔탁하고 탄력 있는 울림소리를 내었다.

그는 쥐를 물고 달아나는 개를 향해 손에 잡히는 대로 리모컨을 들어 내던졌다. 재빨리 몸을 피한 개는 방 한가운데 앉아 쥐를 먹기 시작했다. 갑작스레 찾아온 정적 속에서 오직 찢고 씹고 삼키는 소리만이 들려왔다.

쥐를 다 먹은 개는 나른하게 기지개를 켜며 점점 엷어져가는 햇살 속에 길게 엎드렸다.

따뜻한 볕을 등에 받고 엎드린 개는 주변에 더 이상 관심도 호기심도 보이지 않는다. 비행기가 지날 때마다 귀를 쫑긋하고 몸을 일으키는 시늉을 해보이다가 다시 엎드려 잠이 든다. 의심하는 본성 외에 어떤 관심도 호기심도 없는 듯한 개는 아주 늙고 현명해 보이기도 한다.

잠든 개는 나쁜 꿈을 꾸고 있나 보다. 간혹 몸을 떨며 두려움에 찬 비명을 지르거나 고통스러운 신음 소리를 내기도 했다. 개의 회백질 속에서 부유하는 악몽은 무엇일까. 나쁜 꿈은 밀폐된 유리 상자 혹은 얼음에 갇혀 소리가 되지 못하는 비명과도 같다.

그는 자신이 말을 할 수 없게 되었던 그날 아침의 한 순간을 기억한다. 세면대의 거울 앞에서 칫솔질을 하던 중, 그의 전 생애가 반란을 일으키며 목구멍으로 밀고 올라오는 듯하던 그 이해할 수 없는 메스꺼움, 어떤 제어할 수 없는 힘이 내부로부터 솟구쳐 그를 팽이처럼 돌려대던 어지럼증을 기억한다. 그때 그는 끝없이 깊고 거대한 심연 속에서 얼음에 갇힌, 옛 기억 속의 얼굴을 보았다. 어린아이들이, 그들이 떠나온 세계의 비밀을 누설하지 않기 위해 말문을 닫듯 얼음 속의 얼굴을 다시금 본 그는 말을 잃었다.

날이 어두워지고 있다. 창가에 흐릿하게 남아 머물던 햇살이 물러가자 산수화의 먹빛이 선연히 살아난다. 저무는 날, 길은 더욱 멀고 아득하다.

아내는 돌아오지 않는다. 죽었다던 수양 언니를 만났으니 쉽게 헤어지기도 어려울 것이다.

어느 집에선가 된장국 끓이는 냄새, 생선 굽는 냄새가 풍겨왔다.

벽시계가 여섯 시를 가리키고 있다. 시간에 충실히 길들여진 그의 위장은 심한 시장기를 느낀다.

개가 한껏 몸을 늘여 게으르게 기지개를 켜고 두리번거린다. 무춤히 노을빛이 어리는 하늘을 보며 두어 번 짖는 시늉을 한다.

아내는 어디쯤 오고 있는 것일까.

아내는 두 살 때 생모를 잃었다. 생모는 외간 남자와 사통했다는 누명을 쓰고 곳간에 갇혀 있다가 속곳 바람으로 담을 넘어 달아났다고 했다. 열여섯 살이 되던 해 가을, 아내는 낯모르는 사람으로부터 어머니를 만나게 해주겠다는 말을 들었다. 모월 모일 모시에 모처로 오라는 전갈대로 열여섯 살의 아내는 산을 넘고 내를 건너 산골짜기 낯선 동네를 찾아갔다. 어린 처자의 몸으로 겁도 없이 밤길을 갔던 것은 단지 어떻게 생긴 사람인지 한번 보고 싶어서였다고, 얼굴도 기억하지 못하는 생모에 대한 그리움은 없었다고 했다.

여인숙도 아닌 여염집이었는데 뒤채의 깨끗이 치워진 방에서 밤을 보내는 동안 주인도 객도 얼굴을 볼 수가 없었다. 방에는 새로 시친 이불과 베개, 찰떡과 조청 물김치가 놓인 정갈한 소반이 있을 뿐 어머니는 오지 않았다. 어머니와 어떤 식으로든 관계가 있을 집이었다. 횃대에 걸린 옷이 어머니의 것일지도 몰랐다. 아내의 생모는 그때 삼십대 후반이었을 것이고 그 이야기를 들려주던 아내도 그맘 나이였다.

밤새 앉은 채로 생모를 기다리던 아내는 새벽이 되어 그 집을 나왔다. 안개가 깊었다. 한 발씩 옮겨놓다가 돌아보면 뒤에는 아무것도 없었다고, 그 길을 올라오던 지난밤의 기억이 그렇게 가뭇없이 스러져 낯설기만 했었다고 아내는 말했다.

마흔 살이 되던 해 아내는 양잿물을 마셨다. 여느 때처럼 새벽밥을 짓고 아이들의 숫자대로 다섯 개의 도시락을 싸고 그의 와이셔츠와 딸아이들의 교복을 다려 입혀 내보낸 뒤 빨래를 삶으려고 사온 양잿물을 삼켜버렸다.

아내는 목소리만 버리고 살아났다. 오랫동안 목에 붕대를 감고 살았다. 무엇이 아내로 하여금 그런 짓을 하게 했는지 지금도 그는 모른다.

바람이 심해지는가 보다. 열린 방문으로 찬바람이 들어온다고 느낀 순간 누군가 조심스레 민 것처럼 스르르 소리 없이 문이 닫힌다. 담 너머로 간간 들려오던 차 소리, 대문 앞을 오가는 사람들의 기척이 아득히 멀어지며 갑작스럽고 기이한 정적이 찾아든다.

문이 닫히자 방 안은 더욱 어둡게 느껴진다. 빛과 어둠이 불투명하게 뒤섞여 가라앉는 듯한 방 안 공기에 개의 형체가 모호하게 풀린다. 무언가 불안을 느낀 개는 문을 긁으며 성마르고 위협적인 소리를 내지른다.

아내는 돌아오지 않는다. 눈이 멀어버린 경자 언니 따위는 애초부터 없었는지도 모른다.

부유하는 영혼처럼 가만가만 창문을 흔드는 바람 소리에 기억은 가뭇없이 흩어진다.

(1999)

동경銅鏡

아내가 커다란 함지에 밀가루를 쏟아붓는 것을 보고 그는 식사 전의 산책을 위해 집을 나섰다. 두어 발짝 옮겨놓을 즈음 그는 언덕길로부터 자전거를 타고 달려오는 이웃집 계집아이를 보았다. 브레이크 장치를 움켜쥐고 가속도에 몸을 맡겨 비탈길을 내려오는 아이의 얼굴은 긴장으로 조그맣고 단단하게 오므라들어 있었다. 짧고 꼭 끼는 면바지 아래 종아리도 팽팽히 알이 서 있었다.

공기의 저항을 줄이기 위한 어떤 노력도 없이, 그 아이에게는 아마 지나치게 클 것인 자전거의 페달을 밟고 꼿꼿이 선 자세로 달려오면서 마주 걸어오는 그에게 눈길을 주었던가, 그는 알 수가 없다. 그의 늙은 얼굴에 떠오른 미소보다 재빨리, 맞바람에 불불이 일어선 머리칼과 아직 그을지 않은 흰 이마가 잠깐 기억되었다가 사라졌다.

절기보다 이른 더위 탓인가, 골목에는 시름의 사취가 없어 그는 늘상 다니는 길이면서도 이상한 낯섦에 빠져 달려가는 아이의 뒷모습을 눈으로 좇았다. 회색빛 담과 낮은 지붕들이 잇대어 있을 뿐인 길을 아이는 달리고, 바람이 길을 낸 자리에 풀포기 다시금 어우러들듯 풍경은 두 개의 바퀴가 만드는 흰 공간 속으로 빨려 들어갔다.

이상하게 조용한 한낮이었다. 간혹 열린 대문으로 빈 뜨락이 보이고 그 안쪽, 집 안이 들여다보이지 않도록 무겁게 드리워진 불투명한 발이 보일 뿐이었다. 아직 아이들이 학교에서 돌아올 시간이 아닌 것이다.

아이는 문득 죽은 듯한 정적을 의식했던가, 아니면 아무도 없는 빈 길에서 쉼 없이 페달을 돌리는 권태로움 때문인가, 장애물도 없는 골목에서 두어 번 길고 날카로운 경적을 울렸다.

아이는 시간을 다 채우지 못하고 슬그머니 유치원을 빠져나왔음이 틀림없었다. 아침마다 그는 담 너머로, 유치원에 가기 싫어하는 아이의 울음소리를 들었다. 그러나 아이는 결국 담장 사이에 난 샛문을 열고 그의 집 마당을 가로질러 유치원에 가곤 했다. 비 오는 날이면 발꿈치까지 닿는 노란 비옷을 입고 마당의 물이 괸 자리를 골라 철벅거리며 한껏 능장을 부렸다. 유치원에서 돌아오면 자전거포에서 자전거를 빌려 타거나 그의 집 마당 귀퉁이에서 소꿉놀이를 하며 놀았다. 아내는 아이가 그의 집을 무시로 드나드는 것을 싫어했다. 함부로 잔디를 밟고 꽃들을 꺾기 때문이었다. 그리고 아이가 왔다 가면 조그만 물건들이 없어진다고 했다. 때문에 아내는 언제나 아이가 다녀간 자리를 의심스러운 눈길로 살피곤 했다.

아이의 엄마는 찻길에 면해 있는, 약국과 정육점, 당구장이 들어 있는 삼층 건물의 이층 미장원에서 일하고 있다. 아이를 낳은 후 바로 중동으로 나간 아이의 아버지는 이제까지 계속 연장 취업을 하고 있다고 했다.

아이의 엄마는 쪽문을 통해 그의 집을 드나드는 일이 거의 없지만 그는 그 여자를 자주 보았다. 창문을 열어놓는 철이면 차 소리가 잦아드는 사이사이 미장원에서 찰칵찰칵 머리칼 자르는 가위 소리가 길 아래까지 들렸다. 때로 찻길의 소음을 막기 위해 창문을 닫는, 찌푸린 얼굴을 보았다. 늦은 저녁이면 비닐 앞치마를 입은 채 찬거리를 사 들고 종종걸음을 치는 그녀와 아주 가까이서 마주치기도 했다. 그럴 때의 그 여자에게서는 파마 약과 머리칼 냄새가 강하게 맡아졌다. 한 달에 두 번 쉬는 휴일이면 그 여자는 수챗가에 쭈그리고 앉아 크악크악 가래를 돋우어 뱉었다. 글쎄, 목에서도 머리칼이 나와요. 그래서 난 머리를 자를 때 되도록이면 입 다물고 말을 안 해요. 손님들한테서 무뚝뚝하다는 얘기를 듣긴 하지만요. 언젠가 그는 누군가와 얘기하는 그 여자의 말소리를 들었다.

느린 걸음으로 주택가의 모퉁이, 어린이 놀이터에 이르렀을 때 그는 자전거에 비스듬히 기대어 서 있는 아이를 보았다. 아이는 그늘 한 점 없이 쨍쨍한 놀이터의 모래밭에서 게처럼 놀고 있는 아이들에게 물었다.

"너희들, 내 만화경 못 보았니? 누가 훔쳐갔니?"

"몰라, 몰라."

아이들이 코를 훌쩍이며 대답했다.

아이는 어제저녁 늦도록 샅샅이 뒤져본 모래 더미를, 소용 없는 짓인 줄 알면서도 다시금 사납게 헤집어 아이들이 만들어놓은 굴이나 두꺼비집 따위를 허물어버리고는 자전거에 올라탔다.

"누구든지 가져간 애는 내가 한 바퀴 돌아올 때까지 갖다 놔. 안 그러면 가만 안 둘 테야. 난 누가 내 만화경을 훔쳐갔는지 다 안단 말야."

그는 오한이 들 만큼 새하얀 햇빛, 질식할 듯한 정적 속을 마치 장님인 양 똑똑똑, 지팡이를 촉수처럼 더듬어 한 걸음씩 떼어놓으며 위장의 미미한 움직임을 느꼈다. 그 움직임의 반동으로 그의 몸속에 주렁주렁 매달린 크고 작은 주머니와 창자들이 꿈틀거리기 시작하는 것을 느꼈다. 낡고 무력하게 늘어진 주머니는 이제야 비로소 게으르게 제 기능을 생각해내고 다소의 활기를 되찾은 것이다.

날이 더욱 뜨거워지면 그는 식욕을 돋우기 위해 필요하다고 스스로 처방한, 이십 분에서 삼십 분에 걸친 식사 전의 산책을 그만두어야 할 것이다.

그는 조금씩 숨이 차 하며 멈춰 서서 이마의 땀을 닦거나 길가 집 열린 창에 무겁게 드리워진 커튼을 유심히 바라보았다.

산책길은 늘 일정했고 그는 똑같은 모양의 낮고 작은 집들이 들어찬 주택가의, 어쩌면 공포까지도 불러일으킬 정도로 단조로운 길과 풍경 따위, 망막에 들어오는 모든 것을 오랫동안 바라보곤 했다. 관찰이나 기억을 위한 목적이 없이, 바라본다는 의식조차 없이.

어쨌든 날이 더워지면 산책은 중단해야 할 것이다. 지나치게 좁아지거나 얇아지고 느슨해진 기관들은 더운 날씨를 견뎌내지 못할 것이기에 여름내 그는 그늘에 내놓은 등의자에 앉아 그가 바라보기만으로 그친 풍경들을 떠올리며 지내게 될 것이다.

한껏 느릿느릿 걸었는데도 삼십 분에 걸친 산책을 마치고 집 가까이 올 무렵에는 웃옷 등에 축축이 땀이 뱄다. 만족스러운 결과였다. 그는 자신의 나이에 이르면 땀이 흐를 정도의 운동은 무리라고 생각했기 때문에 몸의 움직임은 언제나 땀이 그저 조금 밸 정도의 가벼운 운동으로 그친다는 것을 수칙으로 삼고 있었다.

그는 스스로 정한 몇 가지 규칙과 질서를 지키려는 노력으로 얻어지는 성과를 중요하고 가치 있게 여겼다. 하루하루가 마치 당기지 않는 입맛으로 억지로 숟갈질을 하는 듯하다고 생각하면서도 이 모든 것이 한순간에 정지할 날이 있으리라는 것을 결코 모르는 것처럼 육체와 생활을 지배하는 규칙과 리듬에 순종하는 기쁨을 느꼈다.

아내는 열두 사람분의 칼국수를 만들 밀가루 반죽을 준비했지만 심방尋訪은 취소되었다. 오랜 병을 앓던 교우敎友가 방금 운명을 했기 때문에 가정 예배를 위해 교회를 나서던 그들이 곧장 종합 병원 영안실로 간다는 전갈이 왔노라고, 산책에서 돌아온 그에게 말하며 아내는 함지 가득한 흰 반죽 덩어리에 두 손을 찔러 넣은 채 잠깐 망연한 표정을 지었다.

두 사람 몫으로는 지나치게 많은 반죽은 입이 넓은 함지의 선으로 넘칠 듯 부풀어 오르고 있었다.

마루에는 국수를 썰기 쉽게 밀가루가 발린 도마며 밀대, 국수 위에 얹을 색색의 고명이 담긴 채반 따위가 널려 있었다.

아내는 손님을 맞을 준비로 이른 아침부터 마당 청소를 하고 부엌과 마루에서 종종걸음을 쳤다. 아침상을 물린 뒤 부엌에서 들려오는 나지막한 도마 소리, 기름 타는 냄새, 바쁘게 오가는 아내의 발소리에 그는 불투명한 평안감에 잠겼던 것을 기억한다. 그것은 그 자신 이미 그런 종류의 활기에 새삼스러운 느낌을 갖는다고 믿지 않으면서도 어울려 살아 있음의 열기에 대한 기대, 혹은 일상적 삶에 대한 향수가 아니었을까.

그가 생각하듯 심방이 취소된 데 대한 아내의 실망은 그닥 큰 것이 아닐지도 몰랐다. 그는 아내에게 깊은 믿음이 돌연히 생겼다고 생각할 수 없었다.

지난달의 일이던가, 집집마다 잠긴 문을 두드려 전도를 다니는 두 아낙네가 몹시도 힘들고 딱해 보였던지 아내는 쉬어 가라고 그녀들을 불러들였고 그것이 서너 시간에 걸친 교리 강좌가 되었다.

─죽음은 무의식입니다. 산 개만도 못하다고 했어요. 지옥이란 바로 죽음 자체이며 글자 그대로 땅에 갇힌다는 뜻이지요······

방 안에 드러누운 그에게까지 그녀들의 교리 강좌는 크게 들렸다.

"그저 좀 다리나 쉬었다 가랬더니……"

그들이 돌아가고 난 뒤 아내는 변명하듯 그에게 말했으나 다음 일요일에는 그네들의 회관에 나갔다. 그리고 그들이 오늘 첫 심방을 오기로 한 것이다.

땅속에 갇힌 생명, 땅속에 갇혀 아우성치는 빛들.

그가 영로를 땅에 묻은 것은 이십 년 전인가. 스무 살의 영로는 그가 살았던 세월만큼 땅에 갇혀 있다.

아내가 그의 점심 준비를 하기 위해서인 듯 자리를 뜨고도 꽤 오랫동안 그는 그대로 마루에 앉아 아내가 바라보던 뜰을 바라보았다. 아내의 눈길이 지나고 머물던 곳을 역시 아내의 눈이 되어 열심히 바라보았다. 뜰은 장미, 수국, 달리아 따위 여름꽃이 한창이었다. 정오의 햇살에 꽃잎은 한껏 벌어져 보다 짙은 빛의 속살을 엿보이고 벌과 나비는 미친 듯한 갈망으로 꽃술 속 깊이 대롱을 박아 꿀을 찾고 있다. 꽃들은 피고자, 더욱 피어나고자 하는 열망으로 빛은 짙고 어두워지며 천천히 눈에 보이지 않게 몸을 떨고 있다. 그러나 그것은 이미 아내의 눈에 비치던 풍경이 아님을 그는 알고 있다. 땅속에 갇힌 아우성을 들으려는 시늉으로 수긋이 귀를 기울이며 나무를 바라보는 사이 무성한 나뭇잎은 편편이 떨어져 내리고 메마른 가지만 섬유질로 남아 파랗게 인燐처럼 타오르며 자랑스럽게 가지 뻗었던 자리는 이윽고 냉혹한 죽음만이 떠도는 공간이 된다. 그 공간을 찢을 듯 날카로운 경적을 울리며 자전거가 대문 앞을 지나갔다. 그는 그럴 수만 있다면, 살같이 달려간 아이를 손짓해 불러 뒤돌아보게 하고 싶었다. 애야, 들어와서 세수라도 하려무나. 뜨거운 햇볕 아래 온종일 자전거만 타다가는 뇌의 혈관이 부풀어 오른단다. 할 수만 있다면 늙은이의 하찮은 친절로 그 애가 살아갈 동안 내내 잊지 못할, 칼 빛처럼 독한 기억을 박아주고 싶었다.

아내가 상을 차려 내왔다. 그는 여느 때처럼 칼국수에 소주 한잔을 반주로 점심 식사를 했다. 국수는 색깔 맞춘 고명으로 잔뜩 치장을 했지만 아주 싱거웠다. 그는 전혀 간이 들지 않은 것을 모르는 듯 고개를 숙이고 훌훌 국수 올을 말아 올리는 아내를 말없이 건너다보았다.

틀니 탓인가, 그러나 틀니를 한 것은 어제오늘의 일이 아니다. 게다가 그는 틀니를 한 뒤 단단한 음식을 씹는 데 부담을 느끼게 되면서부터 점심에는 으레 칼국수를 먹었다. 아내의 칼국수 끓이는 솜씨는 나무랄 데 없었다. 그런데 늘상 해오던 일이면서도 간장 넣는 것을 잊다니. 그리고 그것을 아무렇지도 않은 낯으로 먹는 아내에 대해 그는 자신의 역할에 게을러진 그의 몸 각 기관들에 대한 것과 비슷한 분노와 미움을 동시에 느꼈다.

"간장 좀 가져와."

그는 노여움을 누르고 말했다. 아내가 굼뜨게 일어나 간장 종지를 가져왔다.

틀니를 하고부터, 그리하여 음식을 씹고 맛보는 즐거움을 태반 잃게 되면서부터 맛에 대해 까다로워졌다는 사실을 그는 인정하려 들지 않았다.

틀니라니. 그는 평생을 시청 하급 관리로 살아왔다. 상사의 지시나 그의 부서에서 결정한 내용들을 기안하고 깨끗이 정서하는 것이 그에게 맡겨진 일의 거의 전부였다. 그는 글씨 쓰는 일을 좋아했고 결코 약자略字나 오자誤字를 쓰지 않았다. 자신이 올린 서류가 타이핑이 되고 난 후에는 휴지통에 버려진다는 것을 알면서도 정확하고 반듯한 글씨에 기쁨과 긍지를 느꼈다.

그의 부서 책임자들은 그가 정리한 서류를 볼 때면 한결같이 말했다. 자넨 글씨가 좋군.

어느 날 갑자기 이가 들뜨기 시작하고 잇몸이 퍼렇게 부풀어 이뿌리가 드러났을 때, 결국 모조리 빼고 틀니를 해야 된다는 것을 알았을 때 그는 낭패감보다 심한 배반감과 노여움을 느꼈다. 그리고 이어 위장을 비롯한 몸의 모든 기관이 무력해지는 증상이 나타났다. 의사는 말했다. 퇴직 후에 흔히 오는 증상입니다. 갑자기 일손을 놓게 된 데서 오는 허탈감으로 육체도 긴장과 균형을 잃게 되는 겁니다. 말하자면 정년병停年病이라고나 할까요.

누구에게나 찾아오는 일반적 현상이라는 의사의 말은 그에게 조금도 위안을 주지 못했다. 하긴 시말서 한 번 쓰지 않은 그도 정년이 되자 시간과 자리를 정당히 메꾸고 빈둥빈둥 보낸 사람들과 똑같이 궁둥이를 차여 내몰리지 않았던가. 오래된 청사의 어둡고 환기 안 되는 방에서 몇십 년을 불평 없이 순응하며 살아온 그도 틀니에만은 익숙해지기 어려웠다. 단단하고 차가운 이물질이 연한 잇몸을 옥물고 조이는 느낌에 대한 저항감은 강하고 끈질겼다.

점심상을 물린 그는 부드러운 헝겊에 치약을 묻혀 지팡이 손잡이 부분의 은장식을 닦았다. 어루만지듯 부드럽고 단순한 손놀림을 계속하는 동안, 그리하여 은의 빛이 보얗게 살아나는 것을 보는 사이 맛없는 국수와 아내와 틀니에 대한 노여움은 차츰 사라졌다.

다 닦은 지팡이를 신발장 옆에 세워두고 마루로 올라앉아 무료히 뜰을 내다보다가 잠깐 졸았던 것일까.

문소리도 듣지 못했는데 뜰의 구석진 곳에서 검침원 청년이 쇠꼬챙이로 수도 계량기를 덮은 콘크리트 뚜껑을 열고 있는 중이었다. 아내는 이편에 등을 보이고 쭈그리고 앉아 청년의 손이 움직이는 대로 아래를 내려다보고 있었다. 아내의 흰머리와 앙상하게 굽은 등허리 위로 좀체 기울지 않는 한낮의 정적이 수은처럼 무겁게 얹혀 흐르고 있었다.

"에이, 귀뚜라미 좀 보세요, 할머니. 겨울 지나면 이런 걸 죄다 걷어 태워버려야 벌레가 안 생겨요."

청년이 빛과 외기外氣에 놀라 느닷없이 튀어오르는 귀뚜라미를 피해 고개를 젖히며 말했다. 지난겨울, 동파凍破를 막기 위해 계량기 위에 쏟아부은 등겨와 짚을 거두라는 말일 게다. 겨와 지푸라기에 싸여 겨울을 난 알에서 부화하여 어둡고 축축한 콘크리트 관 안쪽 벽에 붙어 자라는 벌레들을 그도 본 적이 있었다.

아내는 청년의 말에 말없이 머리를 끄덕였다. 아내의 머리는 호호한 백발이다. 그의 머리에 희끗희끗 새치가 비치기 시작했을 때 아내는 이미 반백이었다. 영로를 땅에 묻고 산을 내려갈 때 문득 뒤돌아본 그는 그때까지도 붉은 흙더미 위에 얹힌 성근 뗏장을 다독거리고 있는 아내의 머리가 허옇게 세어 있음을 발견했다.

청대[靑竹]처럼 자라던 아들을 죽이고 머리가 온통 세어버렸다오. 아내는 집에 들인 장사치 아낙네들에게 가끔 말하곤 했었다. 그러면서도 언제나 조발調髮과 염색에 신경을 쓰는 그에게는 변명하듯 말했다. 우리 친정이 원래 일찍 머리가 세는 내력이에요. 당신, 염색을 하시니까 보기 좋구려, 아주 젊은이 같아요.

흰머리 올이 드러나면서부터 그는 염색하는 일을 게을리하지 않았다. 틀니를 한 뒤 그는 희고 빛나는 이와 검고 단정한 머리칼로 더욱 젊어졌다. 가끔 그는 이제 마흔 살이 되었을 영로를 바라보듯 거울 속 자신의 얼굴을 오래 물끄러미 바라보곤 했다.

청년이 나가려 하자 우두커니 계량기를 굽어보던 아내가 말했다.

"더운데 잠깐 땀이나 들이고 가우."

"그럼 냉수나 한 그릇 주세요."

청년은 손수건을 꺼내 이마와 목덜미의 땀을 닦았다. 청년이 마루턱에 엉덩이를 걸치고 앉자 아내는 부엌으로 들어가 미숫가루를 한 그릇 타 왔다. 그동안 청년이 가버릴 것을 겁내는 듯 연신 숟가락으로 사발을 휘저으며 종종걸음으로 나오는 아내가 못마땅해서 그는 속으로 혀를 차며 중얼거렸다.

그러지 마라. 단지 수도 검침을 하러 다니는, 어디서나 민낯

수 있는 평범한 젊은이일 뿐이야.

청년은 쉴 짬 없이 단숨에 그릇을 비웠다. 아내의 눈길이 청년의 완강한 목뼈와, 함부로 연 셔츠 깃 사이로 엿보이는, 붉게 익은 가슴팍을 탐욕스럽게 더듬으며 허둥거리는 것을 그는 놓치지 않았다.

"잘 먹었습니다, 할머니."

청년이 입가에 흐르는 물기를 손등으로 닦고 입술을 빨았다.

먹는 버릇도 단정치 못해. 먹는 버릇을 보면 바탕을 알 수 있다니까.

그는 또 무력하게 속엣말을 중얼거렸다.

청년은 생각난 듯 마당을 질러가 열린 채로인 수도관의 콘크리트 뚜껑을 닫았다. 검침원들은 누구든 열어젖힌 뚜껑을 닫아 주고 가는 법이 없었다. 그들은 한결같이 자신의 직업에 대한 경멸처럼 쇠꼬챙이로 거칠게 뚜껑을 열어젖혀 계기의 숫자를 확인하고는 그대로 가버렸다. 아내는 몹시 힘들게 끙끙거리며 그것을 닫곤 했다.

"이봐요, 젊은이. 내 부탁 하나 들어주려우?"

아내가 막 대문을 나가려는 청년을 불러 세웠다. 청년의 대답을 듣지 않고 어느새 광으로 들어가 무거운 연장 통을 두 팔로 안고 나왔다.

청년은 뻔히, 다소 무례한 눈길로 아내와, 아내가 허리가 휠 듯 무겁게 들어다 놓은 연장 통을 번갈아 바라보았다.

음흉한 늙은이 같으니라구, 미숫가루 한 그릇 값을 톡톡히 받으려는 모양이군 하는 표정이었다. 아내는 그러한 청년의 기색을 짐짓 모른 체 느릿느릿 말했다.

"빨랫줄이 높아서 말야, 좀 나지막이 줄을 매줘요. 빨래 널기가 여간 힘들어야 말이지. 늙은이들만 사는 집이라 통 손이 없어서 그런다오."

"하지만 더 낮게 매면 빨래가 끌릴 텐데요. 애들 줄넘기나 하려면 모를까."

청년이 내키지 않는 기색으로 팔짱을 낀 채 연장 통을 들여다보았다.

"그리고 온통 녹슨 못들뿐이잖아요. 할머니가 원하시면 해드리는 건 어렵지 않지만 괜한 일 같은데요. 더 낮게 매면 어디 빨랫줄 구실을 하겠어요?"

청년은 연장 통을 뒤져 녹이 덜 슨 못과 망치를 찾아 들었다. 못이 모두 녹슬어 있을 것은 당연했다. 망치·장도리·작은 톱·대패까지 고루 갖추어진 연장들은 그 자신이 장만한 것이면서도 오랫동안 쓰지 않았던 탓에 낯설었다.

"그래, 요기는 하고 다니우?"

못을 박는 청년에게 아내가 물었다.

"그러믄요."

청년이 입에 문 못 때문에 우물우물 대답했다. 못 두 개 박는 일은 순식간에 끝나고 아내의 요구대로 먼젓번보다 한 뼘 정도나 낮춰진 높이에 마당을 가로질러 팽팽히 줄이 매어졌다.

줄은 그가 보기에도 너무 낮았다. 아마 오늘 오후니 내일쯤,

아내는 오며 가며 줄이 목에 받친다고 불평하면서 걷어버리느라 애를 쓸 게 분명했다.

"이렇게 수고를 해줬는데 어쩌지? 그다지 바쁜 게 아니라면 요기나 하고 가우. 내 금세 국수를 끓여줄게."

아내가 함지에 담겨 아직도 마루 한 귀퉁이에 놓인 채로인 밀가루 반죽을 흘깃거리며 말했다.

누룩을 넣은 것도 아니련만 더운 날씨 탓인가, 반죽은 미친 듯 부풀어 오르는 것처럼 보였다.

"여러 집을 돌아다녀야 합니다."

"이렇게 종일 걸어 다니려면 힘들겠수. 다리는 좀 아플까."

"제발 개들이나 묶어놓았으면 좋겠어요."

갑자기 청년은 못 견디게 화가 치밀어 오르는 듯 볼멘소리로 대꾸하고는 침을 찍 뱉었다.

"바지 찢기는 건 예사고 자칫 발뒤꿈치 물리기 십상이라구요."

청년의 뒤를 문빗장을 걸기 위해서인 듯 아내가 멈칫멈칫 따라 나갔다.

집 안은 다시 고요해졌다. 뜰의 나무 그림자가 조금 길어진 것으로 보아 햇빛과 시간이 흐르고 있음을 알 수 있을 뿐이었다. 빗장 걸리는 소리도 아내의 신발 끄는 소리도 들려오지 않았다. 대신 탈, 탈, 탈, 탈, 한결 속도를 늦춘 맥 빠진 자전거 바퀴 소리가 들려왔다.

아내가 망연히 문설주를 짚고 서서 바라보고 있을 길목을 더위에 지친 아이는 이미 만화경 따위는 까맣게 잊은, 다만 싫증을 참지 못해 하는 얼굴로 자전거를 끌고 느른히 걸어가고 있는 것일까.

그는 방으로 들어갔다. 의자를 끌어당겨 책상 앞에 앉았다. 책상은 창가에 놓여 있어 담 밖의 소리나 풍경이 훨씬 가까웠고 그는 오랜 버릇으로 의자에 앉는 것이 편했기 때문에 자주 희미한 잉크 자국이며 칼에 파인 흠이며 긁힌 자국 들을 손으로 쓸어보면서 우두커니 앉아 있곤 했다.

영로가 중학교에 다닐 때 마련한 책상이었다. 그는 무엇을 읽거나 쓰기 위해 책상 앞에 앉는 일은 거의 없었지만 층층이 달린 서랍이 요긴하게 쓰인다는 것이 이제껏 그것이 방의 윗목에 자리를 차지하고 있을 수 있는 이유였다.

그는 빈 담뱃갑의 은박지를 벌려 꽃 모양으로 말아 접어 가래를 뱉고 수도 요금과 전기 요금 영수증, 돋보기 따위로 채워진 서랍들을 여닫고 손톱깎이를 꺼내 찬찬히 손톱을 깎았다.

마루를 서성이는 아내의 조심스러운 발소리가 들렸다. 손톱을 깎고 서랍을 여닫는 일이 특별히 비밀스러워야 한다고 생각지 않으면서도 그는 아내의 발소리가 방문 앞을 지나칠라치면 흠칫 놀라 손을 멈추었다. 이젠 늙어 귀신이 다 되었다고, 한구석에 가만히 앉아 있어도 집 안 곳곳에서 일어나는 일을 모두 보고 들을 수 있다는 아내도, 그가 비듬을 털고 손톱을 깎고, 억지로 책상 앞에 앉은 숙제하기 싫은 아이들처럼 서랍이나 여닫는 것을 결코 알지 못하리라는 생각 때문에 아내 모르게 행하는 하찮은 손짓 하나라도 대단한 음모인 양 바깥 기척에 귀를 기울이게 되는 것이었다.

아내의 발소리가 마루에서 완전히 사라졌음을 확인하고 그는 책상 서랍 깊숙이 넣어두었던 만화경을 꺼냈다. 그것은 두꺼운 마분지를 원통형으로 말아 붙인 것으로 표면에는 울긋불긋 크레파스 칠이 되어 있었다.

그는 만화경을 눈에 갖다 대고 빙글빙글 돌렸다. 잘게 자른 색종이 조각들이 거울 면의 굴절에 따라 모였다 흩어지며 여러 가지 꽃 모양을 만들었다.

만화경 속의 조화는 현란하지도 신기하지도 않았다. 홑잎과 겹잎 꽃의 단순한 집합과 확산일 뿐이었다. 옛사람들은 만화경을 돌리며 우주의 원리와 이치를 본다고 했다.

엊그제였던가, 점심 산책에 나선 그가 주택가 골목을 벗어나 큰길에 이르렀을 때 그는 주위를 집요하게 맴돌며 따라오는 빛 무늬를 보았다. 어깨와 다리, 가슴팍에 함부로 와 닿는 빛을 털어내며 눈살을 찌푸렸으나 하얗게 번뜩이는 그것이 길과 사람들 사이로 정령처럼 춤추며 뛰어다니다가 다시금 그에게로 되돌아와 얼굴에 오래 머무르자 그는 문득 얼굴이 졸아드는 듯한 공포를 느꼈다. 센 빛살에 눈을 뜨지 못하며 그는 소리쳤다. 누구냐, 거울 장난을 하는 게. 그때 쨍쨍한 목소리가 날아왔다. 안녕하세요, 할아버지. 아이가 미장원 층계에 앉아 있었다. 아이의 손에는 날카롭게 모가 선 거울 조각이 들려 있었다. 다치면 어쩔려고 그러니. 그러나 아이는 말했다. 유리 가게에 가서 동그랗게 잘라달라고 하면 된대요. 내일 유치원에서 만화경을 만들 거예요. 만화경은 뭐든지 다 보이는 요술 상자래요. 그러면서 아이는 길을 건너 달려갔다. 뭐든지 다 보인다고? 그는 아이의 등 뒤에 대고 물었으나 물론 진정한 호기심은 아니었다. 의미 없는 되물음이었을 뿐이었다. 그리고 어제 낮, 그는 놀이터의 벤치에서 그 애의 가방과 함께 놓인 만화경을 보았다. 집으로 오는 동안을 참지 못해 도중에 유치원 가방을 팽개쳐두고 자전거 가게로 달려가는 그 애의 버릇을 그는 알고 있었다. 아이는 이 요술 상자를 통해 무엇을 들여다보았을까. 그는 아이의 눈이 되어 아이의 눈에 비친 모든 것을 보고자 하는 욕망으로 만화경을 집어들었다. 그것을 품에 감추고 어제 오후 내내 그는 잃어버린 만화경을 찾기 위해 헛되이 모래 더미를 헤치는 아이를 지켜보았다. 내 만화경을 누가 훔쳐갔어요. 전시회에 낼 거라고 선생님이 그랬는데요. 아이는 울면서 벌써 수십 번이나 들여다보았을, 가방과 만화경이 놓였던 긴 의자 밑을 다시 들여다보았다.

뭐든지 볼 수 있대요. 그는 아이의 말을 흉내 내어 중얼거리며 빠르게 만화경을 돌렸다. 돌리는 속도가 빨라짐에 따라 유리와 거울과 색종이가 어울려 모였다 흩어지는 모양이 다양해졌다. 그것은 어쩌면 빠른 속도로 분열하고 번식하는 병원균과도 같았다. 색종이의 선명한 색감 때문인지도 몰랐다.

눈꺼풀이 무겁게 내려앉고 몸이 나른히 풀려왔다. 반주 탓이었다. 낮잠이 결국, 밤에 깨어 흉몽처럼 빈 뜨락을 서성이게 할 것을 알면서도 소화를 돕기 위해 마신 한 잔의 반주로 인한 잠의 유혹을 그는 이길 수 없었다.

그는 만화경을 서랍 속에 넣고 목욕탕으로 가기 위해 방을 나왔다. 아내는 마루 끝에 걸터앉아 밀가루 반죽을 한 움큼씩 떼어 손바닥 안에 궁굴려 무엇인가 형체를 빚고 있었다.

"뭘 만드오?"

"그저 장난이에요."

아내가 쑥스럽게 웃으며 빚고 있던 모양을 뭉개어버렸다. 마루턱에는 벌써 서툴게 빚은 사람 · 개 · 말 따위가 손가락만 한 크기로 늘어서 있었다. 목욕탕으로 들어간 그는 틀니를 빼기 위해 문을 잠갔다.

틀니에 익숙해지려면 되도록 틀니를 빼지 말고 자신이 틀니를 하고 있다는 사실을 의식하지 말라고 의사는 말했지만 그는 언제나 틀니를 빼어 깨끗한 물에 담가 손 닿는 위치에 두고서야 잠이 들곤 했다. 잠으로 들어가는 잠깐의 무중력 상태에서 틀니만이 무겁게 매달려 있는 듯한 느낌을 지울 수 없을뿐더러 틀니만이 홀로 깨어 제멋대로 지껄일, 이윽고 육신은 사라지고 차갑고 단단한 무생물만이 잔혹하게 번득이며 존재할 공간이 두려운 것이다. 이야기를 하고 있을 때조차 그는 자신이 말하고 있는 것이 아니라 틀니가 제멋대로 덜그럭거리며 지껄이는 듯한 느낌에 사로잡혀 자주 말을 끊곤 했다.

틀니를 빼내자 거울 속으로 꺼멓게 문드러진 잇몸이 드러났다. 연한 잇몸은 틀니의 완강함을 감당하지 못해 이지러지고 뭉개지고 좁아들었다. 때문에 틀니를 빼내었을 때의 입은 공허하고 냄새나는, 무의미하게 뚫린 구멍에 지나지 않았다. 잠긴 문을 확인하고 마치 헛된, 역시 덧없음을 알면서도 순간에 지나가 버릴 작은 위안을 구해 자신의 시든 성기를 쥘 때와 같은 음습하고 쏩쏠한 쾌락과 수치를 동시에 느끼며 틀니를 닦기 시작했다. 치약 묻힌 칫솔로 표면에 달라붙은, 칼국수를 먹고 난 뒤의 고춧가루 따위 찌꺼기를 꼼꼼히 닦아내자 틀니는 싱싱하고 정결하게 빛났다. 틀니의 잇몸은 갓 떼어낸 살점처럼 연분홍빛으로 건강해 보였다. 그는 헐떡이며, 치약 거품을 가득 물고 허옇게 웃고 있는 틀니를 바라보았다. 거울 속의 그는, 청년처럼 검은 머리는, 무너진 입과 좁아든 인중, 참혹하게 파인 볼 때문에 더욱 젊어 보였다.

방으로 돌아온 그는 틀니가 담긴 물컵을 머리맡에 놓고, 퇴침을 베고 누웠다. 잠에 빠지는 과정은 언제나 어둑신하고 한없이 긴 회랑回廊을 걸어가는 것과도 같았다. 어쩌면 이미 혼백이 되어 연도羨道를 걸어가는 것이나 아닐까.

열린 방문 저편, 아내의 모습이 빤히 보였다. 혼곤하게 빠져드는 가수 상태에서 아내의 손이 반죽을 궁글려 몸체를 만들고 귀와 뿔을 세우고 꼬리와 다리를 만들어 붙이는 것을 보았다. 그가 한 번도 본 적이 없는 이상한 형체였다. 아내는 그것을 이미 만들어진 다른 것들과 나란히 볕이 드는 마루턱에 세우며 웅얼웅얼 낮게 중얼거렸다. 할아버지는 돌아가실 때까지 흉몽에 시달리셨다우. 머리가 깨질 듯 아프다고 했어요. 흉몽 때문에 머리가 아픈 건지 머리가 아파서 나쁜 꿈을 꾸는 것인지는 그분 자신도 몰랐어요. 무당을 불러 푸닥거리를 하고 징님에 경을 읽히기도 했지만 그 무서운 두통을 낫게 하지는 못했어요…… 이름난 대목이었다는 아내의 조부 이야기는 그도 몇 차례인가 들어 알고 있었다…… 새벽이고 밤중이고 흉한 꿈에 눌려 비명을 지르고 깨어나면 머리가 아파서 미친 사람처럼 온 집 안을 뒹굴며 다녔어요. 할머니는 그 양반이 묏자리에 집을 많이 지어 그런 거라고 말했지요. 그는 회랑의 어슴푸레한 모퉁이에서 흰 끈을 머리에 동이고 비명을 질러대는 등 굽은 노인의 뒷모습을 본다…… 그래서 할아버지는 이상한 짐승의 모양을 손칼로 깎았지요. 코끼리 같기도 하고 곰 같기도 하고 아무튼 참 이상한 모양이었지요. 맥貘이라던가, 나쁜 꿈을 먹는 짐승이래요. 중얼거리는 동안에도 아내의 손은 쉼 없이 반죽을 떼어내어 형체를 만들었다…… 할아버지는 그것을 타구와 함께 머리맡에 두었어요. 때문에 타구에 가득 괸 가래침은 마치 맥이 밤새 먹고 이른 새벽에 토해놓은 흉몽과 같았지요. 할아버지는 관 속에 맥을 같이 넣어달라고 유언을 하셨어요. 죽은 후에도 나쁜 꿈에 시달릴 것을 겁내셨던 모양이에요. 죽은 사람도 꿈을 꾸는 걸까, 어린 내게는 그것이 퍽 이상했는데 지금은 할아버지가 그러셨던 걸 이해할 수 있어요. 옛날 사람들은 자기가 쓰던 물건, 부리던 하인들까지도 흙으로 빚어 무덤 속에 같이 넣었다잖아요? 아내의 조부는 이제 길고 희미한 시간의 회랑 끝에서 편안히 잠들어 있다. 머리맡에 맥을 세워두고. 최면을 걸듯 느릿느릿 낮게 읊조리는 아내의 말소리에 손을 잡혀 그는, 어슴푸레 떠오르는 시간 속을 자꾸 걸어간다. 그것은 마치 감광제가 고루 발리지 않은 필름과도 같다. 어느 부분은 저 홀로 발광체인 듯 환히 빛나며 뚜렷이 떠오르고 어느 부분은 아주 깜깜해서 아무것도 보이지 않는다. 그러나 그는 굳이 잊혀진 것을 되살리고자 안타까워하지 않는다. 기억하고 싶은 것만 기억하는 것은 늙은이에게 주어진 보잘것없는 특권인 것이다. 그러나 그가 지금 주춤거리고 섰는 이곳은 어디인가. 언젠가 가보았던 박물관의 전시실 같기도 했다.

그것은 토우土偶나 동경銅鏡 따위 죽은 사람들의 부장품들만을 진열한 방이었다. 땅속에 묻혀 천 년 세월을 산, 이제는 말끔히 녹을 닦아낸 구리거울을 보면서 그는 자신을 아주 오래전에 죽은 옛사람으로 느꼈다. 관람객이 한 명도 없이 텅 빈 전시실에는 두꺼운 양탄자가 깔려 있어 자신의 발소리조차 들리지 않았기 때문이라고, 어둡고 눅눅한 회랑을 걸어 나오며 그는 잠깐 스쳐간 괴이한 기분에 대해 변명하였다.

영로를 물었을 때 그는 그가 묻고 돌아선 것이, 미쳐가는 봄빛을 이기지 못해 성급히 부패하기 시작한 시체가 아니라 한 조각 거울이라고 생각했었다.

"할머니, 뭘 만드세요?"

마당에 짧게 그림자가 드리워지고, 일부러 그러는 듯한 혀 짧은 소리가 들렸다. 흰빛 레이스천의 원피스로 갈아입은 옆집 계집아이였다. 그는 가수 상태에서 빠져나오고자 힘겹게 허우적거리며 있는 힘을 다해 아이를 바라보았다.

자전거 타기에 싫증이 난 것일까, 아이는 인형을 꼭 안고 한 손에는 소꿉놀이가 든 플라스틱 바구니를 들고 있었다.

"유치원에 갔다 왔니?"

아내는 여전히 기괴한 동물의 형상을 빚으며 냉랭하게 물었다. 아내는 언제나 수상쩍어 하는 눈길로 아이를 바라보았다. 아내는 무엇이든 의심했다.

"오늘은 안 가는 날이에요. 토요일이거든요."

"예쁜 옷을 입었구나."

"우리 엄마가 사주셨어요."

아이는 또 꾸민 듯 혀 짧은 소리로 대답했다. 그는 아이를 바라보았다. 있는 힘을 다해 예쁘다고 생각하려 하며. 그러나 언제나처럼 실패하고 만다. 햇빛을 받아 금빛으로 더욱 빛깔 엷어진 눈과 도끼날처럼 뾰죽한 얼굴은 조금도 예쁘지 않았다. 제 살림인 소꿉놀이 바구니를 들고 마당을 걸어가는 뒷모습이나 인형을 안고 그 애의 집 마당에서 그네를 타는 모습은 언제나 좀 고독해 보일 뿐이었다. 아이가 타지 않을 때라도 그네는 삐걱삐걱 저 혼자 흔들리곤 했다.

그는 자주 담 너머로 함지에 받아놓은 물에 들어가 첨벙거리는 아이를 보았다. 그 애는 햇볕이 내리쬐는 마당에서 발가벗고 함지의 물을 튕기며 놀았다. 뒷덜미로 늘어진, 옥수수수염처럼 노랗고 숱 적은 머리털, 짧고 돌연한 웃음소리, 볼록 나온 배와 분홍빛의 작은 성기를 그는 장미꽃 덩굴이 기어간 담장 곁에 숨어 서서 거의 고통에 가까운 감정으로 바라보곤 했다.

"할머니, 뭘 만드세요?"

아이는 옷의 레이스가 충분히 팔랑거릴 정도로 몸을 흔들며 거듭 물었다. 거부당하고 거절당하는, 사랑받지 못한 아이가 본능적으로 일찍 터득한 교태로.

아이는 빙그르르 몸을 돌려 원피스 자락을 꽃잎처럼 활짝 펴며 선 자리에서 그대로 쪼그리고 앉았다.

"이상하게 생겼네요, 할머니."

아이가 앉은걸음으로 이마를 대일 듯 아내에게 다가앉았다.

"맥이란다. 나쁜 꿈을 먹는 짐승이야."

"할머니도 나쁜 꿈을 꾸어요? 나는 언제나 무서운 꿈을 꾸어요."

아이는 손 닿는 곳에 핀 채송화를 따서 손가락으로 비볐다.

"왜 꽃을 뜯니?"

아내가 나무랐으나 아이는 못 들은 체 계속 달라붙는 듯한 어조로 말했다.

"새처럼 막 날아가다가, 참 나는 새가 아닌데 떨어지면 어쩌나 하는 생각이 들면 곧장 거꾸로 떨어져버려요. 얼마나 무서운지 몰라요."

"키가 크려고 그러는 거다. 자기 전에 오줌을 누지 않아도 나쁜 꿈을 꾸게 되지."

아이는 또 달리아 한 송이를 뚝 꺾어 발로 문질렀다.

"그러지 말라니깐."

아내가 버럭 소리를 질렀다. 아이는 심술궂은 눈빛으로 빤히 아내를 바라보았다.

"몇 번을 일러야 알아듣니? 착한 아이는 꽃을 꺾시 않는다."

아내가 화를 누르느라 한층 나직하고 단호하게 한 마디씩 내뱉는 사이에도 아이는 수국과 백일홍을 잡아 꺾었다.

"너는 정말 말을 안 듣는구나. 못된 아이야. 혼 좀 나야 알겠니?"

아내가 아이를 때릴 듯이 한 손을 치켜들고 눈을 부라렸다. 그러나 곧 아이가 겁에 질린 표정으로 안길 듯이 다가들었기 때문에 맥없이 손을 떨어뜨렸다.

"난 어떤 때는 이불이 한없이 두껍게 부풀어 올라 덮씌워서 숨도 쉴 수 없어요. 아무리 울고 소리를 질러도 우리 엄마는 듣지 못해요."

아이는 호소하듯 떨리는 목소리로 말했다.

"그건 꿈을 꾸는 것이 아니라 가위눌리는 거란다. 이걸 가져가서 잘 때는 꼭 머리맡에 놓고 자거라. 그럼 괜찮을 거다."

"고마워요, 할머니."

아이는 아내가 준 맥을 소중히 받아 들었다. 신전의 기념품인 양, 혹은 뿌리를 보이면 죽는다는 모종苗種을 옮기듯 조심스럽게 손바닥으로 감싸 쥐고.

"얘야, 옷이 더러워졌구나."

인형과 소꿉놀이 바구니, 그리고 맥을 들고 마치 징검다리를 건너가듯 조심스럽게 걸어가는 아이의 뒤에 대고 아내가 말했다. 뒤돌아 원피스 뒷자락에 넓게 쓸린 흙 자국을 보자 아이는 울음을 터뜨렸다.

"새 옷을 더럽히면 엄마한테 매를 맞아요. 유치원에서 생일잔치를 할 때까지는 절대로 꺼내 입지 말라고 했단 말예요."

"이리 온, 내가 털어줄게. 그러길래 아무 데나 함부로 주저앉는 게 아니란다."

아이의 느닷없는 울음에 담긴 공포가 그리도 절박하고 생생한 것에 놀란 아내가 손짓해 불렀으나 아이는 가까이 오지 않았다. 손에 들고 있던 맥을 팽개치고 마음 가득한 원망과 두려움으로 닥치는 대로 꽃을 잡아 뜯었다.

"이런 망할 계집애, 손모가지를 분질러놓을라."

아내는 벌떡 일어나 아이를 쫓아갔다. 아이는 달아나면서 여전히 높은 소리로 울어대었다. 울음소리가 담장의 샛문으로 쫓겨 가자 아내는 씨근거리며 마루턱에 다시 걸터앉아 한결 거칠어진 손놀림으로 반죽을 떼어내어 주물렀다.

대문 돌쩌귀가 삐걱거리고 움직이는 소리가 들리는 것 같았다. 누가 왔는가. 어쩌면 그네 소리일까. 아이가 저희 집 마당에서 그네를 타고 있는지도 모른다고 그는 생각했다. 그러나 아내는 전혀 아무 소리도 못 듣는 기색이었다. 그의 귀에 들리는 것이 그녀의 귀에는 들리지 않는, 아내에게 보이는 것이 그에게는 전혀 보이지 않는 경우가 드물지 않았다. 한밤중에도 가끔 그는 그네가 삐걱거리는 소리를 듣곤 했다. 아내는 퉁명스레 코대답을 하며 돌아누웠다. 어린애가 웬 청승으로 밤에 그네를 탄다우? 그러나 그는 종내 어지러운 꿈의 자락에 이끌리듯 밖으로 나와 담장 곁에 붙어 서서, 사랑에 빠진 자의 어리석음으로 바람만 실린 빈 그네의 흔들림을 오래 바라보곤 했다.

아내는 지칠 줄 모르고 반죽을 빚어 맥을 만들었다. 늙은 어

자의 잠을 어지럽히는 나쁜 꿈은 무엇일까. 늙으면 누구나 잠은
얕고 꿈은 많은 법이다.

해가 많이 기울어 나무 그림자들이 제법 길어졌다.

아내의 흰머리와 머리 너머 붉은 꽃과, 파랗게 타오르는 나무
를 보며 취한 듯 또다시 얕은 잠에 빠져드는 그의 귀에 찢어지
게 높고 새된 아이의 노랫소리가 담을 타고 들려왔다.

뻐꾹, 뻐꾹, 봄이 왔네. 뻐꾹, 뻐꾹, 복사꽃이 떨어지네.

"망할 계집애, 단단히 버릇을 고쳐놓아야지."

아내는 아직도 아이에 대한 화를 풀지 못해 씨근거렸다. 무겁
게 내려앉은 눈꺼풀 위로 아이의 노랫소리는 빛살처럼 집요하
게 달라붙었다.

꽃모가지를 손 닿는 대로 몽땅몽땅 분질러버리고 마니……
중얼거리던 아내가 동의를 구하듯 그를 큰 소리로 불렀다.

"주무시우?"

그는 안간힘을 쓰듯 간신히 눈을 떠 아내를 쳐다보았다.

"밤에 잠들려면 낮에 운동을 해야 해요. 점심때 반주를 드는
대신 식사를 하고 나서 또 산책을 해보세요."

아내의 말이 맞을지 몰랐다. 늘어진 위장은 이제 점심에 곁들
이는 소주 한잔으로는 꼼짝도 하지 않았다. 아내는 그의 대답을
기다리지 않고 큰 소리로 이어 말했다. 아내의 목소리는 엉뚱한
활기에 차 있었다. 딱히 무슨 말을 하고 싶어서라기보다 그치지
않고 들려오는 노랫소리를 지우기 위한 안간힘인 듯도 싶었다.

"참 이상하죠. 난 요즘 자주 죽은 사람들 생각을 한다우. 꼭

아직도 살아 있는 것처럼 그 사람들 생전의 일이 환히 떠오르는 거예요. 그러면서 정작 우리가 살아온 세월은 기억이 나지 않아요. 아무리 애를 써도 기억나지 않는 희미한 꿈 같아요. 당신은 쉰 살 때, 마흔 살 때를 기억하세요? 난 통 그때의 당신 모습이 떠오르지 않아요. 난 아무래도 너무 오래 살고 있다는 생각이 자꾸 들어요. 뜰 손질도 이제 힘이 들어요. 하지만 하루만 내버려둬도 잡초들이 아귀처럼 자라니…… 요즘 같은 계절엔 더 그래요."

더욱 높아지는 노랫소리에 잠깐 말을 끊었다가 아내는 한층 커다란 목소리로 말을 이었다.

"내버려두라고, 예전에 그 애는 그랬었죠. 굳이 꽃과 풀을 가려서 뭘 하느냐고. 어울려 자라는 것이 더 보기 좋다구요."

그의 얼굴에 미소가 떠올랐다.

"당신이 쉰 살 땐 어땠지요? 마흔 살 때는? 서른 살 때는? 통 기억이 안 나요. 말해줘요."

아내는 마치 그에게 최면을 거는 듯 안타깝고 집요하게 캐묻고는 그에게서 대답이 나올 것을 두려워하며 재빨리 덧붙였다. 아내의 목소리와 담 너머 아이의 노랫소리는 다투어 연주하는 악기의 불협화음처럼 높고 시끄러웠다.

"스무 살 때는 아름답고 자랑스러웠어요. 대학에 들어가던 해였지요. 어제처럼 또렷이 떠오르는걸요. 늘 발이 가렵다고 했지요."

그는 더 이상 아내의 말을 듣고 싶지 않았다. 영로는 늘 빌이

가렵다고 했었다. 그의 륙색 위에 얹혀 떠났던 피란길에서 걸린 동상이 종내 낫지를 않아 겨울밤에라도 차가운 콩 자루 속에 발을 넣고 자야 시원하다고 했었다.

"기억나세요? 시공관에 발레 구경을 갔던 게 다섯 살 때일 거예요. 그때 그 애는 내 숄을 잃어버렸어요. 그 시절 일본인들도 흔하게 갖지 못했던 진짜 비단으로 만든 거였지요. 구경을 하고 나와 화장실에 들르려고 잠깐 그 애 어깨에 걸쳐주었는데 흘러내리는 것도 몰랐었나 봐요. 그 앤 그렇게 멍청한 구석도 있었어요. 모두들 내게 가지색이 신통하게 어울린다고 했지요. 정말 내 평생에 두 번 갖기 어려운 물건이었죠."

아내는 언제까지 잃어버린 숄 얘기만 할 것인가. 아내의 말소리도 맥을 만드는 손놀림도 점차 빨라졌다. 반죽이 담긴 함지는 비어가고 마루턱에는 아내가 빚어놓은 맥이 더 늘어놓을 자리가 없을 만큼 즐비했다.

"겨우 스무 살이었어요. 스무 살에 뭘 안다고. 여드름이나 짤 나이에 세상을 뒤바꾸어놓을 수 있다고 생각하다니요. 그 애가 죽었어도 우린 여전히 이렇게 살고 있잖아요."

영로는 어느 봄날 바람개비처럼 달려 나갔다. 채 자라지 않은 머리칼을 성난 듯 불불이 세우고.

늙은이는 반성하지 않는다. 반성을 요구하는 어떤 새로운 삶을 기다리고 있지 않기 때문이다.

높고 찢어질 듯 날카로운 노랫소리가 점점 커졌다.

뻐꾹뻐꾹 봄이 왔네. 뻐꾹뻐꾹 복사꽃이 떨어지네.

"정말 못된 계집애예요."

아내가 입을 비죽이며 느닷없이 울기 시작했다.

"애들은 다 마찬가지요."

틀니를 뺀 텅 빈 입으로 말해야 한다는 것에 곤혹을 느꼈지만 그는 간신히 한 음절씩 내뱉었다.

"아니요. 죽은 애들은 특별해요."

아내는 두 손으로 얼굴을 가리고 소리 내어 흐느꼈다.

"할머니, 뭘 만드세요?"

울음기가 말짱히 없어진 얼굴로 아이가 아내 앞에 서 있었다.

"저리 가라."

아내는 손을 사납게 내저어 아이를 쫓았다.

"할머니, 왜 그러세요? 왜 울어요?"

"다시는 우리 집에 오지 말라니깐."

"할머니, 이건 만화경을 만들 거울이에요. 우리 엄마가 주셨어요. 유치원에서 만든 걸 누가 훔쳐 갔거든요."

아이는 까딱 않고 서서 콤팩트를 열어 동그란 거울을 아내에게 내보이며 자랑스럽게 말했다.

"거짓말 마라. 아직 새것인데 네 엄마가 주었을 리 없어. 네 엄마는 지금 미장원에 있잖니? 엄마 화장품에 함부로 손을 대었다가는 또 매를 맞을 거다."

사납게 눈을 치뜨고 아내를 노려보던 아이가 햇빛 환한 마당으로 뛰어갔다. 그러고는 이리저리 거울을 돌려 아내에게 비추었다. 아내가 눈이 부셔 얼굴을 가리며 손을 내저었다.

"저리 비켜."

그러나 아이는 생글생글 웃을 뿐 거울을 거두지 않았다.

"저리 치우라니까. 이 망할 계집애야, 네 엄마한테 이를 테다."

"일러라, 찔러라, 콕콕 찔러라."

아이는 마당에서 공처럼 뛰어다니며 거울을 비췄다. 아내는 겁에 질려 마루로 올라왔다. 거울 빛은 마루턱에 늘어서서 하얗고 단단하게 말라가는 짐승들을 지나 재빠르게 아내의 얼굴에 달라붙었다. 구겼다 편 은박지처럼 빈틈없이 주름살 진 얼굴이 환히 드러났다.

"애, 애야, 제발 저리 가. 그러지 마라."

아내가 우는 소리를 내며 아이에게 애원했으나 아이는 아내의 돌연한 공포가 재미있는지 작은 악마처럼 깔깔거리며 거울을 거두지 않았다. 아내는 빛을 피해 그가 누워 있는 방에 주춤주춤 들어왔다.

빛은 이제 눈물에 젖은 아내의 조그만 얼굴과 그의 눈시울, 무너진 입가로 쉴 새 없이 번득였다. 그것은 어쩌면 아득한 땅속에 묻힌 거울 빛의 반사일 듯도 싶었다. 아이는 보다 재미있는 놀이를 찾아낼 때까지 손에서 거울을 놓지 않을 것이다. 아마 햇빛이 완전히 사윌 때까지, 피곤한 그 애의 엄마가 돌아오는 밤이 되기까지. 그러나 아이에게 늙은이를 무력한 공포에 몰아넣는 것보다 더 재미있는 놀이가 있을까.

이미 뜰은 그늘에 잠겨 있고 땅에서 피어오르는 엷은 어둠에 꽃은 짙은 빛으로 잎을 오므리기 시작했지만 피어 있던 꽃의 공간이 침묵과 심연으로 가라앉기까지의 보이지 않는 흐름은 얼마나 길고 오랠 것인가.

이제는 울음을 감추려 하지 않는 아내에게 그는 무언가 위무의 말을 해주어야 한다고 생각했다. 아내에게는 다정한 말이 필요한 것이다. 그는 소년 같은 수줍음과 약간의 두려움으로 입을 열었으나 아내는 어눌하게 새어 나오는 말을 알아듣지 못했다. 아내는 유언이라도 듣는 시늉으로 그의 입에 바짝 귀를 갖다 대며 안타깝게 되물었다. 뭐라구요? 뭐라고 하셨어요? 누가 왔느냐구요?

그는 칠흑처럼 검은 머리를 하고 이제는 더 이상 말할 수 없는 무너진 입을 반쯤 벌린 채 누워 있다.

거울 빛의 반사가 잠시, 천장으로 벽으로 재빠르게 움직이다가 마침내 유리컵에 머물고 밤의 빛으로 어둑신하게 가라앉은 정적 속에서, 물속에 담긴 틀니만이 홀로 무언가 말하려는 듯 밝고 명석하게 반짝거렸다.

(1982)

유년의 뜰

횃 아 유 두잉? 당신은 무엇을 하고 있습니까? 아임 리딩 어북, 나는 책을 읽고 있습니다. 횃즈 유어 프렌드 두잉? 당신의 친구는 무엇을 하고 있습니까?

석양이 오빠의 이마와 목덜미를 붉게 물들이며 방 안을 가로질렀다.

내가 기억하는 한의 그 시간은 늘 그랬다.

함석지붕이 흐를 듯 뜨겁게 달아오르고 저녁 햇빛이 칼처럼 방 안 깊숙이 꽂힐 즈음이면 어머니는 화장을 시작하고 오빠는 창가에 놓인, 붉은 꽃무늬 도배지를 바른 궤짝 앞에 앉아 꼼짝 않고 소리 높이 영어책을 읽었다. 나는 어머니 곁에 앉아 갖가지 화장품이 담긴 병들을 만지작거리거나 창을 통해서 멀찍이 보이는 개울의 다리와 신작로, 그리고 더 멀리 황금빛으로 번쩍이는 국민학교의 창을, 점점이 붉은빛이 묻어나는 새털구름들을 바라보며 이유가 분명치 않은 조바심으로 어머니와 오빠 사이의, 은밀히 조성되어가는 팽팽한 공기를 지켜보았다.

캔 유 텔 미 홧 히 이즈 두잉? 오빠가 밭은기침으로 목청을 돋우었다.

파마한 머리칼이 얽히었는지, 신경질적인 손놀림으로 빠르게 빗질을 하던 어머니가 손을 멈추고 거울에 바짝 머리를 들이대었다. 흰 머리카락이 뽑혀 나왔다.

벽에 버티어놓은 거울에, 등지고 앉은 오빠의 몸이 고집스럽게 담겨 있었다. 뽑혀 나온 새치를 잠시 들여다보던 어머니가 햇빛을 피하는 시늉으로 눈살을 찌푸리며 거울을 옮겨놓고 화장을 계속했다. 나무궤 위에 쌓아놓은 우리들의 때 묻은 이부자리가 거울면에 들어찼다. 오빠의 모습은 사라졌다. 대신 거친 손짓으로 책장을 넘기는 바람에 낡고 눅눅해진 종이가 힘들게 찢겨지는 소리가 났다. 오빠의, 긴장으로 경직된 등이 제풀에 움찔했다.

어머니는 등 뒤의 작은 시위 ── 그러나 오빠 나름대로는 필사적인 ── 에 아랑곳하지 않고 분첩으로 탁탁 얼굴을 두들기고 가늘고 둥글게 눈썹을 그렸다. 나는 조마조마한 마음으로 어머니와 오빠를 번갈아 보며, 그러나 어쩔 수 없는 호기심과 찬탄으로 거울 속에서 점차 나팔꽃처럼 보얗게 피어나는 어머니의 얼굴을 바라보았다.

어머니가 시집올 때 해왔다는 등신대等身大의 거울은 이 방에서 유일하게 흠 없이 온전하고 훌륭한 물건이었다. 눈에 보이게 또는 보이지 않게 남루해져가는 우리들 가운데서 거울은, 어머니가 매일 닦는 탓도 있지만, 나날이 새롭게 번쩍이며 한구석에 버티고 있었다. 그 이물감 때문에 우리의 눈에는 실체보다 훨씬 더 커 보이는 건지도 몰랐다.

거울 속에는 언제나 좁은 방 안이 가득 담겨 있었다.

소꿉놀이를 하다가도, 게으르게 눈을 껌벅이며 잠에서 깨어나서도, 싸움질을 하다가도, 허겁지겁 밥을 먹다가도 문득 눈을 들면 방의 한구석에 버티어 선 거울이 뒷모습까지도 환히 비추는 바람에, 우리는 거울 속에서 낯설게 만나지는 자신에게 경원과 면구스러움을 느껴 옆으로 슬쩍 비켜서거나 남의 얼굴처럼 물끄러미 바라보곤 했다.

거울은 기울여놓기에 따라 우리의 모습을 작게도 크게도 길게도 짧게도 자유자재로 바꾸어 비추었다. 언니와 나는 어머니가 없을 때면 끙끙대며 거울을 옮겨놓고 그 앞에서 입을 크게 벌리고 노래를 부르거나 연극놀이를 했다. 비가 와서 밖에 나갈 수 없을 때면 연극놀이를 했는데 내용은 늘 똑같았다.

쟨 멍청이니까 병자나 시켜. 작은오빠의 말에 따라 내가 힘없이 드러누우면 작은오빠는 의사, 언니는 천사가 되었다. 병자는 시종 가냘프게 신음을 하고, 주사를 맞고 약을 받아먹으며, 눈을 감고 있다가 죽어서 천사와 함께 하늘에 오르는 것이 연극의 끝이었다. 천사는 할머니의 치마를 둘러쓰고 옷자락을 펄럭이며 주위를 돌다가 내가 머리를 모로 떨어뜨리고 탁 숨을 끊으면 안아 올렸다. 그러고는 화를 냈다.

너무 뚱보라서 날 수가 없구나.

천사를 따라 펄럭펄럭 날갯짓을 하며 방 안을 돌아다니는 것으로 연극이 막을 내린다는 것을 알고 있었지만 나는 대체로 정말 죽은 체 꼼짝 않고 누워 있었다. 그러면 언니는 나를 마구 흔들며 짐짓 겁에 질린 소리로 호들갑스럽게 말했다.

노랑눈이 죽었니? 눈 떠봐, 정말 죽었니?

의사가 눈꺼풀을 손가락으로 비집고 입김을 후후 불어넣으며 투덜대었다.

이 바보야, 일어나, 이젠 끝났단 말야.

그러나 나는 천사와 함께 나는 것보다 죽은 체하고 누워 있는 것이 훨씬 더 재미있었다. 그렇게 가만히 있노라면 내 작은 계교로 의사는 계속 주사를 놓고 천사는 다리가 아플 때까지 주저앉을 수 없어 연극은 언제까지나 이어지기 때문이었다.

어머니는 입술을 꽃 모양으로 뚜렷이 그리고, 하얗게 분이 오른 얼굴을 다시금 분첩으로 탁탁 두드렸다.

오빠는 더 큰 소리로 책을 읽었다.

홧 아 유 두잉? 아임 리딩 어 북.

창 아래, 텃밭가로 지나가던 사람 두엇이 고개를 빼어 안을 기웃거렸다.

어쩌면 저렇게 공부를 열심히 하지? 꼭 미국 사람 지껄이듯 하는군.

오빠는 변성기에 접어든, 거세고 뻑뻑한, 그러면서도 여성적인 목소리로 한껏 혀를 궁굴렸다.

고등학교 입학 자격시험 준비를 한다는 오빠는 해가 저물 때까지 창가에 앉아서 영어책을 읽었다. 아예 책을 덮어놓고 1과 부터 외우기도 했다. 우리의 좁은 방은 언제나 오빠의 책 읽는 소리로 가득 차 있었다. 그것은 끝없이 반복되는 단조롭고 긴 소절의 노래였다. 오빠가 방에 없을 때조차 그 소리는 지루하게 되풀이해 울렸다. 홧 아 유 두잉? 홧즈 유어 프렌드 두잉?

중학교 2학년에서 학교를 중단한 오빠가 읽는 것은 피난짐에 소중히 넣어온 중2 교과서였다.

읍에 야간 중학교가 생기자 어머니는 말했다. 온 식구가 한뎃잠을 자는 한이 있어도 학교를 보내마.

그런데도 오빠는 세 해째 같은 책을 읽고 있는 것이다. 보풀이 일어 눅눅하고 두껍게 부푼 책에 오빠는 딱딱한 마분지를 덧대어 겉장을 만들었다.

사람들 말대로 오빠는 언젠가 성공할 것이다.

갖고 놀아도 좋아.

어머니는 싹싹 훑어 바른 빈 크림 통을 내게 내밀고 마지막으로 입술 곁에 날카롭게 미인점을 찍은 뒤 일어나, 거울에 옷맵시를 비춰보았다.

다녀오마.

어머니는 저고리 소매에 손수건을 살짝 찔러 넣고 꽃가지라도 꺾어 든 양 한들한들 걸어 나갔다.

어머니가 나가자마자 오빠는 탁 책을 덮고 용트림을 하듯 아아 기지개를 켜며 웃옷을 벗어던졌다.

막 넓게 퍼지기 시작한 완강한 이깨 위로 아직 연약하고 섬세한 목과 작은 머리통이 불균형하고 어색하게 얹혀 있었으나 이미 청년으로서의 단단한 골격이 잡힌 몸이었다.

오빠는 무언가 억제하려는 듯, 솟구치려는 듯한 몸짓으로 또다시 허리를 뒤틀어 기지개를 켜고 손아귀에 힘을 주어 천천히 팔을 안으로 굽혔다.

옹골찬 근육들이 아아아아 떨듯이 일어났다. 오빠는 거무스레한 겨드랑이를 보이며 다시 한 번 기지개를 켜고 무겁게 닫힌 방문을 발로 차 열었다.

활짝 열린 방문으로, 툇마루 앞마당에서 풍구를 돌리고 있는 할머니가 보였다. 저녁밥 지을 불을 피우고 있는 것이다. 한 손으로는 풍구질을 하면서, 불꽃이 잘 일지 않는지 할머니는 연신 화덕 밑 불구멍에 얼굴을 대고 푸우푸우 입으로 바람을 불어넣었다. 하얗게 사윈 재가 화덕 위로 날았다. 햇빛 때문에 불티는 보이지 않았다.

노랑눈아, 된장 한 숟갈 퍼오고 고추 몇 개 따와라.

매운 연기와 흘러내리는 땀으로 눈물을 질금거리며 할머니가 소리쳤다.

된장 항아리의 아구리를 덮은 호박잎에는 구더기가 하얗게 올라와 있었다.

나는 할머니가 하듯 호박잎을 젖혀 던져버리고 된장을 한 숟갈 뜬 후 꼭꼭 눌러 장독대 곁의 호박잎을 하나 따서 덮었다.

아침마다 된장 항아리 뚜껑을 열면 호박잎에 구더기가 하얗게 올라와 있었다. 웬 가시가 이렇게 끓는담. 할머니는 혀를 차며 호박잎을 벗겨 담장 너머로 던져버리고 새 잎을 덮었다. 그 일은 서리가 내릴 때까지 계속되었다. 된장을 뜨고 돌아서며 나는 봉숭아·채송화 따위 일년초가 자자분하게 피어 있는 마당 건너 안채의 부엌과 잇달린 방을 흘깃 바라보았다.

역시 둥글고 배가 부른 자물쇠가 시커멓게 매달린 채 고요했다. 늘 마당을 사이에 두고 바라보는 방이건만 그 앞을 지나갈 때는 눈을 내리깔고 발소리를 죽여 빨리빨리 걷다가 훨씬 지나친 후에야 엿보듯 흘깃 돌아보는 것이 우리들의 버릇이었다.

해 질 녘의, 그림자 같은 정적 속에서 할머니는 벌겋게 달아오른 얼굴로 풀무질을 하고 뒤껼의, 꽃이 진 감나무에는 고욤만 한 감이 다닥다닥 달려 있었다.

윤기 나는 검푸른빛으로 빳빳하고 단단히 약이 오른 고추를 한 움큼 따서 치마폭에 담는데, 동생을 업고 텃밭가에서 목을 빼어 길 쪽을 살피던 언니가 급히 몸을 숙였다. 그 바람에 혀를 깨물렸는지 동생이 숨넘어갈 듯 울었다. 텃밭은 길에 면해 있지만 길보다 한 자꼴이나 턱이 지게 낮고 뽕나무 울타리로 둘러쳐져 언니의 몸쯤이야 납작 엎드리지 않고도 쉽게 숨길 수 있었건만 언니는, 개울의 다리 위로 저무는 햇빛을 하얗게 튕겨내며 자전거가 달려올 즈음이면, 지레 땅바닥에 엎드렸다.

자전거 뒤에 빈 도시락을 싣고 달려오던, 5학년인 언니의 담임 선생은 여느 때처럼 언니를 발견하지 못하고 따르릉따르릉 텃밭을 지나쳤다. 자전거가 멀어지자 언니는 그제야 몸을 일으켜 흙 묻은 손바닥을 털고 우는 동생이 볼기짝을 철썩 때렸다.

순자 엄마가 바람이 나서 도망갔대. 그래서 순자는 밥하고 빨래하고 동생들 보느라고 학교도 빠져. 선생님은 술만 마시면 애들을 때리고, 늬들이 불쌍하다, 다 함께 죽어버리자, 하면서 우신대. 언니의 버짐 핀 거칠한 얼굴이 성난 듯 엷게 붉어졌다. 언니와 같은 학년인 순자는 담임 선생의 딸이었다. 바람난 순자 엄마가 읍내 미장원에서 머리를 지져 붙이고 올망졸망한 다섯 아이를 버려둔 채 도회지로 달아나버린 건 누구나 다 아는 사실이었다.

늦은 밤 들창 밖에서 털털대는 자전거 소리가 들리면 언니는 잠결에도 작게 한숨을 쉬며, 선생님은 또 우시겠구나, 순자는 또 매를 맞겠지, 탄식조로 웅얼거렸다.

치마폭에 담은 고추의 독한 매운 내에 재채기가 났다. 한바탕 재채기를 하자 눈물이 났다.

땅으로부터 낮게 거물거물 어둠이 피어오르고 있었지만 개울의 다리께는 아직 하얗게 햇빛이 남아 있었다. 눈물이 어룽어룽한 눈에, 다리를 건너오는 사람들의 모습이 흐릿하게 비쳐들었다. 남자·여자·어른·아이 들의 모습이 어렴풋이 구별되었다. 어른들은 커다란 등짐을 지고 있었다. 나는 그들이 이 마을로 들어오는 피난민임을 알 수 있었다. 지난 겨우내 봄내, 앓는 아이를 업고 개울 아래로 지친 그림자를 떨어뜨리며 피난민 가족들은 물처럼 흘러들어왔다. 오늘 어느 집인가 헛간을 치울 것이다. 우리도 지난해 그들처럼 초라하게 이곳으로 들어왔던 것이다.

저녁을 먹고 난 우리는 모두 툇마루에 나앉았다. 떠돌이 이발사가 들어왔기 때문이었다.

먼저 큰오빠가 목수건을 두르고 이발사 앞에 앉았다. 기계가 채각채각 지날 때마다 새하얀 속살이 길을 냈다. 순식간에 하얀 알머리가 된 오빠는 민틋한 머리통을 쓸며 피식 쑥스럽게 웃었다.

이발사가 올 때마다 피해 달아나 목 뒤로 한 뼘이나 머리가 길어진 언니는, 머리를 기르겠다고 가냘프게 항의를 했지만 할머니의 매운 눈에 단박 주눅이 들어 머리를 깎았다. 희끗희끗 서캐가 실린 머리털이 발밑에 떨어질 때는 눈물을 뚝뚝 떨어뜨렸다. 언니는 머리칼을 길러 등 뒤로 찰랑찰랑 늘이는 것이 소원이었다.

머리 밑과 목덜미에 땀띠가 빨갛게 촘촘히 돋은 동생은 머리가 깎일 동안 할머니에게 안겨 내내 아야아야, 피리 소리처럼 약하게 울었다. 울면 조그만 얼굴은 늙은이처럼 온통 주름살투성이가 되었다.

내가 수건을 두르고 앉자 할머니는 언니에게 눈을 흘겼다.

다시 노랑눈이 머리에 부젓가락을 댔단 봐라.

언니는 자주 할머니의 눈을 피해 불에 달군 부젓가락으로 내 머리칼을 태웠다. 파마를 시켜준다는 것이다.

서걱서걱, 눈 위로 위태롭게 가위가 지나갈 때 나는 쉴 새 없이 눈을 깜박였다.

이발사의 가방에는 큰 빗·작은 빗·가위·면도용의 접는 칼·솔·비누·이발 기계 등 무엇이든 다 있었다. 나는 큰 빗과 작은 빗, 면도칼 따위를 잽싸게 바꿔 들며 움직이는 이발사의 굳은살

박인 손을 바라보았다. 이발사의 손에서도 숙인 머리에서도 진한 머릿기름 냄새가 났다. 나는 후루룩 숨을 들이마셨다. 구역질나는, 익숙한 냄새였다. 나는 먼젓번에도 또 그전에도 이발사의 머릿기름 냄새가 생소하지 않았다. 어디서 맡아본 냄새였을까, 나는 안타까이 생각했었다. 그러나 그것은 흘러간 시간의 저 안쪽 어디엔가에 숨어 전혀 기억해낼 수가 없었다.

가위질을 마친 이발사는 솔로 머리털을 털고 후후 입으로 불었다. 부걱부걱 거품을 낸 비누를 솔에 듬뿍 묻혀 목덜미와 이마에 묻히고 면도를 한 후 보얗게 분가루를 뿌렸다. 이발사가 다녀간 다음이면 동네 아이들은 모두 무 밑동처럼 퍼렇고 민틋한 뒷머리로 값싼 분냄새를 풍기며 돌아다녔다. 남자 어른들까지도 올올이 기름으로 재워 납작해진 머리 모양으로 독한 화장품 냄새를 풍겼다.

할머니는 머리를 감고 오라고 우리를 개울로 내쫓았다. 머리를 깎고 난 뒤면 허옇게 기계충이 먹어들기 때문이었다.

노랗고 윤기 없는 머리털이 발밑에 어지러이 떨어져 있었다. 바람결에 맥없이 후루룩 날리기도 했다. 나는 그곳에 침을 뱉고 발로 문질렀다. 그때 문득 나는 기억해낼 수 있었다. 이발사에게서 맡아지던 친숙한 냄새, 그것은 바로 아버지의 머리에서 풍기던 기름 냄새였다.

바람결에 두엄 냄새가 풍겨왔다. 여름이 시작되고 있었다.

팔월로 접어들자 감나무 이파리는 윤기 나는 감청빛으로 더욱 두꺼워지고 이파리 그늘에 숨은 듯 다닥다닥 달린 보다 엷은 빛의 열매는 작은 감자만큼이나 굵어졌다.

뜰은 무성한 그늘로 더욱 창창蒼蒼하고, 장마가 걷힌 지 오래건만 축축한 흙에서는 지렁이가 꾸물대고, 흙담 새막이 위로 노래기들이 분주히 기어 다녔다.

변소는 감나무가 심긴 뜰의 구석에 있었다. 언니나 할머니는 우물가 수채에 쪼그리고 앉아 쐐쐐 오줌을 누었지만 감꽃이 지면서부터 나는 언제나 부네의 방 앞을 지나 감나무 그늘을 걸어 변소에 갔다.

노랑눈이년, 생긴 푼수치곤 겁이 없어.

할머니는 맹랑하다는 표정으로 흐흐 웃었다.

마당을 가로질러 감나무 울울한 그늘에 들어서서 나는 눈을 가늘게 뜨고 방금 지나온 부네의 방을 바라보았다. 그러고는 슬며시 눈길을 돌려 안채 쪽을 보았다. 안집 여자는 낮잠에라도 빠져 있는 것일까, 아무런 기척이 없었다.

나는 잡풀 더미 속에 떨어져 있는 풋감을 재빨리 주워 들었다. 한 주먹에 꽉 차고도 남을 크기였다.

뒤뜰에 있는 서너 그루의 늙은 감나무로, 감나무집이라 불리는 이 집에 이사 왔을 때 어머니는 우리들을 모아놓고 꽃이 지고 있는 나무를 가리키며 단단히 타일렀다.

남의 것은 쳐다보지도 말고 손가락질도 하지 마라. 얼마나 음흉한 사람들인지…… 늬들을 시험하고 있는 거야. 난리 통에 바깥에서 온 사람들은 모두 도둑놈이나 거지로 생각한다니까. 손

버릇 사납다고 소문나면 가뜩이나 애 많다고 싫어하는 판에 외양간도 못 얻어든다.

가지가 휘어지게 다닥다닥 열린 감은 제 무게를 견디지 못해 여름내 바람도 없는데 저절로 툭툭 떨어지고 그 소리는 마당 건너 돌아앉은 우리 방에서도 환히 들을 수 있었다.

변소를 가다가 발아래 굴러다니는 감을 보면 우리는 얼결에 주인집 방문을 흘긋거리고, 그러면 영락없이 방문에 붙인 조그만 유리 조각에 바짝 눈을 대고 이쪽을 내다보는 안집 여자와 눈이 마주쳐 똥이라도 피하듯 공연히 진저리를 치며 그것을 건너뛰거나 발로 썩썩 문대어버리곤 했다.

애들이 많아도 말썽을 안 부리는군요.

나름대로 정한 시험 기간을 끝낸 안집 여자가 만족스럽게 말하자 어머니는 공손하나 비웃는 듯한 웃음을 띠며 대답했다.

애들 버릇은 애초에 맵게 들여야 해요. 세 살 버릇 여든 살까지 간다는 말이 있잖아요.

어머니는 아버지의 행방을 수소문해서 여섯 차롄가 일곱 차롄가 헛행보를 한 뒤 읍내 밥집에 일자리를 얻었고 우리들을 단속하는 일은 오빠가 맡았다.

떨어진 감에 손가락만 대봐라, 손목을 잘라버리겠다.

오빠는 잇새로 나지막이 말했다.

풋감을 한 입 베어 무니 금시 떫은맛이 한입 가득 찼다. 이켠의 그늘 탓에 부네의 방은 햇빛 속에 밝게 떠 보이고 살눈썹 사이에서 가끔씩 조용히 부풀어 오르며 흔들리는 듯도 했다.

두 짝의 문이 맞닿은 곳에는 여전히 자물쇠가 무겁게 매달려 그 무게로 문살이 휘엿하게 늘어져 금시라도 메마른 소리로 무너져버릴 것만 같았다.

감의 빽빽한 살은 아무리 씹어도 좀체 목 안으로 넘어가지 않았다. 나는 조금 들큰하고 썩 떫은맛에 용기를 내어 다시 감을 하나 주워 들었다.

저 문의 안쪽에 정말 머리를 깎이고 벌거벗긴, 귀신처럼 예쁘다는 부네가 있는 걸까.

사람들은 그녀, 부네의 아비, 그 늙고 말없는 외눈박이 목수가 어떻게 그의 바람난 딸을 벌건 대낮에 읍내 차부에서부터 끌고 와 어떻게 단숨에 머리칼을 불밤송이처럼 잘라 댓바람에 골방에 처넣고, 마치 그럴 때를 위해 준비해놓은 듯 쇠불알통 같은 자물쇠를 철커덕 물렸는지에 대해 오랫동안 이야기했다. 또 그녀가 들창을 열고 야반도주를 하려 하자 발가벗기고 들창에 아예 굵은 대못을 쳐버렸다고, 그 통에 안집 여자는 어찌나 혼이 나갔던지 목수가 벗겨 던진 딸의 옷이 창 앞 석류나무에 사흘씩이나 걸려 있었는데도 모르더라는 얘기를 했다. 더욱이 얘깃거리가 된 것은 읍에서부터 개처럼 끌려오는 과정이 부네 편에서도, 아비 쪽에서도 있을 법한, 아이고 아버지 용서해주오, 한마디 말도, 분노의 씨근거림도 없이 시종 침묵으로 일관되었다는 것이었다. 사람들은 도시 알 수 없다는 표정으로 수군거렸다. 늘 말이 없고 침울한 외눈박이 목수는 많은 딸 중 특히 부네를 각별히 아꼈고, 목수 일을 젖혀둔 채 보름이고 한 달이고 개지로

유년의 뜰

235

떠돌았던 것은, 살림을 차렸다는 소문만으로 돌아오지 않는 부네를 찾기 위해서였다는 이야기였다.

방문은 그날 이래 한 번도 열린 적이 없었다. 적어도 열리는 것을 본 사람은 아무도 없었다.

꽤 여러 날이 지난 후 사람들은 말했다.

부네가 아이를 가진 게야, 아마 지금쯤 꽤 배가 불렀을걸, 어째 첫눈에도 홀몸이 아닌 것 같더라니. 남몰래 몸 푼 후 용케도 아들이면 자식 없는 집에 업둥이로 들여보내고 멀쩡히 처녀 행세를 시키려는 속셈이지 뭐야.

그리고 더욱 여러 날이 지났을 때 사람들은 다시 말했다.

바람이 난 게 아니라 몹쓸 병에 걸린 게야, 소문날까 무서워 쉬쉬하는 거지, 문둥이 있다는 소문만 나봐. 여기서 배겨낼 도리가 있겠어?

그게 아니라…… 혹시 미친 게 아닐까?

그리고 그들은 부네를 잊었다. 골방의 문이 닫히는 순간, 자물쇠가 덜컥 걸리는 순간부터 부네는 완전히 다른 세계로 들어가버린 것이다. 자물쇠는 혹시 그녀가 끌려 들어오기 훨씬 전부터 완강히 채워져 있었고 그녀는 공기처럼 가볍고 투명해져서 창호지 가는 올 사이로 스며 들어가버린 것은 아닐까.

나는 부네가 방에 갇힌 것이 우리가 이곳으로 이사 오고 난 후의 일인지 그전의 일인지 기억이 아리송했다.

이사 오던 첫날 이미 자물쇠가 잠겨 있는 것을 본 듯도 했고, 더 곰곰이 생각하다 보면 개울의 다리 위로 머리채를 잡혀 목을 늘어뜨리고 오던 부네와 그의 아비 모습이 어제의 일처럼 눈앞에 떠오르기도 했다.

지난해 두어 차례 다니러 와 와글와글 끓어대던 외눈박이 목수의 그 많은 딸들 중 부네는 있었을까. 아마 명절이나 목수의 생일이었을 것이다.

그네들은 모두 대처에 나가 돈을 벌고 있다고 했다. 그래서 목수는 늘 연장을 벽에 걸어두고도 살 수 있는 게라고 했다.

늦복이 터져서…… 그의 등에 대고 사람들은 입을 비쭉였다.

그네들이 오면 집 안에는 종일 기름 타는 냄새와 고깃내가 풍겼다. 부네는 그들 중 누구일까. 마당에 내놓은 화덕에서 누름적을 부치다가 기웃거리는 내게 사납게 눈을 흘기던 곱사등이인가, 아니면 소금물에 우린 풋감을 살며시 쥐여주던 여자인가, 키를 쓰고 소금을 얻으러 갔을 때, 욕을 퍼부으며 호렴을 한 줌 머리에 내뿌리는 대신 자기 전에 꼭 오줌을 누고 자면 되잖아,라고 말하던 여자인가.

그네들은 이튿날 아침이면 안집 여자의 것인 듯 때 묻고 해진 치마를 헐렁하게 질질 끌며, 수건을 머리에 질끈 동이고 우물가에 나와 이를 닦고 몇 번이고 물을 갈아가며 세수를 했다. 그러고는 보얗게 분 바른 얼굴로 집을 떠났다.

안집 여자는 허드레옷으로 갈아입고 술 취한 목수는 퇴침을 베고 누워 이틀이고 사흘이고 코를 골았다.

사람들 말대로 부네는 몹쓸 병을 앓고 있는 걸까, 미쳐서 짐승처럼 재갈 물리고 손발 묶여 갇혀 있는 길까.

나는 바로 눈앞에 있으면서도 실제의 것이 아닌 듯 아득히 여겨지는 부네의 방 가까이 다가가는 대신 안채로 눈을 돌렸다. 안채의 건넌방 추녀 밑 벽에는 연장 망태가 걸려 있었다.

비 오는 날이 아니라도, 삼실로 튼튼히 얽은 망태는 대개 그곳에 걸려 있었다.

부네가 돌아온 뒤에도 목수는 연장 망태를 걸어둔 채 보름이나 달포씩 집을 비웠다. 산에 들어가 약초를 캔다는 것이다. 때문에 볕 잘 드는 안집 툇마루에는 이름 모를 풀뿌리·나무뿌리들이 비약秘藥의 향기와 쓰디쓴 맛으로 말라가고, 안집 여자는 남몰래 땀을 뻘뻘 흘리며 약을 달였다.

비가 온 뒤나 산에서 돌아온 뒤면 목수는 망태를 내려 대패·까뀌·끌·톱 따위의 연장에 정성껏 기름을 먹인 후 다시 넣어두고 잠을 잤다.

마당까지 들리는 코 고는 소리에 우리는 아, 목수가 돌아왔구나 생각하며 그의 고단한 잠을 깨울까 쉬쉬 발소리를 죽였다.

나는 그가 일 나가는 것을 거의 본 적이 없었다. 그래도 사람들은 그를 외눈박이 목수라고 불렀다.

여물지 않은 감 씨가 아무 맛도 없이 우드득 씹혔다.

부네, 나는 그녀를 한 번쯤 본 듯도 하고 전혀 본 적이 없는 것 같기도 했다. 그런데도 창호지 한 겹 너머 문의 안쪽에서 숨 쉬고 있는 그녀를 생각할 때면 이상한 두려움과 가슴 한 귀퉁이가 무너져 내리는 듯한 슬픔에 잠기곤 했다. 나는 이러한 감정을 달래듯 풋감을 또 하나 주워 씹었다. 떫고 단 맛이 위로처럼 따뜻하고 축축히 목 안으로 차오르고 까닭 모르게 눈물이 고여왔다.

해가 지고 땅거미가 서리기 시작하자 오빠는 책장을 덮고 일
어났다. 거울을 보며 목에 붕대를 감고 오른쪽 손목에도 여러
번 겹쳐 찬찬히 감았다. 그리고는 빳빳하게 세운 목을 삐딱하게
돌리며 눈만 굴려 우리를 보고 ― 우리라기보다는 언니에게 이
르는 말이지만 ― 쏘다니지 말고 집에 있어, 위협조로 이르고는
집을 나갔다.

여름 들어 오빠는 저물녘이면 불끈불끈 돋아 나오는 여드름
을 쥐어짜 피가 솟은 자국에 밥알만큼씩 반창고를 오려 붙이고
무언가에 이끌리듯 밖으로 나갔다. 읍내로 나가는 것이다.

오빠의 위협에도 불구하고, 괜히 들뜬 얼굴로 엉덩이를 들썩
이며 방과 부엌, 텃밭께를 들락거리던 언니는, 오빠가 개울을 건
너가리라는 시간쯤의 사이를 두고 밖으로 나갔다. 나는 비실비
실 언니의 눈치를 보며 따라나섰다.

마을의 어귀에 폭넓은 개울이 흐르고 다리를 건너면 읍이었
다. 교회와 대장간·술집·여인숙·미장원, 그리고 하루 두 번
지나가는 완행버스의 차부가 있는 읍의 큰길에는 닷새에 한 번
씩 장이 서기 때문에 저잣거리라고 불렸다.

밤이면 야간 중학교와 교회에서 나오는 오빠 또래의 학생들
이 삼삼오오 짝을 지어 몰려다녔다.

빳빳이 풀 먹인 교복을 입고 머리를 단정히 빗은 여학생들이
새침하게 지나가면 사내애들은 후익후익 휘파람을 불었다.

읍내 술집에서는 밤마다 싸움판이 벌어졌다.

너 죽고 나 죽자아.

저고리 앞섶을 풀어 헤친 작부가 식칼을 들고 나와 사내를 쫓다가 제풀에 혼절해서 게거품을 물고 길 복판에 넘어지는 모양이나 미장원과 여인숙 골목을 뱅뱅 돌며 달아나는 사내를 보고 우리들은 손뼉을 치며 웃었다.

장이 서는 날은 구경거리가 많았다. 술집과 여인숙에서는 밤내 노랫소리, 고함 소리가 끊이지 않았다. 때문에 아이들은 저물면 무언가에 이끌리듯 개울을 건너 저잣거리로 모여드는 것이었다. 아이들뿐이 아니었다. 나이 찬 처녀들도 잔뜩 조인 허리와 엉덩이를 흔들며 거리의 끝인 미장원에서 차부까지 오락가락하고 으아이스케키 — 으아이스케키 — 아이스케키 통을 멘 사내아이들이 히죽거리며 목청을 돋우었다.

이봐, 아가씨, 아이스케키 사줄게.

시간 좀 빌립시다.

차부의 정비공과 조수 들은 벗은 윗몸의 근육을 불뚝불뚝 일으키며 휘파람을 불거나 고장 난 버스나 트럭을 쇠파이프로 땅땅 두들겼다. 그녀들은 힐끗힐끗 뒤돌아보곤 저희끼리 소곤대고 키들거리며 천천히 거리를 지나쳤다.

언니는 오빠의 눈에 띌 것을 겁내어 불빛이 미치지 않는 그늘에 같은 또래의 계집애들과 무리져 앉아 사내애들의 희롱에 킥킥 웃어대거나 소리 높이 노래를 불렀다.

남이야 전봇대로 이를 쑤시건 말건.

남이야 뒷간에서 낚시질을 하건 말건.

그러면 으레 꺽꺽하고 새된 사내애들 합창이 뒤따랐다.

만약에 백만 원이 생긴다면은 빨강 구두 뾰족 구두 많이 사줄게.

밤의 저잣거리는 늘 재미있었다. 나는 밤이 되어도 식지 않는 더위에 치마를 걷고 언니 또래 틈에 쥐새끼처럼 끼여 앉아 밤거리에 음험하게 끓어오르는 알 수 없는 열기, 끈끈한 정념으로 가득 찬 달착지근한 공기를 들이마셨다.

우리가 앉아 있는 곳에서 오빠의 모습은 환히 보였다. 어머니가 일하고 있는 밥집의 건너편, 하루살이 떼가 빛을 따라 바람개비처럼 어지러이 돌고 있는 전봇대에 비스듬히 기댄 자세로 서서 이 모든 거리의 풍경을 경멸하듯 바라보며 오빠는 붕대 감은 손에 하모니카를 들고 다만 외롭게 혀를 떨며 하모니카를 불었다.

언니도 머지않아 나이 찬 처녀들처럼 엉덩이를 흔들며 이 거리를 지나게 될 것이다. 오빠가 아무리 무섭게 단속을 한다 해도, 그 무엇으로도 언니의 밤 외출을 막을 수 없게 될 것이다. 나도 자라면 역시 그럴 것이다. 굵은 벨트로 배꼽이 튀어나올 때까지 허리를 죄고 천천히 이 거리를 배회하게 되리라.

밤이 깊어지고 조심스럽게 불빛의 그늘에 몸을 숨겼던 언니는 아쉬운 듯 뒤를 돌아보며 저잣거리를 떠났다.

마을로 들어오는 길, 인적 없는 다리를 건널라치면 어디론가 흘러가는 물소리 고요히 들리고 앞산의 깜깜한 숲에서 부어헝 부어헝, 들쥐를 찾아 부엉이가 울었다. 집이 보이는 곳에 이르러 언니는 갑자기 다급해지는 마음에 숨이 턱에 찼다. 발 빠른 오빠가 이미 돌아와 있을지도 모른다는 두려움으로 내 손을 꼭 쥔 손바닥에 축축이 땀이 찼다.

황급히 들어와 숨을 가다듬고 자는 체하노라면 한 발 늦게 돌아온 오빠는 사천왕四天王처럼 문에 버티어 서서 냄새라도 맡을 듯 코를 벌름이며 말했다.

또 나갔었지, 또 나갔었지?

언니는 도무지 못 알아듣는 시늉을 하며 잠에 취한 소리로 우물쭈물 대답했다.

아냐, 내가 언제…… 어쨌다고 그래.

언니의 대꾸는 가냘프고 자신이 없었다.

밤에 쏘다니지 말아, 가만 안 둘 테야.

오빠는 그러고도 자못 미심쩍은 눈길로 언니를 바라보았다. 잠들었던 동생이 때마침 약하게 칭얼대기 시작했다. 벽을 보고 누웠던 할머니가 동생 쪽으로 돌아누우며 가슴팍을 풀어 빈 젖을 물렸다. 오빠는 신을 벗을 염도 없이 문을 짚고 선 채 방 안을 들여다보고 있었다. 언니는 가쁜 숨을 죽이고 자는 체하고 있었지만 나는 오빠가 언니를 보고 있는 것이 아니라 비어 있는 어머니의 잠자리를 더듬고 있음을 알았다.

나는 오빠가 또 언니를 때릴 거라고 생각했다. 지금 저렇게 묵묵히 있는 것도 아마 트집 잡을 궁리에 골몰한 탓일 것이다. 어머니가 돌아오지 않는 밤이면 오빠는 언니를 때렸고 할머니는 말릴 염도 없이 동생을 업고 나가 개울가를 서성거렸다.

오빠의 매질은 무서웠다. 오빠는 작은 폭군이었다. 아버지가 떠난 이래 부쩍부쩍 자라는 오빠의 몸이 어느 결엔가 아버지의 빈자리를 채웠다. 어머니가 읍내 밥집에 나가게 되면서부터, 그리고 수상쩍은 외박이 잦아지자 오빠는 암암리에 아버지의 위치를 수락하였음을, 공공연히 자행되는 매질로 나타냈다.

오빠는 자신이 가장임을 지나치게 의식하고 있어 언제나 침울하고 긴장으로 부자연스럽게 굳어 있었다. 그 긴장으로 억눌려져 자라지 못하는 욕망, 자라지 못하는 슬픔, 분노 따위는 엉뚱한 잔인성이나 폭력의 형태로 나타났다.

때문에 한없이 크고 당당해 보이는 체구에도 불구하고 오빠는 때로 내게 어린애처럼 연약하고 애매해 보였다. 우리를 때릴 때조차 어쩔 줄 모르는 듯 보이기도 했다. 오빠 자신도 이 사실을 깨닫는 듯 걸핏하면 목덜미까지 시뻘겋게 붉혔다.

나는 오빠를 무서워했다. 때로 이해할 수 없는 연민과 동정이 가득 찬 눈으로 나를 바라볼 때, 드러누워 나와 동생을 번갈아 발바닥 위에 베개통처럼 가벼이 얹고 들어 올릴 때조차 ── 동생은 숨넘어가는 소리로 모처럼 꺄르륵거리며 좋아했지만 ── 나는 오빠가 무서웠다. 무서움 때문에 오빠의 몸은 한없이 커지고 이윽고 방은 오빠의 몸으로 숨 쉴 틈도 없이 가득 찼다.

한동안 우두커니 서서 방 안을 들여다보던 오빠가 세게 문을 닫고 어둠 속으로 빠르게 사라졌다. 언니가 호르르 한숨을 쉬며 내게 속삭였다.

노랑눈아, ㅑ 나갔었단 말 하지 말아.

저녁 밥상을 물린 할머니는 언니에게 설거지하라고 이른 뒤 동생을 업고 밖으로 나갔다. 동생은 해가 질 무렵이면 울어대었기 때문에 할머니는 매일 밤 깊도록 동생을 업고 서성이다 밤이슬로 머리칼과 옷이 눅눅히 젖을 때야 돌아왔다. 그래서 동생에게서는 감기 기운이 떠나지 않고 손과 발은 심상치 않은 미열로 늘 따뜻했다.

거미처럼 여윈 그 애는, 할머니의 빈 젖을 빨 때 외에는 늘 가늘고 약하게 울었다. 잠이 들었을 때도 힘없이 벌린 입에는 잔울음 끝이 물려 흐득였다. 나는 때때로 잠든 동생의, 늘 침이 흘러 벌겋게 헐어 있는 턱을 기이하게 바라보았다.

작은오빠는 개울에 어항을 묻어 미꾸라지를 잡거나 낭창낭창한 버드나무 회초리로 개구리를 잡아 오고 할머니가 그것을 부지런히 고아 먹여도 아픈 생살을 뒤덮은 부스럼은 낫지 않았다.

밭 가운데, 혹은 둔덕에는 잔돌 무더기가 흔히 있었다. 애기무덤이라고 했다.

우리는 언젠가 그 애가 죽으리라는 것을 알고 있었다. 어느 날 밤, 할머니와 어머니의 소리 죽인 울음을 들으며 홑이불에 감긴 그 애는 조그만 보퉁이처럼 지겟짐으로 얹혀 나가게 될 것이다.

종일 냇가에서 어항을 놓고 멱을 감던 작은오빠는 팔다리를 내던지고 아랫목에서 잠들었다. 어두운 부엌에서 설거지를 하느라 그릇 소리를 내던 언니는 읍내에 나갔는지 조용했다. 오빠는 저녁 전에 진작 나갔던 터였다. 돌아눕는 작은오빠의 발길질에 발치께에 놓아둔 주발이 데구루루 구르고 뚜껑이 벗겨졌다. 뚜껑을 닫으려다 말고 나는 밥풀을 몇 알 뜯어 입에 넣었다. 희고 매끄러운 밥알은 금세 목구멍으로 슬쩍 넘어가버렸다. 나는 다시 부리나케 몇 알을 주워 먹고는 표시가 안 나게끔 설핏설핏 펴놓았다.

작은오빠는 이를 갈며 몸을 뒤척이다가 히잇 웃었다. 나는 급히 주발 뚜껑을 닫고 벽에 기대앉았다. 어두운 방은 무서웠다. 자꾸 주발로 손이 갔다. 밥알의 들큰한 맛이 입에 남아 있는 동안은 무서움을 잊을 수 있었다.

자신도 모르게 슬금슬금 손이 가는 사이 주발의 밥이 퍽 줄어들었다. 한 겹 살포시 덮은 쌀밥 밑은 우리들이 먹는 시커먼 보리밥이었다. 할머니는 단번에 알아차릴 것이다. 나는 자꾸 주발 뚜껑으로만 가는 손과 싸우며 애써 눈을 돌렸다. 어머니는 술을 마신 날은 대개 밥을 먹지 않는다. 나는, 이번 한 번만,이라는 단서로 염치없는 손을 타일렀다. 살며시 뚜껑을 열어 한 움큼 쥐고는 떠낸 자국을 고르게 펴놓고 작은오빠 곁에 누웠다.

자고 싶었다. 어머니가 돌아오기 전, 그리고 성난 기세로 저잣거리에서 돌아온 오빠가 함부로 우리들의 팔과 다리를 밟으며 건너질러 벽에 대고 씨근거리는 것을 보기 전, 아니 언니의 머리채를 휘어잡기 전 잠들고 싶었다.

안집 뒤뜰에서 익어가는 감 떨어지는 소리가 들렸다.

부네도 자고 있을까. 어두운 밤 홀로 깨어 누워 있으면 무서운 생각만 잇달아 떠오른다. 무서움을 잊기 위해 한 알씩 아껴가며 오래도록 씹었는데도 한 움큼의 밥은 거짓말처럼 없어졌다. 발가락을 움직이면 발치에서 기우뚱, 주발이 굴렀다.

나는 일어나 더듬더듬 부엌으로 나갔다. 발돋움질을 하고 서서 선반의 그릇과 찬장을 뒤졌다. 할머니가 삶아둔, 밤마다 우는 동생을 달래기 위한 고구마는 찬장의 냄비 속에 숨겨져 있었다. 고구마가 없어진 것을 알면 할머니는 한밤중에라도 자는 언니와 작은오빠를 흔들어 깨울 것이다.

네가 처먹었지, 네가 처먹었지.

나는 쥐가 그런 것처럼 냄비 뚜껑을 부엌 바닥에 떨어뜨려놓고 조금 쉰내 나는 고구마를 한 입 베어 물었다.

부엌의 판자벽 바깥으로 할머니의 발소리가 났다. 나는 급히 고구마를 삼켰다. 목이 메고 가슴이 뻐개지는 듯 아팠으나 물을 찾아 마실 겨를도 없었다. 조금 전 떨어뜨린 냄비 뚜껑이 다급한 발길에 차여 데구루루 굴렀다.

방으로 들어오다 문지방에 찧은 발이 몹시 아팠다.

할머니는 긴 한숨을 쉬며 호야의 불을 밝혔다. 석유 내가 풍기고 그을음이 꺼멓게 피어오르다 방이 밝아졌다. 불빛이 퍽 밝아졌는데도 할머니는 눈이 침침한지 손으로 더듬어 나를 벽 쪽으로 밀고 동생을 눕혔다.

나는 살그머니 주머니에 손을 넣었다. 주머니에 엉겨 붙은 고구마가 찐득찐득 묻어났다.

에미야, 시장하지? 어서 들어라.

밤늦어 어머니가 돌아오자 앉아서 꼬박꼬박 졸던 할머니가 밥상을 차려 왔다. 나는 가슴이 쿵덕쿵덕 뛰었다.

관두세요, 밥집에서 끼니 거를까 봐요.

어머니에게서는 쉰 술내가 물씬 풍겼다.

아니다, 속 버린다. 좀 들어라.

어머니가 버선을 한 짝씩 힘겹게 뽑아 윗목으로 던졌다.

에그머니, 밥이 왜 이러냐?

어머니에게 숟갈을 들려주며 주발 뚜껑을 열던 할머니가 기겁을 했다.

나는 오줌이 마려워 아랫배가 팽팽히 당겨왔지만 꼼짝할 수 없었다.

이젠 에미 밥까지 손을 대니…… 노랑눈이년 짓이다. 쥐새끼처럼 무엇 하나 남겨두는 게 없어. 안집에선 떨어진 감꼭지 하나 눈 씻고 찾아볼 수 없다고 하지. 이거 원 남부끄러워서……

할머니는 과장된 노기로 목청을 높였다. 할머니의 어머니에 대한 말투에는 언제나 면목 없어 하는 듯한 아첨기가 있었고, 어머니 역시 그것을 당연하게 받아들였다.

속이 쉬이 꺼져서 그래요. 보리밥이 무슨 맥이 있나요. 한창 먹을 나인데…… 아무거나 집어 먹어 속을 채워야죠.

어머니가 아무렇게나 내뱉는 말은 흡사 술주정 같기도, 푸념 같기도 했다.

남 들으면 내가 굶기는 줄 알겠다. 큰애들보다 먹긴 더 먹어. 몸을 봐라. 즈 언니보다 더 실팍하지.

할머니는 당장이라도 나를 흔들어 깨울 듯한 서슬이었다.

관두세요.

어머니는 밥상을 고스란히 밀어놓았다. 그리고 옷도 벗지 않고 팔베개를 하고 모로 누웠다.

죄 될 소리지만…… 난 걔가 어쩐지 내가 낳은 애 같지 않아요.

잠이 드는가 싶었던 어머니가 술기 가신 목소리로 혼잣말처럼 중얼거렸다.

할머니는 돌아앉아 발에 들기름을 바르며 대꾸가 없었다. 석유 내와 들기름 내가 뒤섞여 그을음처럼 거멓게 방을 채우고 있었다. 할머니는 난리 통에 파편을 밟아 덴 발에 밤마다 들기름을 바르고 기름종이로 쌌다.

어머니는 별반 대꾸를 기다리는 기색도 없이 말을 계속했다.

……웃지도 않고 말도 않고…… 다른 애들하곤 달라요. 멍청하고 걸귀가 들렸는지 노상 먹을 생각밖엔 없어요. 좀 모자라는 게 아닌가 몰라…… 일곱 살이 되도록 오줌을 싸고…… 내년에는 학교에 넣어야 하는데. 어린애가 자꾸 살이 찌니 병인지도 모르겠어요. 몸에 물이 차면 그렇게 붓는 수가 있대요.

노랑눈이보다 막내가 걱정이다.

할머니가 바삭바삭 기름종이 소리를 내며 어머니의 말을 잘랐다.

아무래도 제구실을 못 할 것 같아. 웬일로 날이 갈수록 까부라져가니…… 등에 업으면 꼭 검불 하나 얹힌 모양으로 맥이 없어. 고추가 아깝지.

어머니는 또다시 한숨을 쉬었다.

방 안은 조용했다. 할머니도 어머니도 더 입을 열지 않았다. 아버지 생각을 하는 것이리라. 날로 희미하고 멀어져가는 아버지의 모습은 어두운 밤, 망령처럼 성큼 벽 틈으로 스며 당당히 우리 사이를 비집고 드러눕는 것이었다.

나는 아버지의 얼굴을 기억할 수 없었다. 내가 떠올릴 수 있는 것은 땀으로 평 젖은 셔츠의 등과 더 짙은 얼룩으로 젖어 있던 겨드랑이를 보이며 트럭에서 내리던 모습뿐이었다. 어머니는 그때 손을 내저으며 울부짖었다.

이 근방에서 자리 잡고 있을게요. 곧 돌아와야 해요.

어머니가 몸을 일으켰다. 벽에 엄청나게 큰 그림자가 일렁였다. 어머니는 훅 남폿불을 불어 껐다. 그림자는 순간 펄럭이며 사라졌다.

큰애가 안 들어왔다.

할머니가 조심스럽게 말했다.

오겠죠.

나는 잠이 오지 않았다. 풀벌레가 찌륵찌륵 맑게 울고 그 소리에 가만히 귀를 모으노라면 내 몸은 아주 얇고 투명한 껍질이 되어 삿자리 밑을 빠르게 달려가는 그리마의 발소리도 들을 수 있었다.

밤이 깊어 오빠는 축축한 이슬 내를 풍기며 돌아왔다. 알지 못할 욕설을 중얼거리며 우리들의 몸을 건너 벽 쪽에 누웠다.

나는 소리 나지 않게 고구마를 조금씩 떼어 단맛을 혀로 녹이며 끈끈한 손가락을 뿌리까지 찬찬히 빨았다.

그리마의 수많은 발들이 더욱 분주히 어둠을 갉아대고, 베개를 베지 않고 자는 우리들은 맹렬히 이를 갈았다.

어머니는 잠결에 괴롭게 한숨을 쉬고 할머니는 알 수 없는 말을 중얼거렸다.

부엌에서는 배고픈 쥐가 간단없이 달그락거리며 빈 그릇을 뒤지고 있었다.

나는 눈을 말갛게 뜨고 조그맣게 말했다.

늬 집에 가아, 먹을 건 아무것도 없단다.

나는 나를 잠들지 못하게 하는 조바심이 무엇인지 잘 알고 있었다. 문지방에 찧은 발은 이미 아프지 않았다. 그러나 나는 몸을 오그려 발을 싸쥐고는 사납게 얼굴을 찡그렸다. 어둠 속에서 찡그리고 또 찡그렸다.

맹렬히 이빨 가는 소리 속에 우리들이 저마다 뿜어대는 땀냄새, 떨어져 내리는 살비듬 내, 풀썩풀썩 뀌어대는 방귀 냄새, 비리고 무구한 정욕의 냄새, 이 모든 살아 있는 우리들의 냄새는 음험하게 끓어올랐다.

나는 가만히 손을 뻗어 어머니의 머리맡께를 더듬었다. 어머니는 취한 중에도 꼭 지갑을 요 밑에 찔러두고 잠이 들었다. 나는 지갑에서 지전을 한 장 꺼내고 지갑을 다시 요 밑에 넣었다. 어머니는 취한 탓인지 언제나 지갑에서 돈이 비는 것을 모르는 성싶었다. 그러나 나는 어쩌면 어머니가 알면서 일부러 모르는 체하는지도 모른다는 생각을 지울 수가 없었다. 때문에 결국 돈을 꺼내게 되고야 말 거라는 것을 알면서도 지갑에서 그것을 빼낼 때까지, 다디단 사탕을 다 녹일 때까지도 조마조마한 마음이었다.

나는 돈을 아직도 끈적이는 주머니 깊숙이 넣어놓고 반듯이 누워 비로소 아슴아슴 잠에 빠져들어갔다.

그저도 뒤뜰에서는 툭툭 감 떨어지는 소리가 간헐적으로 들려왔다. 풀벌레 우는 소리가 한결 가까웠다.

부네가 울고 있다, 소리 없이. 까무룩이 잠 속으로 떨어져 내리며 나는 두서없이 문득 그런 생각을 했다. 꿈이었을까.

늦더위는 좀체 물러가지 않았다. 아침부터 함석지붕을 녹여버릴 듯 불볕을 퍼부었다.

노랑눈아, 애 좀 업어라.

내게 동생을 업혀 띠로 찬찬히 감은 뒤 할머니는 끄응, 커다란 빨래 함지를 이었다.

발가벗은 아이들이 물장구질 치는 얕은 물을 지나 빨래를 하거나 푸성귀를 씻는 여자들을 지나 할머니는 개울을 거슬러 위로 위로 자꾸만 올라갔다.

개울의 상류, 사람의 발길이 드문 정한 데를 찾아 할머니는 빨랫감을 담갔다. 나는 개울 기슭, 산수유나무의 옅은 그늘에 동생을 내려놓고 짓무른 턱과 머리에 달라붙은 파리를 쫓았다.

거미처럼 여윈 동생은 이파리 사이로 새어 드는 햇빛에 쉴 새 없이 눈을 깜박이며 얼굴을 찡그렸다. 여름내 땀띠가 새빨갛게 솟아 곪아 터지면서도 긴 내의를 벗기면 푸릇하고 메마른 살갗에 단박 소름이 돋았다.

파리 쫓는 일에 싫증이 난 나는 쇠비름을 뽑아 풀각시를 만들어 물에 띄우고 냇물에 발을 담갔다.

빨래를 다 한 할머니는 햇빛으로 하얗고 뜨겁게 달구어진 넓적 바위에 옷가지들을 펴 널었다. 빠른 물살에 치마가 젖자 나는 발가벗고 물속에 들어갔다. 개울 밑, 둥글게 닳은 조약돌 사이에서 발은 갑자기 돋아난 듯 아주 희고 깨끗해 보였다.

할머니는 흐르는 물을 한 번 더 손으로 휘저어 검불과 풀잎들을 떠내려 보내고는 비녀를 뽑았다. 쫑쫑 땋은 가느다란 머리타래가 단번에 등허리로 늘어졌다. 할머니는 머리 밑에 바짝 잡아맨 댕기를 풀었다. 기름에 절어 자주 댕기는 검은색으로 윤이 났다.

옛날 버릇이 남아서…… 기생이었단다.

할머니의 꽃댕기를 가리키며 어머니는 다분히 경멸조로 말했다.

할머니 이름은 봉지였다.

어찌나 예뻤던지 봉지 봉지 꽃봉지라고 불렀단다.

외할아버지는 아흔 칸 고랫등 기와집을 지어주고 할머니를 소실로 들였다고 했다.

할머니는 목욕이 잦았다. 한겨울에도 컴컴한 부엌에서 보얗게 김을 피워 올리는 함지 속에 들어앉아 철벅철벅 물소리를 내며 몸을 닦았다. 물론 아무도 들여다보지 못하게 단단히 문을 잠그고서였다. 방 안에서 할머니의 몸 닦는 소리를 들으며 어머니는 또 말했다.

옛날 버릇이 남아서…… 청승이지 뭐냐. 잠자리 뫼실 영감님
도 없는 터에……

세 해 전인가 할머니가 처음 우리 집에 오던 날의 광경은 지
금도 한 장의 그림처럼 내 머릿속에 또렷이 박혀 있었다.

그때를 전후한 상황은 뭔가 몹시 어수선했다는 것밖에는 기
억이 흐릿했다.

아버지는 뜰의 한구석을 파고 있었다. 곁에는 사기와 유리그
릇들이 잔뜩 쌓여 있었다. 그릇들을 깨지지 않게 땅속 깊이 묻
고 우리는 어디론가 떠난다고 했다. 아버지는 허리를 굽히고 쉴
새 없이 이마에 흐르는 땀을 닦으며 곡괭이질을 했지만 굳게 얼
어붙은 땅은 파이지 않았다. 오히려 곡괭이 날이 튕기듯 부러져
나갔다.

바람에 매운 눈발이 흩날렸다. 대문 밖에는 트럭이 서 있고
만삭의 어머니는 뒤뚱뒤뚱 오리걸음으로 보퉁이를 하나씩 날라
트럭에 실었다.

그때 활짝 열린 문으로 누군가 살풋이 들어섰다. 흰 눈에 묻
어온, 때아닌 꽃잎 같다는 인상이었다.

이마 위로 오색 술을 늘인 검정색 조바위를 맵시 있게 쓰고
자줏빛 비단 두루마기를 입은 할머니는 씨암탉처럼 아기작아기
작 얌전히 걸어 들어왔다(그러한 걸음이 파편에 덴 발의 절룩임
을 감추려는 필사적인 노력인 것을 안 것은 그 얼마 후 맨 처음 닿
은 피난지에서 몸을 푼 어머니의 산구완을 할머니가 도맡게 되었

을 때였다).

우리는 할머니를 보는 순간 갑자기 어리둥절해서 한동안 대문께를 뚫어지게 바라보았다. 어머니마저도 그랬다.

짐을 덜고 추위도 막자는 생각으로 겹겹이 옷을 껴입어 걷기도 어려울 만큼 옷 보따리가 되어버린, 그리고 이 부산을 떨어야 하는 이유가 가당찮고 우스꽝스러워질 만큼, 해맑고 천연한 얼굴로 수줍은 태를 보이며 눈발 속에 서 있는 할머니의 모습은 우리에게 충격을 주었던 것이다.

우리는 할머니가 우리 집에 나타날 때까지 할머니를 보기는커녕, 우리에게 할머니가 있다는 사실도 모르고 있었다. 후에 어머니의 말을 들으면 할아버지가 재산을 탕진하고(어머니는 첩에게 빨렸다는 말을 썼다) 돌아간 후, 화류계 여자들이 흔히 그렇듯 자식을 낳지 못한 할머니는 쭉 혼자 살고 있었다고 했다.

아버지 역시 할머니를 보자 잠시 멍청해지더니 그때까지 손에 쥐고 있던, 날이 부러져 나간 곡괭이 자루를 집어던졌다. 그러고는 누구에게랄 것도 없이 퉁명스럽게 내뱉었다. 빨리 떠나자구.

할머니는 면구스러운 낯으로 조심스레 두루마기 자락을 감싸 쥐고 트럭의 짐칸에 올라탔다. 즉시 할머니에게 넘겨진 나는 왜 그렇게 할머니의 머리에 얹힌 조바위가 무서웠을까. 내가 심하게 낯가림을 하며 울어대는 바람에 할머니는 조바위를 벗고 밤새 겨울 찬바람 속을 얼어붙을 듯 시린 맨머리로 정수리를 하얗게 보이며 가야 했다.

할머니의 조그만 보퉁이에 들어 있는 청홍의 술을 늘인, 머리를 맞댄 봉황 두 마리가 금실과 은실로 찬란히 수놓인 붉은 비단 주머니에는 돌아간 영감님과 자신의 은수저가 각기 한 벌씩 들어 있었다.

할머니는 삼실처럼 희누르고 거친 머리를 물속에 담그고 오래오래 감았다. 젖은 머리카락을 땋아 자주 댕기 물려 단정히 쪽 찐 후 내 벗은 몸을 잡아 겨드랑이에 끼고 물속에 머리를 잡아넣었다.

머리가 물속에 들어가자 갑자기 머리 뚜껑이 열려 서서히 텅 비어가듯 그렇게 서늘하고 거뿟해졌다.

여름이어도 첫물은 늘 시렸다. 하늘과 구름과 나무가 곤두박질치듯 빙 돌며 물구나무를 섰다. 느닷없이 물속에 거꾸로 박힐 때 나는 본능적인 두려움과 거부감으로 발버둥을 쳤지만 머리 밑을 흐르는 물의 감촉에 곧 익숙해졌다.

나는 팔을 늘어뜨리고 조용히 거꾸로 비치는 풍경을 바라보았다. 하늘과 그것을 떠받친 밋밋한 능선과 나무, 작은 풀숲 따위가 보일 듯 말 듯 흔들렸다. 작은 송사리 떼가 쏜살같이 속눈썹 위로 지나갔다. 올올이 흩어진 머리칼은 물풀처럼 흐느적거리며 물속 바위 틈으로 스미었다.

이년, 이 쇠똥딱지 앉은 것 좀 봐라.

할머니는 서걱서걱 사정없이 머리를 문질렀다.

한낮의 햇빛이 조용히 뜨겁게 끓어오르고 있을 뿐 물 흐르는 소리조차 주는 듯 나른히 가라앉았다. 디 깊이 물속에 머리를 담그자 개울 바닥, 돌부리에 비로드처럼 부드럽고 푸른 이끼가 숨어 자라는 것이 보였다. 물속에 잠긴 눈에 비친, 거꾸로 선 풍경은 언젠가 보았던 듯 몹시 친숙한 것이었다.

저고리를 벗은 할머니의 겨드랑이에서는 시큼한 땀내가 풍기고 땀에 젖은 풍성한 한 줌의 털이 할머니가 머리를 문지를 때마다 어깨를 간질였다.

내 머리를 다 감기고 나자 할머니는 돌아서서 치마를 벗었다. 그리고 미끄러운 돌에 기우뚱 위태롭게 발을 내디디며 물속으로 들어왔다.

할머니의 벗은 몸을 보는 것은 처음이었다. 시들고 메마른, 팔다리와는 달리 속살은 눈부시게 희고 특히 어머니처럼 다산多産의 흉한 주름이 없는 배는 둥글고 풍요했다. 할머니의 거뭇한 가랑이 사이에서 거품을 내던 물은 조금 아래쪽에 선 내 허리를 휘감고 흘러갔다.

나는 개울의 가운데에 잠깐 망연하게 서 있는 할머니에게서 문득 흩날리는 눈발에 꽃잎처럼 묻어 들어오던 날의 놀라움을 생생하게 되살렸다.

할머니는 아름다웠다. 내 눈길을 느낀 할머니는 잇몸을 내보이며 흐흐 웃었다. 햇빛 아래 입을 벌리고 웃는 할머니는 마른 꽃잎 같았다. 봉지 봉지 꽃봉지. 할머니는 정말 새까맣게 여문 씨앗이 배게 들어찬 주머니와도 같았다.

파편의 화상으로 밤마다 허물을 벗는 연한 분홍빛의 발은 물살에 따라 흘러와 쌓이는 모래 속에 묻혀갔다.

물 가운데 우뚝 선 할머니는 물감처럼 엷게 한없이 풀리고 내주름지고 볼품없는 가랑이 사이에서 거품을 내고 흘러갔다.

얼굴 위로 개미라도 기어가는지 동생이 가냘픈 소리로 울기 시작했다. 물소리에 섞여 그것은 마치 개울 바닥에 모래가 쌓여가는, 혹은 풀벌레 소리처럼 심상하고 자연스럽게 들려 어서 가 보아야 한다는 생각은 들지 않았다. 할머니 역시 마찬가지인 모양이었다. 동생이 있는 풀숲으로부터 나타난 팔뚝 굵기의 번지르르한 구렁이 한 마리가 대가리를 물에 묻고 느릿느릿 물을 따라 헤엄쳐 가는 것을 물끄러미 보고 있다가 문득 생각난 듯 무심히 중얼거렸다.

얘가 혼절을 했겠구나.

어머니는 늦잠을 잤다. 언니와 작은오빠가 학교에 간 지도 꽤 오랜 참이었다. 지분이 얼룩진 얼굴에 햇빛이 닿자 어머니는 숙취로 부석부석 부어오른 얼굴을 손등으로 가리며 돌아누웠다.

늘 그렇듯 오빠가 돌아앉아 소리 높여 영어책을 읽기 시작하자 나는 어머니의 머리맡을 돌아 방을 나왔다.

마을의 어귀, 읍으로 나가는 길의 반대쪽에 구멍가게가 있었다. 내가 문간에 서서 두릿두릿 가게 안을 들여다보노라면 치마를 걷고 앉아 부채질을 하거나 파리채로 뚜덕뚜덕 파리를 잡고 있던 젊은 아낙네는 말없이 입이 넓은 유리병의 꽃 모양으로 오그린 양철 뚜껑을 열고 사탕을 두 알 꺼내 주었다. 때로 무표정한 얼굴로 병 밑바닥에 수북이 떨어진 굵은 설탕 가루를 한 줌

덧쥐여주는 선심도 썼다. 나오기가 귀찮은지 쪽유리로 흘깃 내다보고는 게으르게 하품을 하며 돈 거기 놓고 꺼내 가거라, 말하기도 했다. 그녀는 늘 내 주머니 속의 돈이 꼭 사탕 두 알 값이라는 것을 알고 있었고, 나는 이제껏 사탕 외에 다른 것을 산 적이 없기 때문이었다.

그럴 때면 나는 사탕을 두 개 꺼낸 뒤에도 곧 뚜껑을 닫지 않고 머뭇거렸다. 이쪽을 내다보는 기척이 없으면 재빨리 한 개를 더 꺼내 주머니에 넣고 돈 여깄어요, 크게 소리치고 나오는 것이었다. 소 눈깔만 한 사탕을 입에 물면 볼이 미어지게 튀어나왔다. 나는 그 두 알의 사탕으로 점심때가 훨씬 기울 때까지 견디는 방법을 알고 있었다. 그것이 다 녹을 때까지는 집에 들어갈 수 없기도 했다.

나는 어슬렁어슬렁 신작로를 따라 걸었다. 길 옆 옥수수 이파리는 흙먼지를 보얗게 뒤집어쓴 채 축축 늘어지고 수염이 노랗게 말라가고 있었다.

나는 사탕의 단맛을 아껴 되도록 천천히 빨며 먼지가 풀풀 이는 길을 걸었다. 쿵, 쿵, 먼 데서 대포 소리가 들려왔다. 멀리 보이는 몇 개의 겹쳐진 능선 너머에서 들리는 소리라고 사람들은 말했다. 나는 자주 멈춰 서서 입안의 사탕을 꺼내 눈앞에 들어올려 작아진 정도를 살피고는 주머니에 넣었다. 열 발자국 정도를 걸어 입안에 남은 단맛이 말끔히 가신 후에야 다시 사탕을 빨았다. 때문에 손가락들은 끈끈한 사탕기로 물갈퀴처럼 달라붙어 잘 떨어지지 않았다.

신작로의 끝에 언니가 다니는 학교가 있었다. 나지막한 단층 목조 건물이었다. 운동장을 두른 탱자나무 울타리가 드티어진 교문 앞에서는 솜사탕 장수가 틀, 틀, 틀, 틀, 구름 같은 솜사탕을 피워 올렸다. 깔때기 모양의 함석통 안에 흰 가루를 한 줌 넣고 가느다란 막대를 꽂은 뒤 발틀을 돌리면 막대에는 솜이 한 겹씩 감기고 금세 목화꽃처럼 하얗게 반짝이며 피어올랐다. 그것을 보는 일은 언제까지나 싫증이 나지 않았다. 한참을 서서 다섯 개, 열 개로 자꾸자꾸 불어나는 솜사탕을 물끄러미 바라보고 있으면 솜사탕 장수는, 먹고 싶으냐, 먹고 싶으면 돈 갖고 와서 먹어라, 하고는 보아란 듯 열한 개째의 솜사탕을 탁 꽂았다. 콜타르로 검게 칠한 낡은 목조 건물의 열린 창에서 쨍쨍히 노랫소리가 들려왔다.

학교 뒤 야산 중턱, 철조망이 쳐진 곳은 고아원이었다. 철조망 안에는 창고처럼 높직이 유리창이 달린 판잣집과 두 동의 군용 천막이 세워져 있었다. 공사를 하려는지 각목과 벽돌도 군데군데 쌓여 있었다. 햇빛이 쨍쨍하고 그늘이 없어 계집애들은 각목을 엇갈려 세운 틈의 좁은 그늘에서 머리를 맞대고 서로 이를 잡아주었다. 웃통을 벗은 사내애들은 물지게로 물을 길어 날랐다.

작은오빠는 늘 그 애들을 부러워했다. 못으로 날선 칼을 만들고 상처의 피쯤이야 쓱 혀로 핥고 밤마다 서너 명씩 패를 지어 달아나면 또 그만한 숫자의 다른 아이들이 어디선가 잡혀온다고 했다. 언니는 그런 얘기를 들으면 진저리를 쳤다. 갈 때 보자, 나지막이 잇새로 내뱉는 그 애들의 말을 무서워하지 않는 애들이란 오빠의 반에서 단 한 명도 없다고 했다. 그러한 경고를 들은 뒤, 집으로 돌아가는 으슥한 길목에는 영락없이 그 애들의 패거리가 기다리고 있기 때문이라는 것이다. 맘만 먹으면 변소에 거꾸로 처넣는 것쯤이야 식은 죽 먹기라는 것이다.

우유 가루를 핥아 먹던 계집애가 철조망 가까이 다가왔다.

먹고 싶니, 좀 줄까?

나는 손을 내밀었다. 그러자 그 애는 손바닥에 조금 남은 우유 가루를 내 눈에 대고 훅 불어 날렸다.

빨리 없어져, 이 뚱보야.

판잣집 앞에 세운 산소통이 땡땡땡땡 여러 차례 울렸다.

배고프다 땡땡땡.

밥 먹어라 땡땡땡.

아이들은 재빨리 일어나 머리채를 흔들며 다투어 안으로 사라졌다.

나는 나머지 사탕을 입에 넣고 왔던 길을 되짚어 마을을 지나 읍내로 갔다.

장이 안 서는 날이라 한산한 한낮의 저잣거리에 땅, 땅, 대장간의 망치 소리만 생생히 울렸다.

나는 거리의 끝까지 느릿느릿 걸으며 두어 사람을 내려놓고 떠나는 완행버스 꽁무니를 따라가보기도 하고 죽은 듯 조용한 미장원과 술집·여인숙 골목을 기웃거리기도 했다.

이 거리를 지나가노라면 늘 아버지 생각이 났다. 아버지가 전투복을 입은 사람들에 의해 트럭에서 끌어 내려진 곳은 여기서 얼마쯤 떨어진 곳일까. 흐린 기억으로도 우리는 아버지를 내려 놓은 곳에서 그닥 멀리 와 있는 것 같지 않았다.

대장장이는 이글이글 타는 참나무 숯불에 쇠를 달구고 힘찬 망치질로 날을 벼리었다. 망치를 내리칠 때마다 겨드랑이 안쪽 의 살이 푸르륵푸르륵 부풀어 올랐다. 대장간 앞에 드러누워 벌 겋게 익은 얼굴로 잠든, 농기구를 손보러 온 농부들 곁을 지나 치다가 나는 걸음을 멈추었다. 그들 중에 눈에 익은 연장 망태 를 베고 모로 꼬부려 누운 안집의 외눈박이 목수가 있었기 때문 이었다.

해가 훨씬 이울었을 때야 나는 집으로 돌아왔다. 어머니가 읍 내로 나갈 시간이었다.

동생을 업고 텃밭에서 서성이던 언니가 애써 웃음을 숨기고 비쭉 입을 내밀었다. 뭔가 좋은 일이 있다는 암시였다.

망할 년, 어딜 그렇게 쏘다니니.

우물가에서 돌절구를 씻다가 할머니가 한마디 핀잔을 주었 다. 방 안의 오빠는 책을 읽으면서도 바깥의 동정을 낱낱이 살 피고 있었던 듯 씻은 절구를 단숨에 부엌으로 들어 날랐다.

찜통같이 덥고 어두운 부엌에는 이미 불 피운 화덕이 들어와 있고 물이 김을 내며 설설 끓었다. 무슨 일이 있는가는 이제 확 실해졌다. 나는 벙긋벙긋 자꾸 웃음이 번지는 얼굴로 부엌과 뒤 꼍을 들락거리다가 할머니에게 머리를 쥐어박혔다. 화장을 마 치고 나가는 어머니에게 할머니가 은근하게 말했다.

에미야, 저녁은 꼭 집에서 먹어라.

할머니가 또 임자 없는 닭을 잡아온 것이다. 할머니의 빨래 함지는 빨랫거리에 비해 엄청나게 컸다. 그리고 가끔 그 큰 함지 속에는 커다란 묵은 닭이 다리를 꺾고 앉아 눈알을 뒤룩거리고 있곤 했다. 동네에서 떨어진 채마밭을 어정거리는 닭을 잡아온 것이다. 할머니는 끝내 임자 없는 닭이라고 우겼다.

할머니가 그 닭의 목을 죽지 속에 파묻은 후 돌절구에 넣고 공이로 찧으면 닭은 단 한마디의 비명도 없이 죽었다.

옷이 척척 들러붙게 더운 날인데도 할머니는 부엌문을 닫아걸고 흘러드는 땀에 눈을 섬벅이며 닭 털을 뽑았다.

우리는 방문을 굳게 닫고 땀을 뚝뚝 흘리며 뜨거운 닭국을 먹었다.

할머니는 우리의 손이 닿기 전 먼저 닭의 다리와 똥집을 오빠의 밥 위에 얹었다.

뒤처리도 재빨랐다. 바람에 날리지 않게 재에 버무린 닭 털을 오빠는 마당 구석 깊숙이 묻고 부엌 바닥의 검게 엉긴 피도 흙을 뿌려 쓸자 감쪽같았다.

할머니는 또 살이 말끔히 발린 닭 뼈를 눈에 안 띄는 찬장 뒤에 놓았다. 지네를 잡아 약에 쓴다는 것이다.

우리는 기름기 번질한 입술을 손등으로 문지르며 방문을 열고 툇마루에 나앉았다.

처음 우리가 이사 왔을 때 동네에서는 자꾸 닭이 없어진다는 소문이 돌고, 닭 임자는 잃어버린 닭을 찾아 우리 방 쪽을 기웃거렸다. 외지에서 들어온 피난민들의 소행이 분명하다고 사람들은 수근거렸다. 그러나 할머니가 정작 커다란 빨래 함지를 이고 나가기 시작한 것은 일 년이나 지난 다음부터였다. 어차피 우리는 거지나 다름없는 뜨내기 피난민이었던 것이다.

오빠는 처음엔 닭을 입에 대지도 않았다. 자기 몫의 국을 보란 듯 뜨물통에 쏟아 우리를 경악게 했다. 그러나 한참 자랄 나이의 왕성한 식욕을 오랫동안 외면할 수는 없었다.

할머니는 동생에게는 소다를, 내게는 호렴을 한 줌 먹였다. 안 먹던 음식을 먹고 체하면 큰일이라는 것이다. 호렴은 짜고 썼다. 목구멍을 넘어갈 때는 따갑고 쓰라렸다.

한밤중, 타는 듯한 갈증으로 잠을 깬 나는 잠든 몸들을 더듬더듬 타 넘어 방문을 열었다.

소금 먹은 놈이 물켠다더니.

그때까지도 잠들지 않고 있었던 듯 어머니는 술내를 풍기며 후후 웃고, 오줌만 싸봐라, 키 씌워 동네 조리를 돌릴 테니, 할머니가 으름장을 놓았다.

우물은 깊었다. 둥그렇게 내려앉은 어두운 하늘은 두레박줄을 한없이 한없이 빨아들이고 방심하고 있던 어느 순간 마침내 철버덕 수천 조각으로 깨어져 흐트러졌다.

이슬이 자디잔 유리 파편처럼 반짝이며 축축이 내리고 있었다. 한 차례 물을 마시고 발등에 쏟아붓고 나는 다시 끝없이 두레박줄을 풀어내며 우물 속을 들여다보았다. 우물 속은 고요하고 알 수 없는 소리로 가득 차 있었다. 그 속에서 어쩌면 탄식과도 같은 누군가의 숨소리가 섞어 들리는 듯도 했다.

부네의 방, 툇마루 밑에서 쥐가 한 마리 재빠르게 달아났다. 마루의 벌어진 틈 사이로 달빛이 깊숙이 스미고 있었다. 나는 다가가 마루 밑을 들여다보았다. 마루 밑에는 방금 쥐가 장난을 치던 것인 듯 구두가 한 짝은 모로, 한 짝은 엎어진 채 있었다. 나는 그것을 꺼냈다. 흙먼지가 가득 속을 메운 구두는 굽과 코가 칼날처럼 날렵하게 빠진 뾰족 구두였다. 나는 흙을 털어내고 손바닥으로 문질러 반짝 윤을 내고는 가만히 젖은 발을 집어넣었다. 발목이 꺾일 듯 휘청 앞으로 고꾸라졌다. 나는 신을 벗어 댓돌 위에 나란히 놓은 뒤 방문에 눈을 갖다 대었다. 안은 어두워 촘촘한 문살 사이로 아무것도 눈에 잡히지 않았다. 이상하게도 여느 때의 두려움은 느껴지지 않았다.

붉은 물이 들기 시작한 감이 가끔 생각난 듯 툭툭 떨어져 굴렀다.

한밤중에 이렇게 나와 앉아 부네의 방을 바라보면, 너무 조용하기 때문일까, 낮의 일들이 꼭 꿈속의 일처럼 아주 몽롱하고 멀게 느껴지는 것이었다. 밤마다 술 취해 오는 어머니, 더러운 이불 속에서 쥐처럼 손가락을 빨아대는 일 따위가 한바탕의 긴 꿈만 같이 여겨졌다. 진짜의 나는 안타까이 더듬어보는 먼 기억의 갈피짬에서 단편적인 감각으로 남아 있는 것이 아닐까. 아버지처럼. 아버지는 키가 몹시 컸다. 아니 그것은 덩치 큰 오빠를 향해 하던, 아버지를 쏙 빼었다는 할머니의 말에서 비롯된 연상인지도 몰랐다.

저녁을 먹은 후 바람이 서늘해지면 아버지는 나를 어깨 위에 태우고 밖으로 나갔다. 아버지의 무등을 타면 어쩌나 높던지 나 자신 풍선처럼 공중에 둥실 떠오르듯 눈앞이 어지러이 흔들렸다.

곧 동생이 태어날 거다. 아버지는 내 넓적다리를 꽉 쥐며 노 래 부르듯 말했다. 엄마 배 속에 아기가 들었단다.

꼭 잡아. 아버지의 말에 따라 아버지의 머리를 잡으면 손에 찐득찐득한 머릿기름이 묻어났다.

아버지는 내게 연약한 넓적다리나 발목을 잡던 악력, 막연히 따스하고 부드러운 것, 보다 커다란 것, 땀으로 젖어 있던 등허 리로 남아 있었다. 그러나 이 모든 기억 역시 내 상상이 꾸며낸 더 먼 꿈속의 일은 아니었을까.

전쟁이 끝나면 아버지가 돌아온다. 두 해가 지나도록 소식 이 없었지만 할머니는 끈기 있게 기다렸다. 그러나 아버지에 대 한 정다운 기억, 기다림에도 불구하고 아버지가 돌아온다는 사 실에 우리는 모두 얼마쯤의 불안과 두려움을 갖고 있었다. 매일 술 취해 돌아오는 어머니를 향해, 아버지가 돌아오시면 뭐라고 하실까요, 차갑게 협박하는 오빠까지도.

우리가 임자 없는 닭의 맛에 길들여지듯, 어머니의 지갑을 더 듬는 내 손길이 점차 담대해지고 빼내는 돈의 액수가 많아지듯, 할머니가 단말마의 비명도 없는 도살屠殺의 비기秘技를 익혀가 듯, 그리고 종내는 눈의 정기만으로도 닭들이 스스로 죽지 밑에 고개를 묻고 널브러지듯 아버지 역시 달라져 있을 것이다. 아버 지가 우리를 떠나 있던 그 긴 시간의 갈피짬마다 연기처럼 모호 히 서린 낯섦은 새로운 전쟁으로 우리 사이에 재연될 것이기에 차라리 그립고 정답게 아버지를 추억하며 희망 없는 기다림으로 우리 모두 아버지가 영영 돌아오지 않기를 바라거나 돌아오지 않을 사람으로 치부하고 있음을 변명하고 용서를 구하는 것이나 아니었는지.

멀리 산등성이 너머에서부터 들려오는 대포 소리는 고즈넉이 가라앉은 이 마을에 문득 전쟁을 상기시켰고, 드문드문 흘러드는 피난민들은 아직도 바깥에서는 전쟁이 계속되고 있다고 말했다.

빨간 고추잠자리 한 마리가 장독대 위를 날았다. 낮잠을 자는 사이 비가 그쳤나 보았다. 따가운 볕에 청명한 바람기가 숨어 있었다.

일년초가 심겨진 장독대 주위는 가을꽃으로 붉었다. 저녁답이었다.

물이 괸 장독 뚜껑에 엷게 햇빛이 떠 있고 잠자리는 앉을 듯 말 듯 망설이며 뱅뱅 돌았다.

할머니는 개울에서 아직 돌아오지 않았는지 보이지 않았다. 이맘때면 우물가에서 쌀을 씻는 안집 여자도 기척이 없었다.

나는 빗물이 질척하게 괸 고무신에 발을 꿰고 툇마루에 앉았다. 멍하니 부네의 방 쪽을 바라보았다.

가을 해는 짧았다. 어느새 부네의 방문은 엷은 햇빛에 눅눅히 잠겨들고 있었다. 나는 물에 잠기듯 잦아드는 부네의 방을 보면서 이유를 알 수 없는 서러움이 가슴에 차오르는 것을 느꼈다.

266

불현듯 닫힌 방문의 안쪽에서 노랫소리가 들리는 듯했다. 어쩌면 약한 탄식 같기도, 소리 죽인 신음 같기도 했다.

아아아아아아 ―

아아아아아아 ―

어느 순간 방문의 누렇게 찌든 창호지가 부풀어 오르고 그 안쪽에서 어른대는 그림자를 얼핏 본 것도 같았다.

아아아아아아 ―

그 소리는 다시 들리지 않았다. 분가루처럼 엷게 떨어져 내리는 햇빛뿐이었다. 내가 들은 것은 환청인지도 몰랐다. 그러나 입 안쪽의 살처럼 따뜻하고 축축한 느낌이 내 몸을 둘러싸고 있음을, 내 몸 가득 따뜻한 서러움이 차올라 해면처럼 부드러워지고 있음을 느낄 수 있었다. 그것은 떠돌던 고추잠자리가 잠깐 물에 스치듯 꽁지를 담갔다 뺀 순간이었을까.

달라진 것은 아무것도 없었다. 햇빛이 사위었다는 것뿐.

부네의 방은 박명 속에 어슴푸레 잠겨들었다. 햇빛은 이제 우리 방 서쪽 창에만 조금 남아 있을 뿐이었다. 맴돌던 고추잠자리는 담장 너머 피마자 이파리로 옮겨 앉았다.

나는 방으로 들어와 옷을 벗고 거울 앞에 섰다. 거울 속의 불룩 튀어나온 배와 작고 주름진 가랑이를 물끄러미 보며 나는 흐득흐득 흐느꼈다.

깊은 밤, 안채에서 느닷없이 곡성이 터졌다.

딸이 죽었댄다. 혀를 물고 자살을 했대. 약을 달여 들어가니 글쎄 벌써 죽어 있더라지 뭐냐.

나갔다 들어온 할머니가 쉬쉬하며 수군거렸다.

그럼 정말 딸을 가둬두고 있었나요?

어머니가 남포에 불을 붙이고 일어나 앉았다.

다음 날 아침, 우리는 마당에서 들리는 소리에 잠을 깼다.

부네의 늙은 아비가 대패질하는 소리였다.

널은 뭘 하러 짜오. 거적에 말아 저잣거리에 내다 묻소. 오가는 사람 발길에 밟히게시리.

안집 여자가 꽉 잠긴 목소리로 말했지만 외눈박이 목수는 묵묵히 대패질을 했다. 옹이가 박힌 곳은 몇 번이고 힘들여 다시 밀었다. 읍내 대장간에서 벼리어온 톱과 망치, 대팻날은 첫물인 듯 날빛을 내며 매끄럽게 나뭇결을 가다듬었다.

우리는 눈곱 낀 눈을 섬벅이며 빙 둘러서서, 송진이 묻어나는 덜 마른 소나무의 속살이 한 꺼풀씩 벗겨지며 더욱 희어지는 것을 바라보았다. 마르지 않은 생나무의 향기가 독하게 코를 찔렀다. 목수의 얼굴은 술에 취한 듯 붉었고 손등과 이마에 지렁이처럼 굵은 힘살이 불거졌다. 대팻밥은 얼마든지 나와 금시 우리의 발밑에 수북이 쌓였다.

저녁 무렵 널에 못 박는 소리가 꽝꽝 들렸다. 그리고 부네는 어둡기를 기다려 기진한 안집 여자의 흐느낌 속에 차일도 휘장도 술도 국수도 없이 집을 빠져나갔다. 저녁 내내 우리는 방에 갇혀 있었다. 할머니는 연신 문구멍으로 눈을 갖다 대는 언니의 뒷덜미를 잡아채고 머리통을 쥐어박았다.

애들이 일찍부터 흉한 꼴을 보면 팔자가 세어져.

자물쇠는 벗겨졌지만 부네의 방문은 여전히 굳게 닫혀 있었다.

부네의 죽음은 소나무 속살의 희디흰 향기로 남아 오래도록 떠나지 않았다.

남들이 뭐라는 줄 아세요?

하얗게 닦아 세워둔 고무신에 마악 발을 꿰려는 어머니의 앞을 오빠가 가로막았다.

뭐라고들 하든?

어머니는 치맛자락을 거머쥐고, 오빠는 바라보지 않고 건성 되물었다.

갈보래요, 늙은 갈보.

어머니의 눈가가 순간 확 붉어졌으나 곧 태연히 대꾸했다.

실컷 떠들라지.

아버지가 오시면 뭐라고 하실까요.

글쎄다.

오빠는 문을 박차고 나갔다. 부엌에서 바깥의 동정을 살피며 전전긍긍 발소리를 죽이던 할머니가 불안한 표정으로 슬쩍 얼굴을 내밀다가 다시 들어갔다.

다녀오겠어요.

어머니는 입술을 깨물고, 먼지 하나 묻지 않은 흰 고무신에 공연히 걸레질을 하는 시늉을 하고는 짐짓 아무 일도 없었다는 얼굴로 나갔다.

요즘 들어 어머니는 술을 덜 마시는 대신 안 돌아오는 밤이 잦았다. 오빠는 걸핏하면 언니를 때려 코피를 터뜨렸다. 죽은 듯 엎드려 얌전히 매질을 당한 언니는 코피가 멎을 때까지 고개를 젖혀 눈물 가득한 눈으로 하늘을 바라보곤 했다. 어머니와 오빠 사이의 긴장은 베일 듯 날로 위태롭게 팽팽해졌다.

여름이 지나자 읍내 저잣거리는 장이 서는 날 외에는 한결 쓸쓸하고 스산해졌다. 우리를 밤마다 알 수 없는 흥분과 열기로 들뜨게 하고 모여들게 하던 여름이 지나간 것이다.

가을의 끝 무렵, 도회지에 나가 있던 목수의 작은딸, 부네의 동생인 서분이가 돌아왔다.

영어 공부하니?

집으로 돌아온 첫날 그녀는, 들창으로 불룩한 가슴까지 들이밀며 오빠에게 스스럼 없이 물었다. 오빠는 목덜미까지 시뻘개졌다.

멋을 부려, 반짝이는 헝겊으로 파마머리를 질끈 묶고 얼굴에 보얗게 분가루가 얹힌 서분이는 열여덟 살이었다.

순 한국식 발음이다, 얘.

그녀는 깔깔 웃었다. 어머니는 서분이가 미국인 집의 식모라고 우리에게 일러주었다.

서분이의 말에 오빠의 얼굴은 또다시 홍당무가 되었다.

내가 있는 집, 해리슨 씨 말야. 너 같은 애 여럿 미국 보냈어. 영어 공부 열심히 해라. 내가 말해줄게. 그 사람들, 너같이 불우하고 의지 강한 애들을 참 좋아해. 어떡허든 도와주려고 애쓴단다.

오빠의 눈이 기대에 차서 반짝였다.

270

서분이는 스스럼 없이 우리 방을 드나들었다. 오빠는 거센 목소리로 묻는 말에나 더듬더듬 대답하고 곧잘 얼굴을 붉혔으나 서분이의 때 없는 내방을 그닥 싫어하지 않았다.

서분이는 멋쟁이였다. 밤마다 엉덩이를 흔들고 다니는 읍내 처녀들에 비할 바 아니었다. 집에서도 꼭 끼는 스커트에 환히 살이 비치는 양말을 신고 굽 높은 구두를 신었다. 서분이는 우리에게 껌과 초콜릿을 주고 어머니에게는 냄새 독한 향수를 주었다.

어쩌면 손도……

할머니는 서분의 분결 같은 손에 감탄했다. 물론 '식모를 한다면서'라는 뒤엣말은 목 안으로 삼키고서였다.

일도 별로 없대요. 빨래도 기계로 하고 청소도 기계로 한다나요.

안집 여자는 자랑스럽게 말했다.

처음부터 신임을 얻기는 어려워. 일단은 다 도둑놈으로 보려 하거든. 처음엔 시험을 한단다. 우선 좋은 날씨군요/행복한 아침입니다/나는 절대로 훔치지 않았습니다/나는 거짓말쟁이가 아닙니다라는 말만 할 수 있으면 돼.

해리슨 씨가 제일 싫어하는 것은 도둑질과 거짓말이라고 했다. 서분이는 근 보름 동안이나 집에 머물러 있었다. 그동안 오빠는 그녀에게서, 자신을 고용할지도 안 할지도 모르는 해리슨 씨의 성품·취미·가족 상황·식성 따위를 낱낱이 익혔다. 우리는 미군 문관인, 좀 비대한 중년의 백인 사내가 아침에는 홍차를 마시고 피가 흐를 듯 말 듯 슬쩍 익힌 비프 스테이크를 즐긴다는 사실까지 알게 되었다.

오빠는 해리슨 일가에 관한 한 무엇이든 서분이의 말에 열심히 귀를 기울였다. 해리슨 씨가 반드시 자기를 고용하리라는 자신은 없었지만 그녀의 큰소리대로 불원간 미국인 집에 가게 될 것이고 모든 미국인은 친절한 해리슨 씨에 다름 아니었으므로.

우리 역시 곧 오빠가 미국에 가게 되리라고 생각했다. 그리고 성공해서 돌아올 것이다.

서분이는 정말 오빠에게 친누이나 되는 것처럼 허물없이 굴었다. 오빠가 긴 장대로 익은 감을 따면 그녀는 스커트를 벌려 감을 받고, 때로는 주르르 감나무로 기어올라 가지 사이에 다리를 벌리고 걸터앉아 감을 따서 오빠에게 던지며 깔깔거렸다.

엉덩이에 바람이 잔뜩 들었어.

할머니는 혀를 차며 못마땅해했다. 밤이면 읍내 저잣거리에 나가는 대신 오빠는 그녀와 함께 어디론가 사라지고 밤 깊어 마른풀 내를 풍기며 소리 없이 들어와 누웠다. 보름간의 휴가를 마친 서분이는 곧 연락을 하겠노라는 약속을 남기고 해리슨 씨의 집으로 떠났다.

아임 낫 라이어.

아임 어니스트 보이.

오빠는 미국인과의 생활에 꼭 필요하다는, 새로 익힌 몇 개의 문장을 열심히, 되도록 부드럽게 혀를 굴려 외웠다.

감은 대풍大豊이었다. 서너 그루의 늙은 감나무는 마지막의 엷인 듯 쇠잔한 기력을 모아 화려하고 풍성하게 열매를 익혔다.

뒤뜰은 붉게 익은 감들이 지천으로 구르며 썩어가고, 부네의 죽음으로 넋이 나간 안집 여자는 우리가 감을 주워 먹어도 말없이 멀거니 바라보기만 할 뿐이었다. 가으내 우리는 굳은 똥을 누느라고 애를 쓰고 이불이며 옷에 불그죽죽한 감물을 들여 할머니에게 혼이 났다. 안채에는 가끔씩 낯선 노파가 드나들었다. 사람을 놓아 사윗감을 물색한다는 소문이 쉬쉬하며 입에서 입으로 전해졌다.

가을이 깊어지고 날씨가 퍽 차가워졌다. 댓돌 위에 벗어둔 고무신은 밤새 쇠처럼 차갑게 굳어지고, 아침에 선하품을 깨물며 방문을 열면 안채 지붕과 마당에 서리가 하얗게 내린 것을 볼 수 있었다.

곧 부러질 듯 앙상한 감나무 꼭대기 가지에는 홍시 두어 개가 찬 서리 속에 터질 듯 밝은 홍색으로 익어 아침마다 까치가 날아들었다. 쪼아 먹은 자리는 낮 동안 햇빛과 바람으로 거무스레 말라가고 다음 날 아침이면 또다시 아파아파 생살을 보이며 붉게 물크러졌다.

죽은 지 백 일이 되는 날, 부네는 청홍의 비단실로 묶은 사주단자를 받고 시집을 갔다.

저물 무렵, 화문석 깔린 대청 마루에 떡시루가 놓이고 모처럼 진솔의 비단옷을 차려입은 안집 여자는 치마를 벌려 청·홍·황·백·흑, 다섯 가지 빛깔의 채단을 받았다. 신랑 자리는 지난해 여름 뱀에 물려 죽은, 산 너머 마을 묘위답 마름이었다. 시체가 기울어 색시 쪽에서 마다했다는 소문도 있었다.

마당에 차일이 쳐지고 안집 여자는 시종 옷고름으로 눈물을 찍어대며 술과 국수를 날랐다. 그녀의 많은 딸들은 하나도 모습을 보이지 않았다.

뭐 좋은 일이라고……

안집 여자가 말끝을 흐리며 눈물을 찍어내자 사람들도 그럴싸한 표정으로 고개를 끄덕였다. 혼례에 쓸 요량으로 중돝을 잡았기에 사내아이들은 돼지 오줌통에 물을 넣어 종일토록 김장걷이 끝낸 빈 밭에서 공을 찼다.

밤이 깊어 마당의 화톳불이 사위어지자 신방이 차려졌다. 녹의홍상으로 꾸민 부네와 신랑은 나란히 이불 속에 누웠다. 신방의 불이 꺼질 때 그때까지도 화톳불가에 모여 술잔을 돌리던 사람들은 문득 조용해졌다. 그러고는 약속이나 한 듯 청사초롱불을 밝혀 드리운, 활짝 열린 대문께를 바라보았다. 등줄기로 서늘히 지나가는 것은 차가운 바람의 한 자락일까, 뭉텅이 내리는 흰 무서리일까.

안집 여자의 소리 죽여 흐느끼는 소리가 밤새 들려왔다. 외눈박이 목수는 술에 취해 초저녁부터 인사불성이었다.

이상한 일이야. 글쎄 아침에 신방에 들어가보니 지푸라기 인형 둘의 다리가 얽혀 있더란다.

아무렴, 그럴려구요.

아니다. 아무리 처녀로 죽은 딸년, 혼백이나 제대로 보내자고 하는 짓이라도 섬뜩해서 신랑한테서 좀 떨어져 뉘었는데도 이

274

불을 들쳐 보니 바짝 붙어 다리가 얽혔더라고 쥐어펴네, 그 경황에도 기함을 하고 넘어가더라.

아침 상머리에서 할머니와 어머니가 목소리를 낮춰 수군거렸다.

왜 짚각시 다리가 꼬이지?

언니가 고개를 갸우뚱하며 말참견을 했다.

어린애들은 알 거 없다.

할머니가 말했으나 언니는 알 만하다는 듯 사팔눈을 만들어 오빠를 흘깃 바라보았다. 오빠는 벌개진 얼굴로 바삐 숟갈질을 했다.

첫날밤을 치른 신랑 각시는 바람을 피해 야산의 골진 곳에서 불에 태워졌다. 첫날밤의 원앙금침과 녹의홍상도 태워졌다. 초 겨울의 차갑고 맑은 날씨였다.

햇빛에 불꽃은 투명하게 흔들리고 구천에서 외롭게 떠돌던 혼 백들은 검은 연기로 흐트러지며 어우러지며 가뭇없이 사라졌다.

다시는 짐승으로도 인간으로도, 몸을 받아 이승에 나오지 마라.

안집 여자는 소롯이 남은 재 위에 술을 뿌리며 울었다.

먼 하늘로 사라지는 한 줄기 연기됨의 까닭을 알 리 없는 아 이들은 야산 등성이에서 돼지 오줌통을 높이높이 차올리며 와 아와아 몰려다녔다.

가을이 다가고 겨울이 되도록, 곧 연락을 보내마던 서분이에 게서는 아무런 소식이 없었다. 해리슨 씨에게는 오빠를 데려갈 의사가 없는 모양이었다.

어머니가 아무 연락 없이 이틀째 돌아오지 않사 사흘째 뇌는 날 오빠는 언니의 코피를 터뜨렸다. 고스란히 엎드려 맞던 이제껏과는 달리 언니는 고개를 빳빳이 들고 소리쳤다.

그 바람둥이년, 거짓말을 한 거야. 난 오빠가 그 계집애하고 무슨 짓을 했는지 알아. 그 더러운 짓을 안단 말야.

한쪽 벽에 버티어 선 거울은, 줄줄이 피를 흘리고 있는 버짐 투성이의 메마른 계집애를, 슬픔과 증오와 수치심으로 비참하게 일그러진 열여섯 살 사내아이의 초라한 모습을 비추며 오연히 번쩍였다. 오빠는 참담한 얼굴로 거울을 노려보다가 발길로 걷어찼다. 삽시간에 방은 발 디딜 자리도 없이 자디잔 거울 조각으로, 번득이며 튀어 오르는 빛으로 가득 찼다. 저녁마다 화장을 하던 어머니의 얼굴이 천 조각 만 조각으로 깨어졌다. 오빠는 그 천 조각 만 조각의 얼굴에 결별을 고하듯 슬프고 초라하게 어깨를 늘어뜨리고 물끄러미 바라보았다.

산등성이 너머에서는 여전히 대포 소리가 들려왔으나 전쟁이 곧 끝날 거라는 소문이 돌고 피난민들은 하나둘 이 마을을 떠나기 시작했다.

다른 피난민들처럼 훌훌히 이 마을을 떠날 수 없었던 우리는 춥고 긴 겨울을 방 안에 갇혀 지냈다.

사방이 산으로 둘러싸인 분지인 탓에 겨울은 유독 춥고 길었다. 해가 지면 곧 밤이 왔다. 저녁을 먹고 나면 우리는 화로를 끼고 앉아 내복을 벗어 화로 위에 팽팽히 펴놓았다. 그러면 옷 솔기에 숨었던 이가 더운 기운에 게으르게 기어 나오고 우리는 그것을 손쉽게 주워 화로에 떨어뜨렸다. 저녁내 방에서는 이를 태우는 누린내가 가시지 않았다.

밤에 옷을 벗어 마루에 내놓고 자면 이들은 밤 추위에 발갛고 탱탱하게 얼어 죽었다.

겨울이 다 갈 무렵 우리는 이웃 동네로 이사를 했다. 부네의 부모가 딸들이 살고 있다는 도회지로 가기 위해 집을 팔았기 때문이었다.

때늦은 함박눈이 퍼붓는 날이었다. 나는 눈 위에 또박또박 찍힌 발자국이 펄펄 내리는 눈에 덮여 사라지는 것을 아쉽게 돌아보며 짐 실은 달구지를 따라 걸었다.

이사하는 날 눈이 오면 부자가 되고 복받는단다.

파편에 다친 발이 동상으로 덧나 심하게 절룩이며 할머니가 말했다.

글쎄요.

어머니는 쓸쓸히 웃었다.

왜들 그러지 않든? 시집가는 날에도 눈이 오면 좋다고. 지난 일이 눈 속에 다 묻히니 왜 안 그렇겠냐.

할머니는 강요하듯 안타깝게 또 말했다. 어머니는 대꾸 없이 삭막한 얼굴로 읍내 저잣거리께를 바라보았다. 화장기 없는 어머니의 푸르스름한 얼굴은 퍽 늙고 지쳐 보였다.

저잣거리를 바라보던 어머니의 눈길이 우리가 트럭을 타고 왔다는 도회지로 가는 신작로, 그리고 멀리 겹쳐 보이는 능선 위로 옮겨가며 아득해졌다.

새로 세 들어간 방앗간집 안마당에는 손쉽게 두레박을 끌어 올릴 수 있는 도르래가 장치된 크고 깊은 우물이 있었건만 할머니는 여전히 빨래 함지를 이고 개울로 나갔다.

지난겨울의 혹독한 추위로 얼어붙은 도르래가 움직이지 않고 역시 방앗간에 일이 없는 철이라 주인이 수리를 서두르지 않았던 것이다. 때문에 할머니가 빨갛게 곱은 손을 오그라뜨리고 돌아올 때까지 나는 방에 갇혀 동생을 돌보아야 했다.

양지바른 앞마당에 파릇이 풀이 돋기 시작할 때도 우리가 살고 있는 북향의 사랑채 뒷문 밖은 두꺼운 얼음에 덮여 있었다. 꽃샘바람이 불고 그 두꺼운 얼음이 녹기 시작할 무렵 방앗간 주인은 겨울 동안 등겨 먼지와 거미줄에 묻힌 방아 기계를 털어내고 우물의 도르래에 기름칠을 했다. 나는 비로소 방에서 풀려날 수 있었다. 고깔 모양의 모자를 씌운 동생을 업고 할머니는 삐그덕삐그덕 도르래를 돌려 물을 긷고 우물가에서 빨래를 했다.

방에서 풀려난 나는 또다시 어슬렁어슬렁 돌아다니기 시작했다. 내 발길이 마지막으로 닿는 곳은 대개 먼저 살던 동네였다.

부네의 집 안채에는 낯선 사람들이 들어와 살고 있었다. 마당에서 소꿉놀이를 하던 계집애들은 대뜸 경계하는 눈빛이 되어 나를 노려보았다.

우리가 살던 방은 허물리고 있었다. 지신地神이 들떠 변소와 헛간을 옮겨 짓는다고 했다. 아직 남아 있는, 벽에 끄적거린 우리들의 낙서와 남몰래 만들었던 흠집들, 오빠의 책궤가 놓였던 창은 사라졌다. 오빠는 언제부터인가 더 이상 영어책을 읽지 않았다.

빈방은 엄청나게 작았다. 그처럼 작은 방에서 우리 모두가 어떻게 살 수 있었을까 이상하게 느껴졌다.

집의 새 주인은 삿자리를 걷어내고 방바닥의 흙을 파내기 시작했다. 우리가 살았던 자취는 어디에고 없었다. 나는 사내의 힘찬 삽질에 의해 점차 깊어지는 방 가운데의 구덩이를 보며 알수 없는 부끄러움과 서러움으로 눈물이 돌았다. 새 주인의 삽질에 의해 뜰의 어느 구석에서인가 재 묻은 닭 털이 끌려 나오고 부서진 거울 조각들이 흙과 뒤섞일 것이다.

사월이 되자 나는 할머니 손에 이끌려 언니가 다니는 학교에 입학했다. 바람 불고 흙먼지 이는 날에도 솜사탕 장수는 틀, 틀, 틀, 틀 솜사탕을 피워 올렸다.

어머니가 읍내 정육점 사내와 정분이 났다는 소문이 동네에 짜아하게 퍼졌다. 그 사내의 마누라에게 머리채를 잡혀 읍내를 몇 바퀴 돌았다던 날 밤 할머니는 처음으로 어머니를 다그쳤다.

새끼들 다 팽개치고 달아날 셈이냐. 이젠 얼굴 들고 다닐 수가 없구나.

오빠는 우리를 모아놓고 단호하게 말했다.

우린 이제 헤어지는 거다. 너희들은 고아원에 가 있어라. 내가 성공해서 데리러 오겠다. 구두도 닦고 신문도 팔겠다. 도둑질도 하겠다. 미국엘 가서 어떻게든 성공하겠다.

그러나 어머니는 여전히 저녁마다 읍내 밥집에 나가고 오빠는 봄내 여름내 저잣거리에서 살다시피 했다.

오빠는 이제 혀를 떨며 외롭게 하모니카를 부는 대신 차부의 조수들처럼 후익후익 멋지게 휘파람을 불었다. 나는 어머니의 지갑에서 점차 더 많은 액수의 돈을 꺼냈다.

여름이 오고 전쟁은 끝이 났다. 그때까지 남아 있던 피난민 두 가족이 마지막으로 마을을 떠났다.

여름이 다 가도록 아버지는 돌아오지 않았다.

늦여름의 아침, 손바닥만 한 거울을 창틀에 기대놓고 머리를 빗던 어머니가 할머니를 돌아보았다.

어젯밤 이상한 꿈을 꾸었어요. 머리를 빗는데 보리톨같이 시커멓고 굵은 이가 자꾸 떨어지지 뭐예요.

할머니의 낯빛이 대번에 달라졌다.

머리를 푼 건 나쁘다만 꿈에 이를 보면 좋다는데…… 암튼 무슨 소식이 있을라나 보다. 에미가 한번 올라가봐라. 죽었는지 살았는지……

할머니가 쇠잔한 목소리로 말했다.

어머니의 눈꺼풀이 잠깐 푸르르 떨렸다.

노랑눈이는 학교 안 가니?

침울하게 가라앉은 분위기에 덩달아 심란한 얼굴을 짓고 책보 싸던 손을 놓아버린 내게 할머니가 호통을 쳤다.

나는 얼른 허리에 책보를 두르고 뛰어나왔다. 해는 벌써 높다랗게 솟아 불볕을 쏟아붓고 있었다.

시작종을 친 지 오래인 듯 운동장에 아이들의 모습은 보이지 않았다.

달 달 무슨 달

쟁반같이 둥근 달

우리 반의 열린 창문으로 여럿이 소리를 합해 국어책 읽는 소리가 들려왔다.

뚱보야, 오늘은 안 사 먹니?

솜사탕 장수가 불러 세웠지만 나는 대답하지 않고 운동장으로 뛰어 들어갔다. 그때 첫 시간 끝나는 종소리가 땡땡 울렸다.

마지막 수업인 넷째 시간은 미술이었다. 우리는 미술 교본에 있는 대로 화분에 심은 튤립을 그렸다.

초에 물감을 섞어 만든 크레용은 잘 칠해지지 않았다. 자꾸 동강동강 부러져나갔다. 아이들은 고개를 숙이고 코를 훌쩍대며 열심히 색칠을 했으나 나는 멍청히 앉아 앞에 앉은 아이의, 머리털이 뽑힐 듯 단단히 땋은 머리를, 팽팽히 당겨진 머리털 밑 흰 피부에 송송 맺혀 반짝이는 땀방울을 아무런 생각 없이 바라보았다.

햇빛이 부옇게 칠판을 비추어 분필 글씨가 잘 보이지 않았다. 무더운 날씨였다. 나는 주머니 속에 손을 넣어 돈을 만지작거리며 괜한 걱정이라는 것을 알면서도 집에 갈 때까지 교문 앞에 솜사탕 장수가 있어줄 것인지를 생각했다.

창밖으로 내다보이는 신작로, 뙤약볕 아래 맥고모자를 쭈그려뜨려 쓴 남자가 거렁뱅이처럼 다리를 끌며 지나갔다. 더위 때문인가, 아니면 낮술에 취해 있는 걸까, 벌건 얼굴에 키가 훌쩍 큰 남자였다. 어느 순간 나는 그와 눈이 마주친 것 같기도 했다.

그는 줄곧 무엇인가 찾아내려는 듯 열린 창문마다 찬찬히 살피며 걷고 있었던 것이다.

자, 시간 됐다. 다 그린 사람은 갖고 나와.

선생님이 교탁을 자막대기로 딱딱 두들겼다.

나는 그제야 비로소 코를 훌쩍 들이마시고 하얀 채로 남아 있는, 반도 못 그린 그림에 빨강색과 초록색의 크레용을 문질렀다.

끝나는 종이 울릴 때 늙은 급사가 쪽지를 들고 교실로 조심스럽게 들어왔다. 선생님이 나를 불렀다.

교장 선생님이 부르신다. 어서 가봐.

나는 급사를 따라 복도 맨 안쪽의 교장실로 들어갔다.

교장 선생님은 때마침 손님을 배웅하고 있던 차였다.

6학년 김정님이 동생이지?

손님을 보내고 돌아온 교장 선생님의 물음에 나는 조그맣게 대답했다.

아버지가 오셨다. 집을 몰라 학교로 언니를 찾아오셨어. 교문 밖에서 기다리신다니 어서 모시고 집에 가거라.

햇빛이 교장 선생님의 안경을 가로지르고 그 뒤 흑판에 아아 아아아아 떨며 금을 긋고 있었다.

아버지가 돌아오셨다. 모시고 가거라.

교장 선생님의 말을 나는 아무 뜻 없이 곱씹어 중얼거렸다.

내 눈길은 크림을 씌운 케이크 두어 조각이 담긴 접시가 놓인 탁자에 박혀 떠나지 않았다. 그 주위로 파리가 끈끈히 날고 있었다. 교장 선생님, 곧 회의가……

늙은 급사가 문간에 서서 우물우물 말했다. 교장 선생님은 더 무슨 말을 할 듯 잠깐 내 어깨에 손을 얹었으나 어서 아버지에게 가보렴, 한마디 남기고는 앞서 방을 나갔다.

교장 선생님이 나가자 나는 얼른 탁자 위의 단 케이크를 한 조각 입에 욱여넣었다. 급히 삼키는 바람에 목이 메었다. 눈물이 쑥 삐져나왔다. 나는 나머지 한 조각을 재빨리 주머니에 집어넣고 교장실을 나왔다. 그러고는 복도를 빠져나왔다.

변소의 창으로 거위처럼 두 팔을 휘저으며 운동장을 가로질러 뛰어가는 언니의 모습이 보였다. 사내애들은 손가락 사이에 면도날을 끼워 계집애들이 팽팽하게 마주 잡고 있는 고무줄을 끊고 계집애들은 욕설을 퍼부으며 흙을 집어 뿌렸다. 그 애들을 헤치며 언니는 달려가고 있었다. 교문 밖에서 아버지가 기다리고 있는 것이다. 탱자나무 울타리 위로 솜사탕이 구름송이처럼 둥실 떠올랐다.

나는 이러한 광경을 보며 주머니 속의 케이크를 꺼내 베어 물었다. 그것을 다 먹고 났을 때 갑자기 욕지기가 치밀었다. 참을 수가 없었다. 나는 꾸역꾸역 토해냈다. 단 케이크는 한없이 한없이 목을 타고 넘어왔다. 까닭 모를 서러움으로 눈물이 자꾸자꾸 흘러내렸다.

나는 다리 사이에 머리를 박고 구역질을 하며 똥통 속을 들여다보았다.

어두운 똥통 속으로 어디선가 한 줄기 햇빛이 스며들고 눈물이 어려 어룽어룽 퍼져 보이는 눈길에 부옇게 끓어오르는 것이 보였다. 무엇인가 빛 속에서 소리치며 일제히 끓어오르고 있었다.

(1980)

중국인 거리

시를 남북으로 나누며 달리는 철길은 항만의 끝에 이르러서야 잘려졌다. 석탄을 싣고 온 화차는 자칫 바다에 빠뜨릴 듯한 머리를 위태롭게 사리며 깜짝 놀라 멎고 그 서슬에 밑구멍으로 주르르 석탄가루를 흘려보냈다.

집에 가봐야 노루 꼬리만큼 짧다는 겨울 해에 점심이 기다리고 있는 것도 아니어서 우리들은 학교 수업이 끝나는 대로 책가방만 던져둔 채 떼를 지어 선창을 지나 항만의 북쪽 끝에 있는 제분 공장에 갔다.

제분 공장 볕 잘 드는 마당 가득 깔린 멍석에는 늘 덜 건조된 밀이 널려 있었다. 우리는 수위가 잠깐 자리를 비운 틈을 타서 마당에 들어가 멍석의 귀퉁이를 밟으며 밀을 한 움큼씩 집어 입안에 털어 넣고는 다시 걸었다. 올올이 흩어져 대글대글 이빨에 부딪히던 밀알들이, 달고 따뜻한 침에 의해 딱딱한 껍질이 불고 속살은 풀어져 입안 가득 풀처럼 달라붙다가 제법 고무질의 질긴 맛을 낼 때쯤이면 철로에 닿게 마련이었다.

우리는 밀껌으로 푸우푸우 풍선을 만들거나 침목 사이에 깔린 잔돌로 비사치기를 하거나 전날 자석을 만들기 위해 선로 위에 얹어놓았던 못을 찾으면서 화차가 닿기를 기다렸다.

드디어 화차가 오고 몇 번의 덜컹거림으로 완전히 숨을 놓으면 우리들은 재빨리 바퀴 사이로 기어들어가 석탄가루를 훑고 이가 벌어진 문짝 틈에 갈퀴처럼 팔을 들이밀어 조개탄을 후벼내었다. 철도 건너 저탄장에서 밀차를 밀며 나오는 인부들이 시커멓게 모습을 나타낼 즈음이면 우리는 대개 신발 주머니에, 보다 크고 몸놀림이 잽싼 아이들은 시멘트 부대에 가득 석탄을 훔쳐 담고 낮은 철조망을 깨금발로 뛰어넘었다.

선창의 간이 음식점 문을 밀고 들어가 구석 자리의 테이블을 와글와글 점거하고 앉으면 그날의 노획량에 따라 가락국수, 만두, 찐빵 등이 날라져왔다.

석탄은 때로 군고구마, 딱지, 사탕 따위가 되기도 했다. 어쨌든 석탄이 선창 주변에서는 무엇과도 바꿀 수 있는 현금과 마찬가지라는 것을 우리는 알고 있었고, 때문에 우리 동네 아이들은 사철 검정 강아지였다.

해안촌海岸村 혹은 중국인 거리라고도 불리는 우리 동네는 겨우내 북풍이 실어 나르는 탄가루로 그늘지고, 거무죽죽한 공기 속에 해는 낮달처럼 희미하게 걸려 있었다.

할머니는 언제나 짚수세미에 아궁이에서 긁어낸 고운 재를 묻혀 번쩍 광이 날 만큼 대야를 닦았다. 아버지의 와이셔츠만을 따로 빨기 위해서였다. 그러나 바람을 들이지 않는 차양 안쪽 깊숙이 넌 와이셔츠는 몇 번이고 다시 헹구어 푸새를 새로 하지 않으면 안 되었다.

망할 놈의 탄가루들. 못 살 동네야.

할머니가 혀를 차면 나는 으레 나올 뒷옛말을 받았다.

광석천이라는 냇물에서는 말이다. 물론 난리가 나기 전 이북에서지. 빨래를 하면 희다 못해 시퍼랬지. 어느 독毒이 그렇게 퍼렇겠니.

겨울 방학이 끝나자 담임인 여선생은 중국인 거리에 사는 아이들을 불러 학교 숙직실로 데리고 갔다. 숙직실 부엌 바닥에 웃통을 벗겨 엎드리게 하고는 미지근한 물을 사정없이 끼얹었다. 귀 뒤, 목덜미, 발가락, 손톱 사이까지 탄가루가 없는 것을 확인하고서야 왕소름이 돋은 등허리를 찰싹찰싹 때리는 것으로 검사를 끝냈다. 우리는 킬킬대며 살비듬이 푸르르 떨어지는 내의를 머리부터 뒤집어썼다.

봄이 되자 나는 3학년이 되었다. 오전반이었기 때문에 한낮인 거리를 치옥이와 나는 어깨동무를 하고 천천히 걸어 집으로 돌아오고 있었다.

나는 커서 미용사가 될 거야.

삼거리의 미장원을 지날 때 치옥이가 노오란 목소리로 말했다.

회충약을 먹는 날이니 아침을 굶고 와야 한다는 선생의 지시대로 치옥이도 나도 빈속이었다.

공복감 때문일까, 산토닌을 먹었기 때문일까, 해인초 끓이는 냄새 때문일까. 햇빛도, 지나다니는 사람들의 얼굴도, 치마 밑으로 펄럭이며 기어드는 사나운 봄바람도 모두 노오랬다.

길의 양켠은 가건물인 상점들을 빼고는 거의 빈터였다. 드문드문 포격에 무너진 건물의 형해가 썩은 이빨처럼 서 있을 뿐이었다.

제일 큰 극장이었대.

조명판처럼, 혹은 무대의 휘장처럼 희게 회칠이 된 한쪽 벽만 고스란히 남아 서 있는 건물을 가리키며 치옥이가 소곤거렸다. 그러나 그것도 곧 무너질 것이다. 나란히 늘어선 인부들이 곡괭이의 첫 날을 댈 위치를 가늠하고 있었다. 어느 순간 희고 거대한 벽은 굉음으로 주저앉으리라.

한쪽에서는 이미 헐어버린 벽에서 상하지 않은 벽돌과 철근을 발라내고 있는 중이었다.

아주 쑥밭을 만들어버렸다니까.

치옥이는 어른들의 말투를 흉내 내어 몇 번이고 쑥밭이라는 말을 되풀이했다.

사람들은 개미처럼 열심히 집을 지어 빈터를 다스렸다. 길의 곳곳에 놓인 반 자른 드럼통마다 해인초가 끓고 있었다.

치옥이와 나는 자주 멈춰 서서 찍찍 침을 뱉어냈다.

회충이 약을 먹고 지랄하나 봐.

아냐, 회충이 오줌을 싸는 거야.

그래도 메스꺼움은 가라앉지 않았다. 끓어오르는 해인초의 거품도, 조개탄에서 피어오르는 연기도, 해조海藻와 뒤섞이는 석회의 냄새도 온통 노란빛의 회오리였다.

왜 사람들은 집을 지을 때 해인초를 쓰지? 난 저 냄새만 맡으면 머리털 뿌리까지 뽑히는 것처럼 골치가 아파.

치옥이는 내 어깨에 걸린 팔을 무겁게 내려뜨렸다. 그러나 나는 마냥 늑장을 부리며 천천히 걸어 해인초 냄새, 그 노란빛의 냄새를 들이마셨다.

우리 가족이 이 도시로 이사를 온 것은 지난해 봄이었다.

늬 아버지가 취직만 되면…… 어머니는 차곡차곡 쌓은 담뱃잎에다 푸우푸우 입에 가득 문 물을 뿜으며 말했다. 담뱃잎을 꼭꼭 눌러 담은 부대에 멜빵을 해서 메고 첫새벽에 나가는 어머니는 이틀이나 사흘 후 초주검이 되어 돌아오곤 했다.

간이 열이라도 담배 장사는 이제 못 해먹겠다. 단속이 여간 심해야지. 늬 아버지 취직만 되면……

미리 월남해서 자리를 잡았거나 전쟁을 재빨리 벗어난 친구, 동창 들을 찾아다니며 구직 운동을 하던 아버지가 석유 소매업소의 소장직으로 취직을 하고, 우리를 실어 갈 트럭이 온다는 날 우리는 새벽밥을 지어 먹고 이불 보따리와 노끈으로 엉글게 동인 살림 도구들을 찻길에 내다 놓았다. 점심때가 되어도 트럭은 오지 않았다. 한없이 길게 되풀이되는 동네 사람들과의 작별 인사도 끝났다.

해 질 무렵이 되자 어머니는 땅뺏기놀이나 사방치기에도 진력이 나 멍청히 땅바닥에 주저앉은 우리들을 일으켜 세워 읍내의 국숫집에서 국수를 한 그릇씩 사 먹였다. 집을 나서기 선 살아입은 옷이건만 한없이 흐르는 콧물로 오빠와 나 그리고 동생의 옷소매와 손등은 반들반들하게 길이 들었다.

날이 완전히 어두워졌어도 어머니는 젖먹이를 안고 이불 보따리 위에 올라앉은 채 트럭이 나타날 다릿목께만을 뚫어지게 노려보았다.

트럭이 나타난 것은 저물고도 한참이 지난 후였다. 헤드라이트를 밝힌 트럭이 요란한 엔진 소리와 함께 다릿목에 모습을 드러내자 어머니는 차가 왔다,라고 비명을 질렀다. 저마다 보따리 하나씩을 타고 앉았던 우리 형제들은 공처럼 튀어 일어났다. 트럭은 신작로에 잠시 멎고, 달려간 어머니에게 창으로 고개만 내민 조수가 무어라고 소리쳤다. 어머니는 되돌아오고 트럭은 다시 떠났다. 우리는 어리둥절해서 서로의 얼굴을 마주 보았다. 난간을 높이 세운 짐칸에 검은 윤곽으로 우뚝우뚝 서 있던 것은 소였다. 날카롭게 구부러진 뿔들과 어둠 속에서 흐르듯 눅눅하게 들려오던 되새김질 소리도 역력했다.

소들을 내려놓고 올 거예요. 짐을 부려놓고 빈 차로 올라가는 걸 이용하면 운임이 절반이니까 아범이 그렇게 한 거예요.

어머니의 설명에, 아버지와 어머니에게 한 번도 이의를 나타내 본 적이 없는 할머니는 뜨악한 표정으로, 그러나 어련히들 잘 알아서 하겠느냐는 듯 몇 번이고 고개를 주억거렸다.

그러나 트럭이 정작 우리 앞에 다시 나타난 것은 두어 시간 턱이나 지난 후였다. 삼십 리 떨어진 시의 도살장에 소들을 부려놓고 차 바닥의 오물을 닦아내느라고 늦었다는 것이었다.

이삿짐을 다 싣고 마지막으로 어머니가 젖먹이를 안고 앞 좌석의, 운전수와 조수의 틈에 끼여 앉자 트럭은 출발했다. 멀리 남행 열차의 기적 소리가 들리는 것으로 보아 자정 무렵이었다.

나는 이삿짐들 틈에서 고개만 내밀어 깜깜하게 묻힌, 점점 멀어져가는 마을을 보았다. 마을과 마을 뒤의 야산과 야산의 잡목 숲이 한데 뭉뚱그려져 더 짙은 어둠으로 손바닥만 하게 너울대다가 마침내 하나의 점으로 트럭의 꽁무니를 따라왔다.

읍을 벗어나자 산길이었다. 길이 나쁜 데다 서둘러 험하게 몰아대는 통에 차는 길길이 뛰고 짐들 틈바구니에 서캐처럼 박혀 있던 우리는 스프링 장치가 된 자동 인형처럼 간단없이 튀어 올랐다.

할머니는 아그그그 뼈마디 부딪치는 소리를 어금니로 눌렀다. 길 아래는 강이었다. 차가 튀어 오를 때마다 하마하마 강물로 곤두박질치겠지 생각하며 나는 눈을 꼭 감고 네 살짜리 동생을 힘주어 끌어안았다.

봄이라고는 해도 밤바람은 칼끝처럼 매웠다. 물살을 가르며 사납게 웅웅대던 바람은 그 날카로운 손톱으로 비듬이 허옇게 이는 살갗을 후비고 아직도 차 안에 질척하게 고여 있는 쇠똥 냄새를 한소끔씩 걷어내었다.

아까 그 소들, 다 죽었을까.

나는 문득 어둠 속에서 들려오던 소들의 눅눅한 되새김질 소리를 떠올리며 언니에게 물었다. 언니는 세운 무릎 사이에 얼굴을 깊이 묻은 채 대답이 없었다. 물론 지금쯤이면 각을 뜨고 가

죽을 벗기고 내장을 훑어내기에 충분한 시간일 것이다.

달은 줄곧 머리 위에서 둥글었고 네 살짜리 동생은 어눌한 발씨로 씨팔놈아아, 왜 자꾸 따라오는 거여어, 소리치며 달을 향해 주먹질을 해대었다.

차는 자주 섰다. 다섯 명의 아이들이 차례로 오줌이 마려웠기 때문이었다. 짐칸과 운전석 사이의 손바닥만 한 유리를 두들기면 조수가 옆 창문을 열고 고개를 내밀어 돌아보며 뭐야, 하고 소리쳤다.

오줌이 마렵대요.

조수는 손짓으로 그냥 누라는 시늉을 해보였으나 할머니가 펄쩍 뛰었다. 마지못해 차가 멎고 조수는 아이들을 하나씩 안아 내리며 한꺼번에 다 눠버려, 몽땅, 하고 퉁명스럽게 말했다. 우리는 길바닥에 쭈그리고 앉기가 무섭게 푸드득 몸을 떨며 오래 오줌을 누었다.

행정 구역이 바뀌거나 길이 굽이도는 곳에는 반드시 초소가 있어 한 차례씩 검문을 받아야 했다. 전투복을 입은 경찰이 트럭 위로 전짓불을 휘두를 때면 담배 장사로 간이 손톱만큼밖에 안 남았다는 어머니는 공연히 창밖으로 고개를 빼어 소리쳤다.

실컷 보시오, 암만 뒤져도 같잖은 따라지 보따리와 새끼들뿐이요.

트럭은 기름을 넣기 위해 한 차례 멎고 두 번 고장이 났으며 굽이굽이 수많은 검문소를 지나쳐 강과 산과 잠든 도시를 밤새도록 달려 날이 밝을 무렵 이 도시로 진입했다. 우리가 탄 트럭

의 요란한 엔진 소리에 비로소 거리는 푸득푸득 깨어나기 시작
했다.

바다를 한 뼘만치 밀어둔 시의 끝, 해안 동네에 다다라 우리
는 짐들과 함께 트럭에서 내려졌다. 밤새 따라오던 달은 빛을
잃고 서쪽 하늘에 원반처럼 납작하게 걸려 있었다. 트럭이 멎은
곳은 낡은 목조의 이층집 앞이었는데 아래층은 길가에 연해 상
점들처럼 몇 쪽의 유리문으로 되어 있었다. 그리고 흙먼지가 부
옇게 앉은 유리에 붉은 페인트로 석유 배급소라고 씌어 있었다.

앞으로 우리가 살게 될 집이었다.

나는 새삼스럽게 달려드는 차가운 공기에 이를 마주치며 언
제나 내 몫인 네 살짜리 사내 동생을 업었다.

우리가 요란하게 가로질러 온, 그리고 트럭의 짐칸 이삿짐들
틈에서 호기심과 기대로 목을 빼어 바라본 시는 내가 피난지인
시골에서 꿈꾸어오던 도회지와는 달랐다. 나는 밀대 끝에서 피
어오르는 오색의 비눗방울 혹은 말로만 듣던 먼 나라의 크리스
마스 트리처럼 우리가 가게 될 도회지를 생각하곤 했었다.

폭이 좁은 길을 사이에 두고 조그만 베란다가 붙은, 같은 모
양의 목조 이층집들이 늘어선 거리는 초라하고 지저분했으며
새벽닭의 첫 날갯짓 같은 어수선한 활기에 차 있었다. 그것은
이른 새벽 부두로 해물을 받으러 가는 장사꾼들의 자전거 페달
소리와 항만의 끝에 있는 제분 공장 노무자들의 발길 때문이었
다. 그들은 길을 메우고 버텨 선 트럭과 함부로 부려진 이삿짐
을 피해 언덕을 올라갔다.

지난밤 떠나온 시골과는 모든 것이 달랐음에도 불구하고 나는 잠시, 우리가 정말 이사를 온 것일까, 낯선 곳에 온 것일까, 이상한 혼란에 빠졌다. 그것은 공기 중에 이내처럼 짙게 서려 있는, 무척 친숙하고, 내용은 잊힌 채 분위기만 남아 있는 꿈과도 같은 냄새 때문이었다. 무슨 냄새였던가.

석유 배급소의 유리문을 밀어붙이고 나온 아버지는 약속이 틀리다고 운전수에게 고래고래 소리를 지르고 운전수는 호기심과 어쩔 수 없는 불안으로 눈을 두릿두릿 굴리고 서 있는 우리들과 이삿짐들을 번갈아 가리키며 아버지에게 삿대질을 해댔다.

목덜미에 시퍼렇게 면도 자국을 드러낸 뒷박 머리에 솜이 삐져나온 노랑색 인조견 저고리를 입은, 아홉 살배기 버짐투성이 계집애인 나는 동생을 업고 이상하게 안절부절못하는 심사로 우리가 살게 될 동네를 둘러보았다.

우리의 이사 소동에 동네는 비로소 잠을 깨어 사람들은 들창을 열거나 길가에 면한 출입문으로 부스스한 머리를 내밀었다.

길을 사이에 두고 각각 여남은 채씩 늘어선 같은 모양의 목조 이층집들은 우리 집을 마지막으로 갑자기 끝났다. 그리고 우리 집에서부터 완만한 경사로 이루어진 언덕이 시작되었는데 그 언덕에는 바랜 잉크 빛깔이나 흰색 페인트로 벽을 칠한 커다란 이층집들이 길을 사이에 두고 나란히 마주 보고 서 있었다.

우리 집 앞을 지나는 길은 언덕으로 이어져 있고 언덕이 시작되는 첫째 집은 거의 우리 집과 이웃해 있었다. 그러나 넓은 벽에 비해 지나치게 작은 창문이나 출입문 들은 모두 나무 덧문이 완강하게 닫혀 있어 필시 빈집이거나 창고이리라는 느낌이 짙었다.

큰 덩치에 비해 지붕의 물매가 싸고 용마루가 밭아서 이상하게 눈에 설고 불균형해 뵈는 양식의 집들이었다. 그 집들은 일종의 적의로 냉담하고 무관심하게 언덕 아래를 내려다보며 서 있었다. 언덕을 넘어 선창으로 향하는 사람들의 발길에도 불구하고 언덕은 섬처럼 멀리 외따로 있었으며 갑각류의 동물처럼 입을 다문 집들은 대개의 오래된 건물들이 그러하듯 다소 비장하게 바다를 향해 서 있었다.

이삿짐을 다 부려놓고도 트럭은 시동만 걸어놓은 채 떠나지 않았다. 요구한 액수대로 운임을 받지 못한 운전수는 지구전에 들어간 듯 운전대에 두 팔을 얹고 잠깐 눈을 붙였다.

아이 시끄러워, 또 난리가 쳐들어오나, 새벽부터 웬 지랄들이야.

젊은 여자의 거두절미한 쇳소리가, 시위하듯 부릉대는 차 소리를 단번에 눌러 끄며 우리의 머리 위로 쨍하니 날아왔다. 어머니는, 그리고 우리는 망연해져 고개를 쳐들었다. 허벅지까지 맨살을 드러낸 채 군복 윗도리만을 어깨에 걸친 젊은 여자가 노랗게 염색한 머리털을 등 뒤로 너울대며 맞은편 집 이층 베란다에서 마악 안으로 들어가려던 참이었다.

아버지는 차 바퀴 사이를 들락거리며 뺑뺑이를 치는 오빠의 덜미를 잡아 끌어내어 알밤을 먹였다. 그러고는 오르르 몰려선 우리들을 보며 일개 소대 병력이로구나 하며 기막히다는 듯 헛웃음을 쳤다.

새벽 구름이 걷히고 햇살이 조금씩 투명해지기 시작할 무렵에도 언덕 위 집들은 굳게 문을 닫은 채 잠에서 깨어나지 않았다. 시의 곳곳에서 밀려난 새벽의 푸르스름한 어두움은 비를 품은 구름처럼 불길하게 언덕 위의 하늘에 몰려 있었다.

어둠이 완전히 걷히자 밤의 섬세한 발 틈으로 세류細流가 되어 흐르던 냄새는 억지로 참았던 긴 숨처럼 거리 곳곳에서 피어오르기 시작했다.

아, 그제야 나는 그 냄새의 정체를 알 수 있었다. 그것을 알아채는 순간 그때까지 나를 사로잡고 있던 낯선 감정은 대번에 지워지고 거리는 친숙하고 구체적으로 내게 다가왔다. 그것은 나른한 행복감이었고 전날 떠나온 피난지의 마을에 깔먹여진 색채였으며 유년幼年의 기억이었다.

민들레꽃이 필 무렵이 되면 나는 늘 어지럼증과 구역질로, 툇돌에 앉아 부걱부걱 거품이 이는 침을 뱉고 동생은 마당을 기어다니며 흙을 집어 먹었다. 할머니는 긴 봄 내내 해인초를 끓였다. 싫어 싫어 도리질을 해대며 간신히 한 사발을 마시고 나면 천지를 채우는 노오란빛과 함께 춘곤春困과도 같은 이해할 수 없는 나른한 혼미 속에 빠져 할머니에게 지금이 아침인가 저녁인가를 때 없이 묻곤 했다. 할머니는 망할 년, 회 동하나 부다라고 대꾸하며 흐흐 웃었다.

나는 잊힌 꿈속을 걸어가듯 노란빛의 혼미 속으로 점차 빠져들며 문득 성큼 다가드는 언덕 위 이층집들의 굳게 닫힌 덧창 중의 하나가 열리고 젊은 남자의 창백한 얼굴이 나타나는 것을 보았다.

어머니는 일곱번째 아이를 배고 있어 나는 아침마다 학교에 가기 전 양재기를 들고 언덕 위 중국인들의 집 앞길을 지나 부두로 갔다. 싱싱한 굴과 조개만이 어머니의 뒤집힌 속을 달래주었기 때문이었다. 나는 알 수 없는 두려움과 호기심으로 흘끗거리며 굳게 닫힌 문들 앞을 달음박질쳤다. 언덕바지로부터 스무 발자국 정도만 뜀박질하면 갑자기 중국인 거리는 끝나고 부두가 눈 아래로 펼쳐졌다. 언덕의 내리받이에 이르러 가쁜 숨을 몰아쉬며 돌아볼 즈음이면 언덕 초입에 있는 가게의 덧문을 여는 소리가 들려왔다.

일주일에 한 번쯤 돼지고기를 반 근, 혹은 반의 반 근 사러 가는 푸줏간이었다. 어머니는 돈을 들려 보내며 언제나 같은 주의를 잊지 않았다.

적게 주거든, 애라고 조금 주느냐고 말해라. 그리고 또 비계는 말고 살로 주세요, 해라.

푸줏간에서는 한쪽 볼에 여문 밤톨만 한 혹이 달리고 그 혹부리로부터 길게 뻗힌 수염을 기른 홀아비 중국인이 고기를 팔았다.

애라고 조금 주세요?

키가 작아 발돋움질로 간신히 진열대에 턱을 올려놓고 돈을 밀어 넣는 것과 동시에 나는 총알처럼 내뱉었다.

벽에 매단 가죽끈에 칼을 문질러 날을 세우던 중국인은 무슨 말인지 몰라 뚱한 얼굴루 나를 바라보았다. 나는 비계는 말고 살로 달래라 하던 어머니의 말을 옮기기 전에 중국인이 고기를 자를까 봐 허겁지겁 내쏘았다.

고기로 달래요.

중국인은 꾸룩꾸룩 웃으며 그때야 비로소 고기를 덥석 베어 내었다.

왜 고기만 주니, 털도 주고 가죽도 주지.

푸줏간에 잇대어 후추나 흑설탕, 근으로 달아주는 중국차 따위를 파는 잡화점이 있었다. 이 거리에 있는 단 하나의 중국인 가게였다. 우리 동네 사람들은 가끔 돼지고기를 사러 푸줏간에 갈 뿐 잡화점에는 가지 않았다. 우리에게는 옷이나 신발에 다는 장식용 구슬, 염색 물감, 폭죽놀이에 쓰이는 화약 따위가 필요치 않기 때문이었다.

햇빛이 밝은 날에도 한쪽 덧문만 열린 가게는 어둡고 먼지가 낀 듯 침침했다.

그러나 저녁 무렵이 되면 바구니를 팔에 건 중국인들이 모여들었다. 뒤통수에 쇠똥처럼 바짝 말아 붙인 쪽머리를 조금씩 흔들며 엄청나게 두꺼운 귓불에 은고리를 달고 전족한 발을 뒤뚱거리면서 여자들은 여러 갈래로 난 길을 통해 마치 땅거미처럼 스름스름 중국인 거리로 향했다.

남자들은 가게 앞에 내놓은 의자에 앉아 말없이 오랫동안 대통 담배를 피우다가 올 때처럼 사라졌다. 그들은 대개 늙은이들이었다.

우리는 찻길과 인도를 가름하는 낮고 좁은 턱에 엉덩이를 붙이고 나란히 앉아 발장단을 치며 그들을 손가락질했다.

아편을 피우고 있는 거야, 더러운 아편쟁이들.

정말 긴 대통을 통해 나오는 연기는 심상치 않은 노오란빛으로 흐트러지고 있었다.

늙은 중국인들은 이러한 우리들을 향해 가끔 미소를 지었다.

통틀어 중국인 거리라고 불리는 동네에, 바로 그들과 인접해 살고 있으면서도 그들 중국인에게 관심을 갖는 것은 아이들뿐이었다. 어른들은 무관심하게 그러나 경멸하는 어조로 '뙤놈들'이라고 말했다.

우리는 그들과 전혀 접촉이 없었음에도 언덕 위의 이층집, 그 속에 사는 사람들은 한없는 상상과 호기심의 효모酵母였다.

그들은 우리에게 밀수업자, 아편쟁이, 누더기의 바늘땀마다 금을 넣는 쿠리, 그리고 말발굽을 울리며 언 땅을 휘몰아치는 마적단, 원수의 생간生肝을 내어 형님도 한 점, 아우도 한 점 씹어 먹는 오랑캐, 사람 고기로 만두를 빚는 백정, 뒤를 보면 바지도 올리기 전 꼿꼿이 언 채 서 있다는 북만주 벌판의 똥 덩어리였다. 굳게 닫힌 문의 안쪽에 있는 것은, 십 년을 사귀어도 좀체 내 뵈지 않는다는 깊은 흉중에 든 것은 금인가, 아편인가, 의심인가.

우리 집에서 숙제하지 않을래?

집 앞에 이르러 치옥이가 이불과 담요가 널린 이층의 베란다를 올려다보며 나를 끌었다. 베란다에 이불이 널린 것은 매기 언니가 집에 없다는 표시였다. 매기 언니는 집에 있을 때면 늘 담요를 씌운 침대 속에 들어가 있었다. 나는 맞은편의 우리 집을 흘깃거리며 망설였다. 할머니나 어머니는 치옥이네를 양갈보집이라고 불렀다. 그러나 이 거리의 적산 가옥들 중 양갈보에게 방을 세주지 않은 곳은 우리 집뿐이었다. 그네들은 거리로 면한 문을 활짝 열어놓고 거리낌 없이 미군에게 허리를 안겼으며, 볕 잘 드는 베란다에 레이스가 달린 여러 가지 빛깔의 속옷들과 때 묻은 담요를 널어 지난밤의 분방한 습기를 말렸다. 여자의 옷은 더욱이 속엣것은 방 안에 줄을 매어 너는 것으로 알고 있는 할머니는, 천하의 망종들이라고 고개를 돌렸다.

치옥이의 부모는 아래층을 쓰고 위층의 큰방은 매기 언니가 검둥이와 함께 세 들어 있었다. 치옥이는 큰방을 거쳐 가야 하는 벽장과도 같은 좁고 긴 방을 썼다. 때문에 나는 아침마다 치옥이를 부르러 가면 그때까지도 침대에서 머리칼을 흩뜨리고 누워 있는 매기 언니와 화장대 의자에 거북스럽게 몸을 구부리고 앉아 조그만 은빛 가위로 콧수염을 가다듬는 비대한 검둥이를 만났다. 매기 언니는 누운 채 손을 까딱거려 들어오라는 시늉을 했으나 나는 반쯤 열린 문가에 비켜서서 방 안을 흘끔거리며 치옥이를 기다렸다. 나는 검둥이가 우울한 남자라고 생각했다. 맥없이 늘어진 두꺼운 가슴팍의 살, 어둡고 우묵한 눈, 또한 우물거리는 말투와 내게 한 번도 웃어 보인 적이 없다는 것이 그러한 느낌을 갖게 한 것이다.

학교 갈 때는 길에서 불러라. 검둥이는 네가 아침에 오는 게 싫대.

치옥이가 말했으나 나는 매일 아침 삐걱대는 층계를 밟고 올라가 매기 언니의 방문 앞에서 서성이며 치옥이를 불렀다.

매기 언니는 밤에 온다고 그랬어. 침대에서 놀아도 괜찮아.

입덧이 심한 어머니는 매사가 귀찮다는 얼굴로 안방에 드러누워 있을 것이고 오빠는 땅강아지를 잡으러 갔을 것이다. 할머니는 기다렸다는 듯 내게 막 젖이 떨어진 막냇동생을 업혀 내쫓을 것이었다.

커튼으로 햇빛을 가린 어두운 방의 침대에 매기 언니의 딸인 제니가 자고 있었다. 치옥이는 벽장 문을 열고 비스킷 상자를 꺼내어 꼭 두 개만 집어 들고는 잘 닫아 다시 넣었다. 비스킷은 달고, 연한 치약 냄새가 났다.

이거 참 예쁘다.

내가 화장대의 향수병을 가리키자 치옥이는 그것을 거꾸로 들고 솔솔 겨드랑이에 뿌리는 시늉을 하며 미제야,라고 말했다. 치옥이는 다시 벽장 속에 손을 넣어 부스럭대더니 사탕을 두 알 꺼냈다.

이거 참 맛있다.

응, 미제니까.

치옥이가 또 새침하게 대답했다. 제니가 눈을 말갛게 뜨고 우리를 보고 있었다.

제니, 예쁘지. 언니들은 숙제를 해야 하니까 조금만 더 자렴.

치옥이가 부드럽게 말하며 손바닥으로 눈꺼풀을 쓸어 덮자 제니는 깜빡이 인형처럼 눈을 꼭 감았다.

매기 언니의 방에서는 무엇이든 신기했다. 치옥이는 내가 매 양 탄성으로 어루만지는 유리병, 화장품, 페티코트, 속눈썹 따위 를 조금씩만 만지게 하고는 이내 손댄 흔적이 없이 본래대로 해 놓았다.

좋은 수가 있어.

치옥이 침대 머릿장에서 초록색의 액체가 반쯤 남겨진 표주 박 모양의 병을 꺼냈다. 병의 초록색이 찰랑대는 부분에 손톱을 대어 금을 만든 뒤 뚜껑을 열어 그것을 따라 내게 내밀었다.

먹어봐. 달고 화하단다.

내가 한 모금 훌쩍 마시자 치옥이는 다시 뚜껑을 가득 채워 꿀꺽 마셨다. 그리고 손톱을 대고 있던 금부터 손가락 두 마디 만큼 초록색 술이 줄어들자 줄어든 만큼 냉수를 부어 뚜껑을 닫 아 머릿장에 넣었다.

감쪽같잖니? 어떠니? 맛있지?

입안은 박하를 한 입 문 듯 상쾌하게 화끈거렸다.

이건 비밀이야.

매기 언니의 방에서는 무엇이든 비밀이었다. 서랍장의 옷 갈 피짬에서 꺼낸 비로드 상자 속에는 세 줄짜리 진주 목걸이, 여 러 가지 빛깔로 야단스럽게 물들인 유리알 브로치, 귀걸이 따위 가 들어 있었다. 치옥이는 그중 알이 굵은 유리 목걸이를 걸고 거울 앞에서 단호하게 말했다.

난 커서 양갈보가 될 테야. 매기 언니가 목걸이도 구두도 옷 도 다 준댔어.

손끝도 발끝도 저리듯 나른히 맥이 풀려왔다. 눈꺼풀이 무겁고 숨이 차오는 건 방 안이 너무 어둡기 때문일까. 숨을 내쉴 때마다 박하 냄새가 하얗게 뿜어져 나왔다. 나는 베란다로 통한 유리문의 커튼을 열었다. 노오란 햇빛이 다글다글 끓으며 들어와 먼지를 떠올렸고 방 안은 온실과도 같았다. 나는 문의 쇠장식에 달아오른 뺨을 대며 바깥을 내다보았다. 그리고 다시 중국인 거리의 이층집 열린 덧문과 이켠을 보고 있는 젊은 남자의 얼굴을 보았다. 그러자 알지 못할 슬픔이 가슴에서부터 파상波狀을 이루며 전신으로 퍼져나갔다.

왜 그러니? 어지럽니?

이미 초록색 물의 성질을, 그 효과를 알고 있는 치옥이가 다가와 나란히 문에 매달렸다. 나는 고개를 저었다. 그럴 수밖에 없는 것이 나는 이층집 창문에서부터 비롯되는 감정을 알 수도 설명할 수도 없었으며, 그 순간 나무 덧문이 무겁게 닫히고 남자의 모습이 사라졌기 때문이었다.

유리 목걸이에 햇빛이 갖가지 빛깔로 쟁강쟁강 튀었다. 그중 한 알을 입술에 물며 치옥이가 말했다.

난 양갈보가 될 거야.

나는 커튼을 닫고 돌아와 침대에 누웠다. 그는 누구일까, 나는 기억나지 않는 꿈을 되살려보려는 안타까움에 잠겨 생각했다. 지난가을에도 나는 그를 보았다. 이발소에서였다. 키가 작아 의자에 널빤지를 얹고 앉아 나는 어머니가 일러준 대로 말했다.

상고머리예요. 가뜩이나 밉상인데 뒷박 버리는 안 돼요.

그런데 다 깎은 뒤 거울 속에 남은 것은 여전히 뒷박 머리였다.

이왕 깎은 걸 어떡하니, 다음번에 다시 잘 깎아주마.

그러길래 왜 아저씨는 이발만 열심히 하지 잡담을 하느냔 말예요.

나는 바락바락 악을 썼다. 마침내 이발사는 덜컥 의자를 젖히며 말했다.

정말 접시처럼 발랑 되바라진 애구나. 못쓰겠어. 엄마 배 속에서 나올 때 주둥이부터 나왔니?

못 쓰면 끈 달아 쓸 테니 걱정 말아요. 아저씨는 배 속에서 나올 때 손모가지에 가위 들고 나와서 이발쟁이가 됐단 말예요?

이발소 안이 와아 웃음바다가 되었다. 나는 의기양양해서 사람들을 둘러보았다. 웃지 않는 건 이발사와 구석 자리의 의자에 턱수건을 두르고 앉은 젊은 남자뿐이었다. 그는 거울 속에서 물끄러미 나를 보고 있었다. 나는 문득 그가 중국인 남자라고 생각했다. 길 건너 비스듬히 엇비낀 거리에서만 보았을 뿐 한 번도 가까이서 본 적이 없었으나 그 알 수 없는 시선의 느낌이 그러했다. 나는 목수건을 풀어 탁 거울 앞에 던져놓았다. 그리고 또각또각 걸어 나가 두 손으로 허리를 짚고 문께에 서서 말했다.

죽을 때까지 이발쟁이나 해요.

그러고는 달음질쳐 집으로 돌아왔다. 아버지는 피난 시절의 셋방살이 혹은 다리 밑이나 천막에서 아이들을 끌어안고 밤을 새우던 기억에 복수라도 하듯 끊임없이 집을 손질했다. 손바닥만 한 마당을 없애며, 바느질을 처음 배운 계집애들이 가방의 안쪽이나 옷의 갈피짬마다 비밀 주머니를 만들어 붙이듯 방을 들이고 마루를 깔았다. 때문에 집 안에는 개미굴같이 복잡하게 얽힌 좁고 긴 통로가 느닷없이 나타나고, 숨으면 아무도 찾아낼 수 없는 장소가 꼭 한 군데는 있게 마련이었다.

나는 집으로 뛰어들어와 헌 옷가지나 묵은 살림살이 따위 잡동사니가 들어찬 변소 옆의 골방으로 숨어들어갔다. 골방 구석에 놓인 빈 항아리의 좁은 아구리에 얼굴을 들이밀어도 온몸의 뼈가 물러앉는 듯한, 센 물살과도 같은 슬픔은 사라지지 않았다.

그 뒤로도 나는 여러 차례 창을 열고 이켠을 보고 있는 그 남자의 시선을 느낄 수 있었다. 대개 배급소의 문밖에 쭈그리고 앉아 석간신문을 기다리고 있을 때였다.

제니, 제니, 일어나. 엄마가 왔다.

치옥이가 꾸며낸, 부드럽고 달콤한 목소리로 제니를 부르자 제니가 눈을 뜨고 일어나 앉았다. 치옥이가 대야에 물을 떠왔다. 제니는 비눗물이 눈에 들어가도 울지 않았다. 우리는 제니의 머리를 빗기고 향수를 뿌리고 옷장을 뒤져 옷을 갈아입혔다. 백인 혼혈아인 제니는 다섯 살이 되었어도 말을 못 했다. 혼자 옷을 입는 것은 물론 숟갈질도 못 해 밥을 떠넣어주면 입 한 귀로 주르르 흘렸다. 검둥이가 있을 때면 제니는 늘 치옥이의 방에 있었다.

짐승의 새끼야.

할머니는 어쩌다 문밖이나 베란다에 나와 있는 제니를 신기하다는 듯 혹은 할머니가 제일 싫어하는, 딜 가진 짐승을 볼 때의 눈으로 보며 말했다. 나는 제니를 보는 할머니의 눈초리가 무서웠다. 언젠가 집에 쥐가 끓어 고양이를 한 마리 기른 적이 있었다. 고양이가 골방에서 새끼를 일곱 마리나 낳자 할머니는 고양이에게 미역국을 갖다 주었다. 그러고는 똑바로 고양이의 눈을 쳐다보며 나비가 쥐새끼를 낳았구나, 쥐새끼를 일곱 마리나 낳았구나 하고 노래의 후렴처럼 몇 번이고 되풀이했다. 그날 밤 고양이는 새끼를 모조리 잡아먹고 대가리만 남겨 피 칠한 입으로 야옹야옹 밤새 울었다. 할머니는 기다렸다는 듯 일곱 개의 조그만 대가리들을 신문지에 싸서 하수구에 버렸다. 할머니가 유난히 정갈하고 성품이 차가운 것은 자식을 실어보지도 못했기 때문이라고 어머니는 말하곤 했다. 할머니는 어머니의 생모가 아닌, 멀지 않은 친척이었다. 시집온 지 석 달 만에 영감님이 처제를 봤다지 뭐예요. 글쎄, 그래서 평생 조면阻面하시고 조카딸에게 의탁하신 거지요. 어머니는 가깝게 지내는 이웃 아주머니에게 소리를 낮춰 수군거렸다.

제니는 치옥이의 살아 있는 인형이었다. 목욕을 시켜도, 삼십 분마다 한 번씩 옷을 갈아입혀도 매기 언니는 나무라지 않았다. 제니는 아기가 되고 때로 환자가 되고 때로 천사도 되었다. 나는 진심으로 치옥이가 부러웠다.

너도 동생이 있잖아.

치옥이가 의아하게 물었다.

새엄마가 낳은 애야.

그럼 늬네 친엄마가 아니니?

나는 마른침을 꿀꺽 삼켰다.

응, 계모야.

치옥이의 눈에 담박 눈물이 괴었다.

그렇구나, 어쩐지 그럴 거라고 생각했었어. 이건 비밀인데 우리 엄마도 계모야.

치옥이는 비밀이라고 했지만 치옥이가 의붓자식이라는 것을 모르는 사람은 동네에 아무도 없었다. 우리는 서로 비밀을 지켜주기로 손가락을 걸고 맹세했다.

그럼 너희 엄마도 널 때리고, 나가 죽으라고 하니?

응, 아무도 없을 때면.

치옥이는 바지를 내려 허벅지의 피멍을 보이며 단호하게 말했다. 난 나가서 양갈보가 되겠어.

나는 얼마나 자주 정말 내가 의붓자식이기를, 그래서 맘대로 나가버릴 수 있기를 바랐는지 몰랐다.

어머니는 일곱번째 아이를 배고 있었다. 가난한 중국인 거리에 사는 우리들 중 아기는 한밤중 천사가 안고 오는 것이라든지 방긋 웃으며 배꼽으로 나오는 것이라는 것을 믿는 아이는 아무도 없었다. 여자의 벌거벗은 두 다리 짬에서 비명을 지르며 나온다는 것쯤은 누구나 다 알고 있었다.

러닝셔츠 바람의 미군 병사들이 부대 안의 테니스 코트에 모여 칼 던지기를 하고 있었다. 동심원이 그려진 과녁을 향해 칼은 은빛 침처럼, 빛의 한순간처럼 날카롭게 빛나며 공기를 갈랐다.

획획 바람을 일으키며 휘파람처럼 날아드는 칼이 동심원 안의 검은 점에 정확히 꽂힐 때마다 그들은 우우 짐승 같은 함성을 질렀고 우리는 뜨거운 침을 삼키며 아아 목젖을 떨었다.

목표를 정확히 맞추고 한 걸음씩 물러나 목표물과의 거리를 넓히며 칼을 던지던 백인 병사가, 칼이 손안에서 튕겨져 나오려는 순간 갑자기 발의 방향을 바꾸었다. 칼은 바람을 찢는 날카로운 소리로 우리를 향해 날았다. 우리는 아악 비명을 지르며 철조망 아래로 납작 엎드렸다. 다리 사이가 뜨뜻하게 젖어왔다. 그리고 잠시 후 고개를 들어 킬킬대는 미군의 손짓이 가리키는 곳을 하얗게 질린 얼굴로 바라보았다. 우리의 뒤 두어 걸음쯤 떨어진 곳에서 가슴에 칼을 맞은 고양이가 네 발을 허공에 쳐들고 반듯이 누워 있었다. 거의 작은 개만큼이나 큰 검정 고양이였다. 부대의 쓰레기통을 뒤지는 도둑고양이였을 것이다. 우리가 다가가 둘러설 때까지도 사납게 뻗친 수염발을 바르르 떨고 있었다. 갑자기 오빠가 고양이를 집어 올렸다. 그리고 뛰었다. 우리도 그 뒤를 따라 뛰기 시작했다. 젖은 속옷이 살에 감겨 쓰라렸다.

미군 부대의 막사가 보이지 않는 곳에 이르자 오빠가 헉헉대며 걸음을 멈추었다. 그리고 비로소 손에 들린 것이 무엇인지 깨달은 듯 진저리를 치며 내동댕이쳤다. 검은 고양이는 털썩 둔탁한 소리를 내며 땅바닥에 떨어졌다.

그걸 왜 갖고 왔니?

한 아이가 비난하는 어조로 말했다. 도전을 받은 꼬마 나폴레

옹은 분연히 고양이의 가슴패기에 꽂힌, 끝이 송곳처럼 가늘고 날카로운 칼을 빼어 풀섶에 쓱쓱 피를 닦았다. 그리고 찰칵 날을 숨겨 주머니에 넣었다.

막대기를 가져와.

한 아이가 지난봄 식목일의 기념 식수 가지를 잘라왔다.

오빠는 혁대를 끌러 고양이의 목에 감고 그 끝을 나뭇가지에 매었다. 그리고 우리는 묵묵히 거리를 지났다.

고양이는 한없이 늘어져 발이 땅에 끌리고 그 무게로 오빠의 어깨에 얹힌 나뭇가지는 활처럼 휘었다.

중국인 거리에 다다랐을 때 여름의 긴긴 해는 한없이 긴 고양이의 허리를 자르며 비껴 기울고 있었다.

머리에 서릿발이 얹힌 듯 히끗히끗 밀가루를 뒤집어쓴 제분 공장 노무자들이 빈 도시락을 달그락거리며 언덕을 넘어 우리 곁을 지나쳐 갔다.

고양이의 검고 긴 몸뚱어리, 우리들의 끝없이 길고 두려운 저녁 무렵의 그림자를 밟으며 우리는 부두를 향해 걸었다. 그때 나는 다시 보았다. 이층의 덧문을 열고 그는 슬픈 듯, 노여운 듯 어쩌면 희미하게 웃는 듯한 알 수 없는 눈길로 우리의 행렬을 보고 있었다.

부두에 이르러 우리는 나뭇가지를 내려놓고 고양이의 목에서 혁대를 풀었다. 오빠는 퉤퉤 침을 뱉으며 자꾸 흘러내리려는 바지 허리를 혁대로 단단히 죄었다.

그리고 쓰레기와 빈 병과 배를 희옇게 뒤집고 떠 있는 썩은 생선들이 떠밀려 오는 방죽 아래로 고양이를 떨어뜨렸다.

해가 지고 있었으므로 우리는 공원으로 가기로 했다.

여느 때 같으면 한없이 올라가는 공원의 층계에 엎드려 층계를 올라가는 양갈보들의 치마 밑을 들여다보며, 고래 힘줄로 심을 넣어 바구니처럼 둥글게 부풀린 페티코트 속이 맨다리뿐이라는 데 탄성을 지르거나 혹은 풀섶에 질펀히 앉아서 "도라아보는 발거름마다 눈무울 젖은 내애 처엉춘, 한 마아는 과거사를 도리켜보올 때에 아아 산타마리아의 종이이 우울리인다" 따위 늙은 창부 타령을 찢어지게 불러대었을 텐데 우리는 묵묵히 하늘 끝까지라도 이어질 것 같은 층계를 하나씩 올라갔다.

공원의 꼭대기에는 전설로 길이 남을 것이라는, 상륙 작전의 총지휘관이었던 노장군의 동상이 있었다. 그곳에서는 시가지 전체가 한눈에 들어왔다.

선창에 정박해 있는 크고 작은 배들의 깃발이 색종이처럼 조그맣게 팔랑이고 있는 사이 기중기는 쉬지 않고 화물을 물어 올렸다. 선창에서 멀찌감치 물러나 섬처럼, 늙은 잉어처럼 조용히 떠 있는 것은 외국 화물선일 것이다.

공원 뒤쪽의 성당에서는 끊임없이 종을 치고 있었다. 고양이를 바다에 던질 때부터 아니 그 이전부터 우리 뒤를 따라오며 머리칼을 당기던 소리였다. 일정한 파문과 간격으로 한없이 계속되는, 극도로 절제되고 온갖 욕망과 성질을 단 하나의 동그라미로 단순화시킨 그 소리에는 한밤중 꿈속에서 깨어나 문득 듣게 되는 여름밤의 먼 우렛소리, 혹은 깊은 밤 고달프게 달려가는 기차 바퀴 소리에서와 같은, 이해할 수 없는 두려움과 비밀스러움이 있었다.

수녀가 죽었나 봐.

누군가 말했다. 끊임없이 성당의 종이 울릴 때는 수녀가 고요히 죽어가는 것이라는 것을 우리는 모두 알고 있었다.

철로 너머 제분 공장의 굴뚝에서 울컥울컥 토해내는 검은 연기는 전쟁으로 부서진 도시의 하늘에 전진戰塵처럼 밀려들고 있었다.

전쟁사에 길이 남을 것이라는 치열했던 함포 사격에도 제 모습을 고스란히 지니고 있는 것은 중국인 거리라고 불리는, 언덕 위의 이층집들과 우리 동네 낡은 적산 가옥들뿐이었다.

시가지 쪽에는 아직 햇빛이 머물러 있는데도 낙진처럼 내려앉는, 북풍에 실린 저탄장의 탄가루 때문일까, 중국인 거리는 연기가 서리듯 눅눅한 어둠에 잠겨들고 있었다.

시의 정상에서 조망하는 중국인 거리는, 검게 그을린 목조 적산 가옥 베란다에 널린 얼룩덜룩한 담요와 레이스의 속옷들은, 이 시의 풍물風物이었고 그림자였고 불가사의한 미소였으며 천칭의 한쪽 손에 얹혀 한없이 기우는 수은이었다. 또한 기우뚱 침몰하기 시작한 배의, 이미 물에 잠긴 고물[船尾]이었다.

시의 동쪽 공설 운동장에서 때 이른 횃불이 피어올랐다. 잔양殘陽 속에서 그것은 단지 하나의 흔들림, 너울대는 바람의 자락이었다. 사람들은 와아와아 함성을 질렀다. 체코, 폴란드, 물러가라. 꼭두각시, 괴뢰 집단 물러가라, 와아와아. 여름 내내 해 질 무렵이면 한 집에서 한 명씩 뽑혀 나간 사람들은 공설 운동장에 모여 발을 구르며 외쳤다. 할머니는 돌아와 밤새 끙끙 허리를 앓았다.

중립국 감시 위원단 중 공산 측이 추천한 체코와 폴란드가(그들은 소련의 위성 국가입니다) 그들의 임무를 저버리고 유엔군 측의 군사 기밀을 캐내어 공산 측에 보고하는 스파이가 되었기 때문입니다.

전체 조회에서 교장 선생님은 말했다.

무릎을 세우고 앉아 그 사이에 깊이 고개를 묻으면 함성은 병의 좁은 주둥이에 휘파람을 불어넣을 때처럼 아스라하게 웅웅대며 들려왔다. 땅속 깊숙이에서 울리는, 지층이 움직이는 소리, 해일의 전조로 미미하게 흔들리는 물살, 지붕 위를 핥으며 머무르는 바람.

집으로 돌아왔을 때 어머니는 수채에 쭈그리고 앉아 으윽으윽 구역질을 하고 있었다. 임신의 징후였다. 이제 제발 동생을 그만 낳아주었으면 좋겠다고 생각하며 나는 처음으로 여자의 동물적인 삶에 대해 동정했다. 어머니의 구역질은 비통하고 처절했다. 또 아이를 낳게 된다면 어머니는 죽게 될 것이다.

밤이 깊어도 나는 잠을 잘 수가 없었다. 마악 생기기 시작한 젖망울을 할머니가 치마 말기를 뜯어 만들어준 띠로 꽁꽁 동인 언니는 홑이불의 스침에도 젖이 아파 가슴을 싸쥐며 돌아누워 앓았다. 밤새도록 간단없이 들려오는 야경꾼의 딱따기 소리, 화차의 바퀴 소리를 낱낱이 헤아리다가 날이 밝자 부두로 나갔다.

여전히 물결에 떠밀려 방죽에 부딪는 더러운 쓰레기와 썩은 생선들 사이에도, 닻 없이 떠 있는 폐선의 밑창에도 고양이는 없었다.

어느 먼 항구에서 아이들의 장대질에 의해 허리 중동을 허물며 끌어 올려질지도 몰랐다.

가을로 접어들어도 빈대의 극성은 대단했다. 해가 퍼지면 우리는 다다미를 들어내어 베란다에 널어 습기를 말리고 빈대 알을 뒤졌다. 손목과 발목에 고무줄을 넣은 옷을 입고 자도 어느 틈에 빈대는 옷 속에서 스멀대며 비린 날콩 냄새를 풍겼다. 사람들은 전깃불이 나가는 열두 시까지 대개 불을 켜놓고 잠이 들었다. 불빛이 있으면 빈대가 덜 끓었기 때문이었다. 그러나 열두 시를 기점으로 그것들은 다다미 짚 속에서, 벌어진 마루 틈에서 기어 나와 총공격을 개시했다.

옅은 잠 속에서 손톱을 세워 긁적이며 빈대와 싸우던 나는 문득 나무토막이 부서지는 둔탁하고 메마른 소리에 눈을 떴다. 오빠는 어느새 바지를 주워 입고 총알처럼 계단을 뛰어내려가고 있었다. 바깥에서는 갑작스런 소음이 끓었다. 무슨 사건이 일어났구나, 나는 가슴을 두근대며 베란다로 나갔다. 불이 나간 지 오래되어 깜깜한 거리, 치옥이네 집과 우리 집 앞을 메우며 사람들이 가득 와글와글 떠들고 있었다. 뒤미처 늘어선 집들의 유리문이 드르륵 열리고 베란다로 나온 사람들이 무슨 일이냐고 소리쳤다. 죽었다는 소리가 웅성거림 속에 계시처럼 들렸다. 모여 선 사람들은 이어 부르는 노래를 하듯 입에서 입으로 죽었다는 말을 옮기며 진저리를 치거나 겹겹의 둘러썬 틈으로 고개를 쑤셔 넣었다. 나는 턱을 달달 떨어대며 치옥이의 집 이층, 시커멓게 열린 매기 언니의 방과 러닝셔츠 바람으로 베란다의 난간을 짚고 아래를 내려다보고 있는 검둥이를 보았다.

잠시 후 요란한 사이렌을 울리며 미군 지프가 달려왔다. 겹겹이 진을 친 사람들이 순식간에 양쪽으로 갈라졌다. 헤드라이트의 쏟아질 듯 밝은 불빛 속에 매기 언니가 반듯이 누워 있었다. 염색한, 길고 숱 많은 머리털이 흩어져 후광처럼 얼굴을 감싸고 있었다. 위에서 던져버렸다는군.

검둥이는 술에 취해 있었다. 엠피가 검둥이의 벗은 몸에 군복을 걸쳐주었다. 검둥이는 단추를 풀어 헤치고 낄낄대며 지프에 실려 떠났다.

입 한 귀로 흘러내리는 물을 짜증 내지 않고 찬찬히 닦아주며 치옥이는 제니에게 물을 먹이고 있었다. 아무리 물을 먹여도 제니의 딸꾹질은 멎지 않았다.

고아원에 가게 될 거야.

치옥이가 말했다. 봄이 되면 매기 언니는 미국에 가게 될 거야, 검둥이가 국제결혼을 해준대라고 말하던 때처럼 조금 시무룩한 말투였다. 그 무렵 매기 언니는 행복해 보였다. 침대에 걸터앉은 검둥이의 발을 닦아주는 매기 언니의, 물들인 머리를 높이 틀어 올려 깨끗한 목덜미를 물끄러미 보노라면 화장을 지운,

눈썹이 없는 얼굴로 나를 돌아보며 상냥하게 손짓했다. 들어와, 괜찮아.

제니는 성당의 고아원에 갔어.

이틀 후 치옥이는 빨갛게 부은 눈을 사납게 찡그리며 말했다. 매기 언니의 동생이 와서 매기 언니의 짐을 모조리 실어 가며 제니만을 달랑 남겨놓았다는 것이다. 치옥이네 이층은 꽤 오랫동안 비어 있었다. 그러나 나는 치옥이네 집에 숙제를 하러 가거나 놀러 가지 않았다.

아침마다 길에서 큰 소리로 치옥이를 불렀다.

또 아이를 낳게 된다면 어머니는 죽을 것이라는 예감이 신념처럼 굳어가고 있었지만 어머니의 배는 치마 밑에서 조심스럽게 불러왔다. 대신 매운 손맛과 나지막하고 독한 욕설로 나날이 정정해지던 할머니가 쓰러졌다. 빨래를 하다가 모로 쓰러진 후 제정신이 돌아오지 않는 것이다. 할머니의 등에 업혀 살던 막냇동생은 언니의 차지가 되었다.

대소변을 받아내게 되자 어머니와 아버지는 할머니를 남편인 친척 할아버지가 있는 시골로 보내는 것에 합의를 보았다.

이십 년도 가는 수가 있대요. 중풍이란 돌도 삭인다니까요.

어머니는 작게 소곤거렸다. 그러고는 조금 큰 소리로, 미우니 고우니 해도 늘그막에는 영감님 곁이 제일이에요 했고, 이어 택시를 대절해서 모셔야 해요 하고 크게 말했다.

할머니는 다시 아기가 되었다. 나는 치옥이가 제니에게 하듯 아무도 없을 때면 할머니의 방에 들어가 머리를 빗기고 물을 입에 떠 넣기도 하고 가끔 쉬를 했는지 속옷을 헤치고 기저귀 속에 살그머니 손끝을 대어보기도 했다.

할머니가 떠나는 날 어머니는 할머니의 옷을 벗기고 새 옷으로 갈아입혔다.

평생 자식을 실어보지도 못한 몸이라 아직 몸매가 이렇게 고우시구나.

친척 할아버지가, 할머니의 동생인 작은할머니와 그 사이에 낳은 자식들과 살고 있는 시골에 할머니를 데려다 놓고 온 아버지는 한숨을 쉬며 더듬더듬 말했다.

못할 짓을 한 것 같아. 그 집에서 누가 달가워하겠어. 개밥에 도토리지. 그런데 부부라는 게 뭔지…… 글쎄 의식이 하나도 없는 양반이 펄떡펄떡 열불이 나는 가슴을 풀어헤치고 영감님 손을 끌어당겨 거기에 얹더라니깐……

그러게 내가 뭐랬어요, 역시 보내드리길 잘했지. 평생 서리서리 뭉쳐둔 한인걸요.

어머니는 할머니가 쓰던 반닫이의 고리를 열었다. 평소에 할머니가 만지지도 못하게 하던 것이라 우리들의 길게 뺀 목도 어머니의 손길을 따라 움직였다. 어머니는 차곡차곡 쌓인 옷가지들을 하나씩 들어내어 방바닥에 놓았다. 다리 부분을 줄여 할머니가 입던 아버지의 헌 내의, 허드레로 입던 몸뻬 따위가 바닥에 쌓였다. 항라, 숙고사 같은 옛날 천의 옷도 나왔다. 어머니의 손길에 끌려 나온, 지난날 할머니가 한두 번쯤 입고 아껴 넣어

두었을 옷가지들을 보는 사이 비로소 이제 할머니는 돌아오지 않는다, 이런 옷들을 입을 날이 없을 것이라는 생각이 들어 가슴 밑바닥에 바람이 지나가듯 서늘해졌다. 할머니는 언제 저 옷들을 입었을까, 언제 다시 입기 위해 아끼고 아껴 깊이 넣어둔 걸까.

마지막으로 어머니는 수달피 배자를 들어내고 밑바닥을 더듬었다. 그리고 손수건에 단단히 싼 조그만 물건을 꺼냈다. 어머니의 손길이 움직이는 동안 우리 형제들은 숨을 죽여 뚫어지게 그것을 바라보았다.

어머니는 의아한 표정으로 눈살을 찌푸렸다. 그 속에는 동강이 난 비취반지, 퍼렇게 녹이 슬어 금방 부스러져버릴 듯한 구리 버클, 왜정 때의 백동전 몇 닢, 어느 옷에 달았던 것인지 모를 크고 작은 몇 개의 단추, 색실 토막 따위가 들어 있었다.

노친네도 참, 깨진 비취는 사금파리나 다름없어.

어머니는 혀를 차며 그것을 다시 손수건에 싸서 빈 반닫이에 던져 넣었다. 내의 따위 속옷은 걸렛감으로 내놓고 옷가지들은 어머니의 장롱에 옮겨놓았다. 수달피는 고급품이어서 목도리로 고쳐 쓰겠다고 했다.

다음 날 나는 아무도 몰래 반닫이를 열고 손수건 뭉치를 꺼냈다. 그리고는 공원으로 올라가 장군의 동상에서부터 숲 쪽으로 할머니의 나이 수만큼 예순다섯 발자국을 걸어 숲의 다섯번째 오리나무 밑에 깊이 묻었다.

겨울의 끝 무렵 우리는 할머니의 부음을 들었다. 택시에 실려 떠난 지 두 계절 만이었다.

산월을 앞둔 어머니는 새삼스럽게 할머니가 쓰던, 이제는 우리들의 해진 옷가지들이 뒤죽박죽 되는대로 쑤셔 박힌 반닫이를 어루만지며 울었다.

저녁 내내 아무도 찾아내지 못할, 골방의 잡동사니들 틈에서 숨을 죽이고 있던 나는 밤이 되자 공원으로 올라갔다. 아주 깜깜했지만 나는 예순다섯 걸음을 걷지 않고도 정확히 숲의 다섯 번째 오리나무를 찾을 수 있었다.

깊은 땅속에서 두 계절을 묻혀 있던 손수건은 썩은 지푸라기처럼 축축하게 손가락 사이에서 묻어났다. 동강난 비취반지와 녹슨 버클, 몇 닢 백동전의 흙을 털어 가만히 손안에 쥐었다. 똑같았다. 모두가 전과 다름없었다. 잠시의 온기와 이내 되살아나는 차가움.

나는 다시 손안의 물건들을 나무 밑에 묻고 흙을 덮었다. 손의 흙을 털고 나무 밑을 꼭꼭 밟아 다진 뒤 일정한 보폭을 유지하는 데 신경을 쓰며 장군의 동상을 향해 걸었다. 예순 번을 세자 동상이었다. 나는 고개를 갸웃했다. 분명히 두 계절 전 예순다섯 걸음의 거리였다. 앞으로 다시 두 계절이 지나면 쉰 걸음으로도 닿을 수가 있을까, 다시 일 년이 지나면, 그리고 십 년이 지나면 단 한 걸음으로 날듯 닿을 수 있을까.

아직 겨울이고 깊은 밤이어서 나는 굳이 사람들의 눈을 피하지 않고도 쉽게 장군의 동상에 올라갈 수 있었다. 키를 넘는, 위가 잘려진 정사면체의 받침돌에 손톱을 박고 기어올라 장군의 배 위에 모아 쥔 망원경 부분에 발을 딛고 불빛이 듬성듬성 박힌 시가지를 내려다보았다. 지난해 여름 전진처럼 자욱이 피어오르던 함성은 이제 들려오지 않았다. 다만 조용했다. 귀 기울여 어둠 속에 부드럽게 흐르는 소리를 좇노라면 땅속 가장 깊은 곳에서 숨어 흐르는 수맥이라도 손끝에 닿을 것 같은 조용함이었다.

나는 깜깜하게 엎드린 바다를 보았다. 동지나해로부터 밤새워 불어오는 바람, 바람에 실린 해조류의 냄새를 깊이 들이마셨다. 그리고 중국인 거리, 언덕 위 이층집의 덧문이 열리며 쏟아져 나와 장방형으로 내려앉는 불빛과 드러나는 창백한 얼굴을 보았다. 차가운 공기 속에 연한 봄의 숨결이 숨어 있었다.

나는 따스한 피 속에서 돋아 오르는 순筍을 참을 수 없는 근지러움으로 감지했다.

인생이란……

나는 중얼거렸다. 그러나 뒤를 이을 어떤 적절한 말도 떠오르지 않았다. 알 수 없는, 복잡하고 분명치 않은 색채로 뒤범벅된 혼란에 가득 찬 어제와 오늘과 수없이 다가올 내일들을 뭉뚱그릴 한마디의 말을 찾을 수 있을까.

다시 봄이 되고 나는 6학년이 되었다. 오빠는 어디서인지 강아지를 한 마리 얻어와 길을 들이는 중이었다. 할머니가 없는 집 안에 개는 멋대로 터럭을 날리고 똥을 쌌다.

나는 일 년 동안 키가 한 뼘이니 자랐고 언니가 쓰던, 상미가 수놓여진 옥스포드천의 가방을 들게 된 것은 지난해부터였다.

우리는 겨우내 화차에서 석탄을 훔치고 밤이면 여전히 거리를 쥐 떼처럼 몰려다니며 소란을 떨었으나 때때로 골방에 틀어박혀 대본집에서 빌려온 연애소설 따위를 읽기도 했다.

토요일이어서 오전 수업뿐이었다. 전날 선생님이 말했다. 회충약을 먹는 날이니 아침을 굶고 와요, 배가 부른 회충은 약을 받아먹지 않아요.

사람들은 이제 집을 훨씬 덜 지었으나 해인초 끓이는 냄새는 빠지지 않는 염색 물감처럼 공기를 노랗게 착색시키고 있었다. 햇빛이 노랗게 끓는 거리에, 자주 멈춰 서서 침을 뱉으며 나는 중얼거렸다.

회충이 지랄을 하나 봐.

치옥이는 깡통에 파마약을 풀고 있었다.

제분 공장에 다니던 치옥이의 아버지가 피댓줄에 감겨 다리가 잘린 후 치옥이의 부모가 치옥이를 삼거리의 미장원에 맡기고 이 거리를 떠난 것은 지난겨울이었다. 나는 매일 학교를 오가는 길에 미장원 앞을 지나치며 유리문을 통해 치옥이를 보았다. 치옥이는 자꾸 기어올라가는 작은 스웨터를 끌어당겨 맨살이 드러나는 허리를 가리며 미장원 바닥에 떨어진 머리칼을 쓸고 있었다.

나는 미장원 앞을 떠났다. 수천의 깃털이 날아오르듯 거리는 노란 햇빛으로 가득 차 있었다. 언제였지, 언제였지, 나는 좀체로 기억나지 않는 먼 꿈을 되살리려는 안타까움으로 고개를 흔들며 집을 향해 걸었다. 집 앞에 이르러 언덕 위의 이층집 열린 덧창을 바라보았다. 그가 창으로 상체를 내밀어 나를 손짓해 부르고 있었다.

내가 끌리듯 언덕 위로 올라가자 그는 창문에서 사라졌다. 그리고 잠시 후 닫힌 대문을 무겁게 밀고 나왔다. 코허리가 낮고 누른빛의 얼굴에 여전히 알 수 없는 미소를 띠고 있었다.

그는 내게 종이 꾸러미를 내밀었다. 내가 받아 들자 그는 몸을 돌려 안으로 들어갔다. 열린 문으로 어둡고 좁은, 안채로 들어가는 통로와 갑자기 나타나는 볕바른 마당과, 걸음을 옮길 때마다 투명한 맨발에 찰랑대며 묻어 오르는 햇빛을 보았다.

나는 골방에 들어가 문을 잠근 뒤 종이 뭉치를 끌렀다. 속에 든 것은 중국인들이 명절 때 먹는 세 가지 색의 물감을 들인 빵과, 용이 장식된 엄지손가락만 한 등이었다.

나는 그것들을 금이 가서 쓰지 않는 빈 항아리 속에 넣었다. 안방에서는 어머니가 산고産苦의 비명을 지르고 있었으나 나는 이층으로 올라갔다. 그리고 숨바꼭질을 할 때처럼 몰래 벽장 속으로 숨어들어갔다. 한낮이지만 벽장 속은 한 점의 빛도 들이지 않아 어두웠다. 나는 차라리 죽여줘라고 부르짖는 어머니의 비명과 언제부터인가 울리기 시작한 종소리를 들으며 죽음과도 같은 낮잠에 빠져들어갔다.

내가 낮잠에서 깨어났을 때 어머니는 지독한 난산이었지만 여덟번째 아이를 밀어내었다. 어두운 벽장 속에서 나는 이해할 수 없는 절망감과 막막함으로 어머니를 불렀다. 그리고 옷 속에 손을 넣어 거미줄처럼 온몸을 끈끈하게 죄고 있는 후덥덥한 열기를, 그 열기의 정체를 찾아내었다.

초조初潮였다.

(1979)

바람의 넋

1

저녁상을 물리고 난 후, 부엌에서 들려오던 그릇 달그락거리는 소리, 수돗물 소리가 그친 지 오래인데도 아내는 방으로 들어오는 기척이 없다.

겨드랑이께에 베개를 괴고 비스듬히 누워 텔레비전의 뉴스를 보면서도 내 귀는 간혹 마루를 밟는 가벼운 발소리, 무언가 찾는 양 장식장의 서랍을 여닫는 소리로 아내의 존재를 확인하곤 했다.

'아내가 집에 돌아왔다.' 그러나 그것은 이미 안도감이나 푸근함, 혹은 또 다른 위기감 따위 새삼스럽거나 특별한 느낌은 아니었다.

아내가 또다시 시작한 가출家出에서 돌아온 것은 불과 닷새 전이다.

아내가 집을 비웠던 일주일 동안 쥐구멍이라도 찾는 듯 잔뜩 주눅이 들어 집안일을 보아주던 장모는, 이제 나는 손 털었네,

죽이든 내쫓든 자네 마음 돌아가는 대로 하게, 한마디 남기고는 늦은 밤인데도 아내와 엇비끼다시피 황황히 돌아가버렸다. 장모의 말이 아니더라도 이번엔 정말 결판을 냈어야 했다.

왜 또 기어들어 왔어? 이게 네 집이야?

잠든 아이가 깨어 어미에게 매달리는 꼴을 보기 전에 등을 밀어내고 단단히 대문 빗장을 질렀어야 했다. 그러나 후줄근해진 코트의 단추만을 만지작거리며 고개를 꺾고 어둠 속에 서 있는 아내를 보고, 망설임과 두려움으로 오래 서성이던 담 밖의 발소리를 들었던 기억을 떠올리며 나는 오히려 맥이 빠졌다.

승일이를 임신하면서부터 나은 듯싶더니 일 년 동안 벌써 세 번째 가출이었다. 이제는 어디를 갔었느냐고 물을 필요도 느끼지 않았다. 다그치면, 그저 여기저기를 돌아다녔노라는 언제나처럼 같은 대답을 할 게 뻔했다. 도대체 자신이 다닌 곳이나 기억할까. 차라리 화투 노름에 미쳤거나 춤바람이 났거나 생면부지의 남녀가 버스 안에서 짝을 맞춘다는 관광 미팅 따위라도 생각할 수 있다면 결단은 쉬울 것이다. 그러나 사실 아내가 "그저 여기저기를요"라고밖에는 말할 수 없을 만큼 그 이상도 그 이하도 아닐 것이 분명했다.

"일 년에 두어 차례 여행을 보내는 방법으로 선수를 치는 게 어떨까."

매형은 말했지만 나는 이미 그런 여유를 가질 수 없을 만큼 아내에 대한 마음이 차가워져 있었다.

내 아버지는 "팔 할이 바람이었다"는 시구절처럼 젊은 날을

정처 없는 방랑으로 보냈고, 끝내 객사를 할 때까지 어머니는
수굿이 집을 지키며 자식들을 키웠지만, 나는 그럴 수 없었다.

길을 막고 물어보아라. 빈번이 자행되는, 아내의 명분 없는 출
분을 참아낼 사내가 이 세상천지 어디에 있겠는가.

나는 새삼스럽게 끓어오르는 울화에 소리라도 지를 기세로
벌떡 일어나 앉았다. 그 통에 내 무릎을 올려 세우고 들락날락
빠져 다니며 기차놀이를 하던 승일이가 투정을 부렸다.

"아빠, 굴 무너져. 굴다리 해줘."

"그래라."

나는 선선히 대답하고 승일이를 물끄러미 바라보았다. 하관
이 빨고 선이 가는, 나보다는 오히려 아내 쪽을 많이 닮은 다섯
살짜리 아이는 잦은 엄마의 부재에 이미 익숙해져 할머니나 아
빠의 곁에서 잠자는 일에 불평하지 않는다. 아내는 대체 무엇에
사로잡혀 있는 걸까.

"창문을 좀 열지그래."

소릿기 없이 들어와 앉는 아내에게 나는 말했다. 아내가 펄럭
이며 묻혀 들어온 차고 신선한 바람에 갑자기 방 안에 괸 공기
가 답답하고 역하게 느껴졌던 것이다. 아내가 일어나 커튼을 젖
히고 창문을 드륵 열었다.

커튼이 펄럭이며 찬바람이 선뜻하게 달려들고 텔레비전 소리
에 가려졌던 바람 소리가 귓전을 때렸다. 바람이 한차례 지나갈
때마다 멀지 않은 곳의 고압선이 우우우우 울었다.

"그렇게 죄다 열어젖히면 어떻게 해."

나는 신경질적으로 조금 소리를 높였다. 승일이가 불안한 기색으로 눈을 동그랗게 뜨고 나와 아내를 번갈아 바라보았다.

"소리 지를 일이 없잖아요?"

아내는 커튼을 한쪽으로 밀어젖힌 채로 틈을 한 뼘만큼 남기고 창을 닫았다. 그러고는 짙은 어둠 저편의 무엇이 보일까마는 잠깐 창밖을 내다보았다.

검은 유리면에 아내의 얼굴이 음화상으로 떠올라 있었다.

열린 문틈으로 겨울의 마지막 바람 소리가 한결 뚜렷이 들려왔다. 텔레비전 속에서, 기상 통보관은 방금, 꽃샘바람이 분다고, 이 바람 속에 봄꽃들이 피리라고 예보하고 있었다.

아내는 창 너머 어둠 저편에서 미친 듯 불고 있는 바람을 보고 있는 걸까.

"엄마, 앉아, 앉아."

승일이가 여전히 불안한 얼굴로 아내의 옷자락을 끌어당겼다. 아내는 걱정하지 말라는 듯 승일이의 머리를 쓰다듬으며 내 발치께에 쪼그리고 앉았다. 손을 뻗쳐 신문을 끌어당기며 한 손으로는 방바닥을 더듬어 담뱃갑을 찾았다. 성냥을 찾아 담배에 불을 당기면서 신문에 눈을 박고 있었지만 눈여겨보는 기색은 없었다. 십이 면의 텔레비전 프로를 보고는 넘겨 사회면을 더듬었다. 큰 활자만을 훑는 시늉으로 일 면까지 뒤적이다 다시 광고란으로 눈길을 돌렸다. 생담배 타오르는 연기가 곱게 피어올라 형광등 주위에 희끄무레 떠올랐다. 왼손에는 절반 넘어 타들어간 담뱃재가 위태롭게 달려 있었다.

나쁜 습관이야. 나는 조금 밉살스러운 눈길로, 웅크려 더욱 좁아 뵈는 아내의 어깨를 바라보았다.

아내는 신문을 눈에 바짝 들이댄 채 담배 연기 때문에 눈을 가늘게 뜨고 심인란尋人欄을 보고 있는 중이었다. 나는 언제나 '김×× 46세, 현상금 삼십만 원' '지난 일은 모두 잊고 돌아오오. 아이들이 애타게 찾고 있소' 혹은 '이××, 30세, 여, 자줏빛 스웨터 꽃무늬 긴 스커트, 정신이상으로 집을 나갔음' 따위 심인란의 문면을 보면 입맛이 썼다.

얼간이들 같으니라구.

아내의 첫번째 가출 때 나 역시 신문의 심인란을 이용할 생각을 한 적이 있어 그 기억이 생생하게 떠오르기 때문이었다.

'최은수, 여, 당 28세, 쇼트커트의 머리형에 키 158센티미터 가량, 여윈 체격. 위 사람의 행방이나 소식을 아는 분은 연락 바람. 후사하겠음.'

실로 비참하고 참담한 심사로 수첩에 적어보았던 문안이었다. 그것은 육 년 전의 일이던가.

아내는 요 며칠 사이 더욱 여윈 듯했다. 두드러진 광대뼈에 형광등 불빛이 얼룩처럼 묻어 얼굴이 거칠고 딱딱해 보였다. 유행과는 무관하게 변함없이 짧게 치켜 깎은 머리 아래 목덜미는 이상하게 굵고 주름이 잡혀 있었다. 전체적으로 목만이 기름지고 굵었으나 튼튼하다는 느낌은 들지 않았다. 오히려 짧게 자른 머리칼 때문에 한층 작아 보이는 머리통과의 불균형으로 불건강하고 기이해 보이기까지 했다.

결혼 생활을 하면 여자들은 목이 굵어지고 늙음의 징후도 목에서부터 온다는, 요는 목의 화장을 게을리하지 말라는 어느 화장품 회사의 광고를 본 일이 없다면 나는 아마 아내의 목에 대해 무관심했을 것이라고 생각하며 속으로 서른넷이란 아내의 나이를 헤아렸다. 지난해부터인가, 아내는 가끔 거울 앞에 앉아 흰머리칼을 골라내며 우울하게 말하곤 했다. 머리가 세는 거예요. 벌써 머리가 세다니.

아내는 내 눈길을 의식했음인지 담배를 재떨이에 눌러 껐다.

필터의 단면에 십+ 자의 손톱자국이 깊이 나 있었다. 무언가 곰곰 생각에 잠겨 있을 때는 담배 필터를 엄지손톱으로 세게 눌러대는 것이 아내의 버릇이었다.

"당신이 은행에서 일하고 있는 동안 내가 뭘하고 있을까를 생각해보기도 하나요?"

아내는 결혼 초, 내게 가끔 물었다. 나는 여자들의 일상사에 대해 깊이 생각해본 적이 없었기에 대답이 궁했다. 설거지, 청소, 빨래를 하고, 이런 일을 마치면 신문, 잡지 따위를 뒤적이거나 가벼운 클래식 음악과 자잘한 생활 주변의 일을 담은 사연으로 꾸며지는 라디오의 여성 프로를 듣고 저녁 찬거리를 생각하고 시장에 갈 것이라는 정도가 기껏 내가 생각할 수 있는 아내의 하루였다.

퇴근해서 돌아오면 집 안은 늘 깨끗이 치워져 있었으나 조금만 주의해서 살피면 방바닥이나 마루에는 담뱃재 흘린 자국이 있고 화장실에서도 연탄광에서도 부엌 바닥에서도 담배꽁초가 발견되는 것은 드문 일이 아니었다. 재떨이에도 열십자로 혹은 수레바퀴처럼 뱅뱅 돌려가며 필터에 세게 손톱자국이 박힌 꽁초가 있었다.

나는 화가 나기보다 우울하고 불쾌했다. 아내의 옷자락이나 방석, 테이블보 위에 조심성 없이 뚫린 담배 불구멍을 나는 예사롭게 보아 넘기기 어려웠다.

"오늘, 누가 집에 왔었나?"

"아니요, 왜요?"

아내는 의아해서 되물었다. 역시 공연한 질문이었다.

아내는 이상할 정도로 교제 범위가 좁은 데다 홀어머니의 외동딸이어서 찾아오거나 찾아가는 일가붙이, 친구가 거의 없었다.

결혼 후에도 그랬지만 맞선을 본 뒤 결혼을 전제로 한 짧은 교제 기간을 거치는 동안에도 나는 아내의 친구를 소개받은 적이 없었다. 내세울 만한 상대로서 부족하고 부끄럽게 여기는 것이나 아닐까 하는 의구심도 있었지만 그보다는 그녀의 조심스러운 성격이나 비교적 대인 관계에 소심한 편인 나에 대한 배려, 둘만의 자리에 누구를 끼우고 싶지 않은, 사랑하는 자의 이기심으로 받아들이는 것이 마음 편했다.

아내의 폐쇄적인 생활 태도가 처음에는 이해하기 어려웠으나 나는 아내의 좁은 세계에 곧 익숙해졌고 차차 다행스럽게까지 생각하게 되었다.

무릇 여자들이 몰려다니며 저질러대는 일이나 입방아란 결코 생산적인 것이 아니며 평지풍파를 일으키기 십상이니 하나도

대견할 것 없다는, 대부분 남자들의 소견에 이의異意를 표방할
귀감을 지니지도 않은 터이고 나라는 인간은 한갓 평범한 사내
로 그네들의 입도마에 오르면 상찬보다는 허물이 더 많음을 알
기 때문이었다.

　이웃과 친구들과 뒤얽혀 생활을 번잡하게 만들기보다는 차라
리 전공을 살린 취미로 생활의 품격을 높여주었으면 하는 것이
은근한 바람이기도 했다.

　아내는 미술 대학 출신이었다. 서양화를 전공했다지만 맞선
을 볼 무렵에는 아동물을 주로 출판하는 출판사의 도안사로 일
하고 있었다.

　살결이 맑고 눈이 커서 선량해 보인달 뿐 눈에 띄는 특징 없
이 수수하고 평범한 인상의 그녀에게 이끌린 데는 그녀가 미술
대학 출신이라는 점이 단단히 한몫 작용했음이 솔직한 고백이
겠다.

　"회화를 전공했다면 앞으로는 계속 그림을 그리실 생각입니
까?"

　처음 만난 자리에서 나는 물었다.

　"대단찮은 재능은 차라리 없느니만 못해요."

　약간의 재능밖에 타고나지 못했기 때문에 절반의 목적밖에
지니지 못하고 한갓 직업인으로 도피해서 묻혀버린 자신에 대
한 조소였을까. 그녀는 희미하게 웃어 보였다.

　"그림을 그린다는 건 훌륭한 취미가 될 수 있다고 생각합니
다. 더욱이 여자로서는……"

나는 황급히 덧붙였다.

지방의 소도시에서 보낸 중고등학교 시절, 나는 화구를 들고 다니는 미술반 학생들에 대해서, 천재병이라 일컬었던 폐결핵에 대한 것과도 같은 은근한 선망이 있었다. 그림이라면 국민학교 1학년 때 미술 교과서에 그려 있던, 화분에 심은 튤립 그림을 지극히 평면적으로 그린 기억밖에 없는 내게 그림을 전공했다는 사실은 확실히 멋있고 대단해 보였다. 그렇다고 아내가 화가로서 입신하기를 바랐던 것은 아니었다.

화가라면 고흐나 고갱의 전기에서 얻어 읽은, 이해할 수 없는 격정과 열정, 광기로 가득 찬 비참한 생애가 곧장 연상되는 탓에 그림을 그린다는 것이 아이들이나 가정을 헌신짝처럼 팽개칠 정도의 강한 개성을 요구하는 작업이라면 화가가 안 되어도 얼마든지 좋았다. 이를테면 그녀의 미술 전공은, 착실히 한 계단씩 올라가 마침내 부장급 선에서 정년퇴직하게 될 것이 분명한, 햇내기 은행원이며 십여 년째 구멍가게로 생계를 꾸려가는 홀어머니의 둘째아들인 나로서는 접근할 수도, 감히 생활 속에 끼워 넣을 수 있으리라 생각해보지도 못한 부분의 구색 맞추기 같은 것인지도 몰랐다.

집의 허전한 빈 벽에 복제 그림을 거느니 이왕이면 아내가 그린 것을 거는 게 낫겠고 마당이 넓은 집을 마련한 뒤 장미가 만발한 유월의 뜰에서 이젤을 세워놓고 물감 냄새 풍기며 그림을 그리는 아내를 보는 것도 좋으리라. 어차피 나는 약간의 예술적 분위기만을 탐하는 평범한 소시민인 것이다. 그러나 결혼하면서 가져온 아내의 짐 속에는 한 자루의 붓도 끼어 있지 않았다.

혼자 있는 시간에 그토록 담배를 피워 없애야 할 이유는 무엇일까. 습관이 아니라면 대개의 경우 담배에 손이 가는 것은 초조하거나 불안한 때일 것이다. 아침 청소 때 물론 재떨이를 비웠을 테고 그렇다면 점심 전후에서부터 내가 돌아올 대여섯 시간 동안 무엇 때문에 그토록 담배를 피워대는 것일까. 단순히 습관적인 것이라 해도 대체 무엇이 그토록 지독한 끽연의 습관을 만들었단 말인가.

내 눈길이 담뱃재가 수북한 재떨이에 가닿으면 아내는 민망한 낯이 되어 손바닥으로 재떨이를 감추듯 덮어 싸고는 부랴부랴 들고 나가는 것이었다.

담배를 무섭게 피워대는 것 외에 아내에게는 이렇다 하게 흠잡을 구석이 없었다. 집 안은 항상 청결하고 모든 물건은 있어야 할 자리에 정돈되어 있었다.

아내는 세 든 집 마당 한 귀퉁이에 상추씨를 뿌리고 파를 심었으며, 상추가 파랗게 자라 올라 잎을 벌리자 한 줌씩 뜯어 밥상에 올리며 기뻐했다.

저녁, 통근 버스에 실려 돌아오는 길이면 나는 늘 춥고 어두운 허허한 벌판의 끝에 홀로 켜져 까무룩 반짝이는 등불처럼 아내와 우리의 방을 생각하곤 했다. 궁핍하고 외로웠던 오랜 객지 생활에 비로소 닻을 내린 듯한 느낌이었다.

아내는 말수는 적었지만 몸은 물처럼 부드럽고 따뜻했다. 나는 종종 그처럼 부드럽고 완벽하게 순종하는 아내의 몸을 안고 있다는 사실을 믿을 수 없었다. 저녁을 먹은 후 아내의 무릎을 베고 누워 옷 밖으로 부드럽게 융기한 가슴께를 무심히 만지작 거리며 나는 얼핏 우리의 방을 채우고 있는 춘곤春困과도 같은 따뜻하고 안일한 공기 속에 몽롱히 녹아 있는 불안이랄까 차가움이랄까 하는 것을 감지하기도 했다. 그러나 그것 역시 영원한 사랑이나 영원한 행복 따위를 믿지 않는, 혹은 생활은 냉혹하고 사실적인 것이라는 식으로 길들여진 고정관념이 만들어낸 또 하나의 허상일 뿐이라고 눈을 돌려버리곤 했다.

승일이의 옷을 벗기고 잠옷으로 갈아입힌 아내는 다시 손으로 방바닥을 더듬어 담뱃갑을 찾아 쥐었다.

눈은 텔레비전을 향해 있었으나 보고 있는 것 같지는 않았다.

나는 어딘가 멀리 가 있는 듯한 아내의 눈빛을 되돌리기 위해 무엇이든 말을 건네야 한다고 조바심을 쳤으나 이상할 정도로 아무런 말도 떠오르지 않았다.

나는 옆으로 비스듬히 누운 채 팔을 뻗쳐 채널을 돌렸다. 아내는 한 손을 아이의 머리에 얹은 채 한 손에는 담배를 쥐고 화면에 눈길을 박고 있었다.

그러한 아내의 모습을 보자 최초의 가출 이래 줄곧 마음 밑바닥에 굳게 엉겨 가라앉아 있던, 이제는 흥분도 안타까움도 갈등도 말끔히 걸러져 단지 분노 그 자체뿐인 차가운 감정이 스물대며 끓어올랐다.

결혼한 뒤 육 개월쯤 지났을 때였다. 여느 때처럼 대문 벨을 누르며 나는 은수, 은수, 두어 차례 아내의 이름을 불렀다. 아니 그럴 필요도 없었다. 집 앞 골목길을 지나다니는 숱한 발소리 중에서도 아내는 내 발소리를 어김없이 알아맞혔기 때문이다. 나오는 기척이 없자 나는 가볍게 대문을 흔들었다. 그 바람에 빗장을 지르지 않은 쪽문이 비긋이 열렸다.

집 안은 조용했다.

시장에 간 것일까, 아니면 잠든 것일까. 그러나 초겨울 오후 일곱 시라면 잠을 자기에는 이르고 장을 보러 가기에는 너무 늦은 시간이었다. 또한 내가 퇴근해서 돌아올 시간에 그녀가 집을 비웠던 적은 그때까지 한 번도 없었다. 더욱이 꽃구슬이 달린 슬리퍼도 얌전히 현관에 놓여 있는 것이다.

이상한 소심증으로, 성큼 마루에 오르지 못하고 은수, 은수 어디 있어, 몇 차례 불러 아내의 확실한 부재를 확인한 후에야 나는 방마다 문을 열어보고 부엌과 변소, 지하실, 연탄광 들을 두루 찾아 다녔다. 아내는 없었다.

집 안은 먼지 한 톨 없이 깨끗이 청소되어 재떨이도 말끔히 비워져 있었다. 안방 아랫목에는 조각 헝겊으로 만든 깔개가 깔려 따뜻했지만 집 안은 빈집의, 썰렁하고 어딘지 스산한 냉기가 차 있었다.

나는 이웃 나들이가 거의 없다시피 한 아내의 버릇을 알면서도 담장을 이웃한 옆집 문을 두드렸다. 막 저녁 밥상을 차리고 있었던 듯 김이 오르는 국자를 들고 나온 중년의 아주머니는 고개를 저었다.

"새댁이요? 안 왔어요. 오늘 종일 얼굴도 못 봤다우. 아 참, 낮에 수돗가에서 빨래하는 소리가 들리는 것 같았는데……"

별 기대는 없었지만 나는 낭패감을 감추느라 머쓱하게 고개를 숙여 보이는 수밖에 없었다.

거슬거슬 피어올라 점점 짙어지는 땅거미 속에 집은 잦아들듯 적막하게 가라앉고 나는 옷을 갈아입을 염도 없이 걷잡을 수 없는 불안으로 서성이며 공연히 책상 서랍을 열고 찬장 문을 열고 벽시계의 뒤 뚜껑을 열어보았다.

급히 볼일이 있어 나갔으면 메모라도 남겼겠지 했으나 아내의 필적은 어디에도 없었다.

저물면서 불기 시작한 바람에, 빨랫줄에 널린 채 꾸득꾸득 얼어가던 빨래들이 뻣뻣이 팔 벌리고 다리 벌리고 살아 있는 몸짓으로 희끄무레 펄럭였다.

날이 완전히 저물자 불안은 예감으로, 다시 확신으로 바뀌었다. 생각할 수 있는 건 사고나 암장暗葬이었다.

외부에서 침입한 흔적은 전혀 찾을 수 없었음에도 나는 손전등을 켜 들고 다시 집 안팎을 돌며 뒤졌다.

내가 들어설 때부터 라디오가 계속 켜져 있는 상태라는 것을 날이 완전히 어두워져 불을 켜게 될 즈음에야 알아차릴 만큼 나는 황황해 있었다. 아내가 갈 만한 곳으로 짚이는 것은 장모 혼자 살고 있는 친정집과 우리가 살고 있는 변두리 지역과는 정반대 방향으로 서울의 끝인 광명리 누님 댁뿐이었다. 밤 열 시가 가까워 안절부절못하고 서성이던 나는 찻길로 달려 나가 공중전화에 매달렸다. 짐작대로 아내는 친정에도, 누님 댁에도 없었다.

"글쎄, 걔가 거기를 갔을 리 없는데……"

장모가 자신 없이 대어주는 몇 군데 전화를 거느라 백 원짜리를 바꾼 열 개의 주화를 모조리 소비하고도 나는 아내의 소재지나 행방을 짐작할 수 없었다. 통금 해제를 기다려 종합 병원 응급실로, 행려 사망자를 취급하는 시립 병원으로 뛰어다니며 인상착의를 말해야 하는 단계에 이르면 아내를 가냘프고 사랑스럽고 따위 내 아내로서가 아닌 한 여자로서 객관적인 설명을 해야 한다는 어려움에 나는 당황하곤 했다.

그러나 시간이 지나면서 나는 마치 겹겹의 옷을 차례로 벗겨 나가듯 아내라는 존재를 조금씩 구체화시켜 나갔고 사나흘이 지날 무렵에는 '최은수, 여, 당 28세, 신장 158센티미터가량, 쇼트커트한 머리형에 마른 체격. 안색은 창백한 편이며 왼쪽 귀 뒤쪽에 녹두알 크기의 사마귀가 있음' 따위로 실종자의 인상을 말할 수 있었다.

실종자 명단의 참고란에 그렇게 씌어진 것을 다시금 읽어보니 실상 그것만이 아내의 실체가 아닌가 하는 생각이 들기도 했다.

양면 괘지 위에서는 아내에 대한 나의 사랑, 우리가 이룬 가정, 우리가 두 손 맞잡아 두른 울타리 안에 심기 시작한 꿈, 현재의 불안하고 초조한 내 심경들은 애초부터 문제가 되지 않았다.

은행에 출근해서 창구를 지키고 앉았으면서도 일이 손에 잡힐 리 없었다.

눈과 귀는 뒷자리의 전화통에 쏠려 있었지만 정작 쉴 새 없이 울리는 전화벨 소리에 매양 피가 차갑게 식는 듯했다.

빈약한 추리력은 항상 '불의의 사고'에서 멎어버리기 때문이었다. 백 보 양보해서 가출의 가능성 쪽으로 방향을 돌려 그녀가 사라지던 날 아침의 모습과 더 거슬러 결혼 무렵, 그리고 교제할 당시의 그녀를 소급해서 떠올리며 어떤 동기나 실마리를 찾으려 애를 써보기도 했다. 그러나 이번 사건을 유추해낼 만한 어떤 실마리도 찾을 수 없었다.

우리는 가끔 가구의 배치나 장식품을 놓는 위치에 대해 의견 차이를 보였고 내 밥그릇에는 꼬박꼬박 더운밥을 담으면서도 자신은 남은 식은 밥이나 눌은밥을 먹는 것에 대해 내가 자주 화를 내었을 뿐이다.

닷새 전 아침에도 아내는 대문간에 서서 다녀오세요,라고 말했었다. 그러고는 갑자기 생각난 듯 나를 불러 세우고는 오늘, 늦으세요?라고 묻던 것도 여느 날과 다름없었다.

"혹시 다른 남자가 있는 건 아닐까. 스물여덟 살까지 결혼을 늦추고 있었다면 과거를 생각해볼 수도 있잖니?"

엿새가 지나도록 종무소식이자 누님은 흘깃흘깃 조심스레 내 눈치를 살피며 세상에 그런 일이 아주 없는 건 아니라는 듯 말했다.

나는 주간지와 텔레비전 드라마에 길들여진 누님의 사고 조직을 경멸했다. 세상에 흔한 일이라지만 나는 한 번도 아내의 부정不貞을 생각해본 적이 없었다.

"임신을 한 게 아닌가? 임신을 하면 여자들은 까닭 없이 우울증에 빠지거나 히스테리가 되더군. 이상하게 섬세해지고 신경이 날카로워지는 것 같아."

매형은 일반론을 폈다. 나는 그럴 리 없다고 고개를 흔들었다. 당분간 아이를 갖지 말자는 것은 아내와 나의 공통된 생각이었다.

장모가 와서 기거를 하며 집안일과 내 시중을 들어주고 있었지만 장모의 존재가 힘이 되거나 위안이 될 수는 없는 일이었다. 나는 전혀 잠을 잘 수 없었다. 잠깐 눈을 붙이면 영락없이 인적 드문 야산의 잡풀 더미에 버려진 아내의 모습이 나타나곤 했다.

"연애를 할 때 둘이 자주 가던 곳이 있나? 처음 만나게 된 장소, 혹은 처음 입을 맞추었다거나 하는 장소는? 여자들에게는 이해할 수 없는 감상벽이 있다네. 허탕 치는 셈 치고 한번 가보는 게 어떤가."

결혼 경력 칠 년에 접어든다는 대출계 김 대리의 말도 그런대로 타당성이 있었다. 아내의 실종이 가정 문제의 테두리를 벗어나 어디까지나 '사고'라고 생각했기에 나는 그 사실을 굳이 숨기려 하지 않았고 때문에 이미 우리 부서에 공공연히 알려져 있었던 것이다. 이야기를 듣는 즉시 그날 저녁 신문이나 다음 날 아침 신문의, 타살 변사체 발견 따위 기사를 떠올렸던 그들은 일주일이 되도록 그러한 흥보가 없자 아내의 실종을 집안 문제나 아내의 극히 개인적인 사정으로 인한 가출 쪽으로 은근히 유도하며 위로조로 말했다. 그러나 내겐 '불의의 사고'나 자의에 의한 '가출'이나 끔찍하긴 마찬가지였다.

나는 결국 신혼여행지를 찾기로 했다. 내게 달리 무슨 방도가 있었겠는가.

신혼여행지는 고속버스로 세 시간쯤 달려 다시 시외버스로 갈아타야 하는, 해수욕장으로 알려진 바닷가였다.

고속버스에서 내려 대절해 간 택시를 버리고 야트막한 솔숲 사이로 보이는, 우리가 결혼 첫날을 보낸 호텔의 지붕을 바라보며 걸어갈 때도 나는 아내를 찾을 수 있으리라는 기대를 거의 하지 않았다.

일주일에 걸쳐 소모할 대로 소모해버린 신경과 체력의 피로는 은연중에 내게 체념을 요구하고 있었다.

거의 기대가 없었기에 호텔 프런트에서 투숙객 명부에 적힌 아내의 이름을 보고도 무심히 흘려 넘길 뻔했다.

"최은수 씨라면 이분이 아닙니까?"

프런트맨이 아내의 이름을 짚어낼 때야 나는 깜짝 놀라 고개를 끄덕였다.

낯익은 필체로 적힌 아내의 이름을 보는 순간 나는 갑자기 뒤통수를 맞은 듯 눈앞이 흐릿해지는 충격을 맛보았다.

투숙객 명부에는 아내의 이름과 나란히 집을 나간 날짜가 정확히 기재되어 있었다.

"306호실이군요. 실례지만 선생님은 누구시죠? 객실 손님과 어떤 관계십니까? 원래 이건 이렇게 공개하는 게 아니라 놔서요."

"내 처요."

내 대꾸가 상대방에게 불러일으킬 지저분한 상상의 여지를 지레 떠올리며 나는 고개 드는 수치심으로 미지못해 퉁멍스럽게 대답했다.

"아, 그러십니까? 전화를 해드릴까요? 아, 안 되겠군요. 아까 잠깐 나갔다가 오시겠다고 하셨습니다. 아, 날씨가 추운데도 늘 바닷가로 나가시더군요. 무슨 복잡한 사정이 있는 분 같았지요."

불필요하게 자주 감탄사를 내뱉는 버릇이 있는 그 사내의 눈에 노골적인 호기심의 빛이 떠올랐다.

아마 투숙객이 드문 계절이어서 프런트를 지키고 앉아 있기가 지나치게 지루하고 한가한 탓이리라.

나는 담배를 바닥에 던지고 발로 세게 비벼 끄며 사내에게 등을 보이고 돌아섰다.

설령 천박한 호기심이 아니더라도 어떤 종류의 눈빛이나 호의도 제대로 받아들일 수 있는 심정이 아니었다. 오쟁이 진 남편, 혹은 싸우고 달아난 여편네를 찾아다니는 못난 사내쯤으로 보이겠지. 이런 곳에서야 별의별 꼴을 다 보아왔을 테니.

"키를 두고 나가셨는데 올라가시겠습니까? 사실 우린 좀 걱정을 했었지요. 젊은 여자분이 혼자 오신 데다 또 생각보다 장기 투숙을 하시기에……"

사내는 자꾸 뭔가 알아내고 싶어 했다.

"아니, 여기 있겠소."

나는 아내가 없는 방에 들어가 기다릴 마음이 전혀 아니었다.

아내에게나 프런트의 사내에게나, 현장을 잡기 위해 기습한 것 같은 꼴을 보이고 싶지 않았다.

아내가 살아 있다는 사실을 확실히 알게 되자 안도감보다도 배신감과 분노가 투지처럼 맹렬히 고개를 들었다.

"그럼, 식당에 가서 기다리시지요. 차가 될 겁니다."

나는 사내의 말을 등 뒤로 들으며 호텔 문을 밀고 나왔다. 그러곤 모래사장 쪽으로 나 있는 낮은 층계를 천천히 내려왔다.

올 때는 호텔만을 바라보느라 눈가에 스치지도 않았던 모래펄이 회색빛으로 길게 모습을 나타내었다.

인적이 없는 모래펄에는 바닷가를 따라 마치 새의 자취처럼 발자국이 찍혀 있었다.

나는 굽이 선명한 하이힐 자국을 따라 바닷가를 걸었다. 그리고 내가 나온 호텔이 조그맣게 멀어져 보일 즈음, 바위로 가려진 만灣의 저쪽으로부터 하나의 점으로 나타나 느릿느릿 걸어오는 아내를 만났다.

아내는 눈에 익은 밤색 반코트의 깃을 한껏 올리고 맨종아리를 드러낸 채 조그만 계집아이처럼 치마를 펄럭이며 걸어오고 있었다.

나는 다가가 따귀라도 올려 칠 심산이었다. 그러나 빨갛게 얼고 센 바람에 트실트실 갈라진 볼을 보는 순간 맥없이 손을 내려뜨렸다.

아내는 마치 낯선 사람을 보듯 눈을 깜박이더니 눈을 내리뜨고 비죽이 웃었다. 언제라도 울음으로 변해버릴 웃음이었다.

나는 왔던 길을 되돌아 걸었다. 내 앞에는 아내의 하이힐 자국과 내 구두 자국이 나란히 찍혀 이어져 있어 나 자신도 방금 전에 아내와 동행하여 산책이라도 나왔던 게 이닐까 싶은 생각이 들었다.

아내는 종종걸음으로 내 뒤를 따라왔다. 그토록 생생한 분노에도 불구하고 아내가 낯설고 서먹서먹하다는 것이 나를 새로운 혼란으로 빠뜨렸다. 일주일이란, 육 개월 동안의 생활을 무산霧散시키기에 충분한 시간인가.

아내를 향한, 마땅한 어떤 말도 끝내 찾아내지 못한 채 나는 호텔 로비의 의자에 앉아 담배를 찾았다. 빈 갑이었다. 나는 담뱃갑을 와락 소리 나게 구겨 내던지며 말했다.

"짐 가지고 나오지, 더 볼일이 남았나?"

그러고는 호기심이 가득 찬 눈길로 우리를 흘깃거리는 프런트의 사내에게 큰 소리로 말했다.

"계산서를 떼주시오."

"계산은 오늘 하루분만 하시면 됩니다."

내가 눈을 치뜨자 사내는 변명이라도 하듯 재빨리 덧붙였다.

"손님께서는 늘 그날그날 계산을 하셨으니까요."

아내가 비로소 할 말을 찾은 듯 더듬더듬 입을 열었다.

"그래요, 정말 늘 날이 밝는 대로 떠나자고 생각했더랬어요."

아내는 언 손에 하얗게 씻기고 바랜 몇 개인가의 조가비를 쥐고 있었다.

나는 그만 아내의 소녀 취미에 구역질이 치밀 듯했다. 짐을 가지고 나올 것을 채근했지만 아내는 층계참에서 머뭇거렸다.

내가 따라오기를 기다리는 듯했다. 하지만 나는 우리가 첫날밤을 지낸 곳이 분명할 것임에도 아내가 일주야를 머문 방에 들어갈 기분이 전혀 아니었다. 오기인지도 몰랐다.

"차나 마시지, 춥군."

방으로 올라간 아내가 핸드백 하나만을 들고 내려오자 나는 앞장서 식당으로 들어갔다. 점심때가 훨씬 겨운 시간이긴 해도 서울로 돌아가는 버스 편은 넉넉했고 돌아가기 전 아내 쪽에서도 무엇이든 내게 말해야 할 의무가 있다고 생각했기 때문이었다.

식당에는 스토브를 둘러싸고 앉은 서너 명의 외국 군인이 눈에 띄었고, 군데군데 먼지를 뒤집어쓴 열대식물이 놓여 있을 뿐 썰렁했다.

나는 짙은 남빛의 커튼이 무대의 막처럼 무겁게 드리워진 곳에 자리를 잡았다. 스토브의 열기가 이곳까지 닿지 않는지 등허리가 싸늘했다.

아내는 여전히 말이 없었다.

나는 속에서부터 치받치는 답답증으로 비긋이 커튼을 들추었다. 조금 전 아내와 해후했던 모래펄이 한눈에 들어왔다. 초겨울의 바다는 더러운 청회색으로 암울하게 가라앉아 있었다.

종일 빈속이다시피 했지만 전혀 식욕을 느낄 수가 없던 나는 웨이터에게 위스키를 넣은 홍차와 물수건을 부탁했다. 아내도 고개를 끄덕였다.

나는 물수건으로 손가락을, 시간을 들여 하나하나 안쪽까지 꼼꼼히 닦아내었다. 물수건이 이내 새까매지자 아내는 핸드백에서 손수건을 꺼내 물을 축여 내 앞에 내밀며, 얼굴도 닦으세요, 라고 말했다. 그러곤 내가 얼굴을 닦기를 기다려 입을 열었다.

"걱정하시리라는 생각은 했어요. 저도 편안하게 마음 놓고 있었던 건 아니에요."

아내가 먼저 입을 연 것이 다행스러웠다.

"혼자 왔소?"

나는 망설이다 물었으나 아내의 의아해하는 눈과 마주치자 실언임을 깨달았다.

"동행이 있으리라고 생각했어요?"

아내의 되물음은 차라리 농담이었다.

"일어날 수 있는 모든 일을 다 생각해봤어. 일주일은 결코 짧은 시간이 아니야."

"얼굴이 볼 수 없이 상했어요."

민망한 어조로 말꼬리를 죽이는 아내의 얼굴도 초췌했다.

부옇게 모래바람이 일어 바다는 시야 밖으로 사라졌다.

"그동안 여기서 뭘 하고 지냈지?"

왜 집을 나왔지? 왜 이런 데 처박혀 있는 거야,라고 소리를 지르는 대신 나는 애써 말머리를 빙빙 돌렸다.

"그냥……"

"그냥이라니?"

아내가 희미하게 웃어 보이려다 말고 내 기세에 질려 더듬더듬 대답했다.

"용서하지 않으리라는 건 알아요. 이렇게 오래 있을 작정은 아니었다니까요. 꼭 하루만 있다 가리라고, 아니 밤에는 돌아갈 수 있으리라고 생각했었어요."

아내는 손의 떨림을 감추려는 듯 찻잔을 꽉 움켜쥐며 덧붙여 말했다.

"……변명 같지만 꼭 한번 다시 와보고 싶었거든요. 그때와 똑같은지…… 날이 많이 지날수록 돌아가기가 힘들어진다는 걸 알면서도 번번이 차 시간을 놓쳤어요."

"내가 뭐 잘못한 게 있었나? 아니면 내가 모르는 걱정거리라도?"

"아니에요."

아내가 세게 고개를 저었다. 내가 싫어진 건 아냐? 결혼 생활을 그만 끝내고 싶어진 건 아냐? 정작 하고 싶은 건 그런 말들이었는데 자존심 때문인지 상처받을 것에 대한 본능적인 방어 태세 때문인지 나 자신도 분명히 알 수 없는 이유로 극력 그 말만은 피하고 있었다.

"어디 아픈 건 아니고?"

내 말은 임신의 암시였다. 아내는 또 고개를 저었다.

"그냥 한번 와보고 싶었다니까요. 그때 그대로일까 하고……"

"내게 말하면 못 오게 할 줄 알았어? 먼 곳도 아니니 함께 올 수도 있었잖아."

나는 다그쳤으나 아내는 실상 그녀가 말한 이상의 것을 감추고 있는 것 같지는 않았다. 그냥 오고 싶었을 뿐이라는 자신의 말의 부족한 설득력에 안타까워하는 빛이 역력했다.

아내는 담배 하나 주세요,라고 말했다. 나는 습관적으로 양복 주머니에 손을 넣다가 빈 갑을 구겨 버린 생각이 떠올라 웨이터를 불렀다.

"괜찮아요. 부르지 마세요."

아내가 울기 시작한 것은 그때였다. 볼 위로 눈물이 줄줄 흘러내리고 온몸을 후들후들 떨며 울었다. 다가온 웨이터가 무춤해서 물러갔다.

나는 아내의 손을 잡았다. 조그맣게 잡히는 차가운 손의 감촉에서 나는 아내에 대한 부드러운 애정이 솟아남을 느꼈다.

"일어납시다. 이제 떠날 준비를 해야지, 택시를 부르면 막차시간에 댈 수 있을 거요."

호텔을 나오며 나는 쑥스러운 대로 약간의 감회를 가지고, 신혼여행의 이 박 삼 일을 묵었던 희고 나지막한 건물을 돌아보았다. 이미 아내의 갑작스러운 눈물로 풀려버린 내 마음의 저변에는, 잠적의 장소로 신혼여행지를 택했다는 사실로 아내의 가출을 여자의 감상벽 정도로 가볍게 처리하려는 의도가 깔려 있음을 부인할 수 없었다. 여자들이란 그런 유치한 구석이 있단 말야, 하는 가벼운 얼버무림으로 더 깊고 근본적인 불안이나 붕괴, 상처받은 자존심, 실망 따위가 복합된 어두운 감정을 은폐하기위해.

"좋은 철이 되면 다시 옵시다."

돌아오는 차 안에서 나는 아내에게 말했다. 아내는 순순히 고개를 끄덕였다. 사실 그럴 생각이었다. 우리가 다시 이곳을 찾을 때쯤이면 우리는 언젠가 있었던 아내의 잠적에 대해 농담을 할 수도 있을 만큼 익숙하고 길들여진 부부가 되어 있을 테니까.

그날 밤, 아내는 소풍 갔다 온 아이처럼, 용서받은 아이처럼 깊이 잠들었다. 그리고 나는 참으로 오랜만의 숙면에서 깨어나 부엌에서 들리는 도마 소리, 나의 잠을 깨울까 봐 조심스레 오가는 아내의 발소리를 나른한 행복감에 잠겨 들었다. 나는 더이상 아내의 실책을 허물하지 않기로 했으며 커다란 기지개로 간밤의 길고 푸근했던 단잠을 과장했다.

퇴근해서 돌아왔을 때 일주일에 걸쳤던 아내가 부재했던 흔적은 어디에도 없었다. 장모는 다시 돌아갔으며 집 안은 청결하고 따뜻했다.

모든 것은 전과 다름없었다. 우리는 거의 매일 밤 사랑을 했고 나는 새롭게 아내를 이해할 수 있을 것 같았다.

사실 평온무사한 일상 속에서 함께 살을 섞고 사는 사람들끼리 속 깊은 내면을 들여다보일 계기란 얼마나 적은 것이랴. 또한 인간이란 얼마나 여러 개의 얼굴을 가진 다면체이랴. 그런데 서너 달이 지났을 때 아내는 다시금 집을 나갔다. 겨울을 넘기고 마악 봄으로 접어들 무렵이었다.

나는 충격보다 분노와 수치심으로 몸을 떨었다.

수색은 서너 통의 전화로 끝냈다. 행방을 찾기 위한 것이 아닌, 가출을 확인하기 위한 전화였다는 게 옳은 말일 게다. 마음 한구석에서는 여전히 '사고'의 가능성을 생각하고 있었기 때문이었다.

아내는 사흘 후 돌아왔다. 얼굴 한쪽이 알아보게 그을려 있었다. 답답해서 여기저기를 돌아다니다가 야산의 양지바른 마루턱에서 한나절 잠을 잤다는 것이었다. 나는 아내의 따귀를 올려 치는 대신 닥치는 대로 탁상시계며, 라디오, 꽃병 따위를 내던 지고 유리문을 주먹으로 쳐서 부수며 울었다. 철들고 나서 처음 울어보는 울음이었다.

"왜 들어왔어. 일없다구. 이런 따위가 다 무슨 의미가 있어."

"안 그러겠어요. 잘못했어요. 다시는 안 그래요."

아내가 울며 매달렸다.

누님은 또 조심스럽게, 그러나 단정적으로, 있을 수 있는 아내의 과거와 부정을 들추었다. 하지만 돌아온 아내에게서는 어떤 부정의 흔적도 찾아볼 수 없었다. 부정의 의미를 남편 아닌 다른 사내와의 밀통密通에 한정시킨다면 말이다.

아내에게서는 부드러운 물도, 향기로운 비누 냄새도, 사랑에 빠진 자의 감미롭고 절박한 조바심도, 비린 욕정의 찌끼도 맡아 지지 않았다. 다만 노독路毒과 낯선 길목의 찬 이슬비, 거친 바람으로 인해 곧 부스러져 내릴 듯 가슬가슬한 살갗의 감촉뿐이 었다.

여느 때와 다름없는 날들이 계속되었다. 나는 가끔 지난밤의 숙취로 인한 두통으로 잠에서 깨어났고 무디어진 면도날에 살 갗을 베이며, 새 면도날을 미리 준비해놓지 않은 것에 아내를 나무라기도 했다.

특별한 일이 없는 한 퇴근 후 통근 버스를 타고 곧장 집으로 돌아오고 밤이면 비스듬히 누워 신문을 뒤적이며 텔레비전을 보았다. 아내는 방바닥에 엎드려 꼼꼼히 가계부를 적으며 붉은 볼펜으로 적금의 액수와 계급을 첨가했다.

눈에 뜨이게 달라진 것은 없었고 표면적으로는 평온하기 그지없는 하루하루였으나 나는 차츰 무언가 형체를 잡을 수 없는 것이 우리 생활 속에 스며들어 아메바처럼 뭉글뭉글 번식하고 있다는 것을 막연히 느끼고 있었다.

어느 날 문득 방의 벽지가 누추하게 바랜 것을 보았고 늘 기대앉는 부분에 꺼멓게 때가 올라 있는 것을 발견했다.

어느 날 문득 이쪽에 등을 보이고 엎드려 걸레질을 하는 아내의 겨드랑이 부근 옷 솔기가 터져 있는 것을 보았고, 아내의 식사량이 형편없이 적다는 것을 비로소 알았다. 봄을 타는 것일까.

손질을 게을리한 아내의 까칠한 피부와 잔주름이 눈밑에 실날처럼 가늘게 얽힌 것을 발견하기도 했다.

여름으로 접어들 무렵 아내는 세번째 가출을 했다.

망할 년, 죽일 년, 주리를 틀 년이라고 욕설을 퍼부으며 면목 없어 쩔쩔매는 장모의 입을 나는, 이번에는 갈라집랍니다,라는 단 한마디 말로 봉해버렸다.

"지 서방, 아이를 낳도록 하게. 아이는 끈이라네. 제아무리 독한 년도 새끼 거느리면 발목 잡히는 거라네."

천만에요, 나는 속으로 장모에게 대꾸했다. 아내를 잡아두기 위한 방편으로 아이를 낳고 싶지는 않았다. 어쨌든 이번에는 결판을 내야 했다.

나는 아내의 가출 때마다 아내의 눈에 비친 우리의 생활, 보잘것없이 초라한 내 모습 따위에 살 맞은 늙은 짐승처럼 무력하게 괴로워했다. 아내가 돌아오고 그전과 다름없는 생활이 계속되는 사이 일견 나은 듯하던 상처가 아내의 가출로 다시금 더 깊고 생생하게 입을 벌렸다.

상처는 나은 것이 아니었다. 표면상의 무마였으며 속임수였을 뿐이었다. 마치 조금씩 새어 나와 스미는 물이 어느 결엔가 지반을 무너뜨리듯 다른 형태로 우리 생활에 배어들어 꿈이라든가, 소망, 신뢰 들을 잠식해가는 것이었다.

아내는 열흘 후에 기다시피 들어왔다. 들어오는 길로 물 한 모금 제대로 넘기지 못하고 구역질을 해대었다. 임신의 징후였다.

아이를 낳고 기르는 일에 몸과 마음을 쏟느라 고달프고 바쁜 일상에서 아내는 오히려 정신적으로는 그 어느 때보다도 안정되는 듯싶었다. 그러나 아내는 아이가 첫돌을 넘겨 제법 걸음발을 뗄 무렵부터 또다시 가출을 시작했다.

"넌 짐승만도 못해."

아이를 버리고 달아났던 아내의 등을 밀어내며 나는 차갑게 내뱉었다.

"네가 인생에 대해 조금만 겸손하다면 네가 하는 짓거리가 얼마나 감상적이고 교만한 것인가를 알 텐데."

나는 나름대로 아내의 우울증을 이해하려고 애썼다. 물론 전문적인 진료에는 미치지 못했지만 여러 각도에서 분석해보기도 했다. 그러나 아내의 대답은 한결같았다.

"그냥 그럴 때가 있어요. 그냥 어떻게 이렇게 평생을 사나, 사는 게 이런 건가 하는 생각이 들곤 해요."

어떻게 이렇게 살다니? 아이에게 젖꼭지를 물린 여편네가 어떻게 그런 무책임한 소리를 할 수 있는가. 서른 살의 여자가 사춘기 아이들도 유치해서 입에 올리지 못하는 소리를 거침없이 해대다니.

아내의 가출 방법은 점차 악랄해졌다. 아니, 악랄하다고 받아들일 수밖에 없을 만큼 아내에 대한 내 마음은 황폐해졌다.

"병이다. 그저 못된 버릇이라고 넘길 일이 못 돼. 정신감정을 받도록 해."

주위에서 종용했으나 나는 아직까지 아내를 병원에 데려갈 생각을 하지 못하고 있었다. 아내는 결혼 무렵부터, 아니 그 이전부터 무언가에 깊이 사로잡혀 있었던 게라고 생각하는 것이 내가 되도록 덜 상처를 받는 방법일 것이다.

아내가 슬그머니 무릎을 세우고 일어나 방을 나갔다. 이어 안방의 이불장을 열고 자리를 펴는 기척이 들려왔다.

담 밖으로 지나다니는 발소리가 한결 뜸해졌다. 밤이 깊어진 것이다.

승일이는 엎드려 아랫목에 깔린 담요의 한쪽 귀를 만지작거렸다. 눈에 졸음이 가득했다.

"뭘 하는 거야, 애를 재우지 않고."

나는 조금 신경질이 돋은 목소리로 아내를 불렀다. 대꾸가 없었다. 방금 아내가 잠자리를 보아놓았을 안방은 불기 없이 조용했다. 대신 부엌문 틈으로 불빛이 새어 나오고 있었다.

부엌문을 여는 것과 동시에 쏴아, 세찬 기세로 쏟아지는 수돗물 소리가 들렸다.

아내는 이쪽에 등을 댄 채 개수대 앞에 서 있었다. 아내가 내 기척을 죽이기 위해 일부러 수돗물을 세게 틀었다고 생각할 만큼 나는 심사가 사나워져 있었다.

"뭘 하는 거지?"

나는 거친 어조로 말하며 부엌을 둘러보았다. 갑작스러운 물줄기로 개수대 주위에 함부로 튄 물 자국 외에는 깨끗이 정돈되어 있었다. 개수대에 물이 넘치자 아내는 수도를 잠그는 대신 개수대의 마개를 뽑아 물이 흘러내리게 했다. 하릴없이 개수대 둘레에 파인 홈을 만지작거리는 아내의 좁고 높은 어깨가 완강한 거부를 나타내고 있었다.

"왜 그러는 거야."

나는 가래를 삼키는 기분으로 억지로 어조를 누그러뜨리며 거듭 물었다.

"곧 들어갈게요."

코 먹은 소리로 아내는 마지못해 대답했다. 울고 있던 게 분명했다.

나는 거칠게 문을 닫고 들어와 담배를 피워 물었다. 거푸 두 개비를 피울 동안에도 아내는 돌아오지 않았다.

승일이는 방바닥에 모로 누워 잠이 들었다. 나는 승일이에게 담요를 끌어당겨 덮어주고 한쪽 뺨이 이상하게 부풀린 모습으로 엎드려 잠든 얼굴을 바라보았다. 그러곤 잠깐 이 아이의 앞에 놓여 있는 운명 같은 것을 생각해보았다.

가슴속에서 부글부글 끓어오르던 미움과 분노는 차츰 슬픔이나 비애의 몽롱하고 흐릿한 감정으로 희석되었다.

어떻게 이렇게 평생을 사느냐고? 그렇다면 아내가 꿈꾸는 삶이란 어떤 것일까.

나는 넉넉지는 않지만 그런대로 살아갈 만한 돈을 벌어왔고 아내와 아이를 사랑하고, 가정의 아늑함을 소중히 여겼다. 대부분의 사람들처럼 평범하고 본질적으로 모질지 못한 사내일 뿐이었으나 삼십대라는 우리 나이에서 해야 할 일들을 차근차근 해나가고 있었다. 그런대로 인생의 청사진은 윤곽이 잡혀가고 있는 셈이었다.

확실히 말해두지만 나는 삶에 대한 어떠한 감상도 없었다. 태어남이 자유의사에 의한 것이 아니듯 죽음도 또한 자연의 한 현상일 뿐 인간이란 꼭 무엇인가를 이루기 위해 살아가는 것은 아니며 생애를 걸고 이루어야만 할 무엇이 있다고도 생각지 않았다.

나는 대부분의 사람들이 그러하듯 살고, 또 죽을 것이다.

아내가 들어와 승일이를 안아 올렸다.

"애를 안방에서 재워야겠어요."

차분하게 가라앉은 목소리였다. 눈을 내리깐 것은 운 빛을 감추기 위해서일 것이다.

"안방에 자리 보아놨어요. 여기서 주무시겠어요?"

"먼저 자라구."

화면이 지워진 텔레비전 코드를 빼고 아내는 방에서 나갔다.

나는 날카롭게 귀를 세워 아내의 발소리를 좇았다. 안방 문 여닫는 소리가 잠깐 들렸을 뿐 바깥은 잠잠했다.

아내의 자취는 이제 연기나 그림자처럼 영영 어딘가로 스며들어가버린 것이 아닐까 하는 생각이 별반 놀라움도 수반하지 않고 떠올랐다.

밤에 자다가 문득 아내의 몸이 선뜩하게 느껴질 때가 있었다. 분명히 바깥에서 묻혀 온 찬 공기라는 심증이었다. 어딜 갔었어? 화장실에요. 까맣게 잊고 있던 이런 따위 짧은 대화가 생생하게 되살아났다.

아내와 상머리를 마주하고 있을 때도 나는 아내의 커다란 눈에서, 저무는 낯선 거리에 우두커니 서서 오가는 차들과 사람들을 바라보는, 이제는 조금도 젊지 않은 여자의 모습을 보곤 했다. 이즘 들어 아내는 잠을 잘 이루지 못했다. 가위눌리는 얕은 비명 소리에 나는 하룻밤에도 두어 차례씩 깨어난 때가 있었다. 그렇지 않을 경우에도 숨소리는 얕고 고르지 못했다.

나는 컴컴한 텔레비전 화면에서 눈을 떼고 일어났다.

안방은 불이 환히 켜진 채 승일이만 혼자 잠들어 있었다.

변소도 부엌도 캄캄했다. 전등 스위치를 올려보았으나 아내의 모습은 없었다. 나는 마루문을 열고 밖으로 나왔다. 연탄광과 지하실을 들여다보며 아내를 불렀으나 대답이 없었다.

대문은 굳게 잠긴 채였다.

뒤꼍으로 돌아가 지붕으로 올라가는 층계를 하나씩 밟으며 나는 옷깃으로 스미는 찬 공기에 몸을 떨었다. 밤이 깊을수록 더욱 기승스럽게 펄럭이는 사납고 메마른 바람에 이를 딱딱 마주치며 떨었다.

슬래브 지붕 위, 떠도는 넋처럼 어두운 하늘을 찢으며 펄럭이는 바람 속에 아내는 서 있었다.

짙은 어둠에도 불구하고 아내의 모습은, 투시 광선으로 내용물을 모조리 기화氣化시켜버린 물체처럼 윤곽만 뚜렷이 드러나 보였다.

비늘이 떨어지듯 곧 윤곽은 흐려지고 형체는 부서져 내릴 것이다.

"은수."

나는 비명처럼 들릴 부름을 목 안으로 밀어 넣었다.

"은수, 거기 서서 뭘 하는 거야. 바람이 이렇게 부는데……"

나는 목 안의 소리로 웅얼거리며, 곧 무너질 듯, 바람으로 흩어져 날아오를 듯한 아내를 향해 팔을 내밀었으나 한 걸음도 움직일 수 없었다.

연극을 하듯 내민 팔이 무거웠다.

나는 무서웠다.

아내를 포기하게 될 것이, 아니 포기하기를 두려워한다는 의식에 안도감을 느끼는 자신이. 또한 엄마의 부재를 일상적인 것으로 예사롭게 받아들이게끔 길들여진 아이를 다행스럽게 생각하는, 아내는 전혀 모를 계산이 무서웠다.

2

혜원 선교원의 마이크로 버스가 길 아래 버스 정류장에 닿는
시간은 아홉 시다.

세수를 하고 밥을 먹기까지 마냥 늑장을 부려대는 승일이를
채근해서 손을 잡고 비탈길을 달리다시피 내려오면서 은수는
몇 차례나 멈춰 서서 심호흡을 했다. 맞바람에 헉, 숨이 막혀왔
기 때문이었다.

유치원에서부터 서너 구간을 거쳐 오는 동안 버스 좌석은 반
남아 채워져 차창으로 오롱조롱 매달린 아이들의 얼굴이 보였
다.

은수는 승일이를 안아 차에 올리기 전 거의 충동적으로 세게
끌어안았다.

"엄마, 안녕."

자리를 찾아 앉은 아이가 창에 매달려 손을 흔들었다. 문이
닫기자 웃고 있던 아이가 입을 비죽이며 얼굴을 일그러뜨리고
엄마 안녕, 울부짖음처럼 절박하게 외쳤다.

아침마다 엄마와 떨어지는 일이 한 달이 거의 다 되어가건만
승일이는 매번 그랬고 문이 닫히는 순간의 절박한 외침은 그대
로 마지막 인사인 양 아프게 가슴을 후볐다.

은수는 버스가 오가는 차들에 섞여 완전히 시야에서 사라지
자 집을 향해 발길을 옮겼다.

승일이는 지난달부터 혜원 교회에서 운영하는 유치원의 유아

반에 다니고 있었다. 유치원에 가려면 아직 일 년을 더 기다려야 하는 어린 나이에, 군이 엄마와 떨어져 일찍부터 집단생활을 시킬 필요가 있을까. 은수는 조심스레 이견異見을 내비쳤지만 세중의 생각은 달랐다.

"네 돌이 지나면 피교육 능력이 충분히 있어."

단호한 태도에서, 당신이 어미 노릇을 제대로 해왔는가, 걸핏하면 뛰쳐나가는 당신 손에 어떻게 마음 놓고 아이를 맡길 것인가,라는 분명한 힐난을 보는 듯하여 은수는 더 이상 아무 말도 할 수 없었다. 피교육 능력이나 사회성 운운은 그의 의도의 작은 몫일 뿐이다. 그가 의식하든 의식하지 않든 간에 은수는 그의 행동이 모자 분리母子分離의 전초전이라는 느낌을 지울 수 없었다.

승일이는 아침마다 내키지 않는 몸짓으로 유아원 배지가 달린 모자를 쓰고 가방을 메고 마이크로 버스를 타기 위해 집을 나섰다. 세중의 준절한 타이름으로 승일은 유아원 통원을 의무로 받아들이고 있었다.

남편과 아이가 빠져나간 집은 한바탕 난리를 치른 듯 어수선했다. 방과 마루에는 함부로 벗어 던진 양말이며 옷가지들이 허물처럼 널리고 흩어진 장난감들이 아프게 발바닥을 찔렀다. 틈 없이 유리문을 꼭 닫았건만 바람 소리는 바로 귓전에서 인 듯 가깝게 들렸다. 창 너머로 뿌옇게 바람이 일으키는 흙먼지의 회오리도 보였다.

봄은 언제나 그랬다. 은수는 바람 소리를 들으며 문득 잊었던 기억을 떠올리듯 새삼스레 고개를 끄덕였다.

메마른 나뭇가지에, 전선줄에 걸려 기폭처럼 흔들리며, 수천 수만의 손을 흔들며 허공을 떠도는 바람과 자우룩한 흙먼지, 이들을 잠재우듯 때 없이 머리칼 적시며 축축이 내리는 가녀린 빗발, 봄은 언제나 그렇게 오는 것이다.

남향의 마루 유리문으로 가득 쏟아져 들어오는 햇살에 실내의 먼지가 어지럽게 떠올랐다. 부옇게 내리깔리고 더러는 햇빛 속에 떠도는 먼지들, 헛되고 헛된 사념의 부스러기들. 매일 쓸고 닦고 털어내건만 도대체 어디서부터 흘러드는 것일까.

왼손 무명지에 감긴 붕대 위로 배어 나온 피가 검붉은 빛깔로 넓게 번져 말라가고 있었다. 아침에 파를 썰다가 베인 상처였다. 앗, 얕은 비명을 지르고 손을 감싸 쥐는 은수를, 때마침 조간신문을 들고 화장실에 가던 참이었던 세중이 힐끗 바라보았다.

"왜 그러지?"

"아무것도 아니에요. 손을 좀 베였어요."

"거 좀 조심하잖구그래."

상처는 꽤 깊었다. 감싸 쥔 손바닥을 타고 핏방울이 앞치마에 뚝뚝 떨어졌다. 지혈제를 뿌리고 고무줄로 베인 부분의 손가락 마디를 묶자 금세 살빛이 파랗게 죽었다.

세중은 이마를 찡그린 채 더 말이 없었다. 염려라기보다 부주의를 못마땅해하는 기색이 역력했다. 정신은 대체 어디다 팔고…… 분명 그런 말이 하고 싶었던 것이리라. 그 시선 앞에서 은수는 마치 자해 행위를 들킨 듯한 수치심으로 얼굴이 홧홧하게 달아올랐다.

이제 정말 일을 시작해야지. 창문을 덜컹덜컹 흔들며 지나가는 바람의 한 자락을 잡고 자꾸만 흩어지려는 마음을 나무라며 널린 옷가지들을 주섬주섬 거두어 챙기려는데 전화 벨이 울렸다.

"너, 있었구나."

친정어머니의 전화였다.

"네, 엄마, 웬일이세요?"

"별일 없었니?"

어머니는 이어 물었다. 지 서방은 출근했니? 승일이는 유치원에 갔고? 고추장은 안 담가도 되니? 된장은 얼마나 남아 있니?

다녀간 지 사흘밖에 안 되었는데 긴치 않은 안부와 일을 고루 물으며 통화를 끄는 것은 분명히 어렵게 할 말이 있다는 뜻이리라.

아니나 다를까. 잠깐 망설이듯 뜸을 들이다가 어머니는 지나가는 말처럼 넌지시 내비쳤다.

"어제 무슨 일 있었니?"

"어제? 아무 일도 없었는데요."

어제 무엇을 했던가를 자신에게 반문하며 은수는 고개를 저었다. 승일이가 유치원에 간 사이에 잠깐 시장 보러 간 일 외에는 특별히 기억나는 것이 없었다.

"그럼 못 오면 못 온다고 전화라도 하지 그랬니."

"네?"

"내가 엊그제, 그러니까 네 집에 갔다 온 다음 날이지 아마. 은행으로 전화를 했었다. 저녁이나 함께 먹게 너랑 승일이 데리

고 집에 오라고 말야. 그러마길래 꼭 오려니 하고 어제저녁 내
내 기다렸다만…… 지 서방이 얘길 않던?"

그런 일이 있었던가. 엊그제 퇴근해서는 물론 어제 아침 출근
때도 세중은 어머니의 전언에 대해서 한마디도 말이 없었다. 출
근하는 그의 등 뒤에 대고 은수가 늦으세요?라고 여느 때처럼
묻자 그는 늦을 일 없을 거야,라고 대답하고 나갔던 것이다.

"제게는 별 얘기가 없던데요."

"깜박 잊었나 보구나. 직장 일로 바빠서 돌아치다 보면 그럴
수도 있느니라."

어머니의 나직한 한숨 소리가 전화선을 타고 고스란히 들려
왔다.

술과 몇 가지 음식을 장만하여 아늑하고 화해로운 분위기의
자리를 만들어본다는 것이 허물 많은 딸을 가진, 그래서 늘 은
수 내외를 금 간 그릇 다루듯 아슬아슬하고 불안하게 바라보는
어머니로서 생각해낼 수 있는 최선의 방법일 것이었다.

약속을 잊은 게 아닐 거예요. 어머니, 그러지 마세요. 공연한
수고예요. 치받치는 이런 말들을 은수는 목 안으로 밀어 넣었다.

"음식들이 그냥 있는데 좀 싸다 주련? 나야, 나 혼자 입인 걸
어느 세월에 그걸 먹겠니?"

"뭘 그렇게 하셨어요?"

"한 건 없다. 그냥 승일이 애비 좋아하는 녹두부침 몇 조각하
고 약식을 조금 했을 뿐이란다."

수년래 앓고 있는 관절염으로 다리를 절룩거리며 분주했을

어머니의 모습이 잠깐 떠올랐다. 은수의 대답이 없자 어머니는 다시금 말했다.

"내가 갖다주랴?"

"아니에요, 제가 잠깐 가죠."

승일이는 오늘 유치원에서 식물원 견학을 간다고 도시락을 싸 갔으니 오후 세 시나 되어서야 올 것이고 그러니 갈현동에 다녀올 시간은 충분하리라는 계산에서 은수는 수월히 대답했다.

전화를 끊고 서둘러 청소를 하면서도 은수의 생각은 줄곧, 어머니가 저녁 준비를 해놓고 그네들을 기다릴 동안 세중은 어디에 가 있었던 걸까, 어머니와의 약속을 종내 전하지 않았던 의중은 무엇이었을까 하는 데서 맴돌았다.

어제저녁 세중은 열한 시가 넘은 늦은 시간에 만취해서 돌아왔다. 그러곤 들어오는 길로 건넌방에 모로 쓰러져 잠이 들었다.

술에 취해 가쁘게 숨 쉬며 코를 골고 있는 그의 몸에서 힘겹게 겉옷을 벗겨내다가 은수는 문득 물끄러미 세중의 얼굴을 바라보았다. 무언의 냉담으로 눈에 보이지 않게 조금씩 조금씩 은수를 밀어내고 있는 근래의 그를 이렇게 마음 놓고 찬찬히 바라보기는 처음인 듯싶었다. 은수는 자신도 이해할 수 없는 약간의 놀라움으로, 이제 마악 중년에 접어든 남자의 피곤하고, 어지간히 지치기 시작한 얼굴을 마치 거울 속으로 자신의 얼굴을 볼 때처럼 물끄러미 바라보았다.

긴장을 풀어버린 방심한 표정 뒤에는 그가 완전히 잠 속에, 무의식 속에 있었음에도 삶에 대한 권태, 바래가는 욕망의 찌끼가 드러나 있었다. 돈냄새가 나. 돈냄새가 얼마나 지독한지 당신은 모를 거야. 오래전 그는 퇴근해서 돌아오면 몇 차례나 비누칠을 거푸하며 손을 씻곤 했었다.

이불을 끌어당겨 어깨까지 올리자 양말을 벗긴 맨발이 비죽 나왔다. 맨발이라는 것이 그토록 겸손하고 적나라하다는 데 은수는 묘한 감동을 느꼈다. 은수는 살이 없고 뼈가 두드러진 커다랗고 헐벗은 발을 모두어 가슴에 안았다. 거의 비애라고나 말해야 할 슬픔이 가슴 밑바닥에서부터 조용히 차올랐다. 이것인가, 함께 살아온 여섯 해의 부피는 이런 것인가.

베개를 고쳐 베어주느라 세중의 머리를 안아 올리자 그가 잠결에 습관적인 손짓으로 은수의 어깨를 안았다.

은수는 가만히 몸을 빼내어 이불귀를 잘 눌러주고 방을 나왔다. 그러고는 마루 유리문을 드르륵 열고 찬 공기를 한껏 들이마셨다. 시계가 열두 시를 쳤다.

세중이 비틀대며 들어온 후 대문 빗장이 은수 자신의 손에 의해 단단히 잠겨졌음을 알면서도 그녀는 또 한 번 잠긴 문을 확인했다.

은수는 마음속에 악마처럼 깃든 정령, 제어할 수 없는 충동을 잡아 가두듯 옷깃을 단단히 여몄다. 그 어떤 안타까움이 자신을 자꾸 떠나도록 손짓하는 것일까. 은수는 눈을 크게 뜨고 어둠 저편에서 선연히 살아나는, 그녀가 집을 벗어나 헤매고 다녔던 낯선 길목, 낯선 거리, 낯선 방 들을 바라보았다.

"역마직성驛馬直星을 타고났는가, 웬일로 놓아 먹인 망아지처럼 그렇게 하냥 돌아다니는지 잃어버리기도 여러 번이었다."

자라면서 어머니에게서 어지간히 들어온 소리였다. 은수로서
는 기억해낼 수 없는 일들이었다. 그렇다면 기억할 수 없는 어
린 시절부터 자신의 생애에 바위처럼 깊고 단단히 매몰된 부분
을 감지했던가. 그런 찾아 헤매임, 안타까움이었던가. 그러나 어
머니는 자신이 은수의 생모生母가 아니라는 현실에서 나름대로
완벽히 그녀를 보호하려 애를 써왔다. 국민학교 졸업 무렵 아버
지가 병사하자 어머니는 가산을 정리하여 그때까지 살고 있던
항구 도시를 떠나 서울로 집을 옮겼다. 그러고는 친척, 일가붙이
들과는 절연하다시피 발을 끊고 지냈다. 친척들의 눈과 입, 귀에
서 은수를 비켜서게 하려는 의도에서였다. 그러나 그전 해 은수
는 이미 자신이 어머니와는 한 점 피도 살도 섞이지 않은, 밖에
서 들어온 아이라는 사실을 알고 있었다. 집에 자주 놀러 오던
한 살 위인 사촌과 인형 놀이를 하다가 싸움이 붙었을 때 암팡
지고 오달지기가 비길 데 없었던 은수의 손에 머리칼을 잡혀 빠
져나가지 못하며 사촌은 소리쳤다. 넌 거지야. 얻어온 애야. 우
리 엄마가 그랬어. 넌 내 동생도 아냐. 날 언니라고 부르지도 말
아. 은수가 눈을 크게 뜨고 빤히 바라보자 사촌은 큰 소리로 울
기 시작했다. 머리칼을 뜯긴 아픔보다 어른들로부터 단단히 다
짐받은, 결코 해서는 안 될 말을 얼결에 뱉어낸 데 대해 겁이 났
던 것이다. 은수는 그때까지도 손아귀에 쥐여 있던 한 움큼의
머리털을 놓고, 울고 있는 사촌의 얼굴에 침을 탁 뱉고 집을 나
왔다. 어린아이의 직감이란 무서운 것이었다. 은수는 그때 사촌

의 말을 한 치의 의심도 없이 받아들였다. 더없이 다정하고 무람없는 어머니에게서 어쩌다 가끔씩 느껴지는——아마 어머니 자신도 의식지 못했음이 분명한——섣불리 안기지 못하게끔 밀어내던 차가움, 본능적으로 감지되던 불투명하고 석연치 않은 공기, 그리고 집에 드나드는 친척들이 자신을 바라보던, 호기심과 연민이 깃든 눈초리 따위가 대번에 확연히 맥락이 닿아왔던 것이다. 그때 불현듯 떠오른 생각은, 다만, 이곳은 내 집이 아니다라는 것뿐이었다.

결국 그날 밤 늦어 어머니는 멀지 않은 부두에 정박해 있던 빈 배에서 은수를 찾았지만 그 까닭에 대해서는 종내 아무것도 알아낼 수 없었다.

무서운 비밀을 발설했다는 두려움 때문인가 사촌은 곧장 자기 집으로 돌아가버렸고 은수도 굳이 입을 열지 않았기 때문이었다.

그 뒤로 은수의 머리를 끈질기게 사로잡기 시작한 것은, 이 집은 내 집이 아니다라는 것이었다. 방도 자신의 방이 아니었고 자신이 현재 먹고 있는 밥도 자기의 밥이 아니었다. 그러한 생각은 또한 언제나 임시로 머물러 있는 듯한 기분을 불러일으키곤 했다.

철이 들려면 하루 만에도 든다더니…… 얼굴에 손톱자국이 가실 날 없이 사나운 계집애인 은수가 점차 말이 없고 온순하게 숨어들기 시작하자 어머니는 놀랍고 대견해했다.

그러나 은수는 가끔 깊은 밤 이불을 들쓰고 어린애답지 않게 소리 죽여 울었다. 나는 누구인가, 나를 낳고 또 버린 사람들은 누구인가.

그것은 마치 기억에서 완벽히 떨어져 나간 유아기의 어느 부분, 혹은 아직도 그녀의 가슴속에 깜깜하게 묻힌 단단한 바위를 헤집으려는 노력과도 같았다.

최초의 기억은 이층으로 오르는 어둑신하고 가파른 나무 계단과 하얗게 햇빛이 쏟아지는 마당에 나뒹굴고 있던 두 짝의 작은 검정 고무신이었다.

아마 네댓 살 때였을 것이다. 그 이전의 일은 검은 휘장으로 가려진 듯 아무것도 기억나지 않았다. 아니 방심하고 있는 순간에 예기치 않게 익숙한 분위기로 찾아오기도 하고 거대한 빙산의 한 모서리처럼 어렴풋이 떠오르기도 했다. 그러나 그것은 하도 연약하고 희미한 것이어서, 그녀가 잡으려고 손만 내밀어도 다시 형체 없이 묻혀버리고 마는 것이었다. 볕바른 마당에 던져졌던 검정 고무신의 기억은 곧바로 서울로 이사 올 무렵까지 살았던 항구 도시의 목조 왜식집으로 이어졌다.

이불을 들쓰고 누워 울던 마음에 가득한 원망과 미움과 그리움은 해가 갈수록 스러지고, 내가 누구인가, 내가 누구인가 하는 안타까움과 갈증만 앙상히 남아 한 자락 스쳐가는 바람에도 펄럭이며 함께 흐르곤 했다.

물론 사춘기의 어느 시절 은수는 자신이 혹시 일찍 돌아간 아버지와 어느 여인의 아름답고 슬픈 사랑의 결실이 아닌가 하는 추리에 골몰하기도 했고 이룰 수 없는 사랑에 대한 소설적 공상을 하기도 했었다. 그러면서도 정작 자신의 출생에 대해 어머니에게 입을 뗀 것은 세중과의 결혼을 결정하고 난 뒤였다.

"내가 누군가요. 누구의 자식인가요."

세중이 처음으로 어머니에게 인사를 드리러 왔다가 돌아간 날 밤 세중을 대접하느라 내놓은 집에서 담근 포도주에 얼근히 취해버린 어머니를 똑바로 바라보며 은수는 물었다. 낯에서 대번에 술기가 걷히며 어머니는 메마른 목소리로 허겁지겁 다그쳤다.

"언제 알았니. 누구한테서 들었어?"

"아버지 돌아가시기 전에 알았어요. 아버지가 갑자기 돌아가시자 사람들이, 굴러온 돌멩이가 박힌 돌을 뺐다고 수군거리는 소리도 들었어요."

은수가 비시시 웃자 어머니는 폭삭 무너지듯 낙담한 얼굴로 한숨을 쉬었다.

"알고 묻는 걸 속이면 뭘 하겠니, 허지만 이제 와서 그런 게 무슨 큰 문제가 되겠니."

벌겋게 젖어드는 눈시울과는 달리 어머니의 목소리는 메마르고 삭막했다. 자작으로 술을 붓는 손이 알아보게끔 떨고 있었다. 그러나 막상 아득히 떨어져 내리는 느낌은 은수 쪽이었다.

"어머니는 그럼 제가 까맣게 모르리라고 생각했었나요?"

은수는 어머니의 떨리는 손에서 주전자를 빼앗아 잔을 마저 채웠다.

"커오면서 별다른 기색이 없길래 고비를 넘겼구나 하고 안심했었지. 물론 끝까지 모르게 되리라고는 생각 못 했다. 그런 문제가 어디 쉽게 감춰지는 것이냐. 허지만 네 쪽에서 암말 없고 다른 눈치를 보이지 않길래 에미는 그저 조마조마한 마음으로 국민학교 졸업 때까지만 몰랐으면, 중학교 때까지만, 대학에 들어갈 때까지만, 하고 바람을 늘려갔던 게지. 네가 결혼해서 아이를 낳고 기르다 보면 그게 또 든든한 뿌리가 되어 내가 네 생모냐 아니냐에 그닥 괘념치 않게 되겠지 했다. 이렇게 알게 된 마당에 숨기고 가릴 것이 뭐 있겠니. 솔직히 나는 네가 그 사실을 알게 되는 날부터 내게서 영 떨어져 나갈 것만 같아 두려웠지…… 내 나름대로 틈없이 길러왔지만 나도 모르게 네 가슴에 못 박은 일이 더러 있었을 게다."

"아니에요. 누구라도 그 이상 잘해주실 수는 없었을 거예요."

은수는 가만히 고개를 저었다. 그렇다면 이제 와서 새삼 밝히려 들 게 무엇이냐, 이때까지 그래왔던 것처럼 아는 듯 모르는 듯 묻어두고 살 수는 없었더냐, 어머니의 심하게 떨리는 손이 무언중에 묻고 있었다.

그러나 그럴 수는 없었다. 언제 어디서나 은수를 지배하던, 나의 집이 아니라는 느낌, 임시로 머무는 듯한 지긋지긋한 헤매임으로부터 이제는 벗어나야 했다. 결혼은 '옮겨 심음'이 아닌 파종, 새로운 뿌리내림이어야 했다.

"술 좀더 가져온. 오늘 술 좀 먹어야겠다."

어머니는 은수가 새로 술을 담아 온 주전자를 받아 들고 은수의 잔을 채웠다.

"네가 처음 집에 온 것은 전쟁 때였다. 네 살쯤 되었을 게다. 전쟁 통에 부모를 잃은 아이는 너뿐이 아니었지. 전쟁이란 못 겪을 일이 따로 없는 지옥이더라. 게다가 네 생부는 돌아가신 아버지와 친구분이었다. 나는 결혼하고 여섯 해가 넘도록 포태를 못 했고 설사 내 자식이 있다손 쳐도 전쟁 통에 부모 잃고 혼자 남은 어린애를, 더욱이 친구의 자손을 모른 체할 수 있었겠느냐. 그건 네 돌아가신 아버지도 마찬가지였다."

어머니는 은수의 부모가 어떤 사람들이었는지, 어떤 경위로 죽게 되었는가에 대해서는 입을 열지 않았다.

"제가 처음 온 것이 어느 집에 살던 때인가요."

"서울로 이사 오기 전까지 살았던 왜식 이층집이었지."

그러나 그 집에 햇빛 가득한 마당 따위는 없었다. 그렇다면 최초의 기억으로 뚜렷이 남아 있는 햇빛에 하얗게 바랜 너른 마당과 함부로 나뒹굴어 있던 두 짝의 검정 고무신은 무엇에서 비롯된 것일까.

"내가 할 수 있는 말은 이것뿐이다. 우리가 함께 살기 시작한 이후의 일은 아마 네가 더 잘 알 게다…… 알 때 알게 되더라도 행여 신랑 자리한테는 먼저 말하지 마라……그다지 큰 허물이 될 리야 있겠느냐만……"

어머니는 아무리 술이 취해도 그 이상의 말을 하지 않았다.

단순히 전쟁고아라는 사실을 은수는 믿을 수가 없었다. 그렇다면 자신은 별에서 온 아이, 혹은 땅끝에서 홀연히 솟아오른 아이라고 생각했던가. 말해지지 않은 부분의 어떤 것을 바라고 있었던 것일까. 세중은 아직 은수가 어머니의 양녀養女라는 사실을 모르는 성싶었다. 호적에도 물론 친자親子로 기재되어 있었지만 어머니 역시, 은수의 가출 때마다 치르는 곤욕에도 불구하고 굳게 입을 다물고 있었던 탓이리라.

물론 어머니에게 자신이 누구인가, 누구였던가를 따져 물으려 작정했을 때는, 자신의 출생에 대해 장차 남편이 될 세중에게도 알려야 한다는, 그래서 세상과 자신의 생을 직시하여 당당히 정직하게 맞서겠다는 의도가 강하게 작용한 것이 사실이었다. 그러나 끝내 세중에게 말할 수 없었던 이유, 즉 선량하고 소심한 편인 그에게 공연한 또 하나의 편견을 심어줄 따름이 아닌가 하는 것은 변명만은 아니었다. '전쟁 통에 부모 잃은 아이는 너뿐이 아니었다'라는 어머니의 말대로 평범한 사실 앞에, 남몰래 키워왔던, 자신의 운명에 대한 비장함 따위는 응석이 아니었던가. 무엇보다도 현실은 과거를 보상할 수 없다는, 과거의 사실로 인해 현실은 변명되고 보호되지 않는다는 명료한 인식 때문이었다. 그러나 때 없이 등을 밀리듯 보이지 않는 바람의 손길에 잡히듯 집을 떠나 헤매게 하던 자신의 고아 의식은 현실을, 삶을, 삶의 권태를, 열정을 견뎌낼 수 없었던 자의 핑계였던가.

집 안을 대강 치우고 은수는 화장을 시작했다. 눈밑에서부터 광대뼈 위까지 넓게 퍼진, 덜 닦인 먼지처럼 얼룩진 기미를 가리기 위해 짙게 분을 바르고 볼연지를 덧칠했다. 옷장을 열어, 너무 화사해서 좀체 입지 않던 밝은 보랏빛의 투피스를 꺼내 입었다. 봄날의 어두운 빛깔은 상가喪家의 휘장을 연상시킨다.

입술 연지를 짙게 바르고 재떨이가 말끔히 비워졌는지, 덜 닫
힌 서랍은 없는지, 물건들이 놓일 자리에 제대로 놓였는지를 눈
으로 점검하고 은수는 집을 나왔다. 분명 대문 열쇠를 핸드백에
넣었건만 대문을 당겨 닫으며 은수는 찰칵 자물쇠 맞물리는 소
리에 가슴이 섬뜩했다.

그러나 은수는 이내 일상적으로 맛보게 마련인 작은 느낌들
하나하나마다 예감으로 곧장 연결시키는 자신의 버릇을 나무랐
다. 한두 시간 후면 돌아오게 될 것이 확실한 작은 외출에도 등
뒤에서 닫기는 문소리는 등을 밀어내듯 늘 그렇게 차갑고 견고
하지 않았던가.

아침에 승일의 손을 잡고 내려가던 비탈길에는 여전히 바람
이 불고 있었다. 승일이는 말했었다. 바람이 불어, 바람은 왜 불
지? 난 바람이 싫어. 은수는 바람에 눈을 뜨지 못하는 승일의 앞
을 가로막고 뒷걸음질 쳐 바람을 가려주며 대답했었다. 바람은
그리워하는 마음들이 서로 부르며 손짓하는 것이란다.

갈현동으로 가는 버스가 좀체 오지 않았다. 쉼 없이 줄을 이
어 닿고 떠나는 버스들의 행선지 푯말을 읽으며 서성이던 은수
는 문득 몸의 어디랄 것도 없이 끈끈히 와 닿는 시선을 느꼈다.

거미줄처럼 흐릿하나 확실하고 접착력 있게 달라붙는 시선에
은수는 목덜미를 쓸며 뒤를 돌아다보았다. 신문 가판대 앞에서
한 사내가 은수를 유심히 바라보고 있었다. 스물예닐곱이나 되
었을까. 흰빛 가까운 점퍼에 더부룩한 머리의 흔히 볼 수 있는
차림의 젊은이였다.

은수는 그의 눈길에서 비켜서며 몸을 돌렸으나 그 젊은이는 집요한 시선을 거두지 않았다. 학생일까, 외판원일까, 아니면 실업자일까.

옷 단추가 벌어져 속살이 보이는가, 스커트 단이 뜯긴 건 아닌가, 사내의 시선 앞에 불안해진 은수는 남몰래 옷차림을 살폈다. 사내의 눈길을 끌 만한 것은 찾아지지 않았다. 그저 단지 무료한 사내의 눈길에 우연한 표적이 된 건지도 몰라. 그건 어쩌면 어릴 때 많이 하던 거울 장난 같은 건지도 몰랐다. 보이지 않는 곳에 숨어 손거울을 비추면 표적이 된 아이는 처음엔 어리둥절하다가 차츰 짜증을 내고 이윽고 공포에 사로잡히게 마련이었다.

일종의 자기암시, 최면인가. 아마 그는 뜻없이 바라보는 눈길의 덫에 걸려 차츰 자기암시에 빠져 들어가는 여자의 모습을 관찰하는 짓궂은 장난을 하고 있는 거라고 생각하면서도 은수는 가면처럼 달라붙어 있는 짙은 화장에 신경이 쓰여 정류장 앞의, 가게 유리 진열장으로 다가갔다. 밖의 빛으로 우물 속인 듯 어둡고 깊어 보이는 유리면에 탈 쓴 듯 하얗게 분장한 일본 무극의 배우처럼 짙게 화장하고 화사하게 차려입은 자신의 모습이 음화상으로 낯설게 찍혀 있었다.

유리 안쪽은 꽃집이었다. 화분에 심겨진 관엽식물들, 장미, 프리지어, 카네이션, 금잔화, 안개꽃, 그 외에 은수는 꽃 이름을 모른다.

은수는 목덜미에 더운 입김을 느꼈나. 유리년에 비진 자신의 몸 뒤로 사내의 모습이 겹친 듯 바짝 다가와 있었다.

가게 앞을 떠나는 대신 은수는 유리문을 밀고 안으로 들어갔
다. 그리고는 향기가 강한 프리지어 한 다발을 샀다.

기쁜 일에도, 슬픈 일에도 똑같이 요긴하게 쓰이는 것은 꽃뿐
이다. 그래서 사람들은 혼례식에도, 장례식에도 꽃으로 치장하
지 않는가.

셀로판지에 싼 꽃을 들고 나올 때까지도 사내는 진열장에 붙
어 서서 은수를 바라보고 있었다.

은수는 손에 든 한 다발의 꽃이 사내에게나 자신에게 확실한
목적으로, 목적 있는 발걸음으로 보여지기를 바라며 때마침 와
닿은 버스에 올라탔다.

버스가 도심지를 벗어나자 흙과 햇빛과 수목의 정기가 뿜어
내는 대기의 어울림으로 연기가 서린 듯 자우룩한 산의 모습이
다가들었다. 푸른 물이 채 들기 전이건만 먼 눈에도 바위 벼랑
의 진달래가 붉었다.

자줏빛 바위갓에 / 잡은 손 암소를 놓게 하시고 / 나를 아니
부끄러워하시면 / 꽃을 꺾어 바치오리다.*

과거나 미래를 향해 한없이 달려가는 듯 고즈넉한 기분에 잠
겨, 은수는 내려야 할 정류장도 잊은 채 하냥 다가드는 산을 보
았다.

산은 멀리서 볼 때와는 달리 제법 골이 깊고 등성이가 가팔랐다.

* 향가 「헌화가」에서.

376

야트막한 둔덕에는 간간이 나물 캐는 여자들의 모습이 눈에 띄었다. 등성이를 오르며 은수는 가끔 돌아서서 어느새 꽤 멀찍이 보이는 찻길과 집들을 바라보았다. 시장 통에서 내려야 할 것을 차창 밖으로 보이는 산빛에 홀려 내처 종점까지 온 것이다. 어머니에게는, 돌아가는 길에 잠깐 들르면 되려니 하는 심산이었다. 셀로판지로 싼 프리지어는 햇빛과 바람을 못 이겨 어느새 후줄근하게 시들고 있었다.

간혹 골의 이쪽저쪽에서 뻐꾹새 소리만 들릴 뿐 산은 조용했다. 하긴 지금은 학교에 간 동네 아이들이 돌아올 시간도 아니고 부지런한 아침 산책객들이 약수를 마시러 나올 시간도 아닌 것이다. 능선을 타고 넘자 나물 캐는 여자들도 보이지 않았다. 대신 양지바른 탓인가, 뗏장이 벗겨져 벌겋게 흙이 드러나고 봉분이 내려앉은, 버려진 무덤들이 군데군데 눈에 띄었다.

은수는 지난해의 마른 덩굴과 시든 풀이 부드러운 무덤가에 앉았다. 신을 벗고 편하게 다리를 뻗었다. 볼 좁은 구두 속에서 부득부득 부어오르는 듯하던 발이 시원해졌다.

은수는 담배를 꺼내 피워 물었다. 까마득히 높은 하늘에 비행기가 은빛 새처럼 날았다. 날카롭게 금 그어진 비행운이 물에 젖듯 점차 엷어지고 사라지는 모양을 은수는 아무런 생각 없이 오랫동안 바라보았다. 단지 원초적인 평안함이 있다면 이런 것이 아닐까 하는 막연한 느낌을 즐기며.

꽤 높직하고 바위 벼랑이 많아 오르는 길이 짐작되지 않는 골짜기 맞은편 산에서 사람의 모습이 어른대며 내려오는 것이 보였다.

그들은 등에 자루를 하나씩 걸머메고 손에는 방금 산에서 꺾어 만든 듯한 지팡이를 들고 있었다.

그 지팡이로 연방 아직 잎 피지 않은 잡목들을 헤치며 골짜기를 향해 내려오는 것이었다.

골짜기를 건너 은수가 있는 무덤가의 뒤편으로 접어들던 그들이 은수에게 다가왔다.

"아주머니, 담배 한 대 나눠 피웁시다."

은수는 눈을 치떠 그들을 바라보았다. 셋 다 예비군복 차림으로 웃저고리 주머니나 눌러쓴 모자에 진달래꽃 한 가지씩을 꽂고 있었다.

은수는 잠자코 그중 키가 큰 사내의 내민 손에 담배를 갑째 건네주었다.

"고맙시다. 이왕이면 불도 빌립시다."

사내는 자루를 내려놓고 털썩 주저앉았다.

"성냥은 여기 있어. 얌체같이 입만 가지고 다니지 말라고."

한 사내가 주머니에서 성냥을 꺼내 키 큰 사내에게 던지며 역시 담뱃갑에서 담배를 뽑아 물었다. 나머지 사내는 선 채 들고 있던 소주병을 입에 대고 한 모금 마시고는 자루를 헤집어 진달래꽃을 한 줌 털어 넣고 우물거리다가 뱉었다. 사내는 내내 꽃을 먹으며 왔던가, 꽃물이 든 입술이 붉은 보랏빛으로 축축이 젖어 있었다. 은수는 봄이면 진달래꽃을 뜯어다 자루에 담아 팔거나 함지에 이고 다니던 사람들을 본 기억이 났다. 은수는 담배를 비벼 끄고는 필터에 짙게 루주가 묻어 있는 꽁초를 눈에 띄지 않게 마른풀로 덮었다.

"아주머니는 이 동네에 사시오?"

은수의 하는 양을 집요하게 지켜보던 키가 큰 쪽의 사내가 조금 다가앉을싸 하는 몸짓을 보이며 물었다.

"아니에요. 그저 바람 좀 쐬러……"

"보아하니 임자 없는 무덤에 술 한잔 부어줄 인정으로 온 거 같진 않고…… 발 뻗고 앉은 걸 보니 이 아주머니도 꽤나 외롭고 애달픈 사연이 있는 듯한데…… 어때요, 그렇지 않소?"

체수가 그중 작고 마른 사내가 은수의 벗은 발을 흘긋흘긋 바라보며 낄낄 목 안의 웃음소리를 내었다. 사내의 눈길에 민망해진 은수가 얼른 신을 찾아 신었다. 그들은 주린 듯 성급히 또 한 개비씩 담배를 빼어 불을 당겼다. 서른 살에서 마흔 살 사이? 검붉게 탄 얼굴과 험한 일에 길든 거친 손, 작업복으로 상용되는 듯한 예비군복 차림으로는 쉽게 나이가 짐작되지 않았다.

"내다 파시는 건가요?"

가슴에서 스물스물 피어오르기 시작하는 불안을 감지하며 은수는 짐짓 가벼운 어조로 물었다.

"봄에는 꽃 꺾어 팔고 여름에는 뱀 잡아 팔고, 닥치는 대로지요."

그들은 또 마주 보고 낄낄 웃으며 소주병을 넘겨 한 모금씩 마시고 돌렸다. 네 홉들이 병에 삼분의 일가량 술이 남아 있었다. 한 모금씩 술을 넘길 때마다 목젖 꿀럭이는 소리가 크게 들렸다. 조금 전까지 평안이라 느꼈던 산의 정적이 갑자기 못 견디게 불안해졌다. 새소리도 멎었는가, 기이할 정도로 조용한 한 낮의 정적이 그만한 불안으로 은수를 옥죄었다. 은수는 꽃다발과 백을 들고 일어났다.

"날씨도 좋은데 슬슬 얘기나 하다 가시오. 별반 급한 걸음도 아니잖소. 아주머니도 꽤나 따분한 것 같은데 우리 같은 사람과 한나절 말 친구 하는 것도 괜찮을 거요. 거참, 시간 조져대기 힘드네."

"가야 돼요. 꽃이 좋아서 그냥 잠깐 올라와본 거예요."

은수는 웃으며 대꾸했다. 입안이 자꾸 말라왔다.

"꽃만 좋은가, 님도 좋지. 담배 잘 피웠시다. 우린 대접할 게 이것밖에 없는데 어떠슈? 한 모금 안 하시겠소?"

내내 선 채 먼산바라기를 하며 소주를 찔끔거리던 사내가 느닷없이 은수의 코앞으로 술병을 들이밀었다. 은수는 멈칫 한 걸음 물러서며 눈을 크게 떴다.

"강 건네주니 보따리 채가는 식이군. 이건 임자한테 돌려줘야지. 뭣이든 집어먹을 생각부터 하면 못써."

키 큰 사내가 슬그머니 집어넣는 담뱃갑을 낚아채어 은수의 손에 쥐여주었다.

축축하고 투박한 손이 잠시 은수의 손을 잡고 놓지 않았다.

"아니, 그냥 피우세요. 전 괜찮아요."

"어이구, 이 아주머니, 화끈한 데가 있네. 내 진작부터 그럴 줄 알았다구."

그는 클클 웃으며 담뱃갑을 제 주머니에 챙겨 넣었다.

지나왔던 길이 어디였던가. 은수는 비쭉비쭉 솟아 있는 나무 그루터기에 걸려 허둥대며 능선으로 올라왔다. 등 뒤에서 사내들의 낮은 수군거림, 클클한 웃음소리가 희미하게 들렸다.

　능선에 올라오자 종점 동네가 멀찍이 내려다보였다. 올라올 때까지도 산등성이에 드문드문 보이던, 나물 캐는 여자들의 모습은 하나도 눈에 띄지 않았다. 한낮, 빈산의 정적이, 어른대는 그림자 하나 없는, 정지된 시간이 은수에게 문득 원시적인 차가운 공포를 불러일으켰다.

　갑자기 등 뒤에서 휘적휘적 발소리가 들렸다. 은수는 화들짝 놀라 뒤를 돌아보았다. 그들이었다. 자루는 어디엔가 벗어둔 채 서너 걸음 떨어져 은수의 뒤를 따라오고 있었다. 땅딸한 사내는 그저도 소주병을 든 채였다. 은수는 애써 웃음을 지어 보였다. 아니 웃어야 한다고 생각했다.

　"어느 길로 올라왔는지, 내려가는 길을 통 못 찾겠네요."

　긴장으로, 자신의 귀에도 터무니없이 높고 팽팽해진 목소리로 은수는 말했다. 그들은 웃지 않았다. 나물 캐던 여자들은 모두 어디로 숨어 들어간 걸까.

　은수는 그물처럼 팽팽히 죄어오는 그들의 눈빛에 본능적인 경계심으로 뒷걸음질 치며 환각처럼 사라져버린 여자들을 찾아 두리번거렸다. 소리를 치면 어디까지 들릴 수 있을까. 그들은 한 자만큼의 사이를 두고 반원의 포진布陣으로 은수 앞을 막아섰다. 낮술이 벌겋게 오른 그들에게는 이미 포획을 자신하고 몰이를 하는 누런한 사냥꾼의 침착함이 있었다. 아이들이 서너 명,

노래를 부르며 무심히 등성이를 타고 지나갔다.

"왜들 그래요. 난 가야 해요."

목 질린 소리를 간신히 내뱉으며 뒷걸음질을 치던 은수는 돌부리나 나무 그루터기에 걸렸던가, 맥없이 뒤로 넘어졌다. 은수는 나뒹굴며 재빨리 스커트를 내려 무릎을 가렸다. 이렇게까지 굴러떨어져서는 안 돼, 속으로 부르짖으며. 그러나 이미 보일 것은 다 보여버렸다는 참담함이 새로운 굴욕감으로 고개를 들었다. 다만 한 다발의 꽃으로 가렸어도 자신은 신문 가판대 앞의 사내의 눈에서, 그리고 진달래 꽃잎을 먹고 있던 사내의 눈에서도 이미 발가벗겨지고 있던 것은 아니었을까.

그들은 은수에게 다가왔다. 그러고는 점차 사이를 좁혀 그들이 내려왔던 산의 깊은 골에 밀어 넣었다. 은수는 이제 꼼짝없이 삼각의 틀, 혹은 아가리가 좁은 병 속에 갇힌 꼴이었다. 산자락에 가려 누구의 눈에도 쉽게 뜨이지 않을 곳이었다. 술병을 든 사내가 은수의 어깨를 덮치듯 밀어 마른풀이 깔린 바닥에 쓰러뜨렸다.

"왜, 왜 그래요? 어쩔려고 그래요?"

참을 수 없는 공포와 분노로 은수는 눈을 크게 뜬 채 무력하게 외쳤다.

"뭘 하려느냐구? 이제 알게 되지."

사내가 술병을 뒤에 선 키 큰 사내에게 넘기며 나지막이 말했다. 그의 억센 손이 윗도리에 닿자 이내 후드득 단추가 뜯기고 앞섶이 벌어졌다. 은수가 벗어나려는 몸부림으로 다리를 버둥대자 사내는 성가시다는 듯 구두를 벗겨 던져버렸다. 그러고는 한 손으로 은수의 입을 막고 두 무릎으로 다리를 찍어 눌렀다. 공포는 직시하면 사라져버린다던가. 눈앞으로 붉고 축축한, 꽃물 든 입술이 커다랗게 다가왔다. 은수는 그때까지도 맹목적으로 비틀어 움켜쥐고 있던 프리지어 다발로 사내의 얼굴을 힘껏 후려쳤다. 거칠고 조급한 손길로 스커트를 걷어 올리던 사내가 피식 잇새로 웃었다.

삭이지 못한 술냄새인가, 으깨어진 꽃냄새인가, 입을 막고 있는 더러운 손의 땟진내와 뒤섞여 숨이 막혀왔다.

"얌전히 있어. 여긴 아무도 오지 않아. 살인을 해도 모른다구. 성해서 돌아가고 싶으면 순순히 말을 들어."

"재미 좀 보자는데 뭘 그래. 어차피 배 지나간 자린걸."

골의 입구를 막고 망을 보듯 서 있던 키 큰 사내가 병나발을 불고는 빈 병을 골짜기 아래로 내던지며 목젖 울리는 웃음소리를 냈다. 한 사내는 돌아서서 오줌을 누었다. 골짜기를 지나는 발소리가 들렸다. 산자락에 가려 모습은 보이지 않았으나 재깔거리는 말소리가 바로 곁인 듯 가깝게 들렸다.

"이 녀석들. 여기가 어디라고 함부로 싸다니냐. 뱀 나와. 뱀에 물려."

뒷짐 지고 골짜기를 바라보던 사내가 으름장을 놓았다. 말소리도 발소리도 곧 멀어졌다.

햇빛에 눈이 시었다. 문득 바위 벼랑의 진달래가 가득 눈에 들어왔다.

뻣뻣이 경직된 몸을 사내는 거칠고 성급한 손길로 헤쳤다. 억척스럽고 집요한 낯선 몸, 낯선 냄새에 진저리를 치며 은수는 고개를 돌렸다.

스커트는 허리 위까지 말려 올라가고 사내의 체중에 짓눌린 허리 아래는 완전히 알몸이었다. 나는 왜 기절도 하지 못하는가. 눈과 귀를 환히 열고 이 모든 냄새, 모든 소리, 풍경을 기억 속에 각인해야 하는가. 무거운 추를 단 듯 몸은 한없이 한없이 아래로 떨어져 내리고 있었다. 마침내 가닿는 밑바닥은 무엇인가. 바닥을 보지 않으려는 노력으로 은수는 눈을 감았다. 감은 눈에도 햇살은 눈부시고 벼랑의 진달래는 선연히 붉었다. 그리고 햇빛 아래 널부러진 자신의 모습이, 사지를 핀에 꽂혀, 아직 죽지 않은 의식으로 퍼들대는 해부대의 개구리처럼 떠올랐다. 그런데 이상한 일이었다. 왜 불현듯 기억의 맨 밑바닥에서 물에 잠긴 사금파리처럼 빛나는 최초의 기억, 튀어오를 듯 강한 햇빛과 나뒹구는 두 짝의 고무신이 떠오르는가.

사내가 은수의 몸에서 떨어져 나가자 망을 보던 키 큰 사내가 혁대 버클을 절그럭거리며 다가왔다. ……세번째 사내가 다가왔다.

"꼴사납군. 미친 여편네. 죽을 작정이 아니라면 이런 델 그렇게 혼자 싸다니지 않는 게 좋아."

산을 내려가는 그들의 휘파람 소리를 들었던가. 그들이 떠나고 발소리마저 완전히 사라진 뒤에도 은수는 그 자리에 쭈그리고 앉아 있었다. 무슨 일이 일어났던가. 단추가 떨어져 나가고 찢긴 옷, 질퍽하고 끈끈하게 젖어드는 속옷 따위가 아니라면 은수는 방금 자신에게 일어났던 일이 꿈이거나 영화의 한 장면이라고 생각했을 것이다. 사내들의 얼굴은 하나도 기억나지 않았다. 모자와 윗주머니에 꽂혔던 진달래 꽃가지, 꽃물 들어 붉고 축축한 입술만이 떠올랐다.

산그늘이 점점 넓고 짙어지고 있었다. 몇 시나 되었을까. 승일이가 돌아올 시간은 벌써 지났을 것이다. 시계는 언제 퉁그러져 나갔는지 눈에 띄지 않았다. 바람이 가지뿐인 잡목 숲을 흔들었다. 서른네 살의 여자가 햇빛 아래 발가벗겨 윤간을 당하고 울 수가 있는 걸까. 강간당하고 울 수 있는 권리는 철모르는 아이들에게나 있는 것이다. 은수는 산의 깊은 골마다 안개처럼 피어올라 서리는 땅거미와, 형체 없이 다가드는 어둠을 망연히 바라보았다.

비탈길을 올라와서도 집으로 들어가는 골목은 까마득히 길게 이어지고 있는 듯했다.

봄날 저녁은 일찍 저물고, 저물면 곧 밤이다. 골목이 꺾이는 곳마다 드문드문 서 있는 가로등 불빛 주위의 어둠이 제법 깊고 부드러웠다.

은수는 몇 차례나 걸음을 멈춰 어두운 담벼락에 기대서서 숨을 몰아쉬었다.

"아니, 승일이 엄마. 어디 갔다 이제 오우?"

누군가 앞을 가로막으며 잡아 흔들듯이 물었다. 이웃집 아낙네였다. 석유를 사러 가는지 석유통을 들고 있었다.

"네, 좀……"

은수는 가로등 불빛에서 비켜서며 옷깃을 여미어 단추가 뜯어져 나간 앞섶을 가렸다.

"어서 들어가보우."

말로는 그러면서도 그녀는 은수의 앞을 틔워주지 않았다. 무언가 잔뜩 할 말이 있는 성싶은, 자못 탐색하는 표정으로 은수의 행색을 찬찬히 살폈다.

"어딜 나가면 나간다고 우리 집에라도 얘길 하지 그랬수. 글쎄 그때가 언젠가…… 점심때 좀 겨워서 돌아온 승일이가 엄마를 부르면서 문 두드리는 소리를 들었어요. 난 승일이 엄마가 잠깐 낮잠이라도 들었나 싶어 무심했는데 한 십 분 남짓 부르고 문을 두드려도 승일이 엄마 대답하는 소리가 없지 뭐예요. 그래서 나가봤지요. 엄마가 잠깐 가게에 갔나 보다, 우리 집에 들어가 있으면 엄마 돌아오는 소리가 들릴 거다, 하면서 그동안 우리 집에 들어가 있자고 타일러도 엄마 올 때까지 그냥 문밖에서 기다리겠다지 뭐예요. 그래, 마냥 그렇게 실랑이하고 섰을 수도 없어, 그럼 언제든지 들어오너라 하고 대문을 안 걸고 들어갔지요. 어린애 고집이 황소고집이란 말도 있지 않아요? 그런데 저녁밥이 다 되어 찬거리를 사러 가게에 내려가는데 승일이가 그때까지도 그대로 댁의 대문에 기대앉아 꼬박꼬박 졸고 있지 않겠어요? 어찌나 애처롭고 가엾던지…… 엄마가 볼일이 늦어지나 보다, 밤이 되기 전에는 돌아올 테니 우리 집에 가재도 고개만 흔들어요. 어린 게 울지도 않고 엄마를 기다리는 것이 신통하다기보다 오히려 섬뜩합디다. 동네 아주머니들이 모두 나와서 달랬지요. 그럼 우리 집에 가 있으련? 맛있는 것을 많이 주마, 누나랑 형들이랑 텔레비전도 보고 같이 놀고 있으면 엄마가 찾으러 올 거다, 온갖 말로 어르고 달래도 막무가내예요. 밤새도록이라도 그대로 앉아 있을 기세였다우. 그런데 좀 전에 승일이 아빠가 오셨더군요. 우리 집 장독대로 해서 담을 넘어가서 문을 따고 승일이를 안고 들어가셨어요. 어쨌든 아빠가 제시간에 오셨기에 망정이지……"

그녀의 말은 귓전에서 이명耳鳴처럼 맹렬히 끊임없이 울리며 이어졌다.

은수는 지켜보고 있는 그녀의 눈길을 의식하며 불빛을 피해 한 걸음씩 떼어놓았다.

집에는 안방에만 불이 켜져 있을 뿐 깜깜했다. 텔레비전 소리도 들리지 않았다. 은수는 발끝을 한껏 들어 담에 두 팔을 걸치고 서서 좁은 마당 건너 손에 잡힐 듯 가까운 안방의 불빛을 오랫동안 바라보았다. 간혹 알아들을 수 없는 승일이의 목소리와 함께 웅얼웅얼 낮게 대꾸하는 세중의 음성이 들려왔다.

은수는 떨리는 손으로 초인종을 찾아 눌렀다. 그러다가 집 안쪽에서 울리는 짧고 둔한 소리에 놀라 성급히 손을 떼었다.

안방의 창문이 열리고 세중의 얼굴이 나타났다.

"누구요?"

"저예요, 은수."

그러자 탁, 거친 기세로 창문이 닫혔다. 커튼마저 틈없이 닫히고 커튼에 가려진 창의 불빛이 한결 어둡게 은수의 눈에서 멀어졌다.

"누가 왔어? 누구야, 아빠?"

승일이의 묻는 소리였다.

"아무도 아냐. 옆집 벨 소리다. 어서 자거라."

일부러 그러하듯 어조를 높인 세중의 대꾸가 커다랗게 담을 넘어왔다. 은수는 있는 힘을 다해, 매달리다시피 하며 거의 결사적으로 벨을 눌러댔다.

이웃집 창문으로 잠깐 사람의 그림자가 어른대다가 사라졌다. 그러나 안방 창문은 끝내 열리지 않았다. 대신 갑자기 텔레비전 소리가 크게 들렸다. 빈 골목을 채울 만큼 큰 소리였다. 필시 승일이의 귀에서 엄마의 기척을 가리려는 의도이리라.

승일이가 오후 내내 돌아오지 않는 엄마를 기다려 쪼그리고 앉아 있던 자리는 어디쯤일까. 은수는 무너지듯 대문 기둥에 기대어 주저앉았다.

안의 기척은 터질 듯 울려대는 텔레비전 소리에 가려 들리지 않았다.

석유통을 든 이웃집 여자가 대문 그늘에 웅크리고 앉은 은수를 발견하지 못하고 종종걸음으로 지나갔다. 골목을 지나는 사람들의 발길이 끊이지 않고 드문드문 이어졌다. 이제 곧 집을 향해 돌아가는 사람들의 발길도 끊기고 골목에는 깊어가는 밤의 은밀한 정적, 어둠만이 남게 되리라.

춥다. 은수는 문득 진저리를 쳤다. 얼굴 가득, 그리고 다리 안쪽에도 좁쌀알 같은 소름이 빈틈없이 만져졌다. 이토록 아득한 절망감에도 불구하고 '춥다'라는 생리적 느낌이 생생하게 살아나는 것이 기이하게 여겨졌다.

은수는 다시 일어나 벨을 짧게 두 번 거푸 눌렀다. 텔레비전 소리는 어느 결엔가 한결 작아져 있었다.

한참 지난 후 창문이 조금 열렸다. 세중이 말없이 대문께를 내다보았다. 저예요. 문 좀 열어주세요. 그러나 그것은 말이 되어 나오지 않았다.

창문이 닫혔다. 잠시 후 방문을 여는 소리, 마루문을 드르륵 여는 소리가 들렸다. 신발을 끌고 두어 걸음 마당으로 내려서던 세중이 멈춰 섰다. 은수는 흑, 숨을 들이마셨다.

"아직…… 있소? 돌아가요. 밝은 날 얘기합시다."

끓어오르는 감정을 누르고 있는 듯 그의 목소리가 한껏 낮았다.

돌아가라니, 어디로요. 은수는 속으로 부르짖었다.

"당신 얼굴을 보면……"

잠깐 사이를 두었다가 말을 이었다.

"죽이게 될 것 같아."

"문 좀 열어주세요. 들어가서 말할게요."

"아직 할 말이 남았던가?"

분노를 극도로 누른 빈정거림이었다.

"승일이 잔다구. 큰 소리 내지 마. 밤이 늦었어, 돌아가요. 당분간 피차 생각할 시간을 가집시다. 그리고 있는 거 남의 눈에 띄어도 볼썽사납잖아. 시골 어머니께 전화 넣었어. 새벽차로 오시겠다니 승일이 걱정은 안 해도 돼."

곧 마루문이 닫히고 안방 불이 꺼졌다.

3

틀림없이 머리맡에 놓여 있을 조간신문을 찾아 누운 채 습관적으로 팔을 뻗으며 물 좀 줘,라고 말하던 나는 불현듯 덜미를 치는 생각에 손을 움츠리고, 반사적으로 옆자리를 바라보았다.

방 안을 채운 희미한 새벽빛 속에 승일이는 이불을 차 내던지고 모로 누워 잠들어 있었다. 이불을 당겨 덮어주며 나는 부엌으로 나가 냉수를 한 그릇 마셨다.

지난밤 무슨 꿈을 꾸었던가. 부엌 식탁에는 반찬 그릇이며 밥알이 말라붙은 그릇 따위가 상보도 덮이지 않은 채 지저분하게 널려 있고 마루 탁자에도 역시 반 나마 남긴 술병과 잔, 꽁초가 수북한 재떨이가 그대로였다.

어제 밤늦도록 대문 밖에서 안타깝게 소리 죽여 서성이던 아내의 기척에 날카롭게 귀를 세우고 나는 불을 끈 어두운 마루에 앉아 찔끔찔끔 술을 마셔댔던 것이다.

마루 커튼을 젖히자 어둑신하던 실내가 조금 밝아졌다. 곧 날이 밝을 것이다. 방으로 들어가자 문 열리는 기척에 선잠 깬 승일이가 몸을 몇 번 뒤채며 약하게 울음소리를 내었다. 엄마, 쉬이.

나는 새벽마다 아내가 그러하듯 승일이를 안아 세워 내 목에 팔을 둘리고 요강을 갖다 대었다. 오줌을 눈 승일이가 잠이 덜 깬 몽롱하고 서러운 눈길로 나를 바라보고 방 안을 휘둘러보았다. 곧장 투정을 부릴 듯 잔뜩 찡그린 얼굴이었으나 엄마가 없음을 알고는 말없이 제 이불 속으로 들어갔다. 그러고는 망설이듯 물었다.

"엄마는 밥해?"

엄마 없다, 무뚝뚝하게 잘라 대꾸하다가 나는 덧붙여 달래듯 말을 이었다.

"조금 있으면 시골 할머니가 오신댔어. 승일이는 할머니 좋아하지?"

전후 사정을 설명할 것 없이, 곧 올라오셔야겠다는 내 전화에 역시 내일 첫차로 올라가마, 영문 모르고 황황히 대답하던 어머니가 아홉 시면 도착하리라는 계산에서였다. 벽시계가 여섯 시 반을 쳤다. 나는 드르륵, 소리 나게 분합 문을 열고 마당으로 내려섰다. 대문 틈에 끼여 있을 조간신문을 가져오기 위해서였다.

신문을 뽑아 들고도 한동안 우두커니 서 있다가 가만히 대문을 열었다. 아내는 없었다. 등교 시간이 이른 학생들이 간혹 집 앞을 지나갈 뿐이었다. 이상한 일이었다. 결코 아내를 받아들이지 않겠노라고 단호히 결심했음에도 불구하고 막상 아내가 떠난 자리를 보자 심한 배반감과 허기증과도 같은 허전함이 가슴을 메워오는 것은 무슨 까닭인가. 어제저녁, 퇴근해서 돌아와, 대문간에 앉아 꼬박꼬박 졸고 있던 승일이를 보았을 때의 아내에 대한 살의에 가까운 분노는 이미 차갑게 식었다. 그렇다면 대문 앞에 웅크리고 울며 잠든 아내를 보기를 바랐던가. 마음 어느 구석엔가, 아내는 여느 때처럼 며칠씩 외박을 하고 온 것이 아니라 다만 뜻하지 않게 외출 시간이 길어졌을 뿐이라는 변명을 스스로 준비하며.

아내의 읍소에, 뺨 몇 대 치고 세간살이 몇 가지 부수는 것으로 쉽게 주저앉을 수는 없다고 고개를 세게 흔들며 나는 빗자루를 들고 나왔다. 아내가 어깨를 늘어뜨리고 비척비척 걸어갔을 길을, 마치 아내의 모습을 지우듯 집 앞에서부터 꼼꼼히 쓸기 시작했다.

어머니가 도착하기를 기다리느라 근 한 시간택이나 늦게 출근하고서도 나는 오전 내내 일이 손에 잡히지 않았다. 언젠가는 이런 날이 오리라고 남모르게 다지던 마음을 되돌이켜보면서도 전화벨이 울릴 때마다, 누군가 나를 찾는 소리가 들릴 때마다 깜짝깜짝 놀라곤 했다.

입금과 대출 통장에 도장을 찍는 사이사이 나는 할 일 없이 화장실에 자주 드나들고 손을 씻어댔다.

사환 아이가 책상 위의 재떨이를 비우며 벌써 세번째예요 하는 말에도, 연신 보리차를 마셔대는 내게 어머, 지 대리님, 간밤에 약주 많이 하셨나 봐요, 하는 여행원의 말에도 대꾸할 기분이 아니었다. 다만 한결같이 넥타이 단정히 매고 자리를 차지하고 앉은, 집안 걱정이나 자신에 대한 고통 따위는 말끔히 씻어버리고 오로지 일에 열중한 희고, 검고, 누르고, 넓적하고, 길쭉

한 얼굴들을 향해 나는 멱살을 흔들며 묻고 싶었다. 당신들이라면 이런 경우 어떻게 처신을 하겠느냐고. 그들은 으레 약간 딱하다는 듯 대범한 표정으로 대답할 것이다. 아내에게 결정적인 부정만 없다면 어린아이를 보아서라도 한 번만 받아들이라고. 혹은 죽도록 두들겨 패서라도 못된 버릇을 고치되 그럴 자신이 없으면 일찌감치 갈라서라고 할 것이다.

아내는 지금쯤 갈현동 처가에서 이불을 들쓰고 누워 있을까, 아니면 번잡한 거리에 우두커니 서서 오가는 사람들을 마냥 바라보고 있을까, 어쩌면 이미 집에 돌아와 있을지도 몰랐다. 나는 몇 차례나 전화기로 가는 손을 거두고 대신 보리차를 들이켜거나 애꿎은 담배만 피워댔다.

어머니는 오늘 아침 집에 들어서는 길로 내게 물었다. 웬일이냐, 무슨 일 있었니? 그러고는 어수선한 부엌이며 그때까지도 잠옷 차림으로 마루턱에 시무룩이 앉아 있는 승일이를 일별함으로써 대번에 사태를 알아차렸다. 오냐, 걱정 마라. 할미 왔다. 배고프지? 불쌍한 내 새끼. 어머니는 소매를 걷고 부엌으로 내려가 부랴부랴 쌀을 씻어 안쳤다.

내 입으로 말한 적은 없건만, 또한 아내의 가출로 어머니를 불러 올린 적은 없건만 누님의 입을 통해 아내의 가출 버릇은 수년래 집안 간에 짜자한 말거리가 되었다.

나는 아내가 나타나기를 기다리는 건지 면대하기를 두려워하는 건지 자신도 분명히 알 수 없었다. 다만 시간이 지남에 따라 확실해지는 것은 나 자신 별수 없이 소심한 사내라는 것이었다.

이번에는 정말 안 돼. 이를 앙다물면서도 깊은 밤 대문 밖에서 울고 있는 아내의 등을 밀어 쫓아냈다는 한 가닥 느낌을 떨쳐버릴 수 없었다.

퇴근 시간이 가깝도록 아내에게서는 전화가 없었다. 대신 은행에 나타난 것은 뜻밖에도 장모였다. 때 없이 출입구로만 가는 눈길에, 선팅이 된 은행 유리문 밖에서 서성이는 장모의 모습이 잡히자 손끝이 하르르 떨리며 가슴이 내려앉았다. 그러나 나는 대기용 의자에 앉아 안타깝게 내 시선을 잡으려 기다리는 장모를 애써 모른 체 옆자리 동료와 긴치 않은 얘기를 주고받으며 담배 한 대를 다 피웠다. 그리고 기다리다 못해 창구로 다가온 장모를 그제야 발견한 듯 웬일이냐는 표정을 지으며 의자에서 일어났다.

마감 시간이 가까운 은행은 장마당처럼 붐비기 마련이었다. 지하 다방에라도 잠깐 내려갈까 하다가 나는 장모에게 대기용 의자를 권하고는 옆자리에 앉았다. 종일 피워댄 탓에 입안이 쓰고 깔깔했지만 나는 거의 습관적으로 담배를 꺼내 물고 불을 붙였다.

"자네…… 바쁜 모양이군."

핸드백 고리를 만지작거리며 장모는 민망해하는 어조로 입을 열었다.

"이 시간엔 늘 그렇지요."

"승일이 에미가 또 일을 저질렀구먼."

"갈현동에 있습니까?"

마냥 입을 닫고만 있을 수도 없는 일이어서 나는 내뱉듯이 짐짓 무관심한 투로 물었다. 장모는 내 대꾸에 비로소 할 말을 찾은 듯, 나를 만나러 은행으로 오며, 또 차마 문 안으로 들어서지 못하고 서성이며 내내 혼자 중얼거렸을 말을 쏟아놓기 시작했다.

"아닐세. 그 애가 그러고 나가서 갈현동에 오는 적이 있었던가. 그 애가 어제 갈현동에 온다길래 음식 몇 가지 싸놓고 내내 기다렸는데 저물도록 안 오더군. 무슨 사정이 있나 보다,라고만 생각했지. 그런데 지난밤 꿈자리가 하도 뒤숭숭해서 오늘 전화를 해봤더니 글쎄 사부인께서 받으시질 않나. 승일이 에미가 집을 비워서 올라오셨다는 말씀을 듣고서 그만 맥살이 풀려서…… 이걸 어쩌나, 정신이 다 아득해지네. 진작 우리 집에 전화를 했으면 나라도 뛰어갈 텐데 굳이 바쁘신 사부인을 올라오시게 했나."

경황 중에도 장모는 시골 어머니에게 득달같이 전화를 해서 알린 것이 서운하고 원망스러운 기색이었다.

"어차피 이젠 숨기고 말고도 없지 않습니까."

"내가 죄인일세. 할 말이 뭐 있겠는가. 그러나저러나 이 미친 것이 또 어딜 갔을꼬."

"전들 압니까. 결혼하고 육 년이에요. 참을 만큼 참아왔어요. 경찰에 수색원을 내고 신문에 광고를 내고, 거리에 방을 써 붙일까요?"

어느 겹에 흥분한 내 목소리가 좀 높았던가. 공과금을 내기 위해 길게 줄을 선 사람, 의자에 앉아 주간지 따위를 뒤적이던 사람들이 힐끗힐끗 바라보았다.

"내 이번에는 다시 그런 짓 못 하게 단단히 이르겠네. 그나저나 승일이 에미가 아닌가."

장모가 덥석 내 손을 잡으며 한껏 기어 들어가는 목소리로 말했다. 아, 언제나 똑같이 되풀이되는 이런 행위, 일들. 진절머리가 나도록 이젠 정말 싫다.

"승일이 에미라구요? 애 딸린 어미가 그런 소행머리를 합니까?"

나는 목소리를 낮추었다. 모두 부질없는 짓이다. 나는 장모의 뜨겁고 껄껄한, 검버섯이 거뭇거뭇 피기 시작한 손에서 슬며시 내 손을 빼내며 손목시계를 들여다보는 시늉을 했다.

"바쁜 모양인데, 가서 일보게. 난 이 길로 자네 집에 가겠네. 사부인은 가게 일로 바쁘실 텐데 내일이라도 내려가시도록 해야지. 내가 에미 올 때까지 승일이를 돌보겠네."

장모는 먼저 자리에서 일어났다.

"아닙니다. 그러실 필요 없어요. 가게 일은 동생에게 맡겨놓으셨으니 당분간 정리될 때까지 계시겠답니다."

나는 흙빛으로 질리는 장모의 늙은 얼굴을 똑바로 바라보며 냉정하게 잘라 말했다.

"승일이 에미 보시거든 제게 한번 나오라고 하십시오."

어떻게든 내 마음을 누그러뜨리려는 안간힘으로, 자리에서 일어나고도 쉬이 발길을 떼지 못하고, 퇴근할 때까지 부근에서 기다리겠노라고 멈칫대는 장모를, 월말이니 야근을 해야 할 판이라는 핑계로 돌려보낸 후, 나는 종일 머릿속을 어지럽게 맴돌며 괴롭히던 생각들이 오히려 차분히 정리되는 느낌이었다. 갈피를 잡을 수 없이 엉클린 실꾸리의 끝이 보이는 듯했다. 결코 감추려 하지 않는 장모의 조바심, 안타까움의 반작용으로 상대적인 여유를 얻은 것일까.

나는 나 자신 냉정한 사내라고 생각해본 적이 없었다. 그러나 가정은, 내 손으로 일군 가정만은 새의 보금자리처럼 포근하고, 호두 껍데기처럼 견실하고, 안전해야 한다는 신념은 확고했다. 그것은 어쩌면 세상살이를 해오면서 쌓아진, 인간과 세상에 대한 불신과 무상감으로 더욱 확실하고 두꺼워진 담일지도 몰랐다.

나는 빈 담뱃갑을 구겨 버리고 책상 서랍을 열었다. 볼펜, 명함, 소형 전자계산기, 편지봉투 따위가 정연하게 정리되어 있고 안쪽 맨 밑에 몇 개의 적금 통장이 있었다. 나는 그중 하나를 꺼냈다. 오 년째 적립하고 있는, 육 개월 후에 타게 되어 있는 오백만 원짜리 적금으로, 올가을쯤에는 집을 팔고 적금을 타서 보태면 융자를 얻어 보다 조건이 좋은 집으로 옮길 수 있으리라는 계산이었다. 도장이 찍히지 않은 채 비어 있는 여섯 개의 칸을 하나씩 눈으로 더듬으며 나는 아내에게 지고 있는 현실적 의무, 도의적 측면, 법적인 측면과 한계 따위를 두서없이 생각했다.

다섯 해 전, 힘들더라도 주택 적금을 들어야겠다는 내 제안에 아내는 어린애처럼 즐거워했다. 남이 살던 집이나 시은 집을 살게 아니라 짓도록 해요. 우리식으로요. 난 사는 집이 곧 자기 체질이 된다고 생각하는 축이에요. 요즘 집들은 재미가 없어요. 아파트식이라 편하다고는 해도 손바닥처럼 빤해서 싫어요. 방을 많이 만들어요. 개미굴 같겠지만. 화가 나거나 뭔가 마음에 차지 않을 때 들어가 숨어 있을 수 있는, 아무도 찾아내지 못할 장소가 꼭 한 군데는 있어야 해요. 우리 아이들을 위해서라도 그런 자리를 마련해줘야 해요. 그렇다고 반드시 집이 커야 할 필요는 없지요. 대신 마당은 넓어야 해요. 마당에 둥근 탁자를 놓고 날이 좋으면 밖에서 식사를 하고 차를 마시거나 책을 읽겠어요. 나무는 되도록 유실수로 심어요. 그래야 애들이 좋아할 거예요. 소녀 취미라고 하겠지만 담은 흰 페인트 칠한 목책으로 두르겠어요. 지붕은 녹색이 좋겠어요. 여학교 때 『그린 게이블스』라는 책을 읽어서 그런가 봐요. 초록 지붕의 농가에 온 '예배당의 쥐새끼'처럼 못생기고 가난한 고아 소녀가 아름답고 행복한 여자로 성장하는 얘기예요. 그걸 읽으면서 나는 행복을 느끼는 것도 대단한 능력이라고 감탄했지요. 내가 살 집은 손수 짓고 그 집에서 오래 살고 싶어요. 난 애를 많이 낳을 거예요. 몸은 작지만 틀림없이 다산형이에요. 마당에서는 아이들이 뛰어놀고 난 아이들을 보면서 좀 슬픈 듯한 기분에 잠겨 늙은이처럼 오래 등의자에 앉아 있을 거예요.

나는 용지를 꺼내어 해약 청구서를 쓰기 시작했다.

상황이야 어찌 되었든 내게 남편으로서의 아내에 대한 빚은 남게 마련이고 세속의 일이란, 그것이 설혹 정신적인 부채라 할지라도 금전상의 마무리가 많은 정리를 해준다는 것을 나는 알고 있었다.

아내는 또 말했었다. 나는 왜 어린애들을 보면 슬픈 생각이 드는가 몰라요. 천지 분별 없이 인생에서 제일 행복할 때라는데, 철없이 뛰노는 아이들의 천진함에는 아주 깊은 슬픔이 있어요. 난 자주 우리가 낳을 아이들을 생각해보곤 하지요. 그런데 이상하게도 대여섯 살 정도의 아이들만 떠올라요. 더 큰 아이들이 내 주위에 있다는 건 상상이 안 돼요. 아이들은 자라기 마련인데요. 그건 당신이 형제가 없이 자라서 그럴 거요. 난 벌써 내 양말을 같이 신는 커다란 녀석이 떠오르는걸. 아내는 그때 승일이를 임신하고 제법 배가 불러 있었다.

볼펜 자국이 번졌다는 이유로, 도장이 선명히 찍히지 않았다는 이유로 나는 해약 청구서를 세번째 구겨 버리고 네번째 용지를 꺼내 꼼꼼히 적어 넣었다.

적금부 미스 문은 퇴근 준비로 핸드백을 책상 위에 올려놓고 화장을 고치는 중이었다. 나는 문득 유예를 얻은 기분이었으나 굳이 미스 문의 책상 위에 청구서를 내밀었다.

"미스 문, 내일 오전까지 처리해줘."

날은 이미 저물고 어둠이 깔리는 속에 불빛이 흐릿하게 돋아나고 있었다. 곧 밤이 되고 거리의 불빛은 한층 따뜻하고 은성해질 것이다.

나는 대기하고 있는 통근 버스를 타지 않고 시청 쪽으로 걸음을 옮겼다. 승일이와, 일 년에 서너 차례 올라와보기도 힘들던 아들네 집의, 몸에 익지 않은 살림살이에 전전긍긍하며 연신 대문 밖의 발소리에 귀를 모을 어머니의 얼굴이 떠올랐으나 이대로 집에 들어가고 싶지는 않았다. 허전하고 불행하고 억울하다는 심사에 무엇에든 무턱대고 투정을 부려야만 할 것 같았다.

퇴근 무렵의 번화가는 걷는다기보다 떠밀린다는 표현이 옳을 것이다. 사람들은 어깨를 부딪고 발등을 밟으며 저무는 거리를 물결처럼, 다만 흐르고 있었다. 나는 무턱대고 걸었다. 불행하다는 의식이 내게 어느 정도 해방감을 주었던가. 지나치는 여자들의 뒷모습은 모두 아내로만 비치기도 했다. 정말 아내와 헤어질 작정인가. 어두운 밤거리에 어린아이를 버려두고 달아났다는 느낌 없이 갈라설 수가 있는 것일까. 나는 허청허청 인파에 떠밀려 걸으며 줄곧 자문했다.

아내는 밤눈이 유난히 어두웠다. 서울에서 근 이십 년을 살아왔다면서도 그녀가 알고 있는 확실한 길이란 그녀의 집에서부터 그녀가 다닌 학교, 학교를 졸업하고 나가던 직장을 잇는 길뿐이었다. 결혼 전 나는 길을 잃을까 봐 두렵다는 이유로 밤거리를 무서워하는 아내를 데리고 퍽 많은 길을 걸어 다녔고, 그렇게 많은 찻길과 골목의 갈피갈피를 알고 있는 내게 아내는 매양 감탄하곤 했다.

나로 말하자면, 서울살이에서는 무엇보다 길부터 익히는 것이 경제적이라는 고향 선배의 충고가 아니더라도 되도록 싼 자취방을 찾으면서, 또한 쉼 없이 아르바이트로 뛰어야 했던 고달픈 생활의 결과로 익혀진 길들이었다.

밤이 깊어갈수록 인파는 불어났다. 도시는 수많은 차량과 사람을 실어 나르는 거대한 컨베이어 벨트 같았다. 어디서 이렇게 많은 사람이 흘러드는 것일까. 어쩌면 우리는 모두 마법사의 피리 소리에 홀려 어디론가 사라져버린 후 영영 다시 돌아오지 않았다는 전설 속의 소년들이 아닐까. 보이지 않는 힘의 손길에 이끌려 자신도 모르게 미지의 문을 향해 가고 있는 것이나 아닐까.

사람들에게 밀려 미도파 앞을 지나 충무로 길을 걸으며 나는 가끔 기이한 비현실감에 빠져 목적 없이 내딛던 발길을 멈추고 서서 거리를 메운 사람들의 무리를 바라보곤 했다.

점심도 거르다시피 한 위장이 허기증으로 쓰렸다. 허기증이 아니더라도, 저녁 여덟 시라면, 참담하고 울적한 심사의 중년 사내가 말짱한 맨정신으로 무작정 거리를 쏘다닐 시간은 아니었다. 아직 집에 돌아가지 못한 사내들에게는 약간의 취기가 그리운 시간인 것이다.

나는 큰길에서 벗어난 술집 골목으로 들어섰다.

술집 안은 고기 타는 연기와 이미 자리를 채우고 앉은 사람들의 취기, 떠들썩한 목소리로 가득했다. 나는 그중 빈자리를 찾아 앉아 이 홉들이 소주 반병과 낙지볶음 한 접시를 비웠다. 빈속인 탓에 술이 이내 올랐다. 야, 세상살이가 다 그런 거야. 강한 놈한텐 약하고 약한 놈한테는 강한 게 이 세상 이치야. 너만 억울하게 당하고 있는 게 아니라구. 어서 술이나 들어. 실컷 마시고 다 잊어버려. 억울하면 출세하란 말 몰라? 형, 정말 더럽고 분통 터져서 못살겠어요. 화덕을 낀 옆 탁자에서 한 사내는 악을 써대고 한 사내는 질금질금 흐르는 눈물을 주먹으로 닦고 있었다.

나는 돈을 치르고 술집을 나왔다. 아홉 시였다. 집 쪽으로 가는 택시를 타기 위해서는 길을 건너야 했다. 그러나 집으로 들어가기에는 취기도 시간도 어중간했다. 승일이는 아마 지금쯤 잠이 들었을 테고 어머니는 저녁밥을 묻어두고 연신 바깥으로 귀를 모으며 내 발소리를 기다리고 있을 것이다. 어쩌면 아내도 돌아와 있을지 몰랐다. 아니면, 차마 들어오지 못하고 어두운 골목에서 서성이고 있을지도 몰랐다. 그 어느 것도 내가 집으로 들어가야 하는 이유는 되지 못한다고, 스스로도 납득할 수 없는 오기로 고개 흔들며 나는 내처 걸었다. 취기가 오른 몸에 봄밤의 공기는 훈훈하고 부드럽게 느껴졌다.

지하도 입구, 봉제완구와 조악한 장난감 따위를 늘어놓고 파는 노점상 앞을 지나치다가 나는 커다란 판다 곰을 하나 샀다. 노점상 여자의 어린아이가 지하도를 기어 다니며 나팔을 삑삑 불어대는 것을 보고는 그것도 하나 샀다.

노점상 여자가, 쌓아놓은 상자에서 부리나케 조그만 탱크를 꺼내 태엽을 감아 바닥에 굴렸다. 굴러가던 탱크가 몇 차례 거꾸로 재주를 넘다가 바로 섰다. 나는 탱크도 함께 싸달라고 말했다.

승일이를 위해 내 손으로 장난감을 사본 기억은 거의 없다. 그것은 늘 아내의 몫이었다. 포장지로 한 겹 두르고 노끈으로 엉글게 묶은 커다란 곰을 어색하게 옆구리에 끼고 탱크와 나팔

402

을 양쪽 주머니에 나눠 넣으며 지하도를 빠져나왔다.

 잠깐 우두망찰 서 있다가 눈에 띄는 대로 조그만 맥줏집의 문을 밀고 들어섰다. 칸막이 된 탁자가 두 줄로 배치된 실내는 기차간처럼 길고 좁고 어두웠다. 카운터 가까운 곳에 서너 명의 청년이 자리를 잡고 앉았고 연인인 듯한 남녀가 두어 쌍 앉아 있을 뿐이었다.

 나는 맥주 두 병과 마른안주를 시켰다. 술을 날라 온 여자가 앞자리에 앉으며 고개를 까닥, 숙여 보였다.

 "미스 정이라고 불러주세요. 앉아도 되나요?"

 "앉으라는 자린걸."

 "또 오실 분이 있으신가 부죠?"

 여자가 컵에 술을 따르며 물었다. 손톱에 엷은 은회색 에나멜을 칠한 손가락이 길고 손목이 유난히 가늘었다. 병의 무게도 힘에 겨운 듯 술을 따르기 위해 치켜든 손목에 헐겁게 감긴 금속 팔찌가 가볍게 떨었다.

 "아니, 혼자야."

 "기분이 울적하신가 봐요."

 "왜? 그래 보이나?"

 "혼자 술 마시는 사람은 드물거든요."

 "진짜 술꾼은 혼자 마시지. 그래야 술맛을 제대로 즐길 수 있거든."

 나는 빈 잔에 술을 따라 그녀에게 권하며 픽, 실소했다. 그녀두 짙은 화장에 가려 표정이 드러나지 않는 얼굴로 가면처럼 따라 웃었다.

"선생님, 애기 선물인가요?"

그녀가 시늉만으로 두른 포장지 밖으로 비죽 나온 곰을 옮겨 놓고 내 옆자리로 바꿔 앉으며 물었다.

"응, 그런데 막상 사고 보니 곰을 가지고 놀 나이가 지난 것 같아. 나팔도 사고 탱크도 샀는데 탱크나 겨우 환영받을까 말까야."

나는 주머니에서 나팔과 탱크를 꺼내 탁자 위에 늘어놓았다.

"어머, 멋쟁이 아빠시구나. 그런데 요즘에도 애들이 나팔을 불고 노나요?"

그녀가 나팔을 입에 대고 짧게 한숨 내쉬다 삐익 소리에 호들갑스럽게 떼었다.

"멋진 아빠에다 고독한 남자, 굉장한 사연이 있을 거 같잖아요?"

술병이 비자 나는 술을 두 병 더 청했다.

"연애소설 감이군."

"난 고독해 뵈는 사람이 좋아요. 그런 사람하고 하는 연애가 진짜래요."

"아가씨는 문학소녀인가."

"왕년에 문학소녀 안 해보고 고독 좋아하지 않은 사람이 있나요?"

그녀가 목소리를 높여 웃었다.

"사실은 오늘 집을 한 채 헐었지."

"어머, 그럼 선생님은 철거반원이세요?"

눈을 크게 뜨고 깜짝 놀란 듯 되묻는 그녀의 얼굴에 담배 연기를 뿜으며 나는 헛, 하고 웃었다.

"아까운 집인데 흉가라더군. 별도리 없이 기둥뿌리까지 뽑아버렸지."

탁자 위의 술병이 점점 늘어갔다.

"선생님두 참, 생판 남의 집 헐린 것 가지고 그렇게 기분이 우울하셨어요? 집이야 새로 지으면 되는 걸요 뭘. 속상한 일이 있으면 곤죽이 되도록 술을 마시고 정신없이 곯아떨어졌다가 아침에 일어나면 어느새 괴롭던 어제는 지나가거든요. 남자들은 그래서 좋은 거 아닌가요?"

그녀가 내 빈 잔을 채우며 깔깔 웃었다.

열한 시가 넘자 나는 술집을 나왔다. 관행慣行이란 무서운 것이다. 나와 마찬가지로 머리꼭지까지 취한 상태에서 귀가를 서두르는 사내들과 합승한 택시에 실려 달리며 생각했다. 그러나 통금이 없어진 지금까지 사람들의 의식 속에 깊이 뿌리박힌, 어떠한 일이 있어도 처소에 들어가야 한다는 열두 시 하한선은 단순히 귀소본능이나 관행만은 아닐 것이다. 사람들은 살아가면서 얼마나 많이 나름대로의 적정선適正線을 그어놓고 그 안에서 몸을 사리는 것일까.

아내에 대한 나의 적정선은 어디까지인가.

찻길에서 택시를 내려 남의 집 담벼락에 오줌을 누며 나는 달무리 뿌옇게 진 하늘을 올려다보았다.

골목에는 인적이 없었다. 너무 조용하구나, 중얼거리며 나는 취기에서 비롯된 걷잡을 수 없는 쓸쓸함과 비감으로 한껏 비틀거렸다. 주머니에서 무언가가 툭 떨어졌다. 나오는 길에 술집 여자가 알뜰히 챙겨 주머니에 넣어주었던 나팔이었다.

곰을 겨드랑이에 끼고 뚜우, 뚜우, 나팔을 불었다. 줄창 나팔을 불어대던 여자가 있었지. 누구였더라. 뚜우우우, 뚜우우우. 그래, 영화에서 본, 머리칼을 짧게 치켜 깎은 좀 모자라는 듯한 여자였지. 눈 덮인 숲길, 병들어 누운 여자의 머리맡에 나팔과 몇 푼의 돈을 놓아주고 달아난 덩치 큰 야바위꾼 사내. 이제야 생각나는군. 이탈리아 영화였지. 어린애처럼 조그맣던 여자는 양지 쪽에 담요를 두르고 앉아 사내가 가르쳐준 한 가지 곡만 부르다가 죽어갔지. 그리고 머릿수건을 쓴 키 큰 여자가 바람 부는 들판에서 빨래를 널며 높고 맑은 목소리로 부르던 노래. 몇몇 장면과 나팔 소리가 명료히 살아났다. 그 영화는 우리에게 천사를 보여주려 한 걸까. 인생의 페이소스를 보여주려 한 걸까.

짧은 머리칼, 놀란 듯, 겁에 질린 듯 커다랗게 뜬 눈. 오 젤소미나, 슬픈 천사여. 오 젤소미나, 어디로 갔나. 멋대로 가사를 붙여 불러보다가 다시 휘파람으로 불어보았으나 다음 소절의 멜로디는 생각나지 않았다. 나는 다시 나팔을 불기 시작했다. 뚜우우, 뚜우우. 조그만 울림도, 높낮이도 지니지 못한 채 나팔은 두꺼운 모포를 찢듯 둔탁하고 단순한 소리로 어둠 속에 퍼졌다.

최초의 나팔 소리를 들었던 것은 아주 어린 시절, 마을에 들어온 곡마단의 풍각쟁이에게서였다. 땅거미를 재우며 스쳐가는 바람 소리뿐 사위는 조용한데 문득 들려오던, 저무는 하늘을 찢을 듯 높고 높은 나팔 소리를 나는 아직도 생생히 기억하고 있다.

슬프고 적막한 소리였다. 우리가 살고 있는 곳이 아닌 깊은 땅속, 혹은 멀리 떨어진 다른 별에서 들려오는 듯한 소리였다. 그것은 간단없이 우리 앞에 찾아올 슬픔과 죽음과 이별의 예시처럼 조그만 가슴속으로 차갑게 스며들어, 알지 못할 깊은 슬픔과 두려움에 빠뜨리곤 했던 것이다.

집 앞에 이르러 나는 선뜻 벨을 누르지 못했다. 어젯밤 아내가 그러했듯이 마치 남의 집을 엿보는 기분으로 낯설게 안을 들여다보았다. 어제의 나는 어땠는가? 그저께의 나는? 그리고 그 전의 나날들은? 나는 대문 기둥을 짚고 서서 잠깐 생각했다. 그런대로 괜찮았다. 모든 것이 오늘과 같지는 않았다. 술집 여자의 말대로, 아니면 어린 날들처럼 한잠 푹 자고 일어나면 괴롭고 어지러운 오늘은 어느 결에 어제가 되어버리고 새로운 오늘이 머리맡에 와 있을 것인가.

벨을 누르자 잠시 후 첩첩이 닫힌 문을 열듯 힘겹게 걸어 나오는 어머니의 모습이 유리문에 어른대고 이어 어릿어릿 허리 구부리고 신을 찾아 끌고 나오는 기척이 들렸다.

"늦었구나."

"네, 좀 늦었어요. 승일이 자나요?"

등 뒤에서 빗장을 지르며 어머니는 대꾸했다.

"그래, 진작 잠들었다. 술 좀 자그만치 마셔라. 그렇게 매일 고주망태가 되다가 몸이 항우장사라도 못 당해."

방에 들어서는 길로 엎드려 잠든 승일의 얼굴을 물끄러미 들여다보노라니, 어머니는 곁에 쭈그리고 앉아 조심스레 내 기색을 살피며 수군수군 물었다.

"아직 승일 에미 소식 모르지?"

어머니는 승일이의 머리를 쓰다듬으며, 승일이의 잠귀를 꺼리는 듯 한결 목소리를 낮추어 구시렁구시렁 이야기를 시작하는 것이다.

"녀석이 음전하고 신통하기 짝이 없구나. 어린 소견에도 뭘 아는가, 에미 찾는 법이 없어. 할미 말을 한 번도 어기는 적이 없으니 더 애처로운 생각이 들지 뭐냐. 이게 다 타고난 팔자소관인지……"

나는 어머니의 푸념을 못 들은 체 양말을 벗고 윗도리를 벗었다. 아내 역시 내 말을 한 번이라도 어긴 적이 있었던가. 여느때, 대체로 조용하고 담담한 행동거지며 표정의 어느 한순간에라도 제 속에 깃든 맹랑한 허깨비, 무엇엔가 잔뜩 들려 있는 넋을 내보인 적이 있었던가.

"좀 일찌거니 다녀라. 늙은이, 어린애 둘이 오도카니 얼굴 보고 앉아, 날 저물면 사람 나가 찬바람 도는 집이 더 스산하고 적막해지는구나."

어머니의 성화에 퇴근하는 대로 집에 들어오기도 했다.

그러나 그런 날은 으레 늦은 밤이라도 슬리퍼를 끌고 동네 어귀의 구멍가게에 나가 맥주를 한 병쯤 마시고야 다시 들어와 잠들곤 했다. 밤보다 먼저, 어둠으로 깊고 음산하게 가라앉는 집,

어미에 대한 기다림으로 터무니없이 순하고 풀이 죽은 아이, 아이를 재우기 위해 돋보기를 코에 걸치고 서투르고 느리게 동화책을 읽는 어머니의 낮은 웅얼거림 따위를 들으며 빠져드는 바닥 모를 깊은 절망과 비애를 견뎌낼 수 없었다. 견딜 수 없어 마시는 술이 내게 보다 생생하고 원색적인 감정, 분노나 증오 따위를 불러일으키기를 바랐던 것이다.

어머니가 아내의 소식을 넌지시 물어올라치면 나는 잘라 말하곤 했다. 승일 에미 오거든 집에 들이실 거 없이, 은행으로 나오라고 하세요.

벽에 걸렸던 아내의 옷가지는 차츰 눈에 띄지 않게 치워졌다. 아내의 화장대 위에는 두껍게 먼지가 쌓여갔다. 눈이 어두운 어머니에게는 보이지 않는 먼지였다. 아침마다 나는 바꿔놓지 않은 눅눅한 타월에 얼굴을 문지르고 어머니가 빨아 다림질한 와이셔츠를 입었다. 어머니는 아침 밥상머리에서, 승일이의 밥숟갈에 가시 바른 생선을 얹어주며 버릇처럼 말하곤 했다. 가게에 나가봤자 먹을 것도 없고 웬일로 그리 비싸기만 한지. 어머니는 이틀 사흘거리로 시외전화를 걸어 가게를 보고 있는 시골집의 동생에게 말했다. 내 곧 간다는 게 그만 여기 살림에 붙들려 꼼짝 못 하는구나. 가게는 진작 동생 내외가 맡아 꾸려가고 있어 어머니의 손이 그닥 긴하지도 않을 터였다.

절기상으로는 아직 봄이라 해도 초여름의 날씨가 계속되었다. 기상대는 낮 최고 이십칠팔 도까지 올라가는 이상 고온을 발표하고 밤과 낮의 심한 일교차에 따른 감기에 주의할 것과 봄

가뭄을 걱정하였다.

마침 찾아온 거래처의 김 부장과 부근 식당에서 설렁탕을 한 그릇씩 먹은 후 이쑤시개를 물고 나오던 나는 로터리 분수가에 문득 눈이 멎었다. 시원스레 물줄기가 치솟고 있는 분수대 밑의, 삼색의 팬지 꽃이 융단처럼 심어진 축대에 걸터앉은 여자의 모습이 눈에 익었던 것이다. 아내였다. 아내라는 것을 알아채자 나는 급습을 당한 듯 순간적으로 당황했다. 그러나 이편에 옆모습을 보이면서, 사람들의 출입이 금지된 축대에 천연스레 올라앉아 있는 아내는 사람들의 흘깃거리는 눈길도 아랑곳하지 않고 방심한 표정이었다. 며칠 사이 한결 가볍고 얇아진 사람들의 옷차림 때문인가. 아내의 밝은 보랏빛 투피스는 뜨거운 햇빛 아래, 축대에 올라앉은 모습만큼이나 기이하고 불안하게 눈에 띄었다.

"왜 그러시죠? 뭘 잊었습니까?"

발길을 떼지 못하고 무춤하니 서 있는 내게 김 부장이 물었다.

"아, 아무것도 아닙니다."

나는 등을 밀리듯 급히 걸음을 옮겼다.

자리에 돌아와 일을 보면서도 내 생각은 줄곧 분수가에 있던 아내에게서 맴돌았다. 그렇다면 어제저녁 어머니가 얼핏 보았다는 것은 아내가 틀림없을 것이다. 어제 밤늦게 돌아온 내게 문을 열어준 어머니는 내가 들어간 뒤에도 곧 빗장을 잠그지 않고 목을 빼어 어두운 골목길을 살폈다. 그러고는 살며시 옷깃을 당기듯 소리 죽여 소곤거렸다.

"너 들어오다가 혹시 못 만났니?"

"누굴요? 아무도 못 만났어요."

필시 아내를 가리키는 말이리라는 짐작에 술기가 대번에 걷히는 느낌이었다.

"이웃집 여자가 그러더라. 서너 시쯤이나 되어 시장에서 돌아오다가 찻길에서 승일이 에미를 보았다는 거야. 이편을 알아보고는 얼른 등을 돌려 못 본 체하는 걸 붙들고 물었다지. 승일 엄마, 요즘 통 볼 수가 없던데 어딜 갔었수. 그랬더니 그냥 우물쭈물 뭐라 대답하는데 무슨 소릴 하는 건지 알아들을 수가 없었다더라."

어머니는 그사이 세탁기 쓰는 법을 배운다던가 시장길을 익히기 위해 동행을 한다는 구실로 자주 이웃집 중년 아낙네와 접촉을 해왔고 서로 간에 오거니 가거니 마실도 다니면서 웬만한 속사정은 다 털어놓는 눈치였다. 어머니는 손바닥이라도 딱 치고 넘어갈, 기가 찰 일이라는 표정으로 말을 이었다.

"그 말을 듣고 맘이 하 꺼림칙해서 승일이를 일절 밖에 내보내질 않았지. 그런데 저녁때가 다 되어 어둑어둑한데 아무래도 신경이 밖으로만 쓰이지 않겠니? 꼭 누군가 와 있는 것 같은 예감이 들어 문을 열고 내다봤지. 바로 그때 웬 사람이 등을 보이고 획 대문 앞을 지나가더라. 뒷모습이 꼭 승일이 어멈이야. 내 저한테 죄진 것 털끝만치도 없다만 어찌나 속이 떨리던지…… 요즘 같아선 사돈도 밉고 야속하구나. 제 딸이 부실하고 허물 많으면 면목이 없어서라도 지레 조치를 하겠건만…… 벌써 달포가 넘지 않았니?"

어제 오후 내내 집 주위에서 맴돌던 아내가 오늘 은행 부근에 나타난 것은 필시 나를 만나기 위해서일 것이다.

적금을 해약한, 삼백만 원이 넘는 돈은 이미 내 개인 통장에 입금이 되어 있었다. 아내가 나간 다음 날쯤 만나게 되리라는 생각에 서둘러 해약했건만 일주일이 넘도록 소식이 없자 다시 입금을 시켰던 것이다. 아내가 찾아올 것이라는 내 예상은 적중했다. 오후 세 시가 조금 넘은 시각, 아내에게서 전화가 왔다.

"저예요, 은수."

아내의 목소리는 긴장 탓인가, 여느 때와는 달리 조금 갈라지고 성마르게 들렸다. 모르는 사람의 음성처럼 귀에 설었다. 나는 잠시 대꾸를 잊고 침을 삼켰다.

"어, 그래, 그렇군."

"지금 지하 다방에 있어요. 내려오실 수 있으세요?"

이쪽의 반응을 듣지 않기 위해서인 듯 아내는 높은 목소리로 빠르게 말했다.

"지금 한창 바빠. 한 삼십 분 후에 내려가지."

"기다릴게요."

찰칵 전화가 끊겼다. 바쁘다는 건 거짓말이었다. 삼십 분씩이나 아내를 기다리게 해야 할 바쁜 일은 없었다. 시간을 얻고 싶다는 조바심에 얼결에 뱉은 말일 뿐이었다.

나는 우선 담배를 한 대 피워 물고 별반 어수선하지도 않은 서랍을 정리하기 시작했다. 삼십 분은 긴 시간이었다.

다방에서 기다릴 아내를 떠올리며 화장실에 들어가 오줌을 누고 천천히 손을 씻었다. 통장에서 이백만 원을 찾아 오십만 원짜리 수표 넉 장으로 바꾸어 흰 봉투에 넣고 은행을 나오기 전 출입문 곁의 거울 앞에 서서 자신의 모습을 비춰 보았다. 계속되는 숙취로 얼굴은 검누른빛이었으나 아침에 갈아입은 와이셔츠 깃은 깨끗했다.

아내는 입구를 등지고 앉아 있었다. 어두운 조명과 시끄럽게 울리는 음악 소리로, 실상 자리는 군데군데 비어 있었는데도 꽤 붐비고 번잡스럽다는 느낌이 들었다. 이미 분수가에서 충분히 눈에 익혀두었던 탓에 나는 쉽게 아내를 찾을 수 있었다. 아내가 입고 있는 보랏빛 옷은 어둡고 붉은 조명으로 불그죽죽하게 변색되어 보였다.

잠깐 멈칫거리다가 나는 앞자리에 앉았다. 아내는 반쯤 몸을 일으키다가 슬며시 앉았다. 아주 짧은 순간 나는 아내의 얼굴이 이상하게 달라졌다고 생각했다. 짙은 화장 때문이었다. 머리칼도 훨씬 짧게 치켜 깎아 목덜미와 비죽 솟은 귀가 거친 느낌으로 드러나 있었다. 짙은 화장이 얼핏 아내를 젊고 생기 있어 보이게 했으나 나는 그것이 초췌하고 거칠어진 얼굴을 감추려는 필사적인 노력임을 곧 알아차릴 수 있었다.

"오랜만이군."

나는 탁자 위에 담배를 꺼내놓으며 의자 등받이에 등을 기댔다.

"자릴 옮길까요? 너무 시끄러워요."

"일하다 나왔어."

자리를 옮길 의사가 없음을 비치고는, 대신 차 주문을 받으러

온· 여자에게 음악 소리를 좀 줄여달라고 부탁을 했다.

"어디에서 오는 길이오?"

필시 한나절 내내 은행 부근에서 배회했으리라 짐작하면서도 나는 아내와 나 사이의 긴장으로 어색하고 팽팽해진 침묵이 거북스러워 입을 열었다.

고개를 숙이고 탁자의 모서리를 만지작거리던 아내가 문득 눈을 들어 똑바로 바라보았다.

"아침에 집에 갔었어요. 어머님이 계시더군요."

"응."

"집에 발도 못 들여놓게 하시데요, 은행에 가서 당신부터 만나라고."

"내가 그렇게 말씀드렸소."

아내의 입가에 희미한 웃음이 피어올랐다. 그러나 가슴속에서 치미는 감정을 억제하려는 안간힘으로 이마에는 핏줄이 파랗게 두드러졌다.

"어머님이 계시니까 별 불편은 없겠네요."

"그런대로 지내."

다시 말이 끊겼다. 탁자 위에 놓인 찻잔에 손도 대지 않은 채 뭔가 곰곰 생각하는 표정이던 아내가 망설이듯 한참 만에 말했다.

"승일이, 잘 있나요?"

"응."

"유치원에 잘 다니구요?"

"이제 제법 재미를 붙인 모양이야."

아내가 손수건을 꺼내 이마의 땀을 닦았다. 철 늦은 옷 탓만은 아니게 아내는 몹시 땀을 흘리고 있었다. 손수건을 핸드백에 집어넣다가 팔꿈이 탁자를 세게 쳤던가, 가장자리에 위태롭게 놓인, 방금 아내가 마시던 엽차 잔이 데구르르 굴러 바닥에 떨어졌다. 아내는 터무니없이 당황한 낯빛으로 그것을 줍기 위해 허리를 굽혔다.

"그냥 둬요, 내가 줍겠소."

엽차 잔을 주워 올리다가 나는 아내의 구두에 눈이 멎었다. 분명 아침에 집에 다녀오는 길이었다면서, 어느 멀고 험한 길을 헤매어 돌아 한 걸음씩 자박자박 걸어온 걸까, 먼지가 부옇게 앉은 구두의 뒷굽 가죽이 더러 긁히고 벗겨져 초라하고 고달파 보였다. 연민 때문에 물러서서는 안 된다. 나는 얼른 구두에서 눈길을 돌렸다. 그것은 오랫동안 몸에 익힌 자기 보호 본능, 방어력 같은 것이었다.

"피우겠어?"

나는 안주머니에 들어 있는 흰 돈 봉투를 꺼낼 적당한 기회를 찾으며 담뱃갑을 아내 앞에 밀어놓았다. 아내가 고개를 흔들었다.

"당신도 마찬가지겠지만…… 나, 그동안 많이 생각했어. 이런 상태로 이렇게 지내는 건 피차 괴로운 노릇이야."

나는 마치 칼이라도 뽑듯 안주머니에서 돈 봉투를 꺼내어 아내 앞에 놓았다.

"그러니까…… 이게, 뭔가요?"

잠깐, 영문을 알 수 없다는 듯 멍청하게 나를 바라보던 아내의 얼굴이 차차 하얗게 변했다. 급히 핸드백을 열어 손수건을 꺼내 땀을 닦으며 더듬더듬 다시 물었다.

"이게 뭐예요? 어떡하자는 얘기인가요?"

"돈이야. 주택 적금을 해약했어. 당신 돈 없는 거 알아. 서로 냉정히 생각해볼 시간을 충분히 가집시다. 솔직히 말하면 난 더 이상 다치는 게 무서워. 승일이 문제는 걱정하지 말아요. 어머니가 잘 돌봐주고 계시니까. 이 돈은 당분간 당신이 맡아 써요. 살아가자면 돈은 언제나 필요한 거요."

눈도 깜박이지 않고 똑바로 바라보는 아내의 핏발 선 눈을 외면하며 나는 중얼중얼 말을 이었다.

"궁리궁리하다가 결국 죽을 궁리를 한다는 말처럼, 이따위 방법밖에 생각할 수 없는 나 자신이 졸렬하고 한심스러워. 허지만 어쩌겠소. 이렇게 계속 살아갈 수는 없는 일 아니오?"

그런 눈으로 나를 바라보지 말아. 당신이 다 자초한 결과가 아닌가. 당신은 그렇게 무책임하게 훌훌 떨치고 돌아다니면서 이런 날이 오리라는 것을 예상 못 한 바보는 아니겠지. 정작 피해자는 나야. 퍼부어대고 싶은 말들을 삼키며 나는 실로 장황하고 궁색하게 늘어놓았다. 자신의 귀에도 어설픈 변명조로밖에는 들리지 않는 말들을 지껄이게 한 것은 아내에 대한 엉뚱한 가해 의식이었다.

"그러니까 이 돈이 말하자면 위자료라는 건가요?"

아내는 아주 힘들게 '위자료'라는 말을 내뱉었다. 아내의 입에서 나온 위자료라는 말에 나는 갑자기 눈앞이 어뜩 흔들렸다.

비로소 그 말의 현실적 의미, 무게 따위가 생생하게 실감되었던 것이다.

"굳이 그런 명목이라고 생각할 건 없소. 꼭 그런 의도는 아니야. 당분간 헤어져 있으면서 우리 모두를 위한 최선책을 생각해 보자는 거지. 당신에게도 그게 나을 거요. 이런 결과에 이른 것은 정말 불행한 일이야. 허지만 나는 시간의 힘을 믿소. 시간이 흐르면 반드시 우리 모두에게 가장 좋은 방법이 무엇인지 알게 될 거요."

그건 사실이었다. 솔직히 나는 아직까지 아내와 나 사이에 얽힌 가녀린 끈을 단번에 끊어버릴 용기를 내지 못하고 있었다. 앞으로 내 생활에 어떤 변화가 오더라도 이전의 상황보다 더 나을 리 없다는 것을 나는 알고 있었다. 아니 더욱 나쁜 상태를 상상하는 편이 훨씬 쉬웠다.

"마치 부리던 사람을 해고할 때와 같은 말투로군요. 이럴 때를 당신은 오래 기다려온 것 같아요."

뜻밖에도 아내는 씁쓸하게 웃었다. 나는 예기치 않은 아내의 웃음과 말에 의표를 찔린 듯 속으로 흠칠 놀랐다.

"난 그동안 내 나름대로 많이 참아왔다고 생각해. 내 인내력의 한계가 고작 이 정도인 게 유감이군. 난 오늘에 이르기까지 우리가 지내온 날들을 거슬러 올라가며 생각했소. 어떻게 우리가 이런 지경에 이르게 되었을까. 애초 근본적인 원인이 내게 있었던 건 아니었을까 하고. 하지만 당신의 행동을 이해하기에는 내 능력도 아량도 모자란다는 것을 알게 되있을 뿐이오."

"알아요. 그렇게 힘들게 말씀 안 하셔도 다 알아들어요. 이거, 얼마죠?"

아내가 돈 봉투를 핸드백에 넣으며 또 알 수 없는 웃음을 희미하게 웃어 보였다.

"얼마 안 돼."

"먼저 올라가세요. 저도 곧 갈게요."

"어디로 갈 셈이지? 갈현동 집에 있을 건가?"

"아직 모르겠어요, 생각해봐야지요."

아내가 열에 뜬 듯 어쩌면 아무 생각 없이 멍청해 보이는 표정으로 고개를 흔들었다. 나는 아내를 남겨둔 채 자리에서 일어났다. 카운터에서 셈을 치르며 끈질기게 머리칼을 끌어당기는 눈길에 뒤를 돌아보았으나 아내는 여전히 이쪽을 등진 채 앉아 있었다.

은행으로 올라온 후에도 나는 내 자리에 가 앉을 염이 없이 창가에 우두커니 서 있었다. 오 분가량 지나자 은행 앞에 아내의 모습이 나타났다. 은행 안은 선팅이 된 유리로 철저히 가려져 있지만 밖은 환히 잘 내다보였다.

신호등에 걸려 잠깐 서 있던 아내는 불빛이 바뀌자 은행 앞의 횡단보도를 걸어갔다. 사람들 사이에 섞여 길을 건너는 아내의 뒷모습은 거리에서 보게 되는 여느 여자들과 달라 보이지 않았다. 잠시 후면, 내게 등을 보이고 멀어져가는 숱한 사람들 중 그녀의 모습을 식별할 수 없게 될 것이다. 내 모습 역시 그러할 것이다.

아내가 숨어 들어간 하오의 거리를 메우며 사람들은 한결같이, 달리 이름이 없는 한 개의 입자처럼, 혹은 이윽고 하나의 강을 이뤄 흘러갈 물방울들처럼 익명의 삶을 등에 지고 그렇게 똑같은 모습으로 흐르고 있었다.

점차 조그맣게 멀어지는 아내의 모습을 눈으로 좇는 사이, 나는 어렵고 괴로운 일을 무사히 치러냈다는, 아내에 대해 시종 냉정할 수 있었던 자신에 대해 인간관계, 더욱이 가장 가깝다는 부부 관계라는 것도 참 별게 아니구나,라는 무상감과 더불어 은근히 다행스럽던 느낌은 사라졌다. 대신 몸의 어느 한 부분이 떨어져 나가는 듯한 아픔과 절박한 안타까움으로 가슴이 에어 숨도 쉴 수가 없었다.

아내를 다시 볼 날이 있을까. 나 자신의 몸보다 더욱 잘 알고 익숙하게 길들여진, 욕망에 정직하고 포학에 순종하던 그녀의 몸을 다시 안을 날들이 있을까. 내 팔을 베고 누운 밤 아내는 문득 말하곤 했었다. 전에는 종종 사람이 몸을 가졌다는 게 슬프다는 생각을 했었거든요. 그런데 이젠 위안으로 여겨져요. 정직하고 순결한 것은 육체뿐이 아닌가 싶기도 해요. 확실히 만져지고 기억할 수 있잖아요. 실체가 사라진 뒤에도 기억은, 소멸한 그것을 본디 모습대로 살려내지요. 단, 눈을 감아야 한다는 전제가 따르기는 하지만요. 그리고 아내는 좀 유치한 말을 했다는 부끄러움이 들었던지 소리 내어 웃으며 덧붙였다. 유행가 가사 같지요. 하지만 사는 일이 좀 뜬구름 같다거나 쓸쓸하다거나 하는 생각이 들어서 그런가 봐요.

결혼하고 아이를 낳고 기르면서 함께한 자잘한 일상의 기억들이 두서없이 떠올라 가슴을 후볐다.

나는 달려가 사람들 무리 속에서 아내를 찾아 끌어내고 싶었다. 머리채를 잡고 옷깃을 움켜잡아 끌며 소리치고 싶었다. 또어딜 가는 거야. 왜 매달리지 못해. 왜 다시는 안 그런다고 빌며매달리지 않는 거야. 문이 잠겼으면 부수고라도 들어가야지. 제새끼가 있는 집엘 왜 못 들어가고 거지처럼 밖에서 서성거리기만 하는 거야.

그러나 나는 은수, 은수, 아내의 이름을 소리쳐 부르며 뛰어나가는 대신 주먹을 부르쥐고 눈을 부릅떠 이제는 전혀 식별할 수없이 가물가물 멀어지다가 완전히 시야에서 사라져가는 아내의모습을 바라보고만 있었다.

4

어지러운 꿈속에서 등을 밀리듯 은수는 잠에서 깨어났다. 교회의 새벽 종소리 때문이었다. 새벽 종소리가 울릴 무렵이면 잠시 깨어 어슴푸레한 박명 속에 일어나 앉는 것이 근래의 버릇이었다.

어둠이 푸르무리한 빛으로 바래져가는 창가를 무연히 바라보며 은수는 마치 다리를 잘린 사람이 없어진 다리의 통증에 괴로워하듯 역시 새벽빛 속에 잠들어 있을 승일이와 세중을 생각하곤 했다.

높은 곳에서 낮은 곳에서 교회의 종소리는 아우성치듯 어우러져 들려왔다.

교회가 많은 동네라놔서 시끄럽기 짝이 없어. 죄인들은 유독 이 동네에 많이 모여 사는 모양이야. 언젠가 들은 어머니의 우스갯소리가 아니더라도 어제도 밤늦도록 언덕 위 교회에서는 한숨과 눈물의 통성 기도가 끊이지 않았다. 묵상에서, 수군거리는 낮은 중얼거림으로, 이윽고는 저마다의 속 깊은 원망과 아우성으로 변하며 한바탕 통성의 눈물 바람이 지나는 것이다.

인생은 어느 정도 늑대 가죽의 냄새를 풍기기 때문에 때때로 환기를 시킬 필요가 있다던가.

은수는 창문을 열었다. 밖은 방 안보다 훨씬 밝았다. 새벽의 창백한 빛이 가시고 불그레 해가 돋고 있었다.

은수는 잠옷을 갈아입고 이부자리를 개어 얹은 후 방을 나왔다.

"어디 나가니?"

은수가 일어난 기척을 낱낱이 살피고 있었음이 분명한 어머니가 안방 문을 열고 내다보며 어제와 똑같이 물었다.

"잠깐 바람 쐬고 올게요."

은수 역시 같은 대답을 하며 대문을 열었다. 갈현동 어머니의 집으로 옮겨 온 후의 한 달 동안 내내 손가락 하나 까딱할 수 없는 무력감에 빠져 있는 은수의 유일한 움직임이란 동네를 한 바퀴 돌아오는 아침 산책뿐이었다.

은수는 천천히 골목을 빠져나왔다. 이곳을 지날 때마다 매번 느끼는 것이지만 골목은 지나치게 길었다. 때문에 얼만큼 지나와서도 얼마쯤 왔는가, 자주 뒤를 돌아보게 되는 것이다. 마치 등산길에서 가파른 산길을 휘이 돌아와 그때까지도 능선을 따라 뱀처럼 길게 남아 있을 발자취를 더듬어보듯.

언덕으로 올라가는 가직한 골목 어귀에 몇 사람의 모습이 어울려 나타났다. 모습보다 먼저 또닥또닥 골목길에 깔린 보도블록 두들기는 소리를 들었다는 것이 정확한 말일 것이다. 장님들이었다. 서너 명의 장님이 또닥또닥 지팡이로 발밑을 두드리며, 가야 할 곳을 알고 있는 자의 망설임 없는 걸음걸이로 걸어오고 있었다. 지팡이 끝의 촉수는 정확하여 보도블록의 금 하나 밟는 법 없이 발걸음을 옮겨놓는 것이었다.

그들에게 이쪽의 모양이 보일 리 없는데도 은수는 길을 틔워주기 위해 담 쪽으로 몸을 붙이고 지나치며 그들의 얼굴을 흘깃 바라보았다. 놀랍게도 곁을 스치는 맹인들의 짙은 안경 속에 숨은 눈이 말갛게 뜨여 있었다. 은수는 흠칠 놀라 쫓기듯 발소리를 죽여 급히 걸었다.

소리 죽인 걸음의 사이사이 또닥또닥 지팡이 소리가 멀어져 갔다.

한 번도 가본 적은 없지만 언덕 위 교회에는 맹인 학교가 부설되어 있기 때문에 맹인 교인이 제법 있다는 얘기를 은수는 어머니에게서 들은 적이 있었다.

여름 들어 해가 일찍 돋는 탓에 산책길에서 새벽 예배를 마치고 나오는 그들을 보는 일은 드물지 않았다. 그러나 어둠이 채 걷히지 않은 희부연 골목에서 처음으로 검은 안경을 쓴 한 무리의 맹인과 느닷없이 부닥쳤을 때의 가슴 서늘한 놀라움을 은수는 아직까지 생생하게 지니고 있었다. 그들은 마치 환각처럼 은수의 의식을 벗기며 갑자기 다가들었던 것이다.

정말 중요한 것은 눈에 보이지 않는 것들입니다. 우리는 보이는 세계 너머의 그것들을 보려고 애쓰지 않으면 안 됩니다.

은수가 다닌 미션계 고등학교의, 다소 광신적인 눈빛과 부흥 목사적인 제스처로 저항감을 느끼게 하던 교목校牧이 예배 시간마다 빼지 않고 하던 말이었다.

영원한 생명을 얻기 위해 갈아야 하는 현세의 밭이 반드시 고통이어야 할까. 까맣게 잊고 있던, 우렁우렁 울리던 교목의 설교는 아침 산책길에서 맹인들을 만날 때마다 되살아나 보이지 않는 것을 수렴하여 살아가는 저들에 대해 다소 풍자적인 생각을 하게 되는 것이다. 우리가 볼 수 있는 것은 진실의 환상일 뿐이 아닐까.

골목을 벗어나면 당근밭이었다. 그런데 지금은 당근을 심을 계절이 아니다. 엉성하게 두른 울타리를 오이 덩굴이 무성히 기어오르고 있었다. 그것들은 밤새 한 뼘씩이나 자라 녹빛은 더욱 짙어지고 뿌리는 보이지 않는 곳에서 엉켜 뻗는다. 당근밭을 지나 복개가 안 된 개천을 끼고 돌면 테니스 코트였다. 거대한 퀀세트로 된 실내 코트여서 안은 들여다보이지 않으나 공이 라켓에 맞는 탄력 있는 소리, 그보다 좀더 둔탁한 백보드 치는 소리를 들을 수 있었다. 은수가 지나다니는 길에 면해 있는 곳은 샤

워장이었고 이맘때면 늘 물소리가 요란했다. 높이 매달린 창문
으로는 물에 젖은 청정한 사내들의 얼굴이 잠깐씩 나타났다 사
리지곤 했다. 때때로 그들은 거리의 부랑자처럼 휘익휘익 휘파
람을 불기도 했다. 은수는 그곳을 지나쳐 개천 위에 걸린 다리
를 건넜다.

고작 개천 하나를 사이에 두었을 뿐인데도 이쪽과 저쪽은 생
활 양상과 계층에서 완연한 차이를 보이고 있었다. 비닐하우스
뒤편으로 난민촌이 형성되어 있는 것이다.

판잣집들 사이로 들어서서 걸어가노라면 새벽잠을 깬 계집
애들이 길에 나앉아 엉덩이를 까고 쐐쐐 밤새 참았던 오줌을 누
는 것을 볼 수 있었다. 어린아이들뿐만이 아니었다. 꽤 나이 찬
처녀들이나 늙은 여자들도 서슴없이 아랫도리를 드러내고 선잠
깬 눈을 게으르게 껌벅이며 배뇨를 즐기는 것이다.

은수는 때때로 걸음을 멈추고 그들이 앉았다 일어난 자리의
파인 자국과 작은 물줄기를 보며, 아하, 현실감이란 이것뿐이구
나 하는 엉뚱한 생각을 해보기도 했다.

귀신처럼 늙고 추레한 노파는 미진한 아침잠에 칭얼거리는
어린아이를 업고 서성였다. 여자들은 마당에 내놓은 연탄 화덕
이나 곤로에 밥을 안치고 푸성귀를 끓였다. 결혼 전까지 근 십
년을 살면서도 은수는 이웃 동네인 이곳까지 와본 적이 없었다.

부연 대기 속에 햇살이 퍼지기 시작하면서 비로소 푸득푸득
깨어나는 판자촌을 한 바퀴 돌아 걸으며 은수는 자신이 집을 떠
나 다녔던 많은 곳을 떠올렸다. 어디나 다 마찬가지라고 생각하

424

면서도 자신이 딛는 한 발짝 한 발짝이 또 어느 낯선 곳으로 데려갈 것인가 두려웠다.

집을 떠날 때는 매번 그랬다. 꼭 닫힌 분합문의 틈서리로 비비대며 안타깝게 아우성치는 바람 소리를 들을 때, 빨래를 하다가 문득 깨끗이 닦인 유리창에 담긴 시리도록 차갑고 새파란 하늘을 가슴속에 한줄기 청량한 바람이 지나가듯 서늘한 느낌으로 오래 바라보다가, 어린 승일이를 어머니에게 맡기고 시장에라도 가는 시늉으로 집을 나설 때 은수 자신 고작 한나절의 외출 이상을 생각해본 적이 없었다. 적어도 세중의 퇴근 시간까지는, 저녁을 지어야 할 시간까지는 돌아오리라. 어느 모진 손길이 아이와 남편, 길들고 깃든 집에서 떼어낼 수 있으랴. 그러나 이상한 일이었다. 무심히 나선 걸음이 집에서 멀어질수록 정체모를 어떤 힘이 마치 한없이 풀리는 연줄처럼, 어딘가 깊은 곳으로 소리 없이 떨어져 내리는 추처럼 등을 밀어내는 것이었다.

아이와 남편, 자잘한 일상사로 이어지는 현실이 뿌리 없이 부랑하는 삶으로 불투명하게 흐려지며, 대신 가슴 밑바닥에 단단히 매몰된 기억의 촉수가 살며시 고개를 들곤 했다. 때문에 걸음마를 배우는 아이들이 자신이 가고 있는 방향도 모르면서 제 걸음에 취해 한 발짝씩 옮겨놓는 것처럼 뭔가 잊어버린 것과 만날 것 같은 기대와 안타까움으로 낯선 거리, 낯선 사람들 사이를 돌아다녔던 것이다.

그러다가 누추한 여관방에서 잠을 깬 밤 문득 자신의 행적에 놀라 부끄러움과 두려움에 사로잡혀 한없이 풀어 올린 연줄을 감듯 떠났던 길을 되짚어 황황히 돌아오곤 했다.

자신은 이곳이 아닌 다른 삶, 다른 곳을 꿈꾸고 있는 것일까.

가슴속에 한 조각의 투명하고 차가운 얼음을 지닌다는 것이, 혹은 반딧불이처럼 가녀리고 은은한 불을 지닌다는 것이 얼마나 어려운 일이었던가.

때 없이 덜미를 잡아 내치는 것, 바람 소리를 이기지 못해 펄럭이며 문밖으로 나서게 했던 것, 그것은 어쩌면 생활 속에 생활이 아닌 다른 공간을 지니고자 하는 안간힘은 아니었던지.

서른넷의 나이, 인생이란 언제든지 다시 시작할 수 있는 그 어떤 것일까. 앞으로 어쩔 것이냐, 이것아. 어머니는 은수가 결혼 전 기거하던 건넌방을 내주며 탄식했다. 승일 에미 여기 와 있네. 어머니는 은수가 갈현동에 온 직후, 서둘러 은수의 소재를 알리고 두어 차례 은행에도 다녀온 눈치였으나 세중에게서는 아직 아무런 연락이 없다.

"자식을 둔 부부가 베인 듯 돌아서서 남 되기는 쉽지 않은 법이다. 시간이 지나면 지 서방도 엔간히 화가 풀릴 테니 그때까지 근신하는 셈치고 꼼짝 말고 집에 있어야 한다. 지 서방 됨됨이가 본디 그리 모질지는 못해. 행여 지 서방 심하다는 생각은 말어. 입장을 바꿔놓고 생각해봐라. 어느 사내가 번번이 튀어나가는 여편네 꼴을 보려고 하겠니."

두어 차례 행보에도 불구하고 세중의 마음을 돌리는 데 실패했음이 틀림없는 어머니는 따끔한 어조로 은수에게 쐐기를 박았다.

은수로서는 세중이 선언한 '잠정적 별거' 상태가 시간에 의해 해결될 어떤 것이 아님을 알고 있었다. 시간의 부산물로 얻어지는 것은 망각과 체념뿐일 것이다. 그런데도 사람들은 시간이 모든 것을 해결해주리라고 쉽게 말한다. 세중도 역시 돈 봉투를 내밀며 그렇게 말했다. 돈 봉투는 그에게 일종의 유예가 아니었을까.

　세중에게서 받은 돈은 아직 손도 대지 않은 채 고스란히 핸드백 속에 들어 있었다. 이런 상태가 오래 계속된다면 아마 그 돈으로 싼 셋방이라도 얻어 나가야 할 것이라고 은수는 막연히 생각했다.

　밤마다 은수는 불도 켜지 않은 깜깜한 방에서 자신의 몸을 태질하듯 뒹굴며 안타깝게 중얼거렸다. 어떡허나. 어떡허나. 어둠 속에서는, 아무리 귀를 막아도 언제나 기운 없이 가늘게 우는 아이의 울음소리가 들려왔다. 눈을 감으면 행여 엄마가 오려니, 잠이 깨면 엄마가 머리맡에 와 있으려니, 하는 헛된 기대로 기다리다 지쳐 모로 쓰러져 잠든 아이의 얼굴이 오히려 뚜렷이 떠올랐다. 지난 시절 자신이 나를 낳고 또 버린 이들이 누구인가, 소리 죽여 원망의 울음을 울었듯 승일이도 그러하리라는 것이 평생을 두고 벗어나지 못할 업화業火인 듯 뜨겁게 가슴을 태워 은수는 밤마다 갈라지고 말라붙은 입술을 옥물며 거듭 다짐했다.

　날이 밝는 대로 돌아가리라. 누군가 대문을 가로막으면 당당히 밀치고 들어가서, 또 누군가 승일이를 품에서 떼어내려 한다면 들쳐 업고 천리만리 뛰어 달아나리라. 아니면 은행으로 세중을 찾아가리라. 그가 그러했듯 당당히 돈 봉두를 그의 앞에 되돌려주며 담판을 지으리라. 이런 식으로 쉽게 해결이 될까요? 이 돈은 필요 없어요. 난 집에 들어가겠어요. 언제까지 이런 상태로 지내자는 건가요. 더 이상 다치는 게 무섭다구요. 당신 마음의 갈피를 잘 살펴보세요. 당신이 내세우는 이유는 한 부분에 불과할지 몰라요. 몇 해를 함께 산 부부란 편안히 몸에 맞게 낡은 헌 옷과 같은 거라더군요. 사람들은 때때로 낡고 헐거워진 헌 옷을 새 옷으로 바꿔 입고 싶어 하지요. 또한 사람들은 화합과 조화를 으뜸의 덕목, 으뜸의 행복이라고 하면서 지극히 예사로운 생활 속에 때때로 혼자 있고자 하는 간절한 갈망을 숨기고 있지요. 당신을 탓하는 건 정말 아니에요. 모든 잘못은 다 내게 있어요. 용서를 빌겠어요. 당신은 모르겠지만 난 정말 차마 겪지 못할 일도 겪었어요. 기억하기조차 끔찍한 일이에요. 그러나 다 잊겠어요. 완전히 잊어버리면 그건 나와 관계없는 단지 추악하고 끔찍한 하나의 사건일 뿐이 아닐까요?

아침 식사를 몇 술 뜨는 둥 마는 둥 은수는 외출 채비를 서둘렀다.

"어딜 나가니?"

어머니가 화장을 하고 있는 은수를 걱정과 나무람이 뒤섞인 표정으로 바라보며 물었다.

"은행에 가려구요. 승일 아빠를 만나야겠어요."

시청 앞에서 버스를 내린 은수는 시청 청사의 시계탑을 보며 손목시계를 열 시에 맞추고 지하도를 지나 남대문 쪽으로 천천히 걸음을 옮겼다. 물론 세중과 사전에 시간 약속을 한 적도 없어 서두를 필요가 없기도 했지만 걸으면서 생각할 시간을 벌자는 속셈이었다. 어차피 세중은 종일 은행에 나와 있을 터였다. 세중을 만나기 위해 나선 걸음이긴 했으나 막상 마주쳐서 무슨 말을 어떤 식으로 풀어가리라는 마련은 없었다. 은행 앞에 이르러 은수는 전번에 세중을 불러내었던 지하 다방으로 내려갈까 잠깐 망설이다가 은행 안으로 들어갔다. 전화를 받을 때의, 세중의 반응이 두려웠던 것이다. 실제로 은수는 그동안 몇 차례인가 세중이 들어와 있을 시간에 집으로 전화를 한 적이 있었다. 그러나 얼마 전까지 자신이 쓰던 방, 텔레비전 옆 탁자에 놓인 너무도 낯익은 전화기에서 뚜루룩, 뚜루룩 울리는 신호음을 아득히 들으며 마치 마음 돌아선 연인에게 전화를 하듯 두려움과 긴장을 이기지 못해 수화기를 놓아버렸던 것이다. 실제로 여보세요, 여보세요, 응답하는 세중의 목소리를 듣다가 끊기도 했다.

오전 중이어서 은행은 그닥 붐비지 않았다. 은수는 세중이 이곳 지점으로 온 이 년 전 이래 한 번도 은행으로 찾아와본 적이 없어 세중의 자리를 짐작할 수 없었다. 은수는 대기용 의자에 앉아 펼쳐 든 주간지로 얼굴을 반쯤 가리고 안을 살폈다. 두려워하는, 주눅 들린 마음이 자신을 더욱 초라하게, 볼품없이 보이게 하리라는 것을 알면서도 은수는 쭈뼛거리고 조그맣게 움츠러드는 자신을 어쩌지 못했다. 은행 안을 몇 차례 훑어본 뒤에야 은수는 세중의 모습을 찾아낼 수 있었다. 한결같이 반팔 와

이셔츠에 넥타이를 단정히 맨 남자들 틈에서 세중을 한눈에 식별해내는 것은 쉬운 일이 아니었다. 때마침 여행원이 자동 판매대에서 뽑아 온 커피를 책상 위에 놓자 일을 하고 있던 세중은 고개도 들지 않고 오, 고마워라고 말했다.

오랜만에 보는 탓만은 아니게 일터에서 보는 세중은 생소했다. '대리 지세중' 책상 위에 놓인, 자개로 새긴 패찰에 걸맞게 성실하고 유능한 일꾼이었으며 친절하고 사무적이었다. 안색은 좀 창백했으나 그것은 마음의 고통이나 질병 때문이 아닌, 햇빛을 볼 기회가 적은 실내 생활자들이 공통적으로 갖는 것이었다. 그에게서 아내를 쫓아낸 사내의 흔적은 발견할 수 없었다. 아내의 곰살맞은 시중을 받고 아이들에게 정답게 손 흔들어주며 출근한 다른 사람들과 조금도 다를 바 없었다. 바쁘게 전화를 받고 짧은 통화 중에도 종종 유쾌한 웃음과 농담을 끼워 넣고, 다시 엎드려 일하며 종내 초라하게 웅크리고 있는 아내를 발견하지 못하는 세중을 한 시간 넘게 지켜보다가 은수는 슬그머니 자리에서 일어났다. 누구에게랄 것도 없이 심한 배반감으로 울음이 치받칠 듯 목이 잠겨왔다.

"재미가 어때? 나야 늘 그렇지 뭐. 요즘 좀 바쁘다네."

전화를 받는 세중의 목소리를 뒤로 들으며 은수는 출입문을 밀고 나왔다. 은행 앞에서 택시를 잡아탔다. 행선지를 묻는 운전사에게 집 방향을 이르고는 의자 등받이에 깊이 몸을 묻었다. 마지막 보루로서, 비장하고 있던 몇 개의 패 중 하나를 어이없이 빼앗긴 기분이었다. 어쨌거나 오늘 중으로 어떤 결정이든 해야 할 것 같았다.

이대로 막연히 지낼 수는 없어. 열어놓은 차창으로 불어드는 바람에 이마 위로 흐트러지는 머리칼을 쓸며 은수는 중얼거렸다.

차가 도심지를 벗어나자 은수는 문득 승일이 지금 유치원에 있으리라는 생각이 떠올라 운전사에게 행선지를 고쳐 말했다.

혜원 교회의 둥근 아치로 장식된 철문을 들어설 때 방금 놀이 시간이 끝난 듯 딸랑딸랑 종소리가 울렸다. 아이들이 교육관 건물 안으로 들어가는 중이었다. 노란 가운을 입은 어린아이들로 꽃밭 같던 교회 마당 놀이터는 삽시간에 텅 비었다. 모래밭에서 고개를 숙이고 흙을 퍼 담으며 혼자 놀고 있는 아이와 미끄럼틀에서 채 내려오지 못한 아이만 남아 있을 뿐이었다. 보모가 나와 미끄럼틀의 아이를 안아 내리고 모래밭의 아이를 일으켜 몸의 흙을 털어주었다. 은수는 이쪽으로 잠깐 돌아선 아이를 보는 순간 눈앞이 아뜩 흔들렸다. 승일이었다.

"승일아."

은수는 허우적거리듯 손을 내밀어 승일이를 불렀으나 그것은 소리가 되어 나오지 않았다. 아이는 엄마를 보지 못한 채 보모에게 손을 잡혀 안으로 들어갔다. 곧 문이 닫히고 피아노 소리, 아이들이 목청껏 부르는 노랫소리가 한바탕 어우러져 들려왔다.

은수는 교육관의 유리창에 바짝 매달려 안을 들여다보았다. 마루방을 가득 채운 오륙십 명이나 되는 아이들이 제자리를 찾아 고물고물 움직이며 노래를 부르고 있었다. 손가락을 빼물고 시무룩이 한구석에 서 있는 아이들도 보였다. 은수는 제 아이를 찾아내려는 필사적 노력으로 눈을 크게 뜨고 살폈으나 승일이는 어느 틈에 묻혔는지 보이지 않았다.

"누굴 찾아오셨나요?"

일자 건물인 교육관의 끄트머리 방에서 젊은 여자가 비죽 고개를 내밀며 묻는 말에 은수는 창에서 물러났다.

"아, 아닙니다. 제 아이가 있어서요."

은수는 민망스럽게 웃으며 벤치에 앉았다. 교회 담을 따라 키큰 포플러가 심어져 있었지만 놀이터는 그늘 한 점 없이 햇빛이 하얗게 내리쬐고 있었다. 바람이 지날 때마다 포플러 가지는 쏴아쏴아 흔들리고 윤기 나는 녹빛 이파리들을 뒤집으며 반짝거렸다.

바람이 불어. 왜 바람이 불지? 바람은 그리워하는 마음들이 서로 부르며 손짓하는 것이란다. 승일이를 마지막으로 보았던 날의 말들이 떠올라 은수는 눈물이 가득 고인 눈으로, 바람이 어우러져 잦아들고 다시금 지나가는 나무 끝을 올려다보았다.

끝나는 종이 울리고 아이들이 몰려나와 대기하고 있는 선교원 버스에 올라타기 시작했다. 셈을 하듯 한 아이 한 아이를 더듬던 은수는 거의 맨 마지막에 나오는 승일이를 발견하고 다가가 말없이 아이의 손을 잡았다.

손을 잡힌 채 두어 걸음 걷다가 무심히 올려다본 승일이의 눈이 단박 커다래졌다. 곧 낯가림을 하듯 비켜서며 입을 비죽거렸다. 금세 울음이라도 터질 듯한 얼굴이었다.

"승일아."

은수는 아이와 눈이 마주치는 순간 목이 꽉 잠겨 속삭이듯 나직이 불렀다.

"엄마야, 엄마가 왔단다."

아이의 손이 은수의 손을 놓고 치맛자락을 거머쥐었다. 조금만 당기면 그대로 찢겨버릴 듯 아이답지 않게 거세고 날카로운 악력이었다. 그러면서도 승일이는 눈도 깜박이지 않고 빤히 바라보기만 할 뿐 엄마를 부르지 않았다.

눈앞에 문득 나타난 엄마의 실체를 믿을 수 없는 것이리라.

두 대의 버스에 나눠 탄 아이들이 창밖으로 고개를 내밀고 손을 흔들며 노래를 불렀다. 선생님 안녕히 계세요. 친구야 안녕, 내일 또 만나자.

승일이가 조금 불안하고 망설이는 표정으로 버스와, 엄마와, 아이들을 향해 손 흔드는 보모를 번갈아 바라보았다.

"다 탔습니까?"

운전사가 창밖으로 고개를 빼어 보모에게 물으며 시동을 걸었다. 버스 주위에 남아 있는 것은 승일이와 은수와 세 명의 보모뿐이었다. 그녀들 중 한 사람이 은수에게 다가왔다.

"승일이 데리러 오셨나요? 승일이 어머니 되세요?"

몸에 밴 친절하고 상냥한 웃음 뒤편에서 은수는 늦추지 않는 경계심과 탐색하는 기미를 느낄 수 있었다. 어린아이들을 맡아 돌보자면 낯선 손을 가려내는 감각의 훈련도 필수적이리라. 입학식과 첫 달 자모회에 잠깐 얼굴을 내밀었을 뿐인 은수를 그녀가 기억하지 못하는 것은 당연했다.

"승일이 엄마예요. 외출했던 길에 이 앞을 지나게 되어서……"

"아, 그러세요."

보모는 운전사를 향해 고개를 끄덕여 보이고 버스 문을 닫았다. 버스는 움직이기 시작하고 아이들은 밖에 서 있는 보모들을 향해 일제히 소리쳤다. 선생님 안녕.

"승일이가 아주 착해요. 제일 어린 축인데도 얼마나 차분한지 모르겠어요. 지난달에 가정방문을 갔다가 할머니만 뵀지요. 어머니는 시골에 며칠 다니러 가셨다고 하시더라구요."

보모가 승일이의 머리를 쓰다듬으며 말했다.

"아, 네, 그랬었지요."

은수가 애매하게 웃어 보였다. 승일이는 시종 은수의 치맛자락을 단단히 거머쥔 채 고개를 숙이고 제 그림자를 발로 뭉개고 있었다.

"그럼, 안녕히 가세요."

보모가 목례를 해 보이고 교육관 건물로 들어가자 은수는 승일이의 손을 잡고 유치원을 나왔다.

"업어줄까?"

아이는 유치원을 돌아보며 도리질을 했다.

"괜찮아, 엄마가 업어주고 싶어서 그래. 애기라고 흉볼 사람은 없어."

서너 발짝마다 은수는 승일에게 등을 돌려 대었다. 거침 없이 비집고 나오는 눈물을 아이에게 보이고 싶지 않았던 것이다.

유치원을 훨씬 벗어나 교회의 십자가만이 주택가의 지붕들 사이로 삐쭉 솟아 보일 때야 승일이는 은수의 등에 업혔다.

"엄마 어디 갔었어?"

목을 바짝 끌어안고 등에 얼굴을 묻으며 승일이가 비로소 함빡 투정이 담긴 어조로 물었다.

"엄마 이제 진짜 온 거지? 할머니가 엄마 멀리 갔다고 그랬어. 갈현동 할머니네 집보다 훨씬 더 먼 데로 갔대."

귓전에서 울리는 아이의 낭랑한 목소리와 비릿하고 따스한 입김을 느끼며 은수는 허방을 짚듯 허청거리는 걸음을 간신히 가누었다. 결코 등에 업힌 아이의 무게가 힘에 겨운 탓은 아니었다. 아이는 연신 엄마를 부르며 종종 정말 엄마인가 아닌가 미덥지 않다는 듯 은수의 고개를 돌려 자기를 쳐다보게 했다.

"엄마 없어도 울지 않았니? 감기 안 들리고?"

"아니. 아침마다 아빠랑 역기를 들거든. 그래서 몸이 아주 튼튼해졌어."

"역기?"

"아빠가 사 왔어. 아빠 꺼는 아주 크고 무겁지만 내 껀 아주 작아. 또 복슬이도 있어. 예쁜 강아지야. 집이 없어서 상자에다 넣어 마루에서 재우는데 밤에는 자꾸 울어. 아직 애기 강아지라 그렇대. 그러면 할머니가 막 야단을 쳐. 내가 몰래 일어나 내 이불 속에 넣어주면 가만히 있어. 할머니는 강아지가 내 이불 속에 들어오고 싶어서 우는 걸 모르나 봐."

찻길까지 나와서도 은수는 무턱대고 걸었다. 어디로 가야 할지 몰랐다. 의당 승일이를 집에 데려다주어야 할 것이었다. 하지만 시어머니와 면대할 일이 두려웠다. 언젠가 집에 갔을 때 대문간에서 내밀던 시어머니의 살얼음 낀 차가운 얼굴이 떠올랐다.

시어머니는 그때 평생을 오로지 가정과 아이들을 위해 살아왔다는 자부심과 우월감을 숨기지 않고 멸시하는 눈길로 은수의 행색을 살피며 냉랭하게 말했다. 무슨 낯을 들고 왔니? 벼룩도 낯이 있지. 아범 얘기 듣기 전엔 집엘 들일 수가 없구나. 섭섭하게 생각할 것 없다. 그러나 무엇보다도 승일이를 돌려보내야 한다는 사실에 은수는 두려움을 느끼고 있었다.

더운 날씨였다. 승일이를 업은 등에 축축이 땀이 차기 시작했다. 아이가 등에서 내리겠다고 말했다. 아이가 내린 등이 갑자기 허전하고 서늘해졌다.

"엄마, 어디 가는 거지?"

늘 버스로 다니던 방향과 반대쪽에 서 있는 것이 이상한 듯 승일이가 은수를 올려다보며 물었다.

"배고프지? 맛있는 거 사줄까?"

승일이가 고개를 흔들었다.

"유치원에서 간식 먹었어."

"그랬구나. 그럼 엄마랑 놀러 갈까?"

"엄마, 정말 이젠 아무 데도 안 가는 거지?"

아이가 손을 쥐고 바짝 다가서며 새삼 다짐을 주었다.

"엄마 여기 있잖니."

은수가 한 번 세게 끌어안았다가 놓자 승일이는 안심한 듯 웃으며 치마폭에 얼굴을 묻었다.

은수는 빈 택시를 세웠다. 우선 시내로 나가 수표를 현금으로 바꾼 뒤 그다음 일을 생각할 작정이었다.

봉투 속에 든, 넉 장의 오십만 원짜리 수표들 중 한 장을 현금으로 바꾼 뒤 은수는 부근 중국집으로 승일이를 데리고 들어갔다. 무엇이 먹고 싶으냐고 사뭇 다그치듯 묻는 은수에게 승일이가 짜장면을 먹겠다고 대답했던 것이다.

"짜장면만 먹을래? 다른 것 또 먹고 싶은 거 없어?"

무엇이든 자꾸만 먹이고 싶어 하는 엄마의 조바심과 안타까움의 까닭을 알 리 없는 아이는 거듭되는 물음에 짜증스럽게 고개를 흔들었다. 은수는 승일이의 입가를 닦아주며 먹는 모양을 물끄러미 바라보았다.

"할머니한테 전화했어? 할머니가 기다릴 거야. 매일 버스 내리는 데까지 나와 있는걸."

"괜찮아. 엄마랑 같이 있으니까 걱정 안 하셔."

창으로 들어온 햇살이 얼굴에 닿자 승일이는 잠깐 부신 듯 눈을 껌벅거렸다. 뺨의 솜털이 금빛으로 보르르 일어났다. 은수는 커튼을 가려주려다가 그대로 아이를 바라보았다. 감은 지 며칠이나 되었는지 윤기 없이 부옇게 이마와 귀를 덮은 머리칼, 몽롱하고 크게 뜨인 눈, 반바지 아래 드러난 흠집투성이의 작은 무릎. 아이를 안고 팔 안에서 잠재워, 자는 모습을 언제까지든 지켜보고 싶다는 밤마다의 갈망이 뜨겁게 가슴을 메웠다. 어느 정념이 이보다 더 간절할 수가 있을까. 품에서 질대로 놓을 수 없다는, 누구의 눈에서도 감추고 싶다는, 그것만이 오직 유일한 소망인 듯 은수는 절박해졌다. 승일이를 낳았을 때 은수는 그 작은 생명체가 자신에게 있어 완전한 닻이 되리라 믿고 바라지 않았던가. 그러나 이제 맞은편에 앉아 무심히 국수 올을 말아 올리고 있는 작은 사내아이가 자신에게 있어 이미 잃어버린 모든 것, 다시는 허락되지 않을 그 모든 것이리라는 절박감으로 은수는 괴롭게 이마를 찡그리며 탁자 밑에 숨긴 손을 맞잡아 세게 비틀었다.

그것은 필시, 돌아오지 않는 승일이를 찾아 좌불안석, 초조하게 서성일 시어머니의 모습, 핸드백 속에 든 천 원권 다발들의 무게로 더욱 부채질된 감정인지도 몰랐다.

은수는 승일이 다 먹기를 기다려 곧장 서울역으로 향했다.

"기차를 탈까. 승일이는 기차를 타본 적이 없지?"

그림책에서만 기차를 보았을 뿐인 아이는 좋아라고 깡총거렸다.

때 없이 떠나고 닿는 사람들로 붐비는 대합실에서, 밤까지 되돌아올 수 있는 시간과 거리를 계산하며 각 선線의 시발역에서 종착역까지의 정거장과 발차 시간을 읽어가던 은수의 눈이 낯익은 역에 멎었다. M시. 은수가 자란 항구 도시였다. 그러나 은수는 그곳을 떠난 이후 이십 년이 넘도록 가본 적이 없다. 그렇게 많은 곳을 떠돌면서도 기차로 고작 한 시간 반 정도 거리인 그곳에 발길을 돌리지 못했던 것은 자신의 의식 속에 깊이 숨긴 그 어떤 두려움이 있었기 때문일까. 단순히 떠나왔던 장소를 되찾을 때의 슬픔 때문이었을까.

삼십 분을 기다려 표를 끊고 기차에 올라타자 기차는 곧 출발했다.

"기차가 거꾸로 가네."

승일이는 좌석 위로 올라서며 환성을 질렀다. 아이의 발에서 신발을 벗기며 은수는 마치 필름을 거꾸로 돌리듯 먼 과거로 향해 떠나는 기분이었다.

인수동, 선창으로 넘어가는 고갯마루턱 낡은 왜식 목조 가옥들이 늘어선 거리는 이제껏 은수의 의식 속에, 유년기를 뜻하는 추상명사로서 존재하고 있었다.

항구의 끝에서는 늘 칼날처럼 차고 매운 바람이 불어왔다. 선창 부근 동네 아이들은 아침마다 까마득한 돌계단을 올라가는 공원을 지나 학교로 갔다. 수백 개는 됨 직한 돌계단을 세며 서너 번쯤 다리를 쉬고 짬짬이 뒤를 돌아보면 그제야, 새벽잠 깊은 게으른 창부처럼 깨어나는, 포격에 무너지고 부서진 시가지와 색색의 깃발을 달고 부두에 정박해 있는 외국 선박들이 눈에 들어왔다.

밤이 되면 일제히 휘황하게 불 밝히는 그 배들과 이국인들로 부두는 언제나 축제처럼 은성하였다.

비 오는 날이면 아이들은 지름길인 공원길을 피해 번잡한 시장 통을 지나 학교로 갔다. 공원 군데군데 서 있는 철탑을 질러 걸린 고압의 송전선이 비바람이 칠 때면 무서운 소리로 웅웅 울어댔기 때문이었다. 머리채를 잡아끌듯 소름 끼치는 그 소리를 아이들은 귀신이 우는 소리리고 말했다.

그러나 이 모든 것은 그녀의 생애 중 홀로 고립된 한 공간으로 어둡게 채색되어 있을 뿐이었다.

낯선 거리를 걸을 때 옛날의 흔적을 연상시키는 것은 아무것도 없었다. 서울 가까운 주변 도시가 대개 그러하듯 무섭게 비대하고 삭막한 거리에서 아이들은 예전이나 다름없이 학교 수업을 마치고 집으로 돌아가고 있었다.

택시를 타고 도무지 짐작할 수 없는 방향을 달려 인수동이라고 내린 곳을 은수는 찬찬히 살펴보았다. 그녀의 기억 속에 단단히 자리 잡은 왜식 이층집들이 늘어선 작고 누추한 동네는 없었다. 선창으로 넘어가는 고갯길 아래 넓게 포장된 길을 사이에 두고 약국, 당구장, 슈퍼마켓, 파출소가 있을 뿐이었다. 그러나 은수는 마치 장님이 길잡이를 세우듯, 어쩌면 어린 날의 자신의 손을 잡고 걷듯 몽롱한 비현실감에 빠져들며 기억 속의 집을 찾아 승일이의 손을 꼭 잡고 완전히 낯설어진 길목들을 기웃거렸다.

'최 치과 의원'의 흰 페인트 칠한 나무판에 검은 글씨로 쓰인 입간판. 작은 목조 이층집의 아래층은 아버지가 병원으로 쓰고 있었고 이 층이 살림채였다. 이 층 다다미방에 엎드려 숙제를 하노라면 아래층 병원에서는 간간 금속의 기구들이 달그락대는 소리, 은수에게는 어렵기만 했던, 말수 적은 아버지의 헛기침 소리가 들려오곤 했었다.

"여기가 어디야?"

조금도 신기할 것 없는 거리를 걷는 일에 피곤하고 지루해진 승일이는 은수를 올려다보며 자주 물었다.

"엄마가 승일이만큼 어렸을 때 살았던 곳이란다."

"엄마가 다섯 살일 때도 있었어?"

이 층으로 올라가는 가파른 나무 계단의 중턱에서 무서워, 무서워 소리치며 내려오지 못하고 울던 것은 몇 살 때였을까.

공원으로 오르는 계단은 엄청나게 작아진 모양으로 여전히 있었고 그것을 근거로 추리해본, 최 치과 병원의 위치로 짐작되는 자리에는 세탁소가 있었다.

웃도리를 벗은, 러닝셔츠 차림의 청년이 김을 올리며 다림질을 하고 있는 세탁소 바깥에는 몇 벌의 가죽점퍼가 벤젠 냄새를 풍기며 내걸려 있었다. 은수는 열린 문으로 세탁소 안을 기웃이 들여다보았다. 순간적으로, 그 휘발성 강한 기름 냄새가 언제나 아래층 병원을 채우고 있던 크레졸 냄새인 듯한 착각을 일으켰다. 그러나 은수는 곧 고개를 저었다. 이제 최 치과 의원의 낡은 건물은 이 지상의 어느 곳에도 존재하지 않는 것이다. 자신이 이미 그 시절의 조그마한 계집애가 아니듯 그것은 자명한 사실이었다. 영원히 소멸해버린, 지나간 시간을 되짚어 무언가 조그마한 흔적이나마 찾으려는 것은 부질없는 안간힘일까.

은수는 천천히 세탁소 앞을 떠났다. 예전 아침저녁으로 수없이 오르내리던 돌계단을 밟고 공원으로 올라갔다. 이 시의 단 하나뿐인 공원은 또한 이 시의 가장 높은 언덕이기도 했다.

초여름 오후의 햇발은 길고 뜨거웠다. 드문드문 벤치가 놓인 공원 꼭대기의 빈터에 깔린 흰 모래들이 강한 햇살에 사금파리인 듯 반짝이며 뛰어 오르고 있다.

하얗게 바래져 튀어 오르는 흰 모래를 무연히 바라보는 사이 은수는 이미 전혀 낯설지 않은 분위기, 익숙한 장소에 와 있는 듯 기이한 느낌에 빠져들었다. 꿈속에서는 늘 가는, 그러나 꿈을 깨고 나면 기억나지 않는, 희미하고 익숙한 곳에 와 있는 기분이었다.

쨍쨍하고 뜨거운 햇볕 아래의 한기와도 같은 공포, 때 없이 빠져드는 이런 분위기의 정체는 무엇일까. 바다 밑바닥에 깊숙이 가라앉았다가 오랜 세월이 지난 후 잠수부들의 손길에 의해 천천히 녹슬고 무너진 몸체를 드러내는 침몰선의 이물처럼, 망각의 단단한 껍데기를 깨고 희미하게 떠오르는 것은 무엇일까.

그러나 그것은 잡으려는 안간힘으로 손을 내밀면 손가락 사이에서 형체 없이 빠져나가 몸을 숨겨버리고 마는 것이었다. 기억은 볕바른 마당과 두 짝의 검정 고무신에서 더 나아가지 않았다. 마당 안에는 누군가가 있었을 것이다. 나는 어디에 있었을까.

"엄마, 바다는 굉장히 커. 바다는 끝이 없나 봐. 땅이 둥둥 떠 있는 것 같애."

승일이가 은수의 팔을 당겨 발아래 빤히 보이는 바다를 가리켰다. 아이는 바다를, 바다에 떠 있는 섬을 처음 보는 것이다.

"세상은 물과 땅으로 이루어져 있단다. 배를 타고 멀리멀리 가면 또 다른 땅에 닿게 되지."

햇살은 밝았지만 바다는 탁하고 검푸른 빛으로 가라앉아 있었다.

사촌의 입을 통해 자신이 어머니가 낳은 아이가 아니라는 것을 알게 되었던 날 은수는 선창가 방죽에 앉아, 정박해 있는 배들을 보며 어디로든 달아나야겠다고 생각했었다. 단지 이곳이 아니라면 그 어디라도 좋았다. 지구는 둥글어 한없이 가노라면 결국 떠났던 자리에 되돌아오게 마련이라는 것을 모르던 시절이었다.

지나간 시절은 기억 속에서 환상의 섬처럼 가뭇없이 아득하였다.

사이다 병에 빨대를 꽂아 빨며 바다를 바라보던 승일이가 몽롱하게 풀린, 졸음기 가득한 눈으로 은수에게 기대앉았다.

풀숲에서는 때 이르게 나온 풀벌레가 저물기를 재촉하며 성급히 찌륵찌륵 울었다.

다시 서울로 올라가야 한다고 생각하면서도 은수는 밤이 될 때까지 M시에 머물러 있었다. 돌아오지 않는 승일이를 찾아 안절부절못하고 있을 시어머니나 세중의 얼굴이 언뜻언뜻 머릿속을 스쳐갔으나 이건 유괴가 아니야, 내 아이를 내가 데리고 있을 뿐이야, 은수는 간단히 고개를 저었다. 시어머니는 즉시 유치원에 연락을 했을 테고 친절한 보모는 승일이가 엄마와 함께 갔다고 분명한 전갈을 할 것이었다.

며칠을 두고 거리를 샅샅이 뒤진들 아는 사람 하나 만날 수도 없을 것이고 그런 기대야 애초부터 없었다. 자신의 배회가 허공을 휘저어 흐르는 바람을 잡으려는 것, 바다 밑에 떨어뜨린 바늘 한 개를 찾으려는 것과 같이 헛된 도로徒勞임을 알면서도 은수는 쉬이 그곳을 떠날 수 없었다. 머릿속에 안개처럼 스미기 시작하는 한 가닥 예감 때문이었다.

그 예감이란 기실 이 도시에서 느껴지는, 기억 속에 남아 있는 풍경과는 조그마한 맥락도 닿지 않게, 완전히 생소하게 변모한 거리에서 희미하고 은밀하게 느껴지는 낯익음에 다름 아니었다. 그것은 어쩌면 자칫 방심하는 사이 한숨처럼 사라져버릴 듯 아주 미약하고 엷은 그림자와 같은 것이었다. 그러나 또한 예감이나 추측 따위란 대부분 자신의 환상이 만들어낸 것으로 보기 좋게 배반당하는 경우가 종종 있어왔지 않는가.

어두워지자 아이는 돌아가자고 칭얼거렸다. 동물원도, 재미있는 놀이 시설도 없는 거리를 자신을 업고, 걸리며, 헤매이는, 오랜만에 만난 엄마에 대해, 더욱이 어두워지는 낯선 거리라는 점까지 덧붙여 막연한 불안을 느낀 탓일 게다.

은수는 스쳐가는 사람들을 하나하나 붙잡고 묻고 싶었다. 한 번쯤 어디선가 본 듯 낯익은, 그러나 초면임이 분명한 사람들을 붙잡아 세워 가면처럼 천연덕스럽고 예사로운 얼굴을 벗기고 진정으로 묻고 싶었다. 선창 동네에 살던 아이를 기억하세요? 한 작은 여자아이를 기억하세요? 여름, 아니면 가을의, 햇살이 무섭게 쨍쨍하던 어느 날을 기억하세요? 전쟁 때였다니까 삼십 년 전쯤일 거예요. 콜타르 칠한 판자울로 둘린 마당 안쪽에서 있었던 일을 혹시 아세요? 무슨 일이 있었지요? 그 집은 어디쯤일까요? 간단없이 내 등을 밀고 덜미를 쥐어 휘두르는 것은 무엇인가요? 어떤 무서운 그리움이 있어 나를 바람처럼 펄럭이며 떠돌게 하는가요? 나는 아주 비싼 대가를 치렀어요. 모든 것을 다 잃고, 이제 껍데기만 남았어요. 내게 보이는 건 유폐와도 같은 어둡고 막막한 희망 없는 미래뿐이에요. 잃어버린 것, 되찾을 수 없는 것에 대한 원한과 안타까움으로 추하고 심술궂게 늙어갈 여자의 모습만이 보여요. 나를 어느 곳에도 붙들어 매지 못하게 하는 것, 심술궂게 떼어내는 것은 도대체 무엇인가요. 어느 보이지 않는 눈이 나를 지켜보고, 어느 보이지 않는 혼이 나를 떠돌게 하나요. 머리칼 날리고 귓가에서 웅웅대며 끊임없이 부는 바람은 살아온 흔적까지 몰아가 무無로 만들어버려요. 나는 이제 그림자조차 거느리지 못하는 허깨비 같아요. 뒤를 돌아보아도 살아온 흔적은 아무것도 보이지 않아요. 바람의 동심원同心圓에 갇혀 뿌리 없이 떠돌 뿐이에요. 바람의 눈[眼]은 어디에 단단히 숨어 있는 걸까요.

M시의 선창 부근 여관에서 하룻밤을 묵은 은수는 다음 날 오후 늦게 서울로 돌아왔다. 아직도 어제의 그 자리에 머물고 있는 듯 여전히 사람들로 붐비고 혼잡스러운 역 광장을 빠져나오며 은수는 만 하루 동안의 나들이에 한껏 지쳐 있는 승일이를 집으로 돌려보내야 할지 어쩔지를 잠깐 망설였으나 이내 망설임을 떨쳐버리고 갈현동으로 향했다.

어젯밤 낯선 방에서 잠든 아이는 한밤중 서너 차례나 깨어 지켜보는 엄마를 확인하고 안심한 듯 다시금 잠이 들곤 했었다. 먼지와 땀에 젖은 아이를 씻기고 머리를 깎아주고 새 옷이라도 한 벌 사 입힐 심산이었다.

"여긴 갈현동 할머니네 가는 길이잖아?"

어둠이 짙어지는 차창 밖을 내다보며 승일이 의아한 듯 고개를 갸우뚱했다.

한 달에 한 차례씩 다니러 오기도 힘들었던, 외가로 가는 길을 아이는 용케 기억하고 있었다.

"그래, 갈현동 할머니가 승일이를 보고 싶어 하시니까 가서 뵈어야지?"

잇달아 물어올, 왜 집으로 가지 않느냐는 물음을 성급히 막으며 은수는 낡은 캐비닛 하나와 잡동사니들을 넣어둔 커다란 궤짝이 서너 개 포개 얹혀 있을 뿐인 자신의 방에 대해 승일이 본능적으로 감지할 비정상적인 상황에 두려움을 느꼈다. 기거하는 사람의 생활이나 온기가 전혀 배지 않은, 누구의 눈에도 빈방의 스산함, 썰렁함 따위가 보일 것이었다. 어린 눈에, 엄마의 불안정한 상태가 어떻게 비쳐지고 어떤 형태로 받아들여질 것인가.

집 앞에서 차를 세우자 차 소리에 어머니가 황황히 내달아 나왔다. 저녁상을 보고 있었던 듯 행주를 든 채였다.

"이 미친 것아. 어딜 가면 간다고 말을 해야지, 온 집안을 이 지경으로 난가를 만드니? 지 서방 와 있다. 어서 들어가."

세중이 갈현동에 와 있다는 것은 뜻밖이었다. 은수의 걸음이 저도 모르게 대문 앞에서 우뚝 멈추어 섰다. 어머니는 은수의 치마를 잡고 서서 말끄러미 바라보는 승일이를 번쩍 치켜들어 끌어안고 앞서 들어가며 큰 소리로 말했다.

"이보게, 승일 에미 왔네. 내가 뭐라던가. 곧 애를 데리고 돌아올 거라고 하지 않았던가."

어머니의 느닷없이 커다란 목소리와 너스레에는 은수가 집을 비운 동안의 가슴 졸임, 세중에 대한 면구스러움, 원망 따위가 생생하게 묻어 있었다.

꽤 어두워졌는데도 불도 켜지 않고 마루에 앉아 있던 세중이 몸을 일으켰다. 엷은 어둠으로 표정이 잘 보이지 않았지만 은수는 세중을 보는 순간 긴장으로 온몸이 팽팽히 당겨왔다.

"피곤할 텐데 저녁 차릴 동안 들어가 누워 쉬랬더니 그냥 이러고 있었나? 불이라도 좀 켜지 않고……"

세중과 은수의 기색을 살피며 어머니는 비로소 할 일을 찾은 듯 부랴부랴 전등 스위치를 올렸다. 세중의, 멸시하는 듯, 비웃는 듯 차가운 눈초리가 은수를 쏘아보았다.

"무슨 짓이야, 이게. 도대체 애를 빼돌려 어쩌자는 거지? 정말 이런 식으로 나와야 되겠어?"

"빼돌리다니요. 어떻게 그런 말을 할 수 있어요?"

은수는 어깨를 펴고 당당히 세중을 마주 쏘아보며 대답했다. 그것은 승일이가 어디 당신만의 아이인가, 하는 반발과 오기만은 아닌, 어제 아침 은행에서 세중을 보면서부터 잔뜩 초라하게 주눅 든 자신에 대한 절망적인 자조이기도 했다.

"이건 더럽고 비열한 짓이야. 아이의 팔을 양쪽에서 하나씩 잡아끌며 줄다리기를 하자는 건가?"

"승일이는 당신의 아이만도, 내 아이만도 아니에요. 승일이는 자기 자신일 뿐이지요."

부모 사이의 심상치 않은 기미에, 두려운 빛으로 손을 놓지 않는 아이를 떼어 마루에 남겨놓고 은수는 안방으로 들어갔다. 철제 캐비닛과 궤짝 들로 썰렁하고 스산한 자신의 거처를 아이에게도 남편에게도 보이기 싫었던 것이다. 그것은 바로 집을 나온 이후의 생활, 황폐하고 삭막한 자신의 내면을 드러내는 것 같았기 때문이었다.

부엌에서는 저녁 준비로 부산히 움직이는 어머니의 기척이 들리고 찌개 끓이는 냄새가 풍겨왔다. 어머니는 저녁 준비를 하는 사이사이 마루를 내다보며 세중에게 말했다. 왜 그렇게 서 있나. 집 안 무너지네. 승일아, 아빠랑 방에 들어가거라. 오랜만에 가족들이 모이니 정말 사람 사는 집 같구먼. 그래 옛말 그른 거 없어. 사람이 한평생 살다 보면 굽이굽이 험한 고비를 수없이 넘긴다고 하잖던가. 지난 일은 다 흐르는 물에 씻어버리게나.

세중으로는 필시 아이의 행방을 찾아 씨근벌떡 달려온 것임을, 그 가슴속에 도사린 날이 퍼런 증오를 모를 리 없겠건만 어머니는 짐짓 마치 신행 온 딸 내외를 맞이하듯 전에 없이 들뜨고 부산한 태도로 다변이었다. 그러나 세중은 마루에 선 채 끝내 묵묵부답이었다.

상을 차려 들고 마루에 나오며 어머니가 안방을 향해, 에미야 뭘 하니, 상 좀 맞들자,라고 소리칠 때 세중은 그예 마당으로 내려섰다.

"아니, 여보게. 왜 그러나. 저녁상 들여가는 게 안 보이나? 사부인께는 내가 전화할 테니, 저녁 먹고 천천히 돌아가게."

사색이 된 어머니는 차마 소매를 잡지는 못하고 같은 말을 거듭하며 만류했으나 세중은 갈랍니다, 무뚝뚝한 한마디로 잘랐다.

"승일아, 신발 신어라."

승일이 울 듯한 얼굴로 방문턱을 짚고 선 엄마를 돌아보며 쭈뼛쭈뼛 마당으로 내려섰다. 세중의 차가운 기세에 눌려 아이는 자동인형처럼 움직이고 있었다.

"자네 참 모진 사람일세. 무서운 사람일세. 늙은이 낯을 봐서라도 그러는 게 아닐세."

어머니의 말은 사뭇 넋두리였다.

세중은 말없이 허리를 굽혀 뒤축이 꺾인 운동화를 펴 승일이의 발에 신겼다. 은수는 눈앞의 이러한 광경을 못 박힌 듯 꼼짝 않고 바라보았다. 눈알이 발갛게 달아올랐으나 자칫 깜박이는 사이 이 모든 것이 신기루처럼 사라져버릴 듯한 느낌에 있는 힘을 다해 눈을 크게 부릅떴다. 어떤 미미한 스침에도 재처럼 무너져 내릴 것만 같았다.

세중의 후줄근하게 늘어뜨린 뒷모습과 아이의 작은 몸이 대문을 빠져나갔다.

그리고 잠시 후 엄마아, 목멘 가냘픈 부름과 한껏 소리 죽인 흐느낌이 멀어져갔다.

"국이 다 식겠구나."

세중과 승일이 나가고 난 꽤 오랜 후까지 마루턱에 걸터앉아 어둠 속에 더 짙은 어둠으로 휑하니 열린 대문을 망연히 바라보던 어머니가 문득 생각난 듯 중얼거렸다.

마루 가운데에는 네 벌의 수저가 놓인 밥상이 덩그러니 놓여 있었다. 피어오르던 더운 김은 사라진 지 오래여서 서둘러 만든 음식은 거의 불결하게 변색되어 보였다. 불빛을 찾아 들어온 나방 한 마리가 형광등 주위에서 펄럭이며 맴돌았으나 어머니나 은수 중 누구도 문을 닫거나 나방을 쫓아내야 한다는 생각을 하지 않았다.

"국 데워 올게요."

은수가 차게 식은 국그릇을 들자 어머니는 은수 쪽을 바라보지 않고 덧붙여 일렀다.

"부엌에 술 담아놓은 주전자 있으니 그것도 가져오너라."

조그만 주전자에는 호박빛 도는 맑은 술이 가득 담겨 있었다. 필시 오랜만에 찾아온 세중을 대접하기 위한 것이리라.

달리 찾아오는 손도, 특별히 손님을 치를 일도 거의 없다시피 했지만 해마다 과일 술을 담가 뒤뜰 구석진 곳에 묻는 어머니의 버릇을 은수는 알고 있었다. 어쩌다가 찾아오는 사위를 맞아 맑게 거른 술을 내놓으며, 술의 맛과 향기의 칭찬에 어머니는 무척이나 자랑스러워했었다.

"저녁 드세요, 어머니."

은수가 밥상머리에 앉자 어머니는 먼저 은수의 잔에 술을 따랐다.

"작년에 담근 것이니 맛이 들었을 게다."

어머니는 자신의 잔을 가득 채워 단숨에 마셨다. 세중이 처음 집에 오던 날도 그랬었다. 벌써 여섯 해 전이던가, 여섯 해의 세

450

월은 등 뒤로 자취 없이 비껴가고 훨씬 늙어버린 그네들만이 여전히 그 자리에 고스란히 남겨져 있었다.

"너도 마셔봐라. 잠 못 자는 사람들이 수면제를 찾듯이 술이 꼭 필요한 때도 있는 거란다. 대문 걸었니? 올 사람도 없느니라."

메마른 입에 향기로운 술은 뜨겁고 쓰게 느껴졌다. 한잔의 술은 지치고 피폐해진 심신에 위안처럼 따뜻한 취기로 피어났다.

몇 잔의 술을 거푸 마신 어머니는 어느새 눈자위가 불그레 젖어들었다. 둘 다 숟가락에는 손도 대지 않은 채였다.

"웬 술을 그렇게 하세요? 술은 그만 드시고 식사를 하세요."

"아니 괜찮다. 미쳐 돌아다니는 딸년을 앞에 놓고 밥을 먹으라는 거냐? 그래 어딜 갔었니? 앞으론 어쩔 작정이냐?"

어머니가 얼굴을 찡그리며 쓰게 웃었다. 은수는 그러한 어머니를 똑바로 바라보았다.

"아직 잘 모르겠어요. 허지만 이제껏 살아온 것처럼 살 수는 없을 것 같아요. 그보다도 이제는 알아야겠어요. 얘기해주세요. M시에 갔었더랬어요. 물론 이십 년이 넘었으니 엄청나게 변해서 기억할 수 있는 건 아무것도 없었어요. 허지만 무언가 있었어요. 아주 흐린 그림자 같은 것이지만 내 발목을 놓지 않아요. 그게 무엇인가요? 내가 누군가요? 어디서부터 왔나요? 아무리 혼자 찾아보려 해도 안 돼요."

"그래 그렇게 이제까지 널 괴롭히더냐. 업보로구나. 전생의 업보야."

어머니가 술잔을 놓고, 붉게 젖은 눈으로 아득히 은수를 바라보았다.

조그만 단발머리 계집아이들이 마당에 앉아 머리를 맞대고 열심히 땅바닥을 들여다보고 있었다. 개미를 잡고 있는 것이다. 왕개미를 잡아 밑구멍를 핥으면 달고 시큼한 맛이 났다. 볶은 콩 한 줌으로 점심을 때운 배에서 자꾸 꼬르륵 소리가 났다.

지금은 전쟁 때이니 이렇게 견디는 수밖에 없다고, 엄마는 부엌 바닥에 몰래 숨겨 묻은 항아리에서 밀가루 한 줌, 혹은 쌀을 한 줌 꺼내어 수제비를 끓이거나 멀건 죽을 쑤며, 눈을 번히 뜨고 지켜보는 계집애들에게 타이르곤 했다.

볕발이 하얗고 쨍쨍한 초가을 오후였다. 동네는 죽은 듯 조용했다. 대문을 굳게 잠가놓고 피란을 떠난 사람들은 좀체 돌아오지 않았다. 간혹 판자를 엇갈려 걸고 대못을 친 이웃집 대문 틈새로 들여다보면 마당에는 잡초들이 키를 넘겨 자라 있고 기와지붕 위에도 무성히 푸른 풀이 자라 유령의 집처럼 음산하고 괴기스러웠다.

시가지 쪽에서는 밤마다 하늘을 찢는 듯한 둔탁한 총소리가 들려왔고 엄마는 대문을 굳게 잠근 채 낮에도 아이들을 집 안에만 가두어놓았다. 다락 속에서 숨어 지내는 아버지는 밤이 되어야 방으로 내려왔다. 엄마는 아버지에게 자주 수군거렸다. 도둑들이 끓는대요. 피란 간 집 문을 뜯고 들어가 식량이나 옷가지, 돈 될 만한 것은 모두 집어 간대요. 사람들이 무서워요. 점점 짐승들이 되어가는가 봐요.

그러나 아이들은 배가 고플 뿐이었다. 사람들이 없고 동무가 없어도 심심하지 않았다. 태어나면서부터 둘이서만 노는 데 길들여졌기 때문이었다. 두 아이는 쌍둥이였다. 부모 외에는 그 누구도 두 아이를 구별할 수 없이 똑같았다. 어쩌면 이렇게 똑같을까. 꼭 거울을 댄 것 같네. 네 얼굴을 보려면 쟤를 봐라. 때론 부모조차 구별을 하지 못했다.

엄마는 언제나 각각 다른 빛깔의 옷을 입히곤 했다. 똑같이 잘난 신랑 구해 한날한시에 시집 보내겠어요. 한 아이가 똑같이 신고 있던 검정 고무신을 벗어 잡은 개미를 넣었다. 갑자기 담 밖으로 여럿이 어울린 발소리가 들려왔다. 곧이어 대문이 덜컹거렸다. 잠겼던 판자 대문이 간단히 밀어젖혀지고 서너 명의 사내가 마당 안으로 들어섰다.

한낮의 정적 속에 느닷없이 침입한 낯선 사내들에 놀란 아이가 고무신을 그대로 벗어둔 채 엄마를 부르며 마루로 뛰어갔다. 남은 한 아이는 본능적인 공포로 마당 귀퉁이 변소로 뛰어 들어가 문을 잠갔다. 변소 문의 성긴 판자 쪽 틈으로는 ㄱ 자의 안채가 환히 보였다.

사내들은 신을 신은 채 성큼성큼 마루로 올라갔다. 저마다 손에 곡괭이와 쇠 지렛대 같은 것을 들고 있었다. 방문 앞에 엄마의 얼굴이 비치는가 하더니 비명 소리가 들려왔다. 계집애는 엄마에게로 가야 한다고 생각했다. 그러나 더 큰 공포가 변소 문고리를 잡은 손을 단단히 잡고 놓지 않았다. 사내들이 방을 나와 부엌 쪽으로 가자 머리에서 피를 쏟으며 기어 나온 엄마가 그중 한 사내의 바짓가랑이를 잡았다.

사내는 간단히 엄마를 향해 곡괭이를 찍었다. 잠시 후 그들은 쌀자루와, 무엇인가로 통통해진 보퉁이를 둘러메고 거짓말처럼 사라졌다. 계집애는 그제야 변소 문을 열고 나왔다. 조용했다. 하얗게 튀어 오르는 햇살이 가득한 마당, 죽은 듯한 정적 속에 벗어놓은 두 짝의 검정 고무신만이 덩그러니 놓여 있을 뿐이었다. 어디 있니? 어서 나와. 그 자리에 선 채 계집애는 동생의 이름을 가만히 불렀다.

아침 겸 점심을 대강 먹고 있던 그 여자의 귀에 문밖에서 가늘게 흐느끼는 울음소리가 들려왔다. 기진한 울음은 환청처럼 이어지고 간간 문 두드리는 소리도 들리는 듯했다. 그 여자는 전쟁이 일어나자 군의관으로 징집되어 나간 남편이 불시에 찾아들 듯한 예감으로 피란을 나가지 못하고 빈집을 지키고 있던 터였다.

한동안 망설이다가 그 여자는 판자를 대고 못질을 한 창문의 한쪽 틈으로 밖을 내다보았다.

문 앞에서 조그만 계집애가 주저앉아 울고 있었다. 거리에는 개미 새끼 하나 얼씬거리지 않았다. 하루에도 몇 차례씩 벌어지는 시가전은 느닷없고 예고 없는 것이었기에 미처 피란을 못 가고 남아 있는 사람들은 죽은 듯 기척을 죽이고 안에 숨어 밖에 나올 엄두를 내지 못했다.

그 여자는 황급히 아이를 집 안으로 끌어들이고 문을 잠갔다. 뉘 집 아이인지, 어떤 경위로 문 앞에서 울고 있는지 그 여자는 알 수 없었다. 아이는 간혹 흐느낌을 잦히며 배가 고파,라고만 말했다. 아이에게 밥을 먹이고 눈물과 먼지가 뒤범벅된 얼굴을 씻기고 머리를 빗긴 후에야 그 여자는 아이의 얼굴이 전혀 낯설지 않음을 알아차렸다. 남편 친구의 쌍둥이 딸 중의 한쪽이라는 것을 생각해낸 것이다. 그 여자는 자신의 기억이 흐린 것을 나무랐지만 또한 그것은 당연한 것이었다.

아이를 마지막으로 본 것은 근 일 년 전쯤이었고 아이들은 나날이 다르게 자라기 때문이었다. 해방 이듬해 그 여자의 집에 남편의 중학교 동창이라는 남자가 아내를 데리고 찾아왔다. 이북에 부모를 두고 젊은 부부만 월남해 왔다고 했다. 눈이 크고 목소리가 고왔던, 보육학교 교사 출신인 아내는 그때 이미 봉긋이 배가 불러 있었다. 그들은 그 여자의 집에서 달포를 지낸 후 시의 변두리에 셋집을 얻어 나갔다.

얼마 안 되어 아내는 몸을 풀어 딸 쌍둥이를 낳고 남자는 중학교 교원으로 취직이 되었다. 남편과 친구라고는 해도 그닥 막역한 사이는 아니었던 듯, 그 여자의 집을 찾는 그들 부부의 발길이 차츰 뜨악해졌다. 한 달에 두어 차례씩 쌍둥이를 데리고 놀러 오던 아이 엄마의 발길이 그나마 뚝 끊기자 본래 성격이 그러한가, 아니면 이곳 생활이 그런대로 자리가 잡혀가는 모양이라고 그 여자는 섭섭한 마음을 애써 지웠다. 그리고 전쟁이 터졌다.

엄마랑 같이 왔니? 엄마는 어디 있지? 아버지는? 집에 무슨 일이 있었어? 다급히 묻는 어떤 말에도 아이는 무표정하게 고개를 저었다. 아무것도 기억하지 못하는가 보았다. 다섯 살짜리 아이 혼자 근 일 년 전에 엄마의 손을 잡고 오던 길을 디듬어 더욱이 포격으로 무너지고 사람의 자취 하나 얼씬대지 않는 거리를 지나 어떻게 시의 끝에서 끝까지 올 수 있었는지 그 여자는 알 수 없었다.

얼마나 많이 넘어졌는지, 피가 더께로 엉긴 무릎과 부르터서 물집 잡힌 작은 발에 약을 발라주며 말했다. 이젠 걱정 마라. 나랑 내일 네 집에 가보자. 그러나 정작 집을 나선 것은 시가전이 멎고 적군이 완전히 철수했다는 소식을 들고서였다.

아이는 햇볕 가득한 마당에 부옇게 먼지를 쓰고 나뒹구는 두 짝의 검정 고무신만을 멀거니 바라볼 뿐 절대로 안으로 들어가려 하지 않았다.

아이를 남겨두고 안으로 들어가 그 여자는 부엌 앞에 쓰러진 여자와 다락 층계에 엎어진 남자, 마루에 엎드려 있는 여자아이의, 이미 얼굴을 알아볼 수 없이 부패한 시체를 보았다.

"누가 그런 끔찍한 짓을 했는지, 집 안에서 무슨 일이 벌어졌었는지, 어떻게 해서 어린 너 혼자 살아남아 우리 집까지 그 먼 길을 걸어왔는지, 누가 데려다주었는지, 종내 나는 알 길이 없었지만 너는 아무것도 기억하지 못했고 그 후로도 그 일에 대해 아무런 설명도 하지 못했다. 식량을 훔치러 도둑이 들었거니, 추측해보았을 뿐이지. 그런 일은 드물지 않았단다. 전쟁 때였고 피란 못 간 사람들 중 많은 사람이 굶어 죽었고 목숨을 부지한 사람들도 모두 부황기로 누렇게 부어 있었지. 너를 맡아 기르며 네가 그날 집에서 있었던 일을 비롯해서 네 부모, 늘 붙어 있던 쌍둥이 자매, 집의 기억을 완전히 잊은 것을 나는 얼마나 다행스럽게 생각했는지 모른다. 온전히 내 자식으로 만들고자 하는 욕심 탓만은 아니었다. 그 끔찍한 장면을 보았다는 업業을 지니고 평생을 어찌 편안히 살기를 바랄 수 있겠느냐.”

어머니는 기진한 듯 벽에 등을 기대고 눈을 감았다.

밤이 퍽 깊었다. 가끔 집 앞을 지나가던 발짝 소리도 끊긴 지 오래였다. 한결 깊어진 어둠과 한기를 피해, 불빛을 찾아 모여든 날벌레들이 펄럭이며 형광등 주위를 맴돌았다. 밤이 깊어지자 조금씩 불기 시작하는 바람이 마당의 몇 그루 나뭇가지를 쇄애쇄애 약한 소리로 흔들었다.

“누가 왔니? 문 아직 안 걸었지?”

눈을 감고 꼼짝 않고 앉았던 어머니가 문득 물었다.

문을 잠갔던 기억이 분명하건만 은수는 신을 끌고 마당으로 내려섰다. 누군가 와 있는 듯한 느낌이 들었던 것이다. 잠긴 빗장을 가만히 벗기고 은수는 어둠에 묻힌 골목을 내다보았다.

깜깜한 길모퉁이를 돌아서면 아, 불현듯 햇볕 쨍쨍하게 밝은 대낮이고, 낯익은 거리의 끝에서부터 조그만 계집애 하나가 걸어오고 있다. 어느 먼 곳으로부터 오는 것일까. 신은 어디에 벗어둔 걸까. 한 발짝씩 타박타박 내딛는 것은 바알간 맨발이다.

알아볼 수 없이 무너진 거리, 전쟁의 포격으로 인적 하나 없이 텅 비고 죽어버린 거리를 아이는 무심한 얼굴로 걷는다. 아이는 걷다가 가끔 무언가 뒤를 끌어당기는 것, 안타깝게 부르는 소리를 들은 듯 뒤돌아보지만 역시 아무도 없다. 아이는 자기가 가야 할 곳을 알지 못하는 것처럼 떠니온 곳도 기억하지 못한다. 다만 가냘픈 생명 속에 깃들인 무서운 본능이 이끄는 대로, 끊일 듯 끊일 듯 한가닥 희미하게 남아 있는 기억의 끈을 찾아 한 걸음씩 옮겨놓는 것이다.

하얗고 뜨겁게 내리쬐는 햇볕 아래 줄곧 땀이 흘러내리는데도 자꾸만 춥다는 느낌이 드는 이유를 아이는 알지 못한다. 다만 길을 자꾸자꾸 걷노라면 기억의 끝머리쯤에서 작은 목조 이층집이 나타나더랬다는 것을 알고 있을 뿐이다. 사람들이 돌아오지 않는 빈집의 무성히 자란 잡초 속에서 날아오는 흰나비 한 마리 팔랑이며 앞서 날고 아이는 그것을 잡으려는 손짓으로 잠깐 두 팔을 내젓다가 다시 걷는다.

오라, 나의 어린 넋이여, 바람 되어 떠도는 넋이여, 하염없는 그리움 잠재우고 이제는 돌아오라.

(1982)

구부러진 길 저쪽

양배추의 시든 겉이파리들을 떼어내다가 인자는 문득 손을 멈추고 그것을 골똘히 바라보았다. 노랗게 속살을 보이는 양배추는 무엇인가 숨긴 듯, 터지지 못한 함성처럼 단단히 뭉치고 고인 듯이 보였다.

양배추를 손질할 때면 언제나 아주 오래전 처음 보았던 양배추밭의 인상이 겹쳐 떠오르곤 했다. 채 날 밝기 전 서울에서 떠나는 첫차를 타고 원천에 오는 동안 검푸른 새벽 어스름이 걷히고 줄곧 따라오던 강의 윤곽이 비로소 드러났다. 뿌옇게 햇발이 비쳐들고 있어 흰 안개 속에 숨은 것이 산과 들과 마을들만이 아닌, 강이라는 것을 비로소 알았다.

종착역을 앞두고 서서히 속력을 줄이던 기차 차창을 통해 인자는 철도 연변을 따라 끝없이 넓은 양배추밭을 보았다. 넓은 벌에 탁한 녹빛의 무리가 정연하게 줄지어 생뚱스럽게 둥글둥글 솟아 있었다. 그것은 산 채로 몸만 매장된 사람의, 지상에 남겨진 머리처럼 둥글고 단단하게 보였다. 해 뜨는 아침의 예배 의식 혹은 제물처럼 보이기도 했다.

그 넓은 밭에서 둔탁하고 불투명한 녹빛의 이랑을 따라 한 사내가 양배추를 베고 있었다. 허리를 굽힌 사내는 낫날을 밑동에 넣어 탁탁 치며 앞으로 나아가고 양배추들은 잘린 목처럼 그의 발밑에서 둥그렇게 나동그라졌다. 그의 아낙인 듯한 여자가 뒤따르며 그것을 손수레에 주워 담고 둥그렇게 솟아 있던 이랑은 그들의 발길이 지나감에 따라 밋밋해졌다. 엷어져가는 안개 저쪽에, 뿌옇게 고깔 모양으로 솟은 산과, 산자락을 타고 단정하고 다소곳이 펼쳐진 도시의 잠을 깨우는 듯한 낮게 뜬 헬리콥터의 위협적인 엔진음을 들었다.

그것을 끝없이 넓게 본 것은 낯선 풍광, 막막하기만 한 인자 자신의 마음 탓이었던가. 원천은 근교에 그토록 넓은 경작지를 거느릴 만큼 크거나 넉넉한 도시가 아니었다. 드넓은 개활지라니, 그것은 젊은 날 순진한 눈의 착각이었다. 물과 산으로 막힌 이 도시에 '끝없이 넓은 개활지'란 없었다.

인자는 양배추를 도마에 올려놓고 칼을 대어 정확히 수직으로 절반을 갈랐다. 겹겹이 물결치듯 복잡하게 주름진 켜는 생각에 잠긴 듯 묵연하다. 양배추는 싱싱하지 않았다. 인자는 시든 잎을 한 겹 더 벗겨내었다. 한 꺼풀의 껍질 안에서 이목구비가 뭉개져 사라진 얼굴처럼 똑같은 속껍질이 드러났다. 아무리 벗겨보아도 끝내 해독할 수 없는 암호처럼, 일견 무의미하게 그려진 섬유질의 무늬 외에는 아무런 알맹이를 찾을 수 없다. 살아

간다는 것도 그런 것이 아닐까. 그 난해함과 엄청난 단순함.

인생을 잠겨진 비밀 서랍처럼 생각하던 때가 있었다. 삶에는 비밀이 있다고, 숨겨진 질서가 있다고 믿었던 시절이 있었다. 그 옛날 원천행 기차를 타게 한 것도 그러한 믿음이 아니었는지.

잘린 양배추에 잔칼질을 하자 무딘 칼날 아래 흙과 태양과 뿌리의 기억들, 추억과 욕망의 입자들은 날카롭고 섬세한 떨림으로 잘리고 은밀한 놀람으로 부서졌다.

어제 썼어야 했을 양배추는 시들었다. 인자는 다 썬 양배추를 찬물에 담갔다. 시든 양배추 조각들은 곧 물기를 머금어 일시적이고 기만적인 소생으로 빳빳이 싱싱하게 살아나리라.

어제 인자는 식당 문을 닫고 계친구 몇몇과 어울려 단풍놀이를 갔다. 그녀가 겨울 양식을 모으는 다람쥐를 좇고 도토리를 줍던, 해 있을 동안 양배추는 천천히 시들어갔다.

어딘가 젖은 나무 향기처럼 향긋하고 싸아한 냄새가 풍긴다, 두리번거리다가 피뜩 떠오르는 생각이 있었다. 선반 위에 그대로 놓여 있는 신문지 꾸러미를 꺼내 펼쳤다. 어제 싸둔 그대로 굵고 탐스러운 송이버섯이었다. 하룻밤 사이 싱싱한 흰빛이 죽었지만 제 몸을 말리는 향기는 더욱 강렬했다.

물크러지듯 단풍이 붉고 화려했지만 가을 산이란 어딘가 털 갈이하는 짐승처럼 어수선하게 마련이었다. 마른 솔잎이 수북이 쌓인 나무 밑동에서 인자가 송이버섯을 발견했을 때, 당신 외로운 사정을 알고 산신님이 주신 건가 봐, 같이 갔던 바느질집 성호 엄마가 부러워하며 킬킬거렸고 그게 꼭 뭐 같지? 송기도 해라, 과부인 수경 엄마가 놀려대었다. 은영이가 오면 구워 먹이리라 생각했지만 아마 그럴 수는 없을 것이다. 문득문득 예고 없이 들이닥쳤다가 훌쩍 가버리는 그 애가 아닌가. 인자는 한숨을 쉬며 그것을 다시 싸서 비닐봉지에 넣어 냉장고 속에 넣었다. 술을 담가볼 생각이었다.

학교 운동장 쪽으로부터 들려오는 소리에 인자는 반사적으로 창 쪽으로 눈을 돌렸다.

"모든 동작은 자연스럽고 무의식적으로, 반사적으로 취할 수 있도록 숙달한다."

"과감하고 신속하고 정확하게 공격한다."

군복을 입고 단 위에 선 교관의 목소리가 마이크를 통해 쩌렁쩌렁 울려퍼지고 단 아래 정렬한 학생들의 복창이 이어졌다. 과감하고 신속하고 정확하게……

거의 매일 하루에도 네댓 차례씩 듣게 되는, 쇳소리가 섞인 교관의 목소리는 친숙하다. 뿐인가. 간혹 섞이는 콧소리, 상습적으로 내뱉는 욕설의 모멸적인 말투도 익숙했다.

"앞으로, 뒤로, 좌로, 이 보 앞으로, 방향 전환, 찔러, 길게 찔러."

숨 가쁜 지시에 동작이 다급해지고 길게 내민 막대총들이 종횡무진 일사불란하게 한 방향으로 움직였다.

아직도 가시지 않은 안개로 시야는 부옇지만 주방 창을 통해, 담 하나 격해 내려다보이는 고등학교 운동장의 정경은 잡힐 듯 가깝게 환히 눈에 들어왔다. 고장 난 시계탑과 태극기가 힘없이 늘어진 국기 게양대, 직육면체를 포개 얹은 듯한 멋없이 번듯한 시멘트 구조물. 하나의 거푸집으로 찍어낸 규격품처럼 학교의 모양은 언제 어느 곳이나 똑같았다. 인자가 오래전 다녔던 학교와 똑같았다.

운동장 건너 이층 건물 교사의 어디에선가 합창 소리도 들려왔다. 인자도 아는 「산타 루치아」였다. 이즈음 늘 그 노래를 들었다. 내 배는 살같이 바다를 지난다. 아 ── 산타 루치아 ── 인자는 흥얼흥얼 콧소리를 내다가 점차 큰 소리로 따라 불렀다. 아마 중학교 졸업반 때로 기억되는, 그 노래를 배우던 시절이 떠올랐던 것이다.

앞으로 내닫고 팔을 뻗으며 야앗야앗 짧고 날카로운 함성을 내지르는, 얼룩무늬 교련복들의 숨 가쁘고 일사불란한 움직임으로 넓은 운동장은 연병장을 방불케 한다.

흘긋 벽시계를 바라본 인자의 마음이 조금 바빠졌다. 어느새 열한 시 반이었다. 조금 후, 점심시간이면 인근 국민학교와 고등학교에서 아이들이 쏟아져 나올 것이다. 열두 시까지는 양념거리를 다 준비하고 오뎅 국물도 만들어놓아야 했다. 요즘 아이들은 도무지 배고픈 것을 참거나 기다릴 줄을 모른다.

다 안개 탓이다. 늦가을로 접어들면서 더 극성을 부리는 안개 탓에 안개가 걷히고 해가 퍼지는 대낮까지 시간 감각이 없어진다.

"너, 왼쪽에서 둘째 줄 다섯번째 서 있는 새끼 나와."

바로 면전에서 퍼붓는 듯한, 교관의 격앙된 목소리에 인자는 다시 창으로 눈길을 돌린다. 한 학생이 주춤주춤 앞으로 나갔다.

"이 새끼 룰라 춤을 추고 있냐? 지렁이 댄스를 추고 있냐?"

와와와와 웃음이 터졌다. 변성기를 벗어난 사내아이들의 웃음소리는 과장되고 음험하게 퍼지다가 교관의 손짓에 갑작스럽게 그쳤다. 교관은 불려 나온 아이를 단 위로 끌어 올렸다.

"차려총, 앞으로, 뒤로, 좌로, 우로."

교관의 지시에 따라 움직이는 아이의 동작은 어설프고 잔뜩 주눅이 들어 있었다.

"좌제쳐, 우베어, 때려, 돌려쳐."

교관의 지시가 빨라질수록 아이는 어쩔 줄을 모른다. 달구어진 철판 위의 개구리처럼 혼란스럽게 팔다리를 내두르며 푸드덕거린다.

"이 병신 같은 놈, 너 같은 놈이 어떻게 국가의 간성이 되겠느냐? 정신 자세가 문제야. 빨갱이들이 쳐들어오면 어서 죽여줍쇼 하고 그 가랑이 밑으로 기어들어갈 놈이구나. 지금도 휴전선 저쪽, 동서 일백오십오 마일 전방에서는 빨갱이들이 눈을 시퍼렇게 뜨고 호시탐탐……"

인자는 커다란 냄비에 물을 채우고 멸치를 한 줌 넣었다. 간장을 붓고 화학조미료 봉지를 털어 넣고 국자로 휘저어 맛을 보았다. 멸치보다 더 멸치 맛을 내는 화학조미료 덕에 맛이 한결 진해졌다. 찰칵 총 모양의 라이터가 경쾌한 소리를 내며 파란 불꽃이 길게 뻗자 화덕의 가스 밸브를 열어 불을 붙였다.

거리 쪽에서 둔중한 기계음이 들려왔다. 지난여름부터 들리는 굴착기 소리였다. 시끄러운 소리를 조금이라도 막아볼 요량으로 인자는 길 쪽으로 난 출입문을 닫았다. 요즘에는 거의 매일 하루 종일 진동음이 달구질하듯 울려 퍼져나가 도시 전체를 미진처럼 흔들었다. 지하상가를 짓기 위해 중앙통의 대로를 파헤치는 것이다.

땅 밑에 분수가 솟는 광장과, 거울과 유리로 단장한 점포들이 들어서서 시민들의 보다 편리하고 안락한 휴식과 편의 공간이 되리라고 했다. 그리고 말해지지 않는 중대한 묵시적 합의, 비상시의 대피소가 될 것이라고 했다. 그것이 아니라면 이 작은 도시에 굳이 지하 공간을 만들어야 하는 필요성에 의아했을 것이다. 여름이면 짙은 그늘로 터널을 만들던 오래된 플라타너스 가로수들이 베어져 가지와 중동이 잘린 동체만 남아 이 도시에는 그림자가 없다. 길들은 광장과 로터리를 중심으로 십자형으로 넓고 길게 파헤쳐졌다. 속살을 드러내어 파헤쳐진 땅속에서 오래전에 매설된 파이프와 선들이 얽히고설킨 모양을 드러내었다. 사람들은 가던 걸음을 멈추고 그들이 묻어버리고 잊었던 낡은 파이프와 전선들이 복잡하게 얽힌 모양을 들여다보며 짐짓 그래야 할 것처럼 아하, 자신들도 뜻을 분명히 알지 못할 탄식을 내뱉곤 했다.

물이 쉿쉿 끓기 시작하고 다시 간을 보았다. 간장을 넣자 물은 불시에 위협적인 거품으로 넘칠 듯 끓어올랐다. 가스 불을 작게 줄이며 인자는 무연히 눈길을 창으로 돌렸다.

어느새 수업이 끝났는가 운동장은 텅 비었는데 교관은 여전히 단 위에 꼿꼿이 서 있다. 수업이 끝나도 풀려나지 못한 소년은 운동장 가를 따라 달리고 있다. 몇 바퀴인가를 돌사 교관이 호루라기를 불었다. 아이는 달리기를 멈추고 교관과 마주 섰다. 교관이 날카로운 손동작으로 시범을 해 보였다. 아이의 동작은 여전히 자신 없고 어설펐다. 교관의 신경질적인 손짓에 아이는 쪼그리고 앉아 토끼뜀을 뛴다. 아이의 모습이 이켠으로 가까워 질 때면 고통으로 빨갛게 달아오르고 이를 악문 얼굴이 보인다.

텅 빈 운동장에는 그들 둘뿐이다. 무심히 멀리서 보면 그들은 놀이를 하는 것처럼 보일 것이다. 멀리 보이는 풍경에 고통은 깃들여 있지 않다.

아이는 달린다. 교관은 노련한 조련사처럼 맵시 있게 지휘봉을 흔들고 호루라기를 불어 지시하고 거기에 따라 소년은 조련 중인 말처럼 뛰다가 걷다가 주저앉아 토끼뜀을 뛴다. 아이는 무릎을 굽히고 팔을 뻗어 총검술을 해 보인다. 교관은 단에서 내려섰다. 자신이 표적이 되어 팔을 벌리고 가슴을 한껏 내밀고 아이 앞에 버티고 서서 아이에게 채근한다. 머뭇거리는 아이에게 호령한다.

"찔러, 이 새끼야. 겁내지 말고 내뻗으라니깐. 정확히 심장을 맞춰."

인자는 교관의 지시에 맞춰 움찔움찔 발을 옮기고 팔을 쭉 뻗어본다.

"찔러, 찔러. 이 머저리야. 돌대가리야. 각도를 맞추라구. 상대를 죽이지 않으면 네가 죽는 거야."

아이는 울 듯한 얼굴이 된다. 실패에 대한 두려움으로 인자는 팔에 힘을 주고 눈을 부릅떠 창밖 저편의 교관을 응시하며 획

내뻗는다. 자신 없이 내뻗는 총검이 교관의 거친 손아귀에 낚아채지고 아이는 다시 운동장을 따라 뛴다.

교관은 막대 좌표처럼 운동장 가운데 서 있다. 그 애는 운다. 그 애는 뛴다. 부유스름하게, 끈질기게 떠돌던 안개는 완전히 걷히고 정오의 햇빛이 그 애의 발밑에 짧은 그림자로 뭉개지며 달음질친다. 인자의 눈길이 아이를 따라 달린다. 덩달아 숨이 가빠진다. 가까이 다가오면 울음을 참듯 이를 악문, 절망적인 자포자기에 자기를 내던진 듯한 얼굴이 또렷이 보인다. 인자는 아하, 저도 모르게 한숨을 쉰다. 뛰고 있는 것이 소년이 아닌 자기 자신인 것만 같다. 소년은 빨리, 실수 없이 교관을 만족시켜 영원히 끝나지 않을 듯한 이 지루하고 외로운 제식 훈련에서 풀려날 수가 없는 것일까.

얼룩덜룩한 교련복 안의 터질 듯한 숨참이, 원망이, 분노와 고독, 꺾어질 듯 휘청거리는 다리의 피로와 무용한 푸들거림이 안간힘으로 다가와 인자는 허둥거린다.

문이 열리고 누군가 들어선다. 펄럭이며 들어서는 자줏빛 풍덩한 긴 치맛자락을 보는 순간 인자는 저도 모르게 눈살을 찌푸린다. 귀머거리다. 그녀는 인자의 식당 한 집 건너 승리전자오락실의 주인이다. 귀머거리여서 말이 어눌하고 좀체 입을 열지 않는다. 감정이 격앙되었을 때에야 성급하게 내지르는 소리는 아아, 어어, 으으 따위 어눌하고 단순하다. 그녀의 유일한 주장, 감정의 표현은 물 끼얹기이다. 흘레붙은 개나 싸움히는 개를 떼어놓을 때 하는 방법인 물 끼얹기는 인근에 소문난 것이어서 그녀의 집 앞은 항상 질척이거나 반들반들 얼어 있다. 시주를 청하며 목탁을 두드리는 중에게도, 전도 나온 여자들에게도, 어깨띠를 두르고 나온 청소년 선도 어머니 회원들에게도 그녀는 물을 끼얹는다. 그네들이 노상 입에 달고 있는 '청소년 비행의 온상'이라거나 '탈선의 지름길' 운운은 귀머거리의 강철처럼 완강한 귓바퀴에서 공허하게 스러진다. 언제나 아이들로 바글대고 요란하게 삑삑대는 전자오락기의 소음 속에서 견딜 수 있는 것은 철벽같은 귀 때문일 것이다. 귀머거리는 그녀를 둘러싼, 무엇으로도 뚫을 수 없는 침묵의 세계에서 안전하다.

귀머거리가 인자의 식당, 아름스낵으로 오는 것은 연탄집게를 빌리기 위해서이다. 하루에 네댓 차례 그녀는 연탄집게를 빌리거나 되돌려주기 위해 말없이 인자의 가게 유리문을 밀치고 들어선다. 연탄집게가 몇 푼이나 한다구, 대놓고 면박을 준 적이 있지만 소용없는 일이었다. 이제 인자는 귀머거리가 올 시간을 짐작해서 때맞춰 연탄을 가는 일에 익숙하다. 연탄집게 사는 돈을 아낄 만큼 인색해서라기보다 인자의 식당에서 쓰는 연탄집게의 앙칼지고 단단하게 맞물리는 힘에 대한 외곬의 집착이려니 짐작되어서였다.

말상으로 길다란 그녀의 얼굴은 대개의 경우 경계심으로 뻣뻣하게 긴장되어 있다. 입은 굳게 다물어져 있고 눈은 항상 의심으로 번쩍인다. 머리가 허옇게 세고 체수가 작은 그녀의 남편은 하루 종일 빗자루로 바닥을 쓴다. 껌과 사탕, 끈적이는 아이스크림, 빙과의 물이 얼룩진 바닥을 물에 적신 자루걸레로 문지른다. 그녀는 하루 종일 의심쩍게 번쩍이는 눈으로, 아이들이 만능 키로 동전을 털어내는지 가짜 주화를 쓰는지 일부러 오락 기계를 망가뜨리지나 않는지 감시한다.

귀머거리는 연탄 바께쓰 안에 들어 있는 연탄집게를 집어 든다. 열린 문으로 휘익 바람이 들어온다. 인자는 연탄집게를 가지고 나가려는 귀머거리에게 큰 소리로 밖에 바람이 많이 부느냐고 묻는다. 귀머거리가 유심히 인자를 바라본다. 알아듣지 못한다는 것을 순간적으로 잊어버린 것에 실소하면서도 인자는 어찌할 수 없는 충동으로, 이미 쏟기 시작한 물처럼 걷잡을 수 없이 말을 쏟아놓는다. 연탄집게를 하나 사라고, 그까짓 게 몇 푼이나 하느냐고, 일일이 빌리고 돌려주는 수고값보다는 쌀 거라고……

귀머거리는 여전히 수상쩍게 바라본다. 인자는, 정히 그 연탄집게가 맘에 들거나 돈이 없다면 아예 가지라고, 자신이 하나 사면 된다고 귀머거리가 들고 있는 연탄집게를 가리키며 말한다. 점점 빠르고 높아지는 자신의 목소리에, 제어할 수 없는 말의 충동에 놀라면서도 멈출 수가 없다.

인자가 화를 내고 있다고 생각했는지 귀머거리는 성난 표정으로 휙 돌아서 나가버린다. 귀머거리에게는 사람들의 말이란, 물고기의 뻐끔대는 입질 이상이 아닐 것이다.

귀머거리는 이즈음 들어 더욱 성정이 사나워졌다. 때 없이 아내로부터 물벼락을 맞고 물에 빠진 생쥐 꼴이 된 그녀의 남편이 어쩔 도리가 없지 않느냐는 듯 말없이 고개를 절레절레 흔들며 면구스러운 낯을 짓는 것을 보는 일은 드물지 않다.

한 떼의 사내아이들이 몰려 들어왔다. 국민학교 아이들이다. 가방을 팽개치듯 내려놓고는 자리를 차지하고 앉았다. 머리칼이 헝클어지고 뺨이 붉은 것이, 바람 속을 달려온 듯하다.

"야, 늬들 먹고 싶은 거 뭐든지 다 시켜."

한 아이가 호기롭게 큰 소리로 말하자 아이들은 벽의 차림표를 보며 떡볶이 쫄면 라면 김밥 등을 불러댄다.

"반장 턱이냐, 생일 턱이냐, 백점 턱이냐."

인자는 아이들 앞에 물컵을 놓아주며 물었다.

"내가 반장이 됐걸랑요, 애들은 선거 참모예요."

"너 정말 화장실을 수세식으로 고치게 할 수 있어?"

"미국 초등학교하고 자매결연해서 우리들 미국에 보내줄 수 있어? 공약한 거 다 지킬 수 있냐구?"

"한번 믿어주세요지 뭘. 공약이란 게 다 그런 거 아냐? 우선 먹고 보자. 먹고 싶은 거 얼마든지 다 시켜."

볼이 둥글고 통통한 사내아이가 으쓱한 표정으로 대답했다.

"떡볶이는 맵지 않게 해주세요."

"얌마, 떡볶이가 맵지 않으면 무슨 맛에 먹냐. 난 맵지 않으면 속이 느글거리더라."

아이들은 와글와글 떠들어대었다. 그래라, 그래라 대답하면서도 인자는 평소 손짐작대로 고추장과 설탕 소금 따위를 넣는다. 그 애들이 특별히 맵거나 덜 매운 것을 구별하지 못한다는 것을 안다. 공연한 까탈스러움으로 자신의 존재를 나타내고 싶은 것이다. 평소 하던 대로 하면 되었다.

음식을 탁자에 늘어놓고 인자는 그 아이들의 대화에 끼어들었다. 눈이 동그랗고 입술이 계집애처럼 붉고 선명한 한 아이에게 물었다. 이름이 뭐냐, 몇 학년이냐. 5학년 강명현이에요, 대답하던 아이는 집이 어디냐, 아버지는 뭘 하시냐는 물음에 빤히 인자를 쳐다보았다. 그러고는 왜요? 당돌하게 물었다. 떠들어대던 아이들이 돌연 입을 다물었다. 인자의 말을 못 들은 체하고는 수상쩍다는 듯 저희들끼리 눈짓을 했다. 인자는 자신의 물음이 아이들에게 자신은 전혀 의도하지 않았던 어떤 생각을 떠올리게 했음을 알아챘다. 경계해야 할 어떤 존재. 이 아줌마 수상해. 혹시 유괴범이 아닐까? 아이들의 눈에 수군수군 떠오르는 표정을 읽으면서도 인자는 자꾸 말을 건네었다. 토요일이라 일찍 끝났구나. 학원에도 다니니? ─ 엄마가 기다리실 텐데 돌아다니지 말고 곧장 집으로 가거라……

잠시 입을 다물었던 아이들은 인자의 존재를 무시하고 한층 더 떠들었다. 그 애들은 인자의 존재를 무시하기로 한 것이다.

들어올 때처럼 우르르 몰려나간 뒤 아이들이 앉았던 자리에 흰 마스크가 하나 떨어져 있었다. 인자는 조금 때가 타고 얼룩이 묻어 있는 그것을 들고 유심히 바라보았다. 안개가 짙어지는 계절이면 엄마들은 등굣길의 아이들에게 마스크를 씌운다. 인자 자신도 그랬다. 요새 애들은 정신도 없다거나 제 물건 하나 챙길 줄을 모른다거나 따위 소리 내어 말하고는 그것을 주방 싱

크대 서랍에 넣었다. 아마 찾으러 올 일이 없으리라는 것을, 어느 날 쓰레기통에 버려지리라는 것을, 그것을 버리기 전 잠깐 망설여지는 마음이 되리라는 것을 알면서도.

인자는 식탁을 치우고 설거지를 하며 운동장을 내려다보았다. 운동장은 이제 텅 비었다. 안개는 걷히고 햇빛이 가득했다. 간간 들리던 수업 종료의 벨소리도 음악실의 합창 소리도 들리지 않았다.

인자는 유니폼을 입고 골대 밑에 모여 있는 운동선수들과 스탠드에 모여 앉아 담배를 피우는 서너 명의 학생들을 멍하니 바라보았다.

벽에 붙은 차림표를 소리 내어 읽어보았다. 김밥, 라면, 쫄면, 떡볶이…… 인자는 자신의 행동의 무의미함에 문득 놀란다. 뚝 끊긴 듯한 갑작스러운 정적이 감지되었다. 거리 쪽의 굴착기 소리는 어느 때부터인가 들려오지 않았다. 인부들의 점심시간인 모양이었다.

네 개의 탁자와 안쪽으로 난 살림방, 비죽 열린 문으로 엿보이는 이불과 화장대 따위, 허리께쯤에서 잘리게끔 칸막이된 주방과 연탄난로, 수증기와 기름기로 진득진득 더께가 앉은 환풍기. 갈라진 벽지 대신 붙인 백두산 천지의 달력 사진, 개업식 때 딸의 친구가 들고 온 "이곳에 들어오는 모든 사람에게 평화가 있기를"이라고 씌어진 장식패 따위를 낯설게 천천히 둘러보았다.

뭔가 해야 할 일을 잊고 있는 듯한 조바심과 안타까움, 답답함이 몸을 옥죄어오는 듯했다. 점심을 먹으려고 찬밥을 비비다가 개수대 안의, 고추장이 발린 빈 그릇을 보고는 조금 전에 점심을 먹었다는 것을 깨달았다. 잇몸이 근지럽고 텁텁해서 인자는 이를 닦았다. 이를 닦으며 벽 틈서리로 천천히 사라지는 바퀴벌레를 보았다.

해가 지고 있다. 짧은 늦가을 볕이 창가에 머물고 있다. 오늘 역시 기억되지 않을 많은 날들 중의 하루로 지나갈 것이다.

삼십 분 후에 떠나는 원천행 열차는 표가 없었다. 한 시간 반 후에 떠나는 다음 열차도 입석표뿐이었다. 창구 앞의 '매진' 팻말을 보는 순간 분명치 않은 안도감과 함께 문득 집으로 간다는 일이 부질없다 싶어 은영은 돌아가버릴까 생각했다. 나섰던 길을 되짚어 돌아가 기숙사의 방에 짐을 풀면 끊어진 실을 잇듯, 접어둔 책의 페이지를 다시 펼쳐 이어 읽듯 몇 시간의 외출의 흔적은 없어지리라. 이런 계절에, 더욱이 주말에 대책 없이 나섰을 때는 내심 이런 경우를 충분히 예상하고 있었던 것이 아니었던가.

원천은 서울에서 그다지 멀지 않을뿐더러 강을 끼고 가는 중간중간 풍광이 그럴듯한 곳이 위락지로 개발되는 바람에 주말이면 언제나 행락객들로 붐비게 마련이었다. 물과 숲이 있는 곳이면 서양 동화 속의 성을 흉내 낸 모텔과 전원 가옥풍의 음식점들이 들어차 국도변의 새로운 풍속도를 만들고 있었다.

은영은 갈피를 잡을 수 없었던 마음이 뭔가 확실해지는 느낌이면서, 그렇다고 안도감이라고도 낭패감이라고도 말할 수 없는, 설명되지 않는 감정에 짜증스러웠다. 어느 막다른 곳에 자신을 내맡기고 싶은 마음이 밖으로 자신을 내몰았지만 가고자 하는 곳이 딱히 원천은 아니었다는 생각이 들었다. 막연한 충동이었지만 그 충동을 부추긴 애초의 마음은 아주 낯선 곳, 땅 끝까지 가고 싶었던 것이었을까. 그러나 뒤에 늘어선 사람들의 말 없는 채근과 짜증기에 밀리듯 창구에 돈을 들이밀고 다음 시간대의 열차표를 받았다.

대합실은 끊임없이 닿고 떠나는, 떠나기를 기다리는 사람들로 장마당처럼 혼잡하고 어수선했다. 은영은 시간을 보낼 일을 난감해하며 역 광장으로 걸어 나왔다. 광장 역시 다를 바 없었다. 사람들의 무리에 섞여 때 묻은 듯 구중구중 지저분한 회색과 청색의 비둘기들이 구구대며 날아 앉고 날아오르곤 했다. 지는 해가 새들의 깃털에 얹혀 단단한 금속성의 광채로 튀었다.

은영은 광장의 가운데 서서 하늘을 올려다보며 해의 위치를 가늠했다. 해는 벌써 많이 이울었다. 이즈음 같은 철에는 해가 빨리 진다. 기차에 오를 즈음에는 어둠발이 서릴 것이고 원천에 닿을 때는 아마 깊은 밤이리라.

점심을 거른 속이 쓰라렸다. 은영은 역 주변 대형 백화점 일층의 간이 스낵집으로 갔다. 주말의 역 부근은 어디나 혼잡스럽다. 빈자리는 출입문 쪽 한 자리뿐이었다. 은영이 햄버거와 커피를 얹은 쟁반을 탁자에 내려놓고 앉자 감자튀김을 먹고 있던 맞은편 자리의 여자가 잠깐 눈길을 들어 바라보았다. 쌍꺼풀 수술을 한 지가 오래지 않은지 눈두덩이 벌겋게 붓고 칼자국이 선명했다. 흰 레이스로 목 둘레를 장식한 분홍빛 블라우스의, 조금 철이 늦다 싶은 차림에 양 갈래로 성글게 땋은 머리칼이 가슴팍까지 내려와 있었다. 어린아이 같은 차림이었고 엷게 화장이 되어 있었지만 자세히 보면 둔해 보이는 목덜미나 눈빛, 입가의 어디랄 것도 없이 만만치 않은 나이가 들어 있었다.

빵은 식고 고기는 딱딱하고 질겼다. 뭔가 빠져 있다. 은영은 한입 베어 먹은 햄버거를 손에 들고 내용물을 찬찬히 살폈다.

"여기 햄버거는 엉터리예요. 겨자를 안 넣어요."

은영을 지켜보고 있었던 듯 그 여자가 말했다. 그녀 말대로 정말 겨자가 빠진 햄버거 맛은 닝닝했다.

"여행을 가시나 보죠?"

그 여자의 물음에 은영은 여자의 눈이 되어 자신을 바라보았다. 하긴 그렇게 보일 수도 있으리라. 청바지와 캐주얼한 윗도리, 가짜 루이비통 상표의 여행용 가방.

"실직을 해서 집으로 가는 거예요."

은영이 다소 장난스럽게 대답했다. 그러면서 자신의 말 속에 깃들인 위선, 이중 심리를 스스로 읽었다. 다만 재미로 일할 뿐이라는, 직업 따위에 구애받지 않는다는 듯한 태도로 보이고 싶어 하는, 또한 실직이라고 생각하지 않기에 짐짓 부려보는 여유. 그러면서 무언가 흉내 내고 있다는 느낌을 받았다. 한겨울, 땀 흘린 뒤에 차가운 음료를 마시며 가식 없는 농담을 나누는 사람들의 쾌적한 표정도 짓고 있으리라.

엄밀히 말해 실지은 아니었다. 클럽 하우스 사무실에서는 생리 휴가거나 몸이 아픈 것이려니 생각할 것이다. 명희가 또 적당히 결근의 이유를 만들어 둘러대줄 것이다.

이즈음에는 늘 졸렸다. 아무 데서나 졸았다. 카트를 타고 필드에 나가면서도 졸았다. "미스 가, 어젯밤엔 뭘 했지?" 남자들은 의미심장한 웃음을 지으며 묻기도 했다. 얼굴이 까칠해졌다고, 종합 비타민을 먹으라고 명희는 말했다. "가을을 타는 거야. 봄을 타면 입맛이 없어지지만 가을을 탄다는 건 외롭다는 뜻이야. 종합 비타민보다 애인을 만드는 게 약이야"라고도 말했다.

오늘 아침 좀체 일어나지 못하는 은영에게 화장을 마치고 나가던 명희는 좀더 자라고, 사무실에는 적당히 말하겠노라고 했다. 하얗게 칠해진 가면 같은 얼굴에 눈이 빠끔했다. 볕이 너무 강해서 한 주발은 뒤집어써야지 자칫하면 깜둥이가 되어버려. 두텁게 바른 자외선 차단 크림 밖으로 웃음이 뻑뻑하게 번졌다. 창으로 흰 바지와 붉은 재킷의 제복을 입고 챙이 커다란 모자를 깊숙이 눌러쓴 명희의 늘씬한 모습이 기숙사를 빠져나가는 것을 보고는 다시 누워 아침나절 내내 빈둥대다가 짐을 꾸렸다.

"집이 있다는 건 좋은 일이죠."

잠깐 아득한 눈빛이 되어 내뱉는 여자의 말이 은영에게는, 그 여자 자신은 집이 없다는 뜻으로 받아들여졌다. 그렇기도 할 것이다. 전화로 미리 내방의 의사와 목적을 밝히지 않고 무작정 아무 때나 들이닥칠 수 있는 곳이 한 군데쯤 있다는 것은 나쁘지 않다.

감자튀김을 하나씩 집어 천천히 씹는 여자의 눈길이 광장으

478

로 옮겨지자 은영은 이제 마음 놓고 그 여자를 바라보았다. 윤기 없이 부스스한 갈색 염색의 머리털, 루즈를 지우지 않으려고 조심스럽게 오물거리는 분홍빛의 입술.

누군가를 만나기 위해서나, 어디론가 데려가줄 기차를 기다린다는 따위 뚜렷한 목적으로 나온 것 같지는 않았다. 그 여자를 밖으로 끌어낸 것은 무엇일까. 눈이, 비가, 바람이, 햇빛이……

지난가을 서울에 와서 처음 백화점 포장부에서 일을 할 때, 은영도 그랬었다. 대낮에도 불을 켜야 하는 창고에서 포장 일을 하노라면 하루 종일 거의 말 한 마디도 하지 않고 지내는 때가 많았다. 한 달에 한 번 쉬는 날이면 아무런 목적 없이 전철과 버스를 시발역에서 종착역까지 노선을 바꿔가며 타고 다니거나 하염없이 걸어 다녔다. 돌아와서는 죽은 듯 쓰러져서 잠이 들곤 했다. 어떤 목마름, 세상 속에 속해 있지 못하다는 외로움, 사람들과 몸 부딪치며 살아가는 일상적 삶에의 그리움 때문이었을 것이다.

은영은 자신이 기숙사의 방에 남기고 온 것들을 생각했다. 머리빗, 스타킹, 머리카락, 보이지 않게 떨어져 내리던 살비듬, 침대에 남아 있을 체취……

그 여자 눈길이 인구탑의 향해 있다. 수시로 바뀌는 인구탑의 숫자와 교통사고 소식은, 이 순간에도 사람들은 태어나고 죽어가고 세상 곳곳에는 많은 일들이 벌어지고 있다는 전언처럼 보였다.

그 여자의 눈길에 따라 은영의 시선도 인구탑에서 광장을 메운 사람들의 무리와 비둘기, 시계탑으로 천천히 옮겨간다. 광장에는 바람이 불고 있었다. 두 달이나 석 달에 한 차례씩 원천으로 가는 기차를 타러 나오는 이 광장에는 은영이 기억하는 한 계절에 관계없이 항상 바람이 불었다.

그 여자에게는 밀폐된 공간의 공기 같은 농밀한 어떤 냄새가 있다. 자신이 아직 맛보지 못한 독한 술과 같은, 그것의 취기와도 같은. 그 여자의 눈에는 은영이 아직 알지 못하는 방이 있다. 어둡고, 따뜻하고 축축한.

쉬지 않고 숫자가 바뀌는 인구탑 아래 한 남자가 지나간다. 두어 걸음을 옮겨 놓다가 발을 들어 밑창을 들여다보고는 조심스레 발을 옮긴다. 은영의 눈길이 잠깐 그에게 멎었던 것은, 조금 난처하고 불편해 보이는 그의 걸음걸이 때문이었을 것이다. 은영의 시선은 곧 그를 건너 무연히 비둘기 떼를 좇고 청년의 모습은 광장을 채운 무리 속에 섞여 사라졌다.

결국 되돌아온 것이다. 허둥대다가 지하도 층계에서 고꾸라져 그렇지 않아도 위태롭던 구두 앞창이 딱 벌어져버렸다. 현우는 밑창이 벌어진 구두를 수선하기 위해 역 광장의 간이 수선소에 들어갔다. 철제 의자에 앉아 구두를 벗어주고 슬리퍼로 갈아신었다. 눈이 닿는 곳에 쪽거울이 붙어 있었다. 버릇처럼 쪽거울에 비치는 자신의 얼굴을 보았다. 꽤 괜찮은 용모라고 생각하며 얼굴을 쓸어본다. 이렇게 우묵하고 그늘이 짙은 눈과 뚜렷한 윤곽을 가진 개성적인 얼굴노 흔치 않을 것이다. 성격 배우나 액션물에도 로맨스물에도 손색이 없을 것이다. 눈빛 연기도 알몸 연기도 끝내주게 할 수 있다. 여자의 옷을 벗기는 것에도 자신이 있다. 무르익은 복숭아의 얇은 껍질을 흠 없이 벗기듯 섬세하게 부드럽게 뜨겁게. 어떤 배역이든 할 수 있을 것이다. 총 한 방에 쓰러져 카메라에 얼굴 한번 비쳐지는 일 없이 싱겁게 사라지는 엑스트라 아닌 진짜 주연 배우. 자신은 일류 스타가 되어도 엑스트라부터 시작한 연기 인생을 숨기지 않을 것이다. 고아로 자라 대배우로 성공한 인간 장현우의 일생도.

현우는 조그만 거울에 이리저리 얼굴을 비쳐보며 수염을 길러볼까 생각해본다. 구레나룻부터 턱밑까지 수염을 기른다면 조금 빠진다 싶은 턱도 가려져 한결 노숙해 보이고 어쩌면 전혀 다른 얼굴로 보일 수도 있을 것이다. 현우는 입고 있는, 적당히 후줄근하고 때 묻은 사파리점퍼를 내려다보았다. 나쁘지 않은 차림이었다. 캡을 사서 쓴다면 또 엽총을 갖춘다면 밀림의 사냥꾼으로 야성적인 멋을 흠씬 풍길 것이다. 게다가 굵은 테의 안경까지 쓴다면 아무도 장현우로 알아보지 못할 것이다. 안경을 쓰고 수염을 길러 변장한 도망자가, 혈안이 되어 그를 쫓고 있는 형사의 등을 치며 담뱃불 좀 빌릴 수 있을까요? 하고 묻는 장면을 떠올리며 저도 모르게 피식 웃다가 재빨리 얼굴을 찡그렸다.

그러나 언제나처럼 재수가 없었다. 자기처럼 불운한 인간도 드물 것이다. 뭔가 희망을 가지고 시작히려고 하면 꼭 상애물이 나타난다. 오늘 아침 역 뒤편 여인숙의 한 방에서 잠을 깬 그는 밖에 나오는 길로 신문을 사서 보았다. 사회면을 살살이 살펴보다가 온몸에 힘이 쭉 빠졌다. 아랫단에 조그맣게 뜬「신원 미상의 변사체 발견」기사를 보았던 것이다. 둔기로 뒷머리를 맞아 절명한 사십대의 사내로 지갑 등 소지품이 없는 것으로 보아 강도를 당한 것으로 짐작된다고 씌어 있었다. 결국…… 언제나 자기 앞에 예비되고 예정되어 있던 것과 맞닥뜨렸다는, 올 것이 오고야 말았다는 느낌에 아뜩해지는 눈을 비비고 다시 기사를 읽고는 석연치 않은 느낌에 사로잡혔다. 변사체가 발견된 곳은 영등포 당산동 철교 부근이었다. 자신은 어제 분명 석촌호수에 있었다. 주정뱅이를 때려눕힌 곳은 그곳이었다. 자기와는 관계 없는 사건일 것이라고 불안하게 안도하면서도 현우는 석촌호수로 갔다. 포장마차촌은 아직 한밤중이었다. 군데군데 토한 자국들과 쓰레기들만이, 지난밤의 흔적들을 보이고 있었다. 과부네 쌍과부네 돼지네 꽃띠네 해뜨는 집 달맞이꽃……

그 남자를 구겨 박았던 장소에는 변사체는커녕 아무런 흔적도 없었다.

현우는 작은 핏자국, 머리카락 따위 단서를 찾는 노련한 형사의 매서운 눈길을 지어 보이며 주변을 살폈다. 땅에서 주운, 짓이겨진 담배꽁초를 눈 가까이 들고 요리조리 살피기도 했다.

그곳을 떠나기 전 사파리점퍼 주머니에 손을 찌르고 짐짓 망연하고 허탈한 표정을 지으며 담배 한 대를 피워 무는 여유를 보이고, 사건을 해결하고 난 콜롬보 형사가 짓는 그 씁쓸한 환멸의 표성까지 지어 보인 것은 어젯밤 사신이 저지른 일이 신문 기사에 나지 않았다는 믿을 수 없는 안도감, 혹은 불안감 때문에 비롯된 짓이었을 것이다. 술이 깬 주정뱅이는 뒷머리의 대단찮은 타박상에 엄살을 떨며 돌아갔을 게 뻔하니 지레 겁을 먹을 필요가 없다거나 경찰이 범인을 잡기 위해 비밀 수사를 벌이며 뒤를 쫓고 있을지도 모른다는 생각들이 어지럽게 뒤흔들었다.

주정뱅이의 뒷머리를 쳤을 때 마치 물큰한 두부를 치는 것 같았다. 뒷주머니에 비죽 나온 지갑을 보지 않았다면 그것을 잡아 빼어 열어보지도 않았을 것이다. 맹세코 강도를 하기 위한 짓은 아니었다. 그저 술자리에서는 흔히 있을 수 있는 사소한 시비였을 뿐이다. 그러나 얼결에 그의 술잔을 엎은 정도의 하찮은 실수에 그 작자가 "어디서 굴러온 개뼈다귀" 따위 욕은 하지 말았어야 했다. 더욱이 현우는 몹시 피곤하고 신경이 날카로운 상태였다. 「그날의 함성」을 찍느라 하루 종일 "대한 독립 만세" 한마디를 외치며 말 탄 일본 순사의 칼을 맞고 죽었다. 대한 독립 만세 대한 독립 만세를 부르고 쉴 새 없이 죽고 죽으며 현우는 이를 갈았다.

주정뱅이가 비틀대며 나갈 때 현우는 따라 나가 뒤에서 머리를 쳤다. 단 한 주먹에 그는 맥없이 쓰러져서 움직이지 않았다. 현우는 지갑을 열고 현금만을 빼내었다. 돈은 몇 푼 되지 않았다. 신용카드와 주민등록증과 운전면허증 따위가 든 갈피를 건성으로 뒤져보는데 조그만 붉은 헝겊 주머니가 보였다. 그 안에는 붉은 물감으로 이상한 세 모양의 그림과 글씨가 적힌 종이가 조그맣게 접혀 들어 있었다. 그의 어머니나 아내가 이런 따위 횡액을 막아달라고 넣어주었을 부적이라는 것쯤은 현우도 알았다. 께름칙해서 현우는 지갑째 쓰레기통에 처넣었다.

현우는 주간지를 펴 들었다. 구두를 고치는 것은 시간이 걸렸다. 왼쪽으로 비스듬히 닳아버린 굽과 벌어진 밑창을 손질하며 현우와 엇비슷한 나이일 수선공 청년은 딱하다는 얼굴을 했다.

"지금도 이런 걸 신나. 내다버리고 새 걸로 개비하세요."

그는 늙은 두꺼비 같은 몰골인 구두의 닳아진 뒷굽을 사정없이 뜯어내었다. 구두창에 본드를 발라 꾹 누르며 잘 붙을 때까지 기다려야 한다고 말했다. 시간을 다투어야 할 일은 없었다. 현우는 철제 접의자의 등받이에 몸을 기대고 느긋이 앉아 바닥에 굴러다니는 책자를 집어 들었다. 앞뒤 겉장이 떨어져 나가고 군데군데 찢기기도 한 주간지였다. "뒷굽도 갈까요? 다 닳았는데요" 하는 수선공의 말에 건성으로 대꾸하며 펄럭펄럭 책장을 넘기던 현우의 눈이 한군데서 멎었다.

잃어버린 외아들(은식: 당시 6세)이 돌아오기를 기다리며 20년간을 한결같이 집을 지키고 있는 김필구 씨(65세)와 이매득 씨(55세)의 사연. 저물 때까지 동네 아이들과 집 부근 타작마당에서 놀던 아들이 감쪽같이 없어졌다. 안개가 무섭게 끼었던 날로 기억한다. 저녁을 지어놓고 아들을 부르러 나가 삼동네를 헤맸지만 아들은 없었다. 떠돌이 장사꾼에게 유괴당했으리라는 생각으로 전국 방방곡곡을 헤맸지만 찾을 수 없었다. 그들 부부는 그 후 사철 내내 하루도 빠짐없이 그날처럼 해 질 녘이면 아궁이에 불을 지펴 연기를 피워 올린다고 한다. 아랫동네 등 인근 마을은 수몰지가 되어 주민들이 외지로 이주해갔지만 이들은 살던 곳을 그대로 지키고 있다. 뿐만 아니라 지붕이 새고 울타리가 썩어갔지만 그날 그대로의 모습으로 무엇 하나 고친 것이 없다. 아들이 잃어버린 집의 기억을 되찾아 돌아와주기를 바라는 염원인 것이다. 집 앞의 팽나무는 크게 자랐다. 나무가 집을 가릴까 보아, 그래서 아들의 기억이 혼란스러워질까 봐 자라는 대로 윗가지를 잘라주어 팽나무는 옆으로 퍼졌다. 기형적으로 변형된 이 나무가 부부의 애절한 기다림, 기억 속의 풍경이 언제고 반드시 아들을 집으로 데려오리라는 믿음을 말해주고 있다.

원천에서 이기주 기자

그리고는 나지막한 산이 뒤로 보이는 슬레이트 지붕의 집 앞에 넓게 땅으로 눕다시피 한 나무, 집 앞에 서 있는 늙은 부부의 모습이 찍혀 있었다. 현우는 읽고 또 읽었다. 어쩐지 그 집이 낯이 익었다. 시름없이 서 있는 늙은 부부의 얼굴도 흐릿한 기억 속에서 떠오르는 것 같기도 했다. 앞뒤를 보아도 무슨 주간지인지 언제 적 것인지 알려주는 부분은 없었다.

현우는 그 페이지를 찢어 네 절로 접어 안주머니에 넣었다. 고친 구두를 신고 일어났다. 하나의 영상이 떠올랐다. 은식아, 부르던 목소리도. 이제껏 현우라는 이름은 허깨비 같았다. 짙은 안개 속에서 누군가 슬며시 손을 잡아끌던 기억도 떠올랐다. 하긴 믿을 수 없는 일이긴 했다. 레미콘 기술자로 베트남에 갔다가 베트남 패망 후 남아메리카에 건너가 파인애플 농장주로 크게 성공했다는 사람의 얼굴을 티브이에서 보았을 때는 그가 자신의 아버지가 아닐까 하는 생각을 하지 않았던가.

보육원에 있을 때 그의 별명은 '콩'이었다. 베트콩 같다는 뜻이었다. 어딘가 베트남인 같다는 말을 들었을 때는 거울 앞에 서서 검은 얼굴과 강파르고 높은 광대뼈를 유심히 보기도 했었다. 베트남 여인과 한국인 기술자 사이에 태어난 라이따이한. 그러나 자신이 어떤 경로로 한국에 떨어지고 아비는 남미로 건너갔는지 갓난아이인 자신을 안고 망망대해를 떠돌던 보트피플인 베트남 여인은 어디로 갔는지, 이야기를 만들 수가 없었다.

자신의 인생은 항상 그래왔다. 어딘가에서 연결핀이 빠지고 그때부터 줄 끊긴 구슬 목걸이처럼, 깨진 사발 조각처럼 마구 흩어져버렸다.

신문을 발견한 것이 어떤 운명적인 필연성으로 여겨졌다. 떨어진 구두 밑창도 예사롭지 않았다. 언제나 중대하고 결정적인 일은 예기치 않은 사소한 것이 빌미가 되는 법이다.

그는 오징어 배를 탈까, 탄광의 광부가 될까 망설이는 중이었다. 이 세상에 싫증이 나고 언제 어디서나 부딪치는 누렇고 밋밋한 얼굴들에게, 언제나 수상쩍고 의심스러워하는 눈초리로 자기를 바라보는 사람들이 지긋지긋했다. 그는 탄광의 광부가 되어 땅끝까지 내려가볼 생각이었다. 촬영장에서 만난, 평생 영화판만 따라다니며 살았다는 중년 사내에게서 강원도 골짜기 탄광촌의 폐광에 들어가 버섯이나 길러볼까 한다는 말을 들었을 때 현우는, 폐광이라는 말에 매혹되었다. 산에서 산적처럼 홀로 살 수도 있으리라. 땅속에서 곰처럼 길고 깊고 단 겨울잠을 잘 수도 있으리라. 버려진 굴에서, 눈 어두운 사람들이 놓쳐버린 금맥을 찾을지도 모른다. 그러나 그 신문 쪽지를 보는 동안 끝 간 데 모르게 펼쳐지는 공상과 계획들은 사라졌다. 대신 자신의 모든 생이 이 신문 쪽지를 향해서 움직여온 듯한 생각에 사로잡혔다. 오, 내 인생은 얼마나 이상한가. 원천이라니. 망망대해에서 거센 파도와 싸우는 모습과 땅속에서 누렇게 번쩍이는 금맥, 산적의 고독한 은둔 생활은 이미 그의 뇌리에서 사라졌다. 팽나무가 누워 자라는 그리운 고향집과 오로지 그를 향한 늙은 부모의 기다림만이 그를 사로잡았다.

그는 뛰다시피 역사를 향해 걸었다. 원천, 그가 기억하는 한 한 번도 밟아보지 않은 지명이었다. 그러나 몇 번 입으로 뇌어보는 동안 그것은 그가 떠났던, 갇혔던 아득한 안개 속에서 홀연히 솟아올랐다. 그곳에 발을 내딛는 순간 감춰지고 묻혀졌던 시간들이 생생히 살아나 그를 인도하리라.

현우는 단단히 붙은 구두창을 확인하듯 힘차게 걸음을 내딛으며 인구탑을 올려다보았다. 비둘기 똥으로 지저분하게 얼룩진 인구탑은 오늘 아침과 다름없이 움직이며 숫자를 바꾸고 있었다. 4, 5, 9, 7⋯⋯

기차 안은 붐비었다. 통로까지 사람들로 꽉 들어찼다.

은영은 짐을 선반에 올리고 승강구로 나왔다. 일교차가 심한 계절이었다. 저물면서 기온이 내려가 바람이 차가워졌다.

승강구에는 일찌감치 사람들을 피해 나온 젊은 남녀가 승강구의 문을 닫고 발판을 내려 자리를 만들고 있었다. 신문지를 깔고 꼭 붙어 앉아 남자는 바바리코트를 벗어 자신과 여자의 몸을 덮었다. 은영은 그들에게서 조금 떨어져 문이 열린 반대편 승강구 쪽에 섰다. 열린 승강구의 계단에 아슬아슬하게 한 발을 걸친 청년이 은영을 흘긋 쳐다보았다. 열에 들뜬 듯한 강렬한 눈빛이었다. 낡은 녹색 사파리점퍼가 눈에 익은 듯도 싶었다. 은영은 핸드백을 앞으로 모아 쥐고 승강장의 벽에 기대섰다. 기차가 속력을 내기 시작하는 것이 느껴졌다. 가끔 객차의 연결 부분이 불안하게 덜컹거리며 차체를 흔들었다. 바퀴가 레일 위로 구르면서 내는 금속성의 마찰음이 발바닥으로부터 척추를 타고 올라와 머릿속에 자디잔 자장을 일으키고 은영은, 공상 속에서 수십 번 해보았던, 달리는 열차에서 뛰어내린다거나 손가락 하나가 가볍게 미는 힘에 의해 떨어지거나 자신이 팔을 뻗어 누군가를 그렇게 밀쳐버릴지도 모른다는 생각이 아무런 감정을 수반하지 않고 떠올랐다. 기차를 타면 늘 그랬다. 달리는 열차의 속도가 주는 비현실감 때문일까.

굳이 바라보지 않아도 바바리코트를 덮고 있는 남녀의, 손 닿지 않는 곳의 가려움증처럼 작고 안타까운 움직임이 자꾸 신경을 건드렸다. 은영은 애써 고개를 바깥으로 돌렸다. 청년도 그

쪽을 보고 있었던 듯 은영과 눈이 마주쳤다. 아픈 사람 같아. 은영이 속으로 중얼거렸지만 그것은 공연한 소리라는 것을 알고 있었다. 이목구비가 반듯하고 거의 잘생긴 편인 그를 보는 순간 어떤 감정이 엄습했는데 그것이 무엇인지 은영으로서도 알 수 없었다. 단지 낯선 남자 앞에 서 있다는 긴장감뿐인지도 몰랐다. 무얼 하는 사람일까. 똑같은 탐색이 자기를 보는 청년의 마음을 지나갔다는 것을 알았다.

날이 어두워지고 있었다. 승강구 천장에 흐린 불이 들어왔다. 바람은 차고 축축했다. 강이 가까운 것이다. 이미 퍽 어두워져서 수면 위로 피어오르는 희끄무레한 색채뿐 강물은 보이지 않았지만 물비린내가 공기 속에 섞여 맡아졌다. 아무 말 없이 서로 간의 마음에 스쳐간 서로에 대한 느낌과 생각들이 물비린내 속에 섞여들었다.

밤 기차를 타면 왠지 국경을 넘어간다는 공상에 빠지게 된다. 국경, 국경 수비대, 얼어붙은 국경에서 제 땅을 지키는 힘세고 사나운 사내. 아름다운 처자를 남겨두고 북방에 수자리를 살러 갔던 사내들, 먼 아버지의 아버지의⋯⋯

은영은 어둠이 짙어지는 밖을 본다. 산모롱이, 기차가 구부러져가는 곳에 문득 나타난 불빛은 곧 까무룩히 멀어지고 한층 더 깊은 어둠이 고인다. 어둠 저편은 숲이리라. 그 숲에 이르기 전의 푸른 잔디와 빈 의자.

어제, 골프장에서 은영은 구릉을 넘어갔다. 자연 지형을 그대로 살린 골프장에는 나지막한 구릉이 겹쳐 있다. 그가 둥의 맘을 닦아달라고 말했다. "칠 번 아이언을 줘" 하는 것과 다름없는 말투로. 예사롭게. 그렇지만 그녀 외에는 곁의 사람도 들을 수 없을 만큼 낮은 목소리였다. 모욕감을 느꼈던가. 그는 캐디들이 제복을 입고 명찰을 다는 이유를 모른다. 아니 모르는 체한다. "미스 가. 몇 살이지? 스물? 스물하나? 아침풀 같은 나이야. 여자들이 나이 먹고 늙는 것은 안타까워. 예쁜 여자는 남자들에게 주는 조물주의 축복이거든."

땀을 닦아주는 대신 은영은 그의 등 뒤에서 소리 없이 비켜나 구릉으로 걸어갔다. 너무 깨끗하고 고요해서 액자 속의 풍경화 같았고 은영은 길을 벗어나 그림 속으로 들어가듯 그곳으로 걸어 들어갔다. 공이 날아가 숨던 숲이 있는 곳까지. 언젠가 한번 조금 높은 언덕에서 내려다본 적이 있던 곳이었다. 황금빛 잔디의 완만한 경사면이 만나는 곳에 사람의 자취는 없는데 웬일로 하얀 의자가 하나 놓여 있었다. 그것은 끝없는 잠의 욕망을 불러일으켰다. 햇빛과 한없는 적요로움이 이승의 광경 같지 않았다. 문득 그 흰 의자에 앉아 있는 자신을 본 것도 같았었다.

하얀 의자는 그녀가 와 앉기를 기다리고 있는 듯 그 자리에 그대로 있었다. 은영은 군데군데 래커칠이 벗겨진 의자의 먼지를 손수건으로 닦고 앉았다. 저편 구릉으로 넘어가는 사람들의, 조금씩 솟아오르다가 차츰 낮아지며 사라지는 모습이 마치 사막의 부드럽고 고운 모래 속으로 묻혀가는 것 같다고 생각하며 몽롱한 가수 상태에 빠져들어갔다. 졸음에 못 이겨 의자에서 스르르 내려와 잔디에 몸을 뉘었다. 오래전부터 이곳에서 눕기를 원해왔던 것 같은 생각이 들었다. 차가운 흙내와 풀냄새, 제초제의 냄새가 섞여 풍겼다. 햇빛 속에 자신의 손이 팔이 다리가 이윽고 몸 전체가 하얗게 사라지는 것 같았다.

아마도 잠이 들었던가. 은영을 발견한 명희는 은영이 발가벗고 누워 있는 줄 알았다고 말했다. 시체 같았다고도 말했다. 은영은 물론 윗도리의 목단추 하나도 끄르지 않고 있었다. 그녀의 말을 듣고 은영은 자신에게 발가벗고 눕고 싶다는 욕망이 있었을지도 모른다는 생각을 했다. 너는 사람들과 좀더 부드럽게 지내는 법을 배워야 해. 명희는 충고했다.

부드러운 관계. 기숙사의 룸메이트인 명희는 부드러움으로 제 인생을 다시금 새롭게, 원하는 형태로 빚을 수 있다고 믿고 노력했다. 그 애에게 인생은 딱딱한 틀 안의 고형물이 아니었다. 얼마든지 다르게 빚어낼 수 있는 것이었다. 부드러운 말, 웃음, 손길, 좋은 식사와 멋진 섹스. 명희는 쉬는 날에는 애인을 만나러 나가 밖에서 밤을 지내고 은영이 알지 못하는 향기로움을 가지고 들어왔다. 빈방에서 혼자 티브이를 보거나 책을 보다가 은영은 문득 지금 명희는 남자랑 침대 속에 있겠구나, 내가 모르는 세계를 알고 있구나 생각하곤 했다. 그 애가 남자와 함께 호텔방에 드나드는 것을 영화나 소설 속에서의 장면처럼 그려보기도 했다. 하루의 일이 끝나고 기숙사로 돌아와 샤워를 할 때면 은영의 등에 비누질을 해주며 너는 살결이 실크 같아. 남자들이 환장을 할 몸이야,라고도 말했다. 은영은 자신의 몸이 단지 먹고 배설하고 움직이고 아픔과 추위에 반응하는 것만이 아닌,

누군가의 욕망과 갈망의 대상이 될 수 있다는 것, 그리하여 또한 스스로에게 발견되어지며 감춰진 기쁨과 슬픔의 원천이 된다는 것을 놀랍게 들었다.

누군가 가볍게 손등을 치는 느낌에 은영은 눈을 떴다. 승강계단에 선 청년이 길게 팔을 뻗쳐 핸드백을 내밀었다. 깜박 졸다가 떨어뜨린 모양이었다. 은영이 얼굴을 붉히며 고맙다고 말하고는 등을 꼿꼿이 폈다.

기차는 터널을 지나고 있었다. 쇳내 나는 공기가 휙 끼쳐들었다. 청년의 눈길은 은영을 지나 반대편 승강구의 남녀를 향하고 있었다. 숱 많고 긴 머리가 온통 가린 여자의 얼굴은 남자의 가슴팍에 묻혀 있고 남자는 한 손으로 여자의 머리칼을 매만지고 있었다. 바바리코트 속의 꿈틀댐은 더욱 집요하고 안타깝고 절박해졌다. 은영은 어느 순간 청년의 손길이 바바리코트를 휙 걷어 젖히리라는 아슬아슬함을 느끼며 몸을 움츠렸다. 그러나 청년은 천천히 그들에게서 눈을 돌렸다.

여자들의 나이는 짐작할 수 없다. 현우는 등을 꼿꼿이 펴고 서 있는 여자를 흘긋흘긋 바라보았다. 호리호리한 중키의 여자는 평범한 생김새이지만 나쁘지 않다. 원천까지 가는 동안 말동무가 되어도 좋으리라. 어쩌면 이 여자와 함께 부모가 기다리는 집으로 갈 수도 있으리라. 영화에서처럼. 이 여자와 무언가 새로운 일들이 생길지도 모른다. 현우는 그 여자에게 자신이 이십년을 한결같이 자기를 기다려온 부모를 찾아가는 길이라고, 특별한 날이라고 말하고 싶었다.

현우는 어젯밤 역 뒤켠의 여자를 샀다. 그 여자의 기억은 방을 나서면서, 눈등에 쌍꺼풀 수술의 칼자국이 깊었다는 것밖에는 남지 않았다. 돈으로 산 여자들은 늘 그랬다. 거품 같았다.

아직 연탄 갈 때는 안 되었지만 인자는 식당을 나왔다. 연탄 집게를 찾으러 가는 것이다. 문밖을 나서자마자 전자오락실의 전자음이 소란스러웠다.

아이들이 뿜어대는 냄새와 삑삑대는 소리들을 헤치고 안에 들어갔다. 어지러운 빛들, 아이들이 떠드는 소리, 한 대의 오락기에 서너 명의 조무래기들이 매달려 한숨과 함성을 질러대기도 했다.

인자는 그곳에서 낯익은 얼굴을 발견하고 멈칫했다. 운동장에서 울며 뛰던 소년이었다. 그는 쉴 짬 없이 레버를 작동시키며 정신없이 게임에 몰두해 있었다. 원망도 분노도 적의도 없는 오직 오락에 빠진 얼굴이었다.

귀머거리도, 그녀의 남편도 보이지 않았다. 인자는 오락실 안쪽 부엌과 살림방이 있는 비닐 휘장을 들치고 들어갔다.

작은 찬장과 살림 집기들이 가지런히 정리된 부엌에서도 연탄집게는 보이지 않았다. 방 앞에 여러 켤레의 신이 놓여 있었다. 닫힌 방문 안에서 뜸뜸이 알아들을 수 없는 웅얼거리는 소리가 새어 나왔다. 방문을 열었다. 환기 안 된 방의 퀴퀴하고 비릿한 냄새와 함께 방 안 가득 사람들이 앉아 있는 모양이 눈에 들어왔다. 문이 열리는 기척도 모른 채 둥그렇게 모여 앉은 늙은이들의 불쾌한 얼굴들이 한곳을 향해 있었다. 인자는 그곳을 바라보았다. 남자와 여자들이 뒤엉킨 티브이 화면이 느릿느릿 움직였다. 인자는 그것이 남자와 여자의 벌거벗은 몸뚱이들이라는 것을 쉽게 알아차리지 못했다.

귀머거리의 남편이 수문장처럼 문 바로 안쪽에 앉아 있다가 손을 내젓고 문을 닫으려 애썼다. 어쩔 줄 모르는 늙은이들의 민망하고 면구스러워하는 추한 얼굴들을 외면하며 인자는 얼른 문을 닫고 돌아섰다.

소문은 사실이었다. 귀머거리가 돈을 받고 뒷방에서 학생이나 늙은이들에게 음란 비디오를 보여준다는, 늙은이들이 대낮에 붉게 충혈된 눈으로 승리오락실의 뒷방에서 어기적거리며 나온다는 소문은 사실이었다.

인자는 달아오른 얼굴로 오락실을 나왔다.

철물점에서 연탄집게를 샀다. 쓰던 것처럼 끝이 날렵하고 암팡지게 단단한 것은 없었다. 조임새가 헐겁고 쇠가 약해 오래갈 것 같지 않았다. 사람들은 점점 더 물건을 대강 만든다. 돌아오는 길에 인자는 슈퍼에서 소주도 두 병 샀다.

연탄을 갈고 송이버섯을 아구리가 넓은 병에 넣고 소주를 부었다. 시들어가는 송이에 소주가 스며 금세 싱싱하게 살아나는 것 같았다.

인근 학교 학생들을 상대로 하는 식당은 토요일 저녁에는 거의 손님이 없게 마련이었다. 일찍 문을 닫을 요량으로 음식거리들을 정리해서 냉장고에 넣고 인자는 방으로 들어갔다. 더웠다.

몸이 불기 시작하면서부터 조금만 움직여도 숨이 차고 땀이 났다. 간단없이 열이 훅 얼굴로 몰리며 땀이 솟곤 했다. 스웨터를 벗고 러닝셔츠 바람으로 된숨을 몰아쉬다가 불거진 젖가슴을 내려다보았다. 한 손으로 각각 젖가슴을 쥐어보았다. 한손 가득 뿌듯하게 잡혔다. 문득 어제 낮에 산에서 본 단풍의 선연한 붉은빛이 꿈이었나 싶었다.

귀머거리의 집 뒷방에서 얼결에 보았던 티브이 화면의 벌거벗은 모습들이 겹쳐 떠올랐다. 잇몸에 조그만 벌레들이 기어가는 것처럼 근지러웠다. 잇몸뿐이 아닌, 몸 안의 어디랄 것도 없이 깜짝 놀란 작은 벌레들이 핏줄을 타고 돌아다니는 것처럼 조바심나고 근지러웠다. 뭔가 한없이 안타깝고 서러운 느낌들이 빈 부대처럼 텅 빈 몸을 채웠다. 입을 한껏 벌리고 입안을 들여다보았다. 무엇이든 쉬지 않고 말하고 싶었다.

인자는 전화기를 끌어당겨 번호판을 눌렀다. 딸은 전화를 받지 않았다. 청춘인 그 애는 바쁜 일도 재미있는 일도 많을 것이다.

전문학교를 나오고 집에서 놀던 그 애는 지난해 가을 일자리를 얻어 서울로 떠났다. 친구의 소개로 백화점에서 일한다더니 얼마 전 직장을 골프장으로 옮겼다고 했다. 간간 전화를 해올 뿐 집에 오는 일은 드물었다. 어쩌다 와도 하루 낮밤을 잠으로 채우다 가곤 했다. 태어나고 자란 곳인데도 사흘을 견디지 못했다.

이 도시에서 태어나고 자란 아이들은 차츰 머리가 굵어지면서부터 이 도시를 떠나고 싶어 안달을 했다. 몇 개의 광장과 환상도로, 거미줄처럼 얽힌 골목들이 자신들의 인생을 옭아맬 것이라고 지레 겁을 먹었다. 딸도 그랬다. 진절머리 나요. 집을 떠날 즈음의 딸이 노상 입에 달던 말이었다.

인자는 성호네 집으로 전화를 걸었다. 용건 따위는 애초부터 없었고 이미 송이술을 담가놓은 터이지만 인자는 성호 엄마에게 송이버섯을 어찌해야 좋을지 모르겠다고 사뭇 의논성스럽게 물었다. 여럿이 어울린 말소리, 웃음소리가 송수화기를 통해 들려왔다. 인자도 아는 계꾼들이 모여 고스톱을 치고 만둣국을 시켜 먹을 거라고 했다. "당신 차례야, 전화 대강 하고 빨리 쳐." 채근하는 목소리들이 들렸다.

"송이를 어떻게 하느냐구? 끌어안고 자면 되지 뭘."

성호 엄마가 깔깔 웃었다. 인자는 이런 유의 농담에 익숙하지 못하다. 빨리 전화를 끊고 싶어 하는 성호 엄마와 몇 마디 시답잖은 얘기를 늘어놓고는 아쉽게 수화기를 내려놓았다. 무추룸히 앉았다가 굴러다니는 찜질방 광고지를 보고는 그곳에 적힌 전화번호를 눌렀다. 신경통이 심한 사람인데 재래식 한증막보다 정말 효과가 좋은지 요금은 얼마인지 등등 시시콜콜히 물었다. 건강식품 대리점 모집 광고지를 보고 그곳에 전화를 걸어 전혀 그럴 계획도 흥미도 없으면서 대리점의 조건과 전망 따위를 물어보았다. 장롱 속 깊숙이 넣어둔 저금통장을 꺼내보고 딸과 자신의 앞으로 둔 보험 증서도 꺼내보았다.

주방으로 나와 창밖을 내다본다. 어느새 짙어진 어스름 속에 희끄무레 떠 보이는 운동장 쪽에서 타닥타닥 뛰는 발소리가 들리는 것 같았다. 더 검은 형체의 움직임, 빨갛게 달아오르고 이를 악문 얼굴도 환영처럼 보이다 사라졌다.

　삼호차 중간 통로 왼편의 좌석에는 아기를 안은 젊은 여자와 중년의 여자, 맞은편에는 좀더 늙수구레한 한복 차림의 여자와 넥타이를 단정히 맨 양복 차림의 남자가 앉아 있었다. 남자는 여자들 사이에 끼어 앉은 것이 불편한지 줄곧 신문을 펴 들고 있었다. 아기를 안고 있는 젊은 여자가 아기의 기저귀를 갈아 채우고 우유병을 물리는 모양이 인형 놀이처럼 보이는 것은 그녀가 깜짝 놀라게 젊은 탓일 것이다. 좁은 어깨 아래 불룩하게 솟은 젖가슴이 애처로워 보이기도 했다. 여자의, 지푸라기처럼 지치고 고단해 보이는 행색과 어린 나이의 애잔함에 묻어 있는 신산스러운 분위기가 예사롭지 않았던 탓도 있을 것이다. 그리고 어디를 보는지 시선을 잡을 수 없는 몽롱한 눈빛이라니.
　뭔가 이상하다는 느낌 때문인가, 마주 앉은, 가지색 치마에 미색 저고리를 받친 한복 차림의 늙은 여자나 통로 쪽의, 어딘가 감때사나운 인상의 중년 여자의 눈길이 시종 아기 엄마의 손끝을 따라다닌다.
　"아이구, 애젊어라. 애기가 애기를 낳았네. 고추구랴. 첫아들 낳기가 정승 하기보다도 어렵다는데…… 친정 가는 길이우?"
　기저귀 갈아 채우는 것을 지켜보던 늙은 여자가 말했다.
　"원천 사세요?"
　젊은 여자가 문득 눈시울을 좁히며 그 여자에게 물었다.
　"그렇다우. 서울서 잔치 부구 가는 길이라우."

"그럼 혹시 박한수라고 아세요? 한 십 년 전까지 원천에 살았다는데 지금 스물네 살이에요. 그 사람 부모님은 아직 원천에 사실 거라는데요."

"어느 동네에 살았답디까? 하긴 동네를 안다 해도 이웃이나 친척이 아니면 알 수 없지. 난 그런 이름 기억에 없수. 혹시 그 사람 부모님 함자를 알고 계시우?"

"아무것도 몰라요. 그 사람 고향이 원천이라는 것밖에는. 열네 살에 돈을 훔쳐 무작정 서울에 올라온 뒤로 고향에 가본 적이 없대요. 부모님은. 아직 원천에 계실 거라는 말을 한 적이 있어요. 솔직히 말하면 박한수가 애기 아빠예요. 지난여름에 집을 나가서 돌아오지 않아요. 마냥 기다리고 있을 수만도 없고 솔직히 말해서 나도 먹고살아야 하잖아요. 애가 딸리니 전처럼 직장 생활도 할 수 없구요. 그래서 그 사람 부모님이라도 찾아가 당분간 맡겨볼까 하고 애기 데리고 나섰지요. 어쨌든 그 집 핏줄이잖아요. 이제 젖도 떼었으니 누가 길러도 기를 수 있겠지요."

그 여자의 말은 마치 연습이라도 해두었던 것처럼 빠르고 거침이 없었다. 신문에 얼굴을 박고 있던 남자가 퍼뜩 고개를 들어 여자를 바라보았다.

"사람을 찾으러 가는 길이구먼. 이름 석 자만 갖고서야 한양에서 이 서방 찾기지. 주소지의 동사무소를 찾아가봐요."

늙은 여자가 쯧쯧 혀를 찼다.

아기가 깨어 팔다리를 버둥거리며 약한 소리로 울었다. 여자가 우유를 사서 빈 우유병에 넣어 물리자 이내 울음을 그쳤다.

여자의 눈길이 줄곧 아기를 향해 있었다. 눈은 빡빡하게 메말라 박제된 짐승을 연상시켰다. 자신이 처한 상황을 이해할 수 없어 하는 가면과도 같은 무표정이었다.

"사정이 딱하게 되었구랴. 그래도 살아가자면 산 사람들끼리는 언제 어디서건 만나게 되어 있다우. 어떤 연유인지는 몰라도 젊은 혈기에 뛰쳐나갔겠지만 이렇게 멀쩡한 처자가 있는데 곧 돌아올 거유."

"왜, 왜 그랬을까요? 그럴 사람이 아닌데."

무력하게 뇌는 여자의 말이었다.

여자는 아이의 입에서 우유병을 떼어내었다. 반병 남짓 먹고 난 아이는 순순히 고무꼭지를 내놓았다. 배가 부른 아이는 팔다리를 버둥거리며 사방을 두릿두릿 살피는데 여자는 등받이에 몸을 묻고 눈을 감았다. 측은해하는 눈길로 바라보던 늙은 여자가 아이를 살그머니 빼내는데도 조금 눈꺼풀을 드는 시늉만 했을 뿐 무거운 짐을 내려놓은 듯 다리를 뻗고 잠 속으로 빠져들었다.

짐작이 가는 상황이었다. 늙은 여자는 아기 엄마에게 위로 삼아 아기 아빠가 돌아올 거라고 말했지만 그녀 자신은 전혀 믿고 있지 않을 것이었다. 그녀는 아기가 제 앞에 놓인 미래의 나날들에 대해 아무 방비 없이 단지 무구하게 벙긋거리는 것을 내려다보며 한숨을 내쉬었다.

"애기를 참 좋아하시나 봐요."

젊은 여자는 불쑥 말을 건넸다. 언제부터인가 아기를 안고 어르는 늙은 여자를 빤히 바라보고 있었다. 잠들었던 빛이 없이 유리알처럼 투명하고 건조한 눈빛이었다.

"신통하게 낯을 안 가리네. 애기 엄마가 하도 곤히 자길래 내가 잠깐 안아봤다우."

"아무것도 모르고 푹 잤어요. 이즈음에 이렇게 달게 자보기는 처음이에요. 눈을 떠서는 여기가 어딘지 내가 어디를 뭣하러 가는지도 깜빡 잊어버렸지 뭐예요. 아줌마가 안고 있는 애기를 보고도 아무 생각도 안 나더라니까요."

여자가 돌연 높고 날카로운 소리로 웃었다. 기차 안이 갑자기 조용해졌다. 짧고 돌연한 웃음소리에 놀라 늙은 여자가 얼른 아기를 그녀에게 건넸다. 스피커에서 다음 정차 역을 알리는 안내 방송이 흘러나왔다. 종착역과의 중간 지점으로 일 분간 정차하겠다는 내용이었다. 방송에 잠깐 귀를 기울이던 젊은 여자가 아기를 받아 안으려던 손을 내리고 자리에서 일어났다.

"잠깐만요. 화장실엘 다녀올게요."

늙은 여자가 선선히 아기를 다시 자기 무릎에 눕혔다. 잠시 정차했던 기차가 출발하여 한참이 지난 후에도 아기 엄마는 돌아오지 않았다. 이상하게 늦는다는 생각이 든 것은 순하게 누워 있던 아기가 보채기 시작하면서부터였다. 열차는 종착역을 한 정거장 남기고 있었다.

배가 고픈가 아니면 기저귀가 젖었는가 싶어 늙은 여자는 먹다 남긴 젖병을 물리고 아랫도리를 헤쳐보았다. 기저귀가 펑 젖어 있었다.

"늬 에미가 필시 변소간에 빠졌는갑다. 왜 이렇게 안 오는 거냐?"

비닐 가방에서 새 기저귀를 꺼내 구시렁대며 갈아 채우는데 앞에 앉았던 중년 여자가 선하품 끝에 괸 눈물을 찍어대며 음산하고 나지막하게 내뱉었다.

"큰 짐을 맡았구려. 더 시간 끌 것 없이 역무원을 불러요. 애 엄마는 진작 기차에서 내렸을 것이오. 도망가도 벌써 백 리는 넘게 갔을걸. 난 한눈에 척 알아봤지. 왠지 수상쩍더라구. 틀림없이 논다니야. 짐승만도 못해. 짐승도 제 새끼는 안 버린다구."

화들짝 놀란 늙은 여자는 벌떡 일어나 아기를 자신이 앉았던 자리에 내려놓았다. 기차 안이 조용해졌다. 몸에 닿던 사람의 체온을 잃어 허전했던 탓일까, 아니면 자신에게 닥쳐올 운명에의 필사적인 항거일까, 갑자기 아기가 불에 덴 듯 맹렬히 울기 시작했다. 늙은 여자는 두 손으로 의자 등받이를 꽉 움켜쥐고 선 채 우는 아기를 바라보기만 했다. 귀를 찢는 울음을 토하느라 목젖이 들여다보이도록 한껏 열린 입을, 그 바닥 모를 심연을 망연히 응시하였다.

종착역인 원천에 닿을 때까지도 아기는 울음을 그치지 않았다. 아무도 아기에게 손을 댈 엄두를 내지 못했다. 불려온 젊은 역무원은 낡고 더러운 초록빛 비로드 의자에 홀로 눕혀져 악을 쓰며 우는, 유실물이나 분실물 중 어느 품목으로도 분류할 수 없는 아기를 난감하고 황당한 표정으로 내려다보았다. 기차가 종착역에 닿아 완전히 정차하자 사람들은 이 도시에서 고함으로, 비명으로 칭얼거림으로 흐느낌으로 밤 내내 이어질 울음소리가 그들을 막연한 수치심과 두려움으로 잠 못 이루게 하리라는 것을 생각하며 재빨리 종종걸음으로 흩어져갔다.

버려진 아이는 이 도시의 어디선가 자라게 되리라. 누군가, 무엇인가가 거두리라. 바람에 불려 흩어진 풀씨가 그 떨어진 곳에서 싹을 틔우듯 이제껏 없었던 새로운 종으로, 미래라는 이름으로, 거역할 수 없는 힘으로 자라나리라.

원천은 이미 깊은 밤이었다. 사람들은 택시를 타고 버스를 타고 뿔뿔이 흩어졌다. 역사는 금세 텅 비었다. 사람들 틈에 섞여 무작정 역사를 빠져나온 현우는 돌연 투명하고 질긴 막처럼 앞을 막아서는 낯섦이라는 느낌에 예기치 않은 낭패감을 맛보았다.

현우는 역 대합실로 되돌아가 역무원에게 물었다.

"수몰지로 가려면 어떻게 갑니까?"

역무원은 다소 이해가 안 간다는 낯을 지었다.

"수몰지라면 물에 잠긴 곳인데 물속으로 들어가려는 건 아닐 테고……"

"사람들이 사는 동네가 있다는데요."

현우가 안주머니에서 신문지 쪽지를 내보이자 비로소 그는 고개를 주억거렸다.

"댐 안쪽 골짜기 같은데…… 굽이굽이 골짜기도 여럿이에요. 서너 집 모여 사는 동네도 있고 리 단위의 큰 동네도 있어요. 사진으로 봐서는 잘 모르겠지만 그쪽 동네인 것 같은데요. 일단 댐으로 가서 배를 타야 하는데 지금은 배가 다 끊겼을 거요. 댐으로 가는 버스도 없구요."

밤공기 탓만은 아니게 싸한 냉기가 느껴지고 으슬으슬 한기가 들었다. 감기인가. 원천으로 오는 동안 내내 승강구에서 밤바람을 맞은 탓인지도 몰랐다.

현우는 역 앞의 약국으로 들어갔다. 물 건너 산골 오지에는 약국이 있을 리 없으리라 생각하여 아예 닷새 치의 감기약을 지으며 약사에게 또다시 신문지를 내보였다. 젊은 여약사는 산이야 어디나 매양 같은 거고 나무 모양이 특이하네요 하며 가볍게 웃었다. 결국 알아낸 것은 이 밤에 그곳으로 갈 수 없다는 것뿐이었다.

현우는 애써 낯익히듯 거리의 입간판을 꼼꼼히 읽고 상점들의 진열장을 들여다보며 불빛이 모여 있는 시내 쪽으로 걸음을 옮겨놓았다. 거리는 가까스로 인도만 남긴 채 온통 파헤쳐져 있고 굴착기와 포클레인이 밤빛에 괴물처럼 흉측하게 서 있었다.

추억사진관, 브라질 커피 전문점, 아기 옷집, 승리오락실……

이곳은 어딘가 대도시를 조그맣게 축소해놓은 앙증맞은 모형물 같았다. 불빛 밝은 거리는 금세 끝나고 침침한 가로등이 드문드문 서 있는 어두운 길들이 갈라져 뻗어간 어귀, 포장마차의 솥 안에 수북이 쌓인 붉은 게가 더운 김을 올리며 삶아지고 있었다. 흰 종이꽃을 단 패랭이를 쓰고 흰옷의 농악놀이 차림에 붉고 푸른 띠를 허리와 어깨에 걸쳐 멘 사람들이 둘러앉아 말없이 게를 먹고 있었다. 어둠 속에서 그것은 쓸쓸하고 기이해 보였다. 자꾸 자신이 현실의 세계가 아닌 다른 세상에 와 있는 것만 같았다. 어제 이맘때 그는 석촌호수에서 주정뱅이의 머리통을 터뜨렸다. 그리고 지금은 낯선 고장의 어두운 거리에 우두커니 서 있다. 어제와 오늘, 그리고 물만 건너면 닿을 수 있는 곳, 이십 년째 그를 기다리며 굴뚝에 연기를 피워 올리는 부모가 있다는 곳과의 거리는 얼마나 아득한 것일까. 밤공기는 별반 차가운 것 같지 않은데 자꾸 살 속으로 한기가 들었다. 현우는 옷깃을 한껏 올리고 목을 움츠렸다.

밤에 잠을 깨었다. 어둠이 눈에 익자 옆자리에 누워 있는 은영의 모습이 희끄무레하게 비쳤다. 꿈을 꾼 것 같지는 않은데 이상하게 가슴이 후두둑 뛰었다. 밤에 잠을 깨는 일은 드물었다. 꿈조차 꾸지 않은 지 오래되었다. 불을 켜고 딸의 잠든 모습을 물끄러미 바라보았다. 이불을 덮고 있는데도 잘록한 허리와 둥그런 엉덩이의 윤곽이 드러나 보였다. 딸은 아직 몸의 싱그러움과 갈망을, 몸이 꾸는 꿈을 알지 못할 것이다. 인자는 가만히 한숨을 내쉬었다.

지난밤 연락도 없이 불쑥 집으로 돌아온 딸은 저녁도 뜨는 둥마는 둥 별반 말도 없이 이내 잠이 들었다. 무엇이 그렇게 그 애를 고단하게 했는지 인자는 물어보지 못했다. 기껏 "건강은 괜찮냐, 밥은 잘 먹느냐"고 물었을 뿐이었다.

딸이 자라감에 따라 인자는 그 애에 대해 손잡이를 찾을 수 없는 혹은 문고리를 찾을 수 없는 문을 볼 때와 같은 무력감과 안타까움을 느끼곤 했었다. 그 애가 어릴 때 인자는 그 애와 함께 우주의 한 별로부터 날아와 지구에 불시착하는 외계인이 나오는 영화를 보러 간 적이 있었다. 아버지 없이 외롭게 자라던 소년과의 깊은 우정과 사랑으로 외계인은 죽음의 위기에서 벗어나고 죽은 꽃을 피어나게 한다는 그 영화를 보고 난 은영은 자신을 외계인이라고 혹은 아버지가 외계인이라고 생각했나 보았다. 그날 밤, 말라죽어버린 치자꽃 화분을 방에 들여놓고 밤새 들여다보았다. 인자는 그것이 영화일 뿐이라고 말하지 못했다.

아이는 곧 죽은 꽃은 다시 살아나지 못하고 불멸의 아버지란 없는 것임을 알게 될 것이었다.

딸은 이 도시에서 도망쳤다. 아니 어미인 인자에게서 도망쳤다. 인자는 그 애를 가졌을 때 자신이 배고 있는 것이 한갓 거품이거나 도롱뇽의 알이거나 보도 듣도 못한 이상한 동물일지도 모른다는 불안에 시달렸다. 임산부들이 갖는 일반적인 공포감이었을 것이다. 어릴 때 거품을 낳은 상상 임신부나 개울에서 멱 감은 여자가 물속의 뱀알이 몸속으로 들어가 뱀을 낳았다거나 늙도 젊도 못한 중년의 과부가 사람 몸에 개 대가리를 한 괴물을 낳았다거나 하는 말을 들었기 때문인지도 몰랐다. 그러나 그 애는 두 개씩의 팔다리와 정상적인 외모와 기관을 가진 사람의 자식으로 온전히 태어났다. 온 힘으로 밀어내자 아이는 시위를 떠난 화살처럼 세상 속으로 튕겨져 나갔다.

그녀 자신 딸에 대해 무엇을 알고 있는가.

안개 낀 아침 가방을 메고 구구단이나 연대기를 외우며 학교에 가던 모습. 비 오는 날 우산을 쓰고 부루퉁한 낯으로 집을 나서던 것…… 딸이 아직 자신의 모습에 무관심하고 무지했을 때 아직 생의 공포에 노출되지 않았던 때.

뜨거운 여름 햇빛 아래 두 팔을 들고 땀을 철철 흘리며 서 있던, 자신에게 형벌을 가하듯 하던 그 고독한 모습. 아무리 캐물어도 딸은 왜 그런 짓을 하는지 말하지 않았었다. 가슴이 부풀어 오르기 시작하던 사춘기의 딸과 함께 밤길을 걸을 때 그 애는 둥그렇게 솟아오른 만월의 달을 보며 아앗, 징그러워, 하며 진저리를 치고 앙가슴을 싸안았다. 제 안에서 싹터오는 것, 필연적으로 다가오는 것에 대한 두려움, 항거의 몸짓이었을까.

방바닥이 뜨겁게 달고 있었다. 불이 완전히 사위기 직전의 마지막 열기였다. 인자는 연탄을 갈기 위해 부엌으로 나왔다. 아궁이 속에서 연탄 화덕을 끌어내어 새파란 불꽃이 이글대는 연탄을 집어 올렸다. 연탄집게가 금세 빨갛게 달아올랐다. 새 연탄집게는 맞무는 힘이 약해서 위태로웠다. 내일은 귀머거리에게서 헌것을 다시 찾아와야겠다. 인자는 빨갛게 달아오른 그것을 가만히 바라보았다.

불은 모든 것을 태워 사라지게 하지만 불의 기억은 따뜻하다. 겨울 찬바람 속을 걸어 학교에서 돌아올 때면 찬바람에 놀란 살갗에 온통 두드러기가 돋았다. 저녁밥을 짓고 있던 어머니는 인자를 불붙는 아궁이 앞에 앉히고 옷을 벗겨 넓적넓적하게 번져가는 두드러기에 소금을 문질러주었다. 덜 마른 장작에서 송진이 흘러내려 불땀을 돋우자 불길이 기세 좋게 타올랐다. 말없이 불을 지켜보는 어머니의 얼굴도 덩달아 붉게 일렁였다. 빨갛고 영롱하던 잉걸이 낮게낮게 빛을 사위며 흰 재로 조용히 무너져 내릴 때쯤이면 사납게 퍼지던 두드러기도 가라앉고 혼곤한 잠이 찾아오게 마련이어서 따뜻하고 눋내 나는 엄마의 치마폭에 머리를 묻고 잠들곤 했다.

인자는 불씨가 아직 남아 있는 연탄재를 들고 밖으로 나가 골목의 쓰레기통 옆에 놓았다. 고요하다. 안개가 짙어지기 때문인지도 모른다. 안개가, 아직 살아 있는 불씨를 죽일 것이다. 인자는 잠시 서서 안개 속에 뿌옇게 자취를 감추는 거리 쪽을 바라보았다. 새벽 두 시가 되어가는 이제까지 귀머거리는 잠자리에 들지 않은 모양이었다. 승리오락실 닫힌 셔터 밑으로 불빛이 새어 나오고 있었다. 인자는 잠깐 무언가 들려올 소리를 가려내려는 듯 귀를 기울이고 서 있었다. 사람들은 귀머거리가 가게 문을 닫고도 늦도록 귀신처럼 혼자 앉아 오락기에서 빼낸 주화들로 탑을 쌓다가 허물고 또 탑을 쌓으며 쩌그럭댄다고 말하기도 했다.

이른 아침의 얕은 잠을 깨운 것은 경찰차 소리 때문이었다. 살인 사건이었다. 출입 금지 푯말이 서 있고 셔터가 올려진 승리오락실 앞에 사람들이 흉흉한 얼굴로 모여 있었다. 올려진 셔터 안으로 아직 불이 창백하게 켜진 안이 들여다보였다.

귀머거리와 그녀의 남편이 죽었다. 그들이 죽어 있던 자리에는 마지막 형체의 윤곽대로 흰 스프레이의 선이 그어졌다. 사람들은 진저리를 치며 눈을 감는 시늉을 했지만 참을 수 없는 호기심으로 목을 빼어 안을 살폈다. 시멘트 바닥으로부터 길 앞까지 흘러나온 피를 보고는 사람의 몸에 그토록 많은 피가 있다는 데 새삼 놀랐다.

살인 현장을 처음 발견한 것은 우유 배달부였다. 셔터 밑으로 물 흐른 얼룩이 있어 생각 없이 밟았노라고, 그런데 발바닥의 느낌이 수상쩍었다고, 몇 발짝 옮겨놓다가 마른 땅에 찍힌, 찐득한 신발 자국을 손가락으로 찍어 냄새를 맡았다고, 그래서 그것이 '사람의 피'라는 것을 알았다고 말했다.

딸은 늦도록 잠을 잤다. 밥상을 앞에다 놓고도 졸았다. 살인 사건이 났다고, 귀머거리가 죽었다고 인자가 황황히 더듬대며 말해도 아, 잠깐 놀라는 시늉을 했을 뿐 다시 잠에 빠져들었다. 오랜만에 왔으니 친구들도 만나는 게 어떠냐고 하자 딸은 말없이 부스스 웃었다. 인자는 그러한 딸을 무언가 자꾸 살피는 마음이 되어 불안하게 바라보았다. 무슨 일이 있음에 틀림없었다. 가벼운 기분으로 어미를 보고자 원천으로 온 것만은 아닐지도 모른다.

딸은 아침을 먹고는 목욕 바구니를 끼고 집을 나갔다.

목욕탕에서 나온 은영은 집과는 반대 방향으로 발길을 옮겼다. 태어나고 자란 이 작은 도시는 자신의 몸만큼이나 익숙하여 눈을 감고도 몇 갈래의 큰길과 뒷길, 골목들을 찾아갈 수 있었다. 도심지는 번화해지고 새로운 건물들이 많이 들어섰지만 큰 길만 벗어나면 옛 모습을 고스란히 지니고 있는 터였다.

미군 부대에는 옛날처럼 똑같은 자세로 위병들이 놋쇠 병정처럼 부동의 자세로 서 있고 "미군 당국은 만행을 사과하라" "당신들은 점령군이 아니다" 따위의 항의가 담벽에 붉은 스프레이로 씌어져 있었다. 여고 시절, 명문화되지 않은 묵시적 규율 중의 하나가 미군 부대 앞을 가지 말 것,이었다. 졸업 직후 미군 병사와 결혼해서 미국에 간 동창도 있었다. 졸업식장에서 이미 그녀는 약혼반지를 끼고 있었다. 배는 납작했지만 아이를 가졌다는 소문도 파다했었다.

어릴 때 은영에게 이 도시란 학교와 동무들과 시장, 자동차가 다니는 길, 몇몇의 아는 사람들로 이루어진 가장 넓은 세상이었다. 그러나 성장하여 키 높이가 커짐에 따라 조금씩 높아지는 언덕에 오르듯 높은 산에서 내려다보듯 자신이 자란, 물과 안개에 갇혀 고립된 도시를 보았다. 도시는 저 자신의 기억을 갖고 있다. 사람의 육체가 그러하듯 상처와 그 상처가 남긴 흉터의 기억을 갖고 있다. 아이들은 이 도시를, 그 권태와 나른함과 고독을 견디지 못해 국경을 넘듯 깊은 밤 기차를 타고 달아나거나, 철길을 베고 눕거나 엷고 어색한 화장을 하고 미군 부대 앞을 서성이기도 했다.

일요일인 탓에 거리는 비교적 한적했지만 어딘가 들뜨고 몹시 어수선하다는 느낌이었다. 지하 공사의 소음 때문만은 아니

었다. 사람들의 말소리는 지나치게 높거나 낮았고 표정과 태도
에는 불안과 조심성의 기미가 과장되게 어려 있었다. 은영이 들
어간 찻집의 커다란 수족관에서는 비단잉어들이 서로 머리를
박거나 공연히 무엇에 놀란 듯 물을 뒤집으며 밑으로 곤두박질
치곤 했다.

"흥분해서 그러는 거예요. 아무튼 심상치 않은 일이에요. 원
천이란 데가 워낙 조용하고 사람들이 순해서 옛날부터 범죄가
없는 곳으로 유명하잖아요? 그런데 그렇게 끔찍한 일이 생기다
니…… 앞으로는 또 얼마나 흉악한 일들이 일어나려는지 ―"

지하도를 파는 공사의 소음이 연일 도시를 흔들어 물고기들
이 혹시 지진으로 감지하고 불안해하는 게 아니겠느냐는 은영
의 말에 찻집 주인 여자가 단정적으로 한 말이었다. 은영이 머
리핀을 사기 위해 들어간 문방구에서도 그랬다. 가방을 메고 도
서관에 간다는 딸에게 그 애의 엄마는 "저물기 전에 일찍일찍
다녀라. 외진 곳에 혼자 다니지 마라. 무슨 일을 당할지 모를 흉
악한 세상이구나"라고 신경질적인 우려와 애정을 나타내기도
했다. '무슨 일'이라면 강간과 죽음일 것이다. 여자들의 원초적
공포. 딸아이가 어릴 때는 강간을 당할까 봐, 커서는 자발적으로
몸을 내어주게 될까 봐 걱정하는 세상의 모든 어머니들.

플라스틱 장난감 칼을 휘두르는 어린 아들에게 그 애의 아버
지는 칼을 빼앗아 부러뜨리고 따귀를 때렸다. 커서 뭐가 되려고
이따위 흉기를 갖고 노는 거냐.

누구나 어디에서나 지난밤과 새벽 사이에 일어났으리라고 추

정되는 살인 사건에 대한 이야기뿐이었다.

은영은 길을 지나면서 공사장의 인부들이 잘린 나무 아래 함부로 팽개치듯 자신의 몸을 내던지고 자는 모습을 보았다.

신장리, 신장리. 현우는 혹시 시킨 것을 잊어버릴까 봐 걱정하며 심부름을 가는 아이처럼 입안에서 중얼거렸다. 그 지명이 주는 울림이나 느낌이 조그만 실마리가 되어 떠올릴 기억을 기대하며. 마음 깊은 곳에서 무언의 응답이 들려오는가 하면 전혀 생소하기도 했다. 친숙한 쪽과 생소한 것 중 어느 쪽을 택해야 할까. 침을 뱉어서 튀는 방향으로 발길을 잡던 때처럼.

현우는 언제나 자신을 도박대 위에 올려놓았다. 동전을 던져 앞면이 나오면 집으로 들어가고 뒷면이 나오면 안 들어가기, 종이비행기를 접어 날리며 그것이 날아가는 쪽으로 자신의 발길을 옮겨놓기. 언제나 아주 하찮은 것, 예컨대 종이접기나 동전 던지기 따위로 자신의 모든 운을 걸어보는 습성. 자신의 의사와는 관계없이 방향을 트는 운명에서 그에게 허락된 선택지란 그 정도뿐이 아니었던가.

어젯밤 여관으로 찾아들어 으레 그래야 할 것처럼 신문지 쪽지를 보였을 때 신문의 사진을 한참 들여다본 여관 주인은 말했었다. "여기가 신장리 같아, 산세가 꼭 그래. 예전에 낚시를 많이 다녔지." 그때부터 신장리란 지명은 움직일 수 없이 현우의 뇌리에 붙박혔다.

어젯밤에는 잠을 잘 이루지 못했다. 기억나지 않는 이수신한 꿈에 밤새 시달린 듯도 했다. 약을 먹었어도 머리가 무겁고 온몸이 찌뿌드드한 증상은 더 심해지는 것 같았다.

현우는 여관방에서 티브이를 틀었다. 이른 아침. 티브이 뉴스 시간으로, 살인 사건의 보도가 있었다. 전자오락실의 주인 부부가 살해되었다. 그들은 각각 의자에 묶인 채 끝이 날카로운 쇠붙이로 추정되는 흉기로 정확히 심장을 찔려 절명했다. 범행에 쓰인 흉기는 발견되지 않았고 범행 시간은 자정에서 새벽 두 시 사이로, 적어도 두 명 이상의 범인에 의해 저질러졌을 것이라고 말했다.

현우는 어젯밤 자정부터 두 시 사이에 무엇을 했던가 저도 모르게 자신의 행적을 떠올려보았다. 자정이 되기 전에 여관엘 들어왔고 그것은 주인이 증명할 것이었다.

신장리로 가려면 댐에 가서 배를 타야 했다. 느지막이 여관을 나왔다. 신문을 사서 보았다. 서울에서의 변사체 발견 소식은 없었다. 조그만 생채기 정도였는지도 몰라. 그는 형편없이 취해 있어 제 몸을 가누지 못하고 쓰러진 것일 게다. 피해자의 것으로 보이는 지갑을 발견했다는 기사도 없었다. 실책이다,라고 현우는 생각했다. 지갑을 현장 가까운 곳에 버리는 것이 아니었다. 더 멀리 영원히 발견되지 않을 곳에 버렸어야 했다. 현우는 돈을 꺼내 판판히 펴서 세어보았다. 주정뱅이가 무엇인가의 대가로 받은 돈일 것이다.

현우는 택시를 잡아탔다. 댐까지 가는 중에도 틀어놓은 라디오에서 그 살인 사건 뉴스가 나왔다.

……범행 수법이 잔인한 것으로 보아 면식범의 원한에 의한 범행으로 추정됩니다. 주변 인물들을 조사하고 있으나 이렇다 할 단서를 못 잡고 있는 실정입니다. 주위 사람들은 그 부부가, 특히 청각 장애인인 부인이 대단히 폐쇄적인 생활을 하고 있었지만 특별히 원한을 살 만한 일은 없었을 것이라고 합니다. 검찰과 경찰은 인근 불량배와 전과자를 대상으로 탐문 수사를 벌이는 한편 범인의 도주로를 막기 위해 이 도시로 통하는 육로와 수로를 차단하고 검문 검색을 강화하고 있습니다……

"독 안에 든 쥐지요. 여긴 지형이 오목하고 암되서 한번 들어오면 빠져나가기가 쉽지 않아요. 나가는 길이 하나뿐이거든. 왜놈들이 성을 쌓고 뭐 해자라든가, 물로 뺑 둘러버리지 않아요? 물로 싸인 것이 똑 그 모양이라 — 나가기도 들어오기도 쉽잖고."

암되다는 것이 무엇이냐고 묻자 운전사는 덧붙였다.

"난 잘 모르지만 풍수쟁이들 말로는 왜 여자들 자궁 모양이라나, 개울에 묻는 어항 같다고도 하고…… 그래서 겉보기에 이렇게 이쁘고 단정하고 아기자기하지만 또 은근짜 계집처럼 여간 암암하고 습한 게 아니라……"

머리털이 희끗희끗한 운전사가 후사경으로 현우를 보며 말했다. 배터 가까이 이르자 경찰차와 두어 명의 경찰이 보였다. 두려움이 현우를 사로잡았다. 검문을 당하다 보면 지난밤 석촌호수에서의 일이 드러날지도 모를 일이었다. 자신은 이미 수배 중으로 쫓기고 있다거나 공연히 지레 겁을 집어먹고 있다거나 하는 생각들이 뒤죽박죽으로 얽혀 갈피를 잡을 수 없었다. 두려움을 감추기 위해, 행여 운전사의 눈에 허둥대는 기색을 들킬까보아 현우는 아무렇게나 마주 보이는 나지막한 산을 가리키며 무슨 산인가를 물었다.

"장군봉이지요. 거기 올라가면 원천이 한눈에 다 내려다보이지요. 꼭대기에 굴이 있어요. 옛날에 큰 난리가 있었을 때 장군봉이 사흘 밤낮 진통을 겪었대요. 소나기가 쏟아지고 천둥이 치고 산사태가 나고 뇌성벽력으로 법석을 떨더니 사흘 만에 용마가 먼저 뛰쳐나와 날아올랐는데 뒤따라 나와야 할 장군은 나오지 못하고 큰 울음소리만 내고 있더랍니다. 이 산이 큰 장수를 배고 있다는 것을 안 오랑캐인가 왜놈인가가 쇠말뚝을 박아 혈을 질러버린 것이지요. 장군이 나오지를 못하자 용마는 한번 크게 내닫고는 힘을 잃어 떨어져 죽어버리고 말았다나요. 나라에큰 난리가 있을 때마다 뛰쳐나오지 못하는 장군이 원통하게 울부짖는 소리로 온 산이 울린다고 하지만 뭐 어디에나 있는 전설이지요."

현우는 배 시간이 멀었다는 핑계로 배터 못미처에서 택시를 내려 등산로를 따라 걷기 시작했다.

동굴은 굴이랄 수도 없는 조그만 구멍이었다. 안은 거의 흙으로 메워져 있었다. 한두 사람 웅크리고 들어앉을 만한 넓이인데 자세히 보면 불을 피운 흔적이며 찌그러진 음료수 캔, 담배 꽁초 따위 사람이 지나간 흔적이 있었다. 마침 퍼지기 시작한 햇살이 한 줌 밝게 고여 아늑하고 따뜻해 보였다.

현우는 허리를 굽히고 굴 안으로 들어갔다. 운전사의 말이 맞았다. 택시를 타고 구불구불 올라온 길이며 배터의 풍경, 더 멀리 아득하게 물에 에워싸인 원천의 모습이 한눈에 들어왔다. 현우는 자신이 동굴 속에서 살았다던 수만 년 전의 원시인이거나 적의 내습을 살피는 정찰병과도 같은 생각이 들었다. 햇빛은 따뜻하고 가끔씩 갈나무 잎들이 바스랑대며 떨어지는 소리뿐 조용했다. 현우는 햇빛이 쬐는 쪽에 얼굴을 두고 비스듬히 누웠다. 둥지 속에 든 듯 아늑하고 편안한 잠이 쏟아졌다.

엄마는 하루 종일 흥분 상태다. 그릇들을 닦고 새삼스레 식당 바닥에 물청소를 하는 모습은 거세고 씩씩해서 투쟁적으로 보이기까지 했다. 그런가 하면 수없이 들락거리며 승리오락실 쪽을 살피기도 했다. 식당 문은 아예 닫았다. 손님이 없는 일요일인 탓도 있다.

은영은 엄마의 흥분을 이해할 수 없었다. 애야, 글쎄 그 귀머거리가 — 왜, 왜 그랬을까? 목욕을 다녀온 은영에게 벌써 몇 차례나 한 말이다.

은영은 손톱 발톱을 깎고 길게 늘어진 머리를 드라이어로 말렸다. 바깥의 공사장 소리, 드라이어 소리, 종잡을 수 없는 소리, 소리들.

머리 손질을 마친 은영이 또다시 길게 누워버리자 엄마는 손

재봉틀질을 시작했다. 은영이 집에서 편안하게 입을 스커트를 만들어주겠다는 것이지만 마음속의 무엇인가를 억누르기 위해 부러 벌이는 일 같았다.

달달달달 귓바퀴에 와 닿는 재봉틀 소리가 잠을 밀어내고 은영은 반쯤 뜬 눈으로 비스듬히 엄마를 바라보았다.

엄마의 머리는 일 센티가량 뿌리 쪽으로 하얗다. 가르마 골을 따라 하얀 가루를 뿌렸거나 무언가 묻어 있는 것 같다. 염색할 때가 지난 것이다. 엄마가 염색을 시작한 것은 벌써 여러 해 되었다. 희어지는 엄마의 머리를 보면 엄마의 인생이 그렇게 지나가고 있다는 것이 구체적으로 실감되었다. 엄마의 인생이 그렇게 지나갔다. 재봉틀의 달달달달 울리는 소리에 따라 무겁게 늘어진 젖가슴과 불룩하게 겹쳐진 배가 흔들린다. 엄마는 늙고 뚱뚱하고 추해졌다. 엄마는 자신의 추함을 즐기는 것 같고 그 끔찍한 추함 때문에 순교자처럼 보이기도 한다. 무엇엔가 희생당한, 제물로 바쳐진.

재봉틀 앞의 엄마. 은영에게는 아주 익숙한 모습이었다. 재봉틀을 돌리는 모습은 전생의 습관처럼 여겨질 정도로 자연스러웠다. 이마에 흘러내린 머리칼을 입으로 훅 불어 올리고 간간 눈을 비비고 실을 탁 채어 송곳니로 끊는…… 만일 은영이 이후 엄마를 다시 보지 못한다 하더라도 이 순간의 모습이 기억에 오래도록 선명히 남아 있으리라는 것을 안다.

오래된, 어린 날의 사진 속에서 대체로 엄마와 은영은 똑같은 옷을 입고 있다. 엄마는 옷 만드는 솜씨가 좋았다. 아무도 손수

옷을 해 입는다는 생각을 하지 않게 되었을 때에도 엄마는 재봉틀을 돌려 옷을 만들었다. 줄무늬, 꽃무늬, 체크무늬. 지나치게 어른스럽거나 어린애 같은 색깔 무늬 모양. 사진관에서, 거리에서, 공원에서, 소풍 길에서…… 때로 웃고 찡그리고 못마땅해서 부루퉁한 표정으로 똑같은 옷을 입고 있는 엄마는 젊고 은영은 어렸다. 머리 모양도 비슷해서 몸집이 큰 엄마 옆의 은영은 커다란 옷에 덧달린 주머니같이 보이기도 했다. 나는 애 없인 못 살아, 혹은 이 세상에 우리 둘뿐이다, 엄마는 그렇게 말하고 싶었는지도 모른다. 두 마리의 줄무늬 다람쥐, 혹은 두 마리의 여덟 점박이 무당벌레. 그러나 은영은 언제부터인가 엄마와 같은 옷을 입기를 거부했다. 같은 색, 같은 무늬, 같은 모양의 옷들은 어딘가 죄와 감금의 냄새를 풍긴다.

자신은 엄마의 환상의 산물이다. 아니면 돌연 꽃을 꺾는 행위처럼 충동의 산물인지도 모른다. 은영은 자신이 만들어졌을 좁은 자취방이나 실먼지 떠도는 다락방, 누추한 뒷거리의 여관, 혹은 휴일의 유원지 으슥한 숲을 떠올린다. 나이 든 여공의 들꽃처럼 가난하고 불확실하고 불안한 사랑. 그것은 그다지 중요한 일이 아닐 수도 있다. 그것이 사랑이었는지 눈먼 욕정이었는지는 중요하지 않다. 캄캄한 어둠 속에서 두 개의 눈동자처럼 정자와 난자는 만났다. 그것이 근원이고 시초였다. 진실은 아름답지 않다. 때로 이 사이에 긴 음식물 찌끼처럼 불편하고 불쾌하고 구두 밑에 달라붙는 껌처럼 난처하기도 할 것이다.

엄마의 환상이 괴물을 낳았다. 엄마는 사생아인 딸에게 자신의 성을 주기 위해 법적 투쟁을 했다. 성이? 미스 가? 희성이군.
사람들은 으레 말한다.

　은영은 아버지라 불릴 사람을 상상할 근거가 없다. 아버지에
대한 그리움도, 어느 날엔가는 비와 바람과 구름 천둥번개를 거
느리고 홀연 나타나리라는 기대도 없었다. 자신의 얼굴에서 엄
마와 닮은 부분을 지워버리면 남는 부분이 그의 것이 될 것이
다. 언젠가 책을 읽고 있는 은영을 물끄러미 보고 있는 엄마의
눈에서 그녀는 엄마가 그 자리에는 없는, 다른 사람을 보고 있
다는 느낌을 받았었다. 그는 아마 책을 많이 읽는 사람이었을지
도 모른다. 그런 사람을 알고 있었다고 말하고 싶어 하는, 선망
과 동경과 그리움의 눈빛이었다. 놀라움, 누군가의 모습을 보는
듯한 눈초리. 엄마는 전설이나 얘기책 속의 사람들에 대한 것처
럼 아버지, 아니 은영을 태어나게 한 사람에 대한 암시를 자신
도 모르게 흘린다. 아니 간신히 억누르고 있는 것 같기도 하다.
어쩌면 그 이상은 그에 대해 알지 못하고 있는 건지도 모른다.
……애야, 나는 비로소 내게도 정당한 권리, 싸워야 할 큰 적이
있다는 것을 알았단다. 그 사람이, 내 눈을 뜨게 해줬지……

　만삭의 처녀, 엄마는 자기를 버리고 달아난 사내를 찾아 그의
고향인 원천으로 왔다. '대학생'이었다고 했다.

　엄마와 자신은 어느 부분 닮고 어느 부분 닮지 않았다. 자기 속
에 무엇이 들어 있는지 모른다는 점에서 엄마와 자신은 닮았다.

　잠을 깨고도 현우는 굴 밖으로 얼굴을 내민 채 한동안 밖을

보고 있었다. 아주 오랜만에 깊고 단 잠을 잔 것 같았는데 땅의 습기로 몸이 무겁고 머리가 깨어질 듯 아팠다. 댐의 너른 물 위로 엇갈려 오가는 배들이 멀리 보였다. 서너 시간은 잔 것 같았다. 한낮이 이울고 있었다. 배터에는 아침나절과 마찬가지로 경찰차와 어슬렁거리는 경찰들이 보였다. 몹시 배가 고팠다. 신장리로 들어가는 배를 탈 것인가 어쩔 것인가 아직 갈피를 잡을 수 없었다. 현우는 굴에서 나와 오줌을 누고 산길을 내려오기 시작했다. 정면 돌파를 하는 거지 뭘. 주정뱅이는 그저 약간의 상처를 입었을 뿐이야. 사람이 죽었다면 신문에 나지 않을 리가 없어. 지레 겁을 먹을 필요는 없지. 중얼거리며 아직도 물큰하게 만져지던 무엇이 묻어 있는 듯한 자신의 손바닥을 들여다보았다.

눈길을 계속 배터의 경찰에게 주고 있던 탓에 발이 휘청 헛놓였던가, 작은 나무뿌리에 걸려 넘어졌다. 넘어지는 통에 손바닥이 조금 찢겨 피가 나고 구두창이 다시 벌어졌다. 상처를 입힌 것은 조그맣게 돌출된 나무뿌리에 지나지 않았다. 넘어진 자세 그대로 유심히 그것을 보았다. 인생에 있어서도 정작 넘어뜨리는 것은 크고 우람한 것이 아닐 수 있다. 현우는 주머니를 뒤져보았다. 오늘 신장리로 들어가지 못한다면 또 여관잠을 자야 할 것이었다. 돈이 얼마 남지 않았다. 앞으로 하루를 버티기도 힘들 것이었다. 그 작자의 지갑에 돈이 더 있었을지도 몰랐다. 자세히 살펴보지도 않고 던져버리다니 경솔한 짓이었다.

현우는 배터를 피해 버스를 타고 다시 시내로 나왔다. 조그만

나무뿌리에 걸려 넘어졌던 것이 아무래도 좋지 않은 조짐으로 께름칙했던 것이다.

해가 이울고 있었다. 어제 이맘때 자신은 청량리역에서 구두를 고치고 있었다. 그사이의 간극이 불가사의하게 느껴졌다. 정말 재수에 옴 붙었다. 하필 이럴 때 살인 사건이 난단 말인가. 일이 순조롭게 되자면 지금쯤 그는 팽나무가 있는 부모의 집에서 눈물 어린 재회를 하고 있어야 했다.

구두 앞창이 벌어진 것이 여간 성가시고 불편하지 않았다. 어제 역의 수선소에서 밑창을 붙여준 수선쟁이에게 욕설을 퍼부으며 구둣방을 찾아 두리번대던 그는 "손들엇" 하는 소리에 화들짝 놀라 멈춰 섰다. 네댓 살쯤 된 사내아이가 그를 향해 총을 겨누다가 그의 놀람에 오히려 놀라 전주 뒤로 몸을 숨기며 피융 총 쏘는 시늉을 했다. 총을 맞고 쓰러지는 것이라면 얼마든지 해보았지. 아얏, 으윽. 짐짓 장난스럽게 가슴을 싸쥐고 쓰러지는 시늉을 하면서 현우는 정말 심장을 맞은 듯한 통증을 느꼈다. 실제로 몹시 비틀대었는지 아이가 겁먹은 얼굴로 한걸음 다가와 "아저씨, 정말 아파? 가짜 총이란 말야"라고 말했다.

"이리 온."

현우가 가슴을 싸쥔 채 찡그린 얼굴을 풀며 아이를 불렀다. 아이가 말끄러미 바라보다가 주춤주춤 다가왔다. 걱정이 되는지 현우의 가슴팍을 조심스레 쓰다듬었다. 이상하게 낯을 가리지 않는 아이였다. 부족함이 없이 자란 듯 눈이 둥글고 순했다. 자신은 이런 때가 한 번도 없었다. 누구에게랄 것도 없는 억울함이 치받쳤다.

"집이 어디냐."

"조오기, 놀이터 뒤 이층집이야. 우리 아빠 차 아주 커. 우리 아빠는 사장님이야."

누군가, 낯선 곳에서 손을 탁 놓아버린다면 이층집도 자동차도 사장님도 다 없어지는 거지, 현우의 입이 비웃음으로 비뚤어졌다. 퍼뜩 한 생각이 섬광처럼 차갑게 그의 뇌리를 가로질렀다.

"넌 아주 착하고 귀여운 애구나. 아저씨가 뭘 사 줄까? 갖고 싶은 게 뭐지?"

"지게차, 레카차, 봉고차, 소방차……"

"넌 차를 아주 좋아하는구나."

현우는 아이의 손을 잡고 길을 건넜다. 문방구를 겸한 장난감 가게였다. 아이가 원하는 지게차와 소방차를 사 주었다. 기분이 한껏 좋아진 아이는 현우의 손을 놓지 않았다. 아이는 영리했다. 집의 주소와 전화번호를 똑똑히 알고 있었다. 사장집의 외아들이라…… 햄버거집에서도 아이는 아무런 경계를 하지 않았다. 약간의 도움을 받자는 것뿐이지. 해를 끼칠 생각은 없어. 부자들도 나눌 줄을 알아야지. 머리가 점점 심하게 아파왔다. 점심을 거른 터라 배가 고팠지만 입이 써서 아무것도 먹을 수가 없었다. 약을 한 봉지 털어 넣고 콜라를 마시며 얼굴을 찡그렸다. 아이스크림을 먹던 아이가 사뭇 걱정되는 표정으로 손을 내밀어 현우의 가슴팍을 만지고 이마를 만졌다.

"아저씨, 많이 아파? 땀이 많이 났어. 내가 총을 쏴서 그런가 봐. 그건 가짜 총이야. 걱정할 게 없어."

아이의 앙증맞게 작은 손은 따뜻하고 부드러웠다. 아이의 손이 닿은 곳에 잠시 통증이 멎는 듯도 싶었다. 현우는 아이의 손을 잡고 물끄러미 들여다보다가 피식 웃었다. 이제부터 이 아이와, 아니 이 아이에게 하려는 짓이 얼마나 황당한 짓인가 문득 깨달아졌다. 모두 빌어먹을 두통 탓이다. 망치로 두들겨 깨는 듯한 아픔이 머릿속을 뒤죽박죽으로 만들었다. 약사들이라는 게 돈 벌 생각만 하지, 돌팔이들. 내겐 센 약이 잘 듣는데 갓난애 감기약을 지어준 거야. 현우는 한 모금 남은 콜라와 함께 약을 한 봉지 더 털어 넣었다.

햄버거집에서 나온 현우는 아이의 손을 잡고 길을 건넜다. 왔던 길 되짚어 아이가 가리키는 대로 이층집 앞에 데려다주고 발길을 돌렸다. 아이의 손을 놓은 손이 허전했다. 무언가 잊고 잃은 것 같은 허전함과 외로움이 가슴을 후볐다. 머리를 흔들면서, 벌어진 구두창에 신경을 쓰면서 천천히 걸었다.

'그'는 머리가 아프다, '그'는 외롭다,라고 중얼거려보았다. 자신이 없고 불안할 때, 부당한 멸시를 받거나 보잘것없는 존재로 여겨질 때, 아무런 희망도 가질 수 없을 때 늘 써보던 방법 중의 하나. 어린 날 번개 치는 무서운 밤에 잠을 깼을 때도, 발가벗겨 문밖으로 쫓겨났을 때도, "그 애는 번개를 무서워한다"거나 "그 애는 발가벗겨 쫓겨났다"라고 말해보면 한결 무섬증도 부끄러움도 덜해졌다. 머리가 좀더 커서 뒷골목에서 무수한 구둣발 아래 개처럼 피 흘리며 몰매를 맞을 때도 그랬다. 그러면 괜찮았다. 견딜 만했다.

……그는 부모를 만나러 간다. 그의 부모는 이십 년 동안이나 그를 기다리고 있었다. 부모를 잃은 그는 세상을 떠돌며 온갖 고생과 수모를 겪고 불행한 삶을 살았다. ……현우는 퍼뜩 전기에 닿은 듯 놀라 걸음을 멈추었다. ……오랜 세월이 흘러 집 떠난 아들은 남루한 행색으로 돌아와 동네 어귀의 언덕에서 옛집을, 하냥 기다리며 눈물짓는, 늙어버린 어머니를 보다가 발길을 돌려버리는 장면이 환히 떠올랐던 것이다. 어스름 속에 피어올라 낮게낮게 깔리는 저녁 연기. 어두워지는 것이, 밤이 오는 것이 두려워 한없이 한없이 몰려다니며 노는 시골 아이들, 그들을 불러들이는 어머니의 목소리. 그것이 언젠가 오래전에 본 영화였음을 깨달았다.

늙은 팽나무가 누워서 자라는 그 집에 대한 기억은 얼마나 황당하고 근거 없는 것일까. 은식이란 누구인가. 나란 도대체 어디 있는 것일까. 이렇게 헤매고 다니는 나는 누구인가.

저녁을 먹고 티브이를 보던 딸이 염색을 해주겠다고 했다. 염색약을 중화제와 섞어 풀고 식당의 의자에 나와 앉았다. 딸은 잔 빗으로 조금씩 머리골을 갈라가며 꼼꼼히 약을 발랐다. 딸의 손길은 곰살궂고 부드러워 인자는 그만 졸음이 올 것만 같았다. 딸은 별일 없을 것이다. 의자에 앉아 있는 인자는 곁에서 움직이는 딸의 납작한 배에서 느껴지는 작고 조용한 숨소리에, 어제 딸이 돌아와서부터 오늘 하루 종일 안절부절못하며 불안하고 미심쩍어하던 것이 공연한 신경과민처럼 여겨졌다.

염색이 끝나자 딸은 인자의 머리를 빤빤히 빗이 넘기고 비닐로 야무지게 싸주었다.

"이제 한 시간 후에 감으면 돼요. 내가 감겨드릴게. 십 년은 젊어 보일 거야. 엄마도 이젠 멋 좀 부리세요."

옷에 염색약이 묻었다고 입고 있던 원피스를 홀떡 벗는 딸의 몸에 걸친 검정색 팬티와 브래지어를 보면서 인자는 그예 목에 걸려 있던 한마디를 뱉고야 말았다. 아무래도 이상했다. 전에는 아무리 어미 앞이라도 홀떡 옷을 벗는 일은 없었다. 젖가슴이 생기면서부터는 어미와 목욕을 다니려 하지 않았다.

"제발 속옷은 흰 걸로 입어라. 처녀애가 원…… 거리 여자들처럼 ―"

딸이 벗은 채로 입을 삐뚜름히 하고 웃었다.

"엄마는 내가 남자랑 잘까 봐 그것만이 걱정이지? 할 수만 있다면 엄마는 내게 정조대를 채울 거야."

인자는 검정 속옷 때문에 더욱 희고 지나치게 부드러워 보이는 딸의 몸을 바라보았다. 검정 속옷은 음탕해 보인다. 인자에게 뭔가 위협적이다. 그것은 딸이 더 이상 어린애가 아니라는 뜻이기도 하다. 속옷의 색깔을 선택할 권리가 있다는 것은 자신의 미래를 선택할 권리가 있다는 뜻일 게다. 인자 자신이 그러했던 것처럼 한 남자에게 모든 것을 건 삶에 자신을 던져버릴 수도 있고 한 남자가 그녀에게 그러했듯 딸의 몸속으로 거침없이 들어올 수도 있다는 뜻일 게다.

"예쁜 색 속옷을 입으면 기분이 달라져요. 엄마도 여자면서 그걸 몰라요? 나는 빨주노초파남보 일곱 가지 색깔로 매일 팬티를 갈아입을 수도 있어요. 그럴 거예요."

딸이 당돌하고 건방지게 인자를 바라보면서 말했다. 하얗고 미끈한 몸을 뽐내듯 허리에 손을 얹고 인자를 마주 보던 딸은 부아가 치미는지 수돗물을 세게 틀어 들통 하나 가득 물을 받아 가스불에 얹었다. 물이 끓기를 기다리며 인자는 티브이를 틀었다. 식당 벽 높이 달아놓은 티브이 화면이 잘 보이는 자리에 의자를 옮겨놓고 앉았다.

나는 열 받았다구요. 도둑질을 하러 간 게 아니에요. 나는 가방을 달라고 했어요. 저녁에 거기서 오락을 하고 가방을 놓고 나왔거든요. 좀 늦게 갔는데 셔터가 내려져 있었어요. 문을 두들기니까 아저씨가 열어줬어요. 아줌마는 오락기에서 동전을 꺼내 쌓아놓고 있었구요. 가방을 가지러 왔다고 해도 막 의심하고 도둑놈 취급을 하는 거예요. 물을 끼얹었더라구요. 되게 약이 올랐어요. 화가 나서 묶어버렸어요. 나는 하루 종일 열 받았거든요.

검정 테이프로 눈을 가린 소년은 말했다.

기분이 나쁘다고 단지 열 받는다고 마구 살인을 하는 세태에 대해 개탄하는 멘트가 있었다. 안경을 쓴 길쭘한 얼굴. 몸서리친다는 듯 어깨를 부르르 떠는 파마머리의 여자. 공포에 질린 얼굴, 걱정하는 얼굴들이 몇 마디 낮고 높고 떨리고 가라앉고 느린 목소리들과 함께 화면에 떠올랐다가 스러졌다. 화면이 바뀌고 얼굴을 알아보지 못하게끔 모자이크 처리된 모습과 변조한 목소리가 나왔다. 왠지 수상했어요, 여자애를 데리고 은목걸이를 사러 왔는데 동전을 수두룩히 내놓더라구요. 금은방 주인이라는 사내는 민완 형사나 탐정처럼 으스대며 말했다. 그냥 척 보는 순간 이 녀석이다 하는 생각이 드는 거예요.

소년은 이 도시를 떠나려 했다고 말했지만 보도자는 소년이 범행 다음 날인 오늘 태연히 도서관에서 지냈다고 말했다. 범행을 한 순간부터 지금까지 만 하루 동안의 행적이 그림으로 그려 보여졌다. 소년은 범행 후 집에 들어와 몸을 씻고 잠을 자고 일요일인 오늘 아침에 도시락을 들고 시립도서관으로 갔다. 하루종일 몹시 졸았다. 책상에 엎드려 잠을 잤다고 도서관에서 만난 그 애의 친구가 말했다. 여자친구에게 은목걸이를 사 주기 위해 범행을 했는가, 유흥비 마련을 위해 강도를 했느냐고 묻자 소년은 돈을 별로 쓸 일이 없고 동전들이 주체스러웠다고만 말했다.

화면에 비스듬히 옆모양을 비치는 소년의 얼굴을 본 인자가 아니, 쟤가 누구냐? 외마디 비명을 질렀다. "귀머거리를 죽인 범인이잖아요?" 딸이 의아해서 인자를 돌아보았다. 스포츠형의 짧은 머리에 흰색 점퍼를 입고 옆얼굴을 보이고 있는 범인은 비록 눈은 검정 테이프로 가려져 있지만 어제 아침나절 내내 교관의 호루라기에 맞춰 운동장을 뛰던, 엊저녁 승리오락실에서 보았던 소년에 틀림없었다.

교관의 지시에 따라 소년이 수없이 시도해보았던 찔러 총의 자세. 소년은 실수를 하지 않았을 것이다. 배운 대로, 정확히 각도를 맞추기에 애쓰면서, 무릎을 꿇고 표적을 향해 겨누었을 것이다. 소년이 흉기로 사용했다는 연탄집게는 발견되지 않았다. 소년은 그것을 버린 위치를 기억하지 못했다. 열 받았다는 말만 되풀이했다.

보도자는 범인이 불량배도 전과자도 아닌 내성적이고 착실한 학생이었다는 것 그리고 태연히 도서관에서 하루를 보냈다는 것에 경악을 금치 못한다고 말했다.

"하루 종일 살인 사건 애기뿐이야, 지금 열두 시가 다 되어가는데 저런 보도나 내보내고…… 엄마는 끔찍하지도 않아요?"

은영이 리모컨의 스위치를 누르자 인자가 돌아보며 소리쳤다.

"어서 켜지 못하겠니?"

은영의 눈이 얼어붙은 듯 커다래졌다. 태어나면서부터 이제까지 줄곧 보아왔던 얼굴의 낯섦에 소스라쳤다. 꼭꼭 싼 비닐로 둥그런 공처럼 번들거리는 머리통 때문만은 아니었다. 흐린 불빛 아래 이목구비의 윤곽이 밋밋하게 뭉개진 얼굴과 목덜미에 검고 찐득한 염색약이 흘러내리고 있었다. 그것은 피처럼 보였다. 엄마는 약이 흐르는 것을 전혀 의식하지 못하는가 보았다. 은영은 그것을 닦아줄 염을 못 내고 질린 표정으로 리모컨의 스위치를 다시 눌렀다. 화면이 살아나고 두 눈을 테이프로 가린 소년은 여전히 비스듬히 옆얼굴을 보이며, 그들이 고통을 느낄 사이 없이 죽었을 거라고 말하고 자신이 사형을 당할 것인가, 사형을 당하게 되면 장기를 기증하겠노라고 말했다. 검찰은 범인의 약물 복용 여부와 정신 감정을 의뢰할 것이라고 말했다.

　현우란 열 살 때 그를 입양한 양부모가 지어준 이름이었다.
그들은 그 이태 전에 교통사고로 열 살 된 외아들을 잃었다. 양
부모는 회한과 자책으로 다시 한번 좋은 부모가 될 수 있는 기
회가 주어지길 원했다. 그는 죽은 아이의 옷을 입고 죽은 아이
의 침대에서 자고 그 애의 책가방을 메고 그 애의 장난감을 갖
고 놀았다. 영재라는 이름을 버리고 얻은 현우가 죽은 아이의
이름이었다는 것을 나중에 알았다. 양모의 친척 가운데 어느 할
머니가 뭔가 두려워하는 눈길로 그를 보며 "빙에가 씌었다"고
혼잣말로 중얼거리던 것을 기억했다. 간혹 양모는 눈쌀을 찌푸
리며 말했다. 너는 왜 그러니? 너 왜 그러니가 아니었다. 그는
그 미묘한 말의 차이를 본능적으로 알았다. 상습적인 거짓말과
좀도둑질에 질린 양부모는 일 년 만에 그를 문어발 자르듯 잘랐
다. 그는 일찍부터 싹수 노란 떡잎이고 불에 던져질 가라지였다.
열한 살에 파양이 되어 보육원으로 되돌아갔다. 그 후 자신도
모를 이끌림으로 그 집에 가본 적이 있었다. 자신이 타던 자전
거를 타고 있는 제 또래의 열 살짜리 사내애, 그리고 안에서 "현
우야"라고 그 애를 부르는 양모의 목소리를 들었을 때의 극심한
혼란과 분열을 기억했다.

　자신은 이제껏 자신의 의지와 선택과는 무관하게 어떤 잔인
하고 심술궂은 힘에 떠밀려왔다. 보육원, 입양과 파양은 그의 선
택도 의지도 아니었다.

현우는 파헤쳐진 지하를 우두커니 본다. 복공판 아래 불빛 속에서 수상한 두런거림이 들린다. 지하에서 울리는 소리가 제 머릿속에서 나는 소리 같았다. 흔들리는 하늘을 이고 있는 것처럼 어지럽고 머리는 한없이 팽창해서 터질 것만 같았다. 열 때문에 눈알이 빨갛게 달아올랐다. 입에서도 단내가 훅훅 뿜어졌다.

배가 고팠다. 현우는 그것이 허기인지 외로움인지 알 수 없었다. 약간의 먹을 것과 침구를 가지고 장군봉에 들어가 살 수도 있으리라. 이 세상이라면, 사람들이라면 지지긋지긋하다. 오징어배를 타거나 폐광에 들어가겠다. 날이 밝는 대로 이곳을 떠나자. 필요한 돈을 얻는 일은 어렵지 않으리라. 뭔가 속았다는 분노가 강하게 치솟았다. 삶의 비루함이, 보잘것없음이 가슴을 후볐다. 자신이 가고 있는 방향도 가늠이 되지 않았다. 셔터를 내린 가게들, 학교 건물, 군부대, 위병들이 있는 곳을 돌아 비켜 걸었다. 편의점의 환히 불 밝힌 실내를 들여다보며 주머니 속의 돈을 헤아렸다. 주머니에는 몇 개의 주화만이 남아 있었다. 당장한 끼 밥과 잠자리가 아쉬운 처지에 어린 아이에게 비싼 장난감을 사 주고 아이스크림을 사 주던 호기가 어리석고 우스꽝스러웠다. 자신의 어설픈 감상과 비겁함에 화가 치밀었다.

거리 모퉁이에서 현우는 붉은 게가 삶아지고 있는 포장마차를 보고 이상한 착란감을 맛보았다. 말없이 게를 뜯어 먹던 흰 종이꽃 패랭이의 사람들은 환영처럼 사라져 보이지 않았다.

하루 종일, 아니 어젯밤부터 이때까지 맴돌아 결국 같은 자리에 돌아온 것이다. 그는 아픈 자신의 몸을 저주하고 넋지 않는 약을 지어 준 돌팔이 약사에게 욕설을 퍼붓고 회전목마처럼 도저히 멈출 수도 벗어날 수도 없이 결국 같은 곳을 맴돌게 하는 정체불명의 이 도시를 저주했다. 물을 좀 얻을 수 있다면 한 봉지 남은 약을 마저 먹을 수 있을 것이다. 그리고 이 도시를 떠나 바다나 탄광으로 갈 차비 정도만 구할 수 있다면 좋을 것이다.

구두는 그예 아주 밑창이 달아나버렸다. 맨발로 땅을 딛는 느낌에 자꾸 발가락이 움츠러들고 절뚝거려졌다. 발밑에 무언가 아주 기분 나쁜 물큰함이 밟혀 현우는 진저리를 치고 물러섰다. 난데없이 엊그젯밤 주정뱅이 사내의 뒤통수에서 만져지던 뜨뜻한 물큰함이 생생히 손 안에 감득되었던 것이다. 꼬리가 엄청나게 긴 죽은 쥐였다. 허리를 굽혀 내려다보다가 현우는 밑창이 나간 구두를 벗어 그것으로 쓸어 함께 파헤쳐진 땅속으로 쓸어 넣었다. 아스팔트가 뜯긴 바로 밑, 얼기설기 얽힌 녹슨 선들 사이에 무엇인가 길쯤한 것이 보였다. 현우는 허리를 깊이 숙이고 손을 뻗쳐 별 생각 없이 그것을 집어 들었다. 단단하고 묵직한 연탄집게였다.

큰길에서 벗어나 학교 담을 따라 걷던 현우는 불빛이 새어 나오는 창문을 들여다보았다. 의자에 앉은 뚱뚱한 중년 여자와 젊은 여자가 있다. 머리를 비닐로 꼭 동여맨 중년 여자의 이마로, 뺨으로 가느다란 핏줄기가 흘러내리고 있어 현우는 섬뜩 놀란다. 검정 브래지어와 팬티 바람으로 왔다 갔다 하는 젊은 여자는 이편에 등을 돌리고 있어 얼굴이 보이지 않았다. 티브이가 켜져 있다. 뭔가 편안치 않고 긴장된 분위기였다. 티브이 소리는 들리지 않고 화면도 잘 알아볼 수 없었다. 견딜 수 없이 목이 말랐다. 무엇보다 약을 먹어야 했다. 현우는 유리에 바짝 얼굴을 대고 창문을 두드렸다.

"엄마는 내가 수녀처럼 살기를 원하는 거야? 역시 집엘 오는 게 아니었어. 여긴 숨이 막혀. 나는 내일 첫차로 떠날 거야."
"얘야, 인생이란 한번 발을 잘못 내디디면 그대로 수렁인 거야. 넌 사내랑 도망치려는 거지? 어떤 사내가 순진한 널 꼬였겠지. 사랑한다고, 행복하게 해주겠다고, 너랑 둘이서 모두가 행복하고 정의롭게 사는 좋은 세상을 이루자고 ──"
인자는 이제 염색약이 피 흐르듯 줄줄이 흐르는 얼굴을 딸에게로 향한 채 인생이 자신에게 준 실망과 환멸과 슬픔을 말하고자 목질린 소리로 외쳤다. 티브이 소리와 인자의 외침에 섞여 무슨 소리인가 들리는 것 같았다. 인자와 은영은 각기 격앙된 목소리로 다투던 것을 멈추고 바깥의 소리에 귀를 기울였다. 문 두드리는 소리는 계속 들려왔다. 인자가 눈짓으로 만류했으나 은영이 문가로 갔다. 잠긴 문에 귀를 대보고는 고개를 흔들었다.
도시의 끝 어디에선가 길고 긴 흐느낌, 비명이 들려왔다. 멀리서부터 도시를 관통하는 길고 긴 신음, 외침 소리. 한밤중 입을 틀어막고 벽을 치며 내지르는 비통한 울음을 도시의 모든 사람들이 들었다. 밤마다 아니 그들이 살아 있는 동안 내내 들려올, 듣게 될 그 울음에 전율하며 두려움에 떨었다. 살인자를 낳은 배를 저주하는 비통한 어미의 울음에 잠시 멈칫하던 문 두드

리는 소리는 다시 들려왔다. 이젠 사뭇 주먹으로 쾅쾅 치는 소
리였다.

소리의 향방을 좇아 불안하게 움직이던 인자의 눈길이 주방
의 창문으로 향하는 순간, 인자는 유리창에 납작하게 짓눌려져
형체를 알 수 없는, 얼음에 갇힌 물고기의 몸부림 같은 숨막힐
듯한 가위눌림을 보았다. 문득 거역할 수 없는 힘으로 몸 일으
키는 형체 없는 괴물, 이 도시, 갇힌 물의 꿈을 보았다.

어디선가 강물이 범람하는 소리가 들리는 것도 같았다. 그러
나 거대한 댐으로 물을 가둔 이 도시에 넘쳐흐를 강물은 존재하
지 않는다. 물에 갇힌 꿈이 있을 뿐. 아버지, 물 밑에 눈 뜨고 누
운 죄 많은 아버지의 겨드랑이와 사타구니에서 무성히 자라는
물풀들이 있을 뿐.

(1995)

옛우물

마흔다섯 살이 된 생일 아침, 나는 여느 날과 마찬가지로 여섯 시에 맞춘 탁상시계 소리에 눈을 떴다. 겨울 지나면서 해는 발돋움질하듯 조금씩 길어지고 매일매일 한 겹씩 엷어지는 어둠 속에 섬세하게 깃들인 새벽빛, 친숙하고 익숙한 습관과 사물들 사이에서 잠을 깨었다. 여기저기, 가장 적합하다고 여겨진 자리에 의심 없이 놓인 전기밥솥, 가스레인지, 프라이팬과 낡고 늙어 부쩍 모터 소리가 요란해진 냉장고들 가운데서 움직이며 나는, 태어났을 때 사십오 년 후의 이러한 내 모습을 결코 상상하지 않았으리라는 생각을 잠깐 해본 것이 다르다면 다른 일이었을 것이다. 그해 이른 봄 오늘과 별로 다를 것 없는 어느 날 나는 스물세 살부터 십 년에 걸쳐 해 거름으로 아이낳이를 한 서른세 살의, 아마 그녀로서는 마지막 출산이기를 바랐을 여자의 자궁에서 벗어나 시간의 그물에 걸려들었다.

어머니는 그 뒤로도 십 년 가까이 아이를 낳았다. 내가 어딥

살이 되었을 때 낳은 사내아이를 끝으로 자궁은 말린 오얏처럼 쭈그러들었다.

내가 태어난 날임을 상기시키는 아무런 특별함은 없다. 그해 봄날 바람이 불었는지 비가 내렸는지 맑았는지 흐렸는지, 이제는 층계를 오르는 일조차 잊어버린 치매 상태의 노모에게 묻는 것은 의미 없는 일이리라. 다산의 축복을 받은 농경민의 마지막 후예인 그녀에게 아이를 낳는 것은, 밤송이가 벌어 저절로 알밤이 툭 떨어지는 것, 봉숭아 여문 씨들이 바람에 화르르 흐트러지는 것처럼 자연스럽고 범상한 일이었을 것이다.

나는 막냇동생이 태어나던 때를 기억하고 있다. 깨끗한 바가지에 쌀을 담고 그 위에 마른미역을 한 잎 걸쳐 안방 시렁에 얹어 삼신에게 바친 다음 할머니는 또다시 깨끗한 짚을 한 다발 안방으로 들여갔다. 사람도 짐승처럼 짚북데기 깔갯짚에서 아기를 낳나? 누구에게도 물을 수 없었던 마음속의 의문에 안방 쪽으로 가는 눈길이 자꾸 은밀하고 유심해졌다.

할머니는 아궁이가 미어지게 나무를 처넣어 부엌의 무쇠솥에 물을 끓였다. 저녁 내내 어둡고 웅숭깊은 부엌에는 설설 물 끓는 소리와 더운 김이 가득 서렸다. 특별히 누군가 말해준 적은 없지만 아이들은 무언가 분주하고 소란스럽고 조심스러운 쉬쉬함으로 어머니가 아기를 낳으려 한다는 눈치를 채게 마련이다.

할머니는 언니에게, 해 지기 전에 옛우물에서 물을 길어와 독을 채워놓으라고 말했다. 머리카락 빠뜨리지 마라. 쓸데없이 수다 떨다 침 떨구지 마라. 부정 탄다. 할머니는 엄하게 덧붙였다. 열다섯 살 큰언니는 물 뜨러 다니는 것을 부끄러워해서 물 길러 갈 때마다 입을 한 발이나 내밀었지만 불평 없이 물초롱을 찾아 들고 나는 두레박을 챙겨 따라 나섰다. 정자나무 지나 먼 옛 우물까지 가는 동안 언니는 한 번도 입을 열지 않았다. 물을 떠 오면 할머니는 검불이나 먼지가 떴는지 살핀 뒤 먼저 흰 사발에 담아 장독대로 돌아갔다. 다음에는 부뚜막의 조왕각시 사발에 채웠다. 아버지는 보이지 않았다. 마실이나 갔다 오게. 아이야 여자가 낳는 거지. 할머니가 손사래를 쳐서 내보냈다. 남자야 아이를 만드는 데나 소용 있는 거지 하는 뜻이었을 게다.

우리들은 불길이 잘 들지 않아 써늘한 윗방에 모여 재미도 없는 놀이에 열중하는 체하지만 귀는 온통 어머니의 신음이 새어 나오는 안방에 쏠려 있었다. 실뜨기도 공깃돌 놀이도 재미없었다. 우리들이 모이면 으레 아옹다옹 벌이는 싸움질도 하지 않았다. 이슬이 비친다거나 양수가 터졌다거나 문이 덜 열렸다거나 아아직 멀었다, 하는 할머니의 목소리에 섞여 아이고 어머니 아이고 어머니, 고통에 찬 외침이 들릴 때마다 언니는 어깨를 움찔움찔 떨고 조그만 얼굴이 굳어지며 말했다. 난 시집 안 가. 아이를 안 낳을 거야. 나는 작은오빠에게 머리를 쥐어박히고 훌쩍훌쩍 울었다. 정옥이의 엄마, 염쟁이 마누라가 아기를 낳다가 아기와 함께 죽었다는 말을 했기 때문이었다. 밤 깊도록 불 켜진 안방의 수런거림과 산고의 신음에 불안하게 귀 기울이다가 옷을 입은 채로 가로세로 쓰러져 잠이 들었지만 아침 일찍 지절로 눈이 떠졌다. 햇살이 퍼지지 않았는데도 문창호지가 밤새 눈 내린 아침처럼 환했다. 한바탕 큰일이 지나간 섯처럼 평온함이 감돌았다. 기름이 뜬 미역국과 흰밥으로 차려진 밥상을 보며 우리가 잠든 사이 어머니가 아기를 낳았다는 것을 알았다. 안방에 건너가면 윗목에 한 아름 뭉쳐 있는 수상쩍은 피빨래와 짚 더미. 아기는 우리가 차례로 입었던 배냇저고리를 우리가 막 벗어난, 혹은 지나온 작은 생처럼 물려 입고 밤을 지새운 고통, 피와 땀과 젖 냄새가 비릿하고 후덥덥하게 뒤섞인 공기를 마시며 잠들어 있었다.

할머니는 뒤란으로 돌아가 피 묻은 짚과 태를 태웠다. 우리가 떠나온 세계는 시커먼 연기와 검댕이로 피어올라 할머니가 장독대에 떠놓은 정화수 흰 대접, 옛날의 우물물에 날아 앉고 그렇게 우리는 영원한 암호, 비밀일 수밖에 없는 한 세계와 결별한다.

마당은 어느새 깨끗이 쓸려 있고 아버지는 새끼를 꼬아 숯과 고추를 끼워 대문에 금줄을 쳤다. 우리들은 싸리비 자국이 선명한, 아직 아무도 밟지 않은 마당에 작은 발자국을 만들며 학교로 갔다. 길에서 만나는 아이들에게마다 비밀 얘기하듯 소곤소곤 말했다. 우리 엄마가 아기를 낳았어. 동생이 생겼어. 사내아기야.

거기에는, 새 아기가 태어난 풍경에는 밝음과 고즈넉함, 슬픔 같은 것이 어려 있다. 우리는 누구나 가엾은 한 여자의 가랑이에서 피투성이가 되어 태어난다. 그리고 익히 알고 있는 길을 걸어가듯 생애 속으로 한 걸음씩 옮겨놓는다. 삶에 대한 상상력이란 대개의 경우 지나치게 황당하거나 안일하다. 묘지에 갔을 때 사람의 생애란 묘비에 적힌 생몰 연대 이상이라거나 그 이상이 아니라는 상반된 느낌들이 동시에 고개를 들지만 간단한 생몰 연대에 비해 그의 생애와 업적을 적은 비문은 구차한 변명이나 췌사로 보여질 수도 있으리라.

한 사람의 생애에 있어서 사십오 년이란 무엇일까. 그것은 부자도 가난뱅이도 될 수 있고 대통령도 마술사도 될 수 있는 시간일뿐더러 이미 죽어서 물과 불과 먼지와 바람으로 흩어져 산하에 분분히 내리기에도 충분한 시간이다.

나는 창세기 이래 진화의 표본을 찾아 적도 밑 일천 킬로미터의 바다를 건너 갈라파고스 제도로 갈 수도, 아프리카에 가서 사랑의 의술을 펼칠 수도 있었으리라. 무인도의 로빈슨 크루소도, 광야에서 외치는 선지자도 될 수 있었으리라. 피는 꽃과 지는 잎의 섭리를 노래하는 근사한 한 권의 책을 쓸 수도 있었을 테고 맨발로 춤추는 풀밭의 무희도 될 수 있었으리라. 질량불변의 법칙과 영혼의 문제, 환생과 윤회에 대한 책을 쓸 수도 있었을 것이다. 납과 쇠를 금으로 만드는 연금술사도 될 수 있었고 밤하늘의 별을 보고 나의 가야 할 바를 알았을는지도 모른다.

그러나 나는 지금 작은 지방 도시에서, 만성적인 편두통과 임신 중의 변비로 인한 치질에 시달리는 중년의 주부로 살아가고 있다. 유행하는 시와 에세이를 읽고 티브이의 뉴스를 보고 보수

적인 것과 진보적인 것으로 알려진 두 가지의 일간지를 동시에
구독해 읽는 것을 세상을 보는 창구로 삼고 있다. 한 달에 한 번
아들의 학교 자모회에 참석하고 일주일에 두 번 장을 보고 똑같
은 거리와 골목을 지나 일주일에 한 번 쑥탕에 가고 매주 목요
일 재활센터에서 지체부자유자들의 물리치료를 돕는 자원봉사
의 일을 하고 있다. 잦은 일은 아니지만 이름난 악단이나 연주
자의 순회 공연이 있을 때면 남편과 함께 성장을 하고 밤 외출
을 하기도 한다.

갈라파고스를 떠올린 것도 엊그제, 벌써 한 주일 이상이나 화
재가 계속되어 희귀 생물의 희생이 걱정된다는 티브이 뉴스에
비친 광경이 의식의 표면에 남긴 잔상 같은 것일 테고 더 먼저
는 아들이, 자신이 사용하는 물건들에 붙여놓은, '도도'라는 단
어에서 비롯된 것일 수도 있다. 도도가 무엇인가를 묻자 아들은
사백 년 전에 사라진, 나는 기능을 잃어 멸종된 새라고 말했었
다. 누구나 젊은 한 시절 자신을 전설 속의, 멸종된 종으로 여기
지 않겠는가. 관습과 제도 속으로 들어가야 하는 두려움과 항거
를 그렇게 나타내지 않겠는가.

우리 삶의 풍속은 그만큼 빈약한 상상력에 기대어 부박하다.
삶이 도태시킨 가능성에 대해 별반 아쉬움도 없이 잠깐 생각해
본 것은 새로 보태어진 나이테에 잠깐 발이 걸렸다는 뜻일 게
다. 그러나 나는 이제 혼례에나 장례에 꼭 같은 한 가지 옷으로
각각 알맞은 역할을 연출할 줄 알고 내 손으로 질서 지워주는
일들에 자부심을 갖고 있다. 마늘과 생강이 어우러져 내는 맛을

알고 행주와 걸레의 질서를 사랑하지만 종종 무질서 속으로 피신하는 것도 한 방법이라는 것을 알고 있다.

남편과 아들이 서둘러 아침 식사를 하고 각각 일터와 학교로 간 뒤 화장실 청소를 하려다가 나는 픽 웃었다.

깔끔한 성격의 남편은 그답지 않게 자주 변기의 물을 내리는 일을 잊는다. 나는 한 번도 그 점을 지적한 적이 없다. 비교적 성공한 봉급 생활자인, 이제 머리가 벗어지기 시작하고 몸이 붇기 시작하는 장년의, 일자리나 술자리, 잠자리에서까지 능숙하고 세련된 그에게 어린 날을 떠올리게 하는 것은 거의 없다. 내게서 어린 날의 심한 허기와 도벽, 노란 거품을 게워내던 횟배앓이의 흔적을 찾을 수 없는 것처럼. 그러나 나는 사타구니에 손을 넣고 모로 누워 웅크리고 자는 그의 모습을 볼 때, 채 물 내리는 것을 잊은 변기 속의, 천진하게 제 모양을 지니고 물에 잠겨 있는 똥을 볼 때 커다란, 늙어가는 그의 속에 변치 않은 모습으로 씨앗처럼 깊이 들어 있는 작은 그를, 똥을 누고 나서 자신이 눈 똥을 신기하고 이상해하는 눈길로 물끄러미 바라보는 어린아이, 유년기의 가난의 흔적을 본다.

남편의 선배 중에 경상도 시골에서 과수원을 하는 사람이 있었다. 남편과 내가 찾아갔을 때, 그와 그의 아내는 똥과 풀을 섞어 두엄자리를 만들고 있었다. 그의 아내가 냄새 풍기는 것이 미안했던지 내게 말했다. 똥이 썩을 때의 빛깔은 얼마나 형형색색으로 예쁜지 몰라요. 사람들이 제가 눈 똥을 보지 않게 되면서부터 본질을 잃어가는 게 아닌가 싶다고 나는 대꾸했었다. 그들 부부는 오래전 통일 이전의 독일 유학생으로 각각 독일 문학과 교육학의 박사과정을 마쳐갈 즈음 모종의 사건에 연루되어 소환되었다. 재판을 받고 일 년간 복역한 후 풀려났지만 남편의 선배는 원거리 공포증이라는 이상한 병을 얻었다. 자신이 있는 곳으로부터 이 킬로미터 반경을 벗어나면 심장이 뛰고 불안해서 안절부절못한다는 것이었다. 고향인 시골로 돌아왔을 때도 한동안 검은 수건으로 눈을 가리고 자신이 이제부터 살아가야 할 생활 반경을 익혀야 했었노라고 했다. 버스 터미널까지 자동차를 운전해서 우리를 데려다준 것도 그의 아내였다. 방랑이 꿈이었는데 인생이 참 아이로니컬하지요. 자랑스러운 영농 후계자로 뽑혔다는 그는 사과꽃이 만발한 과수원에서 우리와 작별하며 헛헛하게 웃었다.

집 안을 치우고 나니 한결 호젓하고 조용한 것 같다. 주전자에 물을 채워 불에 얹고 나는 부엌 벽에 걸린 전화기의 송수화기를 떼어 들었다. 지역 번호를 누른 뒤 빠르고 센 힘으로 번호판을 꾹꾹 눌렀다. 아득한 공간 속으로 신호음이 울렸다. 열 번, 열다섯 번, 스무 번. 송수화기를 제자리에 걸고 나는 더운물을 부은 찻잔을 천천히 휘저었다.

시는 강을 경계로 해서 남과 북으로 갈리고 농사를 짓는 북쪽과 소비 지역인 남쪽의 생활권을 이어주는 다릿목께에 상설 야채 시장이 선다. 남편과 아들이 녹즙을 마시기 시작하면서부터 나는 값도 비교적 싸고 무엇보다 싱싱하다는 이유로 이 시장을 자주 이용해왔다.

　이른 아침 시장에 나오면 이슬 맺힌 채로의, 아직 가지런히 땅에 뿌리내리고 있는 듯한 연상을 불러일으키는 채소들, 푸른 잎과 구근 들을 만난다. 그것들은 내게, 해 뜰 무렵 이슬에 발목 적시며 푸른 식물들 사이에 서 있는 듯한 만족감을 주기도 했다. 내 손으로 가꿀 수 있는 작은 밭이 있었으면 좋겠다는 생각을 해보는 것도 그때였다. 대부분 햇빛과 바람, 비에 의한 것이 아닌, 알맞은 온도와 습도, 빛을 인위적으로 조절한 비닐하우스에서 재배한 것이라는 것을, 시든 푸성귀에 흠뻑 물을 뿌려 푸릇푸릇 살아나게 하여 갓 뽑은 것 같은 속임수를 쓰기도 한다는 것을 알게 된 뒤에도 그랬다.

　신선초와 케일, 컴프리 따위로 채워진 커다란 비닐 주머니를 양손에 무겁게 들고 시장을 벗어나며 나는 잠깐, 여름이 오기 전에 운전면허를 따야 하지 않겠는가를 생각했다. 진작 운전을 시작한 이웃 사람들이나 친구들로부터 운전을 하면 생활 형태와 감각이 달라진다는, 얼마나 기능적이고 자유스러워지는가 하는 얘기를 듣고 있는 터였다. 그러나 운전에 대한 생각은 다릿목에 이르러 지워져버렸다.

　차들이 꼼짝 않고 늘어서 있었다. 다리가 끝나는 곳에 시가지로 진입하는 세 갈래 길이 부챗살처럼 뻗어 있어 병목 현상을 일으켜 평소 교통 체증이 심한 곳이긴 해도 이처럼 끝 간 데 없이 차들이 뒤엉켜 움직이지 않는 것은 드문 일이었다.

　파마머리를 봉두난발로 붇붇이 세우고 두터운 겨울 코트를 입은 한 여자가 입에 불붙이지 않은 담배를 서너 개비 한꺼번에 물고 길 가운데 서서 두 팔을 내두르며 교통정리를 하고 있었다. 길 가던 사람들이 피식피식 웃어대고 자동차들은 신경질적으로 경적을 울려대었다. 나는 그때 늘어선 차 중에서 낯익은 감청색 승용차를 보았다. 남편의 차였다. 뒷좌석과 옆에 동승한 남자들이 있었다. 다리 건너 횟집에서 점심 식사를 하고 오는 길이리라 짐작되었다. 은행의 부장직에 있는 남편으로서는 고객과의 식사 자리도 중요한 업무일 것이었다. 핸들에 손을 얹고 있는 남편의, 그의 동승자들에게는 보이지 않을 얼굴은 피곤하고 권태로운 표정을 담고 있었다. 뒷자리의 남자들은 창을 내리고 고개를 빼어 그 여자를 보며 웃고 있었다.

나는 나 자신도 모르게 조금 남편의 시야에서 비껴 섰다. 남편은 나를 보지 못한 것 같았다. 똑바로 앞만 바라보고 있었다. 아침에 입고 나간 그대로의 차림인데도 집 밖에서 보는 남편은 낯설었다. 나는 순간적인 내 태도와 감정에 당황했다. 내가 조금 더 그를 바라보았거나 아주 작은 소리로라도 불렀다면 그는 알아차렸을 만큼 가까운 거리였다.

미친 여자의 교통정리는 상습적인 것인 듯 그녀는 경찰에게 어깨를 잡혀 순순히 끌려가며 물방개 떼처럼 까맣게 밀린 차들을 향해 손을 흔들어주는 여유까지 보였다. 차들이 움직이기 시작하고 감청색 승용차도 그 속에 섞여 들어 어느 결에 시야에서 사라졌다. 그 차가 안 보일 때까지 눈으로 좇다가 나는 천천히 걸음을 떼어놓았다.

몇 대의 버스를 보내고도 나는 그 자리에 우두커니 서 있었다. 버스비로 꺼내 쥔 몇 낱의 동전에 축축이 땀이 찼다. 버스를 타기에는 짐이 무겁다고 속으로 말했다. 아직 세 시, 집에 들어가서 서둘러 해야 할 일은 없다고, 저녁밥을 지을 때까지는 아직 시간이 많이 남아 있노라고 왠지 변명하는 기분으로 말했다. 신호등이 파란불로 바뀌어도 건널 염이 없이, 비스듬히 맞바라다 보이는 건물을 바라보고 서서 뜨거운 커피를 한잔 마시고 싶다고 목쉰 소리로 조그맣게 말해보았다. 택시는 쉽게 잡히지 않았다. 어쩌다 빈 택시가 지나가기도 했지만 미처 손을 들기 전에 지나가버렸다. 반대 방향으로 가는 빈 택시는 자주 눈에 띄었다. 조금 돌더라도 건너가서 타는 게 낫겠다고 작정을 하고 길을 건넜다. 택시 정류장의 표지판을 찾아 망설이듯 느릿느릿 걷다가 옛날로부터 홀연히 나타난, 낯익은 찻집의 문 앞에서 문득 멈춰 섰다.

문득,이라고 말하는 것은 옳지 않다. 나는 집으로부터 이곳까지의 먼 길이 여러 해에 걸친 우회라는 것을 부인할 수 없다. 찻집의 유리창에 바짝 붙어서서 뚫고 들어갈 듯 이마를 대었다. 오래전 내가 앉았던 자리, 강이 맞바로 내다보이는 창가의 탁자 위에 담뱃갑과 반쯤 마시다 만 찻잔, 몇 개의 열쇠가 매달려 있는 열쇠고리가 무심히 놓여 있었다. 그리고 재떨이에 걸쳐진 담배에서 피어오르는 연기. 의자는 비어 있었다. 유리 밖의 내 모습이 유령처럼 그 물상 위로 비비적대며 어른거렸다. 나는 훅 숨을 들이마시며 눈을 부릅떴다. 그것은 텅 빈 공허, 사라짐의

공포였을까. 그곳은 사과가 떨어져도 "툭 하는 소리가"* 나지
않는 저편의 세계. 내가 때때로 송수화기를 통해 듣게 되는, 어
둠의 심부로 한없이 빨려가 사라지는 신호음. 이제는 영원히 과
거 시제로 말해질 수밖에 없는 비인칭 명제. 그러나 나로서는
간신히 온 힘을 다해 '그'라고 부르는.

연인들이 저물도록 강물을 바라보다가 돌아가는 찻집이었다.
내가 무거운 나무문을 밀자 그것은 '여러 해 만에' 비로소 삐
익 녹슨 소리를 내며 열렸다. 한낮인 탓에 찻집 안은 손님이 하
나도 없이 조용했다. 그 언젠가와 꼭 같았다. 연극 무대에서 흔
히 사용하는 방법, 추억을 상기시키는 하나의 장치처럼 모든 것
이 그대로였다. 상앗빛 와이셔츠에 커프스가 단정한 주인 남자
가 이제는 수염을 기르고 있는 것만이 달랐을 뿐이다. 모든 것
이 그대로인 채 조금씩 낡아가고 가라앉아가고 있었다. 나는 제
일 안쪽 자리를 잡고 앉았다. 찻잔이 놓인 탁자가 마주 보이는
자리였다. 그 자리에 앉았었을 남자는 카운터 옆의 공중전화 부
스에서 이편에 등을 보이고 서서 전화를 걸고 있었다. 유리 칸
막이가 되어 있어 말소리는 들리지 않았다.

완연한 봄이군요. 가죽 덮개 씌운 메뉴 책을 가져온 주인 남
자의 말에 여러 해 전의 내가, 스스로에게도 이상하게 들리는
낮고 쉰 목소리로 '블루마운틴' 커피를 주문했다. 그와 함께였
다면 찻집 남자는 그때처럼, 강물빛이 좋지요라고 말했을 것이

* 박목월의 시 「하관」에서.

546

다. 정말 그렇군요라고 그가 대답하면 찻집 남자는 이 고장에는 봄가을이 없어요. 봄인가 하면 여름이 되고 가을이 오면 곧 눈이 내리지요라고 덧붙일 것이다. 찻집 남자는 그가 혼잡한 대도시에서 왔음을 알아챈 것이다. 이 고장 사람에게라면 강물빛이 좋군요 따위의 말은 하지 않을 것이다. 그것은 스쳐 지나가는, 잠시 머물다 영원히 떠나가는 나그네를 향한 말이다. 담배 한 대를 피울 동안, 차 한 잔을 마실 동안, 한 컵의 맥주를 마실 동안만 내 눈빛에 머무는.

재떨이에 걸쳐놓은 담배는 더 이상 푸르스름한 연기를 피워 올리지 않고 위태롭게 구부러진 흰 재가 어느 순간 소리 없이 무너졌다.

나는 그가 내 어깨 너머로 바라보던 강과 강물 위에 떠 있는, 갈대숲 우거진 작은 섬을 바라보았다.

반백의 남자가 전화부스에서 나와 자리에 털썩 주저앉았다. 담배를 물고 불을 붙였다. 찻집 남자가 커피를 가져왔다. 진하고 뜨거운 커피 냄새가 가라앉은 공기 속을 섬세하게 떨며 실핏줄처럼 퍼져가는 것을 느꼈다. 그 향기를 감지했던가, 맞은편 탁자의 남자가 고개를 들어 이켠을 바라보았고 잠깐 허공에서 시선이 맞부딪쳤다. 어딘가 몽롱하고 불안해하는 눈빛이었다. 나는 찻잔에 설탕과 크림을 넣어 천천히 휘저으며 그에게서 눈을 떼지 않았다. 나는 찻집 주인이 손수 뽑아내는 커피 맛이 일품이라는 것을 알고 있었고 또한 그가 남색가라는 것을 알고 있었다. 이 작은 도시에서는 무엇이든 감추어지는 것이 없었다. 아직

늙지 않은 그의, 가짜로 만들어 붙인 듯 풍성한 턱수염 따위는 허세에 지나지 않을 따름인 것이다.

베토벤의 석고 데드마스크는 옛날처럼 벽 위 높직이 그 자리에 붙어 있었다. 나는 마주 앉은 그에게, 중학교 미술 시간에 석고로 마스크 뜨던 얘기를 했을 것이다. 콧구멍을 막고 눈을 꼭 감고 되게 갠 석고 반죽을 얼굴에 바를 때의, 세상이 사라지듯 어둡고 차가워지던 느낌을, 아마 죽음이 그럴 거라고 말했을 것이다. 오직 내 어깨 너머로 아득히 가 있는 그의 눈길을 잡으려는 필사적인 노력으로 더듬거리며 감히 죽음을 말했을 것이다.

담배를 다 피우고 난 남자는 일어나 다시 전화부스로 들어갔다. 나는 눈길을 돌렸다. 강은 완연히 봄빛을 띠고 있었다. 먼 산은 아직 잎 피지 않은 부드러운 갈색으로 아득하지만 강둑을 따라 늘어선 버드나무 가지에는 연둣빛 기운이 안개처럼 어려 있었다. 다리의 중간쯤에서 한 여자가 허리를 깊이 굽히고 강물을 내려다보는 것이 보였다. 다리에서는 종종 자살 사건이 일어났다. 그것은 신병 비관, 생활고, 실연 등의 제목을 달고 지방 신문의 하단 일단 기사로 보도되었다. 다리의 중간 지점을 받친 기둥 아래는 물살이 믿을 수 없이 빠르게 소용돌이치기 때문에 깊이 빨려들어간 익사체는 오랜 후에야 물의 흐름이 느려지는 강의 하류에서 천천히 떠오른다고 했다.

어릴 때 내게 죽음은 흰 봉투였다. 가끔 학교에서 돌아올 때나 아침에 집을 나설 때 대문과 문설주 사이에 반으로 접혀 꽂힌 흰 봉투를 보곤 했었다. 집안 식구들 중 아무도 누가 언제 그것을 끼워 넣었는지 알지 못했다. 어른들은 그것이 부고訃告라는 것을 알려주지 않았지만 아이들은 함부로 만지거나 열어보면 안 되는 불길하고 부정한 그 무엇이라는 것을 저절로 알았다. 아무것도 씌어 있지 않은 흰 봉투에 담겨 아무도 알아차리지 못하는 순간에 살짝 문틈에 끼워진 죽음은 두렵고 낯선 비밀이었다.

한여름 청청히 물오르는 계절에도, 죽음의 자리에 누운 아버지는 자꾸 뚝뚝 나뭇가지 부러지는 소리가 들린다고 말했다. 저승으로 열린 귀는 셀로판지처럼 얇고 투명해져 다른 사람들은 볼 수 없는, 또 다른 세계의 소리를 듣고 있었다. 죽음을 앞둔 사람의 환청이라 귀담아듣지 않으면서도 임종을 지키기 위해 모여든 가족들은 자주 밖을 내다보는 시늉을 하고 아버지를 안심시켰다. 우리는 그것이 죽음의 소리라는 것을 몰랐다. 우리는 죽음을 알아보기에는 너무 젊었던 것이다. 참 깨끗이 곱게 가셨다. 입관을 하기 전 어머니가 자부심을 가지고 말했으나 그 말이 끝나기가 무섭게 아버지는 냄새를 풍기기 시작했다. 온몸을 흔들며 웃던 평소의 습관처럼 전신으로 냄새를 풍겼다. 어머니는 그러한 말을 해서는 안 된다는 것을 몰랐다. 오래된 미신이라 하더라도 옛사람들이 옳았다. 그들은 죽음에 위엄을 부여할 줄 알았다. 죽은 자에 대해 말하는 것은 금기였다. 야삼경 지붕 위에 올라가 망자의 흰 저고리를 흔들며 캄캄한 천공에 외치는 초혼제를 지낼 때 나의 어린 아들은 아주 커다랗고 하얀 새가 날개를 펄럭이며 어두운 하늘로 날아가는 것을 보았다고 말했다.

그가 죽은 후 오랫동안 나를 괴롭히던 귀울음은 나았다. 한없이 귀가 부풀어 오르는 느낌, 세상의 온갖 소리들이 종잡을 수 없이 웅웅대며 끓어올라 뇌 속을 파고드는 고통을 호소하자 이비인후과의 젊은 의사는 아마 달팽이관에 이상이 생긴 듯하다는 자신 없는 진단을 내렸다. 이제 범상히 살아가는 내게 그의 흔적은 없다. 밥을 먹고 잠을 자고 혼자 있는 시간에 뜻 없이 내뱉는 탄식처럼 짧고 습관적인 성교를 한다. 그러나 모든 죽은 사람들이, 그들에 대한 기억이 소멸한 뒤에도 그들이 남긴 살아 있는 사람들의 유전자 속에 깃들이듯 그는 나의 사소한 몸짓과 습관 속에 남아 있다. 예기치 않았던 날, 누구나 이용할 수 있는 신문의 부고란에서 그의 죽음을 보았을 때부터 내게는, 그의 떠도는 전화번호를 불러내어 꾹꾹 눌러대는 버릇이 생겼다. 어둠의 심부를 향해 신호음을 울리며 이제 그가 사용할 수 없는 일련의 숫자들은 캄캄한 공허 속으로 끝없이 퍼져갔다. 그가 왜, 어떻게 죽었는가를 묻는 것은 의미 없는 일이리라.

그가 죽은 뒤 한동안 내게는 모든 사람들이 시체처럼 보였다. 먹고 마시고 너털웃음 치는 시체, 걸어 다니는 시체, 쾌락을 느끼거나 고통을 느끼는 시체. 어릴 때 동무 정옥이의 아버지가 옳았는지도 모른다. 술주정뱅이 엄쟁이인 정옥의 아버지는 밤마다 관 속에 들어가 잔다고 했다.

전화부스를 나오는 남자의 시선이 다리 위에 가 있는 내 눈길을 끌어당겼다. 남자가 여자를 바라보는 것이 아닌, 어딘가 혼란에 빠진 눈길이었다. 해가 갈수록 나는 낯선 남자의 눈길을 받을 때 그것이 남자가 여자를 바라보는 눈길이 아님을 느끼게 된다. 유리알처럼 무의미하고 건조하게 스쳐가는, 혹은 자신의 내부를 들여다보는 눈빛의 투사. 그것은 내가 더 이상 젊은 여자가 아니라는 의미이리라.

나는 똑바로 그 남자를 바라보았다. 그 남자는 가지런히 빗긴 머리를 공연히 쓸어보고 얼굴을 문지르며 흐트러진 눈빛으로 허둥대었다. 실내에 갇힌 만져질 듯 단단한 고요함을 견디지 못한 찻집 주인이 턴테이블에 판을 걸었다. 재킷에서 디스크를 꺼내어 조심스레 먼지를 닦아내고 바늘을 올리는 번거로움과 수고, 옛 방식을 그는 즐기고 있는 듯싶었다. 지익지익 바늘 긁히는 소리에 이어 라벨의 「볼레로」가 흘러나왔다.

그 남자는 힘겹게 내 시선을 걷어내며 신문을 펴 들었다. 그러나 나는 그의 얼굴을 가린 신문지 너머에서 여전히 나를 바라보는 눈과 조금씩 거북해지고 가빠지는 숨결을 느낄 수 있었다. 그는 심한 혼란에 빠진 것에 틀림없다. 내가 젊고 아름다운 여자였다면 그가 그토록 당황하지는 않았을 것이다. 저 여자가 누구일까. 왜 나를 뚫어지게 바라보는 것일까. 뒤죽박죽 헝클어진 기억의 창고를 헤집어 그가 알았던 여자, 안았던 여자, 버렸던 여자 들의 희미한 얼굴을 떠올리며 진땀을 흘릴 것이다. 점차적으로 빨라지는 캐스터네츠의 소리가 가까스로 끌어올린 실마리들을 흩어버려 그는 점점 더 미로 속을 헤매게 될 것이다.

그가 마침내 신문을 탁자에 내려놓으며 결심한 듯 몸을 일으켰다. 내 쪽을 향한 몸이 순간 기우뚱하며 탁자를 치고 찻잔이 바닥에 떨어져 날카로운 파열음으로 부서졌다. 그는 극도로 당황한 것 같았다. 막바지로 치닫는 볼레로의 팔분 음표와 십육분음표의 숨 가쁜 원무를 헤치고 주인 남자가 다가왔다. 당황한 몸짓으로 허리를 굽혀 깨진 조각들을 주우려는 그를 만류했다. 그와 주인 남자 사이에 몇 마디 말이 오갔다. 점점 높아지고 빨라지는 음악 소리 때문에 그들이 하는 말은 들리지 않는다. 그는 이제 절대로 내 쪽을 보지 않는다. 완강히 등을 돌린 자세로 빈 담뱃갑을 구겨버리고 열쇠고리를 집어넣고 계산을 치른 뒤 밖으로 나갔다.

넓은 유리창을 통해 어딘가 불안정한 걸음걸이로 횡단보도를 건너는 그의 모습이 보였다. 그는 담배 가게에서 담배를 사고 손수건을 꺼내 얼굴을 문질렀다.

나는 찻집을 나왔다. 분명히 설명할 수 없는 조바심으로 종종걸음을 치며 그의 발자취를 충실히 따라 횡단보도를 건너 강둑길로 올라섰다.

그는 강둑, 마른풀들이 깔린 편편한 땅에서 버드나무를 짚고 서 있었다. 왼손으로 가슴을 문지르고 애써 심호흡을 했다. 토하려는, 어쩌면 뭔가 자신 속에서 치밀어 오르는 억누를 수 없는 힘과 싸우는 듯도 했다. 낯빛이 무섭게 창백했다. 그가 나를 바라보았던가 알 수 없었다. 미간을 모아 찌푸린 눈길이 힐끗 나를 거쳐 벌써 이울기 시작하는 해를 바라보았다.

그는 신경질적이고 불안한 손놀림으로 넥타이를 풀었다. 목을 매려는가 보다고 나는 순간적으로 생각했지만 그는 넥타이를 주머니에 넣고 양복 상의를 벗어 개었다. 그러고는 개어놓은 윗도리를 베고 반듯하게 누웠다. 그는 이제 눈에 띄게 헐떡이고 있었다. 바지 주머니에서 손수건을 꺼내 얼굴을 덮으며 그는 으으윽, 억눌린 비명과 함께 몸을 뒤틀었다. 흰 와이셔츠와 엷은 색 바지는 이내 마른풀과 흙으로 더럽혀졌다. 전혀 예기치 않은 돌연한 사태에 나는 왜, 왜 그래요, 어디 아픈가요. 목 질린 소리를 내뱉으며 물러섰다. 강둑 아래 선착장에서 배를 기다리던 사람들과 노점을 펼쳐놓고 있던 사람들이 모여들었다. 그들은 경찰을 부르거나 병원으로 옮겨야 하지 않겠느냐는 다급한 내 말을 간단히 묵살했다. 간질이라고, 발작이 와서 넘어지면 뇌진탕을 일으킬까 봐 자신이 미리 알고 대비하는 것이라고 말했다. 이렇게 호젓한 자리를 잡아 옷을 벗어놓고 누운 것을 보니 병이 골수에 박혀 발작이 잦은 사람인 게라고, 곧 멀쩡해져서 일어날 테니 걱정할 게 없다고 덧붙였다.

    그는 죽어가는 개구리처럼 끊임없이 사지를 비틀고 떨어대었다. 흰 손수건 밑의 얼굴 윤곽이 젖은 형태로 드러났다. 둘러선 사람들은 간질이 내림병이라거니 아니라거니, 맞선 보는 자리에서 발작을 일으킨 얘기, 결혼 첫날밤에 발작을 일으켜 색시가 놀라 달아났다는 등 보거나 들은 얘기들을 나누며 발밑에서 몸부림치는 그가 어떤 모습으로 일어날까를 기다렸다. 그것은 뭔가 허구적이고 비현실적인 느낌을 주는 광경이었다. 나 역시 유수한 기업체의 입사 시험에서 합격한 후 마지막 코스인 면접 시험장에서 발작을 일으킨 얘기를, 사랑하는 여자의 마음을 어렵게 사로잡은 순간 발작을 일으킨 사람들의 얘기를 알고 있다. 오 분? 십 분? 몸의 경련이 차츰 느려지고 어느 순간 그는 부르르 진저리를 치며 길게 휘파람 같은 한숨을 내쉬었다. 이제 다 됐어. 누군가의 말을 받듯 불룩하게 치솟은 바지 앞섶이 펑 젖어 들었다. 그것은 점차 짙은 빛깔의 얼룩으로 걷잡을 수 없이 번져갔다.

그가 일어났다. 돌연히 감지되는 침묵과 둘러선 사람들에게 눈길을 주지 않고 옷의 흙을 털고 머리를 매만졌다. 양복 상의를 집어 들고 발길을 돌리는 순간 잠깐 나와 눈이 마주쳤던가. 나는 그 고독하고 허전한 눈빛을 결코 잊지 못할 것이다.

저녁 식탁에서 남편은 오늘은 아주 더웠다고, 여름 양복을 손질해놓았느냐고 물었다. 나는 아무리 그래도 지금은 봄이고 봄 날씨는 예측할 수 없다고 대꾸했다. 남편은 여름의 휴가는 바캉스 시기를 피해 유월쯤 조용한 숲속의 콘도에서 보내고 싶다고 말했다. 아들이 대학에 들어가서 집을 떠나 대도시로 가게 되면 우리도 함께 외국 여행을 가자고 말하기도 했다. 식사를 마치고 신문을 보던 남편의 말 — 더러운 물과 공기는 우리가 스스로에게 가하는 무서운 폭력이라는 — 에 나는 동의한다. 신문에는 썩어가는 식수원과 지렁이가 나오는 수돗물에 항의하는 시민들의 사진이 실려 있다.

조용한 휴가와 깨끗한 물과 공기에 대해, 연금과 전원주택에 대해 나누는 대화에서 나는 우리가 늙어가고 있다는 것을 느낀다. 남편은 '베드로'라는 영세명을 받은, 십대 후반부터 냉담 중인 천주교인이지만 은퇴 후에는 종교 활동을 통해 이웃과 사회에 봉사하며 평화로운 노년을 보내고 싶다고 말한다. 그것은 꿈이라기보다 계획이라고 해야 옳을 것이다. 사람의 생애나 내일은 예측할 수 없는 것이긴 하지만 우리가 이제껏 살아온 것처럼 별달리 모험을 하려 하지 않는다면 남편과 나는 아마 그러한 노년을 누리게 될 것이다. 남편은 욕심 없이 깨끗하고 점잖게 늙고 싶어 하고 그러한 마음이 내게 신뢰를 준다. 나는 우연히 그가 종교 단체에서 벌이는 운동에 동참해서 사후의 장기 기증을 약속했다는 것을 알았다. 그것을 내게 말하지 않은 것은 나의 선택권에 대한 존중으로 여겨진다. 나의 정서로는 아직 나의 죽은 몸이 채 식기 전 벌거벗겨져 낯선 손에 의해 열린다는 것, 내용물을 뽑아낸 텅 빈 자루가 되어 땅에 묻힌다는 것을 받아들이기 어렵다. 만약 남편이 먼저 죽는다면 나는 아마 그의 박제를 매장하게 될 것이다.

남편과 아들은 지구 온난화 현상과 기상 이변에 대해서, 나라 밖 전쟁과 핵 보유 문제에 대해, 새로 발견된 명왕성보다 더 먼 별에 대해 이야기를 하고 나는 그들이 나누는, 나로서는 잘 알 수 없는 얘기를 듣는 일이 즐겁다. 그것은 우리가 다른, 새로운 세상에 살고 있음을 깨닫게 하고 약간의 두려움과 자부심을 동시에 느끼게 해준다.

인도 바람은 한물간 것 같은데 명상이 대유행이에요. 고도의 경지에 이르면 뭐든지 가능하대. 가만히 혼자 앉아서 섹스도 가능하고 오르가슴까지도 느낀대. 그거야 마스터베이션과 뭐가 달라요? 나는 신문에 끼여 온 명상 센터 광고지를 보며 남편에게 말했다. 생산적이진 않겠지. 남편이 대답했다. 우리의 생활에서 더 이상 생산적인 것이란 게 있을까. 우리 삶의 내용을 이루는 것들. 그와 나, 합법적인 관계에서 태어난 아들을 나날이 싱싱하게 자라는 나무처럼 바라보며 소망과 걱정을 나누고 자잘한 생활의 문제, 음식과 성을 나눈다. 물론 배반과 환멸과 분노의 몫도 있을 것이다. 그릇에 담긴 물의 평화와, 고약한 항변처럼 끓어오르는 장항아리의 곰팡이가 있고 무엇보다도 이 모든 것들을 싸안는 충실한 관습, 질서가 있다. 기나긴 습관의 미덕에 기대어 약간의 불면과 무력한 고통의 기억을 잠재운다. 언제부터인가 우리는 나란히 누워 잠들지만 각각 꾸었던 지난밤의 꿈에 대해 이야기하지 않는다. 당신은 나를 어떻게 견디나. 나는 때때로 마음속으로 그에게 물음을 던지지만 그것은 똑같이 나 자신에게도 유효한 물음일 것이다. 그러나 나는 한 번도 그러한 말을 한 적이 없다. 잠수에 자신이 없는 사람은 어떤 경우에나 수면 아래로 내려가면 안 될 것이다. 익사의 위험이 따르므로.

그러나 우리의 관계를 단순히 관습이라거나 시간의 길들임이라고 말하는 것은 정직하지 않다. 남의 환심을 사기 위해 짐짓 해보는, 자신에 대한 능멸처럼 비겁하고 위선적이다. 그렇게 말할 수만은 없는 무엇인가가 분명히 있다.

남편과 나는 같은 해에 태어났다. 각각 동서로 나뉘는 다른 고장에서 자랐지만 전쟁 중에 태어나서 폐허 속에서 성장한 공유의 경험이 있다. 점심이 없던 봄과 여름 긴긴 오후의 허기와 쓸쓸함을, 그 쓸쓸함을 달래주던, 무딘 손칼이나 생철 조각으로 무른 흙을 헤집어 캐 먹던 메 뿌리의 맛을 알고 있다. 춥고 긴 겨울밤 까닭 모를 슬픔으로 잠 못 이루고 뒤척이게 하던 야경꾼의 딱따기 소리와 석양 무렵 오후의 늦은 잠에서 깨어났을 때의 서러운 혼미, 상이군인의 쇠갈고리 손의 공포, 고달픈 부모의 매질과 욕설을 알고 있다. 구구단과 연대기, 우리의 맹세와 혁명 공약을 외우며 자란 작은 아이들.

열일곱 살인 아들을 보면 내가 아직 알지 못했던, 그맘 나이 때의 남편의 모습이 보이고 매번 인간의 유전자 속에 들어 있는 끔찍한 복제 욕망에 새삼스레 놀란다.

남편은 낮의 다릿목에서 있었던 교통 체증에 대해 말하며 좁은 길과 앞을 내다보지 못하는 도시 행정을 비난했다. 이어 이사 철이 지나기 전 작은 아파트를 팔아야 하지 않겠는가고 말했다. 나는 내일 부동산 업자에게 집을 내놓겠노라고 순순히 대답했다.

저녁 설거지를 마치고 나서야 나는 다릿목 시장에서 산 채소를 찻집에 그대로 두고 왔다는 것을 기억해냈다.

내가 살고 있는 고층 아파트 앞 아카시아 덤불과 잡목이 우거진 야산을 넘어가면 우리 가족이 편의상 '작은집'이라고 부르는 예성 아파트가 있다. 그리고 그 아파트로 가는 길에 연당집이 있다. 예성 아파트로 가려면 우리가 사는 아파트의 진입로에서 연결된 찻길로 나와 아파트 단지의 담을 끼고 빙 돌아야 하지만 나는 대개의 경우 길도 나 있지 않은 야산을 넘어 삭은집으로 간다. 지름길인 탓도 있지만 용케도 둥치 굵은 나무들이 이루는 숲이 남아 있기 때문에 나는 개인 소유의 땅이므로 다른 사람들의 출입을 금한다는 푯말을 무시한 채 철망 울타리의 개구멍으로 기어 들어가곤 했다. 그곳에는 소나무와 참나무, 커다란 오동나무까지 있어 예성 아파트를 오갈 때마다 나는 그 작은 숲 가운데서 저절로 발길이 멈추어지곤 했다. 잎을 모두 떨구고 앙상한 나목일 때에도 밤이 깃들일 무렵 그 아래에 서면 왠지 현자가 된 듯한 느낌이 들어 오랫동안 숨을 가다듬으며 피어오르는 어둠을 응시하기도 했다.

산비탈의 경사가 끝나는 곳에서 연당집의 나무 울타리는 시작된다. 산자락이 싸안은 북쪽을 빼고는 모두 웬만한 집 서까래 굵기의 통나무를 어른 키 높이로 가지런히 잘라 굵은 철사로 촘촘히 엮어 울타리를 두른 것이다. 그러나 봄으로 접어들면서 그 울타리가 동쪽부터 헐려나가기 시작했다. 오래된 집을 헐고 향어와 송어회를 파는 음식점을 할 거라는 소문이 떠돌았다.

예성 아파트로 가기 위해 연당집 앞을 지나다가 나는 문득 눈을 치떴다. 대문 옆 울타리에 눈에 익은 내 스카프가 매어져 있었던 것이다. 벌써 여러 날 전 내가 바보의 다리 상처에 묶어주었던 것으로 나는 그동안 스카프 따위는 까맣게 잊고 있었다. 오래된 물건으로 색깔이 낡고 올이 해져, 버리려고 내놓았다가 그날 목에 두르고 나갔던 것이다. 엉뚱한 장소에 놓인, 붉은 무늬가 요란한 낡은 스카프는 이물스럽고 부끄러웠다. 내게 익숙하고 내 몸에 걸쳤던 것이기 때문일 것이다.

어제까지도 종일 울타리를 뽑고 있던 바보는 보이지 않았다. 나는 다른 사람들이 그러하듯 그를 바보라고 부른다. 그는 이미 이름이 불릴 나이를 지났을 것이다. 그를 바보라고 부를 때 (물론 마음속에서지만) 나는 하등 미안하거나 불편함을 느끼지 않는다. 모르는 사람의 이름이 다만 자음과 모음의 어울림이듯 단지 바보라는 두 글자 외에 어떤 느낌도 없다. 서른? 마흔? 나이를 가늠해보기도 하지만 종잡기 어려웠다.

며칠 전 나는 바보가 울타리를 뽑는 것을 보고 있었다. 바보는 작은 톱으로 울타리를 엮은 철사를 끊으려고 애쓰고 있었다. 톱이 아닌 펜치를 사용해야 한다고 말하는 것은 부질없는 짓이었다. 일을 시작하면 바보는 누구의 말도 듣지 않았다. 언제나처럼 바보의 주위에는 유치원에도 학교에도 가지 않는 동네 아이들이 모여 있었다. 아이들은 바보의 행동거지를 유심히 지켜보며 바보가 담배를 피운다, 바보가 오줌을 눈다, 바보가 웃는다,라고 말했다. 끊이지 않는 쇠줄을 끊으려 온 힘을 다해 애쓰던 그가 다리를 싸쥐고 주저앉았다. 더러운 트레이닝 바지에 피가 배어 나왔다. 톱이 동강나면서 무릎을 찔렀던 것이다. 바보가 쥐어짜듯 온 얼굴을 찡그리며 어헝어헝 울었다. 집 안에서는 아무런 기척이 없었다. 피는 점점 더 짙고 붉게 번지고 나는 바보에게 바지를 걷도록 한 뒤 스카프를 풀어 피 흐르는 상처에 동여매었다. 피 흐르는 푠수 치고는 상처가 그리 깊지 않았다. 자꾸 흘러내리는 바짓자락을 무릎 위로 버쩍 올려주었다. 근육질의 단단한 살 위로 내 손이 닿자 바보는 간지럼을 타듯 움찔움찔 몸을 비틀었다. 바보도 털이 난다, 우리 아빠처럼. 어린아이들이 바보의 다리를 가리키며 떠들어대고 울음을 그친 바보는 잔뜩 찡그린 얼굴에 자랑스러운 표정을 떠올렸다. 나는 그가 알아들으리라 믿지 않으면서도 꼭 소독을 하고 약을 발라야 한다고 일러주었다. 바보라서 아무것도 몰라요. 바보는 히죽 웃고 아이들이 대신 대답했다. 바보는 아마 내게 돌려주기 위해 스카프를 울타리에 묶어놓는 기교를 부렸는지도 몰랐다. 나는 엷은 수치심 비슷한 느낌에 스카프에서 눈을 돌리고 예성 아파트로 향했다.

아무런 기대도 생각도 없이 다만 내 소유의 아파트 번호가 적혀 있다는 이유로 열어보게 되는 우편함에서 언제나 기본 요금에 머무는 수도와 전기 요금 청구서를 뽑아들고 층계를 올라갈 때 반장일을 맡아보는 삼층 여자를 만났다. 오랜만이라고, 통 만날 수가 없다는 그녀의 말에서 나는 그녀가 몇 차례 나를 찾아왔었다는 것, 정식 입주민이 아닌 나를 못마땅해하고 있다는 것을 동시에 느꼈다. 아파트 공동의 궂은일과 심부름을 도맡아 해야 하는 반장의 처지에서 보자면 나처럼 빈집에 이름만 걸어두고 층계 청소부터 연판장 서명, 때로 떼 지어 시청에 달려가 민원을 호소하거나 걷기 대회에 나가는 일 따위에 일절 참여하지 않는 사람은 못마땅하기도 할 것이었다. 내가 집을 비워두고 있다는 것은 그녀가 잘못 알고 있는 일이다. 드나드는 시간이 일정치 않았던 것뿐이다. 반장은 내게 밀린 반 회비며 그 밖에도 몇 가지 자질구레한 명목의 돈을 요구하고 나는 곧 내겠노라고 약속했다. 집을 팔 작정이니 마땅한 매도인을 찾아달라고 부탁하면 반가워할 것이라는 생각이 스쳤으나 나는 간단한 인사로 그녀와 엇비껴 층계를 올라갔다.

맨 위층인 오층 끄트머리의 초록빛 철제 현관문을 열고 들어서며 나는, 아마 빈집의 잠긴 문을 열고 들어갈 때의 그 이상하게 호젓하면서도 충만한 느낌 때문에 별반 쓸 일도 없는 이 집을 처분하지 않는가 보다고 잠깐 생각했다. 남편은 한 가구가 집 두 채를 갖는 것에 따른 불리함을 말하며 팔도록 했지만 나는 전혀 믿는 바가 아니면서도, 이곳 사람들이 크게 기대를 걸고 있는 재개발에 대해, 그럴 경우 우리가 얻을 이익을 말하며 차일피일 미루고 있다. 솔직히 말하자면 나는 나 혼자만의 공간이 필요한 것이리라.

아주 오래전에 지은 열한 평짜리 서민 아파트였다. 방바닥에 불기는 느껴졌지만 사람이 살지 않는 집의 서늘한 기운, 삭막함이 엷게 깔린 먼지와 함께 고여 있었다.

이태 전 우리 가족은 이곳에서 석 달을 살았다. 새로 분양받은 아파트의 입주 전, 이사 철을 놓치지 않으려고 살던 집을 팔고 임시로 거처할 셋집을 찾다가 싼값에 이 집을 사고 들었다. 전셋돈이나 매입금에 차이가 없었던 것이다. 석 달을 살고 새 아파트로 입주를 하며 세를 놓았는데 지난겨울 그들이 이사를 나간 뒤로 다시 비어 있게 되었다.

집은 세 들었던 사람들이 나갈 때 그대로였다. 나는 한 차례 쓸고 닦은 것 외에 아무것도 달리 손대지 않았다. 경우가 바르고 분명한 젊은 부부는 자신들이 쓰던 물건은 걸레 조각 하나 남기지 않고 떠났기 때문에 일은 훨씬 쉬웠다. 단 하나, 부엌 찬장 서랍 안쪽에 넣어두었던 노트 외에는. 아마 잊고 간 것이리라. 얇은 노트의 위쪽에 송곳으로 구멍을 내고 고무줄을 꿰어 볼펜을 달아놓아 그것은 구멍가게의 외상 장부처럼 보이기도 했다. 가계부로 썼던가 보았다. 두부 한 모, 꽁치 세 마리, 시금치 한 단 등의 세목이 날짜와 함께 꼼꼼히 적혀 있었다. 미니카, 바나나 일 킬로그램, 콘돔 한 박스…… 그리고 뜸뜸이 시구인지 유행가 가사인지 알 수 없는 글들이 적혀 있었다. 아이를 때리고 남편을 미워하는 마음에 대한 반성이 적힌 곳도 있었다. ……그 역시 착하고 가엾은 사람이다. 이해하려고 노력해야 한다. 가난이 우리를 메마르게 한다. 사랑의 말과 눈빛을 잊게 한다. 오늘은 특히나 내가 참을 수 없이 싫어지고 우울하다. 비가 오기 때문일까. 어디론가 훌쩍 떠나고 싶은 마음뿐…… 능숙하지 않은 글씨체로 담긴 젊은 부부의 생활을 보며 나는 미소 지었다. 선뜻 쓰레기통에 던져버릴 수가 없어 언제든 우연히 마주칠 일이 있으면 돌려주리라는 생각에 찬장 위칸에 넣어두었다.

지난겨울 내내 거의 매일 나는 연탄 보일러의 불이 꺼지면 온수 파이프가 얼어 터질 것이라는 구실로 이 집에 왔다. 빗자루와 쓰레받기 그리고 그들이 잊고 간 노트 외에 이 집에는 아무것도 없다. 아, 벽에는 장롱이 놓이고 액자가 걸렸던 자리의, 빛에 바랜 다른 벽지에 비해 조금 짙은 색깔로 남아 있는, 정사각형 혹은 직사각형의 흔적이 있다. 사라진 뒤에야 비로소 드러나는 존재의 흔적. 나는 이곳에서 낮잠을 자기도 하고 창밖을 내다보기도 하면서 아무런 하는 일이 없이 시간을 보낸다. 세탁소 배달차에서 흘러나오는 「소녀의 기도」나 트럭 행상인의 외침 그리고 어디선가 들리는, 내가 이제는 잊어버린, 어린아이의 울음소리에 귀를 기울이기도 한다. 서향의 창으로 해가 들 무렵이면 으레 우리 가족이 이곳에서 살았던 짧은 동안의 시간들이 곧 스러질 금빛 햇살 속에 환각처럼 살아나 슬픔이 차오르곤 했다.

창을 열면 눈 아래에 연당집이 빤히 내려다보였다. 이 동네 사람들은 이백 년도 넘었으리라는 커다랗고 낡은 기와집을 진사집 혹은 바보네 집, 연당집이라고 부른다. 앞마당의, 여름이 되면 수련이 장관을 이룬다는 연못 때문에 그렇게 부르는 것이리라. 누대로 당상관을 지낸 이가 다섯 명이 넘고 아홉 명의 바보가 태어났다는 것, 교사와 공무원, 장사꾼으로 풀린 자손들은 각지로 흩어져 뿔뿔이 제 살림들을 살고 있고 노모만이 남아 있는 커다란 집에 장가 못 간 바보 아들이 허드렛일꾼으로 집안일을 하고 있다는 것 따위는 모두 아파트 초입의 구멍가게 주인에게서 들은 얘기였다. 이 동네에서 태어나 육십 년을 살아왔다는 그는 연당집에 대해 모르는 것이 없었다. 고층 아파트로 이어지는 야산이 연당집 소유라는 것과 원래 예성 아파트와 내가 살고 있는 고층 아파트 자리도 그 집 땅이었는데 떡 잘라 먹듯 야금야금 팔아먹었다는 것, 제삿날에나 모여드는 자손들의 재산 싸

옛우물　　　　　　563

움이 볼만하다는 것, 귀신이 나올 것처럼 퇴락해가기만 할 뿐인 집을 헐고 '가든'을 할 거라는 것도 그에게서 들은 얘기였다. 세상이 달라졌는걸. 돈 버는 게 제일이지 까짓 족보 끼고 가문 내세우며 백 년을 살아보라지. 땡전 한 닢 생기나. 그가 연당집을 비껴 보며 덧붙인 말이었다.

연당집, 엄장하게 엎드린 기와지붕 틈새로 드문드문 돋아난 시든 풀들이 이따금 생각난 듯 바람에 흔들렸다. 후원에 헝클어진 개나리가 노랗게 피어나고 진달래는 불긋불긋 꽃봉오리를 내비치고 있었다. 봄볕이 지천으로 흐르고 있었다. 집을 멀찌감치 둘러친 해묵은 나무들도, 연당가의 살구나무, 배나무 들도 곧 잎 틀 듯 불그레 살진 눈을 부풀렸다.

이젠 채마밭으로 변해버렸지만 터를 넓게 잡아 후원과 앞뜰이 넉넉하고 연당과 누각과 정자를 갖춘 집은 화사한 봄볕 속에서 세월을 털어내며 재처럼 조용히 삭아가고 있었다. 어느 자손이라도 이 집을 감당할 수 없었으리라.

기척 없이 조용한 집 안에서 바보가 나왔다. 마당의 수돗가에서 세수를 하고 삽을 집어 들고는 휑하게 터진 동쪽 울타리 쪽으로 갔다. 울타리 뽑는 일을 하려는가 보았다. 톱으로 상처를 입은 바보는 아마 다시는 톱을 만지지 않을 것이다. 열린 대문 옆 울타리에는 아직도 내 낡은 스카프가 불그죽죽한 빛깔로 걸려 있었다. 바보는 힘이 세다. 쉴 새 없이 울타리 나무를 쑥쑥 뽑아 던지는 모습은 춤을 추는 것같이 보이기도 했다. 바보는 보이지 않는 끈에 매여 있는 것처럼 언제나 집 주위를 맴돌며 일을 한다. 그래서 창밖, 내가 바라보는 풍경 속에는, 바람 속에는 언제나 바보가 있다.

수증기가 가득한 사우나실에는 벽을 따라 좁다란 붙박이 의자가 붙어 있고 벌거벗은 여자들이 수건으로 입을 막고 고통스러운 얼굴로 말없이 앉아 있다. 아우슈비츠에서 사람들은 이렇게 죽어갔으리라. 그러나 땀구멍이 한껏 열리고 복숭앗빛으로 익은 몸들은 활짝 핀 꽃처럼 보인다. 사우나실 안에는 여기저기 쑥 타래가 걸려 있어 진짜 쑥탕을 하고 있다는 만족감을 준다. 찬 물수건으로 입을 막고 백까지 세어본다. 처음에는 스물을 넘어가기가 힘들었지만 이제 백을 세는 일도 어렵지 않다.

사우나실에서 나와 미지근한 물로 땀을 닦아낸다. 동네 목욕탕 치고는 시설이 좋고 물이 깨끗해서 사람이 항상 많았다. 젊은 처녀들로부터 둥글고 기름진 몸매의 중년 여자, 만삭의 임부, 다산의 주름이 겹겹이 늘어진 노파들이 열심히 때를 밀고 비누질을 하고 마사지를 한다. 남편이 지난해 가을 러시아 여행에서 민속인형을 사 왔다. 나무를 얇게 켜서 만든 것으로 볼이 붉은 처녀의 얼굴이 그려지고 민속 의상의 무늬와 채색을 입힌, 얼핏 오뚝이처럼 단순한 모양이었지만 그 안에는 똑같은 모양의 인형들이 크기의 차례대로 겹겹이 들어 있었다. 그것은 내게 인생의 중첩된 이미지로 받아들여졌다. 앙상한 뼈 위로 남루하고 커다란 덧옷을 걸친 듯 살가죽이 늘어진 한 늙은 여자 속에 얼마나 많은 여자들이 들어 있는 것일까. 보다 덜 늙은 여자, 늙어가는 여자, 젊은 여자, 파과기의 소녀, 이윽고 누군가, 무엇인가가 눈 틔워주기를 기다리는 씨앗으로, 열매의 비밀로 조그맣게 존재하는 어린 여자아이.

옆자리에서 배가 봉긋이 부른 젊은 여자가 아이를 씻기고 있었다. 제 엄마에게 몸을 맡기고 있는 네댓 살 된 여자아이는 플라스틱 인형의 몸을 씻기고 있었다. 여자에게 모성이란 생래적인 본능인가. 결혼을 하자 나는 재빨리 모성의 자리로 옮겨 앉았다. 마치 방과 방 사이의 마루를 의심 없이 건너듯. 오늘 아침 나는 서둘러 현관문을 나서는 아들을 보며 까닭 모르게 가슴이 서늘해졌다. 얼결에 이름을 불러 세웠지만 아들이 고개를 돌려 나를 바라보자 아무것도 아니라고 웃으며 손을 내저었다. 문득 그토록 강하게 가슴을 치고 지나간 것이 그 애에게서 뿜어져 나오는 순수한 성性, 무 싹 같은 동정童貞이었다는 것을 깨달은 것은 문을 잠그고 돌아서서였다.

아이를 낳은 뒤로 나는 이전에 그토록 빈번하게 꾸던, 날거나 추락하는 꿈을 꾸지 않는다. 아주 조그맣고 조그마해져서 어디론가 숨어드는 꿈을 꾸지 않는다.

아이 엄마가 비누 거품으로 뒤덮인 아이의 몸에 맑은 물을 끼얹었다. 앗 뜨거, 쌍년. 물이 뜨거웠는지 아이가 공처럼 튀어 오르며 비명을 내질렀다. 아이의 느닷없이 낭랑한 욕설은 방자하고 통쾌했다. 말없이 몸을 씻던 사람들이 쿡 웃으며 돌아보았다. 아이 엄마는 당혹스러운 표정으로 손을 멈칫하며 주위를 둘러보았다. 반사적으로 얼결에 욕설을 내뱉은 아이는 어쩔 줄 몰라

으앙 울음을 터뜨렸다. 엄마 미안해, 엄마인 줄 모르고 그랬어. 아이의 새된 울음소리가 휑뎅그레하게 높은 천장에 부딪혀 울렸다.

샤워 꼭지 밑에서 쏟아지는 더운 물줄기에 몸을 맡기고 섰다가 섬뜩 놀랐다. 거울 속에 내가 없다. 수증기 탓에 거울이 흐려졌기 때문이라고 알면서도 반드시 있으리라는 것의 사라짐은 두렵다.

나는 샤워기의 물을 잠그고도 한참을 그대로 거울을 보며 서 있었다. 차츰 수증기가 걷히고 맑아지는 거울면에 아주 먼 곳으로부터 다가오듯 천천히 얼굴 윤곽이 살아났다. 잘못 당겨진 천처럼 좌우 대칭이 깨진 얼굴. 그가 죽은 뒤 내게 미미하게 나타난 변화.

마른 빨래를 개키면서 건성 눈길을 주었던 신문의 부고란에서 그의 이름을 보았을 때, 괄호 속에 박힌 직장과 전화번호를 재차 확인한 후 내가 제일 먼저 한 일은 거울을 본 것이었다. 왜 그랬는지 어떤 심리가 나를 거울 앞으로 이끌었는지 나 자신도 알 수 없었다. 거의 무의식적으로 다가간 거울에 조각조각 균열된 얼굴이 비쳤다. 갑자기 눈에 띄는 주름살도, 처음의 놀람처럼 거울이 깨진 것도 아니었다. 오랜 세월 길들여진 관습과 관행이 한순간에 깨진 얼굴이었다. 아, 내 안의 비명이 새어 나오기도 전에 깨진 얼굴은 스러지고 익히 알고 있는 얼굴이 나타났다. 자신의 것이면서도 거울이나 사진이라는 방법을 통하지 않고는 알 수 없는. 거울 앞을 떠난 나는 빨래를 마저 개키고 낫에 절여

둔 배추를 버무려 김치를 담갔다. 하던 일을 계속하는 것 말고 달리 내가 무엇을 할 수 있었을까. 아들의 도시락 반찬을 만들고 남편과 티브이를 보며 농담을 나누고 방충망의 허술한 틈새로 비비적대며 들어와 절박하고 불안한 날갯짓으로 등 주위를 맴도는 나방을 내보내었다.

그의 죽음은 내게 전혀 비개인적인 방법으로 그렇게 심상히 통보되었다.

존재하던 한 사람이, 그가, 이 세상에서 영영 사라졌다는 기미는 어디에도 없는, 여느 날과 다름없이 예사롭고 평온한 저녁 시간은 느릿느릿 흘러갔다.

그가 죽고 내 안의 무엇인가가 죽었다. 그것이 무엇인지 나는 알지 못한다. 아마 알고자 하는 소망조차 없는 건지도 모른다. 내게는 문득 걸음을 멈추고 상점의 진열창에, 슈퍼마켓의 거울에, 물 위에 비치는 내 얼굴을 물끄러미 바라보는 습관이 생겼다. 저녁쌀을 씻다가 문득 눈을 들어 어두워지는 숲이나 낙조를 바라보는 시선 속에, 물에 떨어진 한 방울 피의 사소한 풀림처럼 습관 속에 은은히 녹아 있는 그의 존재와 부재. 원근법이 모범적으로 구사된 그림의, 점점 멀어져가는 풍경의 끝, 시야 밖으로 사라진 까마득한 소실점으로 그는 존재한다. 지금의 나는 지나간 나날들이 그러했던 것처럼 가끔 행복하고 가끔 불행감을 느낀다. 나는 그렇게 늙어갈 것이다. 다른 사람들과 다르지 않은, 공평하게 공인된 늙음의 모습으로.

목욕을 마치고 집에 돌아와 거실 긴 의자에 누워 잠이 들었다. 꿈속에서 나는 조그만 계집애로 옛우물가에 서서 울고 있었다. 두레박을 빠뜨린 것이다. 까치발을 하고 가슴팍까지 닿는 우물턱에 매달려 내려다보지만 까마득히 깊은 우물 속에서는 아무것도 보이지 않았다. 빠뜨린 두레박도, 아무도 없는 밤이면 슬며시 떠오르기도 한다는 금빛 잉어도 보이지 않았다. 잠을 깨어서도 꿈속에서의 막막하기만 하던 기분은 사라지지 않았다. 이즈음 나는 가끔 옛우물의 꿈을 꾼다. 내용은 언제나 비슷했다. 두레박을 빠뜨려 울고 있거나 어릴 때 죽은 동무 정옥이와 함께 가없이 둥그렇고 적막하게 가라앉은 우물 속을 들여다보는 것, 우물 치는 광경 따위였다.

내게 오래된 옛우물과 그 속에 사는 금빛 잉어에 대해 말해준 사람은 증조할머니였을 것이다.

어릴 때 살던 동네 가운데에 큰 우물이 있었다. 물맛이 달아 단샘, 커다랗다고 해서 한우물이라고도 했지만 사람들은 예로부터의 습관대로 옛우물이라고 불렀다. 아주 옛날부터 있어온 우물이라는 뜻이었을 것이다. 우물은 물이 깊고 물맛이 좋았다. 증조할머니는 내게 말했다. 옛우물에는 금빛 잉어가 살고 있단다. 천 년이 지나면 이무기가 되고 또 천 년이 지나면 뇌성벽력 치는 밤 용이 되어 하늘에 올라가지. 아흔 살이 넘은 할머니에게서 검은 머리털이 돋아나고 텅 빈 입에 누에씨 같은 희고 깨끗한 이가 돋아나자 어머니는 그것을 불길한 재앙의 징조로 여겼다. 노망이 들었다고 말했다. 할머니에게 대꾸도 하지 않았고 바로 보지도 않았고 밥도 조금씩밖에 주지 않았다. 노망든 노인네들은 오래 산다는 속설을 두려워했다. 그러나 할머니는 고양이 혼이 씌어 밤마다 고양이 울음소리를 내며 쥐를 잡으러 다니는 광자네 할머니 같지는 않았다. 오돌이네 할아버지처럼 자기가 싼 똥을 주워 먹지도 않았다.

　달빛 가득한 우물을 들여다보면 금빛 잉어가 슬몃슬몃 물속에서 움직이는 소리가 들리는 듯도 했다. 계집아이들은 학교에서 오전 수업을 마치고 돌아오면 해 지기 전까지 물을 길어놓아야 했다. 두레박을 빠뜨리면 매를 맞거나 벌로 밥을 굶었지만 아이들은 늘 두레박을 빠뜨리고 저물 때까지 우물가에서 무력하고 절망적이고 공포에 찬 울음을 울곤 했다. 방심은 언제나 용서받지 못할 악덕이었다. 계모가 낳은 아기를 업고 물을 길러 나오던 염쟁이의 딸 정옥이는 자주 두레박을 빠뜨렸다.

　정옥이의 집에는 어엿이 동해 장의사라는 간판이 걸려 있었지만 동네 사람들은 정옥이의 아버지를 염쟁이라고 불렀다. 밤이면 가게에 쌓아놓은 관 속에 들어가 잔다는 말도 떠돌았다. 그럴지도 몰랐다. 사람들은 그다지 자주 죽지 않았기에 할 일이 없는 염쟁이는 거의 늘 술에 취해 있었다. 계모는 시장에서 떡 장사를 했기 때문에 정옥이는 밥을 하고 빨래를 하느라 손이 커다랗고 늘 물에 불어 있었다. 등에 언제나 아기가 달려 있었지만 신명이 많고 흥이 많은 정옥이를 막을 것은 아무것도 없었다. 무섭고 이상한 냄새가 나는 듯한 정옥이의 집까지 찾아가 불러낼 필요도 없었다. 집에서 아기를 보고 있으라고 아무리 야단을 쳐도 계모가 나가면 대여섯 발짝 뒤에서 아기를 둘러업은 정옥이가 싱긋 웃으며 나타났기 때문이었다. 아기를 업은 채 줄넘기를 하다가 아기가 혀를 깨물린 뒤로는 전봇대에 포대기를 매놓고 술래잡기, 줄넘기를 했다. 숨바꼭질을 하다가 아기를 잊어버려 저물도록 보따리처럼 전봇대에 매달려 잠든 적도 있었다. 두레박을 빠뜨리면 정옥이는 빈 초롱을 들고 집에서 쫓겨났다. 종종 해 질 때까지 우물가에 서서 울었다. 물을 길러 나온 아주머니나 동네 큰 언니들은 정옥이의 덜렁대는 버릇을 한바탕 나무란 뒤 '이것도 빠뜨리면 네가 우물 속에 들어가서 건져와야 해' 경고하며 두레박을 빌려주었다.

물이 가득 찬 두레박을 힘겹게 끌어올리다 보면 어느 결에 우물 속에서 끌어당기는 아귀 센 힘이 따라올라왔다. 아앗 놀라라 하는 순간 줄이 긴장된 손아귀에서 미끄럽게 빠져나가거나 두레박에 단단히 묶었던 줄이 스르르 풀려 빈 줄만 허전하게 올라오기도 했다.

아이들은 우물 속에 금빛 잉어가 산다는 내 말을 아무도 믿지 않았고 거짓말쟁이, 허풍쟁이라고 했지만 정옥이는 내 말을 믿어주었다. 게다가 '소원을 들어주는 잉어'일 거라고 덧붙였다.

그해 여름, 장마가 지나고 우물을 쳤다. 물맛이 뒤집혔기 때문이었다. 가뭄이나 큰 홍수 따위 큰일이나 나라의 변고가 있을라치면 우물이 뒤집히고 장맛이 변한다고 어른들은 믿었다. 그해의 장마는 대단했다. 강물이 범람하여 논밭이 잠기고 집이 떠내려갔다. 아이들은 모두 강으로 달려갔다. 어른들은 긴 장대와 망태를 들고 집을 나섰다. 방학이 시작되기 전이었지만 우리는 학

교에 가지 않았다. 수재민들의 숙소가 되었기 때문이었다. 강 건
너 섬에는 포플러 가시들만이 비죽비죽 솟아 있고 그 위에 커다
란 새들이 날아와 앉았다. 누런 물이 범람하는 강은 벌판 같았
다. 어른들은 강이 범람하여 둑을 무너뜨릴까 봐 밤새 잠을 이루
지 못하였다. 그러면서도 아침이면 장대를 들고 강으로 나갔다.

아이들은 강가에서 노래를 불렀다. 장마통에 똥 덩어리가 제
이름 부르며 흘러가더라. 동동동동 똥똥똥똥. 마지막 후렴은 목
소리를 모아 악을 쓰듯 질러대었다. 강에는 없는 것이 없었다.
호박과 장롱과 양은솥, 우리에 든 채인 닭과 토끼가 사나운 물
살에 실려 떠내려왔다. 인자 아버지는 꽥꽥 비명을 지르며 떠내
려오는 돼지를 잡으려다가 물살에 휩쓸려 죽을 뻔했다.

동네 어른들은 우물 속에 차오르던 황톳물이 가라앉기를 기
다려 날을 잡아 떡과 돼지머리, 과일을 차려놓고 고사를 지냈다.
고사를 지낸 뒤 남자들이 물을 퍼냈다. 그러고는 제대 군인 순
옥이 삼촌이 맨발로 옛날얘기에 나오는 사람처럼 튼튼히 엮은
삼태기를 타고 우물 밑으로 내려갔다. 아이들은 순옥이 삼촌이
까무룩히 아래로 내려가는 것을 불안하게 바라보았다. 한없이
깊고 어두운 동그라미 속으로 빨려 들어가는 것 같았다. 푸른
이끼 자라는 우물의 돌 틈에서 손톱만 한 개구리들이 팔짝팔짝
뛰어오르고 빈 우물이 우우웅 웅숭깊은 소리로 울었다. 바닥을
긁는 소리, 그리고 올리어어라는 순옥이 삼촌의 목소리가 땅 밑
으로부터 벽에 부딪혀 몇 바퀴 돌아 나오면 우물가의 남자들이
줄을 당겼다. 삼태기에는 바닥의 흙이며 녹슨 두레박과 두레박

건지는 갈쿠리, 삭아버린 고무신 한 짝, 썩은 나무토막, 사금파리 따위들이 한없이 실려 올라왔다. 위에서 내려다보면, 까마득히 깊은 우물 속에서 허리를 굽히고 그 안의 것들을 퍼 담는 순옥이 삼촌은 난쟁이처럼 납작해 보였다. 삼태기가 올라올 때마다 모두들 유심히 그것들을 살펴보았다. 아무도 내려가본 적이 없는 깊은 우물 속에 우리가 알지 못하는 무엇인가 굉장한 것들이 있으리라는 기대였을까. 삼태기에 고운 모래흙만 담겨 올라오자 일은 끝났다. 마지막으로 순옥이 삼촌이 한 오백 살이나 나이 먹은 얼굴로 삼태기를 타고 올라왔다. 햇빛에 눈이 부신지 한동안 낯선 눈길로 주위를 둘러보다가 으허허 영문 모를 웃음을 터뜨렸다.

순옥이 삼촌과 우물 치던 남자들은 술을 마시러 갔고 아이들은 우물 턱에 조롱조롱 매달려 아무것도 없이 텅 빈 우물 속을 말없이 들여다보았다.

우물 속에 금빛 잉어는 없었다. 그래도 나는 맑은 물이 그득 고이면 금빛 잉어가 살리라는 생각을 버릴 수 없었다. 정옥이는, 금빛 잉어는 사람들 눈에 띄면 안 되니까 샘이 솟는 깊은 구멍으로 잠시 숨어버렸을 거라고, 맑은 물이 고이면 다시 돌아올 거라고 말했다.

정옥이는 그해 늦가을 우물에 빠져 죽었다. 해가 퍼지기 전 물을 길러 간 사람이 우물가에서 빈 초롱과 우물 속에 떠 있는 정옥이를 발견했다. 동네 사람 누구나 해 진 뒤 물 긷는 것을 금기로 알았기에 정옥이 죽음은 밤중이리라 했다. 징옥의 계모는 밤중에 물을 길러 내보낸 적이 없다고 말했지만 정옥이는 밤중에 물을 길러 나간 것이 틀림없었다. 어른들은 그 어린것이 무엇엔가 홀린 것이 틀림없다고 수군거렸다. 일찍 죽은 제 어미가 불러간 것이리라고도, 우물 치는 중에 부정을 탔기 때문이라고도 말했다.

우물은 메워졌다. 하루 동안 굿을 하고 흙으로 메워 물귀신을 꽝꽝 묻어버렸다. 아이들은 대낮에도 우물가에 얼씬거리지 않았고 한밤중에 오줌을 쌌다. 죽은 정옥이가 우수수 바람 부는 밤, 창호지 문에 비치는 검고 비죽비죽한 나무 그림자로 찾아와 물에 불어 커다란 손을 내저으며 자꾸자꾸 불러대었기 때문이었다. 정옥이는 금빛 잉어를 보기 위해 한밤중 옛우물로 간 것이 아니었을까.

늙은이들은 옛우물의 차고 단 물맛을 그리워했지만 자라나는 아이들은 죽은 동무와 매몰된 우물의 두려움을 쉽게 잊었다. 집집이 펌프를 박아 물을 길러 다니지 않아도, 두레박을 빠뜨려 매를 맞을 일도 없어졌기 때문이었다.

남편이 낚시를 다니기 시작할 무렵 나는 잉어가 흐리고 더러운 물, 썩은 수초와 이끼 속에 산다는 것을 알았다. 잡아 온 물고기를 손질하는 것은 늘 내 몫이었다.

밀봉된 것을 뜯을 때의 모독감과 긴장으로 살아 있는 물고기의 배를 가를 때면, 피융 하는 약한 소리가 났다. 우리와 마찬가지로 창조되고 봉인된 그리고 아무도 볼 수 없었던 내부가 드러났다. 밀폐된 공간의 어둠이 있고 최초의 빛의 순간이 있었다.

갑작스러운 외기에 놀란 붉고 푸른 내장들이 푸르르 경련하고, 찬피 동물의 어둡고 축축한 몸속에서, 의지하고 있는 세계의 무너짐을 감지한 더 작은 생물체들이 고래 배 속에 들어간 요나처럼 고통의 몸부림으로 흩어졌다.

아파트로 이사 오기 전 주택에 살 때는 손질하고 난 나머지, 내장과 머리를 마당 화단에 묻었다. 좋은 비료가 되리라는 생각에서였다. 그러면 밤새 그것을 탐하는 쥐 떼가 끓었다. 화단 밑에 쥐구멍이 숱한 공동을 만들어 맥없이 발이 빠졌다. 쥐덫을 놓으면 덫에 걸린 살찐 쥐들이 밤 내내 쥐덫을 끌고 맴돌며 단말마의 비명을 질러대었다.

추억이란 물속에서 건져낸 돌과 같은 것인지도 모른다. 물속에서 갖가지 빛깔로 아름답던 것들도 물에서 건져내면 평범한 무늬와 결을 내보이며 삭막하게 말라가는 하나의 돌일 뿐. 우리가 종내 무덤 속의 흰 뼈로 남듯. 돌에게 찬란한 무늬를 입히는 것은 물과 시간의 흐름일 뿐이라는 것을 안다. 그러나 나는 이즈음에도 종종 옛우물과 금빛 잉어의 꿈을 꾼다.

봄 가뭄이 계속되고 있었다. 수은주가 섭씨 삼십 도를 웃도는 이상 기온이다. 연당집은 하룻밤 새 목련이 활짝 피고 동쪽부터 뽑기 시작한 울타리는 대문에 이르기까지 거의 다 사라져 집은 반벌거숭이 꼴이 되었다. 대문 옆 울타리에 매어져 있던 내 스카프는 연당가의 늙은 살구나무 가지에 높직이 걸려 있었다. 바보가 장난을 치나? 쓴웃음이 나왔다. 누구의 것인지는 이미 기

옛우물

억에서 지워졌지만 꼭 돌려주어야 한다는 일념만은 남아 있는 건지도 몰랐다.

바보는 가뭄 때문에 푸석푸석 메말라 보이는 채마밭에 물을 주고 있었다. 수도에 연결한 호스로 물을 뿌려대는 것이다. 그러다가는 문득 울타리가 없어져 휑하니 내다보이는 길을 보며 불안하게 고개를 갸웃거렸다. 마당 한쪽에 차곡차곡 쌓여 있던 울타리 나무들은 트럭에 실려 나갔다. 평소 사람의 기척이 없이 조용하던 집이 갑작스레 활기를 띠고 있었다. 허드레 작업복을 입거나 예비군복, 청바지 차림의 남자들이 때 없이 드나들고 양복을 갖춰 입은 중년 남자도 있었다. 옷차림이나, 무람없이 방문을 들락거리는 것으로 보아 따로 나가 사는 맏아들쯤 되는 게 아닌가 싶었다. 마당에는 은색의 중형 승용차가 늘 머물렀다. 마당에 들여놓은 시멘트 포대와 모래 더미로 보아 횟집을 할 거라는 소문은 사실인 모양이었다.

나는 예성 아파트에 머무는 대부분의 시간을, 창을 통해 연당 집을 내려다보는 것으로 보냈다. 어제는 구멍가게에 내려가 화장지를 사며 지나가는 말처럼 넌지시 연당집이 정말 헐릴 것인가를 묻기도 했다. 워낙 좋은 옛날 재목을 써서 지은 집이라 탐내는 사람이 많다는 것, 어느 부자가 이 집 재목을 그대로 옮겨서 산속에 근사한 한식 별장을 짓기로 했기에 대들보와 서까래 문짝까지 비싼 값으로 진작 팔아먹었다는 것이 그의 대답이었다. 짓기가 어렵지 무너뜨리는 건 한순간이야. 그가 덧붙여 말했다.

나는 연당집에 대한 집요한 관심을 스스로도 이해할 수 없어 다만 달리 할 일이 없기 때문이라고, 창을 열면 바로 보이는 것이 그뿐이라고, 오래된 아름다운 집이 사라지는 것이 안타깝기 때문이라고 자신에게 말하기도 했다.

바보가 물 흐르는 호스를 내려놓고 쭈그리고 앉아 하염없이 흙을 들여다보고 있다. 호스에서 콸콸 쏟아져 나오는 물이 발을 적시고 도랑을 만들며 흐르는 것도 모른 채 땅에 박은 눈길을 돌리지 않았다. 간혹 손가락으로 무언가 파헤치는 시늉도 했다. 무엇을 열심히 찾고 있는 것도 같았다.

날은 점점 더워지고 봄빛을 이기지 못한 꽃들이 아우성치듯 피어올랐다. 나무들은 시시각각 잎을 피워 푸르러가고 바보는 더욱 분주해졌다. 본채 옆의 사랑채가 없어지고 다음 날에는 헛간처럼 보이던 작은 기와집이 밤새 헐려 깨진 기와 조각과 흙덩이로 내려앉았다. 연당집은 나날이 제 자리와 모양을 지워가고 있었다.

울타리가 있던 자리를 따라 서너 명의 인부들이 벽돌담을 쌓기 시작했다. 마당 안쪽에서는 시멘트 개는 작업이 한창이었다. 한낮, 해는 높직이 떠서 발밑에서 짧게 뭉개진 그들의 그림자 위로 시멘트 가루와 모래 먼지가 간단없이 부옇게 피어올랐다. 채마밭을 뒤엎어 평평히 고르느라 한 뼘만큼씩 파랗게 자라오르던 배추들은 흙과 뒤섞여 묻혀버렸다.

바보는 이제 십 뒤켠의 나무 베는 일을 하고 있다. 벌목꾼처럼 도끼를 휘둘러 해묵은 나무의 밑동을 찍고 쓰러뜨리며 힘이 좋은 바보는 종일 쉴 짬이 없었다. 누군가의 지시에 충실히 따르고 있는 것이리라. 그럼에도 불구하고 바보는 몹시 허둥대는 것 같았다. 소나무를 베다 말고 무엇을 잊은 듯 허둥지둥 뛰어가 산수유나무의 둥치를 끌어안고 뽑아내려 용을 쓰기도 하고 땀을 닦는 사이사이, 도끼를 놓고 허리를 두드리는 사이사이 문득 집 주위를 돌아보며 이상하다는 듯 고개를 흔들기도 했다. 그가 태어나 유일하게 깃들였던 한 세계, 그것의 변모, 사라짐에 불안해하는 것일까.

불안은 전염성이 있는 모양이다. 나는 파를 썰거나 두부모를 자르는 하찮은 칼질에서도 자주 손을 베고 유리컵을 깨뜨린다. 더위 탓이라고, 두통 탓이라고 변명하지만 봄이 되면 심해지는 두통은 새삼스러운 것이 아니다.

남편은 작은 아파트를 부동산 사무실에 내놓았는가고, 여름이 오기 전에 팔아야 한다고 다시 말하고 나는 애매하게 고개를 끄덕였지만 집을 팔기 위한 어떠한 시도도 하고 있지 않다.

나는 이즈음 더욱 자주 야산을 넘어 이 아파트에 온다. 식구들이 잠든 한밤중에 몰래 빠져나올 때도 있다. 이제 제법 잎이 무성해진 나무들 사이에 서면 이상하게 머리가 맑아졌다. 작은 아파트에서 보내는 시간이 많아지자 남편은 어딜 외출했었는가고, 연락할 일이 있었는데 하루 종일 통화를 할 수 없었다고 내가 집을 비운 것에 대해 종종 힐난했다. 남편으로서는 내가 그 빈집에서 아무런 하는 일 없이 하루를 보낸다는 것에 생각이 미칠 수 없을 것이다.

오토바이가 한 대 털털대며 마당으로 들어선다. 옆구리에 함석 가방을 끼고 있는 것으로 보아 중국집에서 음식 배달을 온 모양이었다. 일을 하던 사람들이 일손을 털고 일어나 수돗가로 몰려갔다. 그들 중의 하나가 아직도 둥치 굵은 나무를 끌어안고 힘을 쓰는 바보를 소리쳐 불렀다. 연당집 앞길로 노란색 포크레인이 들어서고 요란한 캐터필러 소리는 부르는 목소리를 삼켜버렸다.

방 안 가득 붉은 기운이 어려 있다. 잠이 들었었나? 후닥닥 일어났다. 열린 채로인 창밖 하늘이 불을 지른 듯 붉었다. 베개도 없이 방바닥에 그대로 누워 잠이 들었던 모양이었다. 나는 일어나 앉아 우두커니 노을빛이 짙은 하늘을 올려다보았다.

해가 질 때, 그리고 떠오를 때 우리는 그들을 기억하리라. 일차 대전에서 죽은 무명 용사들의 묘비문. 사람들은 그렇게 살아 있음을 변명한다.

왜 장엄한 황혼을 볼 때면 열패감을 느끼게 되는 것일까.

해가 지고 노을이 물들 무렵이면 몹시 울던 어린 날의 기억이 있다. 계집애가 사위스럽게 청승을 떤다고 매를 맞으면서도 까닭 없이 서러워 목 놓아 울게 하던 것은 어찌해볼 수 없는 운명, 어쩌면 비겁하고 허약할 수밖에 없는 인간으로서의 열패감, 두려움 때문이 아니었을까.

그 여름, 나를 찾아온 _ㄱ_의 전화를 받았을 때 나는 아이에게 젖을 먹이고 있었다. 허둥대는 어미의 기색을 본능적으로 느낀 아이는 필사적으로 젖꼭지를 물고 놓지 않았다. 진저리를 치며 물어뜯었다. 이가 돋기 시작한 아이의 무는 힘은 무서웠다. 아얏, 나도 모르게 비명을 지르며 아이의 뺨을 후려쳤다. 불에 덴 듯 울어대는 아이를 떼어놓자 젖꼭지가 잘려나간 듯한 아픔과 함께 피가 흘러내렸다. 아이의 입에도 피가 묻어 있었다. 브래지어 속에 거즈를 넣어 흐르는 피를 막으며 나는 절박한 불안에 우는 아이를 이웃집에 맡기고 그에게 달려 나갔다. 그와 함께 강을 건너 깊은 계곡을 타고 오래된 절을 찾아갔다.

여름 한낮, 천년의 세월로 퇴락한 절 마당에는 영산홍꽃들이 만개해 있었다. 영산홍 붉은빛은 지옥까지 가닿는다고, 꽃빛에 눈부셔하며 그가 말했다. 지옥까지 가겠노라고, 빛과 소리와 어둠의 끝까지 가보겠노라고 나는 마음속으로 대답했을 것이다.

절에서 배터까지 내려오는 계곡은 행락객들로 끓었다. 강가에는 음료수와 술을 파는 장사치들의 차일이 늘비했다.

저녁이 이울었지만 햇살이 뜨거웠다. 그와 나는 그중의 한 곳으로 들어갔다. 바닥에 비닐을 깔고 서너 개의 상을 놓은 그곳에는 두 가족이 어울려 나온 듯 비슷한 연배의 여자 두 명과 남자 두 명, 아이들이 자리를 벌이고 있었다. 어린아이들이 잠들어 있고 접은 군용 담요 위에 화투짝들이 흐트러져 있는 것으로 보아 그들은 복잡한 계곡으로 들어가느니 아예 이곳에 자리 잡고 놀기로 작정했던 듯싶었다. 소주와 도토리묵을 가져온 주인 여자가 그에게 생색내는 어투로 오소리 간을 먹겠느냐고, 아저씨들에게 아주 좋은 거라고 말했다. 이거 아주 귀한 겁니다. 옆자리의 남자가 붉고 흐늘거리는 것을 한 점 집어 올리며 거들었으나 그는 난처한 표정으로 웃으며 고개를 저었다. 주인 여자와 그들은 살아 있는 오소리를 통째로 넣어 담그는 술의 신묘한 효험에 대해 이야기를 나누었다.

저녁 해는 느릿느릿 이울었다. 해가 지고 강물 위 하늘에 짙은 노을이 드리울 때까지 그는 말없이 강물을 보며 소주 한 병을 천천히 비웠다. 가까이에서 본 강물은 더러웠다. 얕게 밀리며 끊임없이 더러운 쓰레기들을 우리들의 발밑에 밀어 올렸다.

마지막 배가 몇 시에 뜨느냐고 묻는 내게 주인 여자는 요즘 같은 철에는 늦게까지 있다고, 위쪽으로 가면 방갈로도, 깨끗한 민박집도 있으니 걱정할 게 없다고 대답했다. 옆자리에 앉았던 사람들은 생포한 오소리를 사겠노라고 잠든 두 아이만을 남겨둔 채 함께 차일 밖으로 나갔다. 의좋은 내외분이시네요. 주인 여자가 발라맞추듯 말했지만 나는 그녀가 마음과는 다른 말을 하고 있다는 것을 알았다. 술기로 눈빛이 붉어진 그와 그 앞에 무릎을 싸안고 말없이 동그마니 앉아 있는 나는 그녀의 눈에 수상쩍은, 그렇고 그런 남녀였다. 어디로든 사람 없는 곳에 가서 뒤엉키고 싶다는 갈망을 숨기는 일에 서툰. 진정 부부인 양 천연덕스러웠던 우리의 표정은 그녀의 말에서 일기 시작한, 서로의 마음속으로 느끼고 있는 거북스러움 때문이 아니었던가. 그 거북스러움은 단지 질서와 제도에서 비껴선 데 대한 것이었을까. 그것만은 아니었을 것이다. 그 거북스러움을 천연덕스러운 표정으로 은폐할 수 있는 모든 관계들에 대한 역겨움이 아니었을까.

나는 더러운 간이 화장실에서 오줌을 누고 브래지어 속을 열어보았다. 피와 젖이 엉겨 달라붙은 거즈를 들치자 날카롭게 박힌 두 개의 잇자국이 선명했다. 나는 돌연 메스꺼움을 느끼며 헛구역질하는 시늉을 하였다.

잠에서 깬 아이들이 서럽디서러운 소리로 울기 시작했다. 살아 있는 오소리를 사러 간 아이들의 부모는 아직 돌아오지 않았다. 먼저 울음을 그친, 누나인 듯한 계집애가 작은 아이를 달랬다. 신발을 신기고는 오소리의 피와 술 자국으로 더러운 차일을 벗어나 손을 잡고 강을 따라 걸어갔다. 아이들은 곧 보이지 않게 되었다. 짙은 노을을 치받으며 피어오르는 땅거미가 조그맣게 멀어져가는 아이들의 모습을 지웠다.

강물이 그렇게 더럽지만 않았다면, 그렇게 짙은 황혼이 아니었다면, 황혼과 어둠 속으로 조그맣게 지워져간 그 두 아이가 아니었다면 우리는 그토록 극력 감추고 있던 욕망의 본질을, 허위를 단번에 꿰뚫어보는 일은 없었으리라. 지옥까지 가겠노라는 행복감의 또 다른 얼굴을 보는 일은 없었을지도 모른다.

그와 나는 똑같은 생각을 동시에 하였음에 틀림없었다. 나는 나의 집과 아이를 생각하고 한 번도 본 적이 없는 그의 가족과, 그를 맞아줄 저녁 식탁과 불빛을 생각했다. 그 역시 그러했을 것이다. 그가 시계를 보았다. 나는 마지막 배 시간이 많이 남아 있었음에도, 그와 함께 있는 시간을 조금이라도 늘려보려는, 그는 모를 필사적인 소망과 노력에도 불구하고 우리를 태우고 각자 떠나온 곳으로 안전하게 데려갈 배가 다가오는 것에 안도감을 느끼며 일어났다.

창 아래 연당집이 사라졌다. 내가 꿈 없는 깊은 잠에 들었던 사이, 정오의 태양이 이우는 사이, 이백 년의 세월은 재처럼 내려앉았다. 장엄한 노을은 보랏빛으로 시들어 어둠이 차오르고 있었지만 집이 있던 자리, 폭삭 내려앉은 자리만은 이상하게 훤히 떠 보였다. 밤에도 공사를 계속할 모양이었다. 마당을 가로지른 줄에 몇 개의 알 전구가 때 이른 불을 밝히고 있었다. 바보는 무너진 집의 잔해를 헤집어보다가 그 주위를 황망하게 돌아다녔다. 무엇인가 찾으려는 몸짓으로. 안타까운 목안엣소리를 지르며 아직 남아 있는 나무둥치를 끌어안고 흔들기도 했다. 왜, 왜, 왜? 뭐였지? 뭐였지? 바보의 움직임은 커다란 의문 부호 같았다. 그러나 바보는 자신이 찾는 것이 무엇인지 알 수 없을 것이다. 익숙한 것의 사라짐, 그 낯섦을 이해하지 못할 것이다.

나는 조금 울었던가. 아마 그랬을 것이다.

아파트의 문을 잠그고 계단을 내려오며 곧 집을 내놓으리라고 생각하기도 했을 것이다.

나는 연당집 울타리가 있던 길로 접어들다 발길을 돌려 아파트 입구의 공중전화 부스로 들어갔다. 동전을 넣고 번호판을 하나씩 힘주어 꾹꾹 눌렀다. 벨이 두 번 울리기도 전에 생소한 여자의 목소리가 들렸다. 잘못 걸렸나? 나는 할 말을 몰라 가만히 수화기를 내려놓았다. 동전을 넣고 다시 번호판을 꼼꼼히 눌렀다. 역시 벨이 두 번 울리기 전에 조금 전의 목소리가 받았다. 잘못 걸렸나 보다고, 미안하다고 더듬더듬 말하는 내게 그 여자는 새로 바뀐 전화번호라고 상냥하게 대답했다.

나는 천천히 발길을 돌렸다. 그가 오랫동안 소유했던 그 일련의 숫자들이 이제는 다른 사람에 의해 쓰인다는 것이 기이했다. 그 일련의 숫자들은 그를 기억할까. 그의 음성과 말버릇, 말속에 담거나 숨겼던 무한히 복잡한 감정들을 기억할까. 어느 날 그들은 까마득한 지난날로부터 들려오는 귀 익은 소리에 문득 놀라고 그게 누구였지? 기억을 더듬어보지 않을까. 내가 갈게. 여긴 비가 오는데 거긴 어때? 그냥 전화했어요. 이젠 됐어요. 끊을게요……

어둠이 깃들이는 숲에 발걸음을 멈추고 서 있으면 현자賢者가 된 느낌이 든다. 나무의 몸체에 가만히 귀를 대어보기도 한다. 그러나 나는 나무의 말을 알아듣기에는 너무 나이를 먹었다. 나무의 몸에서 귀를 떼고 팔을 벌려 안아보았다. 따뜻한 기운이 느껴지는 것 같았다. 신발을 벗고 나무 위로 기어올랐다. 거친 줄기의 속 깊이 흐르는 수액이 향기롭게 맡아졌다. 나무는 곧게 자라 자칫 주르르 미끄러지거나 떨어질 듯 긴장이 되었다. 나는 다리를 꼬아 힘껏 굵은 줄기를 휘감았다. 돌발적이고 불합리한 욕구로 몸이 뜨거워졌다. 나는 나무를 껴안고 감아 안은 다리에 힘을 주며 온 힘을 다해 비틀었다. 아아, 억눌린 비명이 터져 나오고 나는 산산이 해체되어 흰빛의 다발로 흩어지는 듯한 짧은 희열을 느끼며 축 늘어졌다. 나는 조금 울었던가?

오동의 보랏빛 꽃이 어둠 속에서 나울나울 피고 있었다. 별과 꽃이 난만한 밤에 그는 죽었다. 내가 존재하지 않을 어느 시간대에도 이 나무에는 꽃이 피고 잎이 피고 새가 깃들이겠다.

나는 나의 생보다 오랠 산과 나무, 별들을 바라보았다. 비로소 먼 옛날 증조할머니가 내게 해준 말을 정확히 기억해내었다. 옛날 어느 각시가 옛우물에 금비녀를 빠뜨렸는데 각시는 상심해서 죽고 금비녀는 금빛 잉어로 변해……

(1994)

거울 속에서 아버지를 보다

심진경
(문학평론가)

1. 여성문학보다 낯선

오정희는 작가 자신의 말처럼 "과작寡作의 작가"이지만, 그럼에도 불구하고 그는 한국 여성문학사에서 독보적인 위치를 차지하는 작가다. 한국 여성문학 연구의 주요 테마는 상당 부분 오정희의 작품에 대한 해석을 근간으로 형성되었다고 해도 과언이 아니다. 특히 현재 시점에서 과거 사건을 현재화하여 서술하는 기법, 서술자의 내면 독백을 전면에 배치함으로써 실제 사건과 환상의 구분을 모호하게 만드는 표현 방식, 감각적이면서도 모호한 비의적인 문체, 여성성에 대한 인식을 인간 존재의 근원적 불안 의식과 겹쳐놓음으로써 자아와 세계에 대한 인식론적 확장을 꾀하는 작가 의식 등은 오정희 소설의 인장印章인 동시에 이후 1990년대 여성문학을 관통한 주제 의식과 방법론의 기원이기도 하다.

그러나 고백건대, 나 자신을 포함한 '소위' 오정희 문학의 후예들에 의해 의식적이건 무의식적이건 간에 반복되고 재생산된 이런 해석의 지점들은 오늘날 독자들에게 오정희 소설에 대한 새로운 해석적 충동을 불러일으키지 못하는 듯하다. 예컨대 '여성적인' '시적인' '난해한' '비의적인' 등과 같은 공허하고 모호한 수식어구들, '여성적 자아 탐색' '여성적 글쓰기' '여성적 광기' '뒤틀린 여성성과 모성성' 등으로 단순 요약되는 정형화된 여성주의적 해석은 이제 오정희 소설, 나아가 여성문학을 해석하는 하나의 클리셰가 되었다고 해도 과언이 아니다. 물론 이모든 정형화된 해석의 책임은 오정희 소설에 있는 것이 아니다. 이는 오히려 오정희 문학에 대한, 그리고 여성문학에 대한 해석적 통념 및 고정관념의 재생산과 밀접한 관련이 있다.

그렇다면 오정희 소설에 대한 새로운 해석은 어떻게 가능한가? 아니, 가능하기는 한가? 3백 편이 넘는 석·박사 학위논문과 그보다 더 많은 논문과 평론을 보다 보면, 오정희 문학은 이미 해석이 종료된 고요한 세계처럼 느껴진다. 그러나 모든 좋은 문학작품은 해석을 기다리는 고정된 실체라기보다는 언제나 현재의 맥락에서 끊임없이 수정되고 재창조되는 사건에 가깝다. 마찬가지로 모든 좋은 오정희 소설은 하나의 고정된 의미에 머물기보다 양피지 위의 글쓰기처럼, 수많은 해석의 가능성을 품은 들끓는 도가니에 가깝다.

이런 측면에서 오정희의 소설은 언제나 오해된 소설이고, 새로운 해석을 기다리는 새로운 소설이다. 우리가 지금, 오정희의 소설을 다시 읽어야 할 이유다.

2. 어둠 속의 거울들

오정희의 등단작 「완구점 여인」의 첫 문장은 이렇다. "태양이 마지막 자기의 빛을 거둬들이는 시각이었다"(p. 9). 오정희의 소설은 그렇게 세계가 빛에서 어둠으로 변하는 순간 시작된다. 그리고 오정희가 쓴 최근작 소설 「얼굴」은 "빛과 어둠이 불투명하게 뒤섞여 가라앉는"(p. 186) 찰나에 느닷없이 끝난다. 오정희 소설의 처음과 끝을 장식하는 해 질 녘의 순간, 흔히 '개와 늑대 사이의 시간'[1]이라고 부르는 이 순간이야말로 오정희의 소설을 지배하는 시간이다. 이 시간은 다중적인 시간이다. 왜냐하면 그 찰나의 순간에 빛과 어둠, 삶과 죽음, 과거와 현재가 서로 교차하고 중첩되면서 소용돌이치기 때문이다. 오정희의 소설은 그 찰나에 사로잡힌 소설이다. 그래서일까. 오정희 소설에서는 찰나가 무한히 확장되어나갈 뿐, 마치 시간이 흐르지 않는 것처럼 보인다. 과거의 그림자는 현재에 출몰하고 미래는 이미 선취되어 앞으로 나아가지 않는다. 「얼굴」의 도입부는, 바로 그러한

---

[1] 김화영은 오정희에 대한 동명의 비평에서 이미 오정희 소설의 시간을 여기에서 저기로 움직여가는 그 "불분명하고 모호하고 막연한 시간"인 개와 늑대 사이의 시간에 빗대고 있다. 김화영, 「개와 늑대 사이의 시간」, 『오정희 깊이 읽기』, 문학과지성사, 2007 참고.

오정희 소설의 시간 의식을 잘 보여준다. 다음을 보자.

> 얼마나 달렸을까. 하늘만 보고 달리다가 멈춰 섰을 때 그는
> 자신이 거대한 붉은 거울의 한가운데 있음을 알았다.
> [……]
> 그가 우두망찰해 있는 사이 얼레의 줄이 스르르 풀리고 연은
> 까마득한 점으로 시야에서 사라졌다. 그때 그는 얼음 밑의 얼굴
> 을 보았다. 투명한 얼음 아래에서 검고 긴 머리칼을 올올이 푼
> 흰 얼굴이 그를 보고 있었다. 무엇인가 말하려는 듯, 어쩌면 자
> 신이 만난 낯선 세계에 대한 끔찍한 공포로 얼어붙어버린 듯 눈
> 과 입이 한껏 둥그렇게 열려 있었다. (pp. 170~71)

「얼굴」의 주인공인 '그'는 현재 뇌혈관이 터진 후 사지가 마
비된 채 "끝없이 깊고 거대한 심연"(p. 184)에 갇혀 목숨만 부지
하고 있는 중이다. 그런 그가 꿈을 꾼다. 날아가는 연을 따라가
다가 해 질 녘 얼어붙은 저수지가 있는 낯선 곳에 다다랐던 어
린 시절의 한 장면이 꿈속에 떠오른다. 꿈에서 그는 자신이 "거
대한 붉은 거울의 한가운데" 있다는 사실을 알게 되고 그곳에서
"끔찍한 공포로 얼어붙어버린" 죽음의 얼굴을 목격한다. 이는
죽음이라는 미래가 과거에 도래하는 모습을 지금 현재 포착하
고 있는 장면이다. 그런데 이때 그가 본 얼굴은 낯선 존재인가,
아니면 저수지 거울에 비친 미래의 자기 모습인가.
빛과 어둠, 삶과 죽음, 과거와 현재가 시로 교차하고 중첩되

는 오정희 소설의 지배적인 시간이 그런 것처럼, 오정희의 많은 소설에서 일관되게 발견되는 것은 일종의 모순적인 것의 공존이다. 이를테면 삶에는 죽음이 깃들어 있고, 때로 '나'는 '나'에게 타인이며, 유한한 육체 안에 무한한 시간이 흐른다. 그리고 존재는 부재를 통해 스스로를 증거한다. 오정희 소설에서 이런 모순을 부각하는 장치로 자주 등장하는 것이 바로 거울 또는 거울 이미지(창, 저수지, 우물 등)다.[2] 「얼굴」의 이 장면에는 오정희 소설에서 다양한 방식으로 변주되는 특유의 모순의 존재론이 여지없이 투과되고 있다. 미래는 과거 속에 도래하고 미래의 죽음이 오늘의 삶 속으로 침입한다. 그리고 어김없이, 거울이 있다. 이 장면에서 미래의 죽음/'나'를 낯선 존재로서 마주치는 장소인 저수지는 다름 아닌 "거대한 붉은 거울"이다. 그리고 '그'가 쓰러지기 직전에 마지막으로 본 모습도 바로 세면대 거울에 비친 자기 얼굴이다.

오정희의 소설에서 이렇듯 거울은 스스로를 낯설게 하는 장치다. 거울 속에서 '나'는 스스로를 낯선 존재로 지각한다. 그리고 그것은 자신을 포함한 이 세계를 다르게 들여다보는 미학적 창이기도 하다. 특히 오정희 초기 소설에는 창 안에서 창 바깥의 풍경을 바라보는 장면이 자주 등장하는데, 이때 창 너머의 모습은 객관적 세계라기보다는 차라리 주인공의 감춰진 욕망과 사상이 투사된 내면의 풍경에 가깝다고 볼 수 있다. 「유년의 뜰」

---

2 오정희의 소설에 나타나는 다양한 거울 이미지와 그 의미에 대해 심도 있게 다루는 글로는 우찬제의 「거울의 심연」(『문학과사회』 2018년 봄호)이 있다.

에 등장하는 거울도 마찬가지다. "거울은 기울여놓기에 따라 우리의 모습을 작게도 크게도 길게도 짧게도 자유자재로 바꾸어 비추었다"(p. 225).「유년의 뜰」속 거울 앞에서 이루어지는 아이들의 연극 놀이는 이 세계가 어떻게 무대 위에서 '거울'이라는 필터를 거쳐 상연되는지를 암시적으로 보여준다.

「옛우물」의 우물도 그렇다. 이 소설에서 우물은 한편으로는 신성한 물이 퍼내진 최초의 장소이며 여성 포태胞胎의 근원지[3]로, 그리고 금빛 잉어로 상징되는 여성적 변신과 상상력의 원천으로 해석되어왔다. 그러나 우리는 그 우물에서 실제로 발견된 것이 무엇이었는가에 주목할 필요가 있다. 그것은 "녹슨 두레박과 두레박 건지는 갈쿠리, 삭아버린 고무신 한 짝, 썩은 나무토막, 사금파리 따위들"(pp. 572~73)처럼 하찮은 것들뿐이다. 우물의 실체는 적나라하게 드러나고 '금빛 잉어'는 존재하지도 않았다. 심지어 그 우물은 친구 정옥이가 빠져 죽은 곳이다. 죽음의 흔적과 비천함으로 가득한 이런 우물의 실체가 보여주는 것은 다른 것이 아니다. 그것은 실제 여성의 삶이 하찮고 보잘것없으며 얼마나 쉽게 죽음으로 내몰릴 수 있는가를 은연중 암시한다. 소설의 결말에서 나가 기억해낸 이야기 속에서 금빛 잉어란 결국 각시가 죽음으로써 만들어진 허구적 신화에 불과한 것이 아닌가. 그렇게 볼 때,「옛우물」에서 그려지는 '우물'은 여성적 상상력의 비의적 원천이 아니라 오히려 거꾸로 비루한 여성

---

3   김혜순,「여성적 정체성을 가꾼다는 것」,『오정희 깊이 읽기』, p. 223.

적 현실, 그리고 어떻게든 그 현실을 넘어서려는 상상과 욕망을 불가능하게 만드는 관습적 질서와 제도의 강제를 절망적으로 비춰보는 거울로 해석해야 할 것이다.

문제는 지금까지 「옛우물」의 '우물 – 거울'이 대부분 그 안에 숨겨진 현실 비판적 의식을 소거한 채 여성적 내면세계에 대한 성찰로만 해석되어왔다는 사실이다. 「동경銅鏡」에 등장하는 거울도 그 점에서는 마찬가지다. 아들을 잃은 노부부의 어느 한낮 풍경을 담아내는 이 소설에는 두 개의 거울이 등장한다. 하나는 박물관에 전시된 "죽은 사람들의 부장품"(p. 209) 중의 하나인 흐릿한 '구리거울[銅鏡]'이고, 다른 하나는 늙은 아내의 "구겼다 편 은박지처럼 빈틈없이 주름살 진 얼굴"(p. 218)을 적나라하게 비추는 선명한 거울이다. 이 소설에 등장하는 구리거울은 지금까지 일상의 이면에 감지되는 죽음을 통해 존재의 심연을 들여다보거나 삶과 공존하는 죽음을 포착함으로써 생에 대한 순환적 의식을 반영하는 매개체로 이해되었다. 그러나 실제로 「동경」에서 구리거울의 의미는 그런 차원을 넘어선다. 스무 살의 아들 영로를 땅에 묻은 뒤, 노부부에게 남은 것은 관성과 관습만으로 간신히 굴러가는 일상뿐이다. 그런 그들에게 구리거울은 "아주 오래전에 죽은 옛사람"이거나 "부패하기 시작한 시체"에 비유된다(p. 209). 따라서 구리거울이란 아무것도 "반성하지 않는"(p. 216), 오직 '맥'으로 상징되는 토템이나 "신전의 기념품"(p. 212)에 기대어 생을 이어가는, 그래서 더 이상 자기를 들여다보지 못하는 '살아 있는 죽음'[4]의 상태를 상징하는 것으로 보는 것이 옳을 것이다.

　시대의 어둠을 경유해서만 비로소 내면의 심연에 이르게 된다. 바깥이 어두울수록 내면은 더욱 깊어진다. 「옛우물」이나 「동경」 속 거울 이미지는 어떤 점에서 이 세계의 어둠을 비추는 반사체이기도 한 것이다. 오정희 소설의 비극성은 막연하고 모호한 '삶의 불가해성'이 아니라, 세계의 변화 불가능성에 대한 깊은 절망과 좌절에서 비롯된 것이다. 그러니 작가의 말처럼 "궁극적인 문제는 내면성의 탐구가 아니"[5]다. 작가의 이야기를 좀더 들어보자.

　　작가란 언제나 자신의 시대와 환경을 위기로 인식하는 사람이고 의심하는 사람이다. [……] 글쓰기를 통해 우리 삶의 심연과 우리를 억압하고 훼손하는 것들의 정체를 드러내며 무심하고 무감각하게 지나치는 것들 앞에 발걸음을 멈추고 주위를 돌아보게 하여 우리가 얼마나 이상한 세계에 살고 있으며 행동하고 사고하는가를 일깨울 수 있을 뿐이다.[6]

4　「동경」의 결말 부분에서 가수면 상태에 빠진 '그'의 모습이야말로 '살아 있는 죽음'의 현현이 아닌가. "그는 칠흑처럼 검은 머리를 하고 이제는 더 이상 말할 수 없는 무너진 입을 반쯤 벌린 채 누워 있다"(p. 219).
5　오정희·박혜경 대담, 「안과 밖이 함께 어우러져 드러내 보이는 무늬」, 『문학과사회』 1996년 겨울호, p. 1524.
6　오정희, 「내 안에 드리운 전쟁의 그림자」, 『내 마음의 무늬』, 황금부엉이, 2006, p. 196.

이렇듯 오정희 소설에서 드러나는 황폐한 일상의 심연과 삶의 비극성은 현재에 드리워진 어둠과 고통의 그늘에서 촉발된 것이다. 오정희 소설에서 반복적으로 등장하는 거울은 그런 이 세계의 어둠을 비추어보는 장치이며, 여성의 내면에 드리워진 가부장제적 억압과 폭력의 그늘을 되비추는 반사경이다. 이는 오정희의 소설이 여성의 자아 찾기나 여성적 내면 탐구의 서사로만 한정될 수 없음을 분명하게 보여준다.

3. 아버지! 오, 죄 많은 아버지!

「유년의 뜰」「중국인 거리」「바람의 넋」으로 이어지는 '전쟁 3부작' 또한 마찬가지다. 물론 앞서 본 소설들과는 달리 이들 소설에 거울 이미지는 존재하지 않지만, 여기엔 또 다른 거울이 있다. 이 '전쟁 3부작'에서 서술되는 전쟁에 대한 기억은 그 자체로 여성적 욕망을 거세당한 채 출산하는 어머니 혹은 정숙한 아내 역할만을 수행해야 하는 현재의 여성적 삶을 비추는 원형적·기원적 거울의 의미를 갖는다. 특히 「바람의 넋」의 결말에는 예상치 못한 장면이 느닷없이 등장하는데, 그것은 전쟁 중 낯선 사내들이 집 안에 들어와 곡괭이로 어머니와 쌍둥이 여동생을 찍어 죽이는 모습이다. 소설의 중간중간 은수의 머릿속에 파편적으로만 떠올랐다 사라지곤 하던 이 장면의 실상은 소설의 결말에 이르러 확연하게 밝혀진다. 실제 있었던 일인지 아닌지도 불분명한 이 장면은 서사 속에 얼룩처럼 끼어든 일종의 원초적 외상 장면이다. 이는 분명 한편으로는 실제 은수가 겪었던 전쟁의 상흔이 깊이 숨어 있다가 떠오른 것이지만, 작가 오정희의 시선은 단순히 거기서 드러나는 전쟁의 역사적 상흔 자체에 머물러 있지는 않다. 작가는 오히려 그 원체험의 역사적 맥락을 치환하여 당대 여성이 처한 폭력적 현실 속에서 자기 존재의 기원을 탐색하는 형식으로 바꾸어놓는다. 원초적 장면이 대개 그렇듯이, 은수의 기억 속에 떠오른 그 장면은 그녀의 현재 시점에서 사후적으로 재구성된 것일 확률이 높다. 즉 그것은 여성 주인공 은수가 현재 겪고 있는 남성적 폭력의 현실을 사후적으로 투사하고 재구성한 일종의 '만들어진 기원'으로 보아야 한다.

「바람의 넋」에서 분명하게 나타나는 것처럼, 오정희의 많은 소설은 현재의 여성을 압박하는 가부장제적 규범과 그로부터 비롯된 무력감과 좌절감의 역사적 맥락과 기원을 찾아가는 서사다. 오정희의 소설에서 '아버지'가 중요해지는 것은 바로 이 지점이다. 아버지는 무기력과 좌절을 불러일으키는 근원이다. 지금까지 오정희 소설에 대한 논의의 초점은 대부분 '어머니'에 집중되어왔다. 등단작인 「완구점 여인」에서부터 「옛우물」에 이르기까지 오정희 소설에는 끊임없이 아이를 낳는 어머니가 반복해서 등장하는데, 어린 여자아이는 그런 어머니에 대한 거부 혹은 승인의 과정을 거쳐 여성적 내면과 정체성을 형성하게 된다. 그런 만큼 어머니의 형상과 모성성이라는 테마는 오정희 소설을 이해하기 위한 구심점 역할을 해왔다. 그렇다면 아버지는?

오정희 소설에서 아버지는 어디에 있고 무엇을 했나?

　　아버지는 보이지 않았다. 마실이나 갔다 오게. 아이야 여자가
　　낳는 거지. 할머니가 손사래를 쳐서 내보냈다. 남자야 아이를
　　만드는 데나 소용 있는 거지 하는 뜻이었을 게다. (p. 537)

　아버지는 보이지 않았고 아무 일도 하지 않았다. 오정희의 소
설에서 부성父性은 이렇듯 언제나 불확실하게 부재한다. 「옛우
물」의 부재하는 아버지처럼, 오정희 소설에서 아버지는 존재감
이 거의 없는, 아니 오히려 존재하지 않을 때라야 비로소 그 존
재감을 강렬하게 드러내는 부재하는 현존이라고 할 수 있다. 예
를 들면 「유년의 뜰」에서 부재하는 아버지는 '나'의 상상 속에
서 "연약한 넓적다리나 발목을 잡던 악력, 막연히 따스하고 부
드러운 것, 보다 커다란 것, 땀으로 젖어 있는 등허리"(p. 265)로
미화되고 허구화된다. 그리고 부재중에도 "작은 폭군"(p. 243)
인 오빠를 통해 폭력적인 가부장으로서의 자기 존재감을 과시
한다. 모든 아버지는 힘이 세다. 전쟁에서 돌아온 아버지가 '나'
의 기대와는 달리 '불구의 거렁뱅이 남자'에 불과하다고 해도,
그는 "늙고 말없는 외눈박이 목수"(p. 235)처럼 바람난 딸을,
'늙은 갈보'가 된 아내를, 마음만 먹으면 언제든지 처벌할 수 있
다. 「유년의 뜰」의 결말 부분에서 '노랑눈이'가 아버지의 귀환
소식을 듣고 교장실에서 훔쳐 먹은 케이크를 토하는 것은 바로
그러한 아버지라는 이름에 대한 거부감과 두려움의 표현이다.

오정희 소설 속 여성 인물들은 이처럼 아버지에 대한 거부감을 가지고 있지만 아버지로부터 쉽게 벗어나지 못한다. 이 점은 아버지의 형상이 전면에 부각되는 「저녁의 게임」에서 좀더 분명하게 드러난다. 「저녁의 게임」은 한 삼십대 비혼 여성의 평범하지만 섬뜩한 어느 하루를 건조하게 따라가는 소설이다. 소설의 화자인 '나'는 겉보기에 착하고 모범적인 딸이다. 그녀는 "위장을 반나마 잘라낸"(p. 61) 중증의 당뇨 환자인 아버지를 돌보고 있다. 아버지는 어떤가. 그는 비혼인 딸에게 기대어 살 수밖에 없는 가련하고 힘없는 늙은이에 불과하다. 그러나 늦은 밤 산책길에 나선 딸은 공사장 인부와 섹스를 한 뒤 일부러 돈을 요구한다. 그리고 집으로 돌아온 다음에는 식탁에 앉아 재수패를 떼고 있는 아버지의 눈을 피해 자위를 하면서 "입을 길게 벌리고 희미하게 웃"(p. 81)는다. 아버지도 마찬가지다. 그는 아픈 아이를 낳은 아내를 가차 없이 기도원에 보내버리고 그곳에서 불쌍하게 죽은 아내를 "뙤년들보다 더 더러웠"으면서도 "워낙 사치하고 허영심 많았"던 여자로 매도한다(p. 80). 그만큼 그는 매정하고 폭력적인 아버지다.

그러나 이 모든 진실은 아버지와 '나' 사이에 주고받는 뻔한 거짓말, 그리고 의례적으로 행해지는 뻔한 화투 놀이 속으로 감춰진다. 소설의 제목인 '저녁의 게임'은 단순히 두 사람이 저녁마다 반복하는 화투 놀이를 가리키는 것이 아니다. 그 게임은 아버지는 딸의 일탈을, 거꾸로 딸은 아버지의 죄를, 알면서도 묵인한 채 벌이는 일종의 가부장제 역할극이다. 그런 점에서 소설에서 아버지와 '나'의 모든 말과 행동은 그 자체로 미리 짜인 각본에 따라 "암전된 무대"(p. 63) 위에서 상연되는 속임수 놀이에 불과하다. 그렇게 "아버지와 나는 낡고 너덜너덜해진 각본으로 끊임없이 연극을 하고 있었다." 이 연극은 말 그대로 짜고 치는 고스톱이다. 그 연극은 "첫 끗발이 개 끗발" "첫술에 배부를까" "불빛이 흐리구나" "시력이 나빠지신 탓일 거예요" 등과 같은 아무 의미 없이 텅 빈, 하나 마나 한 말들과 의례적 행위로 채워져 있다(p. 69). 그래서 그 연극은 재미없다. 이 세계의 모든 낡은 서사가 그러하다. 평범하지만 지루한 가족극 안에서 제 역할을 제대로 수행하지 못하는 아픈 아이와 미친 엄마는 죽고, 아버지를 미워하는 무력한 아들은 가출한다. 무능하며 야비한 아버지는 딸을 착취하면서 끈질기게 살아간다. 실제적이건 상징적이건 말이다. 물론 '나'의 도발적인 밤 외출과 자위행위는 분명 "가부장제에서 요구하는 규범적인 여성성을 훼손함으로써 가부장적 질서를 조소"[7]하는 측면이 있다. 그렇다고 과연 '나'가 아버지와의 "더러운 게임"(p. 73)을 그만둘 수 있을까? 그래서 아버지의 영향력에서 완전히 벗어날 수 있을까? 그것이 쉽지 않다는 것을 「저 언덕」은 보여준다.

「저 언덕」은 「저녁의 게임」과 마찬가지로 아버지와 딸의 관계를 전면에 내세우면서도 그동안 오정희 소설에서 잘 드러나지 않았던 아버지라는 존재를 그의 삶의 이력과 심리묘사를 통

---

7 김경수, 「가부장제와 여성의 섹슈얼리티: 오정희의 「저녁의 게임」론」, 『현대소설연구』 22호, 2004, p. 7.

해 좀더 선명하게 재현한다. 딸인 '원단'에게 아버지는 가족을 돌보지 않은 무능하고 허황한 노름꾼이다. 상이군인인 그는 보수 단체의 궐기대회에 동원되어 나라 사랑을 외치며 손가락을 잘라 혈서를 쓰는 '광기 어린 어릿광대'에 불과한 존재다. 문제는 그럼에도 불구하고 아버지의 폭력적 권위는 철회되지 않는다는 점이다. 그 결과 어머니는 급사하고 아들은 아버지와 마찬가지로 "비열하고 저급한 인간"(p. 150)으로 살다가 어머니 무덤 앞에서 자살한다. 그리고 딸은 한때는 아버지와 세상에 대한 복수로 규범과 관습을 파괴하려고 노력했지만 결국 평범한 중학교 수학 교사와 결혼한 후 안락한 중산층 가정주부로 살아가며 현실과 타협한다. 원단은 남들에게는 안온한 소시민적 삶으로 비판받을 수 있는 '반듯하고 단정한 삶'을 강박적으로 욕망한다. 원단의 그 강박적인 욕망은 실은 무능하면서도 권위적인 아버지에 대한 "처참한 연민과 수치심, 배반감"(p. 124)에서 비롯된 것이다.

아버지와 저는 같은 뿌리에서 돋아난 두 개의 가지와 같아요. 근거 모를 허무 의식이 아버지를 무책임하고 충동적인 삶으로 몰아갔듯 저에게는 그렇게 지악스럽게 땅바닥을 기어가게끔 만들었어요. 아버지의 삶이 좀더 달랐던들 저는 지금과는 달리 세상을 보고 살아갈 수 있었겠지요. 아버지의 허황한 삶을 보아왔기에 저는 손가락에 거머쥔 것 하나라도 놓칠까 봐, 빼앗길까 봐 전전긍긍하면서 자린고비가 되어 추하게, 보잘것없이 작고

천하게······ (p. 160)

"손가락에 거머쥔 것 하나라도 놓칠까 봐, 빼앗길까 봐 전전 긍긍하면서 자린고비가 되어 추하게, [······] 천하게" 관습과 규범의 울타리 안에서의 삶을 선택할 수밖에 없는 딸의 자기방어적, 소시민적 생존 본능의 기원에는 아버지가 있었다. 어쩌면 원단의 이러한 논리가 누군가에게는 비겁한 자기변명처럼 느껴질지도 모르겠다. 그러나 누군가에게 여성해방과 사회혁명을 가로막는 강고한 가부장제의 울타리가, 애초부터 안정적인 삶을 꿈꿀 수 없었던 다른 누군가에게는 동경의 대상이 될 수도 있다. 삶은 양자택일의 방식만으로 전개되지 않으며 모든 언어는 "조지 오웰식의 이중사고적 속성을 지니고 있"어서 "행복은 불행으로, 희망은 절망으로, 자유는 억압으로 읽히"(p. 87)기도 하는 것이다.

소설 속 아버지도 마찬가지다. 그는 분명 천박하고 무능력한 "어두운 망령"(p. 100)에 불과한 존재지만 그에게도 그럴 수밖에 없었던 사정은 있다. 「저 언덕」은 아버지를 초점화자로 해서 그가 애국 상이군인으로 궐기대회에 동원되어 혈서를 쓰는 이유를 이렇게 설명한다.

목청껏 부르짖을 때 내부로부터 맹렬히 불타오르던 적개심, 손가락을 잘라 혈서를 쓸 때의 차가운 긴장감에 이어 온몸의 혈관이 만개한 꽃처럼 열락에 떠는 기이한 황홀감을, 비로소 내가, 여기 살아 있다는 느낌들을 설명할 수 없는 것이 안타까웠다. 어쩌면 그것은 당최 설명될 수 없는 성질의 것인지도 몰랐다. 심연을 모르는 사람에게 그것을 건너뛰는 법, 그것으로부터 달아나는 법에 대해, 그들이 딛고 있는 일상적이고 예사로운 삶의 켜란 얼마나 위태롭게 얇은 것인지에 대해 말한다는 것은 무용한 노력이리라. (p. 133)

아버지 역시 끔찍한 전쟁에서 간신히 살아남은 생존자로서 혼자만 살아남았다는 죄의식과 허무의식을 트라우마처럼 안고 살아갈 수밖에 없는 피해자로 그려진다. 어쩌면 생사를 가르는 전장에서의 극단적 공포는 그에게 생의 감각을 마비시켜, 오직 고함을 지르고 피를 흘리고 술을 마시고 도박을 하는 것과 같은 자극을 통해서만 살아 있음을 것을 느낄 수 있게 했을 것이다. 물론 그렇다고 해서 아버지의 죄가 없어지지는 않는다. 그러나 소설의 결말에 이르러 그는 비로소 언제나 끼고 다니던 검은 선글라스를 자발적으로 벗어던짐으로써 자신의 몰락을 더 이상 감추지 않게 된다. 그리고 그런 다음에야 비로소 딸은 아버지가 벗어놓은 선글라스를 끼고 "아버지의 눈이 되어 세상과 세월들을 바라"(p. 166)보려는 시도를 할 수 있게 된다.

그렇다면 이것은 섣부른 화해인가? 그렇지 않다. 왜냐하면 중요한 것은 나약하고 비천한 실제의 아버지에게 씌워진 상상의 베일을 벗기는 일이기 때문이다. 아버지의 진짜 죄는 비천하고 무능하다는 것이 아니라, 이미 오래전에 몰락했음에도 불구하고 '새까만 선글라스'가 상징하는 폭력적 권위와 위선으로 몰락조차 달콤한 실패담으로, 혹은 또 다른 싱공담으로 윤색해왔다는 것이다. 그렇게 이미 죽었지만 아직 죽은 줄 모르는 '검은 선글라스 아버지'로부터 흘러나온 상투적이고 도식적인 거짓 이야기들은, 여전히 우리의 삶을 끈질기게 지배한다. 오정희의 소설에 보이지 않게 숨어 있는 것은 그런 단일하고 상투적인 아버지 서사에 대한 문제제기이며 그런 지배 서사를 벗어나 새로운 여성적 서사를 발명하려는 충동이다. 이러한 문제의식은 초창기 소설인「번제燔祭」에서부터 시작된다.

4. 아버지 마스터플롯을 넘어

「번제」는 정신병원으로 추측되는 곳에 감금된 한 여성의 임신 중절에 대한 죄의식과 이에 대한 속죄의식을 그리는 소설이다. 이 소설에서 태아살해는 '나'가 다시 어머니(의 자궁)에게 돌아가기 위한 제의적 절차처럼 치러진다. 그 때문에 이는 보통 아직 어머니와 분리되지 못한 유아기적 심리 상태에 있는 '나'의 퇴행적 심리 혹은 유아적 감수성의 표현으로 해석되어왔다. 어찌 됐든 소설은 이 태아살해에서 비롯된 '나'의 죄의식을 전면에 부각하고 있지만, 사실 이 소설의 강조점은 죄의식이 아니라 오히려 속죄의식에 있다.

어머니의 생존 시에도 그러했지만 어머니가 타계한 후로 내 머릿속을 끈질기게 지배한 것은 구약의 몇몇 이야기였다. 특히 아브라함이 그의 아들 이삭을 그의 신에게 바치고자 아침 일찍 모리아로 간 이야기 [……] 그러나 나의 샤먼은 어느 이방의 신에게 제사하는가. 신은, 특히 유대의 종족신, 질투심이 많은 늙은 영감의 설화는 어머니와 나 사이에 개재介在하여 쉴 새 없이 번득이던 절망감으로 한 개의 알 이래의 일체의 생성을 비난하였다. (p. 45)

여기서 우리가 주목할 부분은 바로 "늙은 영감의 설화"에 등장하는 "한 개의 알"이다. 그 설화의 세계에서 가능한 이야기는 오직 그 '한 개의 알'에서 뻗어 나온 것뿐이다. 그렇다면 "내 속에 다른 하나의 알"은 어떻게 되는가. '한 개의 알'만이 허용된 세계에서 '나'가 품은 '다른 하나의 알'은 죽을 수밖에 없다. 결과적으로 '나'는 자신의 '다른' 알을 죽임으로써 늙은 영감의 알을 지키는 일에 복무하게 된다. 그렇게 볼 때 '나'가 태아를 살해하는 것은 (일반적인 해석처럼) 어머니 자궁으로 회귀하기 위한 것이 아니다. 오히려 거꾸로다. 즉 '나'가 어머니 자궁으로 회귀하게 되는 것은 태아살해가 빚은 결과다. 즉 '나'가 하나의 '알'이 되어서 어머니 자궁으로 돌아가는 상상은 태어나지 못한 자신의 알(이야기)에 대한 속죄의식에서 비롯된 애도의 행위라고 볼 수 있다. 따라서 소설의 결말에서 자신을 찾아온 죽은 아이에게 젖을 먹이려는 '나'의 행위는, 스스로 끊어버린 자기 이야기의 탯줄을 다시 잇고자 하는 강한 욕망을 드러내는 상징적 행위다. 아버지(=이야기의 신神)에게 자신의 (이야기) 알을 제물로 바치는 번제 행위를 통해 자기 이야기를 부정하고 삭제했던 '나'는, 그럼으로써 기어이 자신의 잃어버린 이야기를 회복하고자 한다. 그렇다면 '나'는 아버지/'이야기 신'에서 얼마나 멀어졌을까? 우리의 삶은 그런 이야기들에서 얼마나 자유로울까? 「구부러진 길 저쪽」은 그 일이 쉽지 않다는 것을 절망적으로 암시한다.

「구부러진 길 저쪽」에는 척박한 세계에서 자기 서사 없이, 오직 떠도는 이야기들에 의지해 살아가는 빈곤한 사람들로 가득하다. 인자, 은영, 현우가 그들인데, 소설은 이들 각자의 이야기를 따로따로 서술하면서 시작하다가 살인 사건이 일어난 도시인 '원천'에서 이들을 만나게 하면서 갑작스레 종결된다. 소설에서 '원천'은 이들 세 인물을 끌어당기는 서사적 원천(도시 이름이 '원천'인 것은 그래서 의미심장하다)이자 동력으로 기능한다. 여공이었던 인자는 자기를 버리고 달아난 사내를 찾아 그의 고향 원천으로 왔지만 끝내 미혼모로 딸 은영을 홀로 낳아 키우게 된다. 그런 인자의 비참한 삶을 견디게 해준 것은 익숙하고 상투적인 허구적 상상이다. 자신을 버린 남자가 사실은 "대학생"이었다는 멜로드라마적 상상이 그것이다. 심지어 그 상상은 신화로까지 비약한다. 잠시 지상에 내려온 천상계적 존재와의 하룻밤 동침 후에 인간 여자가 "한갓 거품이거나 도롱뇽의 알이거나 보도 듣도 못한 이상한 동물"(p. 505)을 낳는다는 이야기

말이다. 임신한 여자친구를 버리고 도망간 비열한 남자는 그렇게 이야기 속에서 미화되고 신화화된다.

그리고 인자의 딸인 은영. 그녀는 골프장 캐디 일을 하다가 아버지뻘 되는 남자에게 성희롱을 당한 뒤 충동적으로 고향 원천으로 향하는데, 그럴 때 그녀가 떠올리는 것도 그녀의 엄마가 품었던 허구적 상상과 다르지 않다. 그녀를 사로잡는 것은 바로 "얼어붙은 국경에서 제 땅을 지키는 힘세고 사나운 사내, 아름다운 처자를 남겨두고 북방에 수자리를 살러 갔던 사내들, 먼 아버지의 아버지의……"(p. 489) 이야기다. 이때 아버지는 현실에는 없지만 그렇기에 불멸의 자리를 얻게 된다.

또 다른 인물 현우 또한 마찬가지다. 보육원 출신으로 어렸을 적 파양된 경험이 있는 현우에게 부재하는 아버지는 더욱 강렬하고 극적으로 각색된다. 현우가 우연히 보게 된 주간지 기사 속 이야기, 즉 원천에서 잃어버린 아들을 기다리는 노부부의 이야기에 매혹된 것도 그 때문이다. 그 순간 현우는 이야기 속 잃어버린 아들 '은식이'가 되어 갑자기 마술처럼 '눈물짓는, 늙어버린 어머니' '낮게 깔리는 저녁 연기' '시골 아이들' '그들을 불러들이는 어머니의 목소리'를 직접 경험한 것처럼 생생하게 떠올리게 된다. 그러나 곧 그는 "그것이 언젠가 오래전에 본 영화였음을 깨"(p. 523)닫는다. 현우가 자기 이야기라고 믿었던 주간지 기사는 흔하디흔한 뻔한 이야기에 불과했던 것이다. 자기 서사의 부재란 자기 존재의 부재에 다름 아니다. 현우가 지독한 두통과 허기에 시달리며 상투적인 이야기의 발원지인 원천을 헤매면서 스스로에게 던지는 질문이 "나란 도대체 어디 있는 것일까. 이렇게 헤매고 다니는 나는 누구인가"(p. 523)인 것은 그 때문이다. 그렇게 늦은 밤 원천을 헤매던 현우는 이야기의 또 다른 주인공인 인자와 은영을 만나게 된다. 그리고 그들이 서로를 마주 보는 기이한 순간, 그들의 불행한 서사의 원천은 문득 자기의 정체를 드러낸다. 그것은 바로 원초적 아버지다.

문득 거역할 수 없는 힘으로 몸 일으키는 형체 없는 괴물, 이 도시, 갇힌 물의 꿈을 보았다.
어디선가 강물이 범람하는 소리가 들리는 것도 같았다. 그러나 거대한 댐으로 물을 가둔 이 도시에 넘쳐흐를 강물은 존재하지 않는다. 물에 갇힌 꿈이 있을 뿐. 아버지, 물 밑에 눈 뜨고 누운 죄 많은 아버지의 겨드랑이와 사타구니에서 무성히 자라는 물풀들이 있을 뿐. (p. 532)

소설의 마지막에 돌발적으로 출현하는 이 이미지는 인물들을 구속하고 있던 낡은 이야기들이 어디에서 비롯되었는지를 결정적으로 발설하는 상징적인 장면이다. 원천이라는 도시가 "형체 없는 괴물"인 이유는 강물의 범람을 가로막음으로써 사람들에게 오직 "물에 갇힌 꿈"만을 허용하기 때문이다. 원천이라는 도시는 우리에게 갇힌 꿈(=이야기)만을 허용하는 강제와 속박의 (말 그대로) 원천인 것이다. 세상에 이야기는 넘쳐나는 것 같지만 실상 우리에게 허용된 이야기는 제한적이다. 어머니(혹은 여성)를 교환함으로써 이루어지는 아버지와 아들의 갈등과 화해의 드라마들, 어머니의 불행을 되풀이하는 딸의 '여자의 일생' 서사, 아버지 없이 자식을 키우는 억척스럽고 장한 어머니 이야기, 아버지에게 버림받은 자식들의 업둥이와 사생아 서사 등. 이 모든 낡은 서사는 여전히 힘이 세다. 소설의 마지막 부분에 느닷없이 모습을 드러낸 이 "형체 없는 괴물"은 바로 이러한 오래된, 그러나 여전히 우리의 삶을 지배하는 상투적인 이야기의 진짜 원천이 어디에 있는지를 보여준다. 그 원천이란 바로 "물 밑에 눈 뜨고 누운 죄 많은 아버지"다. 아버지의 죄가 많을수록 그 죄를 감추기 위해 요구되는 비밀과 거짓말은 더 많아진다. 이때 "아버지의 겨드랑이와 사타구니에서 무성히 자라는 물풀들"은 다름 아닌 소설 속 인물들이 헤매는 도시를 뒤덮고 있는, 업둥이-사생아 서사로 대표되는 19세기식 오이디푸스 서사와 그로부터 뻗어나간 수많은 방계 서사를 상징한다. 그리고 그 서사들은 모두 죄 많은 아버지의 죄를 감추기 위한 비밀과 거짓말의 서사인 것이다.

이 장면이 각별한 것은, 오정희의 여성 서사가 어떤 문제의식 속에서 나왔는지를 결정적으로 암시하고 있기 때문이다. 이야기는 현실에서 새로운 삶의 가능성을 상상하고 비전을 그려볼 수 있는 중요한 수단이다. 그러나 오정희가 볼 때 이 세계는 죄 많은 아버지의 상투적이고 단선적인 마스터플롯에 뒤덮여 있다. 그런 점에서 오정희의 모든 소설은 단순히 여성이 주인공인 여성의 이야기라기보다는, 이 아버지 마스터플롯의 세계를

벗어나 스스로 다른 삶을 상상해볼 수 있는 새로운 서사를 발명
하려는 충동이 밀고 나가는 여성적 실천의 서사라고 할 수 있을
것이다.